BASTEI
LÜBBE

# JERRY COTTON

## Geheimagent der Mafia

## Molotow lässt grüßen

## Spezialist für Blut und Tränen

Drei Kriminalromane

BASTEI LÜBBE

BASTEI LÜBBE TASCHENBUCH
Band 31 938

Erste Auflage: April 2002


Lektorat: Rainer Delfs
Titelbild: Danièle Gaubert und Robert Goulet
in dem Untid Artists-Film ›Im Netz der Abwehr‹
(Die abgebildeten Schauspieler stehen in keinem Zusammenhang
mit den Romantiteln und dem Inhalt der Romane)
Umschlaggestaltung: QuadroGrafik, Bensberg
Satz: QuadroPrintService, Bensberg
Druck und Verarbeitung:
AIT, Trondheim, Norwegen
Printed in Norway

ISBN 3-404-31938-9

# Geheimagent der Mafia

Ich trat wuchtig vor die Tür. Das Schloss brach aus. Mit lautem Knall sprang die Tür auf. Ich stand Rocky Mariano und seiner Lieblingswaffe gegenüber, jenem abgesägten Schrotgewehr, mit dem er vier Konkurrenten Don Ignazio Salernos auf die große Reise geschickt hatte.

Damals, als er noch Don Ignazios bevorzugter Nachwuchskiller gewesen war.

Damals, bevor er Don Ignazios Enkelin Sabrina vergewaltigt hatte.

Der Mann setzte den Lauf ans Schloss und vergewisserte sich, dass die Bajonettverschlüsse einrasteten. Aus dem offenen Metallkoffer nahm er die Laseranlage, montierte sie auf die Waffe und verband die Drähte mit der Batterie im Koffer. Probeweise setzte er das Gewehr an die Schulter. Er schaltete das Zielgerät ein. Auf der Fassade des gegenüberliegenden Hauses erschien ein greller Punkt. Der Mann wusste, wenn er den Abzug berührte, schlug die Kugel genau in diesen Punkt. Das Zielgerät funktionierte nach demselben Prinzip, das Fliegerbomben zu präzisen Treffern verhalf. Er streichelte die komplizierte Waffe. Der Mann liebte hoch entwickeltes technisches Gerät, benutzte es oft. Er bedauerte, dass er das Lasergewehr würde zurücklassen müssen. Es war schwierig gewesen, es zu beschaffen, aber die Jungs unten auf der Straße würden ihm keine Zeit lassen zum Einpacken.

Er kroch bis an den Dachrand vor und spähte vorsichtig über den Sims.

Die Straße wimmelte von Männern in blauen Uniformen. Quer gestellte Streifenwagen mit flackerndem Rotlicht sperrten den Abschnitt an beiden Kreuzungen.

Alle Bewohner waren in die Häuser getrieben worden. Diese fünfzig Yards New Yorker Asphalt gehörten allein der Polizei.

Der Polizei?

Nein, sie gehörten ihm. Er war es, der den abgesperrten Straßenzug beherrschte. Nur wusste es noch keiner der schwer bewaffneten Männer.

Bald jedoch würden sie es erfahren.

Der Mann legte das Gewehr in eine Öffnung im Sims, durch den Regenwasser abgeleitet wurde, und zog den Kolben an die Schulter.

Sein Puls ging ruhig.

Er wartete.

Die Mündung des Schrotgewehrs war schwarz wie ein Schacht zum Abgrund der Hölle.

Ich brüllte Rocky Mariano an: »FBI!«

Rocky Mariano ließ das Gewehr fallen, als wäre es glühend heiß geworden. Er breitete die Arme aus.

»Oh, Himmel, bin ich glücklich, dass ihr endlich kommt, amici!«, schrie er.

Phil sprang vor, stieß die Schrotflinte mit einem Fußtritt zur Seite, packte Marianos Arme und drehte sie dem Mann auf den Rücken. Die Handschellen klickten.

»Verhaftet wegen Mordes!«, sagte ich. »Alle Aussagen können gegen dich verwendet werden.«

»Okay, okay, G-man! Ich arbeite mit euch zusammen. Mit dem Staatsanwalt! Mit jedem verdammten Cop weit und breit!« Worte und Sätze sprudelten über Marianos Lippen wie Wildbachwasser. »Ich werde euch helfen, den stinkenden, alten Ziegenbock abzuschlachten. Wisst ihr, was der verdammte Narr mir antun wollte? *Voleva tagliarmi il cazzo!* (Er wollte mir den Schwanz abschneiden.) Und warum? Weil sein Liebling Sabrina behauptet, ich hätte sie vergewaltigt.« Er stieß ein gellendes Gelächter aus. »Sabrina und Vergewaltigung!«, heulte er. »Das Miststück hat mich ins Schlafzimmer gezerrt und mir eigenhändig die Hose aufgerissen. Glaubt mir, Leute! Ich war wahrhaftig nicht der Erste. Schon auf dem College hat sie mit der halben Fußballmannschaft geschlafen!«

»Halt den Mund, Rocky!«, befahl Phil und stieß ihn zur Tür.

Mariano sperrte sich.

»Langsam, Freunde, langsam! Bin ich draußen sicher? Habt ihr genug Leute postiert? Ist die Straße abgesperrt? Der Alte setzt Himmel und Hölle in Bewegung, um mich zu erwischen.«

»Auf dich warten mehr Polizisten als auf den Präsidenten der USA.«

Einen Aufzug gab es im Haus nicht. Die Wohnung, in der sich Rocky Mariano drei Wochen lang vor Don Ignazios Zorn verborgen hatte, lag in der dritten Etage.

Wir führten ihn die Treppe hinunter bis zur Türnische.

Vor uns lag die Straße im grellen Licht der Mittagsonne. Wir blieben im Schatten der Türnische. Phil hob das Walkie-Talkie an den Mund und sagte: »Der Wagen soll vorfahren.«

Ich beobachtete Mariano. Er war schmutzig und unrasiert. Nervös zuckten seine Lippen. Die Augenlider flatterten.

Plötzlich erschien ein weißer Fleck auf seiner Stirn, nicht größer als eine Centmünze.

»Runter, Rocky!«, brüllte ich und warf mich aus dem Stand gegen ihn.

Das alles geschah einen Sekundenbruchteil zu spät. Die Kugel zertrümmerte Marianos Stirn. Als ich gegen ihn prallte, ihn mitriss, mich über ihn warf und ihn mit meinem Körper schützte, geschah dies alles mit einem sterbenden Mann.

Der scharfe Knall des Schusses war noch nicht verhallt, als eine wummernde Explosion die Luft zerriss. Auf dem Dach eines Streifenwagens zuckte ein Feuerball auf. Eine Druckwelle fegte durch die Straße. Dutzendweise zersprangen Fensterscheiben.

»Handgranate!«, gellte der Warnruf eines Cops.

Die Männer warfen sich in Deckung, flüchteten in Türnischen, pressten sich eng gegen Mauerwände.

Ich hob den Kopf und fasste Mariano ins Gesicht.

»Rocky!«

Die schreckliche Stirnwunde! Die gebrochenen Augen! Auf dieser Welt gab es für Rocky Mariano keine Hilfe mehr.

Drei, vier weitere Explosionen. Weiße Nebelschwaden wölkten auf.

Aus dem Lautsprecher seines Streifenwagens dröhnte die Stimme des Lieutenants, der das Kommando der Cops führte.

»Achtung! Blockiert die Häuser der rechten Straßenseite! Ich wiederhole: Niemand verlässt die Häuser der rechten Straßenseite!«

Die Nebelschwaden breiteten sich aus, legten sich über die Straße, verhüllten die Umrisse der Streifenwagen, die Gestalten der Männer.

Phil kauerte am Rand der Türnische, den 38er in der Hand.

»Weißt du, wo er ist?«, rief ich.

»Keine Ahnung! Auf irgendeinem Dach!«

Ich sprang auf, überquerte die Straße, tauchte in die weißgrauen Schwaden ein. Die Dämpfe drangen mit jedem Atemzug stechend in die Lungen. Mir schossen die Tränen aus den Augen. Halbblind prallte ich mit zwei Polizisten zusammen.

Das Haus auf der anderen Straßenseite, das dem Bau, in dem Mariano gewohnt hatte, gegenüberlag, war eine mehretagige, ungepflegte Mietskaserne.

Cops hatten die Tür schon aufgesprengt und waren ins Treppenhaus eingedrungen. Sie liefen die Treppen hinauf, hämmerten gegen die Wohnungstüren.

Ich nahm die Treppenstufen in großen Sätzen. Ich wollte aufs Dach, aber es ist verdammt schwierig, sich in einem unbekannten Haus zurechtzufinden. Meine Augen tränten, gereizt vom Gas. Was ich sah, sah ich verschwommen und konturenlos.

Ein mittelgroßer Mann im schwarzen Anzug begegnete mir. Ich rammte ihm die Mündung des 38ers unters Kinn, brüllte ihn an: »FBI! Keine Bewegung! Wer bist du?«

Er riss die Arme hoch und jammerte: »Nicht schießen! Ich wohne hier.«

Ich sah sein Gesicht als verwaschene Fläche, in der die dunklen Punkte der Augen schwammen wie Rosinen in einem Kuchenteig.

»Zeig mir den Weg zum Dach!«

»Ja, Sir!«

Er stolperte voraus. Auf dem nächsten Treppenabsatz stießen wir auf einen Cop.

»Kommen Sie mit, Officer!«

»Okay, Sir!«

Zwei Cops kamen die Treppe heraufgepoltert und schlossen sich uns an.

Der Mann im schwarzen Anzug führte uns zu einer Stahltür am Flurende der obersten Etage.

»Sie ist abgeschlossen«, sagte er.

Ein Policeman drehte den Knauf. Die Tür schwang auf.

Eine kurze Leiter führte zur Dachfläche, aus der die Entlüftungsschächte und Schornsteine wie Zahnstümpfe ragten.

Hier oben war die Luft frei von Reizgas. Meine Sehfähigkeit besserte sich. Der Tränenstrom ließ nach. Ich tastete mich an den Dachrand vor.

Hinter mir stieß einer der Cops einen Pfiff aus.

»Sehen Sie dort, G-man!«, rief er und streckte den Arm aus.

Dicht am Dachsims lag ein langläufiges Gewehr, auf dem ein kompliziertes Zielgerät befestigt war. Zwei Drähte verbanden das Gerät mit einer Batterie in einem Metallkoffer. Neben dem Koffer lag ein blauer Overall.

Ich trat an den Dachrand. Der Cop warnte: »Vorsicht, G-man!«

Unter mir lagen die Nebel und Gasschwaden in der Straßenschlucht. Ich schob zwei Finger in den Mund und pfiff gellend.

Phil antwortete mit einem Pfiff von der gleichen Sorte.

»Hörst du mich, Alter?«

Schemenhaft sah ich eine winkende Gestalt.

»Er schoss von diesem Dach! Durchsucht alle Wohnungen!«

Der Cop, der dicht hinter mir stand, fasste meinen Arm. »Kommen Sie zurück, G-man! Mir wird schwindlig, wenn ich Sie so dicht am Dachrand sehe.«

»Danke, Officer!«

Er war ein dicklicher, stämmiger Mann, über dessen Wangen die Tränen nasse Spuren gezeichnet hatten.

»Mein Jüngster ist einmal von 'nem Baum gefallen«, sagte er. »Seitdem werde ich nervös, sobald irgendwer auch nur auf eine Obstkiste steigt.«

Der zweite Cop bewachte den Mann, der uns aufs Dach geführt hatte.

Dessen Gesicht sah ich jetzt deutlicher, und er sah nicht aus wie ein kaltblütiger Killer, sondern eher wie ein Buchhalter oder Bankangestellter.

»Wart ihr nicht zu dritt?«, fragte ich den Polizisten.

»Ja, Sir. Einer unserer Leute war bei Ihnen, als Ted und ich kamen. Er scheint zurückgeblieben zu sein. Hat vielleicht irgendetwas Verdächtiges bemerkt.«

Eine Minute später kam Phil und brachte ein Dutzend Polizisten mit. Verwundert blickte er auf die Mordwaffe.

»Was ist das? Sieht aus wie aus einem Science-Fiction-Film.«

»Nur ein Präzisionsgewehr mit einem Laser-Zielgerät. Die Kugel trifft immer in den Lichtpunkt.«

Nachdenklich schüttelte Phil den Kopf.

»Ein weiter Weg von den abgesägten Schrotflinten, die sie aus Sizilien mitbrachten, bis zu solchem Hightech-Spielzeug. Die Mafia modernisiert sich.«

»Das tut sie schon lange.«

»Haben wir eine Chance, den Kerl zu erwischen, der das Superding benutzte?«

»Ich hoffe«, antwortete ich vage.

Zwei Stunden später war das Haus, von dessen Dach Marianos Mörder seine blutige Arbeit getan hatte, das am gründlichsten durchsuchte Haus in Greater New York. Auf allen Etagen schimpften Hausfrauen über ausgeräumte Speisekammern, durchstöberte Schränke, verrückte Möbel. Dutzendweise wurden Männer nach Waffen abgetastet, wurde ihre Identität überprüft. Jede Person, die sich im Haus aufgehalten hatte, als der Schuss fiel, wurde verhört.

Am Ende platzte die Hoffnung, den Mann zu fassen, wie eine Seifenblase.

Ich sah zu, wie Beamte der Spurensicherung die Hinterlassenschaft des Mörders abtransportierten. Das Gewehr und den Koffer legten sie auf eine Trage. Den Overall steckten sie in einen Plastiksack.

Ich sah zu und fragte mich, was der Killer unter diesem Overall getragen hatte.

Vielleicht die Uniform eines Polizisten der New York City Police?

Don Ignazio Salernos Villa auf Long Island war im Stil eines römischen Landhauses erbaut. Säulen aus italienischem Marmor trugen das Dach des Innenhofes, in den uns einer der Bodyguards führte. Don Ignazio saß an einem weiß gedeckten Tisch und frühstückte. Im blau schimmernden Swimmingpool, der die Mitte des Innenhofs einnahm, plätscherte ein schwarzhaariges weibliches Wesen.

Salerno blickte von seinem Frühstücksei auf.

»Habt ihr einen Haftbefehl, G-men?«, fragte er. In seinem Englisch schwang der leichte Akzent eines Mannes mit, der häufig eine andere Sprache benutzt.

»Nur die Vorladung zu einer Vernehmung!«

»Ich werde sie an meinen Rechtsanwalt schicken. Er wird Einspruch erheben.«

Es war schwierig, Salernos Alter zu schätzen. Sein Haar war noch schwarz, aber es konnte auch gefärbt sein. Die Hakennase sprang weit vor, der Mund war schmallippig, wie mit dem Messer gekerbt. Er hatte nicht die schwarzen Augen eines Sizilianers, sondern die grauen eines Nordländers: Erbe eines normannischen Seeräubers in den Abgründen seines Stammbaums. Obwohl die Angaben über sein Geburtsjahr schwankten, musste er die Sechzig überschritten haben. In den Kämpfen um die Herrschaft über das Rauschgiftgeschäft in weiten Teilen der Bronx und den Hafen von South Brooklyn hatte er seine beiden erwachsenen Söhne verloren. Sie hatten ihm sechs Enkel hinterlassen, aber es war fraglich, ob einer von ihnen das Syndikat des Alten erben würde. Sie waren zu jung. Keiner hatte die notwendige Härte bewiesen, die Ignazios Nachfolger brauchte, um sich gegen die Ansprüche der Vettern und anderer Familienmitglieder durchzusetzen.

»Gestern gelang es Ihnen, Rocky Mariano töten zu lassen, Salerno«, sagte ich. »Wir besitzen die Aufzeichnungen eines Telefongesprächs, in dem er schwere Beschuldigungen gegen Sie erhebt.«

»Sie nennen Beschuldigungen, was ich Lügen nenne«, antwortete er.

Im Pool schwamm die schwarzhaarige Nixe an den Rand und schwang sich aus dem Wasser. Sie trug ein paar Tanga-Fetzchen in Knallrot und sonst nur die makellose, sonnengebräunte Haut. Sie war mittelgroß. Ihre Figur verriet jenen leichten Hang zur Üppigkeit, die sich jenseits der vierzig und bei entsprechendem Kuchenkonsum zu erstaunlichen Formen auswachsen kann, aber davon war sie noch zwanzig Jahre entfernt. Aus dem nassen Schwarzhaar sprühten bei jeder Bewegung die Tropfen. Unter den geschwungenen Brauen blitzten Don Ignazios graue Normannenaugen.

Kein Zweifel, dass dieses Mädchen seine Enkelin Sabrina war.

»Hey, Jungs! Seid ihr Schnüffler?«, rief sie. Ihre Stimme hatte einen rauen Klang, und sie sprach im nachlässigen Slang amerikanischer Collegegirls. »Wart ihr dabei, als dieser Hurensohn starb?«

»*Metti un vestito!*«, befahl der alte Salerno stirnrunzelnd. Mit einer Bewegung, die Unwillen verriet, nahm seine Enkelin einen weißen Bademantel von einer Stuhllehne und warf ihn sich über.

»Was wissen Sie über Marianos Tod?«, fragte Phil höflich.

»Nur was die Nachrichten darüber brachten, aber ich wüsste gern mehr. Hat er geschrien? Hat er gelitten?«

»Nein, er war auf der Stelle tot.«

Sie stieß die angehaltene Luft aus. »Schade«, sagte sie aus dem Abgrund ihres Herzens. »Diesem Hundesohn hätte ich ein paar Stunden der Hölle auf Erden gegönnt.«

Don Ignazio schlug mit der Hand auf den Tisch, dass die Schalen aus dem Eierbecher sprangen. Er schrie heftige Stakkato-Sätze in Italienisch. Sabrina schrie auf Englisch dagegen an. »Er hat mich vergewaltigt!«, kreischte sie. »Ich hasse ihn!«

Der Alte streckte den Arm aus, zeigte auf den Eingang ins Haus und brüllte: »*Va in casa!*«

Sie fegte an uns vorbei. In der offenen Terrassentür blieb sie stehen, wandte sich um.

»Wisst ihr, wer es dem Bastard besorgt hat?«

»Fragen Sie Ihren Großvater!«, sagte ich.

Sie lachte spöttisch.

»Ich mache dir einen Vorschlag, Schnüffler. Ruf mich an, sobald du seinen Namen kennst! Ich revanchiere mich mit einem großzügigen Scheck für eure Weihnachtskasse.«

»Verschwinde!«, schrie der alte Salerno auf Englisch. Sabrina stellte sich taub.

»Es ist mir wichtig, G-man! Ich will den Mann treffen und mich bei ihm bedanken.«

Ihre Pupillen weiteten sich und ließen die Augen fast schwarz erscheinen.

»Und wie ich mich bei ihm bedanken werde«, hauchte sie, schlug den Bademantel zurück und ließ die Hände über die Konturen ihrer Taille und Hüften gleiten.

Ignazio Salerno warf eine Wasserflasche nach seiner Enkelin. Die Flasche zerplatzte mit lautem Knall auf den Marmorfliesen der Terrasse.

Sabrina lachte und verschwand im Haus.

»Das einzige Foto, das wir besitzen«, sagte Mr. High.

Das Bild auf der Projektionsleinwand übertraf an Unschärfe das Hochzeitsfoto einer siebenfach verschleierten Braut. Man konnte gerade noch erkennen, dass es keine Braut war, sondern ein Mann.

Auf ein Zeichen des Chefs bediente Steve Dillaggio den Projektor. Die scharfen Linien von Fingerabdrücken erschienen auf der Leinwand.

»Seine Prints! Daumen, Zeigefinger und Ringfinger der rechten Hand. Von der Linken haben wir nichts.«

»Haben wir eine Personenbeschreibung?«, fragte Phil. Die Zusammenkunft im Vorführraum des Hauptquartiers fand eine Stunde nach unserer Rückkehr vom ergebnislosen Besuch bei Ignazio Salerno statt. Außer dem Chef, dem stellvertretenden Einsatzleiter Steve Dillaggio und uns nahm unsere Kollegin June Clark daran teil.

»Größe über sechs Fuß. Graublaue Augen. Dunkelblondes Haar. Vollständiges Gebiss. Keine Narben. Keine besonderen Kennzeichen.«

»Das Alter?«

»Fünfunddreißig Jahre plus oder minus zwei Jahre.«

»Wenn wir so wenig über ihn wissen, Sir, woher wissen wir überhaupt, dass es ihn gibt?«, erkundigte ich mich. »Hinter jedem Verbrechen, das wir mit ihm in Verbindung bringen, kann ein anderer stecken. An Killern herrscht bei der Mafia nie Mangel. Wozu bedarf die Organisation eines Geheimagenten?«

»Er arbeitet für den Gouverneur.«

»Ich verstehe nicht, Sir.«

»In der Hauptstadt der Bahamas, in Nassau, residiert in einem exklusiven Bürogebäude eine Firma, die sich Trade & Investment Bank nennt. Seit zwanzig Jahren dient sie als Geldwäscherei für Mafia-Gewinne und für die Anlage von Mafia-Millionen in ertragreiche Wirtschaftsunternehmen. Nach englischem Brauch trägt der oberste Direktor dieser Bank den Titel Gouverneur.«

»Und dieser Bankdirektor hält sich einen Geheimagenten, den er bei Bedarf losschickt, die Feinde seiner Kunden umzulegen? Das wäre eine völlig neue Art von Kundendienst im Bankgewerbe.«

Mr. High lächelte.

»Die ganze Sache ist etwas komplizierter. Gegründet wurde die Bank von den Chefs bedeutender Mafia-Familien. Jede Familie schickte einen Mann ihres Vertrauens ins Direktorium. Im Laufe der Jahre wuchs diesem Direktorium eine Art Aufsichtsfunktion über alle Unternehmungen der Mafia zu. Natürlich blieben die einzelnen Syndikate und Familienclans selbstständig, aber das Direktorium griff ein, wenn allgemeine Interessen bedroht waren. Zum Beispiel organisiert und finanziert es den Kampf gegen die kubanischen Rauschgiftgangs, die von Florida aus das Drogengeschäft in einigen Staaten der USA an sich zu reißen versuchen. Es kümmert sich um Staatsanwälte und Politiker, die sich zu intensiv für die Bekämpfung des organisierten Verbrechens einsetzen. Es kauft und besticht Beamte und wichtige Personen, nicht nur in den USA, sondern auch in anderen Staaten, in denen die Mafia arbeitet. Nötigenfalls mischt es sich ein in die Auseinandersetzungen zwischen zwei Mafia-Familien, wenn dadurch Nachteile für alle entstehen könnten. In solchen Fällen entscheidet das Direktorium für die eine oder andere Partei, und der Gouverneur schickt einen Spezialisten, der das Problem löst.«

»Der Streit zwischen dem alten Salerno und Rocky Mariano war eine Art Familienkrach«, sagte ich. »Don Ignazio wollte Mariano bestrafen, weil er sich seiner Enkelin in unsittlicher Absicht genähert hat.«

»Gütiger Himmel, Jerry, warum drückst du dich so geschwollen aus?«, rief unsere Kollegin June Clark. »Etwa meinetwegen? Die beiden haben es miteinander getrieben, und Sabrina behauptet, sie hätte vorher nicht ihr Okay gegeben. Mariano bekam Angst vor der Rache des Alten und erklärte sich bereit, mit uns zusammenzuarbeiten und das Salerno-Syndikat zu verpfeifen. Da ein Auffliegen der Salerno-Organisation schwere Folgen für die Mafia als Ganzes hätte, beschließt das Direktorium einzugreifen, und der Gouverneur beauftragt einen Geheimagenten der Mafia, Mariano zu töten.«

»Wie heißt der Mann?«, fragte Phil. »Null-Null-Sieben Giacomo Bondo?«

Alle lachten. Mr. High schüttelte lächelnd den Kopf.

»Wir kennen ihn unter dem Namen Ralph Preston, aber niemand weiß, ob er schon in der Schule so hieß. Es ist der Name, den er bei seiner ersten Aktion benutzte. Damals erschoss er den Staatsanwalt von Detroit, der die Mafia-Aktivitäten in der Automobilarbeiter-Gewerkschaft untersuchte. Preston ist kein Italiener, sondern vermutlich Engländer, aber er besitzt Pässe von einem Dutzend Staaten. Er beherrscht fünf oder sechs Sprachen, versteht es, mit Sportflugzeugen und Hubschraubern umzugehen, schießt ausgezeichnet, wie er im Fall Mariano bewiesen hat, und ist absolut skrupellos. Vor zwei Jahren tötete er in Miami den kubanischen Großdealer Pablo Fraganez durch einen Bombenanschlag, bei dem zwei Unbeteiligte umkamen und cin Dutzend Menschen verletzt wurden.«

»Wo sollen wir ihn suchen, Sir?«, fragte ich. »Mariano ist tot. Der Mann hat seine Aufgabe erfüllt und sich aus dem Staub gemacht.«

»Ich vermute, dass er sich noch in New York aufhält«, erklärte der Chef. »Das Direktorium der Mafia schickte Preston nicht, weil Salernos Killer aussteigen wollte. Das war eine Arbeit, die unerwartet anfiel und vordringlich erledigt werden musste, aber ein Nebenjob. Washington besitzt Hinweise, dass die Mafia Spoke Gooleys Gang als eine Bedrohung ansieht. Wahrscheinlich steht Gooleys Name auf der Liste des Geheimagenten, gekennzeichnet mit einem Kreuz.«

»Sollen wir Gooley warnen?«

»Er braucht nicht gewarnt zu werden. Er weiß Bescheid. Er war es, der den Krieg mit der Mafia vom Zaun brach. Wer sich mit der Mafia anlegt, rechnet damit, dass die Organisation zurückschlägt. Ich hoffe auf eine Chance, in Gooleys Umfeld an Ralph Preston heranzukommen. Wer einen Mann töten will, muss sich in dessen Nähe begeben.«

»Gooley und seine ganze Gang sind schwarz. Sie lassen keinen Weißen an sich heran. Das macht Prestons Aufgabe schwierig, fast unlösbar.«

»Er ist einfallsreich und wird eine Lösung finden. Gehen Sie zu Spoke Gooley und versuchen Sie, ihn zu einer vorübergehenden Zusammenarbeit zu bewegen!«

»Gooley hält selbst einen guten Platz auf unserer Prioritätenliste.«

»Richtig, aber er ist ein New Yorker Gangster. Ralph Preston arbeitet für eine Organisation, deren Spinnennetz die USA und viele Länder Europas überzieht. Der Mann, den wir Ralph Preston nennen, ist ihr wichtigster Geheimagent. Gelänge es uns, ihn zu fassen und zum Reden zu bringen, eröffnete sich die Möglichkeit, der Mafia einen weltweiten Schlag zu versetzen.«

»Zum Reden bringen?«, wiederholte ich. »Sie wollen, dass wir ihn lebend fassen?«

»Ja, das wünsche ich mir«, bestätigte Mr. High, »aber das ist wie ein unerfüllbarer Wunsch zu Weihnachten. Preston ist zu gefährlich und zu schlau. Falls es Ihnen gelingt, ihn zu stellen, werden Sie sehr schnell sein müssen. Oder er ist schneller.«

»Hat der Junge überhaupt keine Schwächen, Sir?«, fragte Phil.

»Eine Schwäche hat er.« Mr. High lächelte. »Fast schon eine Leidenschaft. Er liebt den Umgang mit schönen Frauen. Wo immer eine schöne Frau seinen Weg kreuzt, versucht er, sie zu erobern. Ich glaube, er ist oft erfolgreich.«

»Dann wäre der Fall ein Job für einen weiblichen Agenten«, stellte Phil fest. Für einen Augenblick herrschte Stille in Mr. Highs Office. Wir drehten die Köpfe und blickten alle in eine Richtung.

»Warum seht ihr mich an?«, rief June Clark. »Haltet ihr mich etwa für schön?«

»Auf uns kommt es nicht an«, sagte ich. »Man müsste wissen, wie Mr. Preston auf deine Reize reagiert.«

June antwortete mit einer Geste, wie sie unter Autofahrern gelegentlich zu beobachten ist: Sie zeigte mir den hochgereckten Mittelfinger.

»Bis auf weiteres bleibt die Jagd auf den Geheimagenten der Mafia Männersache«, sagte Mr. High.

Wäre ich mit dem Jaguar in Spoke Gooleys Gebiet gefahren, hätte ich ihn ebenso gut gleich auf einen Schrottplatz bringen können. Also benutzten Phil und ich den ältesten und verbeultesten Schlitten aus dem Wagenpark des Hauptquartiers: einen Pinto, Baujahr 1980.

Die 95th Street gilt als Grenze zwischen Harlem und dem weißen Manhattan. In Wahrheit gibt es keine scharfe Grenze. Am Tage durchqueren Touristenbusse, Polizeifahrzeuge und Taxis den ganzen Bezirk. Fußgänger, die sich nach Harlem wagen wollen, sollten sich ein paar schwarze Freunde als Begleiter suchen. Bei Nacht läuft in Süd-Nord-Richtung nichts mehr. Seit Spoke Gooley sich zum ungekrönten ›King of Harlem‹ aufgeschwungen hatte, stießen Trupps seiner Leute immer weiter nach Midtown-Manhattan vor. Sie kassierten die Bar- und Kneipenbesitzer ab, vertrieben die Dealer der Mafia von den besten Straßenecken und installierten die eigenen Leute. Nach und nach eroberten sie die Parkplätze des Autostrichs und sorgten dafür, dass ihre Mädchen die Freier bedienten.

Natürlich gab die Mafia das Gebiet nicht kampflos auf. Zur ersten Schießerei kam es, als Gooley-Gangster einen italo-amerikanischen Pizzabäcker zwangen, seine Schutzgebühren bei Gooley abzuliefern statt beim Eintreiber der Mafia. Schon beim ersten Zusammenstoß zeigten Gooleys Leute, dass sie sich nicht einschüchtern ließen. Im Laufe der nächsten Monate geriet die Mafia in immer größere Bedrängnis. Besonders betroffen war die Familie von Ignazio Salerno. Obwohl es Rocky Mariano, der zu jener Zeit noch der große Killer des Clans war, gelang, zwei Unterführer Gooleys mit einer Schrotladung ins Jenseits zu pusten, verlor die Mafia mehr und mehr an Boden. Als der Streit zwischen dem Alten und seinem besten Mann wegen Sabrinas Vergewaltigung ausbrach, ging es mit der Herrschaft der Mafia rapide bergab.

Wir überquerten die 95th Street. Zwei Minuten später entdeckten herumlungernde Jugendliche, dass Weiße im verbeulten Pinto saßen. Die ersten Steine flogen.

Phil steuerte ein Haus in der 112th Straße an, in dessen Erdgeschoss sich ein großer Billardsalon befand. Der Besitzer hieß Washington B. Morton und galt als Gooleys Vertrauter.

Wir parkten den Pinto dicht am Eingang, stiegen aus und betraten den Laden.

Zwölf Billardtische standen in drei Reihen, jeder

umlagert von rund einem Dutzend Zuschauer, die sachkundig die Stöße der Spieler kommentierten. Stimmengewirr und Gelächter übertönten das Klicken der Elfenbeinkugeln.

Unser Auftritt bewirkte, dass Stimmen und Gelächter verstummten. In der Stille war das leise, aber harte Geräusch, mit dem die Kugeln aneinander stießen, deutlich zu hören. Ein Spieler nach dem anderen ließ das Queue sinken. Die Kugeln kamen zum Stillstand.

Washington Morton kam hinter der Bar hervor. Er war ein großer, sehr dunkler Schwarzer mit einem gewaltigen Bauch und einem kahlen, glänzenden Kopf, so glatt wie eine seiner Billardkugeln.

»Ihr seid Bullen, oder?«, fragte er missmutig, wartete die Antwort nicht ab, sondern fuhr fort: »Hört zu, Jungs! Ihr wisst doch, dass die meisten Leute in dieser Gegend allergisch auf den Anblick von Weißärschen reagieren. Sie flippen aus. Niemand kann sie zurückhalten. Sie zerschlagen euch die Nase oder ein bisschen mehr. Ihr schreit um Hilfe! Es kommen neue Bullen! Die Sirenen heulen! Am Ende steht der halbe Stadtteil in Flammen, und die Nationalgarde marschiert auf. Warum das alles? Weil ihr eure weißen Nasen in schwarze Angelegenheiten gesteckt habt. Wenn euer Boss meint, es müsse endlich dafür gesorgt werden, dass bei uns die Parkverbote respektiert werden, soll er Leute unserer Hautfarbe schicken!«

Ich zückte den FBI-Ausweis. Morton drehte den Kopf zur Seite, als wollte er sich einen besonders widerlichen Anblick ersparen.

»Okay, okay, Mann! Ich weiß, dass du ein Freund des Präsidenten bist. Das ändert nichts. Ich glaube nicht, dass ich die Jungs hinter mir …«, er wies mit dem Daumen über die Schulter, »… noch länger als drei Minuten zurückhalten kann.«

Als wollten sie seine Worte unterstreichen, schoben sich die Billardspieler und ihre Zuschauer zu einer kompakten Mauer zusammen. Die Stöcke wurden umgedreht, denn das bleigefüllte Ende ist eine gefährliche Waffe.

Mit zwei großen Schritten ging ich so dicht auf Washington Morton zu, wie sein gewölbter Bauch es erlaubte, packte ihn mit der linken Hand an den Aufschlägen der Jacke und hielt ihm den Ausweis so dicht vor die Nase, dass er unwillkürlich zu schielen begann. »Sieh richtig hin!«, schnauzte ich ihn an. »Das ist ein FBI-Ausweis! Ich will Spoke Gooley sprechen, und du wirst mir sagen, wo ich ihn finde.«

Durch die Mauer der Gäste ging eine bedrohliche Bewegung. Phil trat einen Schritt vor und hob die Hand zum Jackenausschnitt.

»Bleibt ruhig, Freunde!«, sagte er. »Wir bringen eine wichtige Nachricht für euren Super-Boss. Er wird sehr böse auf euch sein, falls ihr uns hindert, ihm zu erzählen, was wir über die Pläne der Mafia wissen.«

Sie wurden unsicher, sahen sich an. Phil grinste sie der Reihe nach an. Betont langsam ließ er die Hand wieder sinken.

Ich gab Morton frei.

»Ruf Gooley an!«

Zögernd watschelte er zur Bar. Dabei sah er sich zweimal nach mir um. Ich folgte ihm.

Über die Theke hinweg griff er zum Telefon und wählte eine Nummer.

Der Teilnehmer meldete sich.

»Hinter mir stehen zwei FBI-Schnüffler«, sagte Morton. »Sie behaupten, sie hätten eine Warnung für dich und wüssten etwas über die Pläne der Mafia.«

Er wartete auf die Antwort, nickte und hielt mir den Hörer hin.

»Spoke will mit dir sprechen!«

Ich übernahm den Hörer.

»Cotton vom FBI.«

»Den Namen kenne ich«, sagte Gooley. Er hatte eine hohe, metallisch klingende Stimme. »Du giltst als Spitzenschnüffler. Wer ist bei dir?«

»Mein Kollege Phil Decker.«

»Sonst niemand?«

»Nein, ich habe keine Hundertschaft der Special Squad mitgebracht.«

»Auch davor hätte ich keine Angst«, erklärte er hochnäsig. Gooleys Eitelkeit war stadtbekannt und grenzte an Größenwahn. »Willst du mir Informationen verkaufen?«

»Wir bedienen dich kostenlos, Gooley, weil wir auf den Mann scharf sind, den die Mafia auf dich angesetzt hat.«

»Okay, ich komme«, entschied er. »Gib mir Morton!«

Ich reichte den Hörer zurück an den Besitzer des Salons.

Morton nahm die Anweisungen von dem King of Harlem entgegen, wackelte eifrig mit dem Kopf und sagte wieder und wieder: »Geht in Ordnung, Spoke! Mache ich, Spoke!«

Endlich legte er auf. Er winkte dem Keeper.

»Gib ihnen, was sie haben wollen. Sie sind Spokes Gäste.« Er zeigte auf uns.

Wir begnügten uns mit zwei Orangensäften, während Morton alle Gäste, bis auf fünf Männer, die offenbar zum innersten Kreis der Gang zählten, aus dem Salon schickte.

Zehn Minuten später fand der Auftritt Spoke Gooleys statt. Die Tür flog auf. Acht Sportsfreunde in Lederkleidung, so schwarz wie ihre Haut, marschierten ein, verteilten sich strategisch im Raum, schlugen die Jacken zurück und zeigten deutlich, dass sie Revolver im Gürtelholster trugen.

Die Jungs bildeten Gooleys private Polizeitruppe und trugen ihre Kanonen mit öffentlicher Genehmigung. Irgendein bestochener oder eingeschüchterter Stempelhämmerer in New Yorks Stadtverwaltung hatte der Gooley-Sportveranstaltungs-GmbH die Aufstellung einer bewaffneten Ordnungstruppe für die von ihr organisierten Baseball- und Basketball-

Turniere bewilligt. Mit solchen, von ihm gesponserten Sportereignissen sicherte sich Gooley die Sympathien der Bewohner von Harlem.

Einer der Leibwächter flüsterte ein paar Worte in ein Walkie-Talkie. Ein anderer hielt die Tür auf.

Spoke Gooley betrat den Billardsalon, gefolgt von zwei Unterführern, die einen respektvollen Abstand einhielten.

Weder Phil noch ich waren Gooley je begegnet, aber wir wussten, dass er sich ein paar Verrücktheiten zugelegt hatte.

Er trug einen großkrempigen, weißen Hut mit einem Band aus Leopardenfell. Sein Anzug bestand aus Rohseide. Die rote Krawatte zeigte sein eigenes Porträt. An allen Fingern, Daumen ausgenommen, steckten Ringe. Mit ihm drängten zwei Mastiff-Kampfhunde in den Raum, mächtige, Furcht erregende Tiere, die Gooley mit einem Doppelgeschirr führte. Sobald sie uns sahen, begannen die Hunde wie wild zu bellen. Sie entblößten ihre Brechscherengebisse. Ungeachtet der Würgehalsbänder, die ihnen die Luft abschnürten, versuchten sie, sich loszureißen. Sie zurückzuhalten, brauchte Gooley alle Kraft. Einer seiner Unterführer sprang ihm bei, griff in die Lederriemen.

»Schafft sie raus!«, befahl Gooley.

Zwei Privatpolizisten griffen ein. Gemeinsam schleiften die Männer die Mastiffs, die sich wie tobsüchtig gebärdeten, nach draußen.

Gooley zupfte ein Taschentuch aus der Brusttasche und trocknete sich die Innenfläche der Hände.

»Die beiden sind wirkungsvoller als die härteste Schlägercrew. Sie allein haben Italienerpulks von zehn Mann Kopfstärke auseinander gesprengt wie ein Volk Hühner. Es war ein großer Spaß zuzusehen, wie die Kerle davonrannten. Wisst ihr, wie ich die Mastiffs nenne? Cosa und Nostra.«

Er brach in Gelächter aus. Alle seine Leute lachten mit.

Während er sich vor Lachen ausschüttete, betrachtete ich Spoke Gooley nachdenklich. Er war ein mittelgroßer, dunkelhäutiger Mann mit einer flachen Nase, vorquellenden Augen und einem großen Mund voll goldgeflickter Zähne. Nichts an ihm war besonders oder ungewöhnlich. Trotzdem war es ihm gelungen, sich zum Boss aller Harlem-Gangs aufzuschwingen, die vor seiner Zeit untereinander zerstritten waren und sich gegenseitig bekämpften.

Gooleys Trick bestand darin, dass er sich als dunkelhäutiger Robin Hood ausgab, der für seine unterdrückten schwarzen Brüder in den Krieg zog. Das verschaffte ihm großes Ansehen unter Harlems Bewohnern und machte seine Stellung nach und nach unangreifbar, bis jeder, der gewagt hätte, gegen ihn aufzumucken, auf seinen Wink hin von der Menge gesteinigt worden wäre.

Geschickt streute Gooley ein paar Dollars seiner Riesengewinne unter die Leute. Er ließ im Zentrum von Harlem eine verfallene Arena in Stand setzen, gründete eine eigene Firma und veranstaltete Sportmeetings, Baseball- und Basketballturniere, für die er keinen Eintritt forderte. Die Kosten trieb er bei Ladenbesitzern und Geschäftsleuten ein, die nachdrücklich aufgefordert wurden, die Veranstaltungen zu sponsern.

Wie jeden Diktator gelüstete es Spoke Gooley nach der Ausdehnung seiner Macht. Es genügte ihm nicht, im schwarzen Harlem die Geschäfte der Mafia an sich zu reißen. Er überschritt die 95th Street nach Süden und entriss den Familien der Cosa Nostra einen Bezirk nach dem anderen, und wie jedem Diktator war es ihm gleichgültig, wie viele der eigenen Leute er dabei opferte. Da er das Glück hatte, auf erschlaffte und schlecht organisierte Clans zu stoßen, war er erfolgreich. Das Direktorium wusste, dass nur der Tod Spoke Gooley daran hindern konnte, seinen Eroberungsfeldzug bis zur Battery, der Südspitze Manhattans, fortzusetzen. Solche Gedanken schossen mir durch den Kopf, während Gooley und seine Mannschaft lachten, als wäre ihm der Witz des Jahres gelungen.

Endlich brach er sein Gelächter ab.

»Die Köter sind 'ne richtige Geheimwaffe«, sagte er. »Ich habe mir einen Zwinger zugelegt, in dem ein Dutzend Mastiffs aufwachsen.«

»Wir sind nicht hergekommen, um mit dir über Hundezucht zu reden, Gooley«, unterbrach ich ihn. »Wir suchen einen Mafia-Mann, und wir wollen, dass du uns bei der Suche hilfst.«

»Ausgerechnet ich? Ich bin mit den Spagetti-Boys nicht besonders befreundet.«

»Genau aus diesem Grund bist du für uns der richtige Mann. Der Mafia-Spezialist ist auf dich angesetzt und wird versuchen, dich umzulegen.«

Irrte ich mich, oder schlugen Gooleys Augenlider einen schnelleren Takt?

»Erzähl mir nicht, dass sich der FBI Sorgen um mein Leben macht!«

»Natürlich nicht, Spoke. Wenn es nach mir ginge, würde ich lieber dafür sorgen, dass alte Damen gesund die andere Straßenseite erreichen, als dich vor dem Anschlag eines Mafia-Killers zu bewahren. Aber wir wollen den Burschen fassen. Darum müssen wir mit dir zusammenarbeiten. Du bist sein Zielobjekt.«

»Ich kann mich selbst vor jedem hergelaufenen Mörder schützen.«

»Überschätz dich nicht! Der Mann ist kein Fünftausend-Dollar-Killer, der mit seinem abgesägten Schrotgewehr loszieht, sobald man ihm ein paar grüne Scheine zeigt. Er arbeitet im Auftrag des Direktoriums. Kein örtlicher Mafia-Boss hat ihm zu befehlen, aber jeder ist verpflichtet, ihn zu unterstützen. Er gilt als der beste Geheimagent der Mafia.«

»Ist er weiß oder ein Schwarzer?«

»Soviel wir wissen, ist er ein Weißer.«

»Sieh dich um, G-man! Kein Mann in meiner

Umgebung hat eine Haut, die heller wäre als kaffeebraun. Kein Weißer hat hier eine Chance, an mich heranzukommen.«

Ich konnte es mir nicht verkneifen, Gooley breit anzugrinsen.

»Als ich heute Morgen in den Spiegel blickte, Spoke, war meine Haut noch weiß. Hat sich daran etwas geändert? Ich denke, nein. Trotzdem stehen wir uns gegenüber.« Ich tippte auf meine linke Schulter. »Und dort trage ich eine Waffe.«

Unwillkürlich nahm Gooley den Oberkörper zurück, als wollte er mehr Abstand zwischen uns bringen. Seine gewölbten Augen starrten mich an.

»Du bist ein G-man«, sagte er.

»Richtig! Aber du musst damit rechnen, dass der nächste Mann, der dir einen FBI-Ausweis vor die Augen hält, nicht vom Justizminister, sondern von der Mafia bezahlt wird. Wir warnen dich vor jedem Leichtsinn.«

Der King of Harlem nickte.

»Okay, ich werde aufpassen. Gebt mir mehr Informationen! Wie heißt der Mann? Wie sieht er aus?«

»Wir nennen ihn Ralph Preston. Das nützt dir und uns nichts. Er wechselt die Namen so oft wie seine Hemden. Er ist über sechs Fuß groß, hat graublaue Augen und dunkelblondes Haar. Das nützt dir auch nichts, denn er ändert sein Aussehen nach Belieben. Wir besitzen kein brauchbares Foto, aber einige Fingerabdrücke. Nur daran können wir ihn mit Sicherheit identifizieren.«

»Hört sich an, als wärt ihr hinter einem Phantom her.«

»Kein Phantom, Spoke! Vor drei Tagen erschoss er Rocky Mariano mit einem Lasergewehr.«

»Damit tat er mir einen Gefallen!« Wieder brach Gooley in Gelächter aus. »Der Mann ist mein Freund!«

»Weißt du, wie ein Lasergewehr funktioniert? Es erlaubt präzise Treffer noch auf dreihundert Yards

Distanz. Preston konnte mit einer solchen komplizierten Waffe umgehen. Außerdem benutzte er Handgranaten, Tränengas und Nebelkerzen. Er tötete Mariano trotz abgesperrter Straßen vor den Augen von hundert Polizeibeamten und entkam.«

»Jeder weiß, dass New Yorks Bullen uniformierte Hampelmänner sind«, höhnte Gooley. »Meinen Jungs wäre der Bursche nicht entkommen. Okay, G-man! Wenn mir irgendetwas auffällt, werde ich mich bei dir melden, aber ich denke, dass ich die meisten Probleme selbst lösen kann.«

»Im Falle Ralph Prestons wäre das ein Fehler. Gelänge es dir, den Mann zu töten, würde die Mafia einen anderen ihrer Agenten schicken. Wir wollen Preston lebend, um die Organisation zu zerschlagen.«

»Wollt ihr meiner Firma den Rücken freihalten?«

»Das ist nur eine Frage der Priorität. Wir kümmern uns immer zuerst um die großen und später um die kleinen Gauner.«

Er riss die Augen auf und schob den Kopf vor.

»Willst du behaupten, ich sei ein kleiner Fisch?«, schnaubte er.

»Verglichen mit der Mafia bist du nur eine lokale Größe, Spoke!«

Wütend schrie er: »Kommt mit!«

Er ging zur Tür und riss sie auf.

Stimmengejohle, Beifallklatschen, Begeisterungspfiffe mischten sich mit Sprechchören: »Hey! Hey! Spoke Gooley! Harlem's King! Wir lieben dich!«

Zwei- oder dreihundert Menschen, darunter viele Jugendliche und Kinder, hatten sich um Gooleys Wagenkolonne gesammelt. Sein Auto, ein goldmetallic lackierter Cadillac Fleetwood, und die Fahrzeuge seiner Begleitkommandos sperrten die Straße. Im Fond des Fleetwood tobten die Mastiffs wie Tiger vor der Fütterung.

Gooley wies auf die jubelnde Menge.

»Seht ihr!«, sagte er. »Ihr behauptet, ich sei ein

Gangster, aber die Leute lieben und verehren mich. Ihr solltet sehen, was übermorgen in der Arena los sein wird. Ich veranstalte den Boxkampf um die amerikanische Meisterschaft im Mittelgewicht. Zwei Schwarze fighten gegeneinander. Natürlich sollten sie sich zum Vergnügen der Weißen in Las Vegas oder Reno prügeln, aber ich holte den Kampf ins finsterste Harlem. Ich sorge dafür, dass Menschen zusehen können, die keinen halben Dollar für eine Eintrittskarte besitzen. Croft Armstrong und Mighty the Fist kämpfen um den Titel, aber den größten Jubel wird es geben, wenn ich, Spoke Gooley, in den Ring steige und meine Gäste begrüße.«

Er schlug sich mit der flachen Hand auf die Brust und traf das eigene Porträt auf der Krawatte.

»Überzeugt euch!«, rief er. »Ich lade euch ein! Ihr werdet die einzigen Weißen unter zwölftausend Schwarzen sein. Ich, Spoke Gooley, garantiere für eure Sicherheit. Ich befehle, dass euch kein Haar gekrümmt wird, und niemand wird wagen, euch anzurühren. Werdet ihr kommen?«

Phil und ich verständigten uns mit einem Blick.

»Wir kommen«, sagte ich.

Gooley winkte einen der Privatpolizisten zu sich.

»Butch, du nimmst die Schnüffler in Mortons Salon in Empfang und bringst sie in die Arena! Jetzt bleibst du hier und sorgst dafür, dass sie ohne Ärger wegkommen.«

Er nickte uns zu.

»Nein, ich glaube nicht, dass mich ein Mafia-Killer erwischen kann«, sagte er. »Ich habe zu viele Leute auf meiner Seite.«

Als er zum Cadillac stolzierte, brandete der Beifall noch stärker auf. Gooley winkte nach allen Seiten, stieg ein und tätschelte die Mastiffs, die ihr Toben einstellten und sich an ihn drängten. Die Cops sprangen in zwei blaue Mercurys. Die Wagenkolonne setzte sich in Bewegung.

Sobald die Fahrzeuge verschwunden waren, verliefen sich die Leute. Zurück blieben zwei Dutzend junge Männer und Jugendliche, die einen Halbkreis um unseren alten Pinto bildeten. Ich sah Fahrradketten in ihren Händen. Schlagringe blinkten an vielen Fäusten.

Butch, der Privatpolizist, klatschte in die großen Hände.

»Hört zu, Jungs!«, rief er. »Spoke wünscht, dass diese Weißärsche unangetastet sein Gebiet verlassen. Wenn einer von euch Lust hat, gegen seinen Wunsch zu handeln, dann soll er sich melden.«

Zwanzig Sekunden herrschte Stille. Dann brach der Halbkreis auseinander. Die Männer und Jungen zerstreuten sich.

Butch wies auf den Pinto.

»Freie Fahrt für euch, Leute!«, sagte er.

An der Bar des Battery Park Hotels drängten sich die Gäste zur Happy Hour, jener Stunde zwischen sechs und sieben Uhr abends, in der jeder zweite Amerikaner ein Cocktailglas in der Hand hält.

Der Mann trank einen Planter's Punch.

»Gestern Abend hielt ich dich für einen Bloody-Mary-Fan«, sagte die Frau. »Den ganzen Abend hast du nichts anderes getrunken.«

»Weil ich wusste, was später geschehen würde«, antwortete er lächelnd. »Bloody Mary hält den Kopf klar und alles Übrige in Topform. Ein Geheimrezept meines Großvaters, das ihm noch mit achtzig Jahren zu großen Erfolgen bei jungen Witwen verhalf.«

»Ein gutes Rezept«, sagte die Frau. »Ich konnte mich von seiner Wirksamkeit überzeugen.«

Sie suchte seinen Blick, aber er trug eine dunkle Brille. Sie erinnerte sich an die Farbe seiner Augen und hatte den Wunsch, das seltsam kalte Graublau noch einmal zu sehen, das an Gletschereis erinnerte und das sich nie zu erwärmen oder zu beleben schien – nicht einmal in den Augenblicken höchster Ekstase. Sie streckte die Hand aus und griff nach der Brille.

Er fing die Hand am Gelenk ab, drehte es leicht, bis es zu schmerzen begann. Dann küsste er die Innenfläche der Hand.

»Hast du vergessen, dass du mir einen blauen Fleck beigebracht hast?«, fragte er.

»Wirklich?«

Er nickte. »Ja, neben dem linken Augenwinkel. Du hast dich benommen wie ein blutsaugender Vampir.«

Er log. Auch die Bloody-Mary-Geschichte war gelogen. Er achtete darauf, keinen bestimmten Drink zu bevorzugen, weil ein Mann auch an seinen Gewohnheiten und Vorlieben identifiziert werden kann.

Von den übrigen Männern an der Bar, eingeschlossen die drei Keeper hinter der Theke, fielen bewundernde Blicke auf die Frau. Einige hatten sie bei der großen Show französischer Mode gesehen, die seit einer Woche im Battery Park Hotel stattfand und Journalisten und Einkäufer aus allen Oststaaten nach New York gelockt hatte. Sie wussten, welche großartige Figur sich unter dem weiten Pullover und dem gebauschten Rock verbarg, den sie heute trug. Eine Flut tizianroten Haars umrahmte das längliche Gesicht mit dem ausgeprägten, sinnlichen Mund und den großen, schräg stehenden Augen, deren grüne Iris der Frau etwas katzenhaft Gefährliches verlieh.

Als Mannequin schritt sie unter dem Namen Jody über den Laufsteg. Ihr vollständiger Name lautete Jo Ann Harwell. Obwohl sie französische Mode vorführte, war sie Amerikanerin. Sie war verwirrt, dass der Mann neben ihr so viel Leidenschaft in ihr erweckte. Mannequins sind kühle Geschöpfe und viel zu sehr auf das eigene Aussehen fixiert, als dass sie sich von anderen beeindrucken ließen. Sie zu erobern, gilt als schwierig. Aber diesen Mann hatte Jo Ann Harwell nach nur zwei Stunden in ihr Zimmer und in ihr Bett gelassen. Wie ein plötzlicher Fieberanfall erfasste sie brennendes Verlangen nach den starken Gefühlen der Nacht, nach Wiederholung. Ihr Körper erinnerte sich an alles, was der Mann getan hatte.

Sie merkte, dass sie schneller atmete, und griff nach ihrem Glas. Der Mann lächelte, und Jo Ann Harwell erkannte, dass er ihre Gedanken und ihre Gefühle erriet.

»Werden wir uns wiedersehen?«, fragte sie.

»Wie sieht dein Programm für die nächsten Wochen aus?«

»Die Show geht heute nach San Francisco. Las Vegas, Los Angeles und Washington folgen.«

»In Las Vegas könnte es klappen. Möglicherweise habe ich in nächster Zeit dort zu tun.«

»Kann ich dich anrufen?«

»Darling, ich bin viel unterwegs.«

Ein Hotelboy trat auf den Mann zu, fragte: »Mr. Marshall?«

»Das bin ich.«

»Ihr Hubschrauber ist gelandet, Sir.«

Der Sir warf ein paar Dollarnoten auf die Theke und lächelte Jody zu.

»Viel Glück und vielen Dank.«

Ihre grünen Augen funkelten ihn an.

»Beim nächsten Mal werde ich dir eine Whiskyflasche auf den Kopf schlagen.«

»Wollen wir wetten, dass du es nicht tun wirst?« Er beugte sich zu ihr. »Ich verspreche dir, dass wir uns wiedersehen werden. Mein Job macht es unmöglich, dir einen genauen Termin zu nennen.«

»Über deinen Job hast du nicht gesprochen. Warum nicht?«

»Waren wir nicht besser beschäftigt? Hätten wir die Zeit mit Berufsgesprächen vergeuden sollen?«

Er nahm einen großen Koffer auf, der neben dem Hocker stand. Eilfertig nahm der Boy ihm das Gepäckstück ab. An seiner Haltung war zu erkennen, dass er schwer daran zu tragen hatte.

Der Mann, der sich Robert Marshall nannte, benutzte den Expresslift, der ihn und den Boy bis zum Dachgeschoss katapultierte. Dort übernahm er den Koffer, gab dem Boy fünf Dollar Trinkgeld und trat auf die Dachfläche hinaus.

Auf der rot markierten Landefläche stand ein leichter Hubschrauber mit großer Glaskanzel. Der Rumpf trug in roten Buchstaben die Aufschrift ›Manhattan Skytrip‹.

Der Pilot kam Marshall entgegen und reichte ihm die Hand.

»Ich bin Robert MacLean und werde Sie fliegen, Sir. Wenn Sie mögen, nennen Sie mich Bob!«

»Welch ein Zufall«, sagte Marshall. »Auch ich heiße Robert, und Sie können mich ebenso gern Bob nennen.«

Der Pilot übernahm den Koffer.

»Ganz schön schwer, ihr Arbeitsgerät, Bob!«

»Wer aus der Luft scharfe Fotos schießen will, braucht Superkameras.«

»Wollen Sie hinter mir sitzen?«

»Nein, neben Ihnen. Darf ich während des Flugs die Tür öffnen?«

»Ja, wenn Sie versprechen, sich sorgfältig anzuschnallen. Ich möchte nicht, dass Sie in den Hudson stürzen.«

Die Männer bestiegen die Maschine. MacLean wies auf den Kopfhörer mit integriertem Mikrofon.

»Damit wir uns während des Flugs verständigen können, Bob!«

Marshall setzte den Kopfhörer auf und schnallte sich an.

Der Pilot warf den Motor an. Der Hubschrauber erzitterte.

»Verstehen Sie mich?«, erkundigte sich MacLean und wies auf einen Drehschalter. »Sie können die Lautstärke regeln.«

»Ich kenne mich aus«, antwortete Robert Marshall.

»Welches Ziel soll ich zuerst anfliegen?«

MacLeans Fluggast blickte auf die Armbanduhr.

»Drehen Sie erst einmal eine Informationsrunde über Manhattan!«

»In Ordnung, Bob! Ich hebe ab!«

Unter dem Gebrüll der Maschine schraubte sich der Helikopter in die Luft.

MacLean wies auf zwei silbrig glänzende Doppeltürme, auf die der Hubschrauber zuflog.

»Das World Trade Center«, erklärte er.

»Ja, ich weiß«, sagte Robert Marshall gleichgültig. Er machte sich an dem Koffer zu schaffen, der vor seinen Füßen stand.

Er öffnete den Reißverschluss einer Seitentasche und nahm eine langläufige Waffe heraus.

Am Samstag betraten wir Washington Mortons Billardsalon zum zweiten Mal. Wir fanden alle Tische verwaist. Nur Morton und Gooleys in Leder gekleideter Privatpolizist Butch erwarteten uns. Der dicke Morton hatte sich in Schale geworfen. Auf der Brust seines feinen Streifenanzugs trug er einen Button mit dem Bild eines böse blickenden Schwarzen und der Aufschrift: Mighty for Champion.

»Lasst euren Wagen vor Mortons Haus stehen«, sagte Butch. »Wir benutzen Mortons Auto. Er wird euch nach dem Fight zurückbringen.«

In Mortons Mercury warteten bereits zwei aufgezäumte, heftig bemalte Schönheiten. Wir zwängten uns dazu. Butch übernahm das Steuer. Als Morton seine satten zweihundert Pfund auf den Beifahrersitz sinken ließ, ächzten die Stoßdämpfer.

Man spürte, dass etwas los war in Harlem. In den Straßen waren viele Leute unterwegs, alle in dieselbe Richtung. Sie trugen Schleifen in den Kampffarben der Gegner, Luftballons mit Sprüchen wie: Sieg für Crofty! Zertrümmere ihn, Mighty!

Die Arena lag im Bereich der Kreuzung 125th Street und Lenox Avenue im Herzen von Harlem. Von außen war sie ein schäbiger, vielfach geflickter Ziegelbau ohne Fenster und Überdachung. Innen bildete sie ein Oval aus erhöhten Sitzreihen. Zu den einzelnen Blöcken führten fünf Eingänge, und ein Sondereingang für die Prominenz mündete auf einen Innenparkplatz, auf dem schon Gooleys goldener Cadillac und ein halbes Dutzend feiner Schlitten standen.

Die Ränge waren bis auf den letzten Platz gefüllt von lachenden, winkenden, lärmenden Menschen. Aus mächtigen, an Masten installierten Lautsprechern dröhnte Rockmusik, der Bad-Song von Michael Jackson.

Im Zentrum des Ovals war der Ring aufgebaut, umgeben von zusätzlichen Sitzreihen auf der Fläche, die sonst für die Basketball-Spiele benötigt wurde.

Gooley und sein Gefolge thronten in feinen Sesseln direkt am Ring. Zu seinen Füßen kauerten die Mastiffs. Als sie uns Weiße sahen, fuhren sie auf und bekamen einen Tobsuchtsanfall.

Gooley schüttelte sich vor Lachen, überschrie den Lärm der Menge, das Dröhnen der Lautsprecher und das Bellen seiner Hunde.

»Ach, verdammt, daran habe ich nicht gedacht!«, brüllte er. »Ich wollte euch Plätze in der ersten Reihe anbieten, aber Cosa und Nostra ertragen euren Anblick nicht. He, Butch, beschaff den G-men Plätze in der vierten oder fünften Reihe! Bleib bei ihnen, damit es keinen Ärger gibt.« Er hob die Hand. »Ihr könnt eine Wette anlegen. Ich schicke einen Buchmacher vorbei. Mighty the Fist ist Zwei-zu-eins-Favorit.«

Butch führte uns durch die Reihen. Das Bellen der Mastiffs verebbte. Gooleys Privatcop scheuchte drei bunt gekleidete Männer von ihren Sitzen.

Ich sah mich um, ebenso Phil.

Angeblich ist New York ein riesiger Schmelztiegel der Völker und Rassen, aber diese Show war eine rein schwarze Veranstaltung. Irgendetwas bei der großen Verschmelzung musste nicht funktioniert haben. Neid, Missgunst, Vorurteile, Dünkel und ein paar andere menschliche Eigenschaften hatten das Feuer unterm Tiegel längst ausgeblasen.

Ringsum herrschte laute und bunte Fröhlichkeit, und der Bursche, der dieses Volksfest veranstaltete, war ein übler Gangster, der sein Geld mit der Rauschgiftsucht der Schwestern und Brüder der Leute machte, die ihm hier zujubelten. Er schickte die Mädchen als Nutten auf die Straße, verteuerte ihre Lebensmittel durch die Schutzgebühren, die er von den Ladenbesitzern erpresste, missbrauchte ihre Kinder als Diebe und Schläger, zwang ihnen allen seine Willkür auf. Empörten sie sich? Nein, wo er auftauchte, überschlugen sie sich vor Begeisterung.

Diese unsere Welt scheint etwas aus den Fugen geraten zu sein, und ich könnte Ihnen eine Menge Burschen nennen, die es noch viel schlimmer treiben als Spoke Gooley.

Der Buchmacher kam. Ich legte eine Zwanzig-Dollar-Wette auf Mighty the Fist an. Phil erwärmte sich für Croft Armstrong und stieg bei ihm mit einem Zehner ein.

Ein dicker Kerl in einem Goldbrokatfrack kletterte in den Ring und schnappte sich ein Mikrofon. Die Musik brach ab. Seine fette, heisere Stimme drang aus den Lautsprechern.

»Willkommen, Leute!«

Ohrenbetäubendes Pfeifen antwortete ihm. Er wartete, bis es verebbt war, bevor er brüllte: »Wem verdanken wir diese großartige Veranstaltung?«

Zehntausend Stimmen antworteten: »Spoke Gooley! Spoke Gooley! Spoke Gooley!«

Der Goldfrack riss die Arme hoch. Schlagartig trat Stille ein.

»Wie danken wir Mr. Gooley?«, dröhnte es aus den Lautsprechern.

Ein Sprechchor von Tornadostärke brauste durch die Arena.

»Lang lebe Spoke! Lang lebe Spoke!«

Wieder tobte die Menge, bis der Dicke Schweigen gebot.

»Was ist Mr. Spoke Gooley?«

Alle standen auf, fassten sich an den Händen und sangen: »He is a very good fellow!«

»Aufstehen!«, herrschte Butch uns an. »Mitsingen!«

Feindselige Blicke trafen uns aus allen Richtungen. Um des lieben Friedens willen standen wir auf.

Der Lobgesang zu Gooleys Ehren hallte in sechsfacher Wiederholung durch die Arena, bis der Goldfrack Stillschweigen gebot und wir uns alle setzen durften.

»Und nun bitte ich unseren Freund und Gönner Mr. Spoke Gooley um einige Worte der Begrüßung!«, sagte der Zeremonienmeister.

Der Mann, der sich Robert Marshall nannte, schaltete die Sprechverbindung ab, die es der Flugkontrolle erlaubte, sich jederzeit in die Gespräche an Bord des Hubschraubers einzuschalten. Ohne Zögern wählte er den richtigen Schalter. Die Bordverbindung ließ er bestehen.

Dann setzte er MacLean, dem Piloten, die Mündung der Waffe an die Schläfe.

»Das ist eine Luftdruckpistole«, sagte er. »Ihre Power genügt, dir die Stirnwand zu zerschlagen. In der Maschine wird die Kugel keinen Schaden anrichten, und ich kann die Mühle genauso gut fliegen wie du. Ich komme gesund runter, aber du wirst ein toter Mann sein, wenn du nicht mitspielst.«

»Was wollen Sie? Was verlangen Sie von mir?«, stammelte MacLean entsetzt.

»Nicht mehr, als dass du meine Anweisungen in fliegerische Präzisionsarbeit umsetzt. Du wirst mit der

Maschine alle Flugmanöver ausführen, die ich verlange, gleichgültig, was passiert. Okay, Bob?«

»Was haben Sie vor? Sie können mich nicht zwingen, bei einem Verbrechen mitzumachen!«

»Kann ich nicht?« Marshalls Lippen verzogen sich zu einem Lächeln, das abgrundtiefe Bosheit ausdrückte. »Heißt deine Frau Amily? Hast du nicht eine hübsche, kleine Tochter, die immer rote Schleifen in ihren Zöpfchen trägt?«

»Woher wissen Sie das?« Entsetzen schnürte MacLeans Kehle zu.

»Du wohnst mit deiner Familie in einem weißen Fertighaus, Modell Truehome. Es steht in Saddle Rock. Du hast noch eine Menge Raten darauf abzuzahlen. Das stimmt doch alles, oder?«

»Großer Gott!«, murmelte der Pilot hilflos.

»Während wir diesen Spazierflug unternehmen, warten vor deinem Haus zwei tüchtige Jungs in einem blauen Chevrolet. Sie warten auf meine Nachricht, dass du dich kooperativ gezeigt und meine Aktion perfekt unterstützt hast. Erhalten sie diese Nachricht, werden sie wegfahren. Melde ich mich nicht, wird einer von ihnen aussteigen, ein Paket aus dem Kofferraum nehmen und es vor den Eingang deines Hauses legen, und erst nach diesem speziellen Geschenk für deine Familie werden sie das Weite suchen und dieses Mal ziemlich eilig, denn genau drei Minuten später wird das Paket explodieren. Ich fürchte, von deinem hübschen Haus wird nicht viel übrig bleiben, und Amily und deine Tochter mit den roten Schleifen…«

MacLean machte eine unbeherrschte Bewegung.

»Du verdammter…!«, brüllte er, ließ das Steuer los, streckte die Hände nach Marshall aus, wollte die Finger um seine Kehle krallen.

Trocken schlug ihm Marshall den Lauf der Luftdruckpistole auf den Kopf. Er dosierte die Wucht des Schlags genau. Der Pilot sackte zusammen.

Der Helikopter geriet in einen unkontrollierten

Flugzustand und drohte über die linke Seite abzuschmieren.

Marshall griff ins Steuer und stabilisierte die Lage der Maschine, während er MacLean beobachtete, dessen Augenlider flatterten. Nach einer halben Minute richtete sich der Pilot stöhnend auf.

»Beim nächsten Mal kippe ich dich aus der Maschine«, sagte Marshall. »Übernimm das Steuer!«

MacLeans Widerstandswille war gebrochen. Die Angst um seine Familie fraß in seinem Gehirn.

»Bringen Sie Amily und Claire nicht um!«, flüsterte er. »Bitte!«

»Alles hängt von dir ab!«, antwortete Marshall gleichgültig. »Drück die Maschine auf vierzig Yards und flieg längs des East River nach Norden!«

»Vierzig Yards liegt unterhalb der erlaubten Flughöhe«, sagte McLean.

Robert Marshall lachte.

»Was glaubst du, wie verboten das ist, was ich tun werde?«

Er schob die Luftdruckpistole in den Gürtel und öffnete den Koffer. Nicht eine Fotoausrüstung, sondern eine Maschinenpistole und fünf Magazine, festgeklemmt in stählernen Halterungen, waren der Inhalt.

»... einige Worte der Begrüßung!«

Spoke Gooley stand auf, zog das Ledergeschirr seiner Hunde straff und ging zu der kurzen, mit Teppich belegten Treppe, die den Höhenunterschied zwischen Arena und Ring überbrückte.

Der Jubel erreichte Orkanstärke. Die zehntausend Besucher klatschten wie besessen, schrien Spokes Namen, tanzten vor Begeisterung.

Gooley stieg, begleitet von seinen Mastiffs, die Treppe hinauf.

Gab es nicht irgendwann einen übergeschnappten

römischen Kaiser, der immer ein paar Löwen am Halsband mitschleifte, damit bei seinem Anblick allen Untertanen die Knie schlotterten? Spoke Gooley mit seinen Bestien erinnerte mich daran.

Zwei Helfer zogen die Ringseile auseinander, damit Gooley bequem einsteigen konnte. Er stolzierte im Ring umher und winkte nach allen Seiten. Nachdem er sich in der Mitte aufgebaut hatte, ließ er sich ein Mikrofon reichen. Auf einen Wink kauerten sich die Hunde zu seinen Füßen.

Mit einer Armbewegung befahl Gooley den Zehntausend Stille und begann seine Rede.

Fragen Sie mich nicht, was er sagte!

Ich denke, er lobte sich selbst über jedes Maß, aber er hatte kaum zwei oder drei seiner hervorragenden Eigenschaften erwähnt, Großzügigkeit, Hilfsbereitschaft oder so etwas Ähnliches, als das Herandröhnen eines tief fliegenden Hubschraubers die Stärke der Lautsprecherbatterien übertraf.

Gooley hob irritiert den Kopf und blickte zum Himmel. Obwohl das Dröhnen nicht zu überhören war, war die Maschine noch nicht zu sehen.

Weiß der Teufel, welche Vision der Krach in mir auslöste! Plötzlich wusste ich, dass Schreckliches geschehen würde. Ich sprang auf, warf die Arme hoch, brüllte: »Raus aus dem Ring!«

Butch, dieser Armleuchter von einem Privatpolizisten, missverstand meine Geste. Er dachte, ich wollte Gooley beschimpfen. Weit holte er aus und knallte mir die Faust ans Kinn. Ich hatte mit keinem Angriff gerechnet, nahm den Brocken voll und kippte zurück auf meinen Sitz. Während noch die Beleuchtung in meinem Gehirn flackerte, kam der Hubschrauber hereingefegt, so knapp oberhalb der letzten Sitzreihe, dass der Fahrtwind den Menschen Hüte und Mützen von den Köpfen riss. Es war eine kleine, weiße Maschine mit einer großen Glaskanzel. Abrupt verminderte der Pilot das Tempo. Genau über dem Ring sackte der Helikopter um noch ein paar Yards.

Ich sah den Mann in der offenen Türöffnung, sah das schwarze Ding, die Maschinenpistole, in seinen Händen, sah das Flackern des Mündungsfeuers. Wie Hagelschlag hämmerten die Kugeln in den Bodenbelag des Rings, rissen große Splitter heraus, stanzten ein tödliches Muster, bis die Einschläge nicht mehr Holz, sondern lebendiges Fleisch trafen. Einer der aufspringenden Mastiff-Hunde überschlug sich, und dann fegte eine unsichtbare Faust Spoke Gooley von den Füßen wie eine umstürzende Schaufensterpuppe.

Panik brach aus, und es wurde eine der schrecklichsten Ausbrüche von Panik, die Phil und ich je erlebt hatten. Ich zerrte den 38er aus dem Holster, aber es gelang mir nicht, auf den Hubschrauber zu schießen. Die schreiende Menschenmenge riss mich mit. Ich musste kämpfen, um auf den Füßen zu bleiben.

Von Gooleys Leuten, die alle bewaffnet waren, verfiel keiner auf den Gedanken, auf den Hubschrauber zu feuern. Sie flüchteten wie die Hasen und brachen sich rücksichtslos Bahn. Vielleicht war es sogar gut, dass niemand zurückschoss und den Killer-Helikopter herunterholte. Ein Absturz der Maschine in die Arena und ihre Explosion hätten die Katastrophe um ein Vielfaches vergrößert.

Das Schreien der Menschen, die Hilferufe, das ohrensprengende Knattern und Jaulen wurde zur höllischen Sinfonie mit dem harten Gehämmer der Maschinenpistole als Taktgeber.

Kaltblütig wendeten die Killer den Helikopter, drosselten das Tempo noch weiter, flogen den Ring zum zweiten Mal an, streuten ihn mit einer zweiten Serie ab.

Das Röhren der Maschine steigerte sich. Einem riesigen Insekt gleich raste der Helikopter auf die Ränge der Südkurve zu. Sekundenlang sah es aus, als würde er in die Menschenmenge hineinkrachen. Im letzten Augenblick zog der Pilot die Maschine hoch. Der

Helikopter übersprang die Umfassungsmauer des Stadions, schraubte sich in den Himmel und verschwand mit steigender Geschwindigkeit aus dem Blickfeld.

Er hinterließ einen Hexenkessel, ein brodelndes Inferno.

Gegen den Strom der Menge kämpften Phil und ich uns in Richtung des Rings vor. Umgestürzte Stuhlreihen türmten sich zu Barrikaden. Wir kamen so langsam vorwärts, als arbeiteten wir uns durch das Unterholz eines Dschungels.

Phil erreichte den Ring als Erster. Sekunden nach ihm schwang ich mich durch die Seile.

Spoke Gooley lag in der Ringmitte auf dem Gesicht, Arme und Beine gespreizt. Einschusslöcher, vom Blut dunkel getränkt, hatten den Rücken seiner Jacke zerfetzt.

Dicht neben ihm lag ein Mastiff auf der Seite. Aus dem offenen Maul floss Blut. Der zweite Hund bearbeitete mit scharrenden Vorderpfoten den Ringbelag und jaulte entsetzlich. Die Hinterhand schleifte nach.

Ich sah das Mikrofon neben Gooleys Hand und hob es auf. Im Rund des Stadions tobte die Menschenmenge in wahnsinniger Panik.

Ganz instinktiv rief ich ins Mikrofon: »Ruhig, Leute! Es ist alles vorbei!«

Ein kleines Wunder geschah. Meine Stimme dröhnte aus den Lautsprechern. Die Anlage funktionierte!

»Nehmt Vernunft an, Leute! Die Gefahr ist vorüber!«

Ich spürte, dass das Geschrei abebbte, und während ich über die Lautsprecher die Menschen zu beruhigen versuchte, ging Phil zu dem jaulenden Kampfhund und erschoss ihn.

»Landen!«, befahl Marshall und zeigte auf eine Waldlichtung auf dem Westufer des Hudsons und nördlich von Englewood.

MacLean gehorchte wie ein Automat. Seit den schrecklichen Szenen in der Arena handelte er unter einem schweren Schock. Er flog den Hubschrauber mit mechanischer Routine, befolgte die Anweisungen des Mörders. Es war, als hätte er seine Denkfähigkeit verloren.

Präzise setzte er die Maschine in der Mitte der Lichtung auf.

»Stell den Motor ab!«

MacLean schaltete das Triebwerk ab. Die Rotorblätter liefen leer, kamen zum Stehen.

Der Mann, der sich Robert Marshall nannte, löste seine Sitzgurte.

»Als Pilot bist du erstklassig, Bob«, sagte er und lächelte zynisch.

Er schob die Tür auf seiner Seite zurück.

»Möchtest du meine Kugelspritze als Andenken behalten?«, fragte er, stand auf und legte die Maschinenpistole auf den Sitz.

»Viel Glück, Bob! Grüß Amily und Claire mit den roten Schleifen!«

Er sprang aus der Maschine, entfernte sich zwei Schritte, dann drehte er sich noch einmal um.

»Für dich, Bob!«, rief er, zog die rechte Hand aus der Tasche und warf einen schwärzlichen, runden Gegenstand in den Hubschrauber.

Er schnellte herum und rannte in großen Sprüngen von der Maschine weg.

Die Handgranate explodierte. Das Glas der Kanzel flog heraus. Einen Sekundenbruchteil später explodierte der Benzintank. Eine Feuerwolke hüllte den Helikopter ein.

Marshall erreichte einen blauen, japanischen Sportwagen mit den Kennzeichen des Staates New Jersey.

Das schnelle Fahrzeug stand an der Mündung eines

schmalen Weges, der das Waldgebiet durchschnitt.

Er stieg ein, warf einen flüchtigen Blick auf den brennenden Hubschrauber und fuhr an.

Das Sirenengeheul der Streifenwagen und das schrille Alarmklingeln der Ambulanzfahrzeuge erfüllte die Luft. Noch immer waren die Folgen des Mordanschlags auf Spoke Gooley nicht zu überblicken.

Hunderte von Menschen waren in der Panik verletzt worden, einige so schwer, dass um ihr Leben gefürchtet werden musste.

Zwanzig Minuten hatten Phil und ich verloren, bis es Phil gelang, in einem Büroraum der Arena einen Telefonhörer in die Hand zu bekommen. Er rief das Hauptquartier an und verlangte Steve Dillaggio.

Steve war so erregt, dass er schrie: »In Harlem hat sich eine entsetzliche Sache ereignet. Steckt ihr drin?«

»Im Zentrum! Vor einer halben Stunde töteten Killer aus einem Hubschrauber Spoke Gooley und lösten mit den Maschinenpistolensalven eine Panik unter zehntausend Menschen aus. Sie benutzten eine weiße Maschine mit großer Glaskanzel. Auf dem Rumpf stand in roten Buchstaben ein Name. Alles ging so schnell, dass ich nur das erste Wort lesen konnte. Es lautete ›Manhattan‹, gefolgt von einem zweiten Wort. Steve, du musst schnellstens herausfinden, ob irgendeine Firma solche Maschinen besitzt und ob ein Hubschrauber vermisst wird.«

»Bleib am Apparat!«, antwortete Dillaggio.

Die fünf Minuten, bis sich Steve wieder meldete, dehnten sich zu fünf Ewigkeiten.

»Ich denke, ich habe ihn«, sagte er endlich. »Die Firma heißt Manhattan Skytrip. Sie veranstaltet Besichtigungsflüge, Zubringerdienste, und so weiter.«

»Vermissen sie eine Maschine?«

»Sie haben keine Verbindung zum Helikopter Nummer 6. Mit ihm holte der Pilot Robert MacLean einen Passagier vom Battery Park Hotel ab. Der Mann hatte eine Maschine für einen Rundflug bestellt.«

»Sein Name?«

»Robert Marshall. Er gab an, er wollte kommerzielle Luftaufnahmen von Gebäuden machen.«

»Gib die Informationen an die zentrale Luftüberwachung, Steve! Ich fürchte, dieser Hubschrauber wurde bei dem Anschlag benutzt. Wir fahren zum Hotel.«

Es war schwierig, aus Harlem herauszukommen. Überall verstopften Fahrzeuge, erregte Menschengruppen die Straßen. Ein Streifenwagen brachte uns zum Pinto. Südlich der 95th Street kamen wir zügiger voran. Wir pfiffen auf die Verkehrsregeln und ignorierten die abendliche Rushhour.

Battery Park heißt ein neuer Bezirk in der Südspitze, errichtet auf künstlich aufgeschüttetem Terrain zwischen stillgelegten Hafenkais, zurzeit New Yorks teuerstes Pflaster, und das Battery Park Hotel gilt als feinster Übernachtungsschuppen Manhattans.

Die riesige Halle strotzte von Marmor und Gold. Welch ein Gegensatz zur Hölle von Harlem, aus der wir kamen! Wir knallten die Ausweise auf den Tisch und ließen uns zum Chef vom Dienst führen.

»Robert Marshall?«, wiederholte er den Namen und drückte den Knopf einer Sprechanlage. »Welches Zimmer hat Mr. Robert Marshall?«

Die Antwort kam prompt und wurde offenbar von einem Computer-Terminal abgelesen.

»Zimmer 512.«

Ich beugte mich über das Mikrofon.

»Seit wann?«

»Seit dem achtzehnten des Monats, Sir.«

»Machte er Angaben über die Dauer seines Aufenthalts?«

»Keine Angaben!«

»Wie bezahlte er seine Rechnungen?«

»Er legte eine VIP-Karte von Credit Inc. vor. Das bedeutet ein Volumen von zehntausend Dollar uneingeschränkt.«

»Danke!« Ich wandte mich an den Chef vom Dienst. »Wir wollen sein Zimmer sehen.«

»Besitzen Sie einen Durchsuchungsbefehl?«

»Nein, aber der Mann steht im Verdacht, einen Mord begangen zu haben.«

Er gab nach, ließ sich den Generalschlüssel bringen und fuhr mit uns zur fünften Etage hoch. Unterwegs flehte er uns an: »Bitte, machen Sie kein Aufsehen! Der Ruf unseres Hotels gerät in Gefahr, wenn Gäste mitbekommen, dass der FBI bei uns einen Gangster sucht.«

Er öffnete die Tür zu Nummer 512.

Falls Sie glauben, Sie besäßen ein behagliches Zuhause, kommen sie mal ins Battery Park Hotel und lassen Sie sich eines der Durchschnittszimmer zeigen! Ich wette, danach werden Sie Ihre Wohnung für verdammt verbesserungsbedürftig halten. Allein das Bett hat die Größe einer Spielwiese für drei bis vier Personen.

Phil öffnete den Kleiderschrank. Ich warf einen Blick ins Badezimmer: Kristallspiegel, Marmorwände, vergoldete Armaturen, ein paar benutzte Handtücher auf dem Boden. Sonst nichts, nicht einmal eine Zahnbüste.

»Leer«, meldete Phil vom Kleiderschrank.

»Aber der Computer hat Mr. Marshalls Abreise nicht registriert«, stammelte der Geschäftsführer.

»Wer Ihrer Angestellten hatte Kontakt mit Mr. Marshall?«

»Vielleicht das Zimmermädchen, die Clerks am Empfangstisch, Kellner in den Restaurants, die Mixer an der einen oder anderen Bar, aber ich bezweifle, ob sich irgendwer an diesen Mann erinnern kann. Wir haben ständig über zweitausend Gäste.«

Er behielt Recht. Weder die Zimmermädchen noch die Angestellten an der Rezeption erinnerten sich an Robert Marshall und sein Aussehen. Den Hubschrauber hatte er telefonisch beim Office für Extrawünsche geordert. Schließlich stießen wir auf einen Hotelboy, einen siebzehnjährigen Puertoricaner, der Marshall informiert hatte, dass der Hubschrauber auf dem Dach gelandet war.

»Er saß an der Bar und unterhielt sich mit einer sehr schönen Dame.«

»Wie sah er aus?«

Er lieferte eine Beschreibung, die auf jeden Mann von ungefähr sechs Fuß Größe mit dunkler Brille und dunkelblondem Haar zutraf.

»Und die Frau?«

Der Boy wies auf einen der Barmixer.

»Jonny hat beide bedient. Sprechen Sie mit ihm!«

Der Mixer war ein junger Schwarzer mit rundem Gesicht und kurzem Kraushaar.

»Der Mann, der einen Hubschrauber bestellt hatte?«, wiederholte er meine Frage. »Ja, er saß eine Stunde lang an der Bar und trank zwei Planter's Plunch.« Der Keeper grinste. »Er war der am meisten beneidete Bursche an der ganzen Theke.«

»Warum?«

»Wegen der Frau an seiner Seite. Ein Traum von einer Frau. Rassiger als alles, was Hollywood je auf die Leinwand brachte. Ein Mannequin der französischen Modenschau. Sie heißt Jody. Wo sie auftaucht, quellen den Männern die Augen aus dem Kopf und sie schnappen nach Luft. Jeder, der die beiden nebeneinander sah, spürte, dass es zwischen ihnen knisterte.«

Er beugte sich über die Theke und flüsterte: »Für jeden war klar, dass dieser verdammte Bursche bekommen hatte, was wir anderen begehrten. Ihn hatte sie rangelassen, und es gab niemanden längs der Theke, der ihn deswegen nicht gehasst hätte. Am liebsten hätten wir ihn erschlagen.«

»Wo finden wir diese Wunderfrau?«, fragte Phil.

»Drehen Sie sich um! Dort geht sie inmitten ihrer Kolleginnen.«

Die Plätze an der Bar erlaubten einen weiten Blick in die Hotelhalle. Von den Liften bewegte sich eine Gruppe junger Frauen durch die Halle auf den Ausgang zu. Wo sie vorbeikamen, verstummten die Gespräche.

Es waren sehr große, sehr schlanke Mädchen um die fünfundzwanzig, langbeinig wie Gazellen, in neuester Mode gekleidet, perfektes Make-up, gestylte Frisuren, hochhackige Schuhe. Nicht alle waren Weiße. Es gab auch Schwarze und Asiatinnen unter ihnen, jede ein großartiges Exemplar ihrer Rasse.

»Welche?«, fragte ich den Mixer.

Ich vernahm seinen schnaufenden Atem dicht am linken Ohr.

»Die Rothaarige im gelben Kleid!«

Phil stieß sich von der Theke ab und wollte auf die Mädchen zugehen. Ich hielt ihn zurück.

»Arbeiten alle als Mannequin bei der Modenshow?«

»Ja, Sir!«

»Wohin gehen sie?«

»Sie fliegen nach San Francisco. Sie zeigen französische Mode im Hyatt in San Francisco.«

»Danke!«

Wir folgten den Mädchen. Vor dem Hotel wartete eine Journalistenmeute.

Blitzlichter flackerten.

Graziös stiegen die Mädchen in luxuriöse französische Autos. Junge Männer in der typischen und längst überholten Uniform französischer Polizisten dirigierten den Auftrieb und ließen ihre weißen Gummiknüppel kreisen.p

Das Ganze war eine Promotionsshow zur Absatzförderung französischer Waren in den USA.

Das rothaarige Mädchen stieg in eine schwarze Limousine. Für die TV-Kameras lächelte sie. Ihre Augen standen leicht schräg im schmalen Gesicht und glitzerten in intensivem Grün, das der Frau etwas Katzenhaftes verlieh.

»Willst du sie nicht zurückhalten?«, fragte Phil.

»Wir können zu jeder Zeit mit ihr sprechen.«

»Sie fliegt nach Frisco.«

»Das liegt, soviel ich weiß, noch immer in den Staaten.«

Ein Flic warf die Tür zu. Die schwarze Limousine fuhr an. Das Lächeln des Mädchens erlosch wie ausgeknipst.

»Von ihr hätten wir erfahren können, wie Robert Marshall alias Ralph Preston alias Agent der Mafia wirklich aussieht«, sagte Phil. »Wenn stimmt, was Jonny, der Mixer, vermutet, muss sie es wissen.«

Als Ralph Preston durch den Lincoln-Tunnel von New Jersey nach Manhattan zurückkam, fuhr er nicht den blauen japanischen Sportwagen, sondern einen grauen Chrysler, einen unauffälligen Wagen, der in einer geheimen Werkstatt der Mafia mit Sicherheitsglas, Stahlplatten und Doppelwandreifen zu einem Fahrzeug aufgemöbelt worden war, das eine raue Behandlung vertrug. Die frisierte Maschine beschleunigte den Wagen auf satte hundertzwanzig Stundenmeilen.

Die Papiere in seiner Brieftasche, der Führerschein, die Kreditkarten lauteten auf den Namen Frank Dover. Sein Aussehen hatte er nur wenig verändert. Statt der Sonnenbrille trug er die dickglasige Brille eines stark Kurzsichtigen. Ein sorgfältig angeklebter Schnurrbart bedeckte die Oberlippe.

Er parkte den Chrysler im Parkhaus der East 8th Street, in dem ein Stellplatz fünfundvierzig Dollar pro Tag kostete, ging die 2nd Avenue hinauf und betrat ein Apartmenthaus. Der Lift brachte ihn zur zwölften Etage. Er zog einen Schlüssel aus der Tasche und betrat die Wohnung Nummer 6. An der Tür hing eine Visitenkarte mit dem Namen Frank Dover.

Die beiden Zimmer des Apartments waren vollständig eingerichtet. Preston öffnete den Kleiderschrank und nahm einen Bügel mit einem Overall heraus. Der Arbeitsanzug trug auf dem Rücken die Worte: TRANS CARGO SERVICE.

Er ging in den Wohnraum, öffnete den Barschrank, lächelte beim Anblick der Auswahl an Scotch und Bourbon-Flaschen und wählte einen Scotch. Mit dem Glas in der linken Hand schlenderte er zu dem kleinen Schreibtisch und zog der Reihe nach die Schubladen heraus. Er fand alles, was er bestellt hatte: eine M-59-Pistole, ein Supermodell mit achtzehn Kugeln im Magazin, ein halbes Dutzend Ersatzmagazine, ein Sprechfunkgerät, einen Gürtel, an dem fünf Handgranaten, eine Stablampe und drei Magnesiumpatronen hingen.

Preston schaltete den Fernsehapparat ein. Auf Kanal 6 lief die Sendung ›24 Stunden New York‹. Noch immer beherrschte das Massaker in Harlem die Nachrichten. Fünf Minuten lang verfolgte er die Sendung. Dann schaltete er gelangweilt ab. Abgeschlossene Fälle interessierten ihn nicht, und die schrecklichen Folgen ließen ihn unberührt.

Aus dem Gedächtnis wählte er eine Telefonnummer. Eine Männerstimme meldete sich: »Empress Club!«

»Du sprichst mit Tomba«, sagte Preston auf Italienisch.

Der Mann am anderen Ende der Leitung hielt für zwei Sekunden den Atem an, bevor er unterwürfig antwortete: *»Al servizio, signore!«* (Zu Diensten, Herr!)

Preston wechselte ins Englische.

»Sag Carlo, dass ich ihn und seine Leute um ein Uhr sprechen will! Sie sollen in deinem Büro warten.«

Preston legte auf, nippte am Scotch. Bei Angehörigen der Mafia löste der Name Tomba Respekt oder sogar Furcht aus. Das Direktorium hatte den Namen gewählt, weil er »Grab« bedeutete und die Mitglieder der Organisation daran erinnerte, dass jedem der Tod drohte, der Tomba nicht unterstützte.

Preston lächelte und leerte sein Glas. Seit es einen Skiläufer dieses Namens gab, der die Italiener zu wilder Begeisterung hinriss, würde das Direktorium ihm bald einen neuen Namen verleihen müssen, um die alte Wirkung zu erzielen.

Um ein Uhr morgens ging er zu Fuß hundert Yards die 8th Street hinunter, passierte die Lichtreklame des Empress Clubs und benutzte eine Einfahrt, die in einen quadratischen Hof mündete.

Die Tür ins Haus fand er unverschlossen. Er betrat einen Gang. Aus dem Club drang gedämpft die Musik an sein Ohr. An der dritten Tür las er die Worte: *Office – Kein Zutritt*. Er öffnete sie.

Drei Männer sprangen aus den Sesseln auf.

»Ich bin Tomba«, sagte Preston.

Er reichte jedem die Hand. Die Männer verneigten sich und nannten ihre Namen.

»Setzt euch!«, befahl er. »Wer ist der Chef?«

»Das bin ich«, antwortete ein magerer, hartgesichtiger Mann, der sich als Carlo Varese vorgestellt hatte.

»Du weißt, dass ich unseren schwarzen Freund ausgeschaltet habe, Carlo«, sagte Preston.

»Wir bewundern dich, Tomba«, erklärte Varese. Die beiden anderen nickten eilfertig und heftig.

»Eure Fußküsse könnt ihr euch sparen. Wichtig ist, dass ihr gute Arbeit leistet. Die Ware, die für den Nigger bestimmt war und die er schon bezahlt hat, kommt in zwei Tagen. Ich werde sie an seiner Stelle abholen. Euch brauche ich für den Fall, dass irgendwelche schwarzen Jungs aus seiner Umgebung über die Lieferung Bescheid wissen, sich vom Schock schnell genug erholen und den Stoff auf eigene Rechnung vermarkten wollen.«

Preston griff in die Brusttasche, zog eine Landkarte aus der Tasche und breitete sie auf dem Tisch aus.

»Ich weise euch die Positionen an, die ihr einnehmen werdet. Wir verständigen uns über Walkie-Talkies auf Frequenz 14. Eure und meine Geräte sind mit Zerhackern ausgerüstet. Niemand kann mithören. Reagiert nicht nervös auf jeden Burschen mit schwarzer Haut. Informiert mich, aber wartet meine Anweisungen ab.« Er zeichnete Kreuze ein. »Eure Positionen, Leute. Noch Fragen?«

Einer der Männer, der Marco Gonzo hieß, hob die Hand. »Wie sollen wir uns verhalten, wenn sich die Bullen einmischen?«

»Was immer geschieht, eure Aufgabe ist es, mir fünf Minuten Vorsprung zu verschaffen. Falls ihr geschnappt werdet, holt die Organisation euch wieder raus!« Er lächelte. »Nur bei einer tödlichen Kugel ist unsere ehrenwerte Gesellschaft machtlos, aber dann sorgt sie für ein prächtiges Begräbnis.«

Er befahl: »Holt Wein!«

Der Jüngste der Runde, ein gewisser Tonio Averi, holte vier Gläser und eine Flasche Rotwein. Er goss ein.

Preston stieß mit den Männern an, sagte halblaut: *»Onore e Omertá«* (Ehre und Schweigen). Er fand die Verschwörungsrituale und -sprüche der Mafia lächerlich, aber in gewissen Fällen ließ sich die Anwendung nicht vermeiden.

Als Erster verließ er das Haus, überquerte den Hof und schlug den Weg zu seiner Wohnung ein.

Um zwei Uhr morgens sind New Yorks Straßen so gefährlich wie Dschungelpfade. Als zwei Männer ihm den Weg sperrten, war Preston weder überrascht noch erschreckt. Er blieb stehen und spreizte die Arme zur Seite.

»Dein Geld, Mann, oder ich schlitze dich auf!«, grunzte der Größere der Straßenräuber. Sein Atem traf Preston wie fauler Gestank aus einem Mülleimer.

»Ich habe zwanzig Dollar für euch«, sagte er.

»Spuck sie aus, Scheißkerl!«

Der zweite Mugger war ein kleiner Bursche, der drohend mit einer Eisenstange fuchtelte.

Preston reichte mit spitzen Fingern einen Zwanzig-

Dollar-Schein, den ihm der Große aus den Fingern riss. Er wollte sich nicht mit solchen Straßenratten herumprügeln. Er fürchtete sie nicht, aber er wollte kein Risiko eingehen. Wenn sie ihn laufen ließen, war ihm das zwanzig Dollar wert.

Sie ließen ihn nicht laufen.

»Er hat noch mehr bei sich«, sagte der Große. »Gib's ihm, Sonny!«

Der Kleinere ließ die Eisenstange niedersausen. Preston wich aus. Das Eisen knallte aufs Pflaster und hüpfte drei-, viermal hoch. Preston trat zu. Es war ein so genau gezielter Tritt, dass der Mann aufheulend zusammenbrach, sich gekrümmt auf dem Pflaster wälzte und in die Gosse rollte.

Der andere ließ die wieder hochgerissene Eisenstange fallen und wandte sich zur Flucht. Mit drei Sätzen holte Preston ihn ein und schmetterte ihm die Faust zwischen die Schulterblätter. Aus dem Lauf überschlug sich der Bursche wie ein vom Schrot getroffener Hase und blieb auf dem Gesicht liegen. Er schrie nicht, sondern stellte sich tot. Erst als Preston ihm den Absatz in die Rippen rammte, heulte er und kroch wie ein Käfer hastig über den Bordstein auf die Fahrbahn.

Preston betrat das Haus, fuhr nach oben und ging in sein Apartment. Er zog die Jacke aus und wusch sich gründlich die Hände. Als er das Wasser abgedreht hatte, glaubte er, ein Geräusch an der Tür wahrzunehmen. Er streifte die Schuhe von den Füßen, nahm die M-59-Pistole aus der Schublade und schlich zur Tür.

Nervös biss er sich auf die Unterlippe. Die Leute in der Organisation, die diese Wohnung für ihn beschafft hatten, galten als absolut zuverlässig.

Lautlos entriegelte Preston das Schloss, drehte den Knauf und riss mit einem Ruck die Tür auf.

Die Frau stieß einen leisen Schrei aus. Preston setzte ihr die Mündung der Waffe unters Kinn, packte ihren Arm und riss sie in die Wohnung. Mit dem Fuß warf er die Tür ins Schloss, zerrte die Frau in den Wohnraum und schleuderte sie auf die Couch. Sie schlug hart auf, konnte sich nicht halten und fiel von der Couch.

»Was willst du? Wer bist du?«

Sie richtete sich auf, das schwarze Haar hing ihr ins Gesicht. Mit beiden Händen strich sie es zurück.

Preston erkannte sie. Er hatte ihr Foto gesehen, im Silberrahmen auf dem Schreibtisch eines alten Mannes, von dem er wusste, dass das Direktorium über seine Ablösung nachdachte. Er hütete sich, ihr zu zeigen, dass er über sie Bescheid wusste.

»Ich bin Sabrina Salerno«, sagte sie.

»Na und?«

»Die Enkelin von Don Ignazio.«

»Na und?«, wiederholte er.

»Darf ich aufstehen?«

Preston nickte. Er beobachtete sie sorgfältig. Ihn faszinierte der Kontrast ihrer grauen Augen zum schwarzen Sizilianerhaar. Er sah, dass ihre Haut makellos war, goldbraun getönt. Die starken, aufgeworfenen Lippen verliehen ihr den Ausdruck lasziver Sinnlichkeit.

Sie stand auf und streifte den roten Trenchcoat ab. Darunter trug sie ein schwarzes Kleid von raffinierter Schlichtheit. Es hatte als Verzierung große Silberknöpfe vom Halsausschnitt bis in Kniehöhe.

»Ich will mich bei dir bedanken«, sagte sie.

»Ich habe nichts für dich getan. Ich kenne dich nicht.«

»Du hast den Bastard getötet, der mich vergewaltigt hat.«

Der verdammte alte Narr, dachte Preston. Ist er schon so verkalkt, dass er ihr die letzten Geheimnisse der Organisation erzählt? Wenn ich dem Direktorium sein Geschwätz berichte, kommt der alte Salerno sofort auf die Liste und dieses Püppchen dazu.

Als hätte sie seine Gedanken erraten, schüttelte Sabrina den Kopf.

»Nein, mein Großvater hat nicht von dir gesprochen. Ich weiß nichts von dir. Ich kenne nicht einmal deinen Namen.« In einem Lächeln ließ sie die weißen Zähne aufblitzen. »Okay, an der Tür steht der Name Frank Dover, aber ich glaube nicht, dass du wirklich so heißt.«

Sie sprach schnell und unterstrich ihre Worte mit kurzen, heftigen Gesten.

»Keiner von unseren Jungs besaß den Mumm, diesen Hundesohn Mariano umzulegen. Ich wusste, dass Don Ignazio einen Mann zu Hilfe rufen musste, einen richtigen, harten Typ, der es dem Stinktier besorgte. Als ich erfuhr, dass Mariano die Reise in die Hölle angetreten hatte, bedrängte ich Don Ignazio, mir zu sagen, wer ihm die Fahrkarte verkauft hatte. Natürlich weigerte sich der Alte.«

»Eine hübsche Geschichte«, sagte Preston. »Aber ich bin die falsche Adresse.«

Langsam schüttelte sie den Kopf.

»Als am Abend die Nachricht kam, dass Gooley abgeknallt worden war, rief mein Großvater seine wichtigsten Leute zu einer großen Konferenz zusammen. Noch um Mitternacht saßen sie und palaverten miteinander. Dann kam ein Anruf. Varese, Gonzo und Averi verließen das Haus. Sie waren sehr aufgeregt. Ich folgte ihnen in meinem Sportwagen. Sie benutzten den Hintereingang zum Empress Club. Ich wartete in einer Türnische und sah dich kommen. Ich wartete eine Stunde lang und fror erbärmlich. Endlich kamst du aus dem Club. Ich wusste nicht, ob du der Mann warst, den ich suchte. Dann stoppten dich die Straßenräuber.«

Sie machte einen Schritt auf Preston zu. Er hob die M-59 an. Das Mädchen beachtete die Waffe nicht, sondern suchte Prestons Blick. »Warum nimmst du nicht die verdammte Brille ab?«, fragte sie leise. »Ich wette, dass du sie nicht brauchst.«

»Du irrst dich«, log Preston.

Sabrina Salerno schüttelte den Kopf.

»Ich sah, was du mit den Mugger-Jungs machtest. In diesem Augenblick war ich sicher, dass du der Mann bist, der mich an Rocky Mariano rächte und ihm seine Schandtat heimzahlte.«

»Du quatschst blühenden Unsinn, Mädchen«, sagte Preston. »Gib mir die Nummer von diesem alten Don Tralala oder wie immer er heißt. Ich werde ihn anrufen und ihm sagen, dass er seine bekloppte Enkelin abholen soll.«

In Sabrinas Augen sprangen Funken des Zorns oder der Leidenschaft auf.

»Ich will mich bei dir bedanken«, wiederholte sie. »Du faszinierst mich.«

Sie hob die Hände zum Halsausschnitt, löste den ersten Knopf, den zweiten, dritten. Sie trug nichts unter dem Kleid. Ihre Brüste lagen frei. Sie hörte nicht auf, öffnete alle Knöpfe, bis das Kleid von ihr abfiel.

Sie richtete sich auf und warf den Kopf in den Nacken. Für ein paar Sekunden stand sie reglos.

Langsam und mit der linken Hand nahm Ralph Preston die Brille ab und legte sie auf den Tisch, neben dem er stand.

Sabrinas Zungenspitze glitt über die geschwungenen Lippen.

»Hamilton 34490«, sagte sie, und ihre Stimme klang kehlig und rau. »Das ist die Nummer des Alten, falls du immer noch anrufen willst.«

Preston legte die M-59-Pistole zur Brille. Dann ging er auf das Mädchen zu.

Die Panik nach den Schüssen auf Spoke Gooley forderte über zweihundert Verletzte. Vierundzwanzig Stunden nach dem Mordanschlag waren die Ärzte sicher, dass auch von den Schwerverletzten niemand sterben würde. So blieb Spoke Gooley das einzige Todesopfer.

Auf einem Tisch lag ausgebreitet, was der King von Harlem im Augenblick der Tat angehabt oder bei sich getragen hatte: der rohseidene Anzug, zerfetzt von Einschüssen, die blutgetränkte Krawatte mit seinem eigenen Porträt, die bunten Ringe usw. Das dicke Päckchen Hundert-Dollar-Noten aus der Brusttasche war ebenso von einer Kugel durchschlagen worden wie Gooleys Notizbuch.

Aus dem in Krokodilleder gebundenen Notizbuch hatte die Kugel Papier herausgestanzt wie ein Locher aus einem Aktenstück. Was noch zu entziffern war, hatten Spezialisten aufgelistet: Telefonnummern, Adressen, Namen.

Noch in der Nacht hatte ein County Sheriff den ausgebrannten Hubschrauber auf einer Waldlichtung in New Jersey entdeckt. Dicht neben der Maschine lag der Pilot Robert MacLean, dem es wie durch ein Wunder gelungen war, sich aus der brennenden Maschine zu retten. Allerdings hatte er so schwere Verletzungen, dass die Ärzte jede Vernehmung für die nächsten Wochen ausschlossen.

Nach wie vor blieb Ralph Preston, der Geheimagent der Mafia, eine schemenhafte Gestalt. Mit Hilfe des Hotelboys und des Barmixers hatte die Fahndungsabteilung ein Phantombild angefertigt. Darauf sah Preston aus wie ein Bruder von Robert Redford. Allein in New York gibt es hunderttausend Männer, die sich einbilden, auszusehen wie ein Bruder von Robert Redford oder gar wie er selbst.

Warum kümmerten wir uns nicht um das rothaarige Mannequin, das mehr über Preston wissen musste als alle anderen, vorausgesetzt, die Vermutungen des Mixers stimmten?

Natürlich kümmerten wir uns um sie. Wir wussten, dass sie Jo Ann Harwell hieß und so wenig aus Paris stammte wie Phil oder ich. Sie war fünfundzwanzig Jahre alt, war von einem New Yorker Fotografen als Covergirl für Frauenzeitungen entdeckt worden und hatte unter dem Namen Jody bei einem Pariser Modezar Karriere als Spitzenmannequin gemacht. In den letzten zwei Jahren hatte sie nur wenige Wochen in den Staaten verbracht. Dass sie auf irgendeine Weise in die Netze der Mafia verstrickt war, galt als wenig wahrscheinlich. Um diesen Punkt zu überprüfen, hatte Mr. High unsere Kollegin June Clark nach San Francisco geschickt.

Phil und ich nahmen Nachforschungen in Harlem auf. Gooleys Notizbuch enthielt eine Eintragung für den morgigen Tag, die uns Rätsel aufgab. Sie bestand aus dem Buchstaben L und den Zahlen 18/30. Es musste sich um etwas Wichtiges handeln, denn Gooley hatte die Ziffern und den Buchstaben mehrfach unterstrichen.

Gooleys Ermordung hatte die allgemeine Stimmung zum Sieden gebracht. Die Verantwortlichen begannen sich Sorgen zu machen, ob sich der Deckel auf dem Topf halten ließ. In dieser Situation ohne einen schwarzen Freund nach Harlem zu gehen war zu gefährlich. Jeder Zwischenfall konnte zum zündenden Funken fürs Pulverfass werden.

Phil und ich trennten uns. Jeder wählte einen dunkelhäutigen Detective der City Police. Ich holte mir Detective Sergeant Nelson Page, mit dem ich schon zweimal zusammengearbeitet hatte. Nell ist in Harlem geboren. Seine Eltern und ein halbes Dutzend Geschwister leben dort. Die Leute kennen ihn, und von den meisten wird er respektiert. Sie sind stolz darauf, dass einer aus ihrer Straße Karriere gemacht hat und mit dreißig Jahren schon Sergeant geworden war.

Als Ersten nahmen wir uns Washington Morton vor, den Besitzer des Billardsalons. Morton hatte bei der Panik einige Schrammen abbekommen. Große Pflaster zierten seinen kahlen Schädel.

»Niemand weiß besser als du, dass wir Gooley warnten«, sagte ich. »Er war nicht vorsichtig genug.

Die Mafia wird die Situation ausnutzen und versuchen, das Gebiet und die Geschäfte zu übernehmen, die Gooley ihr abgejagt hat. So etwas geht nie ohne Blutvergießen ab. Genau das wollen wir verhindern, und wir wollen den Mann fassen, der Spoke abgeknallt hat. Er tötete nicht nur die Konkurrenten der Mafia, sondern er hat das Leben unbeteiligter und unschuldiger Leute auf dem Gewissen. Die Maschinenpistolengarben aus dem Hubschrauber hätten auch Frauen und Kinder treffen können, und es ist ein Wunder, dass die Panik keine Toten forderte.«

»Unsere Jungs sind heiß auf den Bastard«, sagte Morton. »Sie werden ihn fassen. Dann wird er sich wünschen, nicht geboren worden zu sein.«

»Ihr habt überhaupt keine Chance. Wenn ihr nicht mit uns zusammenarbeitet, wird er mit heiler Haut davonkommen.«

»Was willst du wissen?«, knurrte er.

»Was bedeutet diese Eintragung in Gooleys Notizbuch? Irgendetwas wollte er morgen unternehmen, etwas Wichtiges, sonst hätte er die Eintragung nicht mehrfach unterstrichen.«

Morton schüttelte den verpflasterten Schädel. »Ich habe keine Ahnung.« Es klang glaubhaft.

Im Laufe dieses Tages sprachen wir mit Butch, dem Privatpolizisten, mit zwei Unterführern der Gang, mit Jack Riggin, der Nightclubs in Gooleys Auftrag verwaltete, und einigen anderen Typen aus Gooleys Umgebung. Nichts kam dabei heraus. Gegen Mitternacht schlug ich Nelson Page vor: »Machen wir Schluss für heute, Nell.«

»Einverstanden. Und morgen?«

»Morgen ist der Tag, auf den sich die Eintragung bezieht. Wir kommen zu spät.«

»Hast du etwas dagegen, wenn ich allein noch ein wenig herumschnüffle?«

»Nein, solange du dem FBI nicht die Überstunden in Rechnung stellst.«

Ich traf Phil bei Mario, unserer Stamm-Cafeteria. Er bekämpfte seine Frustration mit einer Pizza.

»Erfolglos?«, fragte ich.

Er antwortete mit einem bösen Knurrlaut.

»L und 18/30«, wiederholte ich die Eintragung. »Vielleicht steckt nicht mehr dahinter als ein Tipp für ein Pferderennen.«

Am nächsten Tages rief mich Nelson Page an.

»Hör zu, G-man! Ich habe ein Gespräch mit Dolly Flogham vereinbart. Trotz ihrer großen Trauer wird sie mit dir reden.«

»Wer ist Dolly Flogham, und um wen trauert sie?«

»Gooleys letzte Geliebte. Seit fast einem Jahr war sie seine Nummer eins. Sie weiß mehr über ihn und seine Gewohnheiten als alle anderen. Triff mich bei Mortons Salon!«

Eine Stunde später saß ich in Pages verbeultem Dienstwagen. Wir fuhren in die East 114th Street, in der Gooley eine alte Villa für sich hatte renovieren lassen.

Inmitten der Pracht weißer Möbel und bunter Teppiche saß Dolly Flogham im schwarzen Trauerkleid. Sie war eine junge Frau unter dreißig Jahren und schien verängstigt, weil sie nicht wusste, was nach Gooleys Tod mit ihr geschehen würde.

Ich überließ Nelson Page die Führung des Gesprächs. Er brauchte eine halbe Stunde, bis er die Eintragung im Notizbuch erwähnte und Dolly fragte, ob sie etwas über die Bedeutung wüsste.

Sie dachte nach, und sie schien sich ehrlich Mühe zu geben.

Dann sagte sie: »Nein.«

Page rutschte ein »Verdammt« über die Lippen.

Gooleys verwitwete Freundin blickte von einem zum anderen und stöhnte: »Armer Spoke! Und was soll nun aus mir werden?«

Sie begann, ausführlich zu weinen. Die Tränen zogen lange Spuren verlaufener Wimperntusche über ihre Wangen.

Nelson zuckte mit den Schultern und deutete an, dass weiterer Aufenthalt sinnlos sei. Wir standen auf.

»Ruf mich an, wenn du Hilfe brauchst!«, sagte Page tröstend.

Wir gingen zur Tür.

»Vielleicht hängt es mit dem Flughafen zusammen«, sagte Dolly schluchzend. »Die Zeit seit der letzten Fahrt ist ungefähr vorüber, und Spoke hatte vielleicht vor, an dem Tag hinzufahren.«

Ihr wurde bewusst, dass Gooley sein Vorhaben nicht mehr ausführen konnte. Sie brach in lautes Schluchzen aus.

Page ging zu ihr, tätschelte ihre Schulter und redete auf sie ein: »Beruhige dich, Mädchen! Erzähl uns von Spokes Fahrten zum Flughafen. Zu welchem Flughafen?«

»Kennedy Airport«, schluchzte Dolly.

»Was tat er dort?«

»Ich weiß es nicht«, stieß sie hervor.

Nelson verdrehte die Augen. Er zog sein Taschentuch und gab es dem Mädchen.

»Hör auf zu heulen! Dann sag uns, warum dir Spokes Besuche am Flughafen eingefallen sind.«

»Weil er vor vier Wochen zum letzten Mal hinfuhr«, antwortete sie. »Er fuhr alle vier bis fünf Wochen. Für diese Fahrten benutzte er immer den Chrysler.«

Ich mischte mich ein. »Welchen Chrysler? Gooley fuhr einen Cadillac!«

»Wenn er zum Kennedy Airport fuhr, nahm er den Chrysler«, beharrte sie.

»Wo steht der Wagen?«

»In Buffins Werkstatt.«

Page nickte mir zu, als Zeichen, dass er wusste, von welcher Werkstatt sie sprach.

»Du musst doch wissen, was Spoke auf Kennedy

Airport unternahm!«, drängte er. »Machte er nie eine Andeutung?«

»Wenn er zurückkam, war er meistens sehr gut gelaunt«, sagte Dolly hilflos. »Er hatte dann Lust, groß auszugehen. Ich glaube, wir sind jedes Mal danach in einen Nightclub gegangen, und Spoke ließ Drinks für alle auffahren.«

»Holte er etwas vom Flughafen ab?«, fragte ich.

Dolly zuckte mit den Schultern. »Könnte sein«, antwortete sie vage.

Ich tippte Nelson auf die Schulter.

»Bring mich zu der Werkstatt! Wir wollen uns den Wagen ansehen.«

Wir ließen Dolly in ihrem Schmerz zurück.

Die Werkstatt befand sich im Gebäude einer aufgegebenen Fabrik. Ausgeschlachtete Autowracks füllten den Hof. Ein Dutzend ölverschmierte Jungs arbeiteten in der Halle. Ihre Spezialität schien darin zu bestehen, aus drei Wracks ein funktionierendes Auto zu basteln. Wahrscheinlich frisierten sie außerdem geklaute Wagen.

Buffin war ein stämmiger Mann mit grauen Haaren. Er und Page kannten sich.

»Bei mir findest du nicht einmal eine gestohlene Schraube, Nell«, versicherte er.

»Wo steht Spoke Gooleys Chrysler?«

Buffin trat von einem Fuß auf den anderen.

»Ein Chrysler? Spoke fuhr einen Cadillac. Er sprach davon, dass er sich einen schwarzen Mercedes kaufen wollte.« Er seufzte laut. »Dazu ist er nicht mehr gekommen.«

»Soll ich ein halbes Dutzend Cops rufen, die den Bau durchsuchen?«, fragte der Sergeant.

Der Werkstattbesitzer resignierte. »Nicht nötig.«

Er führte uns zu einer Garage und öffnete das Tor.

»Gooleys Chrysler!«

Der Wagen war ein graues E-Modell, ein Zehntausend-Dollar-Auto ohne besondere Ausstattung.

»Fuhr Gooley diesen Wagen oft?«, erkundigte ich mich.

»Nur ein- oder zweimal im Monat.«

»Hast du eine Erklärung dafür, warum er bei dir einen Wagen herumstehen ließ, den er so selten benutzte?«

»Habe ihn nie danach gefragt«, brummte Buffin.

Page stieß ihm die Faust in die Rippen.

»Aber du wirst dir Gedanken darüber gemacht haben. Komm damit rüber!«

Buffin kratzte lange in seinen grauen Drahtlöckchen.

»Der Cadillac war ein auffälliger Schlitten. Spoke ließ ihm so viel Schnickschnack aufmontieren, wie er nur tragen konnte. Er wollte, dass die Leute den Wagen von weitem erkannten und wussten: Da kommt der große Spoke Gooley. Den Chrysler, so denke ich mir, nahm er, wenn er nicht erkannt werden wollte oder wenn er Harlem verließ.«

Ich befahl ihm, die Garage zu verschließen.

»Danke für die Auskünfte, Buffin!«

Page brachte mich zu Mortons Salon zurück, wo der Pinto aus dem Fuhrpark des FBI stand.

»Hast du eine Vermutung?«

»Er fuhr mit dem Chrysler zum Flughafen. Die Ziffern 18/30 können eine Uhrzeit bedeuten. Achtzehn Uhr und dreißig Minuten, und das L steht vielleicht für Landung. Er holte etwas von einem gelandeten Flugzeug ab. Etwas, das so wichtig war, dass er selbst hinfuhr und niemanden mitnahm.«

»Was, zum Teufel?«

»Mal sehen, ob wir es herausfinden können. Bis zur Landung bleiben uns noch drei Stunden. Danke für deine Hilfe, Nell!«

Über die Sprechfunkanlage des Pinto rief ich die Zentrale.

»Sucht Phil und sagt ihm, dass ich ihn vorm Haupteingang von Kennedy Airport treffen möchte!«

Ralph Preston stand unter der Dusche. Während das warme Wasser über seinen Körper rieselte, dachte er darüber nach, was er mit Sabrina Salerno tun sollte.

Seit sechsunddreißig Stunden war er mit Don Ignazios Enkelin zusammen. Beim Gedanken an das, was sich in diesen sechsunddreißig Stunden zwischen ihnen abgespielt hatte, grinste er. Hatte der alte Salerno wirklich an die Vergewaltigungsgeschichte geglaubt? Dann musste er für das Treiben seiner Enkelin blind und taub gewesen sein.

Während der sechsunddreißig Stunden hatte Preston nicht versucht, Sabrina loszuwerden. Alle Vorbereitungen waren getroffen. Es gab nichts für ihn zu tun. Einen besseren Zeitvertreib hätte er sich nicht wünschen können, aber jetzt musste er sie sich vom Halse schaffen.

Er hörte, wie die Badezimmertür geöffnet wurde. Eine Sekunde später kam Sabrina zu ihm unter die Dusche.

»He, was soll das?«

Sie umarmte ihn, presste sich an ihn, küsste ihn wild.

Er schob sie von sich.

»Ich denke, davon hast du genug bekommen.«

»Davon kriege ich nie genug«, antwortete sie lachend.

Er drehte das warme Wasser ab und den Kaltwasserhahn voll auf. Eisig prasselten die Strahlen auf sie hinunter. Kreischend floh Sabrina aus der Dusche und schimpfte: »Du gemeiner Bastard!«

»Hitzige kleine Mädchen brauchen von Zeit zu Zeit eine Abkühlung«, sagte er.

Er verließ die Dusche, zog einen Bademantel an und trocknete sein Haar.

Sabrina hüllte sich in ein großes Frotteetuch.

»Wann wirst du mir sagen, wie du heißt?«

»Frank Dover! Der Name steht an der Tür.«

»Ich will deinen echten Namen wissen.«

Er drehte sich zu ihr um, wickelte eine Hand um ihr nasses Haar und sah ihr in die Augen.

»Hör gut zu, Süße!«, sagte er ruhig. »Gestern Nacht bist du in diese Wohnung gekommen, hast mir eine Geschichte vorgefaselt, von der ich kein Wort begriffen habe, und dann hast du dein Kleid aufgeknöpft. Was ein aufgeknöpftes Kleid bedeutet, weiß jeder Mann, und den meisten ist es egal, ob sie mit irgendeinem anderen Kerl verwechselt wurden. Sie nehmen, was ihnen angeboten wird. Ich bin keine Ausnahme.«

Sabrina lächelte spöttisch.

»Du kannst mich nicht bluffen. Ich weiß genau, dass du der Mann bist, den das Direktorium schickte, weil der Alte seine Probleme nicht allein lösen konnte. Die Nigger aus Harlem waren auf dem Vormarsch. Außerdem hatte der Hundesohn Rocky Mariano mich vergewaltigt und drohte, gemeinsame Sache mit der Polizei zu machen. Du kamst und machtest reinen Tisch. Dafür bewundere ich dich und bin verrückt nach dir.«

Preston blickte auf das Mädchen hinunter. Wie gefährlich war sie? War es notwendig, ihr den Hals umzudrehen? Als Tote würde er keine Schwierigkeiten mit ihr haben. Er konnte ihre Leiche in der Wohnung zurücklassen. Niemand im Haus kannte Frank Dover.

Andererseits war Sabrina die Enkelin des alten Salerno, und wenn der Clan auch auf dem Abstieg war, gehörte die Familie noch immer zu den Großen der Mafia. Ein Mitglied der Familie ohne Zustimmung des Direktoriums zu töten war auch ihm nur im äußersten Notfall erlaubt. Er würde sich dafür rechtfertigen müssen.

»Ich will bei dir bleiben«, sagte Sabrina. »Warum fliegen wir nicht für ein paar Wochen nach Kalifornien oder Acapulco?«

Sie ahnte nicht, dass in dieser Sekunde ihr Leben an einem seidenen Faden hing. Nicht ihre Jugend, nicht ihre Schönheit, nicht die leidenschaftlichen Umarmungen der vergangenen Nacht hielten Preston davon ab, sie umzubringen. Nüchtern schätzte er die Gefahr ein und kam zum Schluss, dass er das Mädchen leben lassen konnte.

Er gab sie frei.

»Zieh dich an!«, befahl er und verließ das Badezimmer.

Er ging zum Telefon und wählte die Nummer, die Sabrina gestern genannt hatte.

Eine Männerstimme meldete sich.

*»Tomba, che parla«*, sagte er. *»Dammi Don Ignazio!«* (Hier spricht Tomba! Gib mir Don Ignazio!)

Sekunden später meldete sich der alte Salerno. Preston wechselte ins Englische.

»Sie passen nicht gut genug auf Ihre Enkelin auf, Sir«, sagte er mit schneidender Schärfe. »Sie ist bei mir! Ich werde sie Ihnen zurückbringen. Schicken Sie einen Wagen mit zwei zuverlässigen Leuten zu Pier 51! Seien Sie um zwölf Uhr dort! Und am besten bringen Sie Handschellen mit oder eine Zwangsjacke!«

Ohne eine Antwort abzuwarten, legte er auf.

Zwei Stunden später verließ er zusammen mit dem Mädchen die Wohnung. Sie benutzten Sabrinas roten Sportwagen. Preston übernahm das Steuer.

»Wohin fahren wir?«, wollte sie wissen. Er gab keine Antwort.

Vor dem ersten Lagerhaus von Pier 51 stand Don Ignazios schwarze Limousine. Beim Anblick des Wagens warf Sabrina den Kopf herum und zischte Preston an: »Du verdammter Mistkerl!«

Unter dem eisigen Blick seiner Augen verstummte sie.

»Steig aus und geh rüber!«, befahl er.

Er stoppte den Sportwagen in dreißig Yards Abstand.

»Das ist mein Auto«, sagte sie aufsässig. »Ich will es dir nicht schenken.«

»Einer eurer Leute wird den Wagen abholen.«

Drei Männer stiegen aus dem schwarzen Fahrzeug. Sabrina erkannte die hagere, hoch gewachsene Gestalt ihres Großvaters. Die anderen waren zwei seiner Gorillas, plumpe und stumpfe Typen, auf bedingungslosen Gehorsam dressiert.

Preston griff an dem Mädchen vorbei und öffnete die Tür.

»Nimm's nicht tragisch!«, sagte er. »Vielleicht begegnen wir uns irgendwann noch einmal. Du bist ein Spitzenmädchen. Ich werde dich nicht vergessen.«

Er legte die Hand um ihren Nacken, zwang sie zu einem Kuss, gegen den sie sich sekundenlang sträubte und dem sie sich dann ganz hingab.

Endlich ließ er sie los. »Mach, dass du rauskommst!«

Sie stieg aus und ging, ohne sich noch einmal umzusehen, zur schwarzen Limousine. Für die Dauer eines Atemzugs standen sie und Ignazio Salerno sich gegenüber. Dann schlug der Alte ihr so hart ins Gesicht, dass sie gegen die Karosserie taumelte. Auf einen gezischten Befehl wurde sie von den Gorillas gepackt und in den Wagen gedrängt.

Preston unterdrückte ein Grinsen, wendete Sabrinas Auto, fuhr in das Parkhaus der East 8th Street und wechselte in den grauen Chrysler. Bei der Ausfahrt gab er den Schlüssel von Sabrinas Wagen dem Wächter.

»Er wird abgeholt«, sagte er.

In seinem Apartment hing noch ein Hauch von Sabrinas Parfum. Preston wechselte den Anzug. Er legte den Gürtel an, an dem die Handgranaten, die Stablampe und die Magnesiumpatronen hingen, und verstaute die M-59. Darüber streifte er den Overall mit den Worten Trans Cargo Service auf dem Rücken. Die Ersatzmagazine verstaute er in den Beintaschen.

Kurz nach drei Uhr nachmittags steuerte er den Chrysler durch Queens zum Kennedy Airport. Auf einem Parkplatz stellte er den Wagen ab, nahm das Walkie-Talkie und rief Carlo Varese.

Varese meldete sich sofort.

»Wie sieht's aus?«

»Ziemlich gut, Tomba«, antwortete Varese. »Zwar laufen hier einige Nigger herum, aber sie gehören anscheinend zum Personal.«

»Wer überwacht die Einfahrt?«

»Dort steht Tonio! Bis jetzt ist kein Ersatzmann für Spoke Gooley aufgetaucht.«

Preston blickte auf die Armbanduhr.

»Wir haben noch Zeit«, entschied er. »Die Maschine landet erst um achtzehn Uhr und dreißig Minuten.«

»Um achtzehn Uhr und dreißig Minuten haben wir acht Landungen«, sagte Harry Eastman und wies auf den Bildschirm seines Computer-Terminals. »Bei dem Gedränge über unserem Airport wäre es sinnlos, wollten wir die Landezeit in Minutenabständen angeben. Wir begnügen uns mit Zehn-Minuten-Differenzen und lotsen die Maschinen in der Reihenfolge ihres Eintreffens rein, vorausgesetzt, sie kommen planmäßig über New York an. Die Verspätungen werfen den Plan oft genug durcheinander.«

Eastman war Direktor von Kennedy Airport. Aus dem Fenster seines Büros reichte der Blick weit über das riesige Flugfeld.

In kurzen Abständen erbebte die Luft unter dem Dröhnen startender Düsenmaschinen.

»Vor zwei Tagen wurde der Boss einer Gang erschossen. Eine Eintragung in seinem Notizbuch und einige andere Hinweise lassen uns vermuten, dass heute eine wichtige Lieferung für ihn mit einem Flugzeug eintrifft«, erklärte ich.

»Sie haben die Wahl zwischen TWA, Lufthansa, PanAm, Air Lingus usw.«

»Wahrscheinlich handelt es sich um Rauschgift«, sagte Phil, »und nicht nur um ein paar Pfund.«

»Das Passagiergepäck wird durch Spürhunde und mit Detektoren überprüft.«

»Und die Fracht?«

Eastman drückte ein paar Tasten seines Terminals. Das Fernsehbild wechselte und zeigte jetzt eine neue Auflistung von Daten und Symbolen.

»Landungen von Frachtflugzeugen mit der Landezeit, die Sie nannten, haben wir noch einmal sieben. Die Fracht wird von Cargo-Gesellschaften übernommen, zur Überprüfung und Verzollung angemeldet und kann das Sperrgebiet des Flughafens erst nach Freigabe verlassen.«

»Können wir eine Liste haben?«

»Selbstverständlich.«

Er tippte auf die Tastatur. Ein Schreiber begann zu rattern. Eastman stand auf und übergab uns den Computer-Ausdruck.

»Viel Glück!«, sagte er.

Um achtzehn Uhr steuerte Ralph Preston ein Tor an, über dem ein Schild verkündete: Nur für Personal. Der Schlagbaum war hochgezogen. Dennoch stoppte Preston und hielt dem Wächter einen Ausweis hin mit einem Foto, das ihn so zeigte, wie er jetzt aussah, mit Schnurrbart und der starken Brille.

Der Wächter reagierte mit einer lässigen Geste. Preston durfte weiterfahren.

Dieser Teil von Kennedy Airport diente dem Frachtverkehr. Vor den Lagerhäusern der Speditionen standen Flugzeuge aus aller Welt. Gabelstapler transportierten Container jeder Größenordnung. Schwere Trucks warteten darauf, beladen zu werden, oder rollten, wenn sie abgefertigt waren, zu den Ausfahrttoren.

Preston wusste, dass es schwierig war, mit heißer Ware im Kofferraum das Gelände des Flughafens zu verlassen. Gooley war offenbar immer glatt durchgekommen. Anscheinend hatte er die richtigen Leute an der Ausfahrtkontrolle bestochen. Für ihn, Preston, war die Zeit seit Gooleys Tod zu kurz gewesen, diese Leute ausfindig zu machen und auf die Mafia umzupolen, was möglicherweise schwierig gewesen wäre, denn Gooley hatte immer mit Männern der eigenen Hautfarbe gearbeitet. Er, Preston, würde Gewalt anwenden und den Durchbruch erzwingen.

Er fuhr an den Lagerhäusern entlang bis zum vorletzten, das an der Giebelwand die Aufschrift »Trans Cargo Inc.« trug, parkte den Wagen zwischen zwei großen Trucks und wartete. Der größte Unsicherheitsfaktor war die Frage, ob das Flugzeug leidlich planmäßig landen würde.

Kurz vor neunzehn Uhr rollte, geleitet von einem Follow-Me-Wagen, eine rote Düsenmaschine vom Typ DC 9 in die Parkposition vor dem Gebäude der Trans Cargo Inc. Arbeiter in Overalls schoben eine Gangway an die Cockpit-Tür. Gleichzeitig wurde die Ladeluke geöffnet. Gabelstapler rumpelten zur Maschine. Arbeiter gingen an Bord. Die Entladung begann.

Acht Container holten die Gabelstapler aus dem Bauch der DC 9 und transportierten sie über eine Rampe ins Lagerhaus.

Ralph Preston verließ den Chrysler, ging zur Maschine und enterte die Gangway. In der kahlen Röhre des Flugzeugrumpfes schoben Trans-Cargo-Arbeiter den letzten Container zur Ladeluke. Preston öffnete die Cockpit-Tür. Pilot und Kopilot saßen auf ihren Plätzen, waren mit dem Ausfüllen irgendwelcher Papiere beschäftigt.

Fast gleichzeitig drehten beide sich um, sahen Preston und die Pistole in seiner Hand.

»Was soll das?«, fragte der Pilot, ein ungefähr fünfzigjähriger Mann mit dunklen Augen, getönter Haut und dichtem, schwarzem Haar. Sein Englisch hatte den harten Akzent des Südamerikaners.

Preston wies auf das Armaturenbrett und machte eine Geste, die dem Piloten bedeutete, er solle den Sprechverkehr abschalten.

»Ist abgeschaltet«, sagte der Mann. »Was willst du? Warum fuchtelst du mit der Pistole herum?«

»Spoke Gooley kann seine Ware nicht abholen. Ich übernehme sie.«

»In Gooleys Auftrag?«

»Sagen wir besser: als sein Erbe.«

Pilot und Kopilot sahen einander an. Preston erriet, was in ihren Köpfen vorging

»Wenn ihr euch weigert, werde ich zweimal den Finger krümmen«, sagte er. »Warum wollt ihr euer Leben riskieren? Die Ware ist bezahlt. Ihr erleidet keinen Verlust.«

»Gooley verliert acht Millionen Dollar«, antwortete der Pilot leise. »Das nimmt er nicht hin.«

»Hast du nicht begriffen? Spoke Gooley kann euch kein Haar mehr krümmen. Er ist tot.«

Pilot und Kopilot wechselten ein paar Sätze auf Spanisch. Preston verriet mit keiner Miene, dass er jedes Wort verstand.

Ein Mann klopfte an die Cockpit-Tür, die Preston hinter sich geschlossen hatte.

»Ausladung beendet, Captain!«, rief er. »Kommen Sie ins Office!«

»Noch ein paar Minuten!«, entgegnete der Pilot.

Sie hörten die Schritte der Männer, die über die Gangway die Maschine verließen.

»Also?«, fragte Preston hob die M-59 leicht an.

»Wo steht dein Wagen?«, fragte der Flugkapitän.

»Dort links. Du kannst ihn sehen. Ein grauer Chrysler, wie Gooley ihn fuhr.«

»Fahr ihn bis an die Gangway und öffne den Kofferraum!«

»Vorher will ich den Stoff sehen.«

Der Pilot stand auf, ging an Preston vorbei in die Maschine und zog den Vorhang vor einer Nische zurück, in der bei Passagierflügen die Getränke aufbewahrt wurden. Sorgfältig festgezurrt standen dort vier mittelgroße Metallkoffer.

»Dreihundert Pfund reinstes Heroin.«

»Okay, ich hole den Chrysler.«

Preston verließ die Maschine, lief zu seinem Wagen und fuhr ihn an die Gangway. Während er den Kofferraum öffnete, kamen die Männer die Gangway herunter. Sie hatten ihre Uniformjacken angezogen. Jeder trug einen Koffer, sie übergaben die Gepäckstücke und holten den dritten und den vierten Koffer.

Trotz des Betriebs, der überall herrschte, kümmerte sich niemand um den Vorgang.

Preston schloss die Haube des Kofferraums.

»Okay, Freunde! Ich wünsche euch einen guten Rückflug.«

Der Kopilot, ein schlanker Mann von rund dreißig Jahren, setzte sich auf den Beifahrersitz.

»Willst du mitfahren?«, fragte Preston, startete den Motor und ließ den Wagen anrollen.

»Das ist notwendig. Die Koffer müssen als privates Pilotengepäck deklariert werden. Spoke Gooleys Mann sorgte dafür, dass nicht kontrolliert wurde.«

»Auf solche Vorzugsbehandlung kann ich nicht rechnen.« Preston lachte. »Ich werde versuchen, mich durch die Sperre zu mogeln. Wenn es nicht klappt, veranstalte ich ein kleines Feuerwerk.«

Der Kopilot riss die Augen auf und wurde blass.

»Lass mich aussteigen!«, schrie er und fiel vor Schreck in seine Muttersprache zurück. *»Por favor!«*

Preston hatte inzwischen die Ausfahrtstraße erreicht. Er stoppte.

»Raus, Mann!«, befahl er und setzte hinzu: »Sag deinen Bossen, sie sollen nie wieder versuchen, ihre Ware in New York zu verkaufen! Beim nächsten Mal sprengen wir eure Mühle in die Luft.«

Der Kopilot sprang mit einem weiten Satz aus dem Wagen und warf die Tür hinter sich ins Schloss.

Preston gab Gas und steuerte den Chrysler ins Fahrwasser eines großen Trucks, der im Schritttempo in Richtung Ausfahrt rollte.

Um uns brodelte der Flughafenbetrieb wie ein ins Gigantische vergrößerter Times Square zur Rushhour. Von allen Terminals rollten die Jets in Minutenabständen zu den Startbahnen, begegneten gelandeten Maschinen auf dem Weg zu den Parkpositionen. Service-Fahrzeuge umschwirrten die riesigen Jumbos. Gabelstapler verluden Frachtcontainer.

In dem Wagen, mit dem Phil zum Flughafen gekommen war, einem roten Chevy, fuhren wir auf den Betonspuren des Vorfelds von einer Frachtspedition zur nächsten und versuchten herauszubekommen, ob Spoke Gooley mit einer dieser Firmen zusammengearbeitet hatte. Wir sprachen mit Managern und Lagerverwaltern.

Alle reagierten mit Achselzucken. Keiner wollte den Namen Gooley auch nur gehört haben.

Natürlich bestand die hohe Wahrscheinlichkeit, dass wir nach Strich und Faden belogen wurden. Wer sich mit Gooley eingelassen hatte, würde es leugnen, so lange er konnte, weil er selbst riesige Spritzer auf der Weste hatte.

Es war zum Verzweifeln. Irgendeiner dieser Jets trug eine wichtige Ladung für Spoke Gooley im Bauch, und uns blieb nur eine Hand voll Minuten, das richtige Flugzeug zu finden.

»Fast acht Uhr«, sagte Phil. »Wenn die Maschine pünktlich war, ist alles gelaufen. Wir können zum Abendessen gehen.«

»Was geschieht mit der Ladung? Gooley liegt im Leichenschauhaus. Sein Chrysler steht in Buffins Garage. Nehmen die Lieferanten die Ware wieder mit? Wird sie irgendwo gelagert?«

»Langsam, alter Junge!« Phil rammte mir die Faust in die Rippen. »Du fantasierst. Wir wissen nicht einmal mit Sicherheit, wen oder was Spoke Gooley abholen wollte. Wer sagt dir, dass es sich um Rauschgift handelt? Ebenso gut kann die Eintragung bedeuten, dass Gooley eine hübsche, junge Dame in Empfang nehmen wollte. Dann wären wir im völlig falschen Flughafenbereich. Junge Damen werden nicht als Frachtgut transportiert.«

»Versuchen wir unser Glück im nächsten Laden«, sagte ich und fuhr an.

Ich umkurvte einen Tristar-Jet, der gerade beladen wurde, und steuerte vom Lagerhaus zurück auf die Lieferstraße, auf der die An- und Abtransporte durchgeführt wurden. Trucks waren unterwegs. Ich musste sie vorbeifahren lassen. In der Lücke zwischen zwei Trucks erblickte ich auf der Gegenfahrbahn eine Limousine, die kurz stoppte. Ein Mann stieg hastig aus. Das Auto setzte sich sofort wieder in Bewegung, fuhr einem mächtigen Truck dicht auf.

Das Fahrzeug war ein Chrysler E, graue Lackierung und normale Ausstattung, genau der Wagentyp, den Gooley für seine Sonderfahrten benutzte.

Ich denke, dass von diesem Modell einige hunderttausend Exemplare gebaut wurden. Dass einer dieser Wagen unseren Weg kreuzte, war nicht besonders ungewöhnlich. Ich erwischte einen Blick auf den Fahrer. Er trug eine dicke Hornbrille.

»Warum fährst du nicht weiter?«, fragte Phil.

»Sekunde noch«, antwortete ich und blickte dem grauen Chrysler nach.

Der Truck erreichte die Ausfahrtsperre, eine stabile Stahlschranke. Sein Fahrer reichte dem Zöllner die Papiere, und der Beamte ging zur Ladetür und vergewisserte sich, dass die Verplombung unangetastet war. Er kam zum Fahrerhaus zurück, händigte die Papiere aus und betätigte einen Schalter, der die Stahlschranke hochfahren ließ.

Ruckend setzte sich der Truck in Bewegung.

Im selben Augenblick heulte der Motor des Chryslers auf. Der Wagen schoss hinter dem Heck des Trucks hervor, raste mit steigender Geschwindigkeit an der Flanke des Lastwagens entlang, erfasste den Zollbeamten und schleuderte den unglücklichen

Mann zur Seite. Der freie Raum zwischen Truck und dem Pfeiler der Schranke schien zu schmal für ein zweites Fahrzeug.

Ich trat den Gashebel durch, jagte den Chevy über die Straße und den schmalen Trennstreifen auf die Gegenfahrbahn. Der Chrysler kam durch. Metall kreischte auf Metall. Er streifte am Truck entlang, aber er kam durch. Der Mann im Fahrerhaus des Schwerlasters verriss das Steuer in dieser Schrecksekunde. Der mächtige Auflieger geriet ins Schlingern.

»Das schaffst du nicht!«, schrie Phil.

Der Feuerball einer Explosion zuckte auf. Die Zugmaschine des Trucks bäumte sich auf wie ein Elefant und fiel zurück. Ein Reifen platzte. Die Fetzen schossen wie Geschossstücke durch die Luft.

Ich sah, dass der Truck die Ausfahrt blockierte, riss das Steuer herum und überquerte zum zweiten Mal den Trennstreifen. Gegen den Verkehr raste ich zur Einfahrtschranke.

Phil kurbelte das Fenster runter, zwängte Kopf und den Oberkörper aus dem Chevy, hielt die ID-Card nach draußen und brüllte: »FBI! Hoch mit der Schranke!«

Die Beamten, völlig konsterniert von den Ereignissen, reagierten nicht. Ich musste hart bremsen, damit Phil sich nicht den Schädel an der Leitplanke zerschlug.

Er schrie den Zöllner an: »FBI! Bist du taub? Weg mit der Schranke!«

Der Mann taumelte zum Schalter. Die Schranke hob sich, und ich jagte den Chevy darunter durch.

Phil schraubte sich ins Wageninnere zurück und nahm das Mikrofon aus der Halterung.

»FBI-Fahrzeug an alle! Verfolgen grauen Chrysler E im Bereich Kennedy Airport, Zubringerstraße G 4. Kennzeichen unbekannt! Wagen vermutlich an einer Seite beschädigt. Fahrer bewaffnet.«

Zum dritten Mal wechselte ich die Fahrbahn.

»Siehst du ihn?«, fragte Phil.

Ich schüttelte den Kopf. Es herrschte starker Verkehr. Die Trucks und Lieferwagen rollten, als hätte sich hinter ihnen nichts ereignet.

Im Lautsprecher meldete sich die erste Streifenwagenbesatzung der City Police: »Wagen 305! Standort Brookville Boulevard. Bei uns kam vor zehn Sekunden ein grauer Chrysler vorbei. Wir verfolgen ihn.«

»Das kann unser Wagen nicht sein«, antwortete Phil. »Entfernung ist zu groß.«

Die Zufahrtstraße mündete in den Rockaway Boulevard. Ich entschloss mich für die Richtung Queens.

Über die Sprechanlage prasselten Meldungen und Anfragen. Das Hauptquartier der City Police wollte wissen, ob unsere Verfolgung mit einer Explosion auf dem Flughafengebiet zusammenhänge. Phil antwortete: »Der Bursche, der das Feuerwerk veranstaltete, sitzt in dem Schlitten. Riegelt Queens ab!«

Zweihundert Yards voraus wechselte ein grauer Wagen auf die Überholspur, raste an einer Gruppe Fahrzeuge vorbei.

»Ich glaube, da ist er!«, sagte ich und trat das Gaspedal bis zum Anschlag durch. Der Chevy gab sein Bestes. Der Abstand zum grauen Wagen blieb jedoch unverändert.

»Er fährt einen heißen Reifen«, stellte Phil fest, »weit jenseits des Tempolimits.«

Am Chrysler glühten die Bremsleuchten auf. Der Wagen driftete nach rechts und verschwand zwischen den Fahrzeugen.

»Er verlässt den Boulevard!«, rief ich und zog den Chevy dicht vor der Stoßstange eines mächtigen Lastwagens nach rechts. Empört brüllte das Signalhorn des geschnittenen Trucks uns nach.

Der Chrysler war verschwunden. Es gab nur eine Abfahrt, die er genommen haben konnte. Ich ließ unseren Wagen in die Kurve schießen, fing seine

Ausbruchgelüste ab, nahm die Geschwindigkeit weg und schleuste ihn in den Verkehr der Querstraße ein.

»Das ist Springfield Lane«, konstatierte Phil.

Die Straße war stark befahren. Ich drängelte vorwärts, überholte ein halbes Dutzend Fahrzeuge und sah den grauen Chrysler wieder, getrennt von uns nur durch vier oder fünf Fahrzeuge.

»Warum fährt er so langsam?«, wunderte sich Phil.

»Er will feststellen, ob er verfolgt wird.«

Zwei Autos überholten den Chrysler. Damit lagen nur noch drei Wagen zwischen ihm und uns. Durch das Rückfenster konnte ich die Umrisse des Fahrers sehen.

»Er ist es. Die rechte Flanke ist eingedrückt.« Phil griff zum Mikrofon und informierte die Cops.

Der Chrysler wurde immer langsamer.

»Er will, dass wir ihn überholen.«

»Warum tust du's nicht? Blockier ihn, und wir holen ihn raus!«, schlug Phil vor.

»Darauf wartet er nur. Er hat Handgranaten. Wenn wir zu ihm aufschließen, wirft er uns so ein Höllenei vor die Räder.«

»Er biegt ab!«, rief Phil. »Verdammt, wohin fährt er?«

Vor uns ragte auf der rechten Seite der sechsetagige Block eines Cash&Carry-Kaufhauses. Über die Fassade lief in Höhe von zwei Stockwerken die Leuchtschrift: 24-STUNDEN-SERVICE.

Der Chrysler tauchte in die Einfahrt zu den Parkgeschossen im Keller.

Ich ließ den Chevy an der Einfahrt vorbeirollen, stoppte ihn und zwang nachfolgende Autos zum Ausweichen.

»Er blufft nicht. Er bleibt drin.«

Ich setzte unseren Wagen gegen den Verkehr zurück. Es gab empörtes Gehupe, bis ich die Höhe der Einfahrt erreicht hatte.

Die Betonspur zur Parkebene schraubte sich in einer engen Spirale abwärts. An den grauen Betonwänden klebten Reklameangebote für Sonderangebote und Billigurlaub.

Auf halbem Weg brachte ich den Chevy zum Stehen. »Steig aus, Phil!«

Er zog die Augenbrauen hoch, widersprach aber nicht, sondern öffnete die Tür, die gegen die Wand stieß, und zwängte sich aus dem Wagen.

Ich ließ den Motor laufen, nahm die Kupplung raus, verließ den Chevy, löste die Handbremse und warf die Tür ins Schloss.

Das starke Gefälle sorgte dafür, das sich unser Wagen sofort in Bewegung setzte und ziemlich schnell wurde. Er schrammte an der rechten Wand entlang. Ein Außenspiegel brach ab, aber er blieb nicht hängen. Er verschwand in der Kurve. Phil starrte mich an und sagte: »Precford wird dich steinigen.«

Charly Precford verwaltete den Wagenpark des FBI und hasst es, wenn ihm seine Autos verbeult und verkratzt zurückgebracht werden.

Eine wuchtige Explosion setzte den krachenden Schlusspunkt hinter Phils Satz und machte uns klar, dass Charly Precford vom roten Chevrolet nicht viel wiedersehen würde.

Ich zog den 38er. »Komm!«

Wir rannten abwärts. Stinkender Rauch quoll uns entgegen. Glassplitter und zerfetzte Blechteile bedeckten die letzten zwanzig Yards der Betonspirale. Wir spürten die Hitze der Flammen.

Die Trümmer des Chevy brannten unmittelbar vor der Einmündung. Die Explosion hatte eine Menge Neonröhren an der Decke zerblasen. Im weiten Umkreis erhellte nur das gelbrote Flackerlicht der Flammen die Kellergarage.

In drei großen Sätzen sprang ich am brennenden Wrack vorbei, schnellte mich hinter einer geparkten Limousine in Deckung, die bei der Explosion ihre Verglasung verloren hatte. Phil flitzte wie ein Schatten auf die andere Seite.

Ich arbeitete mich in die nächste Deckung vor, drang in die Kellergarage ein und gelangte in einen Bereich, in dem die Neonröhren intakt geblieben waren.

Phil war aus meinem Blickfeld verschwunden. Er befand sich irgendwo zwischen geparkten Fahrzeugen.

Dann sah ich sie: vier Männer, zwei Wagen, den grauen Chrysler und einen schwarzen Mercury. Beide Wagen standen Heck an Heck mit geöffneten Kofferräumen. Zwei Männer waren im Begriff, Metallbehälter aus dem Chrysler in den Mercury umzuladen. Der dritte Mann stand neben der geöffneten Fahrertür. Diese drei Typen trugen normale Anzüge, aber der vierte Mann, der sich einige Dutzend Yards von den Autos entfernt hatte, steckte in einem Overall. Er wandte mir den Rücken zu. Ich konnte die Aufschrift entziffern: Trans Cargo Service.

Phils Stimme hallte durch die Garage: »FBI in Aktion! Keine Bewegung! Ich schieße!«

Die Jungs an den Fahrzeugen erstarrten. Der Mann im Overall schnellte herum. Die Beleuchtung war nicht gut genug, um sein Gesicht genau zu erkennen. Ich sah, dass er die große Brille abgenommen hatte, und mir fiel der Cop ein, dem ich unvermutet in dem Haus begegnet war, von dessen Dach Rocky Mariano erschossen worden war.

Blitzschnell verschwand er hinter einem Wagen. Ich feuerte. Die Kugel durchschlug das Seitenfenster.

Die anderen erwachten aus ihrer Erstarrung. Der Mann neben der offenen Fahrertür stürzte sich hinters Steuer.

Phils 38er krachte.

So schnell, wie er hineingesprungen war, fiel der Mann aus dem Auto wieder heraus und blieb vor dem Mercury liegen. Seine Kumpane gingen in Deckung, zogen ihre Artillerie und ballerten in die Gegend.

Ich konzentrierte mich auf den Mann im Overall. Natürlich wusste ich nicht, ob er der Geheimagent der Mafia war. Was er auf dem Flughafen gezeigt hatte, das war von der gleichen Machart wie die Erschießung Marianos vor den Augen einer Hundertschaft Cops und Gooleys Ermordung aus einem Hubschrauber.

Mr. High hatte gesagt, er wünsche sich den Mann lebend als Zeugen gegen das Direktorium, die oberste Koordinierungsinstanz der Mafia. Ich war versessen darauf, Mr. Highs Weihnachtswunsch zu erfüllen, und arbeitete mich an das Auto heran, hinter dem er weggetaucht war.

Klar, dass er versuchte, mich abzufangen. Er musste eine ziemliche Wut im Bauch haben, weil wir ihn mit dem leeren Chevy geleimt hatten. Er verfeuerte eine so lange Serie Kugeln, dass es sich anhörte, als besäße er eine Maschinenpistole, aber als das Gehämmer nach ein paar Sekunden aufhörte, dachte ich, dass er nur eine gewöhnliche Pistole mit einem besonders fetten Magazin benutzte.

Ich tauchte plötzlich für Sekundenbruchteile aus der Deckung, um ihn zu provozieren. Außerdem feuerte ich zweimal, ohne die leiseste Chance, ihn zu treffen. Die Kugeln stanzten Löcher in schöne Autokarosserien. Wir produzierten eine Menge Versicherungsschäden.

Phil traf besser als ich. Einer seiner Sparringspartner jaulte auf. Sekunden später schrie der andere: »Hört auf! Ich ergebe mich!«

»Wirf die Waffe weg!«, antwortete Phil. »Dann nimm die Arme hoch und komm raus!«

Ich freute mich. Zusammen mit Phil würde es gelingen, den Mafia-Spezialisten einzufangen.

Nur eine Parkreihe trennte uns noch. Ich nahm eine Bewegung hinter einem roten Sportwagen wahr. Ein länglicher Gegenstand flog durch die Luft und schlug auf.

Ich ließ mich fallen, vergrub den Kopf zwischen den Armen. Das Ding explodierte nicht, sondern gab ein widerlich zischendes Geräusch von sich und ein gleißend weißes Licht, das schmerzend durch die geschlossenen Lider drang.

Ich schlug die Hände vor die Augen, wandte den Kopf ab, rollte mich um die eigene Achse. Nur weg von dem verdammten Licht und der Gefahr, als geblendeter, hilfloser Mann über den Haufen geknallt zu werden.

Wie lange übte das weiße Licht seine Gewalt aus? Vielleicht zwanzig Sekunden. Ich spürte, wie es schwächer wurde, und riss die Augen auf.

Der Mann im Overall war verschwunden. Ich verlor eine halbe Minute für die eigene Orientierung, rannte die Reihe der geparkten Wagen entlang, übersprang das Licht, das funkensprühend verglühte, und erreichte einen der Lifte. Die Schachttür war geschlossen, der Lift in Betrieb. Direkt daneben befand sich die Stahltür für den Treppenaufgang. Ich packte die Klinke und zerrte daran. Die Tür gab nicht nach.

Ich trat einen Schritt zurück. Noch kreisten vor meinen Augen feurige Ringe als Reaktion auf die Blendung. Ich hob den 38er und schoss auf die Rufanlage des Lifts. Bei der letzten Kugel knallte der Kurzschluss.

Phil rief mich an: »He, Jerry! Bist du okay?«

Ich rannte schon. »Okay!«, schrie ich. »Kümmere dich um die anderen!«

Ich preschte die Ausfahrt hoch. Ein Triumphgefühl füllte meinen Schädel bis in die Haarspitzen. Schlau und einfach zugleich war der Plan, den sie sich ausgedacht hatten. Die Ware umladen, den Chrysler einfach stehen lassen und über die Ausfahrt verschwinden. Als er feststellte, dass wir ihm im Nacken saßen, hatte er nicht gezögert, den Chevy mit ein paar Handgranaten zu zerblasen. Der Vorsprung, den er dadurch gewann, hätte ihm und seinen Partnern genügt. Ich war ziemlich stolz auf meinen Einfall, ihm den Chevy leer vor die Füße zu rollen, ganz gleich, was Charly Precford dazu sagen würde. Ich hoffte inständig, dass der berüchtigte Geheimagent der

Mafia in der Fahrstuhlkabine festsaß wie eine Ratte in einer Falle.

Das Cash&Carry-Warenhaus hatte Eingänge auf allen Seiten. Als ich hineinstürmte, herrschte eine mittelprächtige Panik, doch nicht zu vergleichen mit dem Desaster in der Harlem-Arena. Die Leute hatten gehört, dass es unter ihren Füßen einige Male geknallt hatte. Sie wussten nicht, was los war, und viele hielten es für richtig, auf jeden Fall ins Freie zu streben.

Ich rannte an Verkaufstischen und Regalen vorbei, vermied knapp den Zusammenstoß mit einem jungen Mädchen, das die Situation nutzte und grellrosa Damenwäsche in eine Handtasche stopfte, und erreichte den Lift, den er benutzt hatte.

Die Triumphgefühle, die mich zum Luftballon aufblähten, entwichen mit lautem Gezisch.

Die Schachttür stand offen. Die Liftkabine gähnte mich leer an. Kein Zweifel, mit dem Kurzschluss war ich ein paar Sekunden zu spät gekommen.

Ganz leer war die Kabine nicht. Zusammengeknüllt lag ein Haufen Stoff in der Ecke. Ich hob ihn auf.

Es war der Overall mit der Rückenaufschrift TRANS CARGO SERVICE. Mir schien der Stoff noch warm vom Körper des Mannes, der ihn bis vor wenigen Augenblicken getragen hatte.

Natürlich warf ich mich herum, raste durch das Kaufhaus, preschte hinaus auf die Straße, wo die Neugierigen sich sammelten, die Autos stehen blieben und die Cops allmählich eintrafen.

Wozu Einzelheiten erzählen? Ich mache es kurz.

Wir fanden ihn nicht.

Und obwohl ich ihm zum zweiten Mal ins Gesicht geblickt hatte, wusste ich noch immer nicht genau, wie er aussah.

Das Heulen der Polizeisirenen übertönte den Verkehrslärm. Wie Wölfe auf ein gestelltes Opfer jagten Streifenwagen aus allen Himmelsrichtungen auf den Schauplatz zu.

Ralph Preston wusste, dass er sich außerhalb der Gefahrenzone befand. Er stand an der Theke einer kleinen Cafeteria, zweihundert Yards und einige Häuserblocks vom Cash&Carry-Kaufhaus entfernt, bestellte eine zweite Tasse Kaffee. Weder die schmächtige Asiatin, die den Kaffee servierte, noch die Männer, die rechts und links neben ihm standen, konnten ihm ansehen, dass seine Nerven vibrierten.

Zum ersten Mal, seit er für das Direktorium arbeitete, war eine gut vorbereitete Aktion schief gegangen. Die Mafia hatte Heroin im Wert von acht Millionen Dollar verloren. Trotz der Milliardengewinne, die die Organisation in aller Welt einstrich, verstand das Direktorium bei Verlusten keinen Spaß. Ralph Preston musste damit rechnen, dass er zur Verantwortung gezogen wurde.

Er überdachte seine Lage.

Der nächste Mann auf seiner Liste hieß James Evans, kein New Yorker, sondern der Besitzer des Aloha-Spielcasinos in Las Vegas. Evans und die Mafia hatten ein Stillhalteabkommen geschlossen. Gegen eine zehnprozentige Gewinnbeteiligung verzichtete die Organisation darauf, Evans aus dem Geschäft zu verdrängen. Das Arrangement war zu Stande gekommen, weil Evans dicke Beziehungen zur Regierung des Staates Nevada besaß. Eine harte Gangart hätte der Mafia Ärger mit der Regierung und schärfere Kontrollen der eigenen Spielcasinos eingetragen. Sie zog es vor, sich mit zehn Prozent zu begnügen, und schickte jedes Jahr ihre Rechnungsprüfer.

Bei der letzten Prüfung hatten die Buchhalter der Mafia eine Differenz von fünf Millionen Dollar festgestellt. Evans weigerte sich, die Summe nachzuzahlen. Prestons Auftrag lautete, den Mann dazu zu bringen, die fünf Millionen Dollar auszuspucken. Wie er dabei vorging, blieb ihm überlassen. Er sollte Evans nicht töten, aber ihm einen Denkzettel verpassen, der dem Mann deutlich machte, dass sich die Mafia nicht betrügen ließ. Das Direktorium forderte, dass Evans die fünf Millionen an Preston aushändigte, bevor die Daumenschrauben gelockert wurden.

Welche Art Daumenschrauben er Evans anlegen würde, hatte Ralph Preston noch nicht entschieden. Es gab mehrere Möglichkeiten. Der Mann war geschieden, aber seine Frau lebte mit zwei Kindern in Las Vegas. Außerdem existierte eine junge Geliebte, die man sich vornehmen konnte. Oder man hielt sich direkt an James Evans und probierte aus, wie weh man ihm tun musste, bevor er sich von fünf Millionen Dollar trennte.

»Noch einen Kaffee?«, fragte die zierliche Asiatin hinter der Theke und holte mit der Frage Preston in die Wirklichkeit zurück.

Zunächst einmal musste er aus New York herauskommen. Zwar waren Varese, Gonzo und Averi, die er zur Abschirmung seiner Aktion gegen die Gooley-Gang eingesetzt hatte, Mitglieder des Salerno-Clans, aber das Direktorium hatte beschlossen, dass die Ware der Pellati-Familie ausgehändigt werden sollte. Also hatten im Parkkeller des Kaufhauses drei Pellati-Leute auf ihn gewartet und waren von den Schnüfflern kassiert worden. Nach der ursprünglichen Planung hätte Giorgio Pellati, der Boss der Familie, Preston für den Einsatz in Las Vegas mit Geld, einem Wagen, einer passenden Identität usw. versorgen müssen, aber nach der Panne in der Tiefgarage war Pellati eine zu heiße Adresse. Preston musste sich die notwendige Ausrüstung bei einem anderen Mafia-Don besorgen.

Ihm fiel Don Ignazio Salerno ein. Ein unwillkürliches Grinsen huschte über sein Gesicht. Dem Alten mit seinen strengen Sittenvorstellungen würde es verdammt schwer fallen, ausgerechnet den Mann zu unterstützen, mit dem sich seine Enkelin herumgewälzt hatte. Manche dieser alten Dons waren merkwürdige Typen. Ohne mit der Wimper zu zucken, kassierten sie fette Gewinne aus Bordellen und Straßenprostitution, aber wenn ein Mädchen der eigenen Familie es mit dem Sex ein wenig leicht nahm, gingen sie vor Entrüstung an die Decke und hätten die Jungen, mit denen das Baby herumgespielt hatte, am liebsten kastriert.

Ralph Preston wusste, dass die Mafia von jedem Disziplin verlangte. Die Unterstützung eines Geheimagenten des Direktoriums war oberste Pflicht für alle Padrini. Außerdem musste auch der alte Salerno inzwischen begriffen haben, dass die hübsche Sabrina bei ihrer Lieblingsbeschäftigung eine Menge Eigeninitiative entwickelte.

»Wo ist das Telefon?«, fragte er. Das Mädchen hinter der Theke zeigte ihm, wo der Apparat hing.

Er wählte Don Ignazios Nummer. Er wusste sie auswendig, denn er hatte sein Gedächtnis ebenso trainiert wie seinen Körper.

Am anderen Ende der Leitung wurde abgehoben.

»*Tomba, che parla*«, sagte er. »*Dammi Don Ignazio!*«

»*Subito*«, erhielt er zur Antwort, und während er auf die Weiterverbindung wartetet, fasste er den Entschluss, die fünf Millionen Dollar zu holen und dann zu entscheiden, ob er sie der Mafia abliefern oder behalten würde.

Dreihundert Pfund Heroin vom Feinsten, so rein wie frisch gefallener Schnee. Eine Qualität, die mit Traubenzucker auf eine Tonne verkaufsfähige Ware gestreckt werden konnte.

Drei gefasste Unterführer der Pellati-Gang, und noch am Abend unterschrieb ein Richter einen Haftbefehl gegen Giorgio Pellati, den Boss des Syndikats, das einen großen Teil des Verbrechens in Queens und Nassau kontrollierte. Ein Sonderkommando der State Police holte den kahlköpfigen Giorgio, der aussah wie ein wiedergeborener Mussolini, aus seiner befestigten Villa auf Long Island. Also ein voller Erfolg?

Nicht für Phil und mich! Wir empfanden den Ausgang als Panne und Blamage. Ralph Preston, der Geheimagent der Mafia, war uns entkommen, denn dass wir es mit ihm zu tun gehabt hatten, stand inzwischen fest. Daran ließen die Fingerabdrücke im Chrysler keinen Zweifel.

Mr. High, unser Chef, machte uns keine Vorwürfe. Er übergab die Aktion gegen den Pellati-Clan Steve Dillaggio und schickte uns in eine sechsunddreißigstündige Erholungspause.

Am Morgen des übernächsten Tages betraten wir sein Büro.

»Sie werden Ihre Koffer packen müssen«, sagte er. »Ich schicke Sie an einen neuen Einsatzort.«

Er legte eine Ledermappe auf den Tisch und öffnete sie.

»Diese Mappe fanden wir im Handschuhfach des Mercury. Bitte beachten Sie, dass es sich um ein Luxusstück handelt, zu fein und zu teuer für einen unwichtigen Mann.«

Er entnahm der Mappe eine Brieftasche aus dem gleichen Leder und zeigte uns den Inhalt.

»Fünf Kreditkarten auf den Namen Alfred Hanmer. Fahrzeugpapiere für einen Sportwagen vom Typ Nissan ZX. Die Schlüssel zu diesem Wagen, von dem wir leider nicht wissen, wo er steht.«

Er holte aus der Mappe einen blauen Umschlag.

»Ein Flugticket erster Klasse mit Platzreservierung für Mr. Hanmer. Die Bestätigung einer Hotelreservierung im Aloha Hotel, Las Vegas.«

Mr. High drehte die offene Mappe um. Fünf Bündel Dollarnoten fielen auf den Schreibtisch.

»Zehntausend Dollar in unterschiedlichen Scheinen!«

»Alles für Mr. Hanmer?«, fragte Phil lächelnd.

»Richtig«, bestätigte der Chef. »Ich vermute, dass seine übrige Ausrüstung bereits in dem Sportwagen liegt: Waffen, Sprengstoff und was immer er für seinen nächsten Job benötigt.«

»Mr. Hanmer wäre also die nächste Rolle des Geheimagenten der Mafia?«

»Es wäre seine nächste Rolle gewesen. Er wird sie nicht spielen. Er wird unter einem anderen Namen, vielleicht auf einem anderen Weg nach Las Vegas gehen, um die Arbeit zu tun, die ihm das Direktorium auftrug.«

Mr. High drückte auf einen Knopf. Helen, seine Sekretärin, kam ins Office und reichte ihm zwei Mappen, die er an uns weitergab.

»Ihre Flugkarten nach Las Vegas. Reservierung im Aloha Hotel. Dreitausend Spesendollar, deren Empfang Sie bitte quittieren wollen und über deren Verwendung Sie später abrechnen müssen. Wenden Sie sich in Las Vegas an Daniel Brosdael! Er gehört zu unserer Firma, beurlaubt vom aktiven Dienst. Seine Aufgabe ist es, den Einfluss der Mafia im staatlich sanktionierten Glücksspiel festzustellen. Er weiß alles über die großen Casinos. Bei ihm können Sie sich die nötigen Informationen verschaffen. Seien Sie im Umgang mit ihm vorsichtig. Er darf unter keinen Umständen als FBI-Agent enttarnt werden.«

Ich übernahm die Mappe. Sie bestand aus billigem Kunststoff, der an den Händen klebte. Kein Vergleich mit dem feinen Exemplar, mit dem die Mafia ihren Mann bedacht hatte.

»Viel Glück in Las Vegas!«, verabschiedete uns der Chef. Er meinte nicht das Spiel.

Aloha Hotel, Las Vegas.

In die Hotelhalle ragten drei Palmen. Eine blaue Wasserfläche, umgeben von weißem Sand, symbolisierte den Strand von Waikiki. In wasserberieselten Holzkübeln wuchsen Ananasstauden.

Alle Hotels mit ihren Spielcasinos stehen unter einem Motto. Im *Cesar's Palace* wird altes Rom gespielt, im *Aladin* orientalischer Zauber, im *Circus-Circus* die Welt der Manege.

Das Aloha tat so, als stünde es nicht in der Wüste, sondern auf Hawaii. Natürlich trugen die Mädchen an der Rezeption Blumen im Haar und bunte Wickelröcke, und jedem Gast wurde bei der Ankunft ein Blumenkranz aus Papierblumen umgehängt.

Die Begegnung mit Daniel Brosdael war von New York aus organisiert worden. Wir trafen ihn zwei Stunden nach unserer Ankunft in einer kleinen Kaschemme des Viertels, in dem nicht die Spielpaläste stehen, sondern die Chicanos wohnen. Brosdael sah nicht aus wie ein G-man aus einem Hollywood-Film. Er war dicklich, kurzsichtig und über fünfzig Jahre alt, aber er wusste Bescheid.

»Howard Hughes war der letzte Tycoon im Spielgeschäft, an den sich die Mafia nicht heranwagte. Seit seinem Tod ist ihre Macht in Las Vegas ständig gewachsen. Jeder zweite Dollar, der an den Spieltischen und Automaten verloren wird, fließt direkt in die Taschen der Mafia.«

»Wir wissen, dass das Direktorium seinen gefährlichsten Killer nach Las Vegas geschickt hat, aber wir wissen nicht, auf wen er angesetzt wurde. Haben Sie einen Tipp für uns, Dan?«

Brosdael dachte laut nach.

»Er kommt nicht, um einen der eigenen Leute abzuknipsen. Innerhalb der Clans sind die Zonen abgesteckt. Keiner kommt dem anderen in die Quere. Es geht friedlich zu zwischen den Sippen der Delcantos, Parredis und Rugeros. Kürzlich hat sogar ein Rugero eine Delcanto-Tochter geheiratet. Mann, das war eine Superhochzeit, die fünf Tage dauerte und zwei Millionen Dollar gekostet haben soll. Nein, wenn das Direktorium einen Killer schickt, dann geht es um die Bereinigung von Differenzen zwischen der Mafia und einem unabhängigen Casino-Besitzer.«

»Er hatte ein Zimmer im Aloha Hotel bestellt«, warf Phil ein.

»Die richtige Adresse«, bestätigte Brosdael. »Aloha Hotel und Spielcasino gehören James Evans, einem Mann, der sich mit der Mafia arrangiert hat. Er liefert einen satten Anteil seines Gewinns bei ihr ab. Durchaus möglich, dass zwischen ihm und der Organisation Streit um die Höhe entstanden ist. Ich beobachtete, dass Evans in den letzten drei Monaten seine Schutztruppe mächtig verstärkte.«

»Was für ein Typ ist Evans? Lässt er sich einschüchtern?«

»Er ist misstrauisch und vorsichtig. Die oberste Etage des eigenen Hotels dient ihm als Wohnung. Zutritt nur für ausgesuchte Personen. Seine Geliebten sind immer mindestens zwanzig Jahre jünger als er. Er hat zwei Kinder, die bei seiner geschiedenen Frau leben.«

»In Las Vegas?«

»In einer Villa am Stadtrand.«

»Können Sie uns Fotos von Evans, seiner Familie und seiner aktuellen Geliebten verschaffen, Dan?«

»Kein Problem. Wenn Sie heute Nacht ein paar Dollars im Casino riskieren, werden Sie James Evans persönlich begegnen. Jede Nacht sieht er seinen Croupiers auf die Finger. Er trägt immer eine frische Orchidee im Knopfloch. Das ist sein Markenzeichen.«

»Danke für die Auskünfte, Dan. Ich denke, dass wir Ihre Unterstützung noch öfter brauchen werden.«

Wir fuhren ins Hotel zurück, gingen an der Hallenbar vor Anker und genehmigten uns zwei leicht angeschärfte Drinks. Noch hatten wir uns nicht entschlossen, wie wir vorgehen wollten. Das Aloha Hotel hatte Platz für zweitausend Gäste. Sie einzeln unter die Lupe zu nehmen war unmöglich. Wenn wirklich James Evans das Zielobjekt war, mussten wir versuchen, in seiner Umgebung eine Spur zu finden, die uns zu Preston führte.

In der Halle herrschte großer Betrieb. Zwischen Hotel und Casino bestand eine direkte Verbindung. Die Menschen waren unterwegs zu den Spielsälen oder kamen mit leeren Taschen daraus zurück. Touristentrupps brachen wie Indianerhorden in die Halle ein. Japanische Gruppen eilten ihren Fähnchen schwingenden Führern nach. Laute texanische Ölbarone wedelten mit den Dollarbündeln, die sie beim Poker oder Bakkarat riskieren wollten.

Befand sich Ralph Preston unter diesen Leuten?

Ich erwischte mich dabei, dass ich jedem Mann von ungefähr seiner Größe prüfend ins Gesicht blickte. Wie sah der Geheimagent der Mafia aus? Welche Maske benutzte er? Wie hatte er sich getarnt?

»Lass uns ein paar Spesendollars riskieren«, schlug Phil vor.

Wir schlenderten ins Casino hinüber. Den Zugang bewachten zwei breite Angehörige der Hauspolizei. Sie trugen weiße Uniformen mit Goldknöpfen wie Marineoffiziere.

Das Scheppern der Spielautomaten, die halblauten Ansagen der Croupiers an Roulette und Black-Jack-Tischen, das Klirren der Münzen in den Auffangschalen, Aufschreie der Gewinner. Flüche der Verlierer füllten die weite Halle mit einer Geräuschkulisse eigener Art.

Wir spielten an einem Black-Jack-Tisch, der an der Kreuzung der beiden Hauptgänge stand, weil wir annahmen, James Evans würde an diesem Platz auf jeden Fall vorbeikommen. Der Bankhalter war ein Mädchen. Sie trug ein Baströckchen aus Kunststoff, ein Brusttuch und eine Hibiskusblüte im offenen Haar.

Alle Mädchen, auch die Geldwechslerinnen und die Serviererinnen an den verschiedenen Bars, waren auf Hawaii und Hula-Hula kostümiert.

Unsere Bankhalterin sah hübsch und verführerisch aus, aber sie zockte hart. Im Handumdrehen nahm sie Phil und mir über hundert Dollar ab.

Während wir beim fünften Durchgang waren, kam ein Mann den Hauptgang entlang, der uns sofort auffiel. Er war mittelgroß, mit einem quadratischen Gesicht und engen, misstrauisch blickenden Augen. Im Knopfloch seiner weißen Dinnerjacke steckte eine violette Orchidee. Neben ihm schwenkte ein blondes, puppengesichtiges Mädchen im roten, hautengen Kleid seine zweifellos erstklassige Anatomie. Ein Trupp Manager und Abteilungsleiter umringten den Boss und die Gespielin. Drei uniformierte Hauspolizisten schirmten die Gruppe ab und schickten misstrauische Blicke in die Runde.

»Ist das Mr. Evans?«, fragte ich die Bankhalterin.

»Ja, Sir«, antwortete sie, deckte ihre Karte auf, kaufte zu und sagte lächelnd: »Die Bank hat zwanzig Punkte, Sir!«

Sie kassierte unsere Spesendollars. »Neues Spiel, Sir?«

Wir verzichteten und folgten James Evans auf seinem Kontrollgang. Er ließ nichts aus, weder die langen Reihen der Fünfzig-Cent-Spielautomaten noch die abgeschirmten Bakkarat-Tische, an denen der Mindesteinsatz fünfhundert Dollar betrug. Er schnauzte ein Mädchen an, das keine Blume im Haar trug, und er rückte eigenhändig den Gürtel eines Polizisten zurecht. Seine Inspektionstour endete im großen Showsaal des Casinos. Er und seine Freundin ließen sich an einem Logentisch nieder. Eilfertig brachten Serviererinnen Gläser und eine Champagnerflasche.

Phil und ich fanden Platz an einem Tisch, an dem zwei steinalte, schmuckklirrende Ladys saßen, die hemmungslos ihre Freude zeigten.

»Setzt euch, Jungs!«, rief die Größere und klatschte in die welken Hände. »Zwei Gläser für unsere Liebhaber!« Sie zerrte an meiner Jacke. »Nenn mich Gloria, Boy!«

Es war zu spät, Gloria und ihrer Freundin zu entkommen. Die Saaltüren wurden geschlossen. Außerdem waren alle Plätze besetzt. Wenn wir Evans im Auge behalten wollten, mussten wir die fröhlichen und gefährlich abenteuerlustigen Grannys ertragen.

Die großen Spielcasinos bieten die teuersten Showprogramme der Staaten. Die Drinks sind vergleichsweise billig. Nicht die Show bringt den Gewinn, sondern das Spiel. Darum liegen Bühne und Zuschauerraum immer am Ende des Spielsaals. Wer die Show besucht oder verlässt, kommt an vielen hundert Versuchungen vorbei.

Phil und ich, wir hatten uns nicht dafür interessiert, welche Show das Aloha präsentierte. Auf dem geschlossenen roten Vorhang stand in goldflirrenden Buchstaben ein einziges Wort: PARIS.

Die Musik setzte ein. Die Saalbeleuchtung erlosch. Scheinwerfer flammten auf. Ein Mann trat vor den Vorhang

»Ladies and Gentlemen! Heute Abend erwartet Sie die exquisiteste Show des amerikanischen Kontinents. Die zwanzig schönsten Mannequins der Welt zeigen Ihnen die raffinierteste Mode des Erdballs. Begrüßen Sie die charmanten Botschafterinnen der französischen Mode! Unsere Show beginnt: Paris grüßt Las Vegas!«

Der rote Vorhang teilte sich und gab den Blick auf die Bühne frei. Vor einer Kulisse mit den Wahrzeichen der Stadt Paris standen in einer Reihe zwanzig junge Frauen aller Rassen, schlank, langbeinig, raffiniert angezogen, perfekt geschminkt.

Stürmischer Beifall brandete auf. Die alten Ladys am Tisch klatschten so heftig, dass ihre Ringe und Ketten klirrten wie Christbaumschmuck bei einem Erdbeben.

Von der Bühne schob sich lautlos ein langer Laufsteg in den Saal hinein.

»Unsere Mannequins stellen sich Ihnen einzeln vor!«, rief der Moderator. »Hier kommt Arina!«

Arina war eine sehr dunkle Afrikanerin mit Beinen, die einfach nicht zu enden schienen. Bei jedem Schritt klaffte der Seitenschlitz im roten Lederrock und gab die Schenkel bis zur Hüfte frei. Das Mannequin kam über den Laufsteg mit jenem besonderen Gang, der aufreizend die Formen des Körpers unterstreicht, während das unbewegte Gesicht hochmütig und abweisend bleibt.

Auf Arina folgte Beatrice, auf Beatrice Chantal.

»Und nun Jody!«, verkündete der Moderator.

Als wir Jody alias Jo Ann Harwell in der Halle des Battery Park Hotels gesehen hatten, war sie eine schöne, junge Frau unter vielen anderen schönen Frauen gewesen. Jetzt, allein auf dem Laufsteg, ging von ihr ein Reiz aus, der den Männern das Atmen erschwerte.

Das schwarze Kleid umschloss ihren Körper wie eine zweite Haut. Im weißen Gesicht leuchteten die Augen in Smaragdgrün, und der große, starklippige Mund erinnerte an eine tropische Blüte. Das tizianrote Haar trug sie gelöst. Es fiel bis zu den Schulterblättern.

Wie hatte der schwarze Mixer an der Bar des Battery Park Hotels den Neid der anderen Männer auf Ralph Preston ausgedrückt? ›Am liebsten hätten wir ihn erschlagen, weil er bekommen hatte, was wir alle begehrten‹.

Jody erreichte den äußersten Rand des Laufstegs und blieb stehen, die linke Hand in die Hüfte gelegt, den Kopf hoch erhoben. Dann drehte sie sich um, und in dieser Sekunde verlor sie für einen winzigen Moment die Kontrolle über ihre Haltung. Sie senkte den Kopf. Ihr Gesicht nahm einen anderen Ausdruck an, und sie machte eine Bewegung, als wollte sie über die Schulter zurückblicken.

Wie gesagt, das Ganze dauerte nur eine halbe Sekunde. Dann fing sie sich und schritt im gleichen Rhythmus zur Bühne zurück.

Ich stand auf und blickte zu den Tischen am Ende des Laufstegs hinüber. Der Saal war abgedunkelt, und die Spotscheinwerfer, von denen ein Widerschein vielleicht die Leute in der ersten Reihe traf, wenn das Mannequin am Ende des Stegs verharrte, waren mit Jody zurück zur Bühne gewandert.

»Und nun, Ladies and Gentlemen, präsentiert sich Ihnen Jyll!«, verkündete der Moderator.

Gloria, die fröhliche Seniorin, zerrte an meiner Jacke und zeterte: »Setz dich! Du verstellst mir den Blick. Warum, zum Teufel, rührst du den Champagner nicht an?«

»Gütiger Himmel!«, stöhnte Phil und starrte mit einem Ausdruck zum Laufsteg, als wäre dort ein Monster im Anmarsch.

Ich blickte hoch. Mein Atem setzte aus. Ich traute meinen Augen nicht.

Kein Monster, eine junge Frau schritt über den Laufsteg, die linke Hand an der Hüfte, in der rechten eine Pelzstola, die sie lässig nachschleifte: das Mannequin Jyll.

Oder anders ausgedrückt: unsere Kollegin, die FBI-Agentin June Clark.

Mit drei Männern, die er nicht kannte, saß Ralph Preston an einem Tisch unmittelbar am Laufsteg. Er hatte Jodys winziges Zögern bemerkt. Es schien ihm unfassbar, dass sie ihn unter diesen Bedingungen erkannt haben sollte, denn er hatte sein Aussehen gründlich verändert. Auf unerklärliche Weise musste sie seine Nähe gespürt haben. Würde sie beim nächsten Gang auf den Steg den schwarzhaarigen, dunkeläugigen Mann zu ihren Füßen auffällig mustern?

Preston beschloss, kein Risiko einzugehen. Er wartete, bis der G-man, der aufgestanden war und sich umsah, sich wieder gesetzt hatte. Dann verließ er den Tisch und den Saal. Im ersten Automatengang stellte er sich an einen Apparat, warf Münzen ein, um zu sehen, ob die G-men ihm folgten.

Er hatte die Männer, die ihm in New York so gefährlich nahe gekommen waren, schon am Nachmittag in der Halle gesehen und sie sofort erkannt. Trotzdem hatte er sich in seiner neuen Identität und mit dem veränderten Aussehen so sicher gefühlt, dass er dicht an ihnen vorbeigegangen war.

Jodys Reaktion hatte dieses Gefühl der Sicherheit erschüttert. Mechanisch steckte er Münze nach Münze in den Schlitz und beobachtete die Türen zum Showsaal.

Die Türen blieben geschlossen. Die G-men folgten ihm nicht.

Preston warf eine letzte Münze in den Spielautomaten und betätigte den Hebel. Die Walzen liefen, blieben stehen. Der Apparat klingelte heftig. Eine Springflut blanker Münzen ergoss sich in die Auffangschale.

Preston nahm den Gewinn als gutes Zeichen. Er schaufelte die Schale leer, trank an der Bar zwei Drinks und fuhr zur Verabredung mit Vito Delcanto.

Delcanto, einer der Mafia-Bosse, deren Familien Las Vegas beherrschten, empfing Preston mit dem Respekt, den die Padrini dem Abgesandten des Direktoriums überall entgegenbrachten.

»Ich und meine Jungs stehen zu deiner Verfügung, Tomba«, versicherte er.

*»Benissimo, Vito«*, erwiderte Preston. »Kannst du zwei Männer von der Bildfläche verschwinden lassen?«

»Kein Problem.«

»Sie sind FBI-Agenten.«

Delcanto verzog das Gesicht. »G-men umzulegen ist nicht einfach.«

»Falls du sie auf andere Art ausschalten kannst, müssen sie nicht umgebracht werden. Sie dürfen mir nicht in die Quere kommen, bis ich meinen Job erledigt habe.«

»Nenn mir Einzelheiten!«

Preston informierte den Clan-Boss. Schließlich nickte Delcanto.

»Wir werden die Schnüffler aus dem Weg räumen. Sonst noch Wünsche, Tomba?«

»Schick einen Mann ins Aloha Hotel. Er soll ein Zimmer mieten, sich wie ein normaler Gast benehmen, etwas spielen und sich zu meiner Verfügung halten. Such einen passabel aussehenden Jungen aus, der auf ein Mädchen Eindruck machen kann!«

Delcanto dachte einige Sekunden nach und entschied sich: »Ich werde dir Jonny Selva schicken. Er ist intelligent und geschickt.«

»Ich hoffe, du kannst ihn entbehren.« Preston betrachtete seine Fingernägel. »Und nicht nur für ein paar Tage.«

»Was meinst du?«, fragte Delcanto.

»Er wird den Job vielleicht nicht überleben.«

Der Mafia-Boss zuckte mit den Schultern. »Jeder ist zu ersetzen«, sagte er.

Das Läuten des Telefons holte mich unter der Dusche weg. Ich wickelte mir ein Handtuch um die Hüften und zog eine Tropfenspur ins Zimmer. Ich hob ab.

»Mr. Cotton, wenn Sie sich den Anblick sehr gut gewachsener Mädchen in sehr knappen Tangas nicht entgehen lassen wollen, sollten Sie sich um elf Uhr am Swimmingpool des Hotels einfinden«, sagte eine Frauenstimme.

»June?«, vergewisserte ich mich.

»Sie sprechen mit dem Mannequin Jyll, Monsieur«, antwortete sie mit gekünsteltem französischem Akzent. »Ihr Freund Phil weiß schon Bescheid.«

Ohne meine Antwort abzuwarten, legte sie auf.

Der Swimmingpool des Aloha Hotels lag in einer Parkanlage der Rückfront, unregelmäßig geformt wie eine Südseelagune, umstellt von Hollywoodschaukeln und weißen Liegestühlen.

Die Mannequins der Pariser Modeshow bevölkerten den Pool, die Liegestühle und die Bar, umschwirrt von einem Dutzend Fotoreportern, die ihre Kameras so heftig und ausdauernd in Betrieb setzten, dass die Verschlüsse heiß liefen.

Phil und ich ankerten an der Bar, beobachteten den Tanz der Fotografen um die Mädchen, die sich nass oder trocken, in Pose auf den Sprungbrettern oder zu dritt und viert in den Hollywoodschaukeln von den Kameras schießen ließen.

Ich entdeckte June. Sie durchkraulte den Pool wie Tarzans Braut, schwang sich auf den Rand, schüttelte lachend das Wasser aus ihrem Haar. Die Kamerabändiger nahmen sie unter Dauerfeuer.

Phil murmelte halblaut: »Ich hätte nie gedacht, dass eine FBI-Agentin so sexy aussehen kann.«

Nach fünf Minuten Beschuss nahm June einen weißen Bademantel und schlüpfte hinein. Das Interesse der Fotografen erlosch schlagartig.

June kam an die Bar, bestellte einen Ananas-Drink und wartete, bis der Keeper außer Hörweite war.

»Hallo, Freunde«, sagte sie leise.

»Wie kommst du zu diesem Job?«

»In Frisco wurde ein Mädchen krank. Sie suchten Ersatz. Ich bewarb mich, und sie nahmen mich. Nur mein Name gefiel ihnen nicht. Sie tauften mich um in Jyll.«

»Wozu das Spiel?«

»Es bringt mich näher am Jo Ann Harwell alias Jody heran. Ich konnte mit ihr sprechen. Von Kollegin zu

Kollegin. Inzwischen weiß ich, dass sie in New York eine heiße Affäre mit einem Mann hatte, der sich Robert Marshall nannte. Sie hat sich in den Burschen verknallt. Er muss wunderbare Dinge mit ihr getrieben haben, und sie hofft, ihn in Las Vegas wiederzusehen.«

»Hat sie eine Ahnung, welche wunderbaren Dinge Marshall über der Harlem-Arena trieb?«, fragte Phil.

»Nein, sie hat keine Ahnung, wer der Mann wirklich ist. Falls sie ihm tatsächlich in Las Vegas begegnet, werde ich es erfahren.«

»Vielleicht hat sie ihn schon gesehen«, sagte ich. »Gestern beim Start der Show reagierte sie, als hätte sie etwas Besonderes unter den Zuschauern bemerkt.«

June zog die Augenbrauen hoch.

»Sie hat nichts gesagt.«

»Preston ist in Las Vegas, oder er wird bald hier auftauchen. Die Mafia hat eine offene Rechnung mit James Evans, dem Besitzer des Aloha.«

June leerte ihr Glas.

»Ich kann nicht oft Kontakt mit euch aufnehmen«, sagte sie.

»Nimm eine kleine Warnung mit auf den Laufsteg, Darling. Geh nicht ohne uns zu dicht an Ralph Preston heran! Er ist tatsächlich gefährlicher als jeder Killer, mit dem wir es je zu tun hatten, und er wird auf deine Schönheit keine Rücksicht nehmen.«

»Ich habe begriffen.« June zeigte ein schnelles Lächeln. »Das kleine Mädchen wird die großen Jungs zu Hilfe rufen.«

Sie ging zu einer Gruppe Mannequins, unter denen sich auch Jo Ann Harwell befand.

Phil tippte mir auf die Schulter.

»Reiß dich von dem Anblick los, alter Junge! Dan Brosdael wartet.«

Wir waren mit Brosdael verabredet, der uns die Fotos von Evans und seinen Familienangehörigen übergeben wollte. Für die Fahrt benutzten wir einen weißen Camaro, den wir bei der Hotelfiliale eines

Autoverleihers gemietet hatten. Brosdael wollte uns im Flughafen treffen. Während der Fahrt auf dem Strip, der breiten Prachtstraße, die Las Vegas von einem Ende zum anderen durchzieht, fiel mir eine schwarze Limousine auf, die nie aus dem Blickfeld des Rückspiegels verschwand.

»Ich glaube, uns folgen ein paar Schutzengel«, informierte ich Phil.

»Sieht so aus«, bestätigte er. »Was tun wir?«

»Wir geben ihnen eine Chance!«

Las Vegas' Flughafen liegt ein paar Meilen außerhalb der Stadt. Vom Glanz und Glitzer der Hotel- und Spielpaläste ist hier draußen nichts zu spüren. Windschiefe Hütten, abenteuerliche Camps, bewohnt von Tramps und Außenseitern, sprenkelten die Wüste.

Der schwarze Wagen hielt sich gleichmäßig fünfzig Yards hinter uns. Ich identifizierte ihn als einen Mercury Brougham, einen Wagen, der von zu Hause aus nicht genug unter der Haube hatte, einen Camaro zu jagen. Vielleicht hatten sie ihn frisiert.

Wir passierten ein Schild mit dem Hinweis:

AIRPORT 2 MEILEN.

»Sie kommen!«, sagte Phil.

Der Abstand zwischen uns schrumpfte. Ich behielt das Tempo bei und beobachtete den Mercury im Rückspiegel.

»Achtung!«, schrie Phil. »Der Truck!«

Auf der Gegenfahrbahn donnerte ein verbeulter, schmutziger Lastwagen heran. In der Sekunde, in der Phil den Warnruf ausstieß, durchbrach der Laster die schäbige Kakteenbepflanzung des Mittelstreifens. Seine Bremsen kreischten. Von den blockierten Reifen stieg blauer Qualm auf. Das Fahrzeug stellte sich quer und sperrte die ganze Breite der Fahrbahn wie eine Barrikade.

Es war ein sauberes Stück Generalstabsarbeit. Der Mann am Steuer des Mercury hatte seine Geschwindigkeit erhöht in der Erwartung, dass ich mitziehen, beim Ausbrechen des Lastwagens zu schnell sein würde und den Zusammenprall nicht mehr vermeiden konnte.

Nur die Tatasche, dass ich den Gashebel nicht durchgetreten hatte, rettete uns. Trotzdem bedurfte es aller Tricks, die ich im Umgang mit Autos gelernt hatte.

Ich trampelte nicht wie wild auf die Bremse, sondern behielt den rechten Fuß auf dem Gas, riss den Hebel der Handbremse hoch, zog das Steuer herum, und dann erst stieg ich um vom Gas auf das Bremspedal. Als Resultat dieses Manövers schlitterte der Camaro mit der Breitseite auf das Hindernis zu, verlor rasch an Geschwindigkeit, aber es blieb noch genug davon über, dass die riesigen, dreckigen Räder des Lastwagens innerhalb von Sekunden mein ganzes Blickfeld füllten.

Dann krachte es. Ich nahm den Kopf weg. Glaskrümel überschütteten uns wie Hagelschlag. Dach und Seitenwand des Camaro verformten sich zu zerknittertem Blech.

Einen Atemzug später war alles vorbei. Der Camaro klebte am Laster.

Phil stieß die Tür auf, sprang ins Freie. Ich turnte über den Beifahrersitz hinweg, rollte mich aus dem Wagen und zog den 38er.

Im Abstand von dreißig Yards kam der Mercury zum Stehen. Der Mann, der ihn lenkte, hatte gewusst, was passieren würde, und entsprechend rechtzeitig reagiert.

»Nimm Deckung!«, rief ich Phil zu.

Phil riss die Tür zum Fahrerhaus auf und enterte es mit einem Satz. Der Mann, der uns den Laster in die Quere gesteuert hatte, saß noch drin. Ich weiß nicht, was Phil mit ihm tat. Ich hörte einen Schmerzensschrei und ein dumpfes Geräusch.

Ich sprang auf die Motorhaube des Camaro und von dort über die Seitenwand auf die Ladefläche des Lasters. Er war ein offener Kipper, mit dem zuletzt

Sand und Kies transportiert worden sein mussten. Ich ging hinter der Seitenwand in Deckung. Die Rechnung der Jungs im schwarzen Mercury war nicht aufgegangen. Wir hatten uns nicht den Hals in einem Verkehrscrash gebrochen. Ich erwartete, dass sie versuchen würden, ihr Pech zu korrigieren.

Am Mercury wurde eine Seitentür geöffnet. Ein Mann stieg aus. Er trug einen hellen Anzug, einen weißen Hut und eine Sonnenbrille. In beiden Händen hielt er eine kurzläufige Maschinenpistole, aber er schien unschlüssig, ob er schießen sollte.

Ich rief ihn an: »FBI! Waffe weg, oder ich schieße!«

Er riss die Maschinenpistole hoch und streute mit einer langen Serie den Laster ab. Die Seitenwände waren mit Blech beschlagen. Viel Schaden richteten seine Kugeln nicht an.

Ich nahm ihn aufs Korn. Meine erste Kugel verfehlte ihn, denn der Motor des Lastwagens röhrte auf. Scheppernd und klirrend setzte sich das tonnenschwere Fahrzeug in Bewegung. Das Wrack des Camaro wurde mitgeschleift, dann weggeschoben. In enger Kurve quälte sich der Wagen aus der Querstellung, nahm Geschwindigkeit auf und rollte wie ein antrabender Stier auf den Mercury zu.

Der Mann mit der Maschinenpistole hechtete so hastig in den Wagen, dass er seinen weißen Hut verlor. Mit aufheulendem Motor und jaulendem Getriebe setzte der Fahrer den Mercury zurück.

Ich feuerte über das Dach des Lasters auf den Gangsterschlitten. Eine Kugel durchschlug die Windschutzscheibe. Ich weiß nicht, ob sie irgendwen traf.

Dem Fahrer gelang es, den Wagen zu wenden. Mit Vollgas schoss der Mercury davon. Ihn mit dem schwerfälligen Laster zu verfolgen war sinnlos. Phil sah das ein und bremste den Wagen ab.

Ich schwang mich von der Ladefläche. Gleichzeitig turnte Phil aus dem Fahrerhaus und zog einen bewusstlosen Mann ins Freie. Der Mann war ein magerer Farbiger, der in einem schmutzigen Overall steckte.

»Ich glaube nicht daran, von ihm zu erfahren, wer der Veranstalter dieser Show war«, sagte Phil. »Er ist nur ein Handlanger.«

»Keine Frage, dass die Aktion von Ralph Preston bei einer Mafia-Familie in Auftrag gegeben wurde. Er kennt uns. Er weiß, dass wir hier sind, und er will uns aus dem Weg räumen, damit er ungestört seine Arbeit für das Direktorium erledigen kann.«

Auf der Gegenfahrbahn verlangsamte ein Cadillac die Fahrt. Der Mann am Steuer schob den Kopf aus dem Fenster und rief herüber, ob wir Hilfe benötigten. Ich bat ihn, die Las Vegas Police zu benachrichtigen. Zehn Minuten später erschien sirenenheulend ein Streifenwagen auf der Szene. Der Rest war Routine.

Wir verzichteten auf die Begegnung mit Brosdael. Da wir wussten, dass wir beobachtet wurden, durften wir ihn nicht mehr treffen.

Ein herbeigerufenes Taxi brachte uns zum Aloha Hotel zurück. Wir gingen zur Rezeption, und ich verlangte, James Evans zu sprechen. Das Rezeptionsmädchen im bunten Wickelrock rief seinen Chef im farbenfrohen Hawaiihemd, der lange herumtelefonierte und uns schließlich in ein kleines Büro führte, in dem ein vierschrötiger, grauhaariger Mann saß, der einen ganz normalen Straßenanzug trug

»Ich bin Rod Nyak und sorge in diesem Laden für die Sicherheit«, sagte er. »Wer sind Sie, und warum wollen Sie Mister Evans sprechen?«

Wir knallten die FBI-Ausweise auf den Tisch. Er verzog das Gesicht, als muteten wir ihm den Anblick unanständiger Fotos zu.

»Unser Laden ist sauber«, sagte er. »Ich wüsste nicht, was FBI-Agenten bei uns herumzuschnüffeln hätten.«

»Euer Laden ist ein Partnerunternehmen der

Mafia«, antwortete ich lakonisch. »James Evans hat bei der Abrechnung geschummelt. Das lässt die Mafia niemandem durchgehen. Sie schickte ihren besten Geheimagenten. Wenn James Evans nicht sehr gut aufpasst, muss das Aloha-Casino bald wegen eines Trauerfalls geschlossen werden.«

Nyak griff zum Telefonhörer, wählte eine dreistellige Telefonnummer und begann ein geflüstertes Palaver mit seinem Boss. Nach ein paar Minuten legte er auf, nickte uns zu und erklärte: »Ich bringe Sie zu Mister Evans.«

Er führte uns zu einem Aufzug. Der Druckknopf für die oberste Etage fehlte. Evans Sicherheitschef benutzte einen flachen Schlüssel, den er in den Schlitz eines Schlosses steckte und drehte.

Die Kabine glitt über die letzte von Hotelgästen benutzte Etage hinaus und stoppte in dem Stockwerk, das von James Evans als Wohnung benutzt wurde.

Der Boss des Aloha-Casinos erwartete uns in einem pompösen Arbeitszimmer. Er war nicht allein. In einem Sessel räkelte sich das puppenhübsche Platinmädchen, das ihn gestern bei seiner Inspektionsrunde begleitet hatte. Statt hauteng Rot, trug das Schätzchen heute hauteng Grün.

Evans kam hinter dem Schreibtisch hervor. Misstrauisch musterte er uns aus engen, zusammengekniffenen Augen. Über die Schulter sagte er zu Nyak, dem Sicherheitschef: »Ich hoffe, du hast die FBI-Ausweise dieser Jungs sorgfältig geprüft, Rod!«

»Sie sind echt.«

»Okay! Was will der FBI von mir?«

»Zusammenarbeit! Sie stehen auf der Abschussliste der Mafia, Evans.«

Er zuckte mit den quadratischen Schultern.

»Halten Sie das für eine Neuigkeit, G-man?«, fragte er höhnisch. »Ich kenne die Bosse der Familien. Jeder von ihnen, gleichgültig, ob er Delcanto, Parredi oder Rugero heißt, würde sich liebend gern das Aloha unter den Nagel reißen. Die Clans neutralisieren sich gegenseitig. Ich fühle mich sicher.«

»Sie fühlen sich sicher, weil Sie einen satten Anteil des Spielgewinns an die Mafia abführen. Trotzdem gibt es offensichtlich Differenzen zwischen Ihnen und der ehrenwerten Gesellschaft.«

Er verfärbte sich, und seine Lippen wurden noch schmaler.

»Woher wollen Sie das wissen?«

»Wir schließen es aus der Tatsache, dass das Direktorium seinen besten Mann auf Sie angesetzt hat, Evans. Einen Killer von hohen Graden. Er ist in Las Vegas, vielleicht sogar in Ihrem Hotel.«

»Wenn ihr das wisst, warum greift ihr nicht ein?« Seine Stimme klang schrill. »Wollt ihr mich abschießen lassen?«

»Der Mann tarnt sich vorzüglich. Wir wissen nicht, in welcher Maske, unter welchem Namen er in Las Vegas auftritt. Identifizieren können wir ihn nur an seinen Fingerabdrücken.«

»Im Hotel halten sich dreitausend Gäste auf.« Er wies auf den Bildschirmterminal, der auf seinem Schreibtisch stand. »Der Abrechnungscompu-ter speichert die wichtigsten Daten über jeden Gast.« Er wandte sich an den Sicherheitschef. »Rod, du wirst alle überprüfen.«

»Unmöglich, Boss!«

Evans duldete keinen Widerspruch.

»Nichts ist unmöglich!«, schrie er. »Eine Menge Leute scheiden von Anfang an aus, zum Beispiel alle alten Weiber, die herkommen, um die Lebensversicherung ihrer verstorbenen Männer zu verspielen oder die Busladungen, die uns die Reisegesellschaften für zwei Spieltage heranfkarren. Du wirst sehen, dass am Ende nur eine Handvoll Männer übrig bleibt.«

»Sie werden es mit dieser Methode nicht schaffen, Evans«, warnte Phil. »Ralph Preston ist zu gerissen.«

»Ralph Preston? Ist das sein Name?«

»Unter diesem Namen führen wir seine Akte.«

»Wie alt ist er?«

»Unter vierzig Jahre«, sagte ich. »Er hat etwa meine Größe und graublaue Augen, und auf jeden Fall wird er Sie bekommen, Evans, wenn Sie die Zusammenarbeit mit uns verweigern.«

Er tat, als hätte er den letzten Satz nicht gehört.

»Danke für Ihre Informationen, G-men«, sagte er. »Wünschen Sie einen Drink?«

Er winkte dem Mädchen.

»Sue, bitte servier den G-men jeden Drink, den sie wünschen!«

Das Mädchen glitt aus dem Sessel, strich das Kleid über den Hüften glatt, bedachte uns aus tiefblauen Augen mit einem Mitternachtsblick und flötete: »Probieren Sie Sue's Spezial! Meine eigene Erfindung!«

Ich winkte ab. »Keine Drinks vor Einbruch der Dunkelheit!« Noch einmal wandte ich mich an Evans. »Wir wohnen in Ihrem Hotel, Evans. Sie können uns jederzeit erreichen.«

»Ich werde veranlassen, dass Ihnen ein Rabatt eingeräumt wird«, sagte er spöttisch.

Ralph Preston umklammerte den Telefonhörer so hart, dass sich seine Fingerknöchel weiß unter der Haut abzeichneten. Wütend hörte er sich Vito Delcantos Entschuldigungsgestammel an.

»Tut mir verdammt Leid, Tomba. Alles war bestens vorbereitet. Die Chance, dass sich die Schnüffler das Genick brechen, stand hundert zu eins. Sie hatten Glück, unglaubliches Glück.«

Preston unterdrückte seinen Zorn.

»Der Fehlschlag macht die ganze Sache noch dringender. Durch die Panne wissen die G-men, dass ich in Las Vegas bin, und werden Himmel und Hölle in Bewegung setzen, mich zu finden. Ich muss meinen Job sofort erledigen, noch heute Nacht. Spätestens bis

Mitternacht müssen die G-men von der Bildfläche verschwunden sein. Lock sie in eine Falle und verscharr sie im Wüstensand!«

»Das ist nicht so einfach zu bewerkstelligen, Tomba!«, protestierte Delcanto.

»Wenn du die Schnüffler nicht abservierst, Vito«, sagte Preston mit schneidender Schärfe, »werde ich dem Direktorium mitteilen, dass die Aktion an fehlender Unterstützung scheiterte. Die Organisation muss dann nicht nur Millionen Dollar abschreiben, sondern alle Pläne zur Übernahme der freien Spielcasinos erleiden einen schweren Rückschlag. Das alles geht auf dein Konto.«

Er konnte hören, dass der Mafia-Boss heftig atmete.

»Nein, nein, Tomba, wir nehmen uns die Schnüffler sofort wieder vor«, versicherte er hastig. »Ich rufe meine besten Leute zusammen. Wir werden einen Weg finden, die G-men auszuschalten. Verlass dich auf uns!«

»Du hast eine Frist bis Mitternacht, Vito.« Preston legte auf.

Vor dem Spiegel überprüfte er sein Aussehen. Mit der Kuppe des kleinen Fingers korrigierte er den Sitz der dunklen Haftschalen auf der Augeniris, bevor er das Zimmer verließ und in die Hotelhalle hinunterfuhr.

Er traf Jonny Selva, den Mann, den Vito Delcanto aus seiner Mannschaft ausgewählt und ihm zur Unterstützung geschickt hatte, wie verabredet an der großen Tropenbar, hinter der Mädchen in Baströcken, mit Papierblumen in den Haaren, die Drinks servierten. Selva, über sechs Fuß groß, durchtrainiert und etwas über dreißig Jahre alt, sah nicht aus wie ein Mann sizilianischer Herkunft. Blond und blauäugig, mit der gleichmäßig gebräunten Haut des täglichen Sonnenbankbenutzers machte er den Eindruck eines Playboys auf der Suche nach einer reichen Witwe.

Preston stellte sich neben ihn und nahm ohne zu fragen eine Zigarette aus Selvas Päckchen, das auf der

Theke lag. Selva zückte sein Feuerzeug und reichte Preston Feuer. Der Vorgang war als Erkennungszeichen vereinbart.

»Welches Zimmer hast du bekommen?«, fragte Preston.

»Nummer 1680! Ich verlangte ein Zimmer auf der sechzehnten Etage und bekam es.« Auch Prestons Zimmer lag auf der sechzehnten Etage.

»Sehr gut! Du weißt, dass eine heiße und gefährliche Arbeit auf dich wartet. Ich hoffe, du schreckst vor absolut nichts zurück.«

»Es ist eine Ehre für mich«, antwortete Selva.

»Halt dich in meiner Nähe oder warte auf deinem Zimmer auf meinen Anruf! Ich denke, dass wir unsere Aktion vor Mitternacht starten. Es hängt davon ab, wann James Evans seine Wohnung aufsucht.«

»Ich werde dich nicht enttäuschen, Tomba!«, versicherte Selva.

»Zur Zeit heiße ich Sidney Ross, aber benutze besser keinen Namen.«

Beifallklatschen brandete in der Halle auf. Preston drehte sich nach der Ursache um.

Eine kleine Gruppe der Mannequins kam durch die Halle, fünf oder sechs Mädchen. Der Beifall stammte von einigen lauten und fröhlichen Männern, die ihre Spielgewinne in Drinks angelegt hatten, von den Barhockern sprangen und sich an die Mädchen heranmachten.

Jo Ann Harwells rotes Haar leuchtete wie eine besondere Art Gold. Ein dicklicher Mann in einem verknautschten hellen Anzug drängte sich an sie heran und redete auf sie ein. Sie überragte den Typ um einen Kopf und beachtete ihn so wenig, als wäre er ein kleiner, kläffender Köter. Hauspolizisten mischten sich ein, versuchten, die Mannequins von der Belästigung zu befreien. Eine kleine Rangelei entstand. Die Mädchen waren gezwungen, stehen zu bleiben.

Preston hätte sich umdrehen können. Er tat es nicht.

War es Jodys Schönheit oder die Erinnerung an die Nacht in New York, die ihn zwang, sie anzustarren? Oder wollte er sich Gewissheit verschaffen, dass sie ihn in seiner Maske nicht erkannte? Er selbst hätte die Frage nicht beantworten können. Erst als ihr Blick ihn traf, wandte er sich hastig um, griff nach seinem Glas, leerte es und warf eine Fünf-Dollar-Note auf die Theke.

»Bis später!«, sagte er zu Selva, verließ die Bar und durchquerte die Halle, ohne noch einmal zu den Mannequins hinzusehen.

Er ging in den Spielsaal, wechselte bei einem Mädchen Scheine in Fünfzig-Cent-Münzen und ging bis ans Ende einer Automatenreihe. Am letzten Apparat begann er zu spielen.

Er verlor. Als er nur noch wenige Münzen besaß, traf ihn der Duft eines Parfums, das er kannte.

Jo Ann Harwell sagte leise: »Hallo, Bob!«

Er verzichtete auf den Versuch, sie zu bluffen. Er wusste, dass es nicht gelingen würde.

»Ich hätte geschworen, dass meine eigene Mutter mich nicht erkannt hätte«, sagte er, steckte die vorletzte Münze in den Schlitz und zog den Hebel. »Woran hast du mich erkannt?«

»Ich habe mit dir geschlafen«, antwortete sie.

Die Walzen blieben stehen. Der Automat spuckte nichts aus.

»Eine merkwürdige Antwort«, sagte Preston, »aber ich verstehe, was du meinst.«

»Wozu die Maskerade, Bob?« Sie strich ihm durchs Haar. »Gütiger Himmel, ich weiß nicht einmal, ob Bob dein wirklicher Name ist.«

»Wenn du ihn benutzt, höre ich darauf.« Preston lächelte sie an. »Möchtest du, dass ich dir erkläre, warum ich mit gefärbten Haaren und veränderten Augen herumlaufe? Oder weißt du es?«, setzte er lauernd hinzu.

»Ich weiß nichts.«

In Prestons Kopf jagten sich die Gedanken. War sie in New York nicht von der Polizei verhört worden? Hatten die Schnüffler nicht herausgefunden, dass Robert Marshall vor dem Hubschrauber-Angriff auf die Harlem-Arena die Nacht mit Jody, dem Mannequin der Paris-Show, verbracht hatte? Bestand nicht die Notwendigkeit, sie umzubringen, damit sie ihn nicht verriet?

»Ich werde dir erklären, aus welchen Gründen ich mein Aussehen ein wenig verändern musste«, sagte er.

»Ein wenig?« Sie lachte. »In New York sahst du aus wie ein Engländer und jetzt wie ein Südamerikaner. Wie stellst du es an, deine Augenfarbe zu verändern? Wie ist so etwas möglich?«

»Getönte Haftschalen. Triff mich in meinem Zimmer. Die Nummer ist 1645.«

»Wann?«

»Sofort.« Er berührte ihr Gesicht. »Oder willst du die Wiedersehensfeier aufschieben?«

Sie schüttelte den Kopf. Ihr Haar fiel nach vorn.

»Geh voraus! Es ist besser, wenn wir nicht zusammen gesehen werden.«

Er sah ihr nach, bis sie die Reihe der Automaten verlassen hatte. Zornig presste er die Lippen aufeinander. Die Begegnung mit Jody halste ihm ein gefährliches Problem auf. Er wusste noch immer nicht, wie er es lösen sollte.

Er wandte sich zum Gehen. Dabei fiel ihm ein, dass er noch eine Münze in der Hand hielt. Er warf sie ein und betätigte den Hebel. Die Walzen kreisten, blieben stehen.

Kein Gewinn.

Preston verließ das Spielcasino, ging zurück ins Hotel, fuhr zur sechzehnten Etage hoch und betrat sein Zimmer.

Ein paar Minuten stand er stumm vor dem Spiegel und starrte das eigene Gesicht an.

Plötzlich entschloss er sich, die Haftschalen von den

Augen zu nehmen. Sorgfältig barg er die hauchdünnen Linsen in einem Kästchen mit einer Desinfektionsflüssigkeit.

Er hörte das Klopfen an der Tür und öffnete sie.

»Komm herein!«, sagte er zu Jo Ann Harwell.

Um neun Uhr abends brummte der Spielbetrieb im Aloha Casino auf Hochtouren. An den Automaten arbeiteten Hunderte von Menschen. Unablässiges Scheppern, Klirren und Klingeln erfüllte den Raum. Manchmal gellte ein spitzer Schrei, wenn an einem Apparat gewonnen wurde.

Auch die Roulettetische waren dicht umlagert. Vor den roten Kordeln, die die Bakkarat-Spieler und ihre hohen Einsätze vor unerwünschten Zuschauern schützten, warteten Männer und Frauen auf frei werdende Plätze.

Phil und ich spielten Black-Jack am Tisch des Mädchens, das gestern so kaltschnäuzig unsere Spesendollars abgeräumt hatte. Links und rechts drängten sich die Mitspieler. Ein magerer, hakennasiger Mann neben mir knallte bei jedem Durchgang einen Hunderter auf die Platte.

Wenn er verlor, und er verlor oft, beschimpfte er das Mädchen: »Fuck your cards!« Das Mädchen lächelte und stellte sich taub.

Kurz nach neun Uhr kamen James Evans und sein Tross durch das Casino.

Nyak, der Sicherheitschef, begleitete ihn ebenso wie die blonde Sue, die ein Silberlamee-Kleid trug. Evans sah uns. Er hob die Hand und grinste uns an, aber er blieb nicht stehen. Wir verzichteten aufs nächste Spiel und folgten ihm.

An diesem Abend ging er nicht in den Showsaal, in dem noch getanzt wurde, denn die Show französischer Mode begann erst eine Stunde vor Mitternacht. An einem Bakkarat-Tisch ließ er einen Platz für sich räumen, legte ein Päckchen Dollarnoten auf den grünen Filz und beteiligte sich am Spiel.

»Das kann lange dauern«, sagte Phil.

Ein Mädchen im bunten Wickelrock, der üblichen Aufmachung der weiblichen Aloha-Angestellten, kam zu uns: »Mr. Cotton? Mr. Decker?«

»Richtig!«

»Ein Mann erwartet Sie in der Halle. Ich glaube, er ist von der Polizei«, sagte sie. Ihre Aufmachung war Hawaii, aber ihr Akzent verriet, dass sie aus Texas stammte.

Wir folgten ihr. Sie führte uns in die Hotelhalle zu einem untersetzten, schwarzhaarigen Mann, der in einem Sessel saß und aufstand, als er uns sah.

»Detective Sergeant Ben Kanas von der Las Vegas Police«, stellte er sich vor, zog seinen Ausweis aus der Brusttasche, klappte ihn auf und hielt ihn uns hin. »Wir konnten im Zusammenhang mit dem Zwischenfall auf der Flughafenstraße fünf Männer verhaften. Bitte, begleiten Sie mich ins Hauptquartier und sehen Sie sich die Typen an! Wir brauchen Ihre Bestätigung, wer am Überfall beteiligt war.«

»Sergeant, wir haben nur einen Mann zu Gesicht bekommen.«

»Falls er sich unter den Verhafteten befindet, kommen die anderen als Mittäter in Frage.«

Er wies auf den Ausgang. Ein Mann in der Uniform der Las-Vegas-Polizei stand neben der rechten Tür. »Es wird nicht lange dauern. Wir bringen Sie zum Hotel zurück.«

»Genügt nicht einer von uns?«

»Bei einer Gegenüberstellung verlangt das Gesetz die Aussage aller Augenzeugen.«

»Okay! Gehen wir!«

»Danke, Sir!«, sagte er erleichtert.

Am Ausgang salutierte der Polizist und schloss sich uns an.

Das Aloha Hotel lag etwa hundert Yards von der

Straße weg und hatte eine eigene Zufahrt, gesäumt von blühenden Hibiskusbüschen, und war prächtig beleuchtet. Ein Streifenwagen wartete. Am Steuer saß ein uniformierter Cop.

»Steigen Sie ein!«, sagte Sergeant Kanas und öffnete die hintere Tür.

Er selbst nahm den Beifahrersitz.

Der zweite Polizist ging neben dem auf die Straße zurollenden Wagen her und schwang sich auf ein Motorrad, das dort stand.

Wir fuhren den Strip Richtung Downtown.

»Gehören die Männer, die Sie verhafteten, zu einer Gang?«, fragte ich.

»Ja, vermutlich«, antwortete der Sergeant. Die beflissene Höflichkeit war von ihm abgefallen. Er blickte starr geradeaus.

»Seit wann arbeiten Sie für die Polizei, Sergeant?«

»Schon seit vielen Jahren.«

»Vor drei Jahren führte uns schon einmal ein Fall nach Las Vegas. Damals unterstützte uns Lieutenant William Wheeler. Kennen Sie ihn?«

»Ja, natürlich!«, knurrte Kanas.

Die Antwort war eine Lüge. Es hatte nie ein Lieutenant Wheeler bei der Police in Las Vegas existiert. Es war der Name meines Zeitungsverkäufers in New York.

Ich legte die Hand an den Griff des 38ers.

Der Cop am Steuer stoppte den Streifenwagen hart neben einer schwarzen Limousine, die am Straßenrand parkte. An dem schwarzen Fahrzeug flogen die Türen auf. Männer sprangen ins Freie. Gleichzeitig hielt links neben uns ein blauer Wagen.

Ich riss den 38er aus dem Holster.

Klirrend zerbarsten links und rechts die Fenster des Streifenwagens, zertrümmert von den Stahlläufen der Maschinenpistolen. Schwarze Mündungsöffnungen starrten uns an. Eine Männerstimme bellte: »Waffen weg!« Die Lage war aussichtslos. Zwei Sekunden zu spät hatte ich herausgefunden, dass Detective Sergeant Ben Kanas ein verdammter Lügner war.

Ich ließ den 38er fallen. Neben mir nahm Phil die Arme hoch. Sie rissen die Türen auf. Fäuste packten uns, zerrten uns aus dem Wagen, stießen und schoben uns zur schwarzen Limousine.

Der Cop, genauer gesagt, der angebliche Cop, der auf dem Motorrad dem Streifenwagen gefolgt war, hatte seine Maschine aufgebockt und dirigierte den Verkehr am Schauplatz des Überfalls vorbei, denn es rollte durchaus eine gewisse Anzahl Autos über den Strip. Es war eine perfekte Inszenierung. Die Leute in den Wagen glaubten an eine Polizeiaktion und kümmerten sich nicht weiter um das, was sie sahen.

Zwei Gangster drängten sich mit uns in den Fond und rammten uns die Läufe ihrer Maschinenpistolen in die Rippen. Der falsche Detective Sergeant fuchtelte vom Beifahrerplatz mit einem schweren Revolver vor unseren Gesichtern herum. Ein breitschultriger Typ mit dunklem Kraushaar fuhr.

»Macht keinen Ärger!«, schrie Kanas, falls er wirklich so hieß. »Haltet euch ruhig, und ihr habt eine gute Chance, dass wir euch laufen lassen!«

Nicht das Schwarze unter dem Nagel hätte ich für sein Versprechen gegeben.

»Wie viel Uhr ist es?«, fragte Jo Ann. Sie lag nackt auf dem Bett im Zimmer des Mannes, den sie unter dem Namen Robert Marshall kannte. Sie hatten sich geliebt, waren eingeschlafen, aufgewacht und sich mit neuer Leidenschaft in die Arme gefallen. Zwischendurch hatten sie alles getrunken, was die Minibar an Alkoholischem enthielt.

»Fast zehn Uhr«, antwortete er.

Preston stand am Fenster, rauchte und blickte auf das augenschmerzende Glitzerspektakel der Lichtreklamen, mit denen die Casinos die Spieler anlockten.

Noch immer hatte er keinen Entschluss über das Schicksal der jungen Frau gefasst.

»Zehn Uhr!«, rief sie entsetzt und schwang sich aus dem Bett. »Die Show beginnt in einer Stunde!«

Er drehte sich um.

Groß, schlank, umflutet vom roten Haar kam sie auf ihn zu und umarmte ihn.

»Es war wundervoll, Bob!«, flüsterte sie, presste ihren geöffneten Mund auf seine Lippen und küsste ihn leidenschaftlich.

Das Telefon läutete. Preston löste sich aus der Umarmung und griff zum Hörer.

Er vernahm Delcantos Stimme. »Der Weg ist frei. Die Schnüffler sind ausgeschaltet.«

»Okay«, antwortete Preston, legte auf und wandte sich Jo Ann zu.

»Bleib hier, bis ich zurückkomme!«

»Unmöglich!«, rief sie und breitete die Arme aus. Er sah, wie sich ihre wundervollen Brüste spannten. »Ich müsste längst vor dem Schminktisch sitzen. Sieh mich an, Bob! Meine Lippen sind geschwollen, und ich habe Druckstellen vom Hals bis zu den Knien. Ich muss eine doppelte Schicht Schminke auflegen, oder jeder am Laufsteg sieht, was wir getrieben haben.«

Sie drehte sich um, raffte ihre Wäsche auf und lief ins Badezimmer.

Preston ging zum Wandschrank. Er öffnete einen Koffer, der dort stand, und hob den doppelten Boden heraus. Von den Waffen, die in Halterungen geklemmt unter dem Boden lagen, wählte er eine Luftdruckpistole. Es war die Waffe, die er zur Einschüchterung des Hubschrauberpiloten benutzt hatte.

Er ging ins Badezimmer. Jo Ann stand vor dem großen Spiegel. Als Preston hinter sie trat, begegneten sich ihre Blicke im Glas.

Das Mädchen lächelte, und langsam erlosch dieses Lächeln, als Jo Ann die kalte Berührung des Stahls an ihrem Kopf spürte.

In der großen Garderobe, in der sich die Mannequins für die Show vorbereiteten und in der während der Vorführung in rascher Folge die Kleider und Modelle gewechselt wurden, herrschte hektische Betriebsamkeit. Kaum bekleidet saßen die Mädchen vor den Schminktischen, trugen Make-up auf, malten Lippen und Augenlider und tuschten die Wimpern. Gleichzeitig verhalfen Haarstylisten den Frisuren zu letztem Schick. Die Directrice und ein halbes Dutzend Gehilfinnen ordneten die Kleider auf langen Ständern in der Reihenfolge, in der sie vorgeführt werden sollten. Manager der Pariser Modehäuser, die an der Show beteiligt waren, bestimmten, welche Hüte, Taschen, Schuhe zu welchen Kleidern gezeigt werden sollten.

Die Luft war geschwängert vom Geruch der Parfums, Haarsprays und Make-up-Utensilien. Nervöses Französisch, breites amerikanisches Englisch, das Gelächter der Mädchen und Musik aus Transistorradios mischten sich mit einem Geräuschwirrwarr von beachtlicher Lautstärke.

June Clark, FBI-Agentin in der Rolle des Mannequins Jyll, sah, dass Jo Ann Harwells Platz vor dem Schminkspiegel leer war. Sie wandte sich an die dunkelhäutige Arina, die rechts neben ihr saß.

»Hast du Jody gesehen?« Untereinander benutzten die Mädchen die Namen, mit denen sie für den Gang über den Laufsteg angekündigt wurden.

Arina betupfte ihr dunkles Gesicht mit einem Hauch rosafarbenen Puders.

»Jody? Ja, sie war am Nachmittag mit mir, Elaine, Cora und ein paar anderen Mädchen zu einem Fototermin in einer Millionärsvilla.« Sie rollte die großen Augen, zeigte lachend das schneeweiße Gebiss. »Stell dir vor, dieser Dollarprotz besitzt eine eigene Eisfläche! Er war irgendwann für ein paar Monate mit dem Star einer Eisrevue verheiratet. Für das Schätzchen ließ er die Eisbahn anlegen, damit sein Darling trainieren konnte. Eisrevue bei vierzig Grad im

Schatten! Der Fotograf fand die Idee herrlich verrückt, uns auf dem Eis in Pelzmänteln posieren zu lassen mit Kakteen und Wüste als Hintergrund.«

»Kam Jody mit der Gruppe zurück?«

»Ja, sie kam mit. Sie war dabei, als es in der Hotelhalle einen kleinen Zwischenfall gab. Ein paar Mistkerle wollten uns angrabschen. Die Hauspolizei musste sie zur Vernunft bringen. Sie geleiteten uns zum Lift.«

»Sahst du Jody noch in der Liftkabine?«

»He, du fragst wie ein Detective.« Arina dachte nach. »Nein, sie blieb zurück. Vielleicht gefiel ihr einer der Kerle, die uns belästigten.«

June stand auf, zog den Schminkmantel straff und ging zum Spind, in dem ihre Kleider hingen. Einer der Show-Manager sah das, schoss auf sie zu und schrie sie in einer Mischung aus Französisch und Englisch an: »Was hast du vor, ma petite?«

»Jody ist nicht da. Ich werde sie suchen.«

Mit ausgebreiteten Armen drängte er sie vom Spind ab und fauchte: »Auf deinen Platz! Ich habe längst gesehen, dass Jody nicht in der Garderobe ist. Sie wird gesucht. Mon Dieu, was soll aus der Show werden, wenn ihr Mädchen hintereinander herrennt? Soll ich die Kleider vorführen?«

Hysterisch kreischte er: »Los, los! Bring dein Make-up in Ordnung! Noch siehst du aus wie eine Vogelscheuche!«

»Lass mich wenigstens telefonieren!«, sagte June, ging zum Hausapparat und wählte die Nummer ihrer FBI-Kollegen. In beiden Zimmern meldete sich niemand.

Sie zögerte. Wenn Jody schon gesucht wurde, konnte auch sie, June Clark, nicht mehr tun, als sich an der Suche zu beteiligen.

Sie kehrte an den Schminktisch zurück.

»Was ist?«, fragte Arina. »Worüber regst du dich auf?«

June antwortete nicht.

Die Scheinwerfer frästen eine Lichtschneise in die Wüstennacht. Sie erfassten einen gleichbleibenden Streifen Straße und manchmal einen staubigen Dornbusch oder eine Kaktee.

Die schwarze Limousine, mit der sie uns verfrachteten, war ein Dodge Diplomat, ein schwerfälliges, aber geräumiges Fahrzeug. Phil und ich sowie die beiden Gangster, die uns die Mündungen ihrer kurzläufigen Maschinenpistole zwischen die Rippen stießen, fanden auf der hinteren Sitzbank bequem Platz, aber das machte die Situation nicht gemütlicher.

Der Bastard, der uns mit seinem Gefasel und einem gefälschten Polizeiausweis zu diesem Ausflug verführt hatte, saß neben dem Fahrer mit dem Gesicht zu uns und der dicken Kanone in der Hand. Die Innenbeleuchtung blieb während der Fahrt eingeschaltet, damit er jedes Wimpernzucken von uns kontrollieren konnte.

Las Vegas war nur noch ein schwacher Schimmer am Nachthimmel. Sie fuhren uns in die Wüste hinaus, und es war keine Frage, was sie mit uns vorhatten.

»Für wen arbeitest du?«, fragte ich.

»Halt die Schnauze!«, antwortete der falsche Sergeant und hob drohend den schweren Revolver.

Ich wusste, dass er nicht schießen würde, solange er sich mit uns im Wagen befand.

»Dein Boss muss eine große Nummer sein. Nur eine große Organisation verfügt über die Mittel, Polizeiausweise zu fälschen, Uniformen zu beschaffen und Autos zu Streifenwagen umzufrisieren.«

»Shut up!«, brüllte er.

»Warum schreist du?«, mischte sich Phil ein. »Bist du nervös? Okay, dazu hast du jeden Grund. Dich haben im Hotel eine Menge Leute gesehen.«

Der Gangster kniff die Augen zusammen. Sein Gesicht verzerrte sich. Phil drehte den Kopf und sagte zu mir: »Jerry, dieser Bastard ähnelt Charly Cronsky, und ich wette, er wird genauso enden.«

»Ja, das glaube ich auch«, bestätigte ich.

Cronsky war ein Gangster in New York, und der Mann vor uns ähnelte ihm überhaupt nicht, aber die Situation entsprach der Lage, in die Cronsky uns damals gebracht hatte. Auch ihm war es gelungen, uns zu ,überrumpeln. Wir waren in einen Wagen verfrachtet worden, der uns zu dem Ort brachte, an dem wir umgelegt werden sollten. Der Unterschied bestand darin, dass Cronsky eine Müllhalde ausgewählt hatte. Menschenleere Wüste gibt es in New York nicht.

Später wurde Charly Cronsky zu dreimal lebenslänglicher Haft verurteilt, und seine bösen Absichten mit uns spielten vor Gericht bei der Urteilsfindung nur eine geringe Rolle, weil er genug anderes auf dem Kerbholz hatte. Bis zuletzt wunderte er sich darüber, warum es ihm und seinen Leuten nicht gelungen war, uns umzubringen, so aussichtslos, wie unsere Lage nach seiner Meinung gewesen war. Cronsky wusste nicht, dass FBI-Agenten in hartem Drill beigebracht wird, mit aussichtslosen Situationen fertig zu werden. Phils Satz von der Ähnlichkeit zwischen Cronsky und dem Mann auf dem Beifahrersitz bedeutete eine Verabredung zwischen ihm und mir, so zu handeln wie damals.

Ich sah mir den Mann an, der rechts neben mir saß. Er war ein junger Bursche, nicht älter als fünfundzwanzig, mit einem runden Teiggesicht. Seine Maschinenpistole, kurzläufig und mit einem Hohlkolben aus gebogenem Stahlrohr, war wohl eine israelische UZI.

»Ja, er könnte ein Bruder von Cronsky sein«, wiederholte Phil.

Das hieß, dass er als Erster handeln würde.

Kanas brüllte: »Schlag dem Schnüffler die Zähne ein, Paolo!«

Der Gangster neben Phil rammte meinem Freund hart den Lauf der Waffe in die Rippen.

»Halt endlich die Schnauze, Bulle!«

Zehn Minuten später verlangsamte der Fahrer die Geschwindigkeit und bog von der asphaltierten Straße ab auf eine Piste, die sich nur schwach als festgefahrener Streifen abzeichnete. Mauern eines Gebäudes tauchten auf. Der Fahrer ließ den Dodge ausrollen.

Es war so weit.

James Evans beendete das Spiel am Bakkarat-Tisch mit einem Gewinn von fünftausend Dollar.

»Halt die Hände auf, Baby!«, sagte er zu seiner Freundin und gab ihr das Geld. »Such dir ein Kleid bei den Franzosen aus!«

Sue stieß einen Jubelschrei aus, küsste Evans und versicherte ihm, er sei der großzügigste Mann der Welt.

»Kommst du mit?«

»Nein, eine Modeshow genügt mir! Kleider interessieren mich nicht. Nur die Mädchen, die darin stecken, und das willst du doch nicht, oder?«

»Ich bringe jede um, die sich an dich ranschmeißt!«

Sue ging in Richtung des großen Showsaals. Evans rief ihr nach: »Kauf dir was Scharfes!«

Dann verließ er zusammen mit seiner Truppe den Spielsaal.

Ralph Preston hatte Evans vor einer halben Stunde am Bakkarat-Tisch entdeckt und ihn seitdem beobachtet. Er folgte dem Casino-Chef in die Hotelhalle. Er verhielt sich nicht besonders vorsichtig. Unter den vielen hundert Menschen, die sich zwischen Casino und Hotel bewegten, fiel ein Einzelner nicht auf.

Evans ließ sich von seinen Leuten bis zur Kabine von Lift 5 bringen.

Nur dieser Lift führte bis in die oberste, die zweiunddreißigste Etage, die er allein bewohnte.

Preston sah, dass niemand außer Evans die Kabine betrat. Die Schachttür schloss sich. Nyak, der Sicherheitschef, und die anderen Männer gingen auseinander.

Monatelang waren Evans Gewohnheiten im Auftrag des Direktoriums beobachtet worden. Preston wusste, dass sein Opfer so spät am Abend die Wohnungsetage nur noch in besonderen Fällen verließ. Die drei oder vier Bediensteten, die für Sauberkeit und Ordnung zu sorgen hatten, verließen die Etage schon am frühen Nachmittag. Nachts duldete Evans niemanden dort oben, ausgenommen Sue, und bei seltenen Gelegenheiten, wenn er für seine Freunde in der Regierung eine Orgie veranstaltete, noch ein halbes Dutzend Mädchen.

Preston rief Jonny Selva in dessen Zimmer an.

»Mach dich bereit!«, sagte er. »Ich hole dich ab!«

Er fuhr zur sechzehnten Etage hoch und betrat sein Zimmer. Die Tür zum Badezimmer hatte er geschlossen. Er ging schnell daran vorbei. Aus dem Schrank nahm er den Koffer, öffnete ihn, legte das Holster mit der M-59-Pistole an und steckte zwei Reservemagazine in die Jackentaschen. Den Koffer nahm er mit, und wieder beschleunigte er den Schritt, als er die Tür zum Baderaum passierte.

Er ging den Flur entlang zum Zimmer 1680 und klopfte.

Jonny Selva öffnete sofort.

»Hast du alles, was wir brauchen?«, fragte Preston.

Selva öffnete die Jacke. Er trug einen Revolver im Gürtelholster und eine zweite Waffe unter der Achsel.

»Gehen wir!«

Sie gingen zu den Liften. Niemand begegnete ihnen. Um diese Zeit, eine knappe Stunde vor Mitternacht, hielt sich kaum jemand in den Zimmern auf. Wer nach Las Vegas kam, kam zum Spielen, nicht zum Ausruhen.

Preston drückte den Rufknopf für Lift 5. Das war der einzige Lift, der einen gesonderten Rufknopf hatte.

Die Kabine war leer. Aus der Brusttasche holte Preston einen flachen Schlüssel. Er wusste nicht, auf welchem Weg das Direktorium diesen Schlüssel beschafft hatte. Vermutlich war irgendein Mann in der Firma, die die Anlage gebaut hatte, unter Druck gesetzt worden. Er schob den Schlüssel in den Schlitz und drehte ihn.

Die Schachttür schloss sich. Die Kabine glitt nach oben.

»Nimm den Koffer!«, befahl Preston. »Evans kann über einen Monitor sehen, wer den Lift verlässt. Ich muss ihn ausschalten, bevor er seine Leute alarmieren kann.«

In dem Augenblick, in dem der Lift die zweiunddreißigste Etage erreichte, ertönte ein Gong, der Evans darauf aufmerksam machte, dass einer der wenigen Leute, die einen Schlüssel besaßen, die Etage betrat. Über den Monitor konnte er sich informieren, wer kam.

Preston durchquerte in großen Sprüngen den Vorraum. Obwohl er die oberste Etage des Aloha Hotels zum ersten Mal betrat, wusste er genau, welche Tür ins Zentrum von Evans' Wohnung führte, denn er hatte sich den Plan, den das Direktorium beschafft hatte, genau eingeprägt. Aus vollem Lauf warf er sich gegen eine breite Flügeltür, die unter der Wucht des Anpralls aufsprang.

Klar, dass sich Evans von der Dollarflut, die pausenlos aus dem Spielcasino in seine Taschen strömte, jeden Luxus erlaubte. Der Raum war groß wie ein Tennisplatz, voll gestellt mit Sitzgruppen in weißem Leder, ausgerüstet mit einer Bar, einer gläsernen Tanzfläche und hundert sonstigen Schikanen. Evans' mächtiger Schreibtisch stand vor der Fensterfront, hinter der Las Vegas' Lichtreklamen ihr unablässiges Feuerwerk versprühten.

Als der Gong ertönte, musste James Evans sich an der Bar befunden haben, denn er hielt ein Glas in der Hand, aber inzwischen hatte er den Weg zum Schreibtisch zurückgelegt. Sein Blick auf den Monitor und Prestons Eindringen geschahen in derselben Sekunde. Evans ließ das Glas fallen und schlug mit der Faust auf einen Alarmknopf. In Pantersätzen rannte Preston durch den Raum, sprang auf den Schreibtisch und trat Evans vor die Brust. Der Casino-Boss kippte nach hinten. Er überschlug sich, riss eine große Bodenvase um, die in Scherben zersprang, in denen Evans auf dem Gesicht liegen blieb.

»Du hast es geschafft, oder?«, fragte Preston ruhig. »Hast aufs Knöpfchen gedrückt, he? Das nützt dir gar nichts, Jimmy! Steh auf!«

Von Anfang an hatte Preston damit gerechnet, dass er die Alarmierung nicht verhindern konnte. Ihn berührte Evans' Druck auf den Knopf kaum, aber für Jonny Selva war er so etwas wie ein Todesurteil.

»Steh auf!«, wiederholte er.

Evans raffte sich aus den Trümmern der Vase auf. Er hatte sich ein paar Schnittwunden eingehandelt, die schwach bluteten.

Preston wies auf den Telefonapparat.

»Ruf deinen Sicherheitshäuptling an! Sag ihm, dass er sich ruhig verhalten soll!«

Mit zitternden Fingern hob Evans den Hörer ab, drückte den Schalter für die Direktleitung zum Büro Rod Nyaks. Preston sprang vom Schreibtisch und hörte mit, wie sich Nyak meldete und aufgeregt rief: »Was ist los, Boss?«

Evans antwortete nicht. Hilflos sah er Preston an, der ihm den Hörer aus der Hand nahm.

»He, Nyak«, sagte er gelassen. »Kein Grund zur Aufregung! Dein Boss lebt noch.«

»Wer bist du?«

»Dein Boss hat versucht, die Mafia übers Ohr zu hauen. So etwas gefällt meinen Arbeitgebern überhaupt nicht. Sie schickten mich, um die Differenzen auszuräumen.«

»Du bist der Mann, vor dem wir gewarnt wurden?«

Preston lachte. »Ah, ich sehe, dass die Schnüffler mit

euch gesprochen haben. Ja, der Mann bin ich, mein Freund. Nur wenn wir uns verständigen, hat dein Boss eine Chance, mit dem Leben davonzukommen. Was hast du nach der Alarmierung veranlasst?«

»Meine Leute wurden zusammengerufen!«

»Und die Polizei benachrichtigt?«

»Noch nicht!«

»Okay, Rod! Meine erste Bedingung lautet: keine Bullen! Und deine eigenen Leute schickst du auf ihre Plätze zurück! Sag ihnen, es sei ein Fehlalarm gewesen! Sue hätte sich aus Versehen mit dem Hintern auf den Alarmknopf gesetzt. Dein Chef wird dir bestätigen, dass meine Anweisungen in seinem Interesse sind.«

Er drückte Evans den Hörer ans Ohr. Evans stammelte: »Tu, was er sagt, Rod!«

»Kapiert, Nyak?«, vergewisserte sich Preston.

»Ja, ich habe begriffen«, antwortete der Sicherheitschef. »Hör zu, Mann! Wenn du James Evans umlegst, kommst du hier nicht lebend raus!«

»Wirklich?« Wieder lachte Preston. »Du weißt nicht, wie ich aussehe, mein Junge. Ich könnte an dir vorbeigehen und dir auf den dicken Bauch klopfen, ohne dass du wüsstest, wer ich bin. Spar dir deine Drohungen, Nyak! Sie sind hohl wie ein ausgeblasenes Ei.«

Er trennte die Verbindung und wandte sich Evans zu.

Auf der linken Seite des Schreibtisches stand der Fernsehmonitor, dessen Schirm das Bild zeigte, das die eingebaute Kamera von der offenen Liftkabine lieferte. Noch stand Jonny Selva vor dem Lift, in der einen Hand Prestons Koffer, in der anderen seinen Revolver. Nervös und hilflos blickte er nach links und rechts.

Preston packte James Evans an den Jackenaufschlägen, zerrte ihn bis in die Mitte des riesigen Raums, ließ ihn los und trat ihm brutal in die Kniekehlen. Der Mann brach zusammen. Hart fiel er aufs Gesicht.

»Rühr dich nicht, Jimmy!«, befahl Preston, ging zur Tür und rief Jonny Selva herein.

Selva sah sich um. Sein Blick fiel auf Evans.

»Alles glatt gelaufen, Tomba?«, fragte er auf Italienisch.

»Si«, antwortete Preston in derselben Sprache. »Wir müssen nur noch dem Bastard ein paar Millionen Dollar abquetschen.«

Er stieß Evans die Schuhspitzen in die Rippen.

»Auf die Füße, Jimmy!«

Evans richtete sich auf. Sein Gesicht war schweißüberströmt. Die Lippen zitterten. In den Augen flackerte die Angst.

»Schlag mich nicht!«, flehte er.

Preston schlug mit dem Handrücken in Evans' Gesicht.

»Glaubst du, du kämst mit einer Tracht Prügel davon? Du hast das Direktorium um fünf Millionen Dollar beschissen.«

Er holte zum nächsten Schlag aus.

»Nein!«, schrie Evans und barg das Gesicht zwischen den Händen. »Ich zahle!«

Der Dodge stand. Sein Motor lief und die Scheinwerfer brannten.

Der Fahrer drehte sich um. Zum ersten Mal sah ich sein Gesicht. Er war der Mann mit der Hakennase, der am selben Tisch wie wir Black-Jack gespielt hatte. Er grinste und zeigte seine angefaulten Zähne.

»Raus!«, befahl der falsche Detective.

»Raus« hatte damals in New York auch Charly Cronsky befohlen. Um die Türen zu öffnen, hatten seine Leute eine Hand von der Maschinenpistole nehmen müssen, nicht anders, als es jetzt Paolo auf Phils Seite und das Teiggesicht bei mir taten.

Es ist schwierig zu beschreiben, was Phil und ich machten, denn es geschah so schnell wie eine

Explosion. Es musste so schnell geschehen oder ihre Kugeln hätten uns erwischt.

In dem Augenblick, in dem der Gangster an seiner Seite die Tür geöffnet hatte, packte Phil den Lauf der Maschinnpistole und warf sich mit dem ganzen Gewicht seines Körpers gegen den Mann. Die Tür schwang auf. Beide Männer fielen aus dem Dodge.

Natürlich feuerte Kanas, aber einen Sekundenbruchteil zu spät.

Phil war schon weg. Die Kugel, die ihn treffen sollte, durchschlug das Rückfenster.

Ich tat zwei Dinge gleichzeitig. Mit einem trockenen Handkantenschlag zwischen Hals und Schulter lähmte ich den Armnerv des Teiggesichts, riss in derselben Sekunde das linke Bein hoch und trat dem Gangster vor mir ins Gesicht. Es war ein wuchtiger Tritt, der eine Menge Verwüstungen in seiner Visage anrichtete und ihn vom Sitz gegen die Windschutzscheibe warf. Noch hielt er den Revolver fest. Sein Zeigefinger krümmte sich. Ungezielt durchlöcherte die Kugel das Wagendach.

Teiggesichts paralysierte Finger konnten die Maschinenpistole nicht halten. Als ich sie packte und an mich riss, leistete er keinen Widerstand. Natürlich bekam ich die Waffe am Lauf zu fassen, und ich konnte mir nicht den Luxus erlauben, sie umzudrehen. Ich schmetterte den Kolben auf Kanas Hand, und wenn der Kolben auch nur aus ein paar gebogenen Stahlrohren bestand, so genügte der Schlag doch, seine Finger aufzusprengen.

Phil tauchte neben der offenen Tür auf. Jetzt war er es, der die UZI-Maschinenpistole in den Händen hielt. Er brüllte: »Keine Bewegung!«

Der Gangster mit der Hakennase saß wie erstarrt hinterm Steuer. Aus Kanas' gebrochener Nase strömte Blut. Das Teiggesicht stieß jaulende Schmerzlaute aus und betastete mit der funktionsfähigen Hand den paralysierten Arm.

Ich schwang mich aus dem Dodge. Phil riss die Fahrertür auf und befahl: »Auf den Boden!«

Paolo, der Gangster, den Phil ausgeschaltet hatte, lag reglos im Wüstensand, eingeschläfert von einem präzisen Fausthieb.

Sekunden nach Phils Befehl lag der Fahrer daneben und vergrub die Hakennase im Sand.

Ich holte den falschen Sergeant aus dem Wagen. Der Tritt hatte sein Gehirn durchgerüttelt. In halber Ohnmacht sackte er neben seine Kumpane. Das Teiggesicht ließ sich freiwillig auf die Knie nieder und jammerte: »Du hast mir den Arm gebrochen, Mann!«

Der Bau, vor dem sie den Dodge gestoppt hatten, war nur die Ruine einer längst verlassenen Ranch.

»Was machen wir mit den Jungs?«, fragte Phil.

»Die Polizei wird sie abholen. Wir können uns nicht mit ihnen aufhalten. Ich bin sicher, dass Preston heute Nacht zuschlagen wird.«

Noch lief der Motor des Dodge im Leerlauf. Ich sprang hinters Steuer. Phil warf die Türen zu, bevor er sich neben mich schwang.

Ich gab Gas. Für zwei Sekunden drehten die Räder durch und warfen Sandfontänen über die Gangster. Dann fassten die Reifen.

Ich wendete. Mit steigender Geschwindigkeit raste der Dodge durch die nachtschwarze Wüste zurück in Richtung des hellen Schimmers am Himmel, Widerschein von Las Vegas' Lichterfülle.

»Ich zahle«, wimmerte Evans.

Preston schlug zu. Der Hieb traf Evans' Mund. Die Unterlippe platzte. Blut sickerte über das Kinn.

»Wie viel?«

»Fünf Millionen Dollar!«, stöhnte der Casino-Boss.

»In Ordnung! Ruf den Tresorraum an! Sag dem Kassenchef, er soll zwei Aktentaschen voll packen und raufbringen. Natürlich muss er allein und unbewaffnet kommen.« Preston blickte auf die Armbanduhr. »Ich gebe ihm fünf Minuten, das Geld einzupacken und abzuliefern. Du verwahrst genug Bargeld in den Tresoren, und ich will nicht, dass sie die Nummern registrieren.«

»Okay, okay!« Evans betastete seine Lippen. »Ich erfülle alle Forderungen! Ich schwöre, es war ein Missverständnis. Ich wollte niemanden betrügen.«

Ein weißes Telefon stand in Reichweite. Preston hielt Evans den Hörer hin und betätigte einen Schalter für den eingebauten Lautsprecher.

Auch zum Tresorraum des Casinos bestand eine Direktleitung. Nur einen Augenblick, nachdem Evans den Knopf gedrückt hatte, meldete sich Arthur Rice, der Kassenchef.

»Ich brauche fünf Millionen Dollar, Art!«, sagte Evans. »Pack zwei Transporttaschen und bring sie rauf!«

Der Kassenchef wusste nicht, wie er reagieren sollte. Preston erkannte an seinem Zögern, dass der Mann Bescheid wusste. Wieder nahm er Evans den Hörer aus der Hand.

»Hör zu, Mann!«, sagte er. »Die fünf Millionen Dollar sind die Summe, die dein Boss meinem Auftraggeber schuldet. Ich gebe dir fünf Minuten, die Scheine bei mir abzuliefern. Jede Minute, die du länger brauchst, bedeuten sechzig Sekunden Schmerzen für deinen Chef. Weißt du, wie viel Schmerz man einem Mann in einer Minute zufügen kann? Also beeile dich! Am besten kommst du selbst! Unbewaffnet! Ich garantiere dir, dass ich dich nicht anrühre. Alles klar?«

»Okay, Sir«, antwortete der Kassenchef. »Darf ich noch einmal mit Mr. Evans sprechen?«

»Selbstverständlich!«

Er übergab Evans den Hörer.

»Soll ich tun, was er verlangt hat, Boss?«, fragte Rice.

»Ja!«, schrie Evans. »Alles! Ich will nicht, dass ihr euch Tricks ausdenkt, die ich ausbaden muss. Verstanden?«

»Geht in Ordnung«, versicherte Rice. »Ich bringe das Geld in wenigen Minuten.«

Preston nahm Evans den Hörer aus der Hand und legte ihn auf die Gabel.

»Willst du einen Drink?«, fragte er Jonny Selva, ging zur Bar, wählte eine Flasche alten Scotch und füllte zwei Gläser. Er stieß mit Selva an, der den Inhalt seines Glases in einem Zug hinunterschüttete.

»Nervös?«, fragte Preston lächelnd.

Selva verneinte, fragte aber: »Hast du einen Plan, wie wir aus dem Hotel rauskommen?«

»Selbstverständlich!«, antwortete Preston leichthin. »Mach dir keine Sorgen!«

Er sah wieder auf seine Uhr.

»Geh hinaus und nimm das Geld in Empfang!«, befahl er. »Sprich nicht mit dem Mann, der es bringt! Zeig ihm deine Kanone, damit er weiß, dass er sich keine Frechheiten erlauben kann.«

»Kann ich noch einen Scotch haben?«, fragte Selva.

»Bedien dich!«, antwortete Preston und dachte, dass jeder Mensch vor seinem Tode Anspruch auf einen letzten Drink hatte.

Selva füllte sein Glas und nahm einen großen Schluck.

»Den Rest trinke ich später!«, sagte er und verließ den Wohnraum.

Sobald er die Tür hinter sich geschlossen hatte, trug Preston den Koffer zum Schreibtisch, entnahm ihm einige Gegenstände und verschloss ihn wieder. Es war der Metallkoffer mit massiven Zahlenschlössern, die nicht leicht zu knacken waren.

Auf dem Monitor sah er Selva, der vor dem Liftschacht stand. Vier Minuten verstrichen. Als endlich der Gong ertönte, zuckte Selva zusammen.

Die Schachttür öffnete sich. In der Kabine stand ein magerer Mann mit Stirnglatze und Hornbrille. Vor seinen Füßen befanden sich zwei große, prall geschwollene Aktentaschen.

»Ich bringe das Geld!«, sagte der Mann, hob die Aktentaschen an und kam aus der Kabine.

Selva bedeutete ihm mit einer Geste, die Taschen abzustellen.

»Kann ich Mister Evans sprechen?«

Preston, der die Szene auf dem Monitor verfolgte und die Worte über einen Lautsprecher mithören konnte, zog die Augenbrauen hoch. Mit so viel Mut hatte er nicht gerechnet.

Selva hielt sich an die Instruktionen. Schweigend schüttelte er den Kopf und schickte den Mann mit einer Handbewegung in den Lift zurück. Resignierend gehorchte Evans' Kassenchef, ging in die Kabine zurück und drückte den untersten Knopf.

Die Schachttüren schlossen sich. Selva brachte die Aktentaschen in den Wohnraum.

»Stell sie auf den Schreibtisch!«, befahl Preston.

Er öffnete eine Tasche. Bis oben an den Rand war sie mit gebündelten Hundert-Dollar-Noten voll gestopft.

Mafia-Geld!

Aber nicht einen einzigen Schein davon würde das Direktorium zu sehen bekommen.

Preston hatte seinen Entschluss gefasst. Er würde die Millionen behalten, untertauchen, seine Identität wechseln. Er kannte alle Tricks der Mafia. Wenn es einen Mann gab, der der Rache der Organisation entgehen konnte, er war dieser Mann.

Er schloss die Aktentasche und wandte sich an Selva.

»Hör zu, Jonny!«, sagte er. »Du wirst als Erster das Hotel verlassen.«

Beifallklatschen begleitete die Mannequins bis hinter die Bühne. Sobald die Mädchen außer Sichtweite der Zuschauer waren, änderte sich ihr hoheitsvoller Gang. Sie eilten, nein, sie liefen in die große Umkleidegarderobe, wo sich die Helferinnen auf sie stürzten.

Reißverschlüsse wurden nach unten gerissen, Schuhe von den Füßen geschüttelt, Ringe, Armbänder, Ketten abgestreift. In nervöser Hast schälten sich die Mannequins aus den Kleidern. Nackt bis auf einen Slip stürzten sie zu den Garderobenständern, ließen sich in die nächsten Modelle zwängen, schimpften gellend, wenn beim Wechsel die Frisuren in Gefahr gerieten. Visagisten zogen Lippen und Augenbrauen nach. Puder stäubte über Schultern und Arme.

June Clark alias Jyll schob die Helferin zur Seite, die die Reißverschlüsse des roten Brokatkleids öffnen wollte, und ging zu dem Manager, der heftig gestikulierend auf den Modedesigner einredete, dessen Schöpfungen in dieser Show vorgestellt wurden.

»Haben Sie Jody gefunden?«, fragte June.

Die Männer redeten weiter, als hätten sie die Frage nicht gehört.

June schrie: »Verdammt, ich will wissen, ob Jody gefunden wurde!«

Der Show-Manager stellte sein französisches Wortgesprudel ab, wechselte ins Englische und keifte June an: »Weiß der Teufel, mit welchem Kerl sie sich ins Bett gelegt hat! Sie ist nicht in ihrem Zimmer, treibt sich irgendwo herum. Für uns ist sie erledigt! Gefeuert! Wer nicht pünktlich zur Show antritt, fliegt raus! Und wenn du dich nicht sofort für den nächsten Durchgang umziehst, fliegst du auch!«

Ohne Antwort drehte sich June um und ging zur Garderobentür. Der Mann rannte ihr nach, packte sie am Handgelenk und hielt sie fest.

»Du wirst nicht mitten in der Show abhauen, du Miststück! Das hier wird dich zur Vernunft bringen!« Er holte aus, um sie zu ohrfeigen. June blockte den Schlag ab, ballte die Hand zur Faust und setzte einen geraden Stoß zwei Fingerbreit unter den Mittelknopf seiner Smokingjacke.

Als echter Franzose liebte der Manager gutes, reichliches Essen. Eine Schicht weiches Fett polsterte seine

Magengrube, frei von jeder Muskelfaser. Junes Faust traf den Mann an seiner zweitempfindlichsten Stelle. Er stieß einen lang gezogenen Schmerzenslaut aus, ließ Junes Arm los und krümmte sich zusammen.

Sie beachtete ihn keine Sekunde länger. Sie wusste, dass er an dem Schlag nicht sterben würde. Schlimmstenfalls würde er zwei Tage lang von Zwieback und Milch leben müssen.

June riss die Tür auf, stürmte aus der Garderobe und rannte den Gang entlang. Sie trug Schuhe mit übertrieben hohen Absätzen, in denen man zwar über den Laufsteg schreiten, aber verdammt schlecht laufen konnte. Als sie zum zweiten Mal stolperte, riss sie sich die goldlackierten Dinger von den Füßen und feuerte sie gegen die Wand.

Sie erreichte die Hotelhalle und verlangte ihren Schlüssel. Sie wusste, dass Jody Zimmer 655 mit dem Mannequin Celine teilte.

»Geben Sie mir auch Schlüssel 655!«, verlangte sie.

Der Angestellte gab den Schlüssel. June eilte zu den Liften. Sie sah, dass zwei Hauspolizisten vor Lift Nr. 5 standen und bemerkte fünf, sechs weitere Männer in den weißen Uniformen der Aloha-Schutztruppe in der Nähe. June spürte, dass irgendetwas Ungewöhnliches im Gange war.

Sie fuhr zur sechsten Etage hoch und öffnete Jodys Zimmer. Der Raum war leer. Einige Wäschestücke lagen herum.

Junes eigenes Zimmer lag auf derselben Etage. Sie ging hinein, nahm aus ihrem Koffer einen kurzläufigen Revolver und ihren FBI-Ausweis, barg beides in einer Handtasche. Sie erinnerte sich, dass sie keine Schuhe an den Füßen trug, schlüpfte in ein Paar eigene Schuhe und verließ ihr Zimmer.

Wir erreichten die ersten Häuser von Las Vegas, meistens ummauerte Villen in künstlich bewässerten Gärten.

Zwei Meilen weiter sah ich das blaue Licht über dem Eingang einer Polizeistation.

Ich fuhr den Dodge auf den Bürgersteig. Zwei Cops, die auf dem Weg zu ihrem Streifenwagen waren, brüllten auf: »Besoffen, Mann?«

Phil und ich sprangen aus dem Dodge. Beim Anblick der Maschinenpistole in Phils Händen wurden die Cops blass. Ihre Hände zuckten zu den Revolvergriffen.

»FBI!«, rief Phil. »Kein Grund zur Sorge! Bringt uns zum Revierchef!«

»Okay, G-man! Gehen Sie nicht mit der Kugelspritze rein! Einer unserer Leute könnte den Anblick missverstehen!«

Phil warf ihm die Waffe zu. Er fing sie geschickt auf. »Kommen Sie mit!«

Er führte uns durch das Hauptbüro bis in das Chief-Office. Der Revierchef war ein ergrauter Lieutenant. Auf seinem Namensschild stand: Herb Hoffart.

»Wir haben vier Gangster an einer Gebäuderuine zurückgelassen, die ungefähr zwei Meilen westlich der Interstate 34 liegt.«

»Woher wissen Sie, dass die Männer Gangster waren?«, fragte er streng.

»Sie kidnappten uns und wollten uns umbringen. Genügt das?«

»Hängt die Sache mit dem Zwischenfall auf dem Strip zusammen? Unser Hauptquartier löchert alle Reviere mit der Frage, welche Männer wir verhaftet hätten, aber niemand will's gewesen sein.«

»Sie benutzten einen falschen Streifenwagen und trugen Uniformen. Schicken Sie einige Leute los und sammeln Sie die Burschen ein, bevor sie sich in der Wüste verdrücken.«

»Dann würden sie wahrscheinlich verdursten!«

Lieutenant Hoffart griff zum Telefon und jagte drei Streifenwagen los.

»Gibt's irgendeine Alarmmeldung aus dem Aloha-Casino?«

»Alarmmeldung? Soll der Tresor überfallen werden?«

»Die Mafia plant, James Evans umzubringen.«

»Ich frage in der Zentrale an.«

Er stellte eine Verbindung zum Hauptquartier her, sprach mit zwei Dienststellen, legte auf und schüttelte den Kopf.

»Alles ruhig im Aloha. Keine Meldung!«

»Danke, Lieutenant!«

Wir gingen zum Ausgang, und im Vorbeigehen nahm Phil dem Cop die Maschinenpistole aus den Händen.

Nervös fuhr sich Jonny Selva übers Haar.

»Warum gehen wir nicht zusammen, Tomba?«, fragte er unsicher.

»Weil ich will, dass du dich in Sicherheit befindest, Jonny«, antwortete Preston. »Wir müssen damit rechnen, dass Evans Leute irgendeine Schweinerei veranstalten, wenn sie ihren Boss mit einer Kanonenmündung am Hinterkopf sehen. Für diesen Fall sollst du außer Reichweite sein.«

Selva schluckte.

»Der Kerl, der das Geld brachte, sah mich, Tomba. Wenn ich durch die Halle laufe, werden sie über mich herfallen.«

Preston lachte.

»Richtig, Jonny! Beinahe hätte ich vergessen, für dein freies Geleit zu sorgen.«

Er griff zum Hörer, drückte den Knopf für die Direktverbindung zum Sicherheitsbüro und wartete einige Sekunden, bevor er sagte: »Okay, Nyak. Das Geld ist in Ordnung. Der Mann, der es in Empfang nahm, wird in wenigen Minuten das Hotel verlassen.

Ich verlange, dass ihr ihn abziehen lasst, ohne ihm ein Haar zu krümmen und ohne ihm zu folgen. Euer Boss und ich, wir bleiben zusammen, bis unser Mann mich angerufen und mir gesagt hat, dass er in Sicherheit ist. Begriffen?«

Die Antwort des Sicherheitschefs konnte Selva nicht mithören. Er sah, dass der Mann, den er unter dem Namen Tomba kannte, belustigt lächelte.

»Wo, wann und wie du deinen kostbaren Boss zurückbekommst, Nyak, erfährst du, sobald unser Mann mir bestätigt hat, dass er unangefochten das Hotel verlassen konnte«, sagte der Geheimagent der Mafia. »Es hängt von der genauen Befolgung meiner Befehle ab, ob James Evans am Leben bleibt oder ob in drei Tagen seine Beerdigung stattfindet.«

Nyaks Antwort schien Preston zu befriedigen, denn er beendete das Gespräch mit dem Satz: »Hört sich an, als hättest du kapiert, wer in dieser Sache die Spielregeln bestimmt.«

Er legte den Hörer in die Gabel und nickte Selva zu.

»Alles klar, Jonny! Nimm den Koffer, den du heraufgebracht hast.«

Selva wagte nicht zu fragen, was mit den Geldtaschen geschehen sollte, hob den Koffer von Evans großem Schreibtisch, und erst jetzt zog Preston auch die linke Hand von der Tastatur des weißen Telefons zurück. Sein Blick blieb ausdruckslos. Diese blonde Null fällt auf den ältesten Trick der Welt rein, dachte er. Ein fingiertes Telefongespräch!

Er hatte nicht den Schalter für die Direktverbindung zu Nyaks Office gedrückt, sondern den Umschaltknopf für den Schlafzimmerapparat. Er hatte mit niemanden gesprochen.

Er begleitete Selva zum Lift.

Für die Abwärtsfahrt wurde der Schlüssel nicht benötigt. Es genügte, dass Selva den untersten Knopf drückte.

Preston wartete, bis die Schachttür geschlossen war.

Am Lichtsignal der Skala konnte er verfolgen, wie die Kabine an allen Etagen vorbeiglitt und in der Halle zum Stillstand kam. Genau zwanzig Sekunden gab er zu, die Zeit, die Jonny Selva für das Verlassen der Kabine brauchte.

Dann hob er die Pistole, auf die er einen Schalldämpfer aufgeschraubt hatte. Sechsmal musste er auf die Schaltung des Lifts feuern, bis Funken eines Kurzschlusses den Lift lahm legten.

Mit großen Schritten ging Preston zurück in den Wohnraum. James Evans hockte unverändert in dem Sessel, in den er gestoßen worden war. Als Preston auf ihn zukam, kauerte er sich zusammen und drückte sich tiefer in das weich gepolsterte Leder. Er wollte bitten, flehen, Versprechungen machen. Vielleicht wollte er auch kämpfen, sich wehren, aber die eisige Angst lähmte ihn. Gebannt starrte er auf das schwarze Loch der Mündung und hielt still.

Jonny Selva verließ die Kabine. Die Schachttür schloss sich hinter ihm.

Hunderte von Menschen hielten sich in der Halle auf. An der großen Bar waren alle Plätze besetzt.

Im Vertrauen auf Prestons Worte schickte sich Selva an, die Halle zu durchqueren.

In der Deckung eines Verkaufsstandes für Hawaii-Kitsch stand Rod Nyak, der Sicherheitschef, von seinen Leuten durch die Nachricht alarmiert, dass die Kabine aus der zweiunddreißigsten Etage herunterkäme. Neben ihm stand Arthur Rice, der Kassenchef.

»Gütiger Himmel, das ist der Kerl, dem ich das Geld übergab«, flüsterte Rice. »Was wirst du tun, Rod?«

»Bist du ganz sicher, Art?«

»Hundertprozentig.«

»Hast du auch seine Stimme erkannt?«

»Er sprach kein Wort. Verdammt, Rod, es ist der

Mann. Willst du ihn laufen lassen? Er hat fünf Millionen Dollar kassiert, hat möglicherweise Evans umgelegt. Du kannst ihn nicht einfach abhauen lassen.«

»Er hat nicht die Taschen mit dem Geld bei sich.«

»Bist du blind, Rod? Er trägt einen Koffer, der verdammt groß genug ist für fünf Millionen Dollar! Unternimm etwas, Rod!«

Nyak hob das Funksprechgerät an die Lippen.

»Stoppt den blonden Kerl mit dem Koffer!«, befahl er. Dann zog er seinen Revolver und kam hinter dem Kiosk hervor.

Jonny Selva hatte den halben Weg zum Ausgang hinter sich gebracht. Als er zwei weiß uniformierte Hauspolizisten sah, zögerte er für einen Augenblick, entschloss sich dann aber weiterzugehen. Dann entdeckte er Männer, die sich vor den automatischen Glastüren des Ausgangs sammelten und ihm den Weg versperrten. Die Männer hielten Revolver in den Händen.

Selva verfiel in Panik, blieb stehen, warf den Kopf nach rechts und links wie ein gestelltes Wild.

»Hände hoch! Keine Bewegung!«

Nyaks gebrüllter Befehl durchschlug das Stimmengewirr und den fröhlichen Lärm wie ein Donnerschlag.

Selva ließ den Koffer fallen und zog seinen Revolver. Wenn er auch nicht intelligent war, seine Reflexe waren erstklassig. Von allen Kugeln, die auf ihn abgefeuert wurden, traf nur eine seinen Oberschenkel. Er erschoss einen Polizisten und warf sich hinter einer Sitzgruppe in Deckung.

In der ausbrechenden Panik wurden Menschen umgerissen, niedergetrampelt. Zwei Frauen wurden von Querschlägern verletzt. Die Aloha-Polizisten nahmen den Sessel, hinter dem Selva kauerte, unter Feuer wie einen feindlichen Stützpunkt.

Nyak sprang von blumenumrankten Säulen zu Palmen und Kübeltöpfen, platschte durch einen flachen Teich, dessen Zierfische erschreckt flüchteten. Wie ein Bulldozer durchbrach er die ganze künstliche Hawaii-Szenerie der Halle, bis er sich an Selva herangearbeitet hatte und ihn deckungslos vor sich sah.

Er rief ihn an. Selva reagierte nicht.

Viermal drückte der Sicherheitschef des Aloha auf den Abzug. Alle Kugeln trafen.

Der Mann, der einmal James Evans gewesen war, Besitzer eines Spielcasinos mit Hotel und vielfacher Millionär, lag in dem Sessel. Der Kopf war auf die Brust gesunken. Die linke Hand hing von der Sessellehne und pendelte noch ein wenig.

Preston gönnte dem Toten keinen überflüssigen Blick. Er lief zum Schreibtisch und breitete die Gegenstände aus, die er dem Koffer entnommen hatte.

In einen leichten Nylonrucksack entleerte er den Inhalt der Aktentasche. Er presste die Dollarbündel zusammen, als wäre es Altpapier. Einmal hielt er für einen Augenblick inne, weil er den fernen Widerhall von Schüssen zu hören glaubte, aber er verlor keine Zeit damit, sich zu vergewissern, ob Selva das Schicksal ereilt hatte, dass ihm zugedacht war. Er legte den Rucksack an, nahm eine sorgfältig zusammengelegte Strickleiter aus leichtem, aber zähem Kunststoff und schob die große gläserne Schiebetür zurück, die zur Dachterrasse führte.

Er benutzte die Strickleiter nicht, um an der Fassade des Hotels nach unten zu klettern. Dazu war sie bei weitem nicht lang genug. Am oberen Ende hatte die Leiter sinnvoll konstruierte Haken.

Preston warf dieses Ende über den Rand des Flachdachs, zog die Leiter stramm, bis die Haken griffen, und kletterte nach oben.

Wie alle Hochhäuser und Wolkenkratzer hatte das Aloha Hotel elektrisch betriebene Kräne, mit denen die Stahlkörbe der Fensterputzer an den Glasfassaden entlang bewegt werden konnten. Die Bewegungen wurden elektrisch von den Körben aus gesteuert.

Preston wählte die Vorrichtung an der Rückseite. Die elektrische Anlage hatte keine besondere Sicherheitseinrichtung. Preston betätigte den Zentralschalter und drückte den Knopf für die Abwärtsfahrt. Surrend sprang der Elektromotor an. Die Kabine senkte sich gemächlich.

Der Agent der Mafia blickte über den Rand des offenen Korbes hinunter auf den Parkplatz, wo zwischen den Fahrzeugen ein unauffälliges japanisches Auto auf ihn wartete.

Die ersten Schüsse fielen genau in dem Augenblick, in dem June Clark die Halle betrat. Die ausbrechende Panik verhinderte jede Orientierung. June wurde von einer Gruppe flüchtender Menschen mitgerissen. Sie brauchte eine Minute, um sich freizukämpfen. In dieser Minute krachten Schüsse dutzendweise, wie es schien, überall in der Halle.

Plötzlich war alles vorbei. Die Panik verebbte.

June konnte die Halle überblicken. Mehrere Menschen lagen auf dem Boden. Hauspolizisten drängten sich um einen blonden Mann, der hinter einem Sessel lag.

Sie ging hin.

Ein Polizist schnauzte sie an: »Verschwinden Sie, Ma'am! Das ist kein Anblick für eine Frau.«

Sie kümmerte sich nicht um den Befehl. Als er zugriff und sie zurückhalten wollte, befreite sie sich so energisch, dass er keinen zweiten Versuch wagte.

Andere Aloha-Cops hatten den Toten auf den Rücken gedreht. Ein vierschrötiger, grauhaariger Mann, der einen Revolver in der Hand hielt, brüllte: »He, Art, komm her! Sieh dir den Mann an!«

June wusste, dass der Grauhaarige der Sicherheitschef des Casinos war. Den mageren, bebrillten Mann, der eilig ankam und sich über den Toten beugte, kannte sie nicht.

»Ja, das ist der Mann, der die fünf Millionen in Empfang nahm!«, bestätigte er.

June blickte dem Toten ins Gesicht. Damals in New York, nach der Niederlage, die der Geheimagent der Mafia dem FBI beigebracht hatte, als er Rocky Mariano nach dessen Verhaftung inmitten eines Polizistenpulks erschoss, hatte John D. High ein Foto des gefährlichsten Killers der Organisation herumreichen lassen. Ein Phantombild, das später nach Angaben von Angestellten des Battery Park Hotels zusammengesetzt worden war, gab kaum mehr Aufschluss über das Aussehen als die verwaschene Fotografie.

June dachte: Wenn Jody diesen Toten sähe, würde sie ihn als den Mann erkennen, mit dem sie geschlafen hat? Wo war Jody? Was war ihr zugestoßen?

Junes Blick fiel auf die Hände des Toten. Sie sah, dass dem Mittelfinger der rechten Hand das oberste Glied fehlte. Sie erinnerte sich genau, dass Mr. High ihnen die Fingerabdrücke des Geheimagenten hatte zeigen lassen. Sie rief sich den Anblick der Prints ins Gedächtnis zurück.

Prints von Daumen, Zeigefinger und Ringfinger der rechten Hand.

Dem Toten fehlte das oberste Glied des Ringfingers. Seine Prints konnten nicht identisch sein mit den Abdrücken Ralph Prestons.

Nyak und einige Polizisten waren zu den Liften gerannt. Der Sicherheitschef bearbeitete den Rufknopf mit Faustschlägen.

June hörte sein wütendes Gebrüll: »Warum funktioniert das Scheißding nicht?«

June Clark drehte sich um und durchlief die Halle in langen Sätzen. Die automatischen Türen öffneten sich. Sie rannte zwanzig Yards die Auffahrt hinunter und drehte sich um. Vor ihr ragte die Fassade des Hotels zweiunddreißig Etagen hoch auf. Gleichmäßig reihten sich die Fenster zu Zellen. Auf dem Dach funkelte die Lichtreklame. Ein aus Lampen und Neonröhren nachgezeichnetes, zehn Yards hohes Hawaiimädchen, dessen computergesteuerte Lichteffekte den Eindruck erweckten, als bewege es seine Hüften im Hula-Rhythmus.

June wechselte die Richtung und lief zur Rückseite des Hotels, hinter der sich der Park mit dem Swimmingpool und ein Parkplatz erstreckten.

Nur wenige Fenster waren erleuchtet. Das grelle Licht der Reklame blendete. Trotzdem sah June, dass in der Höhe der vierten Etage ein Stahlkorb für die Fensterreinigung hing.

Rasch duckte sie sich in den Schatten eines geparkten Wagens. Sie erkannte die Gestalt eines Mannes, der sich über den Korbrand schwang und geschickt und schnell an einer ausgeworfenen Strickleiter zum Grund hinunterturnte.

June öffnete ihre Handtasche. Die Finger ihrer Rechten schlossen sich um den Griff der Waffe.

Der Mann verschwand zwischen den geparkten Fahrzeugen. Dreißig Sekunden später hörte June das Startgeräusch eines Automotors. Scheinwerfer flammten auf. Ein Wagen löste sich aus der Parkreihe und kam dicht an June vorbei.

Sie hob die Waffe. In fünf, sechs Yards Abstand und nicht sehr schnell rollte der Wagen an ihr vorbei. Sie erkannte, dass es ein flacher, roter Sportwagen war. Sie hätte schießen können. In letzter Sekunde nahm sie den Finger vom Drücker. Wenn sie mit zwei, drei Revolverkugeln das Auto nicht zum Stehen brachte, und die Aussichten waren gering, war der Mann gewarnt und würde von der Bildfläche verschwinden.

Sie brauchte ein Auto für die Verfolgung. Sie verstand es, eine Zündung kurzzuschließen, und sie holte schon aus, um die Seitenscheibe des nächsten Wagens einzuschlagen, als sie bemerkte, dass in einem blauen Plymouth, der in der nächsten Reihe stand, Menschen saßen.

Sie lief hin und riss die Tür auf.

Ein Frauenschrei gellte. Ein Mann fluchte. Die beiden hatten es sich auf dem Rücksitz bequem gemacht. Jetzt fuhren sie auseinander.

»FBI!«, sagte June und hielt ihren Ausweis hoch. »Ich brauche Ihren Wagen. Falls er beschädigt wird, leistet der Staat Ersatz!«

»Schieß nicht!«, keuchte der Mann. »Ich gebe dir die Brieftasche und jeden Dollar, den ich bei mir trage.«

»Du kannst all meinen Schmuck haben«, jammerte die Frau. Beide hielten Junes Auftauchen für einen Überfall und reagierten, als hätten sie ihre Worte nicht gehört.

»Ich will nur den Wagenschlüssel, und machen Sie um Himmels willen, dass Sie rauskommen!«

Der Mann und die Frau krochen aus dem Fahrzeug. Sie hatten Probleme mit ihren Kleidern. June dachte nicht darüber nach, bei welcher Beschäftigung sie die beiden gestört hatte. Sie schwang sich hinters Steuer. Der Schlüssel steckte. Sie drehte ihn. Der Motor sprang an. Die Ausfahrt führte auf den Strip, die breite mehrspurige Straße, an der alle großen Spielcasinos liegen. Das bunte Licht der zahllosen Neonreklamen tauchte sie in vielfarbige Helligkeit.

June fuhr mit sich steigender Geschwindigkeit. Dann sah sie den roten Sportwagen vor sich, drosselte das Tempo und ließ den Plymouth zurückfallen.

Ich jagte den Chrysler in die Auffahrt zum Aloha und brachte ihn vor dem Eingang zum Stehen.

»Oh, verdammt!«, sagte Phil beim Anblick, der sich uns bot. Aufgeregte, verstörte Menschen drängten aus dem Hotel ins Freie.

Wir sprangen aus dem Chrysler und kämpften uns gegen den Strom in die Halle.

In der Halle herrschte wüstes Durcheinander. Mehrere Menschen lagen auf dem Boden. Ärzte, die sich unter den Hotelgästen gefunden hatten, kümmerten sich um die Verletzten. Polizisten in weißen Uniformen bemühten sich, eine Absperrung aufzubauen.

»Wo ist Rod Nyak?«, fragte ich einen Aloha-Cop.

»Auf der einunddreißigsten Etage«, antwortete er. »Sie versuchen, in Mr. Evans' Wohnung zu gelangen.«

»Was ist passiert?«

»Auf Mr. Nyaks Befehl stoppten wir einen Mann, der Lift fünf verließ und aus Mr. Evans' Wohnung kam. Er lieferte uns ein Feuergefecht und erschoss dabei einen unserer Leute, bevor er getötet wurde. Er liegt dort links hinter dem umgestürzten Sessel.«

Irgendwer hatte eine bunte Tischdecke über den Toten gebreitet. Ich schlug sie zurück und legte sein Gesicht frei.

»Preston?«, fragte Phil.

Ich hatte den Geheimagenten der Mafia bei unserem Zusammenstoß in dem Parkkeller nur flüchtig zu Gesicht bekommen, aber ich war sicher, dass es nicht dieser Mann gewesen war.

»Nein, das ist nicht Ralph Preston«, entschied ich. Ich wandte mich an den Cop. »Funktioniert der Lift zu Evans' Wohnung nicht?«

»Nein, Sir! Mr. Nyak wollte versuchen, von der Einunddreißigsten aus über die Feuertreppe reinzukommen. Ich weiß nicht, ob es ihm gelungen ist.« Er wies auf sein Sprechfunkgerät. »Soll ich anfragen?«

»Nein, wir fahren rauf!«

An den Liften der einunddreißigsten Etage stießen wir auf ein Dutzend Männer, die sich vor der schmalen Tür zur Feuertreppe drängten. Wir hörten Hammerschläge, Flüche und das hochtourige Brummen einer Bohrmaschine. Phil fragte einen Aloha-Cop: »Wo ist Rod Nyak?«

Der Mann wies auf den Treppenschacht.

»Holen Sie ihn!«

In allen Wolkenkratzern gibt es schmale Feuertreppen, über die Bewohner im Katastrophenfall das

Gebäude verlassen können. Die Zeiten, da Feuerleitern an den Außenfronten verliefen, sind für moderne Bauten längst vorbei. In Hochhäusern werden die Treppen durch einen separaten Schacht parallel zu den Liften geführt, und auf jeder Etage befindet sich eine feuersichere Zugangstür.

Nyak kam nach wenigen Minuten. Sein Gesicht war schweißüberströmt.

»Wo waren Sie, als es knallte, G-men?«, blaffte er feindselig. »Wir hätten euch gut gebrauchen können. Am Ende haben wir es auch ohne euch geschafft. Euren berühmten Geheimagenten der Mafia könnt ihr als Leiche in der Halle besichtigen. Ich befürchte, dass der Bastard vorher James Evans umbrachte.«

»Der Tote ist nicht Ralph Preston«, sagte ich. »Warum können Sie Evans' Wohnung nicht betreten?«

»Der Mann muss der richtige Killer sein!«, schrie Nyak. »Rice ist ganz sicher, dass er ihm die fünf Millionen Dollar übergab.«

»Er ist es nicht! Beantworten Sie meine Frage!«

»Die Feuertüren sind aus Stahl, und auf der Innenseite durch Riegel gesichert. Evans wollte nicht, dass seine Wohnung unkontrolliert betreten werden konnte. G-man, wenn der Kerl, den wir umnieteten, nicht der Superstar ist, dann müsste sich der richtige Schweinehund noch in Evans Wohnung befinden. Dann sitzt er in der Falle.«

»Glauben Sie auch an den Weihnachtsmann?«, fragte ich böse. »Ich wette mein Jahresgehalt gegen einen einzigen Dollar, dass Ralph Preston längst aus der Wohnung verschwunden ist.«

»Er kann nur den Lift oder die Feuertreppe benutzen!«, schrie Nyak. »Beide Möglichkeiten scheiden aus. Der Lift funktioniert nicht. Die Tür zur Treppe ist von innen verriegelt.«

»Vielleicht hat er sich von einem Hubschrauber abholen lassen«, sagte Phil. »Oder er hat die Möglichkeit gefunden, die Ihnen nicht einmal im Traum einfallen würde, Rod. Er ist ein Superstar auf seinem Gebiet.«

Wir ließen Nyak stehen und fuhren zurück in die Halle. Unsere Stimmung war bis weit unter den Gefrierpunkt abgesunken. Wir standen in der Kabine, schwiegen uns an und dachten beide ungefähr dasselbe: Er hat die Runde gewonnen.

Was konnten wir noch tun? Eine große Razzia in Gang bringen? Alle Ausfahrtstraßen sperren lassen?

Ihn mit solchen Maßnahmen noch zu erwischen war so illusorisch wie Nyaks Hoffnung, ihn in Evans Wohnung zu finden.

Inzwischen waren Polizisten der Las Vegas Police im Aloha Hotel eingetroffen. Phil entdeckte Lieutenant Herb Hoffart, den Chef des Reviers, in dem wir zuerst gestrandet waren. Wir gingen zu ihm.

»Das muss passiert sein, kaum dass ihr mein Revier verlassen hattet«, sagte er kopfschüttelnd. »Ist euer Geheimagent eine Frau?«

»Natürlich nicht, Lieutenant. Was bringt Sie auf diesen Gedanken?«

Er wies auf einen Mann und eine Frau, die in seiner Nähe standen.

»Diese Leute wurden von einer Frau überfallen, die ihren Wagen kaperte.«

»Wo?«

»Auf dem Hotelparkplatz. Die Frau hielt ihnen einen Revolver unter die Nase und zwang sie auszusteigen.« Ich fasste die beiden ins Auge. Der Mann war mittelgroß, dicklich, ungefähr dreißig Jahre alt. Er hatte rote Flecken im Gesicht, die genau die Farbe des verschmierten Lippenstifts hatten, den die Frau benutzte. Beide sahen ein wenig zerzaust aus.

»Wurden Sie ausgeraubt?«, fragte ich.

»Nein. Ich bot ihr mein ganzes Geld an. Sie wollte nur den Wagen.«

»Meinen Schmuck wollte sie auch nicht!«, rief die Frau.

Phil drängte sich nach vorn und fasste den Mann an den Jackenaufschlägen.

»Wiederholen Sie wörtlich, was sie sagte! Wörtlich!«

»Sie sagte, wir würden entschädigt, falls sie den Wagen zu Schrott fahre. Aber das war nur ein Trick.«

Phil schüttelte den Mann und schrie ihn an: »Kommentare will ich nicht hören, nur jedes Wort, das sie sagte.«

Der Mann zog den Kopf zwischen die Schultern.

»›Machen Sie, dass Sie rauskommen‹, sagte sie.«

»Benutzte sie die Buchstaben FBI?«, fauchte Phil.

»Nein«, erklärte der Mann.

»Doch, das tat sie«, widersprach die Frau. »Gleich zu Anfang! Jetzt fällt es mir ein. Wir waren so erschreckt, dass wir …«

Phil ließ den Mann so überraschend los, dass er taumelte.

»June«, sagte Phil. »Es war June! Sie verfolgt irgendwen. Wozu sonst hätte sie einen Wagen beschlagnahmen sollen?«

Ich packte Lieutenant Hoffarts Jackenärmel.

»Wir brauchen einen Wagen mit Sprechfunkeinrichtung, Lieutenant. Geben Sie uns Ihren Schlitten!«

»In Ordnung! Ich komme mit.«

»Wie sieht euer Auto aus?«, fragte Phil die Überfallenen.

»Blauer Plymouth Reliant. Kennzeichen Nevada DRG 1680.«

Wir stürzten aus dem Hotel. Hoffarts Wagen stand neben dem Gangster-Chrysler.

»Lassen Sie mich fahren, Lieutenant!«, sagte ich. Phil sprang in den Fond, Hoffart ließ sich auf den Beifahrersitz fallen.

»Sagen Sie Ihrer Zentrale, wen wir suchen!«, bat ich, und während ich das Polizeifahrzeug wendete, ergriff der Lieutenant den Hörer der Funksprechanlage. »An alle! An alle! Gesucht wird blauer Plymouth Reliant, Kennzeichen …«

Ralph Preston war erfüllt von einem Gefühl ruhiger Sicherheit. Zwei- oder dreimal hatte er das Heulen von Polizeisirenen gehört, ohne sich davon nervös machen zu lassen.

Er hätte viel schneller fahren können, aber er hielt sich streng ans Tempolimit. Sein Ziel war ein kleiner Flugplatz, der drei Meilen jenseits der Stadtgrenze von Las Vegas lag. Von hier starteten Propellermaschinen und Hubschrauber zu touristischen Besichtigungsflügen in den Grand Canyon oder über den Lake Mead, aber es gab auch die Möglichkeit, Maschinen zu chartern.

Er hatte unter dem Namen Sidney Ross eine Piper Cheyenne für einen Nachtflug geordert und als Ziel Los Angeles angegeben. Er wusste, dass sich mit einer voll getankten Cheyenne Mexiko erreichen ließ. Über den Piloten machte er sich keine Gedanken. Falls sich der Mann weigerte, die Maschine nach Mexiko zu fliegen, wusste Preston, wie man eine Cheyenne bediente.

Der Flugplatz, der etwas großspurig ›Desert Airbase‹ hieß, lag am Ende einer Zufahrtstraße. Das Abfertigungsgebäude war ein einfacher Bau aus Fertigteilen. Bevor Preston den Parkplatz erreichte, passierte er eine kleine Ansammlung flacher Häuser und Wellblechbaracken. Er sah Licht und hörte Musik und Männergelächter, die aus einer Kaschemme in die Nacht hallten.

Nur wenige Fahrzeuge standen auf dem Parkplatz. Bogenlampen ergossen ihr bläulichweißes Licht über zwei Dutzend abgestellte Maschinen. Die Befeuerung der Startpiste war nicht eingeschaltet.

Preston stieg aus. Er streifte den Rucksack ab und holte einen Koffer aus dem Gepäckraum des Wagens. In diesen Koffer legte er den Rucksack, schloss das Auto ab und betrat das Abfertigungsgebäude.

Die Kassenschalter, an denen die Tickets für die Rundflüge verkauft wurden, waren geschlossen.

Er klopfte an die Tür mit der Aufschrift: FLUGLEITUNG.

Eine Männerstimme forderte ihn auf hereinzukommen. Er öffnete die Tür und sah sich zwei Männern gegenüber.

»Ich bin Sidney Ross«, sagte Preston. »Ich habe eine Maschine für einen Flug nach Los Angeles bestellt.«

»Nett, Sie zu sehen, Mr. Ross«, antwortete der Größere. »Mein Name ist Bill Keefer, zuständig für die Abfertigung.« Er wies auf den zweiten Mann. »Das ist Melvin Cast, ihr Pilot, Sir.«

Sie schüttelten sich die Hände.

»Können wir sofort starten?«, fragte Preston.

»Jawohl, Sir«, bestätigte der Pilot. »Ich habe die Maschine schon in Startposition gerollt und durchgecheckt.«

»Nur noch ein wenig Papierkrieg zu erledigen, Mr. Ross!« Der Flugleiter breitete Formulare aus. »Bitte, unterschreiben Sie den Chartervertrag an dieser Stelle. Darf ich um Ihre Kreditkarte bitten?«

Preston überreichte ihm eine VIP-Kreditkarte, die auf den Namen Sidney Ross und mit einer Adresse in Chicago ausgestellt war. Vermutlich war das Konto sogar gedeckt, und die Gesellschaft würde etwas Geld erhalten, wenn auch nicht den Gegenwert eines verlorenen und verschwundenen Flugzeugs.

»Alles okay!«, sagte Bill Keefer. »Ich schalte die Befeuerung ein und melde Ihren Start der Luftraumkontrolle in Ridgecrest. Guten Flug, Mr. Ross!«

»Darf ich Ihren Koffer tragen, Sir?«, fragte Cast, der Pilot.

Sie verließen das Gebäude durch den Ausgang zum Platz. Nach zwanzig, dreißig Yards flammte die Befeuerung der Startbahn auf.

Preston konnte die zweimotorige Maschine sehen, die am Anfang der Piste stand.

June Clark hatte den roten Sportwagen nie aus den Augen verloren, aber zeitweise hatte sie daran gezweifelt, ob sie den richtigen Wagen verfolgte, denn der Mann, der ihn steuerte, schien es nicht eilig zu haben. Als sie an einem Hinweisschild erkannte, dass sein Ziel die ›Desert Airbase‹ war, wurde sie ihrer Sache wieder sicherer.

Auf der Zufahrtstraße musste sie ihren Wagen weit zurückfallen lassen und zeitweise die Scheinwerfer abschalten, damit sie nicht bemerkt wurde.

June wusste nicht, wie sie Hilfe holen sollte.

Sie hatte nicht gewagt, die Fahrer anderer Wagen auf sich aufmerksam zu machen, hatte aus Furcht, den Anschluss zu verlieren, nicht den Stopp an einer Telefonzelle riskiert.

Jetzt sah sie, dass der rote Sportwagen den Parkplatz des Flughafens ansteuerte. Sie brachte den Plymouth vor einem schäbigen weißen Haus zum Stehen, vor dem ein Lastwagen und zwei Motorräder standen. Die Entfernung war zu groß und die Beleuchtung zu schlecht, als dass sie genau hätte sehen können, was der Mann im roten Sportwagen tat, aber sie erkannte, dass er ausstieg und mit irgendwelchen Gegenständen hantierte.

Ihre Kollegen Jerry Cotton und Phil Decker hatten June nachdrücklich davor gewarnt, allein auf den Geheimagenten der Mafia loszugehen. Sie dachte, die Situation sei günstig, endlich Hilfe zu holen. Das Stimmengewirr und die Musik verrieten, dass sie vor einer Kneipe stand, in der es wahrscheinlich ein Telefon gab.

Sie schlängelte sich aus dem Plymouth und öffnete die Pendeltür.

Es war eine Kneipe, besetzt von zwei Dutzend Männern jeder Sorte. Die Luft war rauchgeschwängert. Junes Erscheinen bewirkte, dass alle Gespräche schlagartig abbrachen. Nur die Juke-Box dudelte weiter.

Sie ging zur Theke und fragte den Wirt, einen feisten Kerl in einem schmuddeligen Hemd: »Telefon?«

Er streckte seinen tätowierten Arm aus und wies auf einen Münzapparat, der an der Wand hing.

June nahm den Hörer, klemmte ihn zwischen Ohr und Schulter fest und wühlte in ihrer Handtasche nach Münzen.

Sie wählte den Notruf der Polizei. Eine Männerstimme meldete sich.

»Sie sprechen mit June Clark, FBI-Agentin«, sagte June. »Schicken Sie sofort ein starkes Einsatzkommando zur Desert Airbase! Ich verfolge einen berüchtigten Killer. Er befindet sich hier. Wahrscheinlich wird er mit einem Flugzeug flüchten.«

»Benutzen Sie einen blauen Plymouth?«, fragte der Beamte in der Zentrale.

»Genau!«

»Sie werden gesucht, Ma'am! Ich gebe Ihre Meldung weiter!«

June legte auf und drehte sich um.

Dicht hinter ihr stand ein großer, irgendwie öliger Kerl mit einem schwarzen, ausrasierten Schnurrbärtchen auf der Oberlippe. Er fixierte sie aus schwarzen Knopfaugen und blies ihr seinen Tequila-Atem ins Gesicht.

»He du, ich wette, du bist auf der Suche nach ein wenig Spaß. Den kannst du mit mir haben.« Er schlang den Arm um Junes Taille und zog sie an sich.

Im Lautsprecher knackte es. Lieutenant Hoffart drehte den Regler bis zum Anschlag.

»Zentrale ruft den Wagen vierfünf!«, tönte es aus der Anlage.

»Wagen vierfünf!«, meldete sich Hoffart.

»Zentrale erhielt folgenden Anruf: FBI-Agentin June Clark verfolgt flüchtigen Killer zur Desert Airbase. Sie nimmt an ...«

»Desert Airbase! Wo ist das?«, brüllte ich Hoffart an.

»Erst einmal geradeaus!«

»... will mit Flugzeug fliehen!«, beendete der Sprecher in der Zentrale die Meldung.

Ich trat den Gashebel bis zum Anschlag durch.

»Schicken Sie jeden Wagen hin, den Sie in der Nähe haben, Lieutenant!«

Hoffart gab Befehle an die Zentrale. Er empfing einige Meldungen, auf die ich nicht achtete. Ich fuhr mit äußerster Konzentration. Hoffarts Streifenwagen schoss mit steigender Geschwindigkeit über den Strip.

»Kein Wagen ist näher dran als wir!«, überschrie der Lieutenant den Motor. »Biegen Sie rechts ab, G-man!«

Ich musste den Wagen hart herumreißen, um die Straße noch zu erwischen. Hoffart klammerte sich fest.

»Bringen Sie uns nicht um, G-man!«, stöhnte er.

Die Scheinwerfer fraßen die Straße. Lichter und Häuser blieben zurück.

»Wie weit ist es?«, schrie ich.

Der Lieutenant gab eine Antwort, die ich nicht verstand.

»Lass los, Mann!«, sagte June.

Der Kaschemmen-Casanova grinste.

»Das sagst du nicht im Ernst, Muchacha! Du magst es, wenn man dich hart anfasst, he?«

Im nächsten Augenblick weiteten sich seine Augen in nacktem Entsetzen. Der Unterkiefer klappte nach unten. Ein gerülpstes Stöhnen stieg hoch aus seiner Magengrube oder aus noch tieferen Regionen. Die Arme, die June umschlangen, fielen herab.

June begnügte sich nicht mit dem, was sie dem Stolz des Casanovas angetan hatte. Sie knallte ihm auch noch den rechten Ellbogen unters Kinn. Er torkelte ein paar Schritte zurück, und nun erst heulte er richtig los, krümmte sich und presste beide Hände auf sein geschändetes Heiligtum.

Im Sturmschritt fegte June aus der Kneipe. Niemand hielt sie auf. Sie ließ den Wagen stehen und rannte zu Fuß die dreihundert Yards zum Parkplatz des Flughafens. Im Laufen nahm sie den Revolver und den FBI-Ausweis aus der Handtasche. Die Tasche ließ sie fallen.

Sie erreichte den simplen Bretterzaun, der den Parkplatz vom Gelände des Flughafens trennte.

Die Befeuerungslampen der Startpiste flammten auf. In ihrem Licht sah June die Gestalten zweier Männer, die vom Abfertigungsbau auf eine Maschine zugingen, die am Beginn der Rollbahn stand.

Sie holte tief Luft. Natürlich nahm sie Jerrys und Phils Warnung ernst, aber ihr blieb keine Wahl.

Sie schwang sich über den Zaun, lief hundert Yards bis zu den abgestellten Flugzeugen, blieb stehen, hob den Revolver und rief: »FBI! Stehen bleiben! Keine Bewegung!«

»Ein blauer Plymouth!«, schrie Hoffart.

Ich stieg auf die Bremse. Blockierte Räder kreischten. Der Streifenwagen kam schlitternd zum Stehen. Der Lieutenant und Phil sprangen aus dem Fahrzeug und rannten zurück zum Plymouth.

Ich stieß die Tür auf, wollte ihnen folgen.

Schüsse krachten plötzlich, und sie fielen dort, wo die Lichter des Flughafens den langen Streifen einer Betonpiste in Tageshelle tauchten.

Ich riss die Tür ins Schloss und gab Gas. Ein Zaun tauchte im Scheinwerferlicht auf. Dahinter standen Flugzeuge, durchweg Sportmaschinen, und zwischen ihnen sah ich eine Frau in einem roten Glitzerkleid, die in Combatstellung aus einem Revolver feuerte, was ungefähr so seltsam aussah wie ein Fensterputzer, der im Frack mit Wasser und Leder hantiert.

Die Frau war June. Sie feuerte auf einen Mann in der Nähe eines Flugzeugs am Beginn der Rollbahn. Ein zweiter Mann lag auf dem Boden. Ich hatte keine Ahnung, ob June ihn flachgelegt hatte oder ob er ein Opfer des anderen geworden war.

Dieser Mann blieb June keine Antwort schuldig. Die Waffe in seinen Händen spuckte Feuer. June warf sich hinter einer Maschine in Deckung.

Der Mann riss den Einstieg des zweimotorigen Flugzeugs auf und schwang sich in die Maschine. Ich hörte das Röhren des Anlassers. Der rechte Propeller drehte sich schwerfällig. Dann sprang der Motor an und kam auf Touren. Gleichzeitig begann der linke Propeller zu kreisen.

Im Seitenfenster des Cockpits flackerte Mündungsfeuer. Er streute mit einer kurzen Serie die Gegend ab, wo er June vermutete, um sie unten zu halten. Noch während des Feuerstoßes ging ein Rucken durch das Flugzeug. Schwerfällig wie ein voll gefressener Geier setzte sich die Maschine in Bewegung.

Nein, ich glaube nicht, dass ich vernünftig handelte. Ich wollte den Kerl stoppen, und mir fiel keine bessere, keine sichere Methode ein.

Ich hieb den Rückwärtsgang ins Getriebe. Hoffarts Streifenwagen schoss zwanzig, dreißig Yards zurück.

Tritt auf die Bremse! Vorwärtsgang reingedonnert! Vollgas!

Der Anlauf genügte. Krachend flogen die Latten der Einzäunung weg. Mit steigender Geschwindigkeit jagte ich den Wagen quer über das Flugfeld auf die Startpiste zu.

Wie groß war die Distanz? Zwei- oder dreihundert Yards!

Das Flugzeug rollte schneller. Seine Motoren überbrüllten das Heulen meines Wagens.

Ich drehte das Steuer, zielte auf einen imaginären Kreuzungspunkt der Piste, an dem Flugzeug und Auto sich treffen mussten.

Was dachte ich? Dachte ich überhaupt irgendetwas? Nur noch unreflektierte Bilder zuckten durch mein

Gehirn. Ich sah die Maschine abheben, sah sie knapp über den Wagen hinwegstreichen. Szenen aus einem U-Boot-Kriegsfilm geisterten in meinem Kopf. Abgefeuerter Torpedo! Feindliches Schiff! Die Blasenbahn im Wasser! Die atemlose Spannung im Boot!

Mein Wagen war der Torpedo!

Noch fünfzig Yards!

Ich wurde hochgeschleudert, als der Wagen die Kante zwischen der Grasfläche und Betonpiste übersprang.

Ich riss die Handbremse an, trat auf die Bremse, stieß die Seitentür auf – alles gleichzeitig.

Das Dröhnen der Flugzeugmotoren schlug über mir zusammen wie eine Brandungswoge. Für einen Sekundenbruchteil registrierte mein Gehirn die Umrisse der heranrasenden Maschine.

Ich schnellte mich aus dem Streifenwagen, krachte auf den Beton und überschlug mich. Die Welt wurde zum kreisenden Chaos ohne Oben und Unten. Ich zog Knie und Arme an, barg den Kopf zwischen den Armen und krümmte mich zusammen zu jener Schutzhaltung, die man nicht zu lernen braucht, die jedem Menschen angeboren ist.

Ein schmetterndes Krachen erschütterte meine Sinne mit der Gewalt harter Schläge. Ich sah nicht, was geschah, handelte nicht, unternahm nichts, lag still wie jeder Urmensch, dem kein Fluchtweg mehr bleibt und der hofft, dass die herandonnernde Mammutherde über ihn hinwegtrampeln möge, ohne ihn zu zertreten.

Sekunden nach dem Zusammenprall von Flugzeug und Auto fauchten Flammen hoch, dann barsten die explodierenden Tanks beider Maschinen.

Mein Selbsterhaltungstrieb zwang mich zum Handeln. Ich raffte mich auf, floh vor der sengenden Hitze, den Flammen, die nach mir zu greifen schienen, gewann dreißig, vierzig Yards Abstand, drehte mich um und sah, dass sich aus dem Inferno brennender

Trümmer eine Gestalt löste und vorwärts taumelte. Anzug und Haare brannten.

Ich riss mir die Jacke von den Schultern und rannte zurück.

Der Mann brach zusammen. Ich kniete neben ihm, versuchte, die Flammen zu ersticken. Dann kamen June, Phil, Lieutenant Hoffart, andere Männer. Und ich kippte um und trat für ein paar Minuten ab.

Das dauerte nicht lange. Irgendwer schob mir einen Flaschenhals zwischen die Zähne. Ich hustete mich ins Bewusstsein zurück.

Männer waren dabei, die Trümmer von Flugzeug und Auto unter Schaum zu begraben.

June und Phil halfen mir auf die Füße.

»Okay, Jerry?«, fragten beide wie aus einem Munde.

Ja, ich war okay. Ein paar Schrammen, einen brummenden Schädel, mehr hatte ich mir nicht eingehandelt.

Am Rande der Piste zeichnete sich unter der glitzernden Abdeckfolie, die bei Brandverletzungen Wärmeverlust und Infektionen verhindern soll, die Gestalt eines Mannes ab.

»Lebt er?«

Phil nickte. »Ja, aber ich weiß nicht, ob er es schafft.«

»Ist es Preston?«

Phil hob die Schultern. »Das werden wir erst wissen, wenn wir seine Fingerabdrücke genommen haben.«

»Es ist der Geheimagent der Mafia«, sagte June.

»Was macht dich so sicher?«

»Ich sah, wie er handelte, als ich ihn anrief. Blitzartig schlug er den Piloten nieder, warf einen Koffer in die Maschine und feuerte auf mich. Er war unwahrscheinlich schnell.«

Ein Rettungswagen näherte sich mit dem schrillen Klingeln seiner Alarmanlage. Weiß gekleidete Männer bemühten sich um den Schwerverletzten unter der Abdeckfolie.

»Gehen wir!«, sagte June. »Ich möchte endlich aus dem verdammten Fummel raus.« Leise setzte sie hinzu: »Und ich will wissen, was mit Jody geschehen ist.«

Der Mann war Ralph Preston.

Sie nahmen seine Fingerabdrücke, während er auf der Intensivstation lag.

Wie in New York, so hatte er auch in Las Vegas eine blutige Spur hinterlassen. Jo Ann Harwell wurde in seinem Zimmer gefunden, James Evans in der Wohnung. Im gewissen Sinne war auch Jonny Selva sein Opfer geworden.

Wir blieben in Las Vegas, bis feststand, dass Ralph Preston überleben würde, aber die Ärzte machten uns klar, dass es Wochen dauern würde, bevor er vernommen werden konnte.

Am vierten Tag flogen wir nach New York zurück.

Einen Tag später trafen wir John D. High in seinem Büro.

»Ich erhielt eine Nachricht aus Las Vegas«, sagte der Chef mit unbewegtem Gesicht. »Unbekannte Männer drangen in das Krankenhaus ein, überwältigten die Wächter vor der Intensivstation und schalteten die Geräte ab, die Ralph Preston am Leben hielten. Er ist tot.«

Betroffen sahen wir uns an.

Mr. High schloss einen Aktenordner.

»Von Ralph Preston können wir nichts mehr über das Direktorium der Mafia erfahren. Also müssen wir auf anderen Feldern weiterkämpfen.«

ENDE

# Molotow lässt grüßen

# 1
# Der Mord

Kurz nach Mitternacht ging die Bombe hoch.

Phil und ich waren fröhlich und guter Dinge, als wir Sonny Fabio auf den stillgelegten Pier an der Westside verfolgten. Wir wussten nicht, dass Sonnys Leben zu der Zeit schon an einem seidenen Faden hing. Erst recht konnten wir nicht ahnen, dass uns in den nächsten Minuten heißes Blei, Molotow-Cocktails und noch ein paar andere Sachen um die Ohren fliegen würden.

Sonny ließ seinen Wagen zwischen den Stelzen des Westside Express Highway stehen. Der Junge fuhr einen Jaguar, einen uralten silbergrauen E-Typ. Manchmal, dachte ich, haben eben auch Gangster lichte Momente.

Phil und ich überquerten die Verlängerung der 12th Avenue, die in Nord-Süd-Richtung an den Highwaystützen vorbeiführt. Der Maschendrahtzaun, der das ehemalige Hafengelände am Hudson abschirmt, besteht seit ewigen Zeiten vorwiegend aus Löchern. Sonny Fabio verschwand gerade zwischen zwei windschiefen Schuppen. Wir beeilten uns, um ihn nicht aus den Augen zu verlieren.

»Würde mich wirklich interessieren, wer den Jungen in die Pfanne gehauen hat«, sagte Phil neben mir gedehnt.

Das hätte ich auch gern gewusst. Alvaro Giovanni Fabio, wie er laut Papieren hieß, trug seinen Spitznamen nämlich, weil er genau das war, was man einen Sonnyboy nennt: so ein richtig netter, smarter Strahlemann, ein prima Kumpel, überall beliebt, außer vielleicht bei den Freunden oder Ehemännern der weiblichen Wesen, die ihm in Scharen nachliefen. Nicht einmal die Polizei war besonders schlecht auf ihn zu sprechen. Wenn Sonny einen Bruch machte oder einen Juwelier überfiel, konnte man sicher sein, dass es bei Sachschaden blieb. Er benutzte nie eine Waffe.

Außerdem arbeitete er allein. Die Möglichkeit, dass ihn ein düpierter Komplize verzinkt hatte, schied also ebenfalls aus.

Der FBI interessierte sich vor allem für Sonny Fabios Kontakte zu organisierten Hehlerkreisen. Dazu kam, dass er sein letztes Ding drüben in Newark gedreht hatte, also in einem anderen Bundesstaat. Die Beute bestand aus antikem Schmuck, der sich nur verkaufen ließ, wenn die Steine herausgebrochen, geschliffen und die Fassungen eingeschmolzen wurden. Und eins der schönsten Stücke war anonym dem FBI zugeschickt worden.

Eine schwere goldene Brosche, auf der Rückseite mit der Gravur des längst verblichenen Herstellers versehen – und mit einem prächtigen Satz Fingerabdrücken von Sonny Fabio.

Das würde er uns erst einmal erklären müssen.

Vielleicht erklärte er uns dann auch gleich, wem er den Reinfall verdankte. Denn die Sache ging gegen ihn, nicht etwa gegen irgendeinen Hehler. Wenn Sonny die Beute schon weitergegeben hätte, wären seine Prints nicht mehr dran gewesen.

Feinde hatte er, wie gesagt, nur unter dem männlichen Anhang seiner weiblichen Fans. Ein eifersüchtiger Freund oder Ehemann wäre aber nicht dicht genug an Sonny herangekommen, um ihm das beste Stück der Sore zu klauen. Jemand aus seiner unmittelbaren Umgebung musste dahinter stecken. Für uns spielte es zwar im Moment keine Rolle, wer das war, aber gewusst hätten wir es eben doch gern.

Vor uns blieb Sonny stehen und blickte an der Front eines vergammelten zweistöckigen Lagerhauses hoch. Der Widerschein einer einsamen Peitschenleuchte warf seinen grotesk vergrößerten Schatten an die Wand. Neben mir pfiff Phil leise durch die Zähne.

»He! Soll das vielleicht ein Treffen des Sportwagen-Fanclubs werden?«, fragte er.

Ich hatte den Flitzer neben der lang gestreckten

Halle ebenfalls entdeckt. Ein Maserati, salatgrün, funkelnagelneu glänzend. Bestimmt kein Fahrzeug, mit dem ein Hehler zu heimlichen Treffen mit seinen Zulieferern erscheint. Wir hatten Sonny verfolgt, statt ihn gleich vor seiner Wohnung abzufangen, weil wir wissen wollten, was er so spät am Abend plante. Der salatgrüne Renner da drüben machte die Frage jetzt noch interessanter.

Aus schmalen Augen beobachtete ich, wie Sonny die Stufen zu der Verladerampe hinaufkletterte. Zwischen den breiten Rolltoren gab es eine kleinere Tür, die er öffnete. In der Halle brannten kalkige Neonröhren. Sonny schob seinen gepflegten schwarzen Lockenkopf vor, peilte nach links und rechts, zog die Schultern in dem maisfarbenen Samtblazer hoch. Einen Augenblick zögerte er, dann schlüpfte er entschlossen durch die Lücke und verschwand aus unserem Blickfeld.

»Na, dann wollen wir mal«, sagte Phil. »Ich denke doch …«

Ich erfuhr nicht mehr, was er dachte.

Denn in der nächsten Sekunde zerriss uns der Krach der Explosion fast die Trommelfelle.

»Scheiße!«, schrie ich.

Dabei löste ich mich bereits aus der Deckung des Schuppens und rannte über das schmutzige Kopfsteinpflaster. Phil folgte mir. Eine Wolke von Rauch und Staub quoll aus der Tür des Lagerhauses. Von den hoch gelegenen Fensterluken regneten Scherben herunter. Drinnen mischte sich das Knirschen und Knacken von Holz in den Nachhall der Detonation. Jemand schrie mit sich überschlagender Stimme auf. Sonny! Solange er noch schreien konnte, war er am Leben.

Mit einem Sprung überwand ich die Stufen zu der Verladerampe. Der 38er lag schussbereit in meiner Rechten. Nicht dass ich glaubte, den Bombenleger noch anzutreffen – aber sicher war sicher.

Wer, zum Teufel, wollte Sonny Fabio in die Luft blasen?

Der Gleiche, der uns das Schmuckstück mit den Fingerabdrücken geschickt hatte? Blödsinn! Wozu hätte er die Sache mit den Prints durchziehen sollen, wenn er ohnehin entschlossen war, Sonny umzubringen? Und wieso, verdammt, stand der Maserati draußen wie ein Gestalt gewordenes Ausrufezeichen? Ich biss die Zähne zusammen. Schräg schnellte ich über die Schwelle, tauchte nach rechts weg und versuchte, in der staubgeschwängerten Luft etwas zu erkennen.

Eine einzige Neonröhre brannte noch. Dort, wo die Bombe hochgegangen war, klaffte ein Loch im Estrich. Flammen züngelten über die Trümmer einer Kiste oder was immer es gewesen war. Aber viel Brennbares gab es zum Glück nicht in der Nähe.

»Fabio!«, schrie ich. »Sonny!«

»Hilfe! Zu Hilfe!«

Dünn und kläglich kam die Stimme irgendwo aus dem wirbelnden Staub. Ich hielt den Atem an, sprang über ein paar glimmende Latten hinweg und kämpfte mich weiter. Die Gewalt der Druckwelle musste das Opfer in den hinteren Teil der Halle geschleudert haben. Ein Teil der hölzernen Zwischendecke war heruntergekommen. Undeutlich sah ich ein Gewirr von Balken und Brettern – und dazwischen die schwache Bewegung eines zusammengekrümmten Körpers.

Sonny Fabios Beine waren eingeklemmt. Er stöhnte und versuchte verzweifelt, sich zu befreien. Allmählich verzog sich der Staub, weil Zugluft von den zerbrochenen Fenstern her durch die Halle fegte. Ich sah Sonnys verzerrtes, blutverschmiertes Gesicht. Hinter mir hörte ich Phil fluchen, weil er über irgendetwas gestolpert war.

»Alarmier die Ambulanz!«, rief ich ihm zu. Dabei stemmte ich bereits die Schulter unter das Ende des

Balkens, der über Sonnys Gehwerkzeugen lag. Ich holte tief Luft und wuchtete das Ding mit zusammengebissenen Zähnen hoch. Phils Schritte entfernten sich in Richtung Tür. Der Balken knackte und ächzte. Sonny Fabio kroch wie ein eiliger Käfer aus dem Trümmerwust. Mit einem Aufschrei fiel er zurück, als er sich hochzurappeln versuchte.

»Vorsicht!«, krächzte er. »Sie ist noch da, sie ...«

Ich wusste nicht, wen er meinte. Aber was er meinte, erwies sich in der nächsten Sekunde. Über mir gab es plötzlich ein scharrendes Geräusch. Holzsplitter regneten. Ich riss den Kopf hoch – und sah gerade noch, wie ein glänzender, bauchiger Gegenstand durch das Loch in der Decke flog.

»Molotow-Cocktail!«, heulte Sonny auf.

Die Funken sprühende Bahn des Dings hatte es mir schon einen Atemzug vorher verraten. Ich handelte blitzartig, in einer Kette vom Instinkt bestimmter Reflexe. Mit beiden Fäusten packte ich Sonny an den Jackenaufschlägen, riss ihn hoch und schleuderte ihn quer durch den Raum. Er brüllte, weil ich keine Rücksicht auf seine lädierten Beine nehmen konnte. Aus dem Stand hechtete ich hinter ihm her, überschlug mich am Boden und warf die verschränkten Arme über den Kopf, während hinter mir die mit Benzin gefüllte Flasche zerklirrte.

Das Fauchen der Stichflamme schien sich wie ein Messer in mein Hirn zu bohren. Splitter sirrten nach allen Seiten. Ich blieb zwei Sekunden mit dem Kopf unten. Dann sprang ich auf, packte Sonny am Kragen und zerrte ihn von dem Feuersee weg, der sich rasch ausbreitete.

Über mir kreischte jemand in schrillen Tönen etwas, das ich nicht verstand.

»Jerry!« Phils Stimme kam von der Tür her. Undeutlich sah ich seine Gestalt und den roten Handfeuerlöscher aus dem Jaguar in seinen Fäusten. Gleichzeitig flog der nächste Molotow-Cocktail. Die Benzinflasche mit der Zündschnur im Korken landete drei Schritte neben mir. Wieder schleuderte ich Sonny Fabio aus der Gefahrenzone. Wieder hechtete ich hinter ihm her. Aber diesmal hätte ich es wohl kaum geschafft, wenn Phil nicht mit dem Löscher da gewesen wäre.

Weißer, wirbelnder Schaum schoss aus dem Gerät. Nicht viel, aber genug, um das Feuer zurückzutreiben und die glimmenden Holztrümmer zu löschen, damit nicht das ganze Lagerhaus in Flammen aufging. Auf dem glatten Estrich verbrauchte sich das brennende Benzin schnell. Beißender Gestank breitete sich aus und reizte die Atemwege. Ich kroch in Richtung Tür und zerrte Sonny hinter mir her, der das Bewusstsein verloren hatte. Mein Blick zuckte zu dem klaffenden Loch in der Decke. Aber der Kerl dort oben schien seine Molotow-Cocktails verbraucht zu haben.

Phil warf den leeren Löscher beiseite und half mir, Sonny Fabio nach draußen zu befördern. Er stöhnte schwach, als seine Beine über die Stufen vor der Rampe schleiften. In der Deckung eines Schuppens ließen wir ihn zu Boden gleiten. Tief sog ich die kühle Nachtluft in die Lungen. Selbst der feuchte, faulige Geruch, der vom Hudson herüberwehte, erschien mir als köstliches Geschenk. Aber ich kam nicht dazu, mich lange daran zu freuen.

Im oberen Stock der Lagerhalle wurden klirrend Glasreste aus einem der Fenster gestoßen.

Sekundenlang sah ich eine dunkle Gestalt, das helle Oval des Gesichts, eine lange, wirre Lockenmähne. Dann schimmerte brüniertes Metall. Mündungsfeuer blitzte, und die Salve aus einer Maschinenpistole prasselte neben uns in die Schuppenwand wie ein tödlicher Hagelschauer.

Lampions schaukelten. Durch die offene Terrassentür drangen Countryklänge aus der voll aufgedrehten Stereoanlage. Lachende, kreischende Stimmen übertönten die Musik. Soeben war das erste weibliche Wesen in voller Montur in den riesigen, von bunten Unterwasserscheinwerfern fantastisch beleuchteten Pool gefallen. Zwei Smokingträger sprangen hinterher, um sich als Retter zu betätigen. Dass sie dabei das Opfer aus den spärlichen Textilien pellten, gehörte zum Spiel. Die Kleine quiekte und wand sich durchaus wohlig unter den Händen der alkoholisierten Männer.

Gilbert Dicattri, in jedem Arm ein Girl, betrachtete das Schauspiel aus funkelnden Augen. Seine Linke steckte im Ausschnitt der blonden Jill. Die Rechte ging bei der rothaarigen Rosy auf Wanderschaft. Unwillig wandte er den Kopf, als sich hinter ihm jemand räusperte.

»Telefon, Sir«, sagte der Butler mit leicht näselnder Stimme.

»Zur Hölle damit! Ich bin nicht zu sprechen.«

»Es ist Mr. Bardolini, Sir. Er sagt, es sei dringend.«

Gil Dicattri fluchte so ordinär, dass selbst die gar nicht prüden Girls erschrocken schluckten. Er ließ sie stehen und überquerte mit langen, wütenden Raubtierschritten die Terrasse. Joseph Bardolini, Don Giuseppe in den Kreisen der so genannten ›Ehrenwerten Gesellschaft‹, war der Einzige, der ihn zu einer so ungewöhnlichen Zeit stören durfte. Er war auch der Einzige, den Gil Dicattri fürchtete. Eingestanden hätte er sich das allerdings nie. Er hielt es nicht einmal für nötig, den Unterton von Ärger aus seiner Stimme zu verbannen.

»Ja, bitte?«, schnappte er.

»Gilberto?«

»Ja. Wer sonst?«

»Du hast getrunken«, stellte der Anrufer fest. »Wieder mal eine wilde Party, was? Ist Puppa da?«

»Nein«, knurrte Dicattri.

»Und wo steckt sie?«

»Keine Ahnung! Du weißt doch selber, dass sie tut, was sie will.«

»So, weiß ich das? Ich weiß vor allem, dass ein Mann darüber informiert sein sollte, was seine Frau treibt. Sie war hier, Gilberto. Ziemlich aufgeregt und außer sich. Was, zum Teufel, ist vorgefallen?«

Dicattri verzog das Gesicht. In seiner Ehe mit Joseph Bardolinis verrücktem, verwöhntem Goldtöchterchen fielen so viele unerfreuliche Dinge vor, dass er im Moment keinen aktuellen Anlass für Puppas Aufregung parat hatte. Vermutlich steckte irgendein Kerl dahinter. Aber das sprach er besser nicht aus. Der Alte würde nie begreifen, dass sein Herzblatt ein Flittchen war. Er, Dicattri, hatte sie geheiratet, weil das der schnellste Weg war, um auf der Karriereleiter nach oben zu klettern. Seither machte sie ihm die Hölle heiß. In welchen Betten sie herumhüpfte, interessierte ihn im Grunde gar nicht. Aber er konnte es sich nicht leisten, als gehörnter Trottel dazustehen.

Wenn sie anfing, ihn zum Gespött zu machen, würde er Maßnahmen ergreifen müssen – drastische Maßnahmen…

»Nichts ist vorgefallen«, behauptete er kehlig. »Deine Tochter hatte lediglich mal wieder keine Lust, ihre Pflichten als Gastgeberin zu erfüllen, das war alles.«

»Wundert dich das? Soll sie zuschauen, wie du mit deinen Nutten herumspielst? Ich warne dich, Gilberto! Treibe es nicht zu weit! Wenn du meine Tochter unglücklich machst …«

Dicattris Nasenflügel vibrierten. »Wenn du sie besser erzogen hättest, würde sie wissen, wo ihr Platz ist. Dann gäbe es keine Probleme. Hast du es in der Stadtwohnung versucht?«

»Dort ist sie nicht.« Bardolini stockte. Verblüfft stellte sein Schwiegersohn fest, dass ehrliche Besorgnis aus der Stimme des Alten klang. »Sie war wirklich völlig außer sich, Gilberto. Oriana hat es mir gesagt – ich selbst war nicht zu Hause. Aber du weißt ja, wie Puppa zu ihrer Tante steht.«

Na klar, dachte Dicattri. Sie hassen sich. Weil Oriana, dieser alte Habicht, dein Goldkind durchschaut hat …

»Und?«, fragte er.

»Sie ist wieder weggefahren. Hoffentlich baut sie keinen Unfall, so aufgeregt, wie sie war.«

»Aufgeregt ist sie den halben Tag. Du hättest ihr keinen Maserati schenken sollen. Seit sie ihn hat, stellt sie nichts als Unsinn damit an.«

»Was ich meiner Tochter schenke, ist immer noch meine Sache«, knurrte Bardolini. »Sag ihr, dass sie mich anrufen soll, wenn sie kommt.«

»Sie wird nicht kommen.«

»Sie wird, verlass dich darauf! Schließlich weiß sie, wohin deine so genannten Partys ausarten, wenn man dir nicht auf die Finger sieht. Was wäre sie für eine Frau, wenn sie dergleichen unter ihrem eigenen Dach einfach dulden würde?«

Gil Dicattri verschluckte eine passende Bemerkung darüber, was für eine Frau Bardolinis Tochter seiner Meinung nach war. In dem Punkt verstand der Alte keinen Spaß. Dass sein Schwiegersohn ein flottes Leben führte und nichts anbrennen ließ – dafür hatte er Verständnis, das stand einem Mann nun einmal zu. Aber wehe demjenigen, der es wagen sollte, ernsthaft Puppas Mustergültigkeit und Tugend als Ehefrau anzuzweifeln.

»Okay, ich werde es ihr ausrichten, falls sie kommt«, knurrte Dicattri. »Mach dir keine unnötigen Sorgen«, fügte er widerwillig hinzu. »Puppa ist eine moderne, emanzipierte Frau, die …«

»Blödsinn! Meine Tochter ist keine Emanze! Pass in Zukunft gefälligst besser auf sie auf, klar?«

Ein scharfer Krach verriet, dass Bardolini den Hörer auf die Gabel geschmettert hatte. Gil Dicattri verzog wütend das Gesicht. Wie er es auch machte, war es verkehrt. Der Alte wollte keine Emanze als Tochter, aber er dachte auch nicht daran, ihr den Kopf zurechtzusetzen. Für ihn war sie fehlerlos. Er hatte sich ja auch nie groß mit ihr herumplagen müssen. Seit dem Tod seiner Frau war stets seine Schwester Oriana für Puppas Erziehung zuständig gewesen. Und nicht einmal der alte Habicht hatte es geschafft, das verrückte kleine Biest im Zaum zu halten.

»Ärger, Darling?«, kam die schleppende Stimme der rothaarigen Rosy von der Tür her.

Dicattri fuhr herum. »Verdammt, hast du gelauscht?«

Sie kicherte. »Unsinn, Darling! Man braucht nicht zu lauschen, um zu wissen, dass du ständig Ärger mit deinem süßen Frauchen hast. Das pfeifen doch die Spatzen von den Dächern.«

Dicattri fühlte, wie ihm das Blut heiß ins Gesicht schoss. Die Rothaarige musste betrunken sein, sonst wäre ihr keine solche Bemerkung entschlüpft. Dicattris Schläfen pochten. Drohend machte er einen Schritt auf das Girl zu und packte ihren Arm. Rosy wollte zurückweichen, doch die Faust des Mannes lag wie eine Stahlklammer um ihr Gelenk.

»Was willst du damit sagen?«, fauchte er. »Los, rede! Was weißt du über Puppa?«

»Nichts, gar nichts! Lass mich los, Gil, du tust mir weh!«

»Ich werde dir noch viel mehr weh tun, wenn du dein Schandmaul nicht hältst. Los, hau ab! Sei froh, dass ich Gäste habe.«

Die rothaarige Rosy beeilte sich, wieder auf die Terrasse zu flüchten. Gil Dicattri starrte ihr mit geballten Fäusten nach. Wut brodelte in ihm. Wut, weil er ahnte, dass diese rothaarige Nutte Recht hatte. Allmählich mussten es wirklich die Spatzen von den Dächern pfeifen, was seine Frau für eine war. Aber wenn er ihr dahinter kam, wenn er sie je mit einem anderen Mann erwischte, würde er sie umbringen. Sie und den Kerl! Und dann würde niemand mehr wagen, sich über ihn lustig zu machen …

Mit einem Ruck wandte sich Gil Dicattri dem Barfach zu, griff nach der Whiskyflasche und füllte ein Glas bis zum Rand. Er trank in großen Schlucken. Er brauchte das Zeug. Er brauchte es, um sich stark zu fühlen – und um zu vergessen, dass er sich in Wahrheit niemals unterstehen würde, Joseph Bardolinis Tochter auch nur ein Haar zu krümmen …

Ganze fünf Sekunden verstummte das Hämmern der Tommy Gun.

Genau die Zeit, die ein ungeübter Schütze braucht, um ein neues Magazin einzulegen. Aber ungeübt oder nicht – der Kerl bepflasterte hageldicht unsere Deckung. Funken schlugen aus dem Kopfsteinpflaster. Die Schuppenwand musste inzwischen wie ein Teesieb aussehen.

Ich drehte mich zu Phil um, der sich über den bewusstlosen Sonny Fabio beugte.

»Was ist mit ihm?«, wollte ich wissen.

»Hat mehr Glück als Verstand gehabt. Ein paar Splitter in den Beinen, jede Menge Schrammen…« Phil stockte, weil sich der schwarzlockige Gangster wieder zu regen begann. »Sonny! Kannst du mich hören, Sonny? Wer, zum Teufel, ist das da oben?«

Fabios Lider flatterten. Er stöhnte und zog dann erschrocken den Kopf zwischen die Schultern, als das hässliche Tak-tak-tak der Maschinenpistole sein Bewusstsein erreichte.

»Sie – sie – sie liebt mich«, stammelte er.

So sah es gerade aus.

»Wer – sie?«, fragte ich scharf.

»Puppa. O heiliger Himmel, ich hab's geahnt! Ich hätte wissen müssen, dass sie durchdreht, wenn ich ihr den Laufpass gebe! Das Weib ist irre! Die ist verrückt wie ein besoffenes Kaninchen, die …«

Mitten im Satz brach er ab. Wahrscheinlich ging ihm auf, dass er vielleicht besser daran tat, seine chaotischen Privatangelegenheiten nicht vor uns auszubreiten, solange er nicht einmal wusste, wer wir waren. Phil hielt ihm schweigend den Dienstausweis vor die Nasenspitze. Eine Nasenspitze, die daraufhin noch weißer wurde, als sie ohnehin schon war.

»Ogottogott«, stöhnte Fabio. »Bullen, auch das noch! Hat – hat sie etwa wirklich …? Ich meine …«

»Du meinst, ob sie uns wirklich eine geklaute Brosche mit deinen Prints geschickt hat?«, fragte ich ahnungsvoll.

»Scheiße«, flüsterte Fabio mit geschlossenen Augen.

»Und im Übrigen willst du uns erzählen, dass wir das Bleigewitter hier einer Lady verdanken?«

»Lady? Die? Wenn die eine Lady ist, bin ich der Kaiser von China. Das ist Puppa Dicattri. Joseph Bardolinis Tochter …«

Phil und ich wechselten einen ungläubigen Blick.

Verdammt, ja, wir wussten, dass es im Mafia-Clan der Bardolinis eine Tochter gab, die der Alte mit einem seiner smarten jüngeren Konkurrenten verheiratet hatte. Aber erstens kannten wir sie unter dem Namen Francesca, und zweitens ging sie ja wohl nicht hin, legte Bomben, schmiss Molotow-Cocktails, ballerte mit einer ausgewachsenen Maschinenpistole herum …

Wie auf ein Stichwort verstummte die lange Salve.

»Hört zu, ihr Typen!«, kreischte eine Frauenstimme. »Ich blase euch das Gehirn raus, wenn ihr nicht tut, was ich sage! Ich will Sonny! Also schickt mir den Scheißkerl vor die Kanone!«

»Ich sag's ja«, krächzte Fabio. »Verrückt – verrückt wie ein besoffenes Kaninchen …«

Ich hatte noch nie ein besoffenes Kaninchen gesehen. Aber dass die Frau da oben nicht ganz normal war, unterlag keinem Zweifel.

»FBI!«, rief ich. »Werfen Sie die Waffe weg, Mrs. Dicattri!«

»Scheißbulle! Den Teufel tue ich! Ich will Sonny! Hört ihr? Ich will Sonny!«

Sonny Fabio murmelte etwas, das wie eine Mischung aus Fluch und Gebet klang. Ich zögerte sekundenlang und maß die Entfernung bis zum nächsten Schuppen. Phil warf mir einen warnenden Blick zu. Aber da schnellte ich schon hoch, stieß mich zu einem langen Hechtsprung ab und überschlug mich auf dem Kopfsteinpflaster, während hinter dem Fenster des Lagerhauses schon wieder die Maschinenpistole loshackte.

Aus den Augenwinkeln sah ich Phil zur Ecke des Holzbaus robben. Dicht an die Wand gepresst, mit weit ausgestrecktem Arm feuerte er den 38er ab. Die Lady kreischte, aber es war ein Kreischen der Wut. Immerhin jagte sie die nächsten Kugeln in den Nachthimmel. Ich umrundete den zweiten Schuppen, hielt mich im Schutz von Bretterstapeln und Gerümpel und schlug einen weiten Bogen.

Das Lagerhaus hatte eine schmale Seitenpforte. Kein Flammenschein, stellte ich erleichtert fest. Phil schoss gleichmäßiges Störfeuer. Puppa Dicattri – falls sie es wirklich war – ballerte unverdrossen mit der Maschinenpistole, deren Lauf allmählich glühen musste. Munition hatte die Dame jedenfalls reichlich mit auf den Kriegspfad genommen. Kopfschüttelnd richtete ich mich auf, lief das letzte halbe Dutzend Schritte und erreichte die Pforte.

Eine schmale, steile Holzstiege lag dahinter.

Ich schlich dicht an der Wand entlang hinauf, damit die Stufen nicht knarrten. Der 38er lag schwer in meiner Hand. Ich wusste, ich würde nicht schießen, solange es auch nur die leiseste andere Chance gab. Die Frau da oben war krank. Sie musste krank sein. Mit zusammengebissenen Zähnen verharrte ich vor der Tür am Kopf der Treppe, lauschte sekundenlang und tastete dann im Dunkeln nach dem Drehknauf.

Immer noch Schüsse! Mein Atem stockte, als das Quietschen der Angeln an mein Ohr schlug. Ich konnte nur hoffen, dass die Maschinenpistole das Geräusch übertönte. Vorsichtig stieß ich die Tür weiter auf und glitt über die Schwelle.

Durch die zerbrochenen Scheiben fiel schwaches Licht in den großen, niedrigen Raum. Rechts klaffte das Loch im Boden, das die Explosion gerissen hatte. Die Frau stand geduckt an dem Fenster, genau gegenüber der Tür. Sie trug einen Minirock mit großblumigem Rosenmuster, einen Blazer aus azurblauem Wildleder, italienische Stilettos in der gleichen Farbe. Mit der schlanken Figur, den langen Beinen und der dunklen Lockenmähne sah sie wie ein Teenager aus. Nur die Maschinenpistole passte nicht ins Bild. Genauso wenig wie das halbe Dutzend voller Magazine, das sich zwischen ihren gespreizten Beinen stapelte.

Auf Zehenspitzen schlich ich durch den Raum.

Fünf Schritte schaffte ich, dann zuckte ich jäh zusammen. Irgendwo draußen begannen Sirenen zu heulen. Klar, der Feuerzauber konnte nicht unbemerkt geblieben sein. Ich hielt den Atem an und heftete den Blick auf den Rücken der Frau. Sie stand da wie versteinert, den Kopf zwischen die Schultern gezogen, die Hände an der Waffe. Zwei Herzschläge lang rührte sie sich nicht. Dann hörte ich einen scharfen Atemzug und sah, wie sich ihre Muskeln spannten.

Ich sprang sie in der Sekunde an, als sie herumwirbelte.

Das lange schwarze Haar flog, die Maschinenpistole schwenkte herum. Ein fauchender Schrei brach über Puppa Dicattris Lippen. Der Anprall warf sie gegen das Fenster zurück. Mit dem linken Unterarm schlug ich den Lauf der Maschinenpistole zur Seite. Gerade noch rechtzeitig! Verbissen zog die Frau den Stecher durch. Für Sekunden dröhnte das harte Stakkato der Salve in meinen Ohren, bis es mir endlich gelang, meiner Gegnerin die Waffe aus den Händen zu winden.

Mit einem Ruck schleuderte ich das Ding zur Seite, weil der Lauf tatsächlich glühend heiß war.

Puppa Dicattris Gesicht verzerrte sich. Fauchend wie eine leibhaftige Tigerin ging sie auf mich los, wollte mir die langen rot lackierten Nägel durchs Gesicht ziehen. Als ich den Revolver fallen ließ und ihre Gelenke abfing, riss sie das Knie hoch. Ich konnte ausweichen.

Sie kreischte vor Wut, trat mir mit ihren spitzen Schuhen vor die Schienbeine, versuchte mit einer blitzschnellen Bewegung, ihre Zähne in meine Hand zu schlagen.

Ich brauchte Minuten, um sie zu bändigen.

Erst als es mir gelang, ihr die Arme auf den Rücken zu ziehen und die Gelenke hoch zwischen die Schulterblätter zu drücken, erschlafften ihre Muskeln. Keuchend sank sie nach vorn über der Fensterbank zusammen. Die hysterischen Laute der Wut verstummten und wurden von einem wilden, genauso hysterischen Schluchzen abgelöst, das ihren Körper wie in Krämpfen schüttelte.

Hinter mir auf der Treppe hörte ich Phils Schritte.

Vor dem Lagerhaus fuhren mit heulenden Sirenen die ersten Patrolcars vor. Aber mir war klar, dass wir für Francesca ›Puppa‹ Dicattri vor allem schnell einen Arzt brauchten.

Der Butler mit der näselnden Stimme verabschiedete die letzten – oder beinahe letzten – Gäste und machte sich dran, die Gläser einzuräumen, die Luisa, das leicht schwachsinnige Hausmädchen, in der Küche gespült hatte. Dabei rechnete er einmal mehr in Gedanken sein fürstliches Gehalt gegen die Unannehmlichkeiten auf, die der Job mit sich brachte. Nicht dass ihn etwa der finstere Ruf seines Brötchengebers gestört hätte. Ob Gilbert Dicattri ein Gangster war oder gar ein so genannter Caporegime der Mafia, spielte keine Rolle. Für den Broterwerb seines Dienstherrn hatte sich ein guter Butler nicht zu interessieren.

Störend, weil unter seiner Würde, fand er den Lebensstil in diesem Hause. Protzerei, wohin man sah! Partys, bei denen sich Leute in Bekleidung im Swimmingpool suhlten und zweifelhafte Damen auf den Tischen strippten! Und sobald die Frau des Hauses anwesend war: Ehekrach, fliegende Teller, schlagende Türen, wüste gegenseitige Beschimpfungen, bei denen der Himmel erröten konnte…

Der Butler seufzte.

Sein Blick wanderte zur offenen Terrassentür. Draußen am Pool beschäftigte sich der Hausherr mit den letzten Gästen. Weiblichen Gästen natürlich! Die Textilien hatten sie längst abgelegt. Gil Dicattri trug immerhin noch eine Badehose. Er jagte eine kreischende Nackte um den Pool, um ihr ein Glas Sekt über den Kopf zu schütten. Natürlich hörte er nicht, dass draußen auf dem kiesbestreuten Vorplatz ein Wagen vorfuhr und wenig später in der Diele der Glockengong anschlug.

Der Butler seufzte abermals.

Er ahnte, wer da kam, noch bevor er durch das Fenster in der Diele den feierlichen schwarzen Mercedes erkannte. Joseph Bardolini rauschte des Öfteren an, um seinem Schwiegersohn die Leviten zu lesen. Allerdings selten zu so später Stunde. Und selten in Begleitung.

Diesmal hatte er außer dem unvermeidlichen Chauffeur noch zwei weitere Männer mitgebracht. Der eine war ein blonder, breitschultriger Modellathlet mit der gefährlichen Ausstrahlung eines satten Pumas. In dem anderen, schlank und grauhaarig, glaubte der Butler durch den Vorhangspalt einen stadtbekannten Anwalt zu erkennen.

Die Herren klingelten Sturm. Was den Glockengong allerdings nicht hinderte, unverändert langsam und sanft die ersten Takte eines Liedes zu wiederholen. Der Text hatte, so weit der Butler wusste, irgendetwas mit Treue, Redlichkeit und einem kühlen Grab zu tun. Sehr unpassend! Er öffnete, verneigte sich steif und holte Luft zu den üblichen Begrüßungsfloskeln.

»Ist er da?«, fuhr Joseph Bardolini dazwischen.

»Sie meinen Mister Dicattri, Sir?«

»Wen sonst, verdammt? Wo steckt er?«

»Wenn Sie einen Moment Platz nehmen würden, damit ich Sie anmelden kann, Sir?«

»Den Teufel werde ich! Scheren Sie sich zu Ihren Gläsern, Mann!«

Schnaufend stürmte Bardolini an dem Butler vorbei. Das Gejohle auf der Terrasse ließ ohnehin keinen Zweifel daran, wo sich sein Schwiegersohn aufhielt.

Der Butler zuckte leicht zusammen, als die Terrassentür klirrte. Schicksalsergeben wartete er darauf, dass draußen der Krawall losging.

»… wirklich nicht für möglich halten!«, verstand er. »Haltloser Säufer – verdammter Puff – sofort, habe ich gesagt – auf der Stelle …«

Mit ›sofort‹ und ›auf der Stelle‹ meinte Bardolini offenbar die Verabschiedung der nackten Weiblichkeit. Drei verschreckte Girls flüchteten in die Halle, wo sie eiligst in ihre zusammengerafften Kleider fuhren. Der Butler griff zum Telefon, um ein Taxi zu rufen. Dabei kam er eine halbe Minute lang in den Genuss, die knackigen Kehrseiten der Girls zu betrachten. Ein Anblick, bei dem er sich eines gewissen Verständnisses für seinen Brötchengeber nicht erwehren konnte …

»Verrückt geworden!«, brüllte Bardolini auf der Terrasse. »Total ausgerastet! Übergeschnappt! Kapierst du das, du Bastard?« Und nach einer Pause: »Sie ist deine Frau! Du wirst jetzt gefälligst deine Knochen zusammenreißen und …«

Der grauhaarige Anwalt redete beschwörend dazwischen. Bardolini dämpfte daraufhin seine Lautstärke etwas. Ein paar Mal sprach auch Dicattri: quengelnd, eigensinnig, in dem trotzigen Tonfall eines bösen kleinen Jungen, der typisch für ihn war, wenn er getrunken hatte. Die Worte konnte der Butler jetzt nicht mehr verstehen. Aber er hörte die unterdrückte Erregung in den Stimmen und glaubte zu wissen, dass da mehr im Busch war als eine der üblichen Auseinandersetzungen, die sich meistens darum drehten, wie Gil Dicattri seine Frau behandelte.

Minuten später kamen die Männer in die Halle zurück.

Der blonde Modellathlet schloss die Terrassentür. Dicattri schnippte mit den Fingern und orderte Kaffee. Die ganze Gesellschaft zog sich in den Nebenraum zurück, den Dicattri als Arbeitszimmer bezeichnete. Weil er als solches eingerichtet war, nicht etwa, weil tatsächlich darin gearbeitet wurde.

Als der Butler den Kaffee servierte, hatte sich die Aufregung gelegt und in eine Atmosphäre besorgten Ernstes verwandelt.

Dicattris gut geschnittenes, etwas verlebtes Gesicht wirkte blass und elend. Auch Bardolini war bleich, aber das Spiel seiner Kiefermuskeln verriet Wut und Entschlossenheit. Der grauhaarige Anwalt übte sich in beschwichtigenden Gesten. Nur der Blonde, der am Kamin lehnte, gab sich unbeteiligt. Wahrscheinlich, überlegte der Butler, war der Bursche eine Art Leibwächter, den die ganze Sache genauso wenig anging wie ihn selbst.

»... natürlich sofort etwas unternehmen«, hörte er den Anwalt sagen. »Am besten dürfte es sein, einen Arzt Ihrer eigenen Wahl hinzuzuziehen. Ich kenne da einen ausgezeichneten Spezialisten, der zweifellos ...«

Die schalldicht gepolsterte Tür schnitt die Worte ab.

Der Butler furchte die Stirn. Arzt? Spezialist? War jemand krank? Die junge Mrs. Dicattri gar? Und hatte er vorhin nicht etwas von ›verrückt‹ und ›übergeschnappt‹ gehört?

Gut möglich, doch ...

So ganz normal war in diesem Haus schließlich noch nie jemand gewesen. Alkohol und Exzesse zeitigten solche Folgen. Der Fluch der Unmoral!

Der Butler seufzte, nickte vor sich hin, wandte sich wieder dem Schrank zu und verstaute die restlichen Gläser mit dem befriedigenden Gefühl, es schon immer gewusst zu haben.

Sie rückten in Kompaniestärke an.

Phil und ich waren noch im Medical Center, wo Puppa Dicattri in der psychiatrischen Abteilung unter der Wirkung eines starken Beruhigungsmittels schlief. Sie hatte einen so genannten Unfallpass bei sich gehabt. Als Person, die benachrichtigt werden sollte, war nicht etwa ihr Ehemann angegeben, sondern ihr Vater: Joseph Bardolini, Don Giuseppe unter seinesgleichen, Boss einer einflussreichen Mafiafamilie, gegen die der FBI seit langem vergeblich ermittelte.

An einer Vernehmung Puppa Dicattris war unter den gegebenen Umständen natürlich nicht zu denken. Phil und ich warteten vor dem Behandlungszimmer, in dem Sonny Fabio verarztet wurde. Mit Bardolini und seinem Anhang trafen wir eigentlich nur zufällig zusammen, weil sie uns auf dem Flur entdeckten.

Wie gesagt: Sie kamen in Kompaniestärke. Bardolini in einem Zustand zwischen aufrichtiger Sorge und schwelender Wut, massig und untersetzt, mit angriffslustig gesenktem Schädel, der mehr denn je an eine geballte Faust erinnerte. Seine Schwester Oriana war sein genaues Gegenteil: groß, hager, scharfzüngig, mit strengem Gouvernantenknoten und durchdringendem Adlerblick.

Gilbert Dicattri, der Ehemann, hatte es auch mit einer halben Flasche Rasierwasser nicht geschafft, den Alkoholdunst zu übertünchen, der von ihm ausging. Zwei schweigsame Bodyguards waren da, ein grauhaariger Bursche, den ich als Anwalt kannte, zwei ebenfalls grauhaarige Herren, die sich später als leitende Psychiater einer privaten Nervenklinik entpuppten. Bardolini hatte nichts ausgelassen. Aber da es sich schließlich um seine einzige Tochter handelte, war das wohl verständlich.

Weniger verständlich fand ich die Art, wie er auf uns zuschoss und ein Gebrüll vom Stapel ließ, als stauche er auf dem Kasernenhof ein paar Rekruten zusammen, die gerade die Regimentskasse geklaut hatten.

Dass die Polizei ein Sauhaufen sei, der nichts Besseres zu tun habe, als unschuldige junge Mädchen zu terrorisieren, war noch der mildeste Vorwurf. Der Anwalt beschwor seinen Mandanten händeringend, sich zu mäßigen. Die beiden grauhaarigen Mediziner wirkten äußerst befremdet. Bardolini beruhigte sich schließlich – aber erst, nachdem ihm seine Schwester ein paar Worte auf Italienisch zugezischt hatte, die sich sehr nach einer gereizten Klapperschlange anhörten.

Gilbert Dicattri stand die ganze Zeit über stumm und bleich dabei, nagte an der Unterlippe und sah aus, als verstehe er die Welt nicht mehr.

Wahrscheinlich tat er das auch nicht. Seinem zerknitterten Smoking nach zu urteilen, hatte er seelenruhig eine Party gefeiert, während seine Frau in dem Lagerhaus an der Westküste eine Bombe legte, mit Molotow-Cocktails um sich warf und eine wilde Schießerei vom Zaun brach. Wir wussten nicht, inwieweit Dicattri über die Ereignisse informiert war. Fragen stellte er nicht. Er stierte nur dumpf vor sich hin, und als sein Schwiegervater schließlich herumschwang und samt Begleitern davonstampfte, trottete er schweigend hinterher.

Eine Viertelstunde später konnten Phil und ich endlich mit Sonny Fabio reden.

Fünf Minuten hatte uns der Doc zugestanden. Und auch das nur widerwillig, weil der Patient seiner Meinung nach Ruhe brauchte. Schwer verletzt war er nicht. Ein paar Splitter in den Beinen, wie Phil schon richtig vermutet hatte, aber keine Bombensplitter, sondern hölzerne von der Kiste, in der die Sprengladung versteckt gewesen war. Ansonsten hatte er lediglich Schrammen und blaue Flecke davongetragen. Und einen gewaltigen Schrecken, das bezweifelten wir gar nicht. Aber wir hielten Sonnys Nervenkostüm für stabil genug, um mindestens genauso schnell damit fertig zu werden wie mit den körperlichen Blessuren.

Blass und matt lag er in den Kissen und schüttelte immer wieder den Kopf.

»Verrückt«, murmelte er. »Ich hab's ja gewusst – verrückt wie ein besoffenes Kaninchen …«

»Das hatten wir schon, Sonny«, sagte ich. »Wie wäre es, wenn du jetzt mal Klartext reden würdest?«

Er zuckte mit den Schultern. Dabei verzog er schmerzlich das Gesicht.

»War der Clan schon hier?«, wollte er wissen.

»Wenn du Mrs. Dicattris Familie meinst – die war in der Tat schon hier.«

»Der Alte auch?«

»Der Alte auch. Klartext, Sonny! Am besten fängst du bei der Frage an, was du überhaupt mit Mrs. Dicattri zu tun hast.«

»Was wohl?« Er seufzte schwer. »Eine Affäre hab ich mit ihr gehabt, was sonst? So eine Partygeschichte, ganz harmlos und unverbindlich – dachte ich jedenfalls. Konnte ich ahnen, dass sie sich dermaßen in mich verknallen würde? Und dass sie die Tochter vom alten Bardolini und dazu noch mit Gilbert Dicattri verheiratet ist, wusste ich am Anfang natürlich auch nicht, sonst hätte ich die Finger von ihr gelassen. Ich bin ja nicht lebensmüde. Als ich erfuhr, in wessen Revier ich gefischt hatte, wollte ich sofort mit ihr Schluss machen. Aber sie spielte nicht mit. Hing mir dauernd auf der Pelle, rückte mir auf die Bude, ließ sich 'nen Nachschlüssel machen und all solche Scherze. Und irgendwie kam sie dann dahinter, dass ich – dass ich …«

»Dass du den Coup in Newark durchgezogen hast«, half ich ihm auf die Sprünge.

»Ja.« Sonny nickte ergeben. »Sie drohte, mich

hochgehen zu lassen, wenn ich mich nicht weiter mit ihr treffen würde. Wie verrückt war sie, total durchgedreht. Ob ihr Alter dahinter kommen würde, schien ihr völlig egal zu sein. Was ich auch anstellte, sie ließ mich nicht in Ruhe.« Er stockte und schüttelte hilflos den Kopf. »Ich kapier's einfach nicht. Warum? Sie hatte doch alles. Sogar einen Ehemann mit 'nem Mordsruf als Playboy. Warum war sie bloß ausgerechnet auf mich wild?«

»Du bist eben ein hübscher Mensch, Sonny«, sagte ich trocken. »Und weiter?«

»Na ja, eines Tages war dann die Brosche verschwunden. Puppa rief an und drohte, das Ding an den FBI zu schicken. Ich hab's nicht geglaubt, ich hab ihr gesagt, sie soll sich zum Teufel scheren. Aber die Brosche war ja schließlich ein bisschen mehr wert als 'n Käse am Hut, nicht wahr? Als mich Puppa in das verdammte Lagerhaus bestellte, angeblich um mir das Ding zurückzugeben, bin ich eben hingefahren. Konnte ich ahnen, dass diese Irre mich abmurksen wollte?«

Nein, das hatte er wahrlich nicht ahnen können.

Blass und sorgenvoll lag er in seinen Kissen – akkurat wie ein Lamm, das unversehens unter die Wölfe gefallen ist. Wobei der Vergleich nicht einmal allzu sehr hinkte.

Nur dass Sonny der entscheidende Pferdefuß an der Sache noch gar nicht aufgefallen war. Das merkten wir, als wir erklärten, dass wir ihm einen Cop vor die Tür stellen würden.

Seine Lider zogen sich weit auseinander.

»Was – wie – warum …?«, stammelte er.

»Weil Vorsicht die Mutter der heilen Whiskyflasche ist, Sonny«, sagte ich freundlich.

»Weil – ach du heilige Scheiße! Ihr – ihr werdet Dicattri doch nicht verraten, dass ich mit seiner Frau – na eben?«

»Wir werden nichts dergleichen tun. Aber damit ist

natürlich nicht gesagt, dass er nicht doch dahinter kommt. Also keine Extratouren, Sonny, okay?«

»Ja, ja, okay! O Mann! Der Teufel hole die Weiber! Nie wieder lass ich mich mit 'ner Verheirateten ein. Da geh ich doch lieber in den Puff, wo ich weiß, was ich habe ...«

Dass er in den nächsten paar Jahren weder in die eine noch in die andere Verlegenheit kommen, sondern in einer soliden Zelle sitzen würde, schien ihm momentan entfallen zu sein. Der Doc verhinderte, dass er sich weiter über sein zukünftiges Sexualleben ausließ. Ein strafender Blick traf Phil und mich. Klar, die fünf Minuten waren überschritten. Wir verließen brav das Krankenzimmer, warteten auf dem Flur, bis der angeforderte Cop eintraf, und schwangen uns wenig später auf dem großen Parkplatz in den Jaguar.

Im Osten kroch bereits das erste Grau der Morgendämmerung über den Himmel. Ich gähnte verhalten.

»Verrückte Geschichte«, brummte ich. »Na ja, zum Glück ein Fall für die Mediziner und nicht für uns.«

Phil grinste matt. »Du scheinst zu vergessen, dass Sonny Fabio ein Zwei-Staaten-Fall ist. Und den haben wir immer noch am Hals.«

»Stimmt! Hatte ich im Moment tatsächlich vergessen. Und weißt du, was wir noch vergessen haben?«

»Nein. Was?«

»Sonny zu fragen, wo der Rest der Beute abgeblieben ist«, sagte ich.

Worauf Phil die Augen verdrehte und einen abgrundtiefen Seufzer ausstieß.

Gil Dicattri starrte sein fahles, unrasiertes Gesicht im Badezimmerspiegel an. Graues Morgenlicht fiel durch die Milchglasscheibe des Fensters. Draußen nieselte es. Aus der Küche drang das leise Klappern von Geschirr. Luisa, das schwachsinnige Hausmädchen, war wie immer früh auf und rastlos tätig. Aber heute Morgen glaubte Gil Dicattri ihren Anblick nicht ertragen zu können. Er wusste, ihr naives, leeres Lächeln würde ihn an seine Frau erinnern. Auch Puppas Augen waren leer und abwesend gewesen. Seine Frau in einem Sanatorium! Irre! Und ihm, Dicattri, würden die Leute die Schuld daran geben. So wie Joseph Bardolini, dieser großkotzige Bastard, ihm die Schuld gegeben hatte…

Das Summen des Telefons riss ihn aus seinen Gedanken.

Heftig zuckte er zusammen. Jordis, durchfuhr es ihn. Der Mann, den er noch in der Nacht aufgescheucht und auf die Sache angesetzt hatte. Sein Mann! Clay Jordis, der ehemalige Privatdetektiv, würde sich von dem Bardolini-Clan garantiert nicht schmieren lassen, weil Bardolini ihn ruiniert und fast ins Zuchthaus gebracht hatte. Und er, Dicattri, wollte klare und vollständige Informationen, nicht die Happen, die sein Schwiegervater oder der Anwalt des Clans ihm vorzuwerfen gedachten.

Auf dem Absatz warf er sich herum, rannte in die Halle und riss den Telefonhörer von der Gabel.

»Ja?«, schnappte er.

»Jordis hier.«

»Ja, Clay? Hast du etwas herausgefunden?«

»Sicher. War nicht einmal schwierig. Ich brauchte nur ein bisschen bei Fabios Kumpeln herumzuhorchen.«

»Mitten in der Nacht?«

»Die Typen werden nachts erst richtig munter«, meinte der ehemalige Privatdetektiv gelassen. »Wie gesagt, es war nicht schwierig. Dieser Fabio scheint nicht besonders verschwiegen gewesen zu sein.«

»Okay. Also was ist? Lass dir die Würmer nicht einzeln aus der Nase ziehen, verdammt!«

Clay Jordis berichtete knapp.

Dicattri krampfte die Hand um den Hörer und

lauschte mit geschlossenen Augen. Des Blut hämmerte hinter seinen Schläfen. Wut kochte in ihm hoch. Eine wilde, besinnungslose Wut, die seinen Körper buchstäblich schüttelte.

»Soll ich dranbleiben?«, fragte Clay Jordis, nachdem er seinen Bericht beendet hatte.

»Natürlich sollst du dranbleiben. Lass ihn nicht aus den Augen! Den Kerl werde ich – werde ich ...«

»Bleib auf dem Teppich, Gil«, warnte Jordis kühl. »Vergiss nicht, dass ihm die G-men auf den Schuhen stehen.«

»Das ist mir egal! Vollkommen egal, verstehst du? Der Kerl wird bezahlen. Er hat meine Frau angefasst, er ...«

»Da wird er nicht der Einzige gewesen sein.« Clay Jordis lachte trocken auf. Dann, als er Dicattris fauchenden Atemzug hörte, lenkte er rasch ein. »Sie ist krank, Gil. Vergiss nicht, dass sie nicht mehr gewusst hat, was sie tat. Sie muss das schon lange in sich gehabt haben. Du kannst sie nicht verantwortlich machen.«

»Sie nicht, aber den verdammten Kerl! Ich lasse mich nicht von einem hergelaufenen Klunkerdieb zum Gespött machen! Ich lasse mir nichts wegnehmen, das mir gehört! Nichts, verstehst du? Nichts, nichts, gar nichts ...«

»Okay, Gil, schon gut! Ich melde mich wieder.«

Ein gedämpftes Klicken in der Leitung beendete das Gespräch. Gil Dicattri keuchte vor Hass. Sekundenlang starrte er das Telefon an, als wäre der Apparat für die Ereignisse verantwortlich. Dann schmetterte er mit einem wilden Ruck den Hörer auf die Gabel, schwang herum und kehrte wieder ins Bad zurück.

Sein Spiegelbild wirkte noch genauso deprimierend wie vorher. Übelkeit wühlte in seinem Magen. Dumpfer, quälender Schmerz hämmerte hinter den Schläfen. Er zögerte. Verdammt, er würde einen klaren Kopf brauchen. Aber so, wie er sich jetzt fühlte, war er nicht fähig, einen vernünftigen Gedanken zu fassen.

Kaffee vertrug er nicht, wenn er getrunken hatte. Ein doppelstöckiger Whisky würde zwar die Übelkeit vertreiben und die Kopfschmerzen dämpfen, aber dafür sein Gehirn vernebeln. Dicattri biss sich auf die Lippen. Kein Stoff heute, dachte er. Besser nicht. Der verdammte Koks würde die Probleme auch nicht lösen …

Aber dabei öffnete er bereits den Spiegelschrank, schraubte eine leere Cremedose auf und griff nach dem kleinen weißen Briefchen.

Seine Finger zitterten leicht, als er sich etwas von dem staubfeinen Pulver auf den Handrücken schüttete. Er schnupfte es durch ein etwa bleistiftstarkes Papierröllchen. Tief atmete er ein, schloss die Augen und wartete auf die Wirkung

Ein paar Minuten später fühlte er sich so gut, dass ihm sämtliche Probleme gegenstandslos erschienen. Nur den Hass spürte er noch. Aber jetzt war es kein dumpfer, erstickender Hass mehr, sondern ein befreiendes Gefühl, heiß und belebend, schneidend scharf wie die Klinge eines stoßbereiten Dolches…

Gil Dicattri rasierte sich, nahm eine eiskalte Dusche und zog sich endlich um. Danach zündete er sich eine Zigarette an, ließ sich in den Sessel neben dem Telefontisch sinken und wartete.

Nach drei Stunden Schlaf fühlte ich mich nicht gerade superfrisch, als ich den Jaguar durch den Nieselregen nach Norden lenkte. Phil wartete nicht an unserer gewohnten Ecke, weil wir ausgemacht hatten, dass ich zunächst ins Medical Center fahren würde, um noch einmal mit Sonny Fabio zu reden. Die Juwelen-Geschichte hofften wir schnell abhaken zu können.

Ob im Zusammenhang mit Puppa Dicattri noch etwas nachkam, würde Phil erfahren, wenn er dem Chef Bericht erstattete. Immerhin hatte es einen ganz schönen Feuerzauber gegeben. Und die Sache spielte im Umfeld der Mafia. Staatsanwälte werden da oft sehr eigen, wenn man ihnen Täter als psychisch gestört präsentiert. Außerdem traute ich dem Bardolini-Clan genug Unverschämtheit für den Versuch zu, die Tatsachen so zu drehen, dass Puppa am Ende als armes Opfer übereifriger Polizisten dastand. Dicattri kannte ich zu wenig, um seine Reaktion zu beurteilen. Er hatte es zum Capo gebracht, gehörte also durchaus zu den großen Haien. Aber auf mich machte er trotzdem den Eindruck, als ließe er sich von seinem Schwiegervater und dessen Anhang wie eine Schachfigur herumschieben.

Auf dem Krankenhausgelände war es noch relativ ruhig, als ich den Jaguar in eine Parklücke stellte.

Mehr routinehalber erkundigte ich mich nach dem Arzt, der Puppa Dicattri behandelte. Fünf Minuten später stand er mir auf einem der kahlen Flure gegenüber, breitete die Arme aus und kehrte die Handflächen nach oben.

»Nichts zu machen, Mr. Cotton. Ich will Sie nicht mit Fachausdrücken langweilen, aber die Frau ist eindeutig geisteskrank, strafrechtlich nicht verantwortlich. Da können Sie sich auf den Kopf stellen.«

»Warum sollte ich?«, fragte ich trocken. »Glauben Sie, die Polizei ist versessen darauf, Leute ins Zuchthaus zu bringen, die in eine Klinik gehören?«

»Wie? Oh, ich – na ja, so etwas Ähnliches dachte ich wohl tatsächlich. Tut mir Leid, ich sehe ein, dass es Unsinn war. Wir werden hier die üblichen Untersuchungen beenden und die Diagnose absichern. Danach dürfte Mrs. Dicattri in ein privates Sanatorium verlegt werden. Es sei denn, dass sie durch Gerichtsbeschluss in eine staatliche Anstalt eingewiesen wird.«

Ich glaubte nicht, dass irgendein Richter so etwas anordnen würde. Nicht weil die Frau Macht und Einfluss der Bardolini-Familie im Rücken hatte, sondern weil sie trotz ihres Amoklaufs nicht unter die Kategorie geisteskranker Krimineller fiel. In einem Privatsanatorium war sie zweifellos gut aufgehoben. Ich bedankte mich bei dem Doc, marschierte durch den langen Flur und nahm den Lift in den Krankenhaustrakt, in dem Sonny Fabio untergebracht war.

Eine hübsche Blondine in Weiß und Himmelblau karrte auf einem Wagen benutztes Frühstücksgeschirr an mir vorbei. Hinter einer halb offenen Tür beschwerte sich jemand lautstark über die Qualität des Kaffees. Ich wich einem Putzeimer aus und schaute mich nach dem Cop um, der hier irgendwo sitzen musste. Ich sah nur einen leeren Stuhl neben Sonny Fabios Krankenzimmer.

Meine Kopfhaut zog sich zusammen. Verdammt, es war Routine gewesen, dass wir Sonny eine Wache vor die Tür gestellt hatten. Puppa Dicattri würde nicht vor Gericht gestellt werden, also war Sonny auch kein gefährlicher Zeuge. Niemand hatte einen Grund, ihm etwas anzutun.

Natürlich nicht, dachte ich. Aber Sonny hatte Grund zu verschwinden. Er würde nämlich ganz bestimmt vor Gericht landen. Wir hatten uns schlicht und einfach von dem Aufmarsch der Mafia-Größen dazu verleiten lassen, in die falsche Richtung zu denken…

Im letzten Moment fiel mir ein, dass der Cop vielleicht nur mal austreten war. Statt wie Rambo in voller Fahrt in das Zimmer zu stürmen, klopfte ich erst mal manierlich an. Nichts rührte sich. Mit gerunzelter Stirn stieß ich die Tür auf. Und sah als Erstes zwei Beine in blauen Uniformhosen.

Der Cop lag vor dem leeren, zerwühlten Bett.

Er war bewusstlos. Eine prächtige Beule blühte an seiner Stirn. Als ich neben ihm in die Hocke ging und ihn an der Schulter rüttelte, begann er, sich wieder zu regen. Zuerst gab er eine umfangreiche Sammlung amerikanischer Kraftausdrücke von sich. Danach erfuhr ich, was passiert war.

Sonny Fabio hatte den Cop unter einem Vorwand ins Zimmer gelockt und ihm dort das Frühstückstablett über den Schädel gedonnert. Ein Tablett, dass er anschließend, ganz Kavalier, draußen auf den Servierwagen stellte, damit sich die Schwester nicht zu ihm hereinbemühen musste. Seine Klamotten hingen bereits gereinigt im Schrank. Zwar mussten sie ziemlich ramponiert aussehen, weil sie bei der Explosion eine Menge Splitter abbekommen hatten, aber offenbar war es Sonny trotzdem gelungen, unauffällig das Krankenhaus zu verlassen.

Ich fluchte still.

Zwei Minuten später hatte ich mir das nächstbeste Telefon geschnappt und tippte die Nummer des District Office ein. Für meine Begriffe schien es endlos zu dauern, bis ich Phils Stimme hörte. Ich spulte einen knappen Bericht ab.

»Fahr zu Fabios Bude«, schloss ich. »Er kann nicht abhauen, ohne die Beute oder wenigstens ein bisschen Bares mitzunehmen. Ich komme so schnell wie möglich nach.«

»Okay, Jerry…«

Es knackte in der Leitung. Ich warf den Hörer auf die Gabel und schwang herum. Sonny Fabio hatte einen Vorsprung von einer guten halben Stunde. Aber er wohnte in Little Italy, an der Broome Street, ganz in der Nähe der Federal Plaza. Phil hatte also durchaus die Chance, den Burschen noch zu erwischen.

Ich für meinen Teil würde garantiert zu spät kommen – das Medical Center liegt genau entgegengesetzt im nördlichen Manhattan. Trotzdem beeilte ich mich, das Krankenhaus zu verlassen. Verdammt, ich wusste selbst nicht, woher diese eklige Unruhe rührte. Ich glaubte zu spüren, dass etwas nicht stimmte, dass da noch etwas im Spiel war, womit wir nicht rechneten…

Auf dem Parkplatz glänzte der nass geregnete Lack der Autos im Licht der Morgensonne, die durch die Wolken gebrochen war. Ich schloss den Jaguar auf. Über das Dach hinweg blickte ich zur Ausfahrt hinüber. Eine von New Yorks knallroten Telefonzellen leuchtete dort zwischen den Büschen eines schmalen Grüngürtels. Eine Telefonzelle, aus der gerade ein schlanker, drahtiger Mann in Jeans und Lederjacke herauskam.

Ich kannte ihn.

Jordis! Clay Jordis, ehemaliger Privatdetektiv, dem sie schon vor Jahren die Lizenz weggenommen hatten und der seitdem fast jede Dreckarbeit machte, wenn sie gut genug bezahlt wurde.

Natürlich konnte es Zufall sein, dass er sich in der Nähe des Medical Center herumtrieb.

Aber ich hatte trotzdem von einer Sekunde zur anderen das Gefühl, als laste ein Betonklotz in meinem Magen.

Sonny Fabio nahm ein Taxi. Sein schöner alter Jaguar E stand noch an der Westside, falls die Polizei ihn nicht abgeschleppt hatte. Aber das war im Augenblick Sonnys geringste Sorge.

Als er den Driver bezahlte und die Broome Street überquerte, kämpfte er gegen das nagende Gefühl, einen Fehler gemacht zu haben. Er wusste selbst nicht, wieso. Es war Unsinn, versuchte er sich einzureden. Er hatte nichts zu befürchten. Die Polizei würde ihn suchen, aber nicht als Zeugen gegen die Mafia, sondern wegen der Juwelengeschichte. Sollte er in den Knast gehen, wenn er genauso gut mit der Sore verschwinden konnte? Gestohlene Juwelen ließen sich auch anderswo absetzen. In Amsterdam zum Beispiel. Ja, Amsterdam war gut…

Mit einem flüchtigen Blick streifte Sonny den Wagen, den er durch die Einfahrt im Hinterhof des Hauses sehen konnte, in dem er wohnte. Ein deutscher Porsche, perlweiß. Der Schlitten passte nicht in diese Gegend. Aber Sonny Fabios Gedanken waren viel zu sehr mit der Zukunft beschäftigt, um das bewusst zur Kenntnis zu nehmen.

Hastig schloss er die Haustür auf, die stets verrammelt war, weil es keinen Portier gab. Wer Besuch erwartete, musste sich schon mit dem Schlüssel herunterbemühen.

Sonny fluchte gedämpft, als ihm ein scharfer Luftzug Staub und Papierschnitzel um die Hosenbeine wehte. Auf die Idee, dass dieser Luftzug nur entstanden sein konnte, weil die Hintertür nicht geschlossen war, kam er allerdings nicht. Achselzuckend sagte er sich, dass seine Klamotten ohnehin ruiniert seien, wandte sich dem Lift zu und drückte den Rufknopf.

Der altmodische gusseiserne Käfig trug ihn ins vierte Stockwerk. Sein Apartment war das vorletzte an dem langen, düsteren Flur mit den bröckelnden Stuckornamenten. Prüfend musterte Sonny die Tür. Nein, es sah nicht so aus, als wäre die Polizei bereits hier gewesen. Nach allem, was passiert war, hatten die G-men vermutlich zu viel anderes im Kopf gehabt. Ganz davon abgesehen, dass sie bestimmt nicht so leicht auf die Idee kommen würden, er könne die Sore in seinen eigenen vier Wänden versteckt haben.

Sonny grinste, schloss auf und stupste die Tür mit einem Tritt an. Die Angeln quietschten. Sonny wollte einen Schritt über die Schwelle machen. Gleichzeitig sah er aus den Augenwinkeln eine undeutliche Bewegung rechts von sich im Flur.

Auf dem Absatz fuhr er herum, jäh alarmiert von dem Ratteninstinkt, den er seiner langen kriminellen Karriere verdankte. Sein Blick erfasste die schlanke, muskulöse Gestalt, das wellige dunkle Haar, die seltsam verschwommenen Augen. Und die Pistole! Eine Bernadelli mit Perlmuttgriff. Eine zierlich gebaute Waffe, auf deren Lauf der klobige Schalldämpfer monströs wirkte.

Sonny Fabio blieb starr stehen, die Arme leicht vom Körper abgespreizt.

Er brauchte keine Worte, um zu wissen, dass der

andere schießen würde, sobald er, Sonny, eine Bewegung machte. Davon abgesehen war es sinnlos, sich über die Schwelle retten zu wollen. Die Tür ließ sich mit Leichtigkeit aufsprengen. Er hatte keine Waffe in der Wohnung.

Sonny versuchte zu schlucken, aber seine Kehle war so trocken wie das Innere eines Backofens.

»Dicattri«, krächzte er. »Dicattri …«

»Du Schwein! Du Drecksau! Du verdammter, mieser Bastard!«

Langsam kam der Mafioso über den Flur, die Waffe schussbereit, den Finger am Druckpunkt. Sonnys Herz trommelte einen wilden Wirbel. Er spürte plötzlich wieder den Schmerz in seinen bandagierten Beinen, die Prellungen, die ihn steif und unbeweglich machten, die Mattigkeit, die von der Narkose und den Medikamenten herrührte. Immer hatte er sich auf seine Schnelligkeit verlassen können, sein Talent, im richtigen Moment blitzartig davonzulaufen. Jetzt nicht! Das Bewusstsein, so gut wie wehrlos zu sein, fraß sich wie Säure in sein Hirn. Mit kleinen, mechanischen Schritten wich er zurück und schrie auf, als sich sein Absatz hinter der Holzschwelle verhakte.

Gil Dicattri lachte. Ein leises, höhnisches Gelächter, das Sonny einen eisigen Schauer über den Rücken jagte.

»Was wollen Sie?«, flüsterte er. »Ich hab Ihnen doch nichts getan, ich …«

»Du Bastard hast deine dreckigen Finger an meine Frau gelegt. Du bist schuld. Du hast sie zu alledem getrieben.«

»Nein! Nein, das ist nicht wahr! Ich wollte mit ihr Schluss machen. Sie war's, die mich nicht in Ruhe gelassen hat. Sie hat mich doch regelrecht gezwungen, sie …«

Sonnys Stimme brach. Er sah das krampfhafte Zucken in Dicattris Gesicht und begriff mit jäher Klarheit, dass er einen Fehler gemacht hatte. Dicattri war nicht aus Eifersucht von Sinnen, sondern aus verletzter Eitelkeit. Eine Eitelkeit, der die letzten Worte nur noch einen weiteren Schlag versetzt haben mussten. Und Dicattri hatte getrunken oder Drogen genommen, erkannte Sonny plötzlich. Sein Gesicht verriet es. Der starre Blick der dunklen Augen, die sein Gegenüber wie Sonden zu durchbohren schienen.

»Bitte«, flüstere Sonny. »Bitte, Mr. Dicattri, ich …«

Mit dem Absatz stieß Gil Dicattri die Tür zu.

Er lächelte jetzt. Ein verzerrtes, kaltes Lächeln. Sonny holte Luft, wollte noch etwas sagen, aber er kam nicht mehr dazu.

Der Mafioso schoss dreimal rasch hintereinander.

Schüsse nicht lauter als das Knallen eines Sektkorkens, das Zuschlagen einer Tür. Sonny Fabios Brust schien von den Hieben unsichtbarer Fäuste getroffen zu werden. Er taumelte rückwärts. Seine Lider zogen sich auseinander.

»Warum?«, stammelte er. »Warum …?«

Mitten im Wort brach er, wie vom Blitz gefällt, zusammen.

Sein Kopf rollte zur Seite. Gebrochene Augen starrten den Mörder an. In dem grauen Gesicht, seltsam ungläubig und erstaunt, schien immer noch die Frage zu liegen, die er nicht mehr zu Ende gebracht hatte.

Mechanisch blies Gil Dicattri den Rauch von der Mündung des Schalldämpfers.

Er wartete auf den Triumph, die Euphorie, das befreiende Hochgefühl, doch nichts davon stellte sich ein. Warum nicht? Dicattris Zähne knirschten, als er auf den Toten hinuntersah und in dem starren Gesicht nach Zeichen von Angst und Entsetzen suchte. Er fand nichts. Nur diesen seltsamen Ausdruck des Staunens. Es war zu schnell gegangen. Der Kerl hatte gar nicht wirklich begriffen, was ihm geschah.

Zu schnell, wiederholte er in Gedanken. Es war zu schnell gegangen …

Als er herumschwang und aus der Wohnung

stolperte, schien der Hass ihn fast zu ersticken. Das Rauschgift, das in seinem Blut kreiste, verschärfte jede Gefühlsregung, jede Wahrnehmung der Sinne. Wie einen gallebitteren Geschmack spürte er die Enttäuschung auf der Zunge. Sein Inneres war in Aufruhr, drängte danach, irgendetwas zu zerschlagen, zu zerfetzen, zu vernichten. Dass er nicht den Weg zur Hintertreppe genommen, sondern die Richtung zum Aufzug eingeschlagen hatte, wurde ihm erst bewusst, als er das metallische Rattern der Kabine hörte.

Der Lift kam nach oben.

Jäher Schrecken durchzuckte Dicattri wie ein Stromstoß. Er durfte hier nicht gesehen werden. Sonny Fabio lag tot in seiner Wohnung, mit drei Kugeln aus der Bernadelli in der Brust.

Es gab kein Versteck, keinen Weg, schnell genug zu fliehen. Es gab nicht einmal die Möglichkeit, die Pistole verschwinden zu lassen, die er immer noch in der Hand hielt.

Das alles schoss Gil Dicattri im Bruchteil einer Sekunde durch den Kopf. Aber es war nicht der wirkliche Grund für das, was er im nächsten Moment tat. Der wirkliche Grund war der Hass, diese mörderische, erstickende Wut, die ein Ventil suchte.

Seine Rechte schwang hoch.

Ruckend und quietschend kam der obere Teil der Liftkabine in sein Blickfeld. Er sah Kopf und Schultern eines blonden Mannes. Schmale, aufmerksame Augen. Dann eine undeutliche Bewegung. Der Bursche begriff schnell, verblüffend schnell – aber nicht schnell genug. Dicattris Finger lag am Druckpunkt. Er brauchte nur noch durchzuziehen.

Dumpf blaffte die schallgedämpfte Pistole.

Einmal, zweimal, dreimal…

Querschläger zwitscherten, vom Gitter des Lifts abgelenkt. Dicattri sah den Ruck, der durch die Gestalt des Mannes in der Kabine ging. Er sah auch das Blut, das über die Schläfe des Opfers sickerte.

Auf dem Absatz warf er sich herum und rannte zur Hintertreppe.

Das irre Gelächter schüttelte ihn immer noch, als er längst wieder in seinem perlweißen Porsche saß und den Wagen in aberwitzigem Tempo auf die Einfahrt des Holland-Tunnels zujagte.

Der Nieselregen hatte sich zum ekelhaften Gepladder ausgewachsen, als ich den Jaguar an der Broome Street in eine Parklücke setzte.

Von einem FBI-Fahrzeug war nirgends etwas zu sehen. Logisch. Wenn Phil in Sonny Fabios Bude auf der Lauer lag, hatte er den Dienstwagen natürlich nicht auf den Präsentierteller gestellt. Ich fluchte, weil mir aufging, dass die gleiche Überlegung für den Jaguar erst recht galt. Eilig scherte ich wieder aus der Lücke, fuhr ein Stück weiter und rangierte den Schlitten rückwärts in eine Einfahrt.

Kein Taxi weit und breit.

Seinen eigenen Wagen hatte Sonny noch nicht zurück, wie ich wusste. Ich zog den Kopf zwischen die Schultern und spurtete durch den Regen. Die Haustür des vergammelten Baus war nur angelehnt. Einen Portier gab es nicht. Ich schüttelte mir das Wasser aus den Haaren, drückte den Rufknopf des altmodischen Käfiglifts und tauchte vorsichtshalber in den Schatten einer Nische, bis der rappelnde, quietschende Käfig herunterkam.

Sonny Fabio hauste im vierten Stockwerk.

Während die Kabine aufwärts schwebte, fragte ich mich, ob er wohl wirklich wagen würde, noch einmal hierher zurückzukommen. Vielleicht ging er davon aus, dass seine Wohnung noch nicht durchsucht worden war, weil wir ihn auf Nummer sicher glaubten und zu viel anderes um die Ohren hatten – was ja auch haargenau zutraf. Dass die Beute wider Erwarten in Sonnys Apartment lauerte, erfuhr ich erst später. Was ich in seiner Bude vermutete, war ein Schließfachschlüssel oder etwas Ähnliches. Bei seinen Sachen war nichts dergleichen gewesen. Auch kein nennenswertes Bargeld. Nein, Sonny konnte sich nicht einfach absetzen. Er würde kommen.

Ich griff in die Tasche, um mir eine Zigarette anzuzünden. Dabei streifte mein Blick über den Kabinenboden. Staub, eine Menge Kippen – und ein paar dunkle, feucht schimmernde Flecken. Ich runzelte die Stirn. Rasch ging ich in die Hocke und berührte die Spritzer prüfend mit der Fingerspitze.

Blut! Noch ziemlich frisch! Sonny war verletzt, fiel mir ein. Aber, verdammt nochmal, doch nicht so schwer verletzt, dass eine aufgebrochene Schramme die Verbände mitsamt dem Hosenstoff durchblutet haben konnte!

Meine Nerven vibrierten, als der gusseiserne Käfig die vierte Etage erreichte.

Rappelnd fuhren die Gitter auseinander. Der quadratische Raum, den ich betrat, glich einer mittleren Müllkippe. Links ließ ein schmieriges Fenster das Tageslicht trübe und grau hereinsickern. Rechts zweigte ein Flur ab – und dort sah ich die Gestalt, die sich an der fleckigen Tapete abstützte.

»Phil!« Meine Stimme krächzte.

»Okay, Alter, okay. Nur ein verdammter Streifschuss. Mein Glück! Wenn der Kerl nicht geglaubt hätte, mich schon erledigt zu haben, wäre ich jetzt zu meinen Ahnen versammelt.«

Unsicher stieß er sich von der Wand ab. Ich sprang rasch hinzu und stützte ihn, weil offenbar gar nichts okay war. Von einer tiefen Schramme an der Schläfe lief immer noch Blut über Phils Gesicht. Die Schädelprellung war garantiert nicht von schlechten Eltern - genug, um eine längere Bewusstlosigkeit hervorzurufen. Aber wieso, zum Teufel, hatte es ihn im Lift erwischt? Sonny mochte schon oben gewesen sein, aber Sonny benutzte nie eine Waffe.

»Fabio«, murmelte Phil, als hätte er meine Gedanken gelesen. »Er liegt tot in seiner Wohnung, Jerry. Ermordet. Wie ein toller Hund über den Haufen geknallt.«

»Wer?«, fragte ich. Denn wenn Fabio tot war, konnte es nur der Mörder gewesen sein, der Phil angeschossen hatte.

»Dicattri«, sagte mein Freund heiser.

Ich starrte ihn an. »Dicattri? Gil Dicattri? Das gibt es doch nicht.«

Phil ließ sich mit dem Rücken gegen die Wand sinken und atmete tief durch.

»Gil Dicattri«, wiederholte er nachdrücklich. »Er hat Sonny in seiner Wohnung erschossen, und er schoss auf mich, als ich in dem Lift nach oben kam, mit dem er hinunterfahren wollte. Ich kann ihn identifizieren, und der Vergleich der Kugeln wird den letzten Beweis ergeben. Gilbert Dicattri ist erledigt.«

»Kann ich etwas für Sie tun, Sir?«

Dem Butler gelang es nicht ganz, den erschreckten Unterton aus seiner Stimme zu verbannen. Er hatte seinen Arbeitgeber schon volltrunken, unter Drogeneinfluss oder vom eigenen Jähzorn bis zur blinden Raserei hochgeputscht erlebt, aber noch nie in einem Zustand wie heute. Gil Dicattris Gesicht war grau wie eine schmutzige Hauswand. Die tief eingesunkenen Augen wirkten trübe, Spuren auf dem hellen Kaschmir-Pullover verrieten, dass er sich schon unterwegs übergeben hatte. Jetzt wankte er ins Bad, beugte sich über die Toilettenschüssel und begann erneut zu würgen.

Der Butler zog sich kopfschüttelnd zurück, weil er fürchtete, dass jede noch so gut gemeinte Fürsorge allenfalls einen Wutanfall auslösen würde.

Gil Dicattri kauerte erschöpft auf den schwarzen Mosaikfliesen. Die Wirkung des Rauschgifts hatte nachgelassen, aber allein daran konnte es nicht liegen, dass er sich wie ein ausgewrungener Lappen fühlte. Seine Schläfen hämmerten, die Übelkeit würgte ihn immer noch. Er glaubte wieder, den seltsam erstaunten Ausdruck auf dem Gesicht des toten Sonny Fabio zu sehen. Das viele Blut auf dem Gesicht dieses anderen, den er in den Schädel geschossen hatte. Die Erinnerungsfetzen wirbelten in seinem Kopf. Er hatte sich gerächt. Er wollte Triumph spüren. Aber ihm war nur schlecht, und wenn er nicht aufpasste, sich nicht mit dem Blick irgendwo festhielt, hatte er das Gefühl, unaufhaltsam in einen Abgrund zu fallen.

Das Geräusch des Türgongs schien in seinem Hirn widerzuhallen wie die Schläge einer gigantischen Glocke.

Der Butler öffnete. Gil Dicattri stützte sich auf das Waschbecken, drehte den Kran auf und schüttete sich hastig ein paar Hände voll Wasser ins Gesicht. Selbst in seinem benebelten Kopf begriff er, dass der Besucher jedenfalls nicht sein Schwiegervater sein konnte. Der hätte zigmal geklingelt und wäre durch die Halle gestürmt wie ein wütender Bisonbulle.

Es war Jordis. Clay Jordis, der ehemalige Privatdetektiv, der ihn, Dicattri, benachrichtigt hatte, als Sonny Fabio aus dem Krankenhaus verschwand. Jetzt wirkte Jordis gebräuntes Gesicht unter dem sandfarbenen Haar verbissen, und seine Kiefermuskeln spielten.

»Es ist gut, James. Ich brauche Sie nicht mehr.«

Dicattris Stimme krächzte, als er den Butler mit einer wedelnden Handbewegung wegscheuchte. Er brauchte einen Drink. Auf unsicheren Beinen wollte er der Hausbar zustreben, aber Clay Jordis hielt ihn grob am Arm fest.

»Komm mit«, sagte er. »Mein Wagen steht draußen.«

Dicattri schluckte. Er hatte sofort gewittert, dass Ärger in der Luft lag.

»Wieso …?«, begann er.

»Komm mit, verdammt! Es brennt, falls du das noch

nicht bemerkt hast. Du bist ein gottverfluchter Idiot, und ich sollte dich in der Scheiße sitzen lassen, aber ich habe keine Lust, mit reingerissen zu werden. Also mach schon, beweg deinen Arsch!«

Mit zornigem Nachdruck zog er den anderen durch die Diele. Dicattri stolperte mechanisch hinter ihm her, erschreckt, benommen, unfähig zu begreifen.

Clay Jordis fuhr einen milchkaffeebraunen Pontiac. Die Art, wie er sich hinter das Steuer warf, die kiesbestreute Auffahrt hinunterfegte und die Richtung zum Staten Island Expressway einschlug, hatte etwas Gehetztes.

Gil Dicattri presste die Schultern gegen die Rückenlehne des Beifahrersitzes. Die Angst, die er bisher verdrängt hatte, schien ganz plötzlich zuzuschlagen. Als würde er von einer Sekunde zur anderen in ein Säurebad getaucht.

»Was ist los?«, stieß er hervor. »Was willst du hier? Wir hatten ausgemacht …«

»Ich war an der Broome Street.«

Dicattris Kopf ruckte herum. »Wieso? Was fällt dir ein, mir nachzuspionieren? Ich habe dich bezahlt, damit du mir Bescheid gibst, wenn dieser Dreckskerl Fabio das Krankenhaus verlässt, nicht damit du dich um meine Angelegenheiten kümmerst.«

»Sei froh, dass ich mich darum gekümmert habe, du hirnrissiger Narr«, fauchte Jordis. »Ich hänge mit drin, vergiss das nicht. Oder meinst du, die Bullen würden mir im Zweifelsfall abkaufen, ich hätte geglaubt, dass du Fabio einen Freundschaftsbesuch machen wolltest?« Jordis biss die Zähne zusammen und hieb mit der flachen Hand gegen das Steuerrad. »Mir ist es verdammt egal, wie viel Blei du Fabio in seinen blöden Schädel gejagt hast. Aber musstest du auch noch auf den G-man ballern?«

»G-man?«, fuhr Dicattri auf.

Jordis schoss ihm einen Blick zu. »Erzähl mir nicht, dass du ihn nicht erkannt hast, Mann!«

»Nein! Nein, verdammt! Ich habe nur einen Kerl gesehen und – und …«

»… und hast losgeballert wie Rambo auf dem Kriegspfad! Heilige Scheiße! Ein G-man! Und dann warst du auch noch zu dämlich, um ihn tatsächlich abzuknipsen.«

»Ich hab ihn voll erwischt, ich …«

»Du hast ihm einen Kopfstreifschuss beigezaubert, sonst nichts«, knurrte Jordis verächtlich.

»Nonsens! Das gibt's nicht, das …«

»Ich habe es gesehen, Gil, kapierst du das nicht? Decker ist höchst lebendig. Er kann dich identifizieren. Sie werden die Kugeln finden, und es werden die gleichen sein, die Sonny Fabio geschluckt hat. Du hast den Bullen die Beweise gegen dich auf dem Silbertablett serviert, Gil. Du bist erledigt, wenn dir nichts einfällt. Und ich bin dann auch erledigt. Also streng gefälligst dein Gehirn an, falls das nicht längst im Schnaps ersoffen ist.«

Gil Dicattri schwieg. Er zitterte. Er wollte nicht glauben, was er gehört hatte. Aber ein Rest von klarer Überlegung sagte ihm, dass sich Jordis nicht so viele Umstände machen würde, wenn es nicht wirklich brannte. Dicattri grub die Fingernägel in die Handballen. Das Gefühl, sich übergeben zu müssen, kehrte mit doppelter Heftigkeit zurück, obwohl er längst nichts mehr im Magen hatte.

»Vielleicht – vielleicht hat er mich gar nicht erkannt«, brachte er heraus.

»Idiot! Glaubst du an Wunder?« Jordis stieß die Luft durch die Nase, dann warf er seinem Fahrgast einen prüfenden Blick zu. »Ich fahre dich nach Queens«, sagte er.

Dicattri wusste, was er meinte. In Queens lag die schlossartige, pompöse Villa seines Schwiegervaters.

»Nein!«, fauchte er. »Kommt nicht in Frage!«

»Ich fahre dich nach Queens. Gil, kapierst du nicht, dass Bardolini der Einzige ist, der dir jetzt noch helfen kann? Noch hast du Zeit, mit ihm zu reden, bevor die Bullen bei ihm aufkreuzen. Tust du es nicht, werde ich ihn informieren.«

»Du verdammter …«

»Ich hänge mit drin! Wenn ich dich jetzt aus dem Wagen steigen lasse und den Mund halte, habe ich nicht nur die Bullen, sondern auch den Bardolini-Clan auf dem Hals. Du hast keine Wahl, Gil.«

»Aber er hasst mich!«, schrie Dicattri unbeherrscht. »Er wird den Teufel tun, er …«

»Er kann es sich nicht leisten, dich den Bullen in die Hände fallen zu lassen. Und er kann es sich auch nicht leisten, dich abzuknipsen. Du bist sein Schwiegersohn. Er muss sich an die Spielregeln halten, wenn er sich nicht in euren Kreisen unmöglich machen will. Er wird dir helfen, Gil.«

Dicattri stöhnte dumpf, als ihm klar wurde, dass er tatsächlich keine Wahl hatte.

Er konnte nicht untertauchen. Wenn Jordis die Wahrheit sagte, konnte er nicht einmal mehr an den Safe in seinem Bungalow heran, von den Konten und festgelegten Geldern ganz zu schweigen. Und selbst wenn er die Dollars sackweise zur Verfügung gehabt hätte, wäre er zu feige gewesen, um den Sprung ins kalte Wasser zu wagen.

»Okay«, murmelte er resignierend. »Okay, Clay, fahr mich nach Queens hinüber …«

Mir brannte die Zeit auf den Nägeln.

Gil Dicattri hielt Phil für tot, also bestand eigentlich kein Grund anzunehmen, dass sich der Mafioso absetzen würde. Trotzdem trieb mich eine unerklärliche Eile. Für meinen Freund war erst einmal Sendepause. Zum Doc hatte ich ihn im District Office mit sanfter Gewalt verfrachtet – was er mit dem Versprechen quittierte, es mir bei Gelegenheit heimzuzahlen. Jetzt saß unser indianischer Kollege Zeerookah neben mir im

Jaguar, bediente das Funkgerät und vergewisserte sich, dass für den Fall des Falles ein paar Cops vom 122. Revier zu Dicattris Bungalow auf Staten Island unterwegs waren.

In dem vergammelten Haus an der Broome Street arbeitete die Mordkommission. Unser alter Freund, Harry Easton von der Homicide Division Manhattan South, hatte die Leitung. Er würde so gründlich wie immer vorgehen und bestimmt nicht die kleinste Kleinigkeit versäumen. Aber ich konnte mir vorstellen, dass ein sonnenklarer Fall wie dieser die reinste Erholung für ihn war.

Vor mir tauchte die grüne, hügelige Gartenlandschaft auf, in der schneeweiße Bungalows so weiträumig verstreut lagen, dass auch der Lärm der lebhaftesten Grillparty kaum über den eigenen Gartenzaun hinausdringen konnte. Sofern es Gartenzäune gab.

Genau wie die meisten anderen Grundstücke versteckte sich Gil Dicattris Anwesen hinter einer übermannshohen Mauer, deren breites Metalltor trotz des kunstvoll gehämmerten Reliefs ein wenig an Gefängnistüren erinnerte. Oder besser, erinnert hätte, wenn es nicht so einladend offen gewesen wäre.

Neben mir schnalzte Zeerookah missbilligend mit der Zunge. »Gefällt mir nicht. Das sieht nach verdammt viel Eile aus.«

Ich zog die Schultern hoch. Wir wussten natürlich nicht genau, ob Dicattri auch sein zweites Opfer für tot hielt. Aufgeregt musste er auf jeden Fall gewesen sein. Der Einfachheit halber passierte ich das Tor, folgte der kiesbestreuten Auffahrt und ließ den Jaguar auf dem weiten, von Kübelpalmen und hypermodernen Gartenleuchten gesäumten Vorplatz ausrollen.

Als wir ausstiegen, erschien eine hünenhafte Gestalt auf einem der Wege, die sich zwischen Ziersträuchern, Koniferen und gepflegten Blumenrabatten durch den Park schlängelten. In einiger Entfernung erkannte ich die Mauern eines kleineren Gebäudes, so einer Art Gärtnerhaus. Vermutlich hatte Dicattri dort die unvermeidlichen Gorillas untergebracht, weil er sie nicht in seiner unmittelbaren Nähe haben wollte.

Der Hüne, der jetzt heranwalzte, hatte ein Babygesicht und einen runden Schädel, der kahl wirkte, bis man den weißblonden Haarflaum entdeckte. Mit gefurchter Stirn und vorgeschobener Kinnlade bemühte er sich, grimmig zu wirken. Er erreichte lediglich, dass er wie ein sehr zorniges Baby aussah.

»FBI, Special Agent Cotton«, sagte ich. »Wir möchten Mr. Dicattri sprechen.«

»Und wer ist die Rothaut?«, fragte Babygesicht verblüfft und ziemlich unlogisch.

»Special Agent Zeerookah«, sagte Zeery trocken.

»'ne Rothaut als G-man?«, staunte Babygesicht.

»Sicher. Sie wissen doch, wie begabt wir Rothäute darin sind, Leute zum Sprechen zu bringen. Oder zum Schweigen. Sehr nützlich in unserem Beruf.«

Im Gegensatz zu Babygesicht brachte es Zeery höchst überzeugend fertig, grimmig auszusehen. Er ist bekanntermaßen der eleganteste und bestgekleidete Special Agent des ganzen New York Districts. Trotzdem wirkte er jetzt so gefährlich wie ein Tiger, der sich sein Abendessen ausguckt. Der blonde Hüne kriegte Schluckbeschwerden, murmelte etwas, das fast wie eine Entschuldigung klang, und strebte dem Haus zu.

Ein äußerst würdiger Butler öffnete die Tür.

Mr. Dicattri sei nicht anwesend, erfuhren wir. Zeery zückte den richterlichen Durchsuchungsbefehl. Der Butler warf einen kurzen Blick darauf, straffte die Schultern und wurde zwei Zoll größer.

»Ich kündige«, erklärte er hoheitsvoll.

»Kündigen Sie nicht bei uns, sondern bei Ihrem Arbeitgeber. Wo steckt er?«

»Ich weiß es nicht. Es interessiert mich auch nicht. In diesem – diesem Irrenhaus bleibe ich nicht länger.«

Das konnte er halten, wie er wollte. Aber vorher

würde er, verdammt nochmal, unsere Fragen beantworten.

»Wann haben Sie Dicattri zuletzt gesehen? Wann ist er zurückgekommen? Wann und mit welchem Wagen ist er weggefahren? Nun reden Sie schon, Mann!«

Der Butler kam offenbar zu der Überzeugung, es mit Banausen zu tun zu haben.

Er reagierte darauf, indem er mit uns sprach, wie es Banausen verdienten: knapp, direkt und schnörkellos. Wir erfuhren, dass Gil Dicattri am frühen Morgen aufgebrochen war, nachdem er einen Anruf erhalten hatte. Nach einer knappen Stunde war er zurückgekommen, offenbar in erbärmlichem Zustand. Dann – nach relativ kurzer Zeit, genauer konnte es der Butler nicht sagen – war ein Besucher erschienen, in dessen Begleitung Dicattri das Haus wieder verließ. Er hatte sich in den milchkaffeebraunen Pontiac des Unbekannten geschwungen und ward nicht mehr gesehen.

»Beschreiben Sie den Mann«, forderte ich. Mir konnte es nur recht sein, wenn mich der Butler für einen Holzklotz hielt.

Höfliches Gebaren seinerseits hätte uns garantiert die dreifache Zeit gekostet.

»Nun, ein ganz normaler junger Mann, wie mir schien«, sagte er säuerlich. »Mittelgroß, schlank, blondes Kurzhaar, braun gebranntes Gesicht, bekleidet mit Jeans, hellblauem Hemd und einer hellbraunen Lederjacke…«

»Jordis«, murmelte ich.

Zeerys Kopf ruckte herum. Er kannte den Namen. Aber vorerst sparte er sich jede Frage. Die stellte er erst, als wir wenig später wieder im Jaguar saßen, weil es Zeitverschwendung gewesen wäre, den Bungalow zu durchsuchen.

»Jordis? Clay Jordis? Bist du sicher, Jerry?«

»Ziemlich.« Ich zündete mir eine Zigarette an und blies nachdenklich Rauchschlieren gegen die Frontscheibe. »Er stand heute Morgen vor dem Krankenhaus in einer Telefonzelle, ziemlich genau um die Zeit, als Dicattri den Anruf bekam, der ihn aus dem Haus scheuchte. Jordis war mal Privatdetektiv, Zeery, einer von der miesen Sorte. Dicattri muss ihn auf Sonny Fabio angesetzt haben.«

»Hm. Und du glaubst wirklich, ein cleverer Bastard wie Jordis lässt sich in eine Mordgeschichte verwickeln?«

Ich schüttelte den Kopf. »Vergiss nicht, was der Butler erzählt hat. Jordis ist nicht zusammen mit Dicattri gekommen, sondern hat ihn später abgeholt. Was hältst du von dieser Version: Jordis übernimmt den Auftrag, alarmiert Dicattri, als Sonny Fabio aus dem Krankenhaus türmt, kriegt dann kalte Füße, fährt zur Broome Street…«

»… und bekommt den ganzen Tanz dort mit«, ergänzte Zeery. »Einschließlich der Tatsache, dass Phil durchaus nicht tot, sondern nur leicht verletzt ist. Clay Jordis kennt den Beihilfeparagrafen zweifellos in- und auswendig. Also ist es nur logisch, dass er mit qualmenden Reifen zu Dicattris Behausung raste, um zu retten, was noch zu retten war.«

Ich nickte. In Gedanken rekapitulierte ich, was ich sonst noch über den Ex-Privatdetektiv Clay Jordis wusste.

»Er wird nicht so dämlich sein, sich in die Nesseln zu setzen, indem er einem gesuchten Mörder einen Unterschlupf besorgt«, sagte ich.

»Und was sonst, bitte?«

»Was weiß ich. Wahrscheinlich wollte er Dicattri einfach erst einmal aus unserer Reichweite schaffen. Vielleicht hat er ihn zu Bardolini gebracht.«

»Glaubst du das?«

»Es wäre möglich. Jordis wird es uns erzählen.«

»Dir«, verbesserte Zeery. »Er wird es dir erzählen. Ich fühle inzwischen Bardolini auf den Zahn, bevor er Gelegenheit findet, seinen Schwiegersohn sonst wohin zu verfrachten.«

»Er kann dir die Tür vor der Nase zuknallen«, warnte ich.

»Kann er. Aber dafür kann ich vor dieser Tür stehen bleiben, falls es auch nur das leiseste Anzeichen dafür gibt, dass sich Dicattri tatsächlich bei dem Alten verkrochen hat. Mit etwas Glück bringen wir ihn auf diese Weise in eine eklige Zwickmühle.«

Das stimmte. Ob wir eine Überwachung der Villa genehmigt bekamen oder nicht – Bardolini würde glauben, dass wir sie überwachten. Er konnte seinen Schwiegersohn nicht via Teleportation wegschaffen. Er würde auf gut Amerikanisch bis zum Hals in der Scheiße sitzen – immer vorausgesetzt, dass er wirklich dumm genug war, in eine Situation zu schliddern, die so enden konnte.

»Okay«, sagte ich entschlossen. »Aber du wirst ein paar Kollegen mitnehmen, klar? Bardolini könnte sonst nämlich leicht auf die Idee kommen, dass die einfachste Lösung des Problems ein toter Indianer wäre…«

Der Zufall, der Gil Dicattri zu Hilfe kam und ihn vorerst rettete, hieß Carlo Tomo und stand in der Hierarchie der ›Ehrenwerten Gesellschaft‹ ziemlich weit oben.

Er hatte mit Joseph Bardolini gefrühstückt. Ein ungewöhnlicher Vorgang. Normalerweise pflegten sich die Bosse auf neutralem Terrain zu treffen, wenn es etwas zu besprechen gab. In diesem Fall allerdings gab es nicht eigentlich etwas zu besprechen. Die Herren von der ›Commissione‹ waren einerseits ein wenig beunruhigt, wünschten sich jedoch andererseits nicht zu sehr zu exponieren. Der Eindruck, dass man Joseph Bardolini sozusagen zum Rapport bestellte und sich in seine Familien-Interna mischte, sollte möglichst vermieden werden. Also hatte man Carlo Tomo gebeten, Bardolini einen informellen Besuch abzustatten, um sich nach den alarmierenden Ereignissen zu erkundigen. Die beiden Dons galten als befreundet – so weit etwas wie Freundschaft in ihren Kreisen existierte. Außerdem war bekannt, dass Tomo Gilbert Dicattri protegiert hatte und am Zustandekommen von dessen Ehe mit Bardolinis Tochter nicht ganz unbeteiligt war. Wer wäre also besser geeignet gewesen, ein paar Fragen zu stellen und Informationen einzuholen, ohne gleich Bardolinis berüchtigte Wut zu wecken?

Bardolinis Wut erwachte trotzdem, doch er schluckte sie herunter. Die Mafia schätzte kein Aufsehen. Das geradezu gigantische Aufsehen, das seine Tochter erregt hatte, ging nicht nur ihn allein an – das musste er akzeptieren.

Nach dem Frühstück wechselte er mit seinem Gast ins Arbeitszimmer. Italienischer Klosterlikör entspannte die Atmosphäre. Nebenan im Salon wurde Carlo Tomos unvermeidlichen Begleitern Kaffee serviert. Die Bosse wechselten das Thema. Man sprach über den allgemeinen Gang der Geschäfte und die zunehmende Unverschämtheit der Polizei, bis sich Tomo schließlich erhob, um sich zu verabschieden.

In der Halle kam ihnen Oriana Bardolini entgegen, das Haar wie immer zu einem strengen Gouvernantenknoten frisiert, mit einem bodenlangen, burgunderroten Hauskleid angetan. Sie machte ihrem Bruder ein beschwörendes Zeichen. Aber da hatte Carlo Tomo den leicht schwankenden, offenbar total derangierten Mann in der Diele bereits gesehen.

»Gilberto, mein Lieber! Lass mich dir sagen, wie sehr ich die Ereignisse bedauere. Es muss schrecklich für dich gewesen sein. Aber das Leben geht weiter, Gilberto, das Leben geht weiter.«

Dicattri starrte ihn an, als habe er Chinesisch gesprochen. Carlo Tomo klopfte ihm ermunternd auf die Schulter. Dicattri schüttelte den Kopf, wie um seine Gedanken zu klären.

»Ja«, sagte er abwesend. »Ja …«

»Du wirst doch nicht die Nerven verlieren, Gilberto, mein Lieber!« Tomo kannte Dicattris Jähzorn, und er spürte dessen Erregung. »Ich meine – diese miese kleine Ratte – Fabio, nicht wahr? – ist es nicht wert, dass du dir die Finger …«

»Ich habe ihn erschossen«, murmelte Dicattri.

Im nächsten Moment zuckte er zusammen, weil ihm zu spät bewusst wurde, was er da gesagt hatte – und zu wem. Sein Blick zuckte zu Bardolini. Der presste die fleischigen Lippen zusammen und wurde weiß vor Überraschung, Schreck und Wut. Aber auch er konnte die Worte jetzt nicht mehr ungesagt machen.

»Komm rein, Gil«, knirschte er. »Trink erst mal einen Schluck und …«

»Ich habe keine Zeit. Die Bullen werden hier aufkreuzen, Don Giuseppe. Es tut mir Leid, aber ich kann es nicht ändern. Es ist etwas schief gegangen.«

»Mir scheint, es ist sogar eine Menge schief gegangen«, sagte Bardolini mühsam beherrscht. »Aber damit wollen wir unseren Gast nicht belasten. Don Carlo …«

»Nein, nein. Nehmen Sie keine Rücksicht auf mich. Was ist los, Gilberto? Erzähle!«

Joseph Bardolini hätte den anderen am liebsten eigenhändig erwürgt, aber er sah keine Möglichkeit, ihn hinauszuwerfen. Man kehrte ins Arbeitszimmer zurück. Oriana blieb an der Tür stehen. Während sie Gil Dicattris stockendem, umständlichem Bericht zuhörte, erinnerte ihr schmaler Kopf mit der gebogenen Nase und den scharfen schwarzen Augen mehr denn je an einen Raubvogel.

Dicattri brauchte einen großen Schluck Whisky, nachdem er geendet hatte.

Angst nagte an ihm. Clay Jordis konnte ihm erzählen, was er wollte – er war trotzdem nicht sicher, dass ihn Bardolini nicht einfach seinem Schicksal überlassen würde. Carlo Tomos Anwesenheit erschien ihm wie ein Rettungsanker. Sein Schwiegervater hasste ihn. Tomo nicht. Tomo würde die Sache nüchtern sehen, unter geschäftlichen Aspekten. Er hatte Dicattri aufgebaut, seine Heiratspläne unterstützt und ihn quasi als Puffer zwischen sich und Bardolini gesetzt. Tomo konnte nicht dulden, dass man seinen Protegé über die Klinge springen ließ, oder er würde in dem diffizilen Netzwerk von Macht und Einfluss an Gesicht und Gewicht verlieren.

Die schwelende Wut in Bardolinis Augen verriet, dass er das sehr genau wusste.

Minutenlang starrte er ein Loch in die Luft und umklammerte die Sessellehnen so hart, dass das schwarze Büffelleder knirschte. Schließlich atmete er tief durch und ließ die geballte Hand in die flache Linke klatschen.

»Du musst hier weg, Gil«, sagte er knapp. »Dass vermutlich die Bullen auftauchen werden, hast du ja selbst gesagt. Du kennst das Hotel auf Long Island?«

»Sicher, aber …«

»Ich weiß, dass es eine Bruchbude ist. Aber ich habe es über einen völlig unverdächtigen Strohmann gekauft, und es ist sicher. Außerdem wirst du dort nicht länger als ein, zwei Tage bleiben.«

»Und dann?«, fragte Dicattri kläglich.

»Dann werden wir weitersehen.« Bardolini stand auf und lächelte falsch und angestrengt. »Keine Angst, Gil, ich weiß, was ich der Familie schuldig bin. Wir werden eine Lösung finden. Aber jetzt sollten wir uns besser beeilen, dich in Sicherheit zu bringen …«

Clay Jordis hatte ein Büro in einem heruntergekommenen Hofgebäude in der Nähe des Times Square.

Seit man ihm die Lizenz als Privatdetektiv abgenommen hatte, lautete seine offizielle Berufsbezeichnung ›Management-Berater‹. Das konnte alles und jedes bedeuten. Tatsächlich bedeutete es, dass Jordis nach wie vor als Privatdetektiv arbeitete, mit dem Unterschied, dass er jetzt auf Recht und Gesetz noch viel weniger Rücksicht nahm als früher.

Sein milchkaffeefarbener Pontiac stand im Hof.

Der Bursche schien sich sicher zu fühlen. Was nicht weiter verwunderlich war. Zweifellos zählte Jordis darauf, dass der Haushalt eines hochrangigen Mafioso aus einer Versammlung von Austern bestand, die der Polizei kein Sterbenswörtchen verraten würde. Einen vornehmen, aufrechten Butler, der sich über die Querelen unter Gangstern erhaben dünkte, hatte der ehemalige Privatdetektiv wohl einfach nicht auf der Rechnung.

Ich stellte den Jaguar neben den Pontiac und drückte auf den Klingelknopf unter dem ›Berater‹-Schild. Geöffnet wurde sofort. Ein quadratischer Flur lag vor mir, mit schwarzen Tapeten, weißem Teppich und modernen Grafiken an den Wänden besser ausgestattet, als man es in dem vergammelten Bau erwartete. Von rechts trippelte eine Blondine mit niedlichem Gesicht und unschuldigen runden Blauaugen heran – Jordis' Vorzimmerfee. Als sie meinen Ausweis sah, rundeten sich auch ihre Lippen.

»Oh«, flötete sie. »Moment bitte, Sir.«

Eilig trippelte sie nach links, wo sie durch eine überbreite, schalldicht gepolsterte Tür verschwand. Ich lächelte matt, als ich ihr folgte. Clay Jordis konnte denken. Gleich würde er sich gar nicht mehr so sicher fühlen. Seine Reaktion wollte ich mir lieber aus der Nähe ansehen, um keine böse Überraschung zu erleben.

Leise öffnete ich die Tür.

Und stellte fest, dass der saubere Ex-Detektiv sogar äußerst schnell denken konnte.

Sein Vorzimmer-Blondchen stand vor dem Schreibtisch.

Hinter dem Schreibtisch hatte Clay Jordis vor Schreck seinen Stuhl umgekippt. Er wandte mir den

Rücken zu. Gerade riss er das tadellos geputzte Fenster auf – zweifellos in der Absicht, erst einmal zu verschwinden und dann über die Lage nachzudenken.

»Hallo, Mr. Jordis«, sagte ich.

Sein Kopf flog herum.

Ich lächelte freundlich. »FBI, Special Agent Cotton. Ich muss mit Ihnen reden, Mr. Jordis. Übrigens – es zieht. Würden Sie das Fenster wieder schließen?«

Er dachte nicht daran.

Vielleicht war es mein ironischer Tonfall, der ihm endgültig klar machte, dass ich Bescheid wusste. Sein Gesicht verzerrte sich. Blitzartig ließ er sich zur Seite fallen, katapultierte sich mit der schnellenden Bewegung eines Fisches auf dem Trockenen über die Fensterbank und schaffte es, draußen auf dem schadhaften Pflaster des Hofs eine saubere Rolle vorwärts hinzulegen.

Ich spurtete um den Schreibtisch herum.

Das heißt, ich wollte es. Die blonde Vorzimmer-Fee hinderte mich daran. Mit einem schluchzenden Laut trippelte sie mir in den Weg, breitete die Arme aus und warf sich an meine Brust, um mir im nächsten Moment wie eine Klette am Hals zu hängen.

»Tun Sie ihm nichts!«, schrie sie mir ins Ohr. »Bitte, tun Sie ihm nichts! Sie dürfen ihn nicht erschießen!«

Joseph Bardolini stand am Fenster und lauschte dem Geräusch des Wagens nach, mit dem zwei seiner Leute Gil Dicattri zu dem leer stehenden Hotel auf Long Island brachten.

Bardolinis Gesicht wirkte kalkig vor Wut. Der Whiskystamper in seiner Rechten war stabil, sonst wäre er unter dem Druck der kurzen, dicken Finger längst zu Bruch gegangen. Mit einer abgehackten Bewegung wandte sich der Gangsterboss seiner Schwester zu, die wartend in der Tür des Arbeitszimmers stand.

»Ich werde ihn vernichten«, knirschte er. »Ich werde ihn zerquetschen wie eine Laus, ich …«

»Giuseppe, bitte!«

»Giuseppe, Giuseppe!«, äffte Bardolini. »Willst du bestreiten, dass er es war, der Puppa das angetan hat? Sie ist immer ganz normal gewesen, ein lieber, netter Mensch, bevor sie in seine Fänge geriet. Er hat sie auf dem Gewissen! Mein kleines Mädchen …«

Puppa war nie ganz normal gewesen. Nett und lieb schon gar nicht. Aber Oriana hütete sich, das auszusprechen, weil sie damit die unsichtbare Grenze berührt hätte, an der ihr Einfluss auf ihren Bruder endete.

»Du darfst Gilberto nicht der Polizei ausliefern«, sagte sie betont sachlich. »Er würde sich rächen. Und er weiß zu viel.«

»Das ist mir klar, verdammt. Ich bin ja kein Selbstmörder. Aber ich werde einen zuverlässigen Mann schicken, der ihn …«

»Nein, Giuseppe. Du darfst ihn auch nicht – ausschalten.« Oriana drückte sich gewählt aus, doch an der Bedeutung der Worte gab es keinen Zweifel. »Es wäre unklug den Freunden gegenüber. Und Tomo würde es nicht hinnehmen.«

Oriana war eine echte Mafiatochter, noch auf Sizilien geboren. Ein ›Freund‹ war für sie ein Don, höchstens noch ein Caporegime. Alles, was im Rang darunter siedelte, hätte sie als ›Freund der Freunde‹ bezeichnet.

»Tomo!«, fauchte Joseph Bardolini. »Was, zum Teufel, hat Tomo damit zu tun?«

»Du weißt es. Er hat uns deutlich genug zu verstehen gegeben, dass er deinen Schwiegersohn als seinen Schützling betrachtet. Die anderen wissen es auch. Er kann es sich nicht leisten, das Gesicht zu verlieren, indem er dich gewähren lässt.«

»Der Dreckskerl will mich doch nur ärgern! Er will mich …«

»Und wenn auch! Du kannst es nicht ignorieren.«

Bardolinis Zähne knirschten. Mechanisch führte er das Glas zum Mund – und setzte es mit einem Ruck wieder ab. Whiskynebel im Kopf war das Letzte, was er jetzt gebrauchen konnte.

»Du meinst also, ich muss dieses Miststück schützen?«, fragte er.

»Ja«, sagte Oriana.

»Ich muss versuchen, den Schlamassel für ihn zu bereinigen? Oder ihm, falls alle Stricke reißen, irgendwo eine bequeme neue Existenz verschaffen?«

»Ja«, wiederholte Oriana. »Du hast keine Wahl, Giuseppe. Tomo wartet nur darauf, dass du einen Fehler begehst. Er könnte es zum Anlass nehmen, einen Krieg anzufangen. Und du hättest keine Unterstützung, weil man dir übel nehmen würde, dass du Gilberto fallen gelassen hast.«

Sie hatte Recht.

Zähneknirschend machte sich Bardolini klar, dass er ihren Argumenten nichts entgegensetzen konnte. Mit einer wilden Bewegung wandte er sich vom Fenster ab und begann im Zimmer auf und ab zu laufen. Die Wut erstickte ihn fast. Nein, er würde keinen Fehler begehen, sich nicht einer miesen Ratte wie Dicattri wegen mit Carlo Tomo oder den anderen Dons überwerfen. Aber er würde Dicattri auch nicht davonkommen lassen. Er würde …

Der Gedanke, der ihn durchzuckte, ließ ihn abrupt stehen bleiben.

Scharf holte er Atem. Seine Augen kniffen sich zu schmalen, glitzernden Sicheln zusammen. Oriana, die den triumphierenden Ausdruck seines Gesichts zu deuten wusste, hob fragend die Brauen.

Ihr Bruder lachte leise. »Ich weiß, was wir tun, Oriana. Wir werden Dicattri vernichten, ohne dass uns irgendjemand dafür verantwortlich machen kann. Nicht töten, aber vernichten! Wir werden ihn da treffen, wo er am empfindlichsten ist. Hör zu …«

In knappen Worten schilderte er seinen Plan. Dabei ging er zum Barfach und füllte den Whiskystamper auf. Oriana, die sonst selten trank, nahm sich ebenfalls ein Glas. Sie lächelte, weil sie an dem Plan nichts auszusetzen fand.

»Gut«, sagte sie. »Sehr gut, Giuseppe. Lass uns darauf trinken …«

Sie hatten gerade miteinander angestoßen, als nebenan der melodische Glockengong anschlug.

Jemand war am Tor. Oriana setzte ihr Glas ab und ging in die Halle hinüber, um die Sprechanlage einzuschalten. Bardolini folgte ihr. Als sie aus der Diele zurückkam, hatte sich ihr Gesicht gespannt.

»Der FBI«, sagte sie. »Die Herren scheinen zu glauben, dass sich Gilberto hier verkrochen hat. Was werden wir ihnen sagen?«

Bardolinis Augen funkelten.

»Die Wahrheit«, kicherte er. »Nichts als die Wahrheit. Wir erzählen ihnen, dass uns Gilberto einen kurzen Besuch gemacht hat und vor einer halben Stunde wieder gegangen ist. Sie werden es schlucken müssen, weil sie etwas anderes nicht beweisen können …«

Nach der perfekten Rolle vorwärts kam Clay Jordis geschmeidig wieder auf die Beine. Ich sah ihn rennen. Seine Vorzimmer-Fee hing mir am Hals. Der Teufel mochte wissen, was sie auf die Idee brachte, ich könnte ihren Brötchengeber so mir nichts dir nichts erschießen. Auf jeden Fall hielt sie sich an mir fest wie ein Klammeraffe und tat alles, um zu verhindern, dass ich dem ehemaligen Privatdetektiv schnell genug nachsetzte.

Mit einem Ruck pflückte ich ihre Arme von meinem Nacken.

»Ruhe!«, donnerte ich sie an. »Ihrem Chef passiert nichts!«

Dabei schob ich sie energisch zur Seite, erreichte das Fenster und jumpte nach draußen – etwas eleganter als Jordis, was es mir ersparte, mich im Dreck des Hofs zu wälzen.

Der Ex-Detektiv sprengte gerade mit einem wuchtigen Tritt die Hintertür des gegenüberliegenden Gebäudes auf. Klar, bevor er seinen Wagen starten konnte, hatte ich ihn dreimal. Ich jagte ihm nach. Ohne besondere Vorsichtsmaßnahmen. Dass ihm nichts passieren würde, falls er sich nicht aus purer Dummheit den Hals brach, hatte ich durchaus ernst gemeint. Er würde seine Waffe im Holster lassen. Aus der Sache mit Dicattri und Sonny Fabio konnte er sich mit einem blauen Auge herauswinden. Seine Flucht war nichts anderes als eine Reaktion der Panik. Aber so dämlich, auf einen FBI-Beamten zu schießen, war er auch im Zustand der Panik nicht.

In der Sekunde, als ich die zurückschwingende Tür erneut an die Wand krachen ließ, stolperte er etwa in der Mitte des Flurs über ein verlassenes Skateboard.

Aufschreiend schlug er mit den Armen, segelte etwa zwei Yards auf Rädern weiter, verlor endgültig das Gleichgewicht und fiel auf den Hintern. Im Reflex fuhr seine Hand zum Schulterholster und blieb mitten in der Bewegung in der Schwebe. Sein Gesicht verzerrte sich. Aber wie gesagt: Er war nicht völlig verblödet.

»Okay«, knurrte ich. »Okay, Jordis. Stehen Sie schön langsam auf. Ich will Ihre Hände sehen.«

Er gehorchte stumm. Mit sichtlich weichen Knien lehnte er sich gegen die Wand, die von obszönen Sprüchen aus der Sprühdose bedeckt war. Zwei Atemzüge brauchte er, dann hatte er sich halbwegs gefangen.

»FBI?«, fragte er. »Ich verstehe nicht …«

»Sie verstehen sehr gut, Jordis. Wo steckt er?«

»Wer, zum Teufel?«

»Dicattri. Um die Sache abzukürzen: Sie haben das Medical Center beobachtet und Dicattri benachrichtigt, als Sonny Fabio dort verschwand. Anschließend setzten Sie sich auf Fabios Fersen, weil Sie verdammt genau wussten, dass die Sache zum Himmel stank. Und als Sie herausgefunden hatten, was in der Broome Street geschehen war, haben Sie Dicattri zu Hause aufgesammelt und außer Sicht gebracht. Wohin, Jordis?«

Er starrte mich an. Seine Finger zitterten leicht, als er sich den Schweiß von der Stirn wischte.

»Quatsch mit Soße«, sagte er flach.

»Wir haben die Aussage des Butlers, Jordis.«

»Ach ja? Ausgerechnet?«

»Genauso ist es. Sie werden lachen, aber der Mann hat offenbar keine Angst vor der Rache der Mafia. Er wird Sie identifizieren, Jordis. Überlegen Sie sich, was jetzt noch für Sie im Topf ist. Also?«

Er wusste, was im Topf war. Vielleicht die Chance, sich auf Ahnungslosigkeit herauszureden, auf den Schock angesichts der Tatsache, dass er durch seine Informationen einen brutalen Mord ermöglicht hatte. Aber diese Chance würde platzen wie eine Seifenblase, wenn er auf stur schaltete. Dann war er wegen Beihilfe, zumindest wegen Begünstigung dran. Es war ihm klar. Sekundenlang schloss er die Augen, bevor er mit einem tiefen Atemzug die Schultern sinken ließ.

»Ich konnte doch nicht ahnen, was Dicattri vorhatte«, sagte er heiser. »Verdammt, ich habe einfach zu spät kapiert, was da möglicherweise im Busch war. Und dann konnte ich nichts mehr ändern.«

»Erzählen Sie das dem Richter. Wo haben Sie Dicattri hingebracht?«

»Bardolini«, krächzte Jordis. »Das war das Einzige, was mir einfiel. Es ging alles so schnell, dass ich …«

»Okay, Jordis. Kommen Sie mit.«

Am Arm schob ich ihn über den Hof. Seine Muskeln wirkten jetzt schlaff, und seine Füße schlurften durch den Staub. Er hatte aufgegeben. Mit einer müden Bewegung winkte er ab, als seine Vorzimmer-Fee mit zornsprühenden Augen erneut auf mich losfahren wollte, obwohl ja nun wirklich keine Gefahr mehr bestand, dass ich ihren Brötchengeber über den Haufen schoss.

»Bardolini«, wiederholte Jordis mit matter Stimme. »Ich habe Gil Dicattri zu seinem Schwiegervater gekarrt, weil ich nicht in die Sache hineingezogen werden wollte. Ich stand unter Schock, verstehen Sie? Ich ...«

Diesmal brach er von selbst ab.

Mir konnte er nichts erzählen, und das wusste er. Was ihm der Richter hinterher vielleicht abkaufen würde, war eine andere Sache. Ich wartete das Eintreffen der Kollegen ab, die Clay Jordis ins District Office transportieren und sein Büro durchsuchen würden. Dann schwang ich mich wieder in den Jaguar, griff zum Funkgerät und hatte ein paar Minuten später Zeerookah am anderen Ende.

Er, Steve Dillaggio und zwei jüngere Kollegen waren gerade dabei, Joseph Bardolinis Villa zu räumen.

Nach einer Durchsuchung mit allem, was dazugehörte! Nicht etwa auf Grund einer richterlichen Anordnung – auf die konnten wir in diesem Fall lange warten -, sondern weil der Mafiaboss sie freundlich eingeladen hatte. Gil Dicattri war angeblich kurz bei ihm gewesen, ein ganz normaler Verwandtenbesuch, und nach etwa zehn Minuten mit einem Taxi wieder verschwunden. Fertig, Ende, aus!

»Und?«, fragte ich störrisch, weil ich es nicht glauben wollte.

»Nichts und«, knurrte Zeery. »Der Taxifahrer wird sich natürlich nicht auftreiben lassen, und Zeugen dafür, dass Bardolinis Leute Dicattri weggebracht haben, gibt es selbstverständlich auch nicht. Wir können nicht einmal Bardolinis diverse Immobilien durchsuchen, weil wir einfach nichts gegen ihn in der Hand haben.«

»Himmel, Arm und ...«

»Funkdisziplin, Gentlemen«, mahnte der Kollege aus der Zentrale an.

Ich wahrte Funkdisziplin, indem ich mit den Zähnen knirschte und die Flüche in mich hineinfraß. Zeery bereicherte seinen Bericht noch mit ein paar Einzelheiten. Das Ergebnis war und blieb niederschmetternd. Joseph Bardolini hatte schnell geschaltet. Wir konnten ihm nicht einmal den Schimmer einer Ahnung davon nachweisen, dass sein Schwiegersohn Sonny Fabio ermordet und einen G-man angeschossen hatte. Und aus Gil Dicattris kurzem Besuch in der Villa des Mafiabosses konnten wir Bardolini keinen Strick drehen.

»Mist!«, sagte ich. Funkdisziplin hin oder her.

»Sehr richtig«, bemerkte Zeery. »Können wir wenigstens Jordis festnageln?«

»Den haben wir schon festgenagelt, soweit es geht. Nur nutzt uns das nichts. Mit der Behauptung, nichts von Dicattris Mordplänen gewusst zu haben und erst später misstrauisch geworden zu sein, wird er vermutlich durchkommen. Die Ergebnisse an der Broome Street haben ihm dann angeblich einen Schock versetzt. Er raste in Panik zu Dicattri, fuhr den Burschen zu seinem Schwiegervater, setzte ihn vor der Villa ab und kehrte anschließend in sein Office zurück.«

»Was heißt, dass seine Aussage nahtlos mit der von Bardolini zusammenpasst.«

»Du sagst es«, knurrte ich. »Und im Übrigen ist es kein Wunder, weil sich die Ereignisse bis auf ein paar kleine, aber feine Abweichungen tatsächlich so abgespielt haben. Da brauchen sich die beiden nicht einmal abzusprechen.«

»Also keine Chance, dass Clay Jordis noch etwas ausspuckt?«

»Kaum, Zeery. Habt ihr Bardolini eine Wache vor die Tür gestellt?«

»Sicher. Aber ob wir eine nahtlose Beschattung

genehmigt bekommen oder gar eine Telefonüberwachung…«

Er brauchte nicht weiterzusprechen. Ich wusste auch so, dass die Chancen verdammt dünn waren. Amerikanische Richter sind sehr pingelig, wenn es um die Rechte von Verdächtigen geht. Ermittlungsergebnisse, die in irgendeiner Weise illegal zu Stande kommen, werden vor Gericht als Beweise nicht anerkannt – so einfach ist das.

Meine Befürchtungen bestätigten sich, als wir eine knappe Stunde später in Mr. Highs Office saßen.

Zeerookah erstattete seinen Bericht. Ich schloss meinen an. Phil, vom Doc zu leichtem Innendienst verdonnert, saß mit einem dicken Mullpolster an der rechten Schläfe dabei und hörte zu.

»Wir müssen ihn doch erwischen«, knirschte er schließlich. »Und zwar schnell, bevor die Spuren kalt werden.«

»Wie denn, Phil?«, fragte Mr. High sachlich. »Bardolini wird sich bedeckt halten, weil er mit Maßnahmen unsererseits rechnet.« Der Chef zögerte einen Moment und furchte seine Stirn. »Könnte er es auf den Versuch ankommen lassen, seinem Schwiegersohn die Mordanklage vom Hals zu schaffen?«

Ich schüttelte den Kopf. »Das glaube ich nicht, Sir. Er müsste einen G-man stumm machen, nämlich Phil, und seinen zweiten Zeugen, der hinter Gittern sitzt, nämlich Clay Jordis. Außerdem ist bekannt, dass sich Bardolini und Dicattri nicht ausstehen können. Bardolini wird für seinen Schwiegersohn nicht mehr tun, als er unbedingt muss.«

»Also ihm vermutlich zur Flucht ins Ausland verhelfen, ihn mit neuen Papieren versorgen und möglicherweise mit einem veränderten Aussehen. Alles Dinge, für die es Spezialisten gibt, Leute, die in keiner erkennbaren Verbindung zu ihrem jeweiligen Auftraggeber stehen.« Mr. High atmete tief durch und ließ die flache Hand auf den Schreibtisch fallen. »Bardolini wird sich bedeckt halten«, wiederholte er. »Mir scheint, unsere Chancen stehen unter diesen Umständen äußerst schlecht, Gentlemen.«

Das schien mir auch so. Aber verdammt, ich konnte und wollte mich nicht damit abfinden. Und als wir wenig später in unser Office zurückkehrten, suchte ich in Gedanken immer noch fieberhaft nach einem Hebel, bei dem wir ansetzen konnten.

Es war eine ziemlich ungewöhnliche Klinik, die Professor Harvey Chatterton in den Hügeln der South Mountain Reservation im Bundesstaat New Jersey betrieb. Eine Privatklinik für plastische Chirurgie, genau gesagt, untergebracht auf dem Gelände eines Motels, dem der Bau einer neuen Straße den Garaus gemacht hatte. Harvey Chatterton brauchte weder gute Verkehrsverbindungen noch Reklame, weil er nur wenige auserwählte Patienten behandelte und ausschließlich von Flüsterpropaganda lebte. Er hatte die gewesene Durchgangsstraße gleich mit gekauft und zum gepflegten Privatweg gemacht. Gepflegt und mit allem Komfort renoviert waren auch die ehemaligen Motelbungalows. Dort lebten die Patienten, während sie noch nicht oder nicht mehr den Standard einer Intensivstation benötigten. Letzte war, genau wie die eigentlichen Operationsräume, im Hauptgebäude des Ex-Motels untergebracht. Neu gebaut hatte Chatterton nur sein privates Wohnhaus, das hoch oben über dem ganzen Komplex thronte und unübersehbar verkündete, dass der Besitzer seine Schäfchen im Trockenen hatte.

An diesem Abend feierte Harvey Chatterton in kleinem Kreise seinen fünfzigsten Geburtstag.

Er war Junggeselle. Unter seinen Gästen befanden sich zwei namhafte Künstler, ein Politiker und einige Damen der Gesellschaft, denen er mit seinen berühmten zierlichen Näschen oder den allseits als besonders knackig gelobten Gesäßplastiken behilflich gewesen war. Gelegentlich nutzte er ihre Dankbarkeit aus. Es bereitete ihm nämlich ein besonderes Vergnügen auszuprobieren, wie sich solche eigenhändig modellierten Kehrseiten oder von ihm gestrafften Oberweiten im Bett anfassten.

Heute Abend kam ihm das Telefon dazwischen.

Es klingelte dreimal. Nach genau einer Minute schlug es abermals an. Harvey Chatterton entschuldigte sich bei den Gästen, ging in sein schalldicht abgeschlossenes Arbeitszimmer hinüber und griff nach dem Hörer.

»Ja, bitte?«, meldete er sich.

»Professor?«

Chatterton war zu Mute, als habe sich sein Rückgrat in eine Stange Eis verwandelt. Er kannte die Stimme. Und hasste sie! Einmal, ein einziges Mal hatte er etwas für die Mafia getan, gegen ein hohes Honorar, das dann den Kapitalgrundstock für die Privatklinik bildete. Seither hielt ihn der Moloch in den Klauen. Es geschah, wie er einräumen musste, relativ selten, dass man etwas von ihm verlangte. Aber wenn es geschah, hatte er keinerlei Einspruchsmöglichkeiten – und vor allem wusste er nie und würde bis zum Ende seiner Tage nie wissen, was noch kommen mochte.

»Ja«, sagte er flach. »Ja, am Apparat. Ich – ich habe Gäste, die …«

»… die mit Sicherheit nicht zuhören. Versuchen Sie besser erst gar keine Ausflüchte, Chatterton. Ich werde Ihnen jemanden schicken.«

»Wann?«, fragte der Professor schicksalsergeben.

»In ein paar Tagen. Den genauen Zeitpunkt erfahren Sie noch.«

Der Arzt fuhr sich mit dem Finger zwischen Hals und Kragen. Er wusste, worum es ging. Es ging immer um das Gleiche. Er, Chatterton, war ein viel zu fähiger, wertvoller Spezialist, um mit Lappalien wie der heimlichen Behandlung einer Schusswunde oder Ähnlichem behelligt zu werden.

»Das Übliche?«, fragte er trotzdem.

»Nein, Professor. Nicht das Übliche. Ganz und gar nicht das Übliche diesmal.«

Chatterton schluckte. »Ich verstehe nicht…«

»Sie werden gleich verstehen. Also sperren Sie Ihre Ohren auf. Ich sage alles nur einmal.«

Chatterton hörte zu.

Sein schmales, aristokratisch geschnittenes Gesicht verfärbte sich. Fahrig wischte er sich mit allen fünf Fingern durch das silbergraue Haar, das daraufhin gar nicht mehr so gepflegt aussah. Langsam sank er auf seinen Schreibtischstuhl, zog die Schublade auf und tastete nach den Beruhigungspillen, die überall in seinem Haus griffbereit herumlagen.

»Haben Sie alles verstanden?«, fragte der Mafioso am anderen Ende der Leitung.

Chatterton warf sich zwei grüne Dragees in den Mund, hustete, krächzte und hatte Schwierigkeiten beim Schlucken, weil seine Kehle trocken wie Zunder geworden war.

»Aber – das – kann ich – doch nicht tun!«, brachte er mühsam heraus.

»Wieso nicht?«, kam es knapp und scharf.

»Weil – weil …« Chatterton würgte die dritte Beruhigungstablette hinunter. »Weil ich Arzt bin«, flüsterte er. »Dazu da, den Menschen zu helfen und …«

Ein hartes Lachen unterbrach ihn. »Arzt, so! Ein schöner Arzt! Sie verdienen sich dumm und dämlich, indem Sie angewelkten High-Society-Hyänen den Arsch liften, und im Übrigen scheren Sie sich einen Dreck um die Gesetze. Oder ist Ihnen nicht klar, dass ich Sie jederzeit mit einem Fingerschnippen ins Zuchthaus bringen kann?«

»Aber mein Gewissen …«

»Haben Sie so etwas?«, fragte der Anrufer hämisch.

»Ja, ja«, stöhnte Chatterton. Verzweifelt wiederholte

er das, was er sich seit Jahren selbst einredete, um sich zu beruhigen. »Vielleicht habe ich gegen das Gesetz verstoßen, aber ich habe dadurch doch immerhin Menschen geholfen! Gangstern, aber immerhin Menschen! Das müssen Sie doch zugeben, das …«

»Dann helfen Sie jetzt eben mir. Ich bin auch ein Mensch, Chatterton.«

»Nein! Ich meine, natürlich sind Sie auch ein Mensch, aber …«

»Ich weiß, was Sie meinen, Chatterton. Stecken Sie sich Ihr Gewissen in den Körperteil, auf dem Sie sitzen. Sie werden tun, was ich verlange. Falls Sie sich nämlich weigern, werden Sie nicht mehr lange genug leben, um es zu bereuen.« Und nach einer Pause: »Ob Sie das verstanden haben, will ich wissen.«

Der grauhaarige Arzt schwitzte am ganzen Körper. Er wusste, dass die Drohung ernst gemeint war. Die jämmerliche Angst schien in ihm hochzukriechen wie ein schleichendes Gift, das seinen Willen lähmte.

»Ja«, flüstert er. »Ja …«

»Ich kann mich auf Sie verlassen?«

»Ja. Sie können sich auf mich verlassen. Ich tue alles, was …«

Mit einem scharfen Knacken wurde die Verbindung unterbrochen. Harvey Chatterton blieb wie betäubt mit dem Hörer in der Hand sitzen, das Freizeichen im Ohr, ohne es wirklich wahrzunehmen. Es war passiert. Was er all die Jahre befürchtet hatte, war jetzt passiert, und es gab nichts, was er dagegen tun konnte.

Langsam legte er den Hörer auf, während ihn ein krampfhaftes Schluchzen schüttelte.

## 2
## Das Gesicht

Ungefähr sechs Wochen später kam uns der Zufall zu Hilfe.

Die Fahndung nach Gilbert Dicattri lief. Auch die Ermittlungen gegen Joseph Bardolini waren nicht eingestellt worden. Obwohl oder gerade weil sich der Bursche sozusagen tot stellte, den musterhaften Bürger spielte und seine Leute offenbar zu größtmöglicher Unauffälligkeit verdonnert hatte. Wir gingen davon aus, dass Bardolini abwartete, bis unsere Bemühungen im Sande verliefen. Und wir waren entschlossen, ihm im entscheidenden Augenblick eine böse Überraschung zu bereiten.

Während der besagten sechs Wochen kümmerten wir uns um ein halbes Dutzend anderer Fälle, hoben unter anderem einen Rauschgiftring aus, der sich unter den Studenten der Columbia-Universität breit machen wollte, und konnten über Arbeitsmangel wahrlich nicht klagen. Nebenbei legten wir systematisch das Netz aus, in dem sich Dicattri verfangen sollte. Es hatte keinen Versuch gegeben, etwas gegen Phil oder Clay Jordis zu unternehmen. Also sprach alles dafür, dass sich Bardolini entschlossen hatte, seinem Schwiegersohn anderweitig aus der Patsche zu helfen.

Wir tippten auf eine neue Existenz irgendwo im Ausland.

Einem halben Dutzend zwielichtiger Ärzte, die im Verdacht standen, für die Mafia zu arbeiten, stiegen wir so nachdrücklich auf die Schuhe, dass sie es wohl kaum noch wagen würden, sich die Finger an Dicattri zu verbrennen. Ganz davon abgesehen, dass kaum einer von ihnen Fähigkeiten besaß, die über das Herausholen einer Kugel hinausgingen. Aber um außer Landes zu kommen, konnte sich Dicattri schließlich auch auf eine gute Maske beschränken. Was er brauchte, waren erstklassig gefälschte Papiere – und wirklich erstklassige Fälscher sind zum Glück dünn gesät.

Klar, dass wir nicht hingehen und fragen konnten. Die betreffenden Männer würden den Teufel tun und sich selbst in die Pfanne hauen. Außerdem war anzunehmen, dass sich Bardolini an jemanden wandte, von dessen Existenz die Polizei nichts ahnte. Also legten wir ein paar Köder aus, brachten unsere Spitzel auf Trab – und ein V-Mann war es dann auch, von dem wir den entscheidenden Hinweis erhielten.

An einem gewitterschwülen Mittwochmorgen rief er an. Seine Stimme erkannte ich sofort, weil sie trotz Schnaps und Zehn-Cent-Zigarren so schön weich und melodisch klingt. Edwin ›Smitty‹ Smith war zu seinen Glanzzeiten berühmt dafür, jede Unterschrift so gut nachmachen zu können, dass selbst gerichtlich bestellte Experten graue Haare bekamen. Ein halbes Dutzend Gefängnisstrafen besserten Smitty um keinen Deut. Auf den geraden Weg brachte ihn erst der Alkohol zurück. Seit seine Hände zittern, hat Smitty die krummen Touren aufgegeben und schlägt sich als Pflastermaler im Village durch.

»Hallo, Cotton«, begrüßte er mich mit seiner sanften Stimme. »Ihr sucht doch 'ne Adresse, wo man so gut wie echte Pässe kriegen kann, nicht? Ich kenne da jemanden – also den kennt euer Verein bestimmt nicht.«

Phil hörte über die Zweitmuschel mit. Der Streifschuss an seiner Schläfe war zu einer dünnen roten Linie verheilt. Seufzend schüttelte er den Kopf. Smitty war nicht der Erste, der uns den Namen eines Fälschers verkaufen wollte, der sich bisher noch nicht in den Maschen des Gesetzes verfangen hatte.

»Wer ist es, Smitty?«, fragte ich.

»Was zahlt ihr?«, fragte er prompt zurück.

Ich verzog das Gesicht. »Mit dem Namen allein können wir nicht viel anfangen, Smitty. Da haben wir inzwischen schon eine hübsch lange Liste beisammen. Wir können nicht jeden kleinen Gauner überwachen, der ein bisschen was von Grafik versteht.«

»Meiner ist kein kleiner Gauner!«, begehrte Smitty auf. »Der liefert erstklassige Arbeit.«

»Das tun viele, Smitty.«

»Aber meiner hat gerade einen besonders dicken Fisch an der Angel. Ein richtig großes Tier, heißt es. So einer, von dem man nie erwarten würde, dass er den Schwanz einzieht und abzischt.«

Dicker Fisch, großes Tier – das konnte sehr wohl Gil Dicattri beziehungsweise Joseph Bardolini sein. Ich verbarg meine Spannung.

»Und wer ist es?«, fragte ich.

»Wie – wer? Der Fälscher oder der Kunde?«

»Beide, Smitty, beide. Wenn wir mit dem Tipp etwas anfangen können, springt ein Hunderter für dich heraus. Also?«

»Zwei Hunderter! Oder meint ihr, ich rieche nicht, dass die Sache heißer ist als …«

»Ein Hunderter. Du kannst es auch lassen, Smitty. Na?«

»Immer dieser Geiz«, beschwerte er sich. Dann seufzte er tief auf und beschloss zu nehmen, was er kriegen konnte. »Von dem Kunden weiß ich nichts, nur eben, dass er ein großes Tier ist. Gillagh hat im besoffenen Kopf darüber gequasselt, jedenfalls Andeutungen gemacht. Ivo Gillagh – das ist der Bursche, der die Pässe liefert.«

»Adresse?«

»Dritte Straße West. Gillagh hat da so 'ne Art Malschule für die Kids von der Straße und macht auf sozialen Fimmel.« Smitty kicherte belustigt. »Prima Tarnung, nicht?«

Da hatte er Recht. Eine Fälscherwerkstatt, die sich als private soziale Einrichtung tarnte, war so ziemlich der Gipfel der Frechheit. Auf den geheimnisvollen Ivo

Gillagh, von dem uns Smitty eine plastische Beschreibung lieferte, konnte man gespannt sein.

Ein paar Minuten später waren wir unterwegs.

Der Computer gab über Gillagh nichts her, davon hatten wir uns vorher überzeugt. Beim zuständigen Revier wusste man nur, dass sich in seinem Laden tatsächlich Kinder und Jugendliche der Gegend zum Zeichnen, Malen und Basteln trafen. Sogar eine Stadtteil-Zeitung wurde gelegentlich herausgegeben. Was hieß, dass eventuell vorhandenes Fälscherwerkzeug vermutlich ganz unverfänglich wirkte.

Die Gewitterschwüle brütete wie ein Gewicht über der Stadt, als wir mit dem Jaguar in die 3rd Street West einbogen.

Ganz wohl war uns nicht in unserer Haut. Immerhin durften wir damit rechnen, dass jetzt um die Mittagszeit an unserem Ziel keine Horde Kinder herumlaufen würde. Wir mussten unserem Mann direkt und ohne Umweg auf den Zahn fühlen, ihn überrumpeln und möglichst irgendwie festnageln – anders ließ es sich nicht machen. Klar, auf den ersten Blick erschien es bestechend, schön heimlich eine Falle zu stellen und abzuwarten, bis Dicattri hineintappte. Aber um sämtliche New Yorker Fälscher, auf die wir Hinweise erhalten hatten, rund um die Uhr zu überwachen, fehlte es dem FBI einfach an Personal. Und davon abgesehen konnten wir nicht einmal ausschließen, dass sich Joseph Bardolini seinen Spezialisten zum Beispiel in Chicago, Frisco oder sonst wo gesucht hatte.

Ich ließ den Jaguar außer Sichtweite des schmalbrüstigen, in allen Regenbogenfarben bepinselten Hauses stehen. Rote Markisen überdachten den Eingang eines ehemaligen Ladens und das Schaufenster, in dem jetzt Kinderzeichnungen ausgestellt waren: bunt, unbekümmert, erfrischend ausdrucksstark. Die Rückwand des Schaufenster war herausgenommen worden, damit auch ja jeder sah, dass der Betreiber dieses edelmütigen Werks nichts zu verbergen hatte. Wir erspähten Tische, Kinderstühle, voll gestopfte Regale, ein paar Werkbänke, angefangene Bastelarbeiten – und den rothaarigen, schmerbäuchigen Mister Ivo Gillagh in Person.

Sein Pech, dass er gerade heute doch etwas zu verbergen hatte.

Er stand in einer Nische mit Waschbecken und WC-Türen. Sein Gesprächspartner wurde fast von dem halb zugezogenen Plastikvorhang verdeckt. Aber wir konnten seine Hände sehen. Das dicke Geldbündel, das er Gillagh reichte. Und den unauffälligen braunen Umschlag, den er dem anderen im Gegenzug aus den Fingern riss.

»Schau mal einer an«, murmelte Phil mit funkelnden Augen.

»Das bricht ihm den Hals«, prophezeite ich. »Los, komm! Auf sie mit Gebrüll! Je größer Gillaghs Schrecken, desto schneller haben wir ihn weich.«

Mein Freund grinste zufrieden, als er den bunt bemalten Drehknauf probierte. Erwartungsgemäß war abgeschlossen. Phil holte mit dem Fuß aus und versetzte der Tür einen so wuchtigen Tritt, dass nicht nur das Schloss aufsprang, sondern auch gleich der große Glaseinsatz zu Bruch ging.

Unsere Gegner reagierten, als wäre mitten in Gillaghs löblicher sozialer Einrichtung eine Handgranate hochgegangen.

Der Fälscher wirbelte herum und ließ vor Schreck die Dollars fallen. Sein Besucher riss den ganzen Plastikvorhang herunter, als er mit einem Satz zurückspringen wollte. Geldscheine flogen. Ivo Gillagh kreischte. Aber nicht wegen seiner schönen Bucks, sondern wegen der Dienstrevolver, die Phil und ich schussbereit in den Fäusten hielten, als wir nach links und rechts in den Raum hineinglitten.

»Hände hoch!«, schrie ich – mit voller Lungenkraft eingedenk meines Vorschlags, das Gebrüll betreffend.

»FBI! Keine überflüssige Bewegung!«, übertrumpfte mich Phil. »Ganz ruhig, wenn ihr eure Hemden nicht mit Lochstickerei verziert haben wollt.«

Das war zwar nicht die Sprache, die der oberste FBI-Chef von seinen Agents erwartet, aber es war eine Sprache, die unsere Gegner verstanden.

Gillagh zog seinen Rotkopf ein, stieß die Arme hoch wie bei einer missglückten Gymnastikübung und klappte dabei krampfhaft den Mund auf und zu.

Sein Besucher blieb starr stehen. Da er sich in dem bunten Vorhang verheddert hatte, sah er aus wie eine Illustration zum Thema, was man alles falsch machen kann, wenn man einen Sari wickelt. Ich behielt ihn genau im Auge, während Phil von der Seite an ihn herantrat. Der Bursche rührte sich nicht. Kein großer Fisch also, nicht einmal ein Profigangster. Der hätte versucht, im Schutz des Vorhangstoffs die Waffe zu ziehen. Mit einem Ruck befreite mein Freund ihn von seiner unfreiwilligen Verkleidung.

Ein weichliches, kreidebleiches Gesicht kam zum Vorschein, Bodybuilding-Muskeln unter einem Maßanzug, beringte Hände, die jetzt langsam in die Höhe krochen. Den braunen Umschlag hielt der Junge noch zwischen den Fingern. Bewaffnet war er überhaupt nicht, das verriet das knappe, taillierte Jackett, unter dem sich auch das flachste Schulterholster abgezeichnet hätte.

Kommentarlos packte ihn Phil am Arm und schob ihn zur gegenüberliegenden Seite des Hauses, weil wir ihn außer Hörweite haben wollten.

Ich machte ein paar Schritte auf den Rotkopf zu. Den 38er behielt ich in der Hand. Gillagh zitterte und bewegte immer noch den Mund wie ein Fisch auf dem Trockenen.

»Wann kommt er?«, fuhr ich ihn an.

»W-w-wer?«, stotterte er.

»Dicattri, wer sonst? Rede!«

»Di – Di - Di…?«

»Dicattri! Wann kommt er? Wie lautet der Name auf seinen falschen Papieren? Wie sieht er jetzt aus?«

Gillagh stierte mich an. Der Ausdruck gerechter Empörung auf seinem Gesicht war angesichts der Situation zwar grotesk – aber er war zweifellos echt.

»Dicattri?«, krächzte er. »Habt ihr Typen noch alle Saiten auf der Geige? Das ist Mafia, Mann! Mafia!«

»Eine tolle Neuigkeit«, sagte ich trocken.

»Heilige Scheiße! Ich und Mafia – da fällt doch der Koch in die Suppe! Glaubt ihr, mit denen gebe ich mich ab? Bin ich vielleicht lebensmüde? Ich liefere Spitzenarbeit für Spitzenpreise, und das möchte ich auch noch in Ruhe für ein paar Jährchen …«

Er stockte abrupt. Seine Augen wurden rund, weil ihm offenbar sehr verspätet aufging, dass er praktisch ein Geständnis abgelegt hatte. Ich hätte ihm erzählen können, dass die Mafia Leuten wie ihm Angebote zu machen pflegt, die man nicht ablehnen kann, auch und gerade, wenn man nicht lebensmüde ist. Aber was sollte es? Ivo Gillagh glaubte an den Sermon, den er verzapfte. Mit Gilbert Dicattri hatte er garantiert nichts zu tun. Wir konnten ihn festnageln, ihm zu einem Gratisaufenthalt in der Zelle verhelfen, doch das würde uns nicht weiterbringen.

Dachte ich! Aber bekanntlich kommt es ja manchmal ganz anders, als man denkt.

Gil Dicattris Hände umkrampften die Sessellehnen. Er war allein mit dem grauhaarigen Arzt. Bisher waren die Verbände immer drüben in der Klinik gewechselt worden. Auch dort hatte Professor Chatterton es allein gemacht, was Dicattris Wünschen durchaus entgegenkam. Er legte keinen Wert darauf, dass irgendwelche geschwätzigen Schwestern sein neues Gesicht kannten – dieses Gesicht, das er bisher nur auf ein paar Zeichnungen gesehen hatte, die dem Arzt als Arbeitsunterlagen dienten.

Harvey Chatterton atmete auf, als er mit dem Anlegen der frischen Verbände fertig war. Lediglich die Augenpartie und ein schmaler Mundschlitz blieben frei. Gil Dicattri ahnte, dass er oberhalb des Kragens wie eine wandelnde Mumie aussah.

»Warum, zum Teufel, gibt es in diesem verdammten Bungalow eigentlich keine Spiegel?«, knurrte er.

»Weil wir unsere Patienten nicht beunruhigen wollen«, sagte Dr. Chatterton. »Bei meiner Operationsmethode bleiben zwar kaum Narben zurück, aber es sieht dennoch nicht schön aus, solange die Schnitte nicht verheilt und die Schwellungen nicht zurückgegangen sind. Sie verstehen?«

»Ich bin keine Filmdiva«, fauchte Dicattri.

»Sie müssen sich gedulden, Sir. Die Verbände bleiben jetzt erst einmal ein paar Tage liegen. Das Gewebe muss sich in Ruhe erholen können. Aus diesem Grund sollten Sie auch nicht allzu viel sprechen und möglichst nicht lachen, Sir.«

Zu lachen hatte er ohnehin nichts, dachte Dicattri wütend.

Die Stimme des Arztes klang gleich bleibend ruhig, freundlich und sachlich, aber irgendetwas lag in dieser Ruhe, das den Patienten manchmal bis zur Weißglut reizte. Dicattri wurde einfach das Gefühl nicht los, dass etwas nicht stimmte. Misstrauen und Furcht schienen in ihm zu fressen wie Säure. Hundertmal hatte er sich gesagt, dass er sich nur selbst verrückt machte. Wochenlang war alles vollkommen normal verlaufen, doch das änderte nichts. Dicattris Nerven erinnerten an zu straff gespannte Saiten, die bei der geringsten Belastung reißen konnten. Die Schwestern bekamen es zu spüren, die Gärtner, falls sie dem Bungalow zu nahe kamen, die Putzkolonne – und jetzt Dr. Chatterton.

»Etwas ist schief gegangen, nicht wahr?«, presste der Mafioso hervor. »Sagen Sie es schon! Sie halten mich hin, weil etwas schief gegangen ist!«

»Unsinn!« Chatterton lächelte angestrengt. »Das bilden Sie sich nur ein. Die meisten Patienten werden nach einer Weile ungeduldig. Ich kann Sie sehr gut verstehen, Mr. Dicattri.«

»Den Teufel können Sie! Aber das eine sage ich Ihnen, wenn Sie etwas an mir verkorkst haben, dann werde…«

»Mr. Dicattri, bitte!«

»Dann bringe ich Sie um«, vollendete der Mafioso mit vibrierender Stimme. »Hören Sie, Doc? Ich bringe Sie um, wenn Sie …«

»Beruhigen Sie sich doch bitte. Nichts ist schief gegangen, darauf können Sie sich verlassen. Ich verspreche Ihnen, dass Sie zufrieden sein werden.«

»Das will ich hoffen«, knirschte Dicattri. »Und Sie sollten es auch hoffen, Doc. In Ihrem eigenen Interesse.«

»Haben Sie noch irgendwelche Wünsche, Sir?«

»Nein, verdammt! Sie können sich zum Teufel scheren.«

Dicattri schwang abrupt herum, ging zu einem Regal und griff nach dem Whisky, der ihm seit einigen Tagen wieder erlaubt war. Harvey Chatterton warf ihm noch einen Blick zu, dann wandte er sich schweigend ab und schloss leise die Tür hinter sich.

Das berufsmäßige Lächeln bröckelte aus seinem Gesicht, kaum dass er das Haus verlassen hatte.

Seine Hand zitterte leicht, als er sich über die Stirn wischte. Er neigte nicht zum Schwitzen. Zu seinem Glück! Denn verräterische Schweißtropfen hätten den Gangster bestimmt noch misstrauischer gemacht, als er ohnehin schon war.

Eilig strebte Harvey Chatterton dem Hauptgebäude zu, überlegte es sich dann anders und stieg in einen der kleinen Elektrowagen, die auf dem Gelände benutzt wurden. Der Motor summte diskret. Chatterton fuhr über die gewundene Asphaltpiste zu seinem Privathaus hinauf, ließ das Fahrzeug auf dem Vorplatz stehen und betrat die geräumige Diele.

Seit zwei Wochen verrammelte er Türen und Fenster und duldete auch die Anwesenheit der Haushälterin nicht mehr – seit ihm klar geworben war, dass bei dieser Sache sein Leben auf dem Spiel stand. Ein Kerl wie Dicattri scherzte nicht. Harvey Chatterton kannte sich aus mit Menschen. Wenn der Mafioso die Wahrheit erfuhr, würde er zum rasenden Berserker werden, und es gab keinen Schutz. Joseph Bardolini konnte Männer schicken, die seinen Schwiegersohn im entscheidenden Moment bändigten, doch für ihn, Chatterton, war das keine Lösung. Dicattri würde ihn hassen, solange er lebte. Er würde alles daransetzen, sich blutig zu rächen, und dieser Rache konnte das Opfer nur auf eine Art entrinnen: indem es endgültig und spurlos von der Bildfläche verschwand.

Harvey Chatterton presste die Lippen zusammen, als er die Treppe zur Galerie hinaufstieg und die Tür einer Abstellkammer aufschloss.

Die Koffer waren unberührt – davon musste er sich zwanghaft mindestens zweimal pro Tag überzeugen. Ein halbes Dutzend neuer Schweinslederkoffer in verschiedenen Größen. Sie enthielten Schmuck, Goldbarren, Wertpapiere – Dinge, die er in den letzten zwei Wochen nach und nach aus verschiedenen Banksafes geholt hatte. Seine Konten wagte er nicht aufzulösen, das war zu auffällig. Aber er hatte Bargeld im Safe und ansehnliche Beträge auf Nummernkonten in der Schweiz. Er würde keine Not leiden. Und er würde sicher sein. Der Arm der Mafia reichte weit, das wusste er. Aber es war nicht der Arm der Mafia, sondern nur die Rache eines einzelnen Mafioso, die er zu fürchten hatte.

Mit einem tiefen Atemzug drückte er die Tür der Abstellkammer wieder zu, drehte zweimal den Schlüssel und versuchte sich einzureden, dass nichts mehr schief gehen konnte.

Ivo Gillagh, der rothaarige Fälscher, hing wie ein nasser Sack auf dem unbequemen Stuhl im Vernehmungszimmer.

Nebenan wurde der Kunde verhört, der ihm zum Verhängnis geworden war. Ein ziemlich kleiner Fisch, wie wir schon vermutet hatten. In dem braunen Umschlag befanden sich falsche Papiere auf drei verschiedene Namen: ein Diplomatenpass, ein Presseausweis und die Legitimation eines hohen Offiziers. Der Bursche, der das alles bei Gillagh bestellt hatte, war nichts weiter als ein Hochstapler und gelegentlicher Heiratsschwindler, der auf diese Weise Eindruck bei seinen Opfern schinden wollte.

Uns interessierte vor allem die Sammlung von Fotos und Blanko-Dokumenten, die wir in den Räumen der Malschule gefunden hatten. Gil Dicattris Bild war nicht darunter – es sei denn, die Aufnahme zeigte ihn in einer perfekten Maske. Was Phil und ich allerdings bezweifelten. Wir waren überzeugt davon, dass Ivo Gillagh im Hinblick auf Dicattri die Wahrheit gesagt hatte.

Ansonsten schwieg sich der Fälscher aus.

Von dem, was er im ersten Schrecken hervorgesprudelt hatte und was einem Geständnis gleichkam, wollte er nichts mehr wissen. Den braunen Umschlag habe er lediglich ahnungslos für seinen Bekannten aufbewahrt, behauptete er. Und wenn dieser Kerl ihn jetzt belaste, dann tue er das natürlich nur, weil er sich einbilde, hereingelegt worden zu sein.

Klar, dass Gillagh mit diesem blühenden Blödsinn vor keinem Gericht durchkommen würde.

Aber das nützte uns verdammt wenig, solange er es nicht selbst einsah. Im Fall Dicattri, so glaubten wir, spielte der Fälscher keine Rolle. Trotzdem interessierte uns natürlich, welchen ›dicken Fisch‹ er angeblich an der Angel gehabt hatte. Ein großes Tier, das sich klammheimlich ins Ausland absetzen wollte – dahinter konnte Dynamit stecken. Nicht zuletzt deshalb kümmerten wir uns persönlich um Ivo Gillagh, und deshalb hatten wir seine Sammlung von Fotos und Falschnamen eiligst der Computerabteilung aufs Auge gedrückt.

»Sie müssen verrückt sein, Gillagh«, sagte Phil kopfschüttelnd. »Wenn die Beweise gegen Sie nicht eindeutig sind – was sind dann überhaupt eindeutige Beweise?«

Der Rothaarige hatte die Hände über seinem Schmerbauch gefaltet.

»Muss mir jemand untergeschoben haben, das Zeug«, behauptete er allen Ernstes.

»Klar, einer Ihrer Malschüler«, sagte ich höhnisch.

»Glaube ich nicht. Aber vielleicht irgendein Gangster. Es gibt nämlich Gangster, die sehen es nicht gern, wenn ein verantwortungsbewusster Mensch etwas tut, um die Kids von der Straße zu holen, ihnen sinnvolle Aufgaben zu stellen, ihr soziales Gewissen zu wecken und…«

Es klopfte an der Tür, bevor ich der Versuchung erliegen konnte, diesen heuchlerischen Halunken am Kragen zu packen.

Steve Dillaggio steckte seinen Kopf herein. Verblüfft runzelte er die Stirn. Vermutlich lag das an meinem grimmigen Blick, der allerdings gar nicht ihm galt.

»Könnt ihr hier mal einen Moment Pause machen?«, fragte er.

Wahrscheinlich wusste er von dem Protokollführer, der eben abgelöst worden war, dass wir ohnehin nicht weiterkamen – sonst hätte er uns nicht gestört. Ich nickte und schnappte mir den Telefonhörer. Ivo Gillagh konnte sogar eine sehr lange Pause vertragen. Vielleicht zeigte er sich einsichtiger, wenn er erst einmal eine Weile im eigenen Saft geschmort hatte. Wir ließen ihn zurück in seine Zelle bringen, dann gingen wir zusammen mit Steve in unser Office hinüber.

»Der Computer hat euer hohes Tier ausgespuckt«, berichtete unser Kollege, während er Fotos und

Ausdrucke auf meinem Schreibtisch ausbreitete. »Mit großer Wahrscheinlichkeit jedenfalls. Ich war gerade zufällig unten und habe euch den Kram mit heraufgebracht.«

»Sehr löblich! Woher dieser ungesunde Eifer? Die Blechgehirn-Akrobaten hätten uns die Ergebnisse auf den Monitor überspielen können.«

»Dann hättet ihr aber nur erfahren, was der Computer gespeichert hat«, grinste Steve. »Und nicht, was die Speichereinheiten in meinem Oberstübchen hergeben.«

Ich runzelte die Stirn. Phil schaute mir über die Schulter. Das Foto, auf das Steve tippte, zeigte einen vornehm wirkenden älteren Gentleman mit grauen Fassonschnitt und Hornbrille. Der passende Computerausdruck lag daneben.

»Professor Dr. Harvey Chatterton«, las ich vor. »Facharzt für plastische Chirurgie, fünfzig Jahre alt ...« Mit einem Ruck hob ich den Kopf. »Moment mal! Wir interessieren uns ganz allgemein für Schönheitschirurgen, weil wir davon ausgehen, dass Gil Dicattri möglicherweise sein Gesicht verändern lässt. Aber dieser Bursche hier gehört zu Gillaghs Kunden.«

»Eben«, sagte Steve bedeutungsvoll. »Denkt doch mal nach, falls ihr wisst, wie man das macht! Ein reicher, prominenter Schönheitschirurg mit einer eigenen Klinik drüben in der South Mountain Reservation! Ein ehrbarer Bürger mit blütenweißer Weste, in den besten Kreisen zu Hause, in jeder Beziehung auf Rosen gebettet! Warum braucht ein solcher Mann falsche Papiere? Warum will er plötzlich untertauchen, ins Ausland gehen und alles im Stich lassen?«

Ich starrte ihn an.

»Du meinst, weil er etwas mit dem Fall Dicattri zu tun hat?«, fragte ich ungläubig.

»Könnte doch sein, oder? Ihr kennt Dicattri, und ihr kennt auch Bardolini. Beide sind jähzornig, unberechenbar und brutal. Nehmen wir mal an, dieser

Professor Chatterton wurde gezwungen, Dicattris Aussehen zu verändern. Vielleicht ist ihm dabei ein Fehler unterlaufen. Vielleicht hat er Grund zu der Befürchtung, dass man ihn nach getaner Arbeit stumm machen wird. Also schmeißt er die Wertsachen in den Koffer, sieht zu, dass er Land gewinnt …«

»Ziemlich wacklige Hypothese«, stellte ich fest.

»Gar nicht so sehr! Weil ich nämlich, wie gesagt, etwas in meinem Gehirnspeicher habe, wovon der Computer nichts weiß. Eine Kleinigkeit nur, aber sehr aufschlussreich.«

»Und?«, fragten Phil und ich wie aus einem Munde.

»Dieser Chatterton hat einen einzigen mittelgrauen Flecken auf seiner weißen Weste«, berichtete Steve. »Als er seine Klinik gründete, ermittelte die Steuerfahndung gegen ihn. Der FBI wurde hinzugezogen, weil jemand Mafia-Geld witterte. Bardolini-Geld, genauer gesagt. Ich sollte damals die Ermittlungen leiten, aber bevor ich überhaupt loslegen konnte, fiel die ganze Sache schon wie Seifenschaum in sich zusammen. Professor Chatterton stieg sozusagen als Unschuldslamm aus dem Sumpf.«

Ich kniff die Augen zusammen. »War es Seifenschaum, Steve?«

»Keine Ahnung, Jerry. Wo Rauch ist, ist auch Feuer, sagt man. Ich weiß, dass das ein blödes Sprichwort ist. Aber der Verdacht war da. Und die Tatsache, dass Chatterton versucht hat, sich falsche Papiere zu verschaffen, lässt sich nicht wegleugnen.«

Phil und ich wechselten einen langen Blick.

Steve hatte Recht. Und davon abgesehen war der Dicattri-Fall im Moment so verfahren, dass wir auch nach einem dünneren Strohhalm gegriffen hätten.

»Besser zu viel tun, als etwas versäumen«, sagte mein Freund weise. »Es kann auf jeden Fall nichts schaden, uns diesen merkwürdigen Professor mal anzusehen.«

Gil Dicattri hatte nie an Klaustrophobie gelitten, jener zwanghaften Angst in geschlossenen Räumen, aber allmählich bekam er das Gefühl, in dem Bungalow zu ersticken. Natürlich war er kein Gefangener. Trotzdem hatte er die Möglichkeit, in dem weitläufigen Park spazieren zu gehen, bisher kein einziges Mal genutzt. Warum eigentlich nicht? Erstens betrat kein Unbefugter das Gelände der Klinik, zweitens war er mit den Verbänden, die nur Auge und Mund frei ließen, ohnehin unkenntlich.

Er musste hinaus, oder er würde verrückt werden.

Mit einer mechanischen Bewegung zog er seinen Koffer unter dem Bett hervor, öffnete ihn und fischte die schwere Luger aus dem Versteck im doppelten Boden. Dann lachte er auf und schüttelte über sich selbst den Kopf. Es schien wirklich zu stimmen, dass der Mensch ein Gewohnheitstier war. Was wollte er mit der Waffe? Auf Spatzen schießen? Er würde hier höchstens harmlosen Mitpatienten begegnen. Oder einer hübschen Krankenschwester, die frische Luft schnappte.

Der letzte Gedanke beflügelte ihn. Er hatte seit sechs Wochen keine Frau gehabt – eine Ewigkeit im Vergleich zu seinen sonstigen sexuellen Gewohnheiten. Als er die Pistole wieder verstaute und den Koffer unter das Bett schob, spürte er jähe Erregung. Eine Frau würde ihn beruhigen, würde ihn alles in einem anderen Licht sehen lassen. Bestimmt war er die ganze Zeit über nur deshalb so nervös gewesen, weil ihm seine üblichen Vergnügungen fehlten...

Eilig verließ er das Haus und schlug einen der gepflegten, kiesbestreuten Wege ein, die sich durch den Park schlängelten. Die schrägen Strahlen der Spätnachmittagssonne stachen wie Pfeile durch das Blätterdach der Baumkronen und zeichneten tanzende grüngoldene Flecken auf den Grasboden.

Dicattri fiel ein, dass in der Klinik – wie in den meisten anderen Krankenhäusern – die störende Sitte herrschte, um diese Zeit bereits das Abendbrot zu reichen. Es hatte irgendetwas mit den Dienstplänen der Schwestern zu tun, aber selbstverständlich gab es Ausnahmen. Wie zum Beispiel für ihn, Dicattri, weil er nun einmal daran gewöhnt war, nicht vor 21 Uhr zu essen.

Trotzdem ärgerte er sich. Die Schwestern befanden sich um diese Zeit entweder in der Cafeteria oder bereits auf dem Heimweg nach ihrer Schicht, oder doch nicht? Dicattri hatte instinktiv die Richtung gewechselt, weil weiter vorn ein kahlköpfiger Gärtner den Kies harkte. Jetzt klangen Gelächter und Stimmen herüber – weibliche Stimmen. Der Mafioso beschleunigte seine Schritte, bis er den Rand eines kreisförmigen Platzes mit einem Blumenrondell in der Mitte und Ruhebänken ringsum erreichte.

Auf der anderen Seite, halb verdeckt von den Büschen, die den weiterführenden Weg säumten, standen zwei junge Schwestern und unterhielten sich lebhaft. Die eine war in Jeans und T-Shirt, also wohl wirklich schon auf dem Heimweg. Die andere trug den üblichen zartgelben Kittel. Offenbar hatte sie sich entschlossen, ihr Abendessen im Freien einzunehmen. Das bewies das Tablett mit Sandwiches und Obst auf einer der Bänke, der dampfende Kaffeebecher, die angebrochene Tafel Schokolade – und die Handtasche, die ebenfalls auf der Bank zurückgeblieben war.

Dicattri kniff die Augen zusammen.

Der Gedanke, der ihn durchzuckte, ließ sein Herz unwillkürlich schneller schlagen. Vergessen war der Wunsch, irgendeine Frau ins Bett zu bekommen. Sein Blick haftete an der Handtasche. Wanderte zu den beiden Mädchen hinüber, die ihm den Rücken zuwandten. Sie steckten die Köpfe zusammen, tuschelten, kicherten. Es sah ganz so aus, als werde ihr Gespräch noch eine Weile dauern.

Mit drei Schritten erreichte Gil Dicattri die Bank, duckte sich an der Schmalseite und tastete nach der

Handtasche. Der Verschluss klickte leise. Das übliche Durcheinander! Dicattri grinste bei dem Gedanken, dass der Inhalt von Damenhandtaschen doch immer gleich war. Er brauchte nur ein paar Sekunden, um das Etui mit Kamm und Spiegel zu finden. Blitzschnell fischte er es heraus und ließ den Verschluss wieder zuschnappen.

Hastig wandte er sich ab und tauchte in den Schatten des schmalen Parkwegs.

Minuten später schloss er die Tür seines Bungalows hinter sich. Sein Atem ging schnell, obwohl er durchaus nicht gerannt war. Furcht und Unsicherheit ließen Schweiß in seine Achselhöhlen strömen. Die Verbände sollten noch nicht entfernt werden, hatte der Doc gesagt. Damit sich das Gewebe in Ruhe erholen konnte! Aber er hatte nicht gesagt, dass es gefährlich sei, die Verbände zu entfernen. Die Wunden waren verheilt. Infektionsgefahr bestand nicht mehr, auch das wusste Dicattri von Professor Chatterton. Entschlossen schwang der Mafioso herum und ging ins Bad, dessen blitzende, strahlende Sauberkeit ihm für sein Vorhaben am geeignetsten erschien.

Ein Bad ohne Spiegel – auch das hatte ihn die ganze Zeit über mehr beunruhigt, als er wahrhaben wollte.

Die beiden Clips, die das Ende des Verbands über seiner Schläfe festhielten, fand er auch ohne hinzuschauen. Vorsichtig begann er, die Mullbinden abzuwickeln. Wohin damit? Der Doc pflegte sie in den Mülleimer zu werfen. Aber er, Dicattri, brauchte sie noch. Oder nein! Der Doc konnte ihn kreuzweise! Er würde ihn per Telefon herbeizitieren und sich neu verbinden lassen. Chatterton hatte ihm nichts zu befehlen. Und wenn der Kerl sich einfallen ließ, eine große Lippe zu riskieren, würde er sich wundern.

Der Mafioso grinste, als er die Mullbinden zusammengeknüllt in den Treteimer fallen ließ. Auf seiner gereizten, empfindlichen Haut verursachte die Luft ein seltsames Gefühl wie von einer prickelnden

Berührung. Er kannte das schon. Einen Augenblick zögerte er, kämpfte gegen eine jähe Regung der Furcht an. Dann klappte er das Etui auf, das er aus der Handtasche der Schwester gestohlen hatte, und hielt den quadratischen, knapp handtellergroßen Spiegel vor sich.

Es sah sein Gesicht.

Dieses neue, zweite Gesicht, das ihn für den Rest seines Lebens vor allen Nachstellungen schützen sollte.

Eine volle Minute lang blickte er in den Spiegel, starr, wie versteinert, von einem Gefühl des Unwirklichen gelähmt wie in einem Albtraum. Erst dann begann sich ganz tief in seinem Innern das Begreifen zu formen. Seine Lider zogen sich auseinander. Die entstellten, verstümmelten Lippen zuckten, und aus seiner Kehle brach ein gellender, lang gezogener, unmenschlicher Schrei.

Die Klinik auf dem Gelände des ehemaligen Motels in der South Mountain Reservation war von einem Maschendrahtzaun umgeben und mit einer Alarmanlage gesichert. Aber die diente offenbar nur dazu, den Patienten einen gewissen Schutz vor Ruhestörern zu bieten. Als Bollwerk gegen Eindringlinge war sie denkbar ungeeignet. Ein Profi hätte die einfache Konstruktion binnen Minuten mit dem kleinen Finger lahm gelegt.

Die Reaktion des Nachtpförtners in seiner Loge bestätigte unseren Eindruck, dass die Leute hier nichts zu befürchten und nichts zu verbergen hatten. Der Bursche öffnete das elektronisch gesteuerte Tor, noch bevor wir ihm unsere Ausweise zeigten. Die drei Buchstaben FBI lösten Überraschung und Neugier bei ihm aus wie bei den meisten Menschen, aber keine Spur von Schrecken. Den Herrn Professor, erfuhren wir, würden wir um diese Zeit wohl in seinem

Privathaus oben auf dem Hügel finden. Und wir möchten doch bitte auf dem Geländes langsam fahren, nicht hupen und auch sonst keinen Lärm machen.

Als ich den Jaguar durch die Abendsonne über den gewundenen Asphaltweg lenkte, hatte ich den fatalen Verdacht, auf der falschen Hochzeit zu sein.

Neben mir nagte Phil heftig an der Unterlippe. Klar, wir hatten von Anfang an gewusst, dass wir uns bei diesem Ausflug auf eine allenfalls lauwarme Spur setzten. Aber hier wirkte alles so verdammt friedlich und normal, dass uns der Entschluss, die alte Geschichte mit dem angeblichen Mafiageld wieder aufzuwärmen, fast schon lächerlich erschien.

Ein paar Mal begegneten wir kleinen Elektrowagen, die emsig und fast lautlos zwischen den verstreuten Bungalows herumsurrten. Zwei davon standen auch auf dem kiesbestreuten Platz vor Harvey Chattertons Privathaus, einer weißen, säulengeschmückten Traumvilla hoch oben auf einem Hügel mitten im Gelände. Im Erdgeschoss waren die Fenster erleuchtet. Die Haustür stand einen Spalt offen. Auch das konnte ein Zeichen von Sorglosigkeit sein, ein Beweis dafür, dass hier alles seine gute Ordnung hatte. Aber ich spürte die plötzliche Unruhe trotzdem bis in die Fingerspitzen.

Rasch stellte ich den Motor ab und stieg aus. Phil folgte mir. Eine breite Freitreppe führte nach oben. Nebeneinander liefen wir die ersten Stufen hinauf – und da hörten wir es.

Ein dumpfes Ploppen. Eindeutig das Geräusch einer schallgedämpften Pistole.

Und noch einmal: Plopp, plopp, plopp, wieder und wieder, als würde in rasender Folge eine Batterie Sektflaschen geöffnet. Wer immer da schoss, er verfeuerte das ganze Magazin. Mechanisch zählte ich mit, während ich die restlichen Stufen hinaufrannte und im Laufen den 38er aus dem Schulterholster zog.

Acht Schüsse…

Kein Schrei, kein Fall, kein Gepolter – nichts. Die jähe Stille wirkte gespenstisch. Den Geräuschen nach waren die Schüsse in einiger Entfernung gefallen, im Hintergrund der Halle vielleicht, auf jeden Fall nicht in der Diele. Mit dem Fuß stieß ich die Tür auf, vorsichtig, damit sie nicht gegen die Wand krachte, sprang über die Schwelle und tauchte sofort nach rechts weg.

Phil jumpte nach links – eine hundertfach geübte Methode.

Immer noch Stille! Nein – jetzt hörten wir ein scharfes Zischen, als hole jemand Luft, der lange den Atem angehalten hatte. Die Diele war klein, nicht viel mehr als ein Windfang. Eine offene Schiebetür gab den Blick auf einen Teil der hell erleuchteten Halle frei. Im Bogen pirschten wir uns an den Wänden der Diele entlang. Ich verharrte dicht an dem Milchglaseinsatz des Türflügels, spähte um die Ecke und spürte meinen Herzschlag stolpern.

Schleierdünner Rauch hing in der Luft. Der scharfe, nur zu vertraute Geruch nach verbranntem Kordit. Mit einem einzigen Blick erfasste ich die Situation, und meine Eingeweide schienen sich zu verknoten.

Professor Dr. Harvey Chatterton lehnte in einem schweren Sessel am Kamin.

Wir kannten sein Foto: das Bild eines grauhaarigen, gepflegten, aristokratisch wirkenden Mannes. Jetzt lag gefrorenes Entsetzen auf den starren, verzerrten Zügen. Die gebrochenen Augen waren weit aufgerissen, und auf dem Stoff der dunkelgrünen Hausjacke bildeten die schwarz geränderten, blutverschmierten Einschusslöcher ein makabres Muster. Der Mann, der geschossen hatte, stand mit dem Rücken zu uns.

Die leer geschossene Pistole hatte er fallen lassen, als wäre sie ihm plötzlich zu schwer geworden. Seltsam zusammengesackt stand er da, reglos, mit hängenden Schultern, und nur die Finger seiner Rechten zuckten leicht.

Dicattri, dachte ich. Dicattri – ja …

Meine Rechte schloss sich fester um den 38er. Ich brachte den Finger an den Druckpunkt. Auf der anderen Seite der Tür tat Phil das Gleiche. Auch er hatte den Mafioso an der Statur erkannt, obwohl sein Haar, wegen der Operation rasiert, erst streichholzkurz nachgewachsen und zudem heller gefärbt war.

»FBI«, sagte ich halblaut. »Ganz ruhig, Dicattri! Nehmen Sie die Hände hoch und drehen Sie sich langsam um!«

Er drehte sich wirklich um. Nicht langsam, sondern mit einer abrupten, wilden Bewegung, als explodiere etwas, das sich in ihm aufgestaut hatte. Geduckt stand er da, keuchend – und wir konnten sein Gesicht sehen.

Ein Gesicht, das keins mehr war.

Eine entstellte, zerklüftete, grässlich verstümmelte Kraterlandschaft.

Ich wusste sofort, dass das nicht die Folge eines ärztlichen Kunstfehlers sein konnte. Das war mehr, war etwas anderes, war entsetzliche, grausame Absicht. Ich wusste es, ein einziger Blick genügte, um es zu wissen, aber ich brauchte Sekunden, bis ich es wirklich begriff.

Dicattri starrte mich an.

Das, was einmal sein Gesicht gewesen war, konnte keinen menschlichen Ausdruck mehr spiegeln. Auch seine Stimme erkannte ich nicht. Eine fremde, tote, tonlose Stimme wie von einem Automaten.

»Bardolini«, flüsterte er. »Bardolini hat das getan. Bardolini hat den Arzt dazu gezwungen.«

Und mit einem tiefen, rasselnden Atemzug: »Ich werde ihn vernichten …«

Ich werde ihn vernichten …

Es war dieser Satz, der sich tief in mein Hirn gebohrt hatte, mich nicht mehr losließ und meine nächsten Entscheidungen bestimmte. Phil wollte zum Telefon greifen, die Mordkommission anrufen und alle notwendigen Schritte einleiten. Ich hielt ihn zurück. Minutenlang überlegte ich angestrengt, versuchte, meine wirbelnden Gedanken zu ordnen. Gil Dicattri kauerte apathisch in einem Sessel. Er brauchte einen Arzt. Mediziner gab es hier in der Klinik genug. Aber von denen wollte ich keinen dabeihaben. Ein Gefühl, wenn man so will. Von einem konkreten Plan war ich weit entfernt, dafür hatten die Ereignisse auch mich zu sehr geschockt. Aber in meinem Unterbewusstsein rumorte etwas, das ich nicht genau fassen konnte und das mich dennoch zwang, das Gegenteil von dem zu tun, was üblich und normal gewesen wäre.

Dicattri wollte Joseph Bardolini vernichten. Aber Dicattri und Bardolini hatten sich immer gehasst, Dicattri wusste nicht genug über seinen Schwiegervater. Um Bardolini zu vernichten, würde eine einfache Aussage nicht genügen …

»Fahr mit ihm ins District Office, Phil«, sagte ich leise.

»Wie bitte?«

»Bring Dicattri ins District Office und nimm den Pförtner mit. Der Mann darf nicht reden.«

»Geht es dir gut, Jerry? Wir müssen …«

»Wir werden Professor Chattertons Tod geheim halten«, fiel ich ihm ins Wort. »Ich sorge von hier aus dafür, dass alles so aussieht, als sei er tatsächlich ins Ausland geflohen. Für den Polizeieinsatz auf dem Klinikgelände finden wir eine Erklärung, die jeden überzeugen wird. Wir haben Dicattri in seinem Bungalow verhaftet, weil uns Chatterton einen Tipp gab, bevor er sich absetzte. Verstehst du?«

Phil verstand natürlich die Gedankenkonstruktion, aber nicht den Sinn und Zweck.

»Warum?«, fragte er kopfschüttelnd.

»Erkläre ich dir später.« Dass ich es selbst noch nicht so genau wusste, verschwieg ich lieber. »Beeil dich, Phil! Ich komme nach, sobald ich hier alles geregelt habe.«

»Deine Verantwortung«, sagte er knapp.

Minuten später fuhr draußen der Jaguar an. Dicattri würde keine Schwierigkeiten machen, dazu war er in seinem Zustand gar nicht in der Lage. Ich betrachtete die beiden Telefone auf dem Sideboard. Eins davon ein Nebenanschluss. Das zweite war privat und lief nicht über die Zentrale der Klinik, sodass man frei sprechen konnte, ohne einen Lauscher in der Leitung befürchten zu müssen.

Ich schnappte mir den Hörer und rief den Chef an. Mr. High hörte zu, ruhig und beherrscht wie immer.

»Ich nehme an, Sie wissen, was Sie tun, Jerry«, sagte er schließlich. »Also gut, ich leite alles in die Wege. Außerdem schicke ich Zeerookah und Dillaggio. Die beiden bringen dann einen zweiten Wagen für Sie mit.«

»Danke, Sir.«

Meine Handflächen waren feucht, als ich den Hörer auflegte. Sekundenlang hatte ich das Gefühl, mich durch ein zähes dunkles Dickicht zu kämpfen, ohne den Weg zu kennen. Ich starrte den toten Harvey Chatterton an. Er hatte sich von der Mafia kaufen oder erpressen lassen. Er hatte etwas Ungeheuerliches getan. Und es spielte keine Rolle, dass es ein Gangster war, dem er es angetan hatte …

Drei Stunden später fuhr ich im Federal Bullding mit dem Lift nach oben. Mr. High, Phil, der FBI-Arzt und Doc Sternberg, unser Psychologe, erwarteten mich bereits. Gil Dicattri hatte eine Beruhigungsspritze bekommen. Aber er wollte nicht schlafen, sich nicht ausruhen – er wollte nicht einmal einen Anwalt, obwohl das normalerweise das Erste gewesen wäre, was ein Gangster in seiner Lage verlangt hätte.

Er wollte Rache.

Hass trieb ihn, Hass hielt ihn aufrecht, Hass befähigte ihn, seine Nerven unter Kontrolle zu halten und klar zu denken – klar auf eine erschreckende, tödlich konsequente Art. Er wusste, was er tat. Arzt und Psychologe hatten ihn für vernehmungsfähig und vor allem für voll zurechnungsfähig erklärt. Dass sie dabei blieben, war eine Vorsichtsmaßnahme. Wir wussten, wir hatten hier möglicherweise die Chance, einen entscheidenden Schlag gegen die Mafia zu führen. Wir wollten vermeiden, dass später auch nur der Schatten des Verdachts aufkommen konnte, es sei nicht alles streng legal zugegangen.

Mr. High führte diese erste Vernehmung persönlich.

Dicattri trug inzwischen wieder die Verbände – nicht weil es nötig gewesen wäre, in dem Punkt hatte ihn Dr. Chatterton belogen, sondern weil er es aus verständlichen Gründen so wünschte. Fast zwei Stunden lang beantwortete er unsere Fragen, konzentriert, knapp und genau, mit einer unnatürlichen Ruhe, die auf mich wie erstarrte Lava über einem brodelnden Vulkan wirkte.

Und die ganz allmählich zu bröckeln begann, in dem Maße, in dem Gil Dicattri selbst begriff, dass es einfach nicht genug war, was er uns bieten konnte.

Er wusste eine Menge über Joseph Bardolini. Aber der Alte hatte sich abgesichert, auch seinem Schwiegersohn gegenüber. Die Informationen, die wir bekamen, waren höchst interessant, waren zum Teil völlig neu – und fast alle ziemlich nutzlos, weil die entsprechenden Beweise fehlten. Dicattri hatte ganz einfach die Bedeutung seines eigenen Wissens überschätzt. Nach und nach wurde ihm das klar, und die hilflose, verzehrende Wut in seinen Augen verriet, wie niederschmetternd die Erkenntnis für ihn war.

»Er darf nicht davonkommen!«, flüsterte er mit erstickter Stimme. »Es muss eine Möglichkeit geben! Es muss, muss, muss …«

»Vielleicht gibt es eine«, sagte ich ruhig.

»Welche? Sagen Sie es! Ich tue alles! Alles, verstehen Sie? Es ist mir gleich, ob ich selbst dabei umkomme oder …«

»Sie würden überhaupt nicht in Gefahr geraten, Mr.

Dicattri. Ich weiß nicht, ob Sie vorhin mitbekommen haben, dass wir darauf vorbereitet sind, Dr. Chattertons Tod vorerst geheim zu halten.«

»Seinen Tod geheim halten? Wie denn? Warum?«

»Das Wie ist relativ einfach. Chatterton wollte sich mit falschen Papieren ins Ausland absetzen. Niemand außer den beteiligten Polizeibeamten weiß, dass er tot ist. Und der Polizeieinsatz auf dem Gelände der Klinik lässt sich ganz einfach erklären. Wir brauchen lediglich der Presse mitzuteilen, dass Sie, Mr. Dicattri, dort verhaftet worden sind, weil uns Chatterton zum Beispiel vom Flugplatz aus einen Tipp gegeben hat.«

Er starrte mich an. Genauso gespannt wie Mr. High und Phil, die auch noch nicht wussten, worauf ich hinauswollte.

»Und was soll das Ganze?«, fragte Dicattri.

»Dazu komme ich noch. Überlegen Sie bitte! Sind Sie je bei irgendeiner Nachuntersuchung ohne die Verbände fotografiert worden?«

»Nein. Nein, bestimmt nicht. Wieso?«

»Weil Bardolini dann nicht wissen kann, wie Sie jetzt aussehen. Das ist wichtig, weil die Möglichkeit eines Maskenbildners begrenzt sind. Ich habe ungefähr Ihre Größe und Ihre Statur, Mr. Dicattri. Wenn ich maskiert in Ihre Rolle schlüpfe, wird Bardolini glauben, dass es Dr. Chatterton nicht über sich gebracht hat zu tun, was man von ihm erzwingen wollte. Und dass er sich deshalb ins Ausland abgesetzt hat – nicht aus Angst vor Ihnen, Mr. Dicattri, sondern vor Ihrem Schwiegervater.«

Für einen Moment blieb es still.

Phil starrte mich immer noch an, jetzt jedoch nicht mehr verständnislos, sondern ungefähr wie eine besorgte Gouvernante, deren Schützling mit Streichhölzern spielt. In unmittelbarer Nachbarschaft eines Nitrofässchens! Mr. High zog die Brauen zusammen. Gil Dicattri sah von einem zum anderen und schüttelte den Kopf.

»Und was soll das bringen? Ich meine, Bardolini weiß, dass ich nie mehr aus der Zelle herauskomme. Ich stehe unter Mordverdacht, es gibt Augenzeugen dafür, dass ich diesen Dreckskerl Sonny Fabio …«

»Zwei Zeugen«, unterbrach ich. »Der eine, Clay Jordis, wird alles tun, um die eigene Haut zu retten. Der zweite Zeuge ist mein Kollege. G-men sind unbestechlich, Mr. Dicattri. Aber würden Sie darauf schwören, dass das auch Joseph Bardolini glaubt? Oder immer noch glauben wird, wenn er den Beweis für das Gegenteil vor Augen hat?«

»Er wird wissen, dass ich mich an ihm rächen will. Er wird mich umbringen – Sie umbringen, meine ich. Er …«

»Er wird es vielleicht versuchen. Obwohl ich da nicht einmal sicher bin, weil er sich an den Fingern einer Hand abzählen kann, dass die Polizei genau damit rechnet. Aber irgendwann wird er aus seiner Reserve kommen und einen Fehler machen. Oder einer seiner Konkurrenten wird die Gelegenheit beim Schopf packen, um seine eigene Suppe zu kochen …«

»Tomo«, flüsterte Dicattri. »Carlo Tomo steht auf meiner Seite.«

Ich sparte mir den Kommentar. Für Carlo Tomo, genau wie für jeden anderen der sauberen Dons, gab es nur eine einzige Seite, und das war die eigene. Aber ich hielt es durchaus für möglich, dass Tomo auf die Idee kommen würde, Dicattri als Werkzeug zu benutzen, um gegen Joseph Bardolini vorzugehen.

Mein Blick wanderte zu Mr. High. Sein Gesicht war unbewegt. Zwei volle Minuten überlegte er, dann ließ er mit einem tiefen Atemzug die Schultern sinken.

»Es ist der helle Wahnsinn, Jerry«, sagte er. »Aber manchmal haben Aktionen Erfolg, gerade weil sie wie heller Wahnsinn aussehen. Wir werden es versuchen.«

## 3
## Die Falle

»Letzter Aufruf! Die Passagiere nach Paris werden gebeten …«

Die Lautsprecherstimme klang hohl, obwohl die VIP-Lounge des Kennedy International behaglich eingerichtet und mit edlen Hölzern vertäfelt war. Clay Jordis sprang von seinem Sessel hoch. Der G-man Floyd Winter legte ihm beruhigend die Hand auf den Arm, während er sich ebenfalls erhob.

»Keine Aufregung«, murmelte er. »Es ist alles in bester Ordnung.«

»Das sagen Sie! Aber es ist meine Haut, die zum Teufel geht!«

»Niemandes Haut wird zum Teufel gehen. Sie wollten aus New York verschwinden, Mr. Jordis, und wir haben Ihnen den Gefallen getan. Unsere Gegner sind ahnungslos. Und sie werden auch in Zukunft nichts anderes vermuten können, als dass Sie sich irgendwo auf Gil Dicattris Kosten die Sonne auf den Bauch scheinen lassen. Oder dass Dicattri Sie längst hat stumm machen lassen, nachdem Sie Ihre Aussage zurückgenommen haben.«

Clay Jordis rieb sich mit dem Handrücken über die Stirn. Er trug Perücke und Sonnenbrille, und er reiste unter falschem Namen, genau wie Floyd Winter. Erwartungsgemäß war der ehemalige Privatdetektiv heilfroh über die Chance gewesen, mit einem blauen Auge aus der Sache herauszukommen. Aber solange in New York der Einsatz lief, würde er rund um die Uhr unter Kontrolle sein, weil die Angelegenheit einfach zu heikel war, um auch nur das geringste Risiko einzugehen.

Jordis schwitzte immer noch, als sie längst in dem kühlen klimatisierten Jumbojet saßen. Zweimal griff er mechanisch nach seinen Zigaretten, sodass Floyd

Winter ihn auf das Rauchverbot während der Startphase hinweisen musste. Als sie endlich in der Luft waren, zündete er sich mit zitternden Fingern ein Stäbchen an und inhalierte tief.

»Das klappt nicht«, murmelte er. »Das klappt nie! Bardolini wird diese Kröte nicht schlucken.«

»Er wird«, behauptete Floyd.

Aber dabei gestand er sich selbst ein, dass er in Wahrheit nur halb so überzeugt war, wie er vorgab.

Der große Konferenzraum im Federal Building summte wie ein Bienenstock. Blitzlichter flammten, Kameras surrten, Mikrofone wurden geschwenkt – die Pressekonferenz entwickelte sich zum mittleren Hexenkessel. Kein Wunder! Die offizielle Verlautbarung des FBI war wie eine Bombe eingeschlagen – eine Bombe, die bei den Presseleuten je nach Einstellung Verständnislosigkeit, Empörung oder unverhüllte Häme auslöste.

Mr. High saß mit steinernem Gesicht am Kopfende des langen Tisches. Der Tumult legte sich ein bisschen, als er Ruhe heischend mit dem Knöchel auf die Holzplatte vor sich klopfte.

»Ich verstehe Ihre Aufregung nicht, meine Damen und Herren«, sagte er. »Mr. Dicattri wurde unter dem Verdacht des Mordes festgenommen. Dieser Verdacht erwies sich als unhaltbar, also wird Mr. Dicattri wieder entlassen. Das ist ein völlig normaler Vorgang, der…«

»Und was ist mit dem Augenzeugen?«, überschrie der rothaarige, als besonders behördenfeindlich bekannte Kriminalreporter eines Sensationsblättchens die anderen.

»Der betreffende Agent hat seine Aussage revidiert. Auch das ist in keiner Weise ungewöhnlich.« Mr. High sprach ruhig und energisch, aber er ließ seine Stimme so klingen, dass beherrschter Zorn hinter den Worten zu spüren war.

»Ach ja! Irren ist menschlich!«, höhnte einer der Reporter.

»Und wo steckt der Mann jetzt?«, wollte eine Blondine von einem der lokalen Fernsehsender wissen.

»Der betreffende Agent befindet sich zurzeit in Urlaub. Sie werden verstehen, dass ich Ihnen nicht mitteilen kann …«

»Sicher! Eine Krähe hackt der anderen kein Auge aus!«

»Geirrt, dass ich nicht lache!«

»Das ist doch faul! Das stinkt dermaßen zum Himmel, dass es …«

Die Stimmen schwirrten durcheinander. Mr. High schob ruckartig den Stuhl zurück. Mit der natürlichen Autorität, die er ausstrahlt und der sich normalerweise kaum jemand entziehen kann, hätte er es auch jetzt geschafft, Ruhe herzustellen. Aber er verzichtete mit voller Absicht darauf. Stattdessen erklärte er mit ein paar hastigen, im Lärm fast untergehenden Worten die Pressekonferenz für beendet und zog sich beinahe fluchtartig zurück.

»Schwacher Abgang«, brummte einer der jüngeren Reporter, der neben seinem altgedienten grauhaarigen Kollegen in der Nähe des Ausgangs stand.

Der Grauhaarige grinste matt. »Ja, ja«, sagte er vage.

»He! Weißt du etwa mehr als …?«

»Nicht mehr als alle anderen, mein Kleiner. Aber du weißt doch zum Beispiel auch, um wen es sich bei diesem so genannten ›betreffenden Agenten‹ handelt, nicht wahr?«

»Decker?«, sagte der Junge, wie aus der Pistole geschossen.

»Eben, Junge, eben. Ich kenne Decker. Und deshalb weiß ich, dass es nur zwei Möglichkeiten gibt.«

»Ja?«

»Ja«, sagte der Grauhaarige im Brustton der Überzeugung. »Entweder Decker hat seine Aussage zurückgenommen, weil er sich tatsächlich geirrt hatte

– dann wäre er jetzt hier und würde Rede und Antwort stehen. Oder aber er hat seine Aussage wider besseres Wissen geändert. Und dann, mein Junge, steckt möglicherweise irgendein großes Spiel dahinter, aber ganz bestimmt kein Mafia-Geld.«

»Ihr Anwalt, Mr. Dicattri.«

Phil lächelte nicht bei den Worten, weil er das Unternehmen immer noch für eine raffinierte Form von Selbstmord hielt. Offiziell befand er sich in Urlaub. Inoffiziell würde er sich, vorsichtshalber maskiert, in meiner Nähe herumtreiben, soweit das überhaupt möglich war. Bisher hatte alles geklappt. Die Transferierung von zweihunderttausend Dollar auf ein Nummernkonto in der Schweiz ließ sich jederzeit nachprüfen und war wasserdicht, weil wir mit Gil Dicattris Originalunterschrift hatten arbeiten können. Dass sich der zweite Zeuge, Clay Jordis, eiligst in Sicherheit gebracht hatte, nachdem er – wie jeder annehmen musste – kräftig geschmiert worden war, leuchtete ebenfalls ein.

Meiner Meinung nach gab es keine Schwachstelle in dem Plan. Windermeere, unser Maskenbildner, hatte mir ein prächtiges Narbengesicht verpasst, das als Ergebnis einer verpfuschten Operation sehr glaubhaft wirkte. Meine Stimme krächzte wie ein Reibeisen – angeblich, weil bei dem Eingriff mein Kehlkopf verletzt worden war. Also alles in allem Grund genug für Rachegelüste. Joseph Bardolini konnte sich aussuchen, ob er annahm, dass Dr. Chatterton aus Angst vor der Rache seines Patienten geflohen war oder aus Angst vor seinem Auftraggeber, dem das Ergebnis vielleicht nicht genügte.

Ich klopfte Phil kräftig auf die Schulter, bevor er sich in den Nebenraum zurückzog. Da er angeblich Urlaub machte, durfte ihn ›mein Anwalt‹ natürlich nicht sehen. Rob Riveras Namen hatte uns Dicattri verraten:

angeblich einer seiner Golf- und Tennisfreunde, von dem bisher noch nicht bekannt gewesen war, dass er für die Mafia arbeitete.

Steve Dillaggio und Zeerookah, die mir meine beziehungsweise Dicattris Besitztümer ausgehändigt hatten, schnitten die grimmigen Gesichter, die man von G-men erwartet, wenn sie einen Mörder laufen lassen müssen. Aber Rob Riveras Ausdruck zeugte auch nicht gerade von Begeisterung. Offenbar passte es ihm nicht, in die Sache hineingezogen zu werden. Ich vermutete, dass er nur gekommen war, weil er in der Eile nicht mehr hatte erkunden können, ob er es nach Lage der Dinge wagen durfte, einen Gilbert Dicattri einfach hängen zu lassen.

Mir sollte es gleich sein. Hauptsache, ein glaubhafter Auftritt – oder vielmehr Abgang. Strahlend eilte ich auf den Anwalt zu und schüttelte ihm mit beiden Händen die Rechte.

»Hallo, Rob! Fein, dass Sie mich abholen.«

Einen Augenblick irritierte ihn mein heiseres Gekrächze. Dann lächelte er säuerlich.

»Zwei von Ihren Angestellten erwarten Sie, Gil. Meine Dienste brauchen Sie ja zum Glück nicht mehr. Ich bin nur hier für den Fall, dass Sie irgendwelche Beschwerden haben. Ihre Stimme klingt – nun ja …«

Ich lachte, was sich wie das Husten eines erkälteten Papageis anhörte. »Nein, nein, dafür sind nicht die Herren Polizisten verantwortlich. Sie waren sehr freundlich, obwohl sie sich vermutlich am liebsten vor Wut sonst wohin gebissen hätten, als alle ihre schönen Beweise wie Seifenblasen platzten.« Ich widmete Zeery und Steve einen hämischen Blick durch die große dunkle Brille, die einen Teil der Narben in meinem Gesicht verdeckte. »Kann ich jetzt endlich gehen?«, fragte ich.

»Aber bitte«, knurrte Steve überzeugend zornig. »Übrigens würde ich Ihnen raten, den Hinterausgang zu benutzen. In der Halle wimmelt es von Reportern.«

»Na und? Ich habe nichts zu verbergen. Soll die Presse es ruhig genießen, dass sich der glorreiche FBI blamiert hat.«

Mit einem triumphierenden Grinsen verließ ich den Raum. Rob Rivera wand sich förmlich, weil ihm die Aussicht auf die Konfrontation mit der Presse überhaupt nicht gefiel. Ich marschierte unbeeindruckt zum Lift, und zwei Minuten später ging unten in der Halle dann auch prompt das Blitzlichtgewitter los.

Von allen Seiten drängten sie heran: vorneweg die Sensationsjäger, skrupellose Geier, denen nichts schmutzig genug ist, um eine Schlagzeile daraus zu machen. Ich stellte fest, dass ein paar bekannte Gesichter fehlten. Zumindest einige Kriminalreporter der seriösen Presse hatten offenbar keine Lust, den Triumph Gil Dicattris und die Niederlage des FBI auch noch zu feiern.

Fragen prasselten auf mich ein. Ich grinste, zeigte die Zähne und schwieg. Neben mir murmelte Rob Rivera sein »Kein Kommentar! Kein Kommentar!« wie eine defekte Platte. Einer der Zeitungshaie zog erschrocken den Kopf ein, weil ich die Frage, in welcher Höhe ich die Zeugen geschmiert habe, mit einem drohenden Schritt auf ihn zu quittierte.

Morgen, das wusste ich, würden sich die Burschen in ihren Blättern auf zarte Andeutungen beschränken. Bis dahin würde ihnen nämlich wieder einfallen, dass es möglicherweise ungesund sein konnte, einen auf freien Fuß gesetzten, vom Verdacht des Mordes reingewaschenen Gil Dicattri mit Bestechungsvorwürfen zu traktieren.

Rob Rivera atmete auf, als ich mich energisch zum Ausgang hinüberarbeitete. Jenseits der Glasfront erkannte ich die muskelbepackten Figuren der beiden Gorillas, die ihren Herrn und Meister abholen wollten. Den blonden Hünen mit dem Babygesicht kannte ich bereits von dem Besuch her, den ich zusammen mit Zeery in Dicattris Bungalow gemacht hatte. Inzwischen wusste ich auch, dass er Buddy Jenkins hieß. Sein Kumpan, Alf Boll mit Namen, trug schwarzes Stoppelhaar, eine schief geschlagene Nase und enorm große Ohren spazieren. Beide strahlten wie Kinder, denen der Weihnachtsmann begegnet. Ich begrüßte sie mit dem knappen, arroganten Nicken, das sie von ihrem Boss gewohnt waren. Und dabei fiel mein Blick auf den Mann, der ein paar Schritte neben ihnen stand und mich auf eine Art anstarrte, die ich fast wie eine körperliche Berührung spürte.

Ein mittelgroßer, leicht gebeugter Mann mit kahlem Schädel, eng stehenden Augen und tiefen Längsfalten um Mund und Nase.

Ich war sicher, dass ich sein Gesicht schon gesehen hatte, irgendwann in den letzten Tagen. Aber ich kam beim besten Willen nicht darauf, wo das gewesen war.

Joseph Bardolini starrte auf den Brief, den der Butler – ein Butler mit Karatekenntnissen und Pistole unter der Achsel – soeben gebracht hatte. Der Mafiaboss schnaufte ungläubig. Seine Schwester, die in einem Sessel am Kamin saß und Zeitungen studierte, hob alarmiert den Kopf.

»Irgendetwas Besonderes, Giuseppe?«, fragte sie scharf.

»Kann man wohl sagen. Mr. Gilbert Dicattri gibt sich die Ehre, uns zu einer Party in seinem Haus einzuladen.«

»Das ist doch …«

»Eine Unverschämtheit!«, knirschte Bardolini. »Der Kerl macht sich lustig über uns! Man sollte meinen, die Großkotzigkeit sei ihm endlich vergangen, aber er sitzt immer noch auf seinem hohen Ross.«

»Ich wollte sagen, dass es eine Falle sein könnte«, erklärte Oriana kühl. »Unterschätze ihn nicht, Giuseppe! Du hast ihn da getroffen, wo er am empfindlichsten ist – in seiner Eitelkeit.«

»Woher soll er wissen ...?«

»Er ist kein Narr, Giuseppe.« Oriana stand auf und strich ihren langen, dunkelgrauen Rock glatt. »Vergiss nicht, dass wir davon ausgegangen sind, ihm werde nur die Wahl bleiben, entweder mit seinem zerstörten Gesicht für immer zu verschwinden oder den Rest seines Lebens im Zuchthaus zu verbringen. Niemand konnte ahnen, dass es diesem Versager gelingen würde, zwei Zeugen zu bestechen, von denen der eine FBI-Agent ist.«

»Ich kapiere es immer noch nicht«, knurrte Bardolini. »Ausgerechnet Decker! Er und Cotton wären so ziemlich die Letzten gewesen, von denen ich angenommen hätte...«

»Jeder hat seinen Preis«, behauptete Oriana. Mit kurzen, abgehackten Schritten ging sie zur Hausbar und füllte zwei Cognacschwenker, von denen sie einen ihrem Bruder reichte. »Fest steht, dass uns Gilberto wie eine Laus im Pelz sitzt«, fuhr sie fort. »Wie ich ihn kenne, ist er halb wahnsinnig vor Wut. Er wird sich rächen, Giuseppe.«

»Aber nicht auf einer Party unter seinem eigenen Dach.«

»Glaubst du? Und warum hat er dich dann eingeladen?«

»Um die Genugtuung zu erleben, dass ich mich nicht in seine Nähe wage.« Bardolini grinste breit. »Aber den Triumph gönne ich ihm nicht. Wir werden hingehen, Oriana.»

»Giuseppe ...«

»Wir werden hingehen. Du vergisst nämlich auch etwas, Oriana. Ich habe den Bungalow damals bauen lassen. Für Puppa! Ich kenne das Haus in- und auswendig. Einschließlich der Alarmanlage! Und schließlich einiger netter elektronischer Feinheiten, von denen mein sauberer Schwiegersohn nichts ahnt.«

In den Augen der hageren Schwarzhaarigen erschien ein verhaltenes Glitzern. »Du meinst ...?«

»Ja«, sagte Joseph Bardolini im Tonfall satter Zufriedenheit. »Genau das meine ich. Gilberto möchte mich zweifellos gern zwei Yards unter der Erde sehen, aber wir werden ihm zuvorkommen.«

Festivitäten vorzubereiten verstand man im Hause Dicattri aus dem Effeff.

Ich brauchte mich um nichts zu kümmern – das besorgten alles meine Bodyguards. Der Butler hatte gekündigt, aber der Partyservice lieferte Ersatz. Die unvermeidlichen Mädchen schaffte der Gärtner herbei, der von Gartenarbeit nicht mehr verstand als ein Nilpferd von höherer Mathematik. Die Girls, ausgesucht hübsche Edelprostituierte, wurden von einer gewissen Madame Fuval geschickt. Ich merkte mir den Namen und ihre Telefonnummer, damit meine Kollegen der Dame gelegentlich auf die Finger klopfen konnten.

Dass ich überhaupt eine Party feierte, war ich Gil Dicattris Ruf schuldig. Zwar wäre es nicht unbedingt nötig gewesen, schließlich gab mir mein verunstaltetes Narbengesicht einen guten Grund zu größerer Zurückgezogenheit, aber ich wollte den Eindruck vermeiden, dass sich Dicattri verändert hätte. Wenn ich Joseph Bardolini herausfordern wollte, musste ich ihn zu der Überzeugung bringen, dass sein Schwiegersohn noch genauso überheblich und unberechenbar war wie eh und je. Ich bezweifelte allerdings, dass Bardolini kommen würde. Aber am Tag, bevor die Fete steigen sollte, ließ er durch seinen Butler ausrichten, dass es ihm und seiner Schwester selbstverständlich eine Ehre sei.

Rob Rivera, mein sehr ehrenwerter Anwalt, wagte ebenfalls nicht abzusagen. Von Carlo Tomo, Dicattris früherem Förderer, nahm ich an, dass er hauptsächlich erschien, um Bardolini zu ärgern. Und – vielleicht - um mit mir zu sprechen und mir gewisse Vorschläge zu unterbreiten. Bardolinis Position war angeschlagen. Schon allein die Tatsache, dass sein Schwiegersohn wieder fest im Sattel saß, würde man ihm in seinen Kreisen als Niederlage ankreiden. Auf jeden Fall würde die Party spannend werden. Für mich – und für die Kollegen, die mit hoch empfindlichen Richtmikrofonen an strategisch günstigen Plätzen in der Nähe postiert waren und so ziemlich jedes Wort, das gesprochen wurde, mitbekommen würden.

Am Spätnachmittag rauschte der Lieferwagen des Partyservice an.

Fahrer und Kellner schienen daran gewöhnt zu sein, dass sie selbst gefilzt und ihre Delikatessen bis zum letzten Kaviarbrötchen geprüft wurden. Bei den Girls, die zwei Stunden später in einem Taxi-Konvoi eintrudelten, gab es nichts zu filzen, weil sie einfach zu wenig Textilien auf dem Leib hatten. Eine hübsche Rothaarige, die ich nach Dicattris Beschreibung als Rosy identifizierte, eilte strahlend auf mich zu. Und blieb nach drei Schritten erschrocken stehen.

Ich schob die dunkle Brille über die Stirn nach oben.

»Sieht nicht schön aus, eh?«, fragte ich gelassen.

»Oh – aber das – das – das macht doch nichts, Darling.«

Entschlossen hüpfte sie neben mich, zog meinen Arm um ihre Schultern und stopfte sich meine Rechte ins Dekolletee. Ich dachte an Dicattris Ruf und streichelte ihre Brustwarze. Eine langbeinige Blondine drängte sich an meine andere Seite. Ungeniert rieb sie die Hüfte an meinem Oberschenkel und brachte das Kunststück fertig, gleichzeitig mir einen anhimmelnden und der roten Rosy einen giftigen Blick zuzuwerfen.

Carlo Tomos Ankunft rettete mich vorerst.

Er hatte drei Typen im Schlepp, die in ihren schönen Smokings wie verkleidet wirkten. Joseph Bardolini kam ebenfalls nicht allein, aber unter dem Dach des Mannes, den er für seinen Todfeind halten musste, waren zwei Gorillas eher bescheiden. Oriana Bardolini, mit einer majestätischen Silberrobe angetan, bekam steinharte Augen, als ihr Blick auf die dekorative Damenriege fiel. Offenbar ahnte sie, dass auch ihr Bruder nichts anbrennen lassen würde. Jedenfalls flüchtete sie sich wenig später an Rob Riveras Brust, und dem war es recht, weil er – was nur wenige Eingeweihte wussten – sein Vergnügen lieber am anderen Ufer suchte.

Den Rest der rund dreißig Gäste kannte ich nur von Fotos: Halbweltprominenz, ein echter, wenn auch längst abgehalfterter Hollywood-Schauspieler, ein Baulöwe, dessen Ruf schon lädiert war, dass ihm die Beziehung zu einem stadtbekannten Mafioso nicht mehr schaden konnte.

Allmählich kam die Party in Schwung. Sekt und härtere Sachen flossen reichlich, die Schlacht am kalten Büfett wurde eröffnet, die Damen, die keine waren, guckten sich die Herren mit den mutmaßlichen dicksten Brieftaschen aus. An mir hingen die rothaarige Rosy und die blonde Jill. Kein Zweifel, dass sie damit rechneten, den Abend in meinem Bett zu beschließen. Beide! Ich hoffte, dass mir rechtzeitig irgendetwas einfallen würde, um das Unheil abzuwenden. Vorerst behalf ich mich damit, sie sozusagen abzukommandieren, mit der Anweisung, den reichlich griesgrämig wirkenden Carlo Tomo ein bisschen aufzuheitern – was sie gehorsam, wenn auch widerwillig taten.

Am Büfett schaufelte Bardolini Rehrücken und Cumberlandsauce auf einen Teller. Seine Stimme triefte vor falscher Freundlichkeit.

»Gilberto, mein Lieber! Ich muss dir endlich sagen, wie Leid es mir tut, was dir da passiert ist.«

Ich grinste ihn an. »Du kannst ja nichts dafür, Schwiegervater. Dieser Chatterton hat schließlich einen ausgezeichneten Ruf. Wie hättest du ahnen sollen, dass er ausgerechnet bei mir derart pfuschen würde?«

»Nicht wahr? Nun ja, er hat dann ja auch die Konsequenzen gezogen, sich abgesetzt …«

»… und mich vorher bei den Bullen verpfiffen«, ergänzte ich. »Nur dass ich um die Zeit längst alles vorbereitet hatte, um meine Angelegenheiten in Ordnung zu bringen. Wenn der Kerl geglaubt hat, er könne seelenruhig zurückkommen, sobald ich in einer Zelle verschwinde, hat er sich geschnitten. Falls er mir je wieder unter die Augen gerät, wird er es bereuen. Mit mir zieht nämlich niemand krumme Touren ab. Niemand!«

Bardolini verstand den unausgesprochenen Zusatz, der sich auf seine eigene kostbare Person bezog. Feine Schweißperlen glitzerten auf seiner Stirn. Ich kaute genüsslich einen Käsewürfel. Dem Gangsterboss dagegen schien der Appetit vergangen zu sein. Vielleicht befürchtete er allen vernünftigen Überlegungen zum Trotz, der Rehrücken könne mit Arsenik gewürzt sein oder der Champagnercocktail mit Zyankali.

Draußen am Pool kreischte das erste Girl, das in voller Montur im kühlen Nass landete. Anschließend würde sich vermutlich jemand finden, der sie aus den Textilien pellte. Ich machte Anstalten, das zu tun, was man von Gil Dicattri erwartete, nämlich mich ebenfalls ins Vergnügen zu stürzen. Aber Buddy Jenkins, der Gorilla mit dem Babygesicht, hinderte mich daran, indem er mir von der Diele aus beschwörende Zeichen machte.

»Sieht nach Ärger aus, Boss«, wisperte er, als ich zu ihm trat. »Zack und Alf haben einen Burschen geschnappt, der sich schon 'ne ganze Weile vor dem Tor herumtrieb. Keine Ahnung, wer es ist.« Das Babygesicht legte sich in Falten angestrengten Nachdenkens. »Könnte es sein, dass Bardolini den Typ geschickt hat?«

Ich furchte die Stirn.

Jemand, der von Bardolini geschickt worden war, hätte sich garantiert nicht derart auffällig vor dem Tor des Grundstücks herumgetrieben. Aus dem gleichen Grund konnte es keiner von meinen Kollegen sein. Aber wer sonst, verdammt? Etwa nur ein harmloser Passant, der jetzt von meinen ach so freundlichen Angestellten durch die Mangel gedreht wurde?

Entschlossen schob ich Babygesicht vor mir her zur Haustür.

Im Schein der hypermodernen Gartenleuchten wirkte die Zufahrt wie ein kurviger Lichttunnel, der in die helle Insel des kiesbestreuten Vorplatzes mündete. Die Luxusschlitten der Gäste parkten fast bis zum Tor. Undeutlich erkannte ich die halb offen stehenden Flügel – und ebenso undeutlich die drei Gestalten im Schatten des gemauerten Pfeilers.

Alf Boll und der bullige, untersetzte Zack Martiano.

Einen dritten, kleineren Mann hatten sie zwischen sich. Alf zerrte ihm die Arme auf den Rücken. Zack holte gerade aus, um dem Opfer seine Schmiedehammerfaust in den Leib zu rammen. Er zielte tief. Ich wusste, das konnte für den Betroffenen verdammt üble Folgen haben. Also tat ich das Einzige, was mir einfiel: Schon während ich mich in Bewegung setzte, pfiff ich schrill auf zwei Fingern.

Alf und Zack warfen die Köpfe herum.

Babygesicht hechelte hinter mir drein, vermutlich genauso verblüfft wie seine Kumpane. Sollten sie meinetwegen glauben, ich wolle während meiner Party keinen Verletzten auf dem Grundstück herumliegen haben. Zack ließ die Faust sinken. Der kleinere Mann, der sich instinktiv zusammengekrümmt hatte, blickte angstvoll hoch – und da erkannte ich ihn.

Der Kahlköpfige!

Der Bursche, der vor dem Federal Bullding gestanden, mich angestarrt – und dessen Gesicht ich schon einmal gesehen hatte. Ich wusste immer noch nicht, wann und wo er mir begegnet war. Aber es konnte kein Zufall sein, dass er sich jetzt in der Nähe des Dicattri-Hauses herumtrieb. Während ich die Windungen der Zufahrt quer über den Rasen abkürzte, spürte ich ein kühles Prickeln zwischen den Schulterblättern.

Der Kahlkopf war so bleich wie ein frisch gewaschenes Laken. Bardolinis Killer? Nein, Blödsinn! Kein Profi hätte sich derart dämlich angestellt. Aber wer, zum Teufel, war der Mann? Zum zweiten Mal an diesem Abend schob ich die dunkle Brille über die Stirn hoch und bedachte den Burschen mit einem drohenden Blick.

Prompt fing er an zu zittern.

»Ich – ich …«, stammelte er.

»Wer schickt dich?«, herrschte ich ihn an.

»Niemand! Ich – schwöre es! Bitte, ich wollte doch nur …«

Ich erfuhr nicht mehr, was er gewollt hatte.

Denn im selben Augenblick peitschte irgendwo links von mir hell und scharf ein Gewehr auf, und die Kugel fauchte so dicht über mich hinweg, dass sie mir fast die Haarspitzen aufrichtete.

Für Bruchteile von Sekunden hatte ich das Gefühl, meine Nerven lägen entblößt auf der Haut.

»Deckung!«, schrie ich. Überflüssigerweise, denn die Gorillas wussten zweifellos selber, was sie zu tun hatten, wenn es knallte. Im Reflex schnellte ich nach links in den Schutz eines gemauerten Sockels, den eine der fantasievollen Gartenleuchten krönte. Auch die Härchen in meinem Nacken richteten sich auf, während ich angespannt lauschte. Zack und Alf hatten sich flach auf den Bauch fallen lassen. Der Kahle, den sie dabei notgedrungen loslassen mussten, taumelte gegen das halb offene schmiedeeiserne Tor. Nur Babygesicht stand noch wie ein Denkmal in der Schusslinie herum und staunte.

»Runter!«, brüllte ich.

Instinktiv spannte ich die Muskeln, um den Idioten

notfalls anzuspringen. Bevor ich dazu gezwungen war, handelte er von selbst und warf sich nach rechts ins Gebüsch. Der Kahlkopf klammerte sich blindlings an die schmiedeeisernen Schnörkel des Tors, wo er immerhin im toten Winkel stand. Die Stille dehnte sich. Eine Sekunde, zwei, drei – eine Ewigkeit schien zu vergehen, in der ich auf den nächsten Schuss wartete.

Nichts dergleichen!

Der Bursche war ganz sicher ein Profi: cool, überlegt, kein wilder Draufgänger, der Munition verschwendete. Wo steckte er? Die Kugel war schräg von links gekommen, wo eine Doppelreihe serbischer Fichten die Sicht auf die Mauer verdeckte. Serbische Fichten sind auch mit stolzen zehn Fuß Höhe zum Klettern ungeeignet. Nach menschlichem Ermessen musste der Kerl irgendwo dort drüben auf der Mauerkrone hocken.

Und warum, zum Teufel, hatte dann die Alarmanlage nicht angesprochen?

Das Tor hatte eine separate elektronische Sicherung. Die hatten Zack und Alf ausgeschaltet, als sie sich den Kahlköpfigen schnappten. Mein Blick zuckte zu dem Burschen hinüber. Das schmiedeeiserne Gitter hätte er losgelassen. Langsam, mit winzigen Trippelschritten zog er sich über den Gehsteig zurück. Dann warf er sich auf dem Absatz herum und rannte los, als wäre der Teufel hinter ihm her.

Verdammt, ich wollte den Kerl erwischen. In diesen Sekunden war ich sicher, dass er die Aufgabe gehabt hatte, mich zum Tor zu locken. Zwei Schritte schaffte ich. Dann knallte es wieder, und nur eine blitzschnelle Körperdrehung rettete mich davor, getroffen zu werden.

Keuchend wälzte ich mich wieder in den Schutz des Steinsockels. Zack und Alf hatten ebenfalls Deckung gefunden. Babygesicht kroch durch die Büsche – es klang, als wälze sich ein Nashorn im Dickicht. Ich hörte die klappernden Absätze des Kahlköpfigen, der sein Heil in der Flucht suchte, und zwei Sekunden später hörte ich ein dumpfes Geräusch, als der Gewehrschütze von der Mauerkrone auf den Fußweg sprang, der an der Schmalseite des Grundstücks entlangführte.

Wieder richtete ich mich auf, langsamer diesmal.

Geduckt schlich ich auf die Fichten zu. Ich wusste, dass ich den Killer nicht mehr erwischen würde. Ihn genauso wenig wie den Kahlköpfigen. Aber das wollte ich jetzt auch gar nicht mehr. Denn inzwischen war mir der Pferdefuß an der Geschichte aufgegangen.

Ich war Gil Dicattri.

Wenn ich meine Rolle nicht vorzeitig aufgeben wollte – was sollte ich dann mit einem Killer oder sonst jemanden anfangen, der sich hier auf dem Grundstück herumtrieb? Zusehen, wie »meine« Leute ihn durch die Mangel drehten? Die Polizei konnte ich nicht einschalten, ohne mein Inkognito zu lüften. Und die Chance, dass die Schüsse auf mich Beweise gegen Joseph Bardolini hergaben, war mehr als mager.

Alles in allem blieb mir nichts anderes übrig, als dem Killer wenigstens zum Schein nachzusetzen und den Gorillas das Schauspiel eines entschlossenen, tatkräftigen Bosses zu liefern.

Keuchend taumelte der hagere, kahlköpfige Mann mit den tiefen Längsfalten im Gesicht gegen die Tür seines Wagens, der drei Kreuzungen weiter auf dem Fußweg einer verwilderten Grünanlage abgestellt war.

Alles blieb still. Der Kahlköpfige wischte sich den Schweiß von der Stirn. Während er blindlings wegrannte, hatte er noch zweimal Schüsse gehört, doch die Bewohner des vornehmen Viertels schienen einen gesunden Schlaf zu haben. Der Kahle ahnte nicht, dass ein halbes Dutzend in der Nähe postierter G-men vergeblich versucht hatten, den Gewehrschützen zu erwischen. Der Mann mit dem kahlen Kopf konnte sich die Ereignisse überhaupt nicht erklären. Er war doch nur hierher gekommen, um einen weiteren Blick auf diesen Burschen mit dem Narbengesicht zu werfen! Um vielleicht mit ihm zu reden, ihn vielleicht zu bewegen, ein paar lächerliche Dollars springen zu lassen! Stattdessen waren plötzlich diese grässlichen Kerle da gewesen, die ihn zusammenschlagen wollten. Und dann hatte es geknallt. Jemand hatte auf den Mann mit den Narben geschossen. Warum, weshalb – der Kahlköpfige konnte es sich beim besten Willen nicht erklären.

Einen Augenblick betrachtete er seine zitternden Finger, dann zog er hastig den Wagenschlag auf und stieg ein.

Hier war er sicher. Kein Mensch konnte den Wagen von der Straße aus entdecken. Der Kahle zündete sich eine Zigarette an, inhalierte ein paar Mal und betrachtete den dünnen Stapel von Zeitungsausschnitten, die auf dem Beifahrersitz lagen.

Gilbert Dicattri…

Gil Dicattri beim Verlassen des Federal Building, Dicattri mit seinem Anwalt, Dicattri beim Einsteigen in den schönen metallicblauen Mercedes. Die Artikel, die zu den Fotos gehörten, kannte der Kahlköpfige fast auswendig. Lügengeschichten! Er wusste es. Er wusste genau, dass die Sache ganz anders war, als die Reporter glaubten.

Aber inzwischen wusste er auch, dass er es sich zu einfach vorgestellt hatte, den Mann mit dem Narbengesicht um ein paar Dollars zu erleichtern.

Es war nicht einfach. Es war lebensgefährlich. Er würde sich nicht noch einmal in die Nähe des Burschen wagen.

Also aufgeben? Nein, dachte der Kahlköpfige.

Es gab noch eine andere Möglichkeit. Eine bessere Chance! Er musste es nur schlau anstellen und würde für den Rest seines Lebens ausgesorgt haben …

Zwei Stunden später begann sich die Party aufzulösen.

Von den Schüssen hatte keiner der Gäste etwas mitbekommen, und ich hütete mich wohlweislich, sie an die große Glocke zu hängen. Was unter Dicattris Dach versammelt war, gehörte zwar durchweg nicht zu den Zierden der menschlichen Gesellschaft, aber der eine oder andere hätte sich vielleicht doch über einen Hausherrn gewundert, der einen Mordanschlag einfach hinnahm, ohne auch nur auf den Gedanken zu kommen, die Polizei zu rufen. Die Lust zum Feiern, die ich ohnehin nie gehabt hatte, wäre unter diesen Umständen allerdings auch Gil Dicattri vergangen. Also zog ich mich zurück, ließ die Kunde von einer kleinen Kreislaufkrise verbreiten und erreichte auf diese Weise, dass auch Rosy und Jill die Absichten auf eine Nacht in Gil Dicattris Bett aufgaben.

Der alte Bardolini tat so besorgt, dass es mir fast den Magen umdrehte. Dabei spürte ich genau seine Nervosität. Die Frage nagte an ihm, ob sein Killer möglicherweise als Leiche im Park herumlag. Oder vielleicht sogar gefesselt irgendwo im Keller hockte, um in aller Ruhe von meinen Leuten durch die Mangel gedreht zu werden. Ich dachte nicht daran, den Gangsterboss über diesen Punkt aufzuklären. Fragen konnte er nicht, ohne sich zu verraten, und deshalb kochte er innerlich, als er schließlich mit seiner Schwester das Haus verließ.

Alf, Zack und Babygesicht waren inzwischen bereits dabei, die Alarmanlage zu überprüfen. Sie fanden nichts Verdächtiges, aber dazu würde wohl ohnehin ein Experte nötig sein. Ich beschloss, gleich morgen einen hinzuzuziehen. Der Bungalow war ein Hochzeitsgeschenk Bardolinis an seine Tochter. Und der Gedanke, dass der Alte die Möglichkeit hatte, die Sicherheitseinrichtungen zu manipulieren, lag mir als veritabler Klotz im Magen.

Kam noch der Bursche mit dem kahlen Schädel hinzu, den ich irgendwo schon einmal gesehen hatte.

Ich konnte ihn vielleicht identifizieren, aber ich würde nicht beweisen können, dass er mit dem Killer unter einer Decke steckte. Trotzdem musste ich dringend Kontakt zu meinen Kollegen aufnehmen. Dazu genügte es, eine bestimmte völlig unverdächtige Nummer anzurufen – das Signal dafür, dass der vermeintliche Gil Dicattri zu einer weiteren Vernehmung vorgeladen wurde.

Es war Mitternacht, als ich die drei Bodyguards in ihr Gärtnerhaus auf der Rückseite des Parks entließ.

Die Alarmanlage arbeitete wieder einwandfrei, und von außen konnte sie bestimmt nicht manipuliert werden. Trotzdem unternahm ich noch einen Kontrollgang über das Grundstück. Alles wirkte friedlich. Durch das schmiedeeiserne Tor sah ich undeutlich die Umrisse eines großen dunklen Wagens, der auf der anderen Straßenseite in der Schatteninsel zwischen zwei Bogenlampen parkte. Auch das war nicht ungewöhnlich. Aber ich wurde einfach das Gefühl nicht los, dass etwas nicht stimmte, und als ich wenig später wieder die Diele betrat, wusste ich es.

Carlo Tomos feierlicher schwarzer Hut hing noch am Garderobenhaken.

Und der Wagen draußen vor dem Tor, fiel mir blitzhaft ein, konnte sehr gut Tomos mitternachtsblauer Bentley sein.

Meine Kopfhaut zog sich zusammen. Langsam, mit gespannten Muskeln und Sinnen ging ich in die dunkle Halle hinüber. Nach zwei Schritten sog sich mein Blick an dem dünnen Lichtstreifen unter der Tür zum Arbeitszimmer fest. Instinktiv glitt meine Rechte zum Schulterholster. Aber in derselben Sekunde wurde bereits die Tür aufgezogen.

Carlo Tomo stand seelenruhig im hellen Viereck wie auf dem Präsentierteller.

Er lachte leise.

»Hallo, Gilberto, mein Freund«, sagte er schleppend. »Entschuldige diesen etwas ungewöhnlichen

Auftritt. Aber ich habe mit dir zu reden und möchte nicht, dass das jemandem zu Ohren kommt, den es gar nichts angeht ...«

Joseph Bardolinis Pranke umklammerte den Telefonhörer so hart, als wolle er ihn zerquetschen.

»Verstanden«, knirschte er. Und nach einer Pause: »Natürlich sollst du es noch einmal versuchen! Warte ab! Beobachte ihn! Irgendwann wird er aus seinem Bau herauskommen und sich eine Blöße geben. Und dann werde ...«

Er wurde unterbrochen. Oriana beobachtete aufmerksam sein Gesicht, während sie mechanisch Haarnadeln aus ihrer strengen Gouvernantenfrisur zog.

»Nein, den Trick mit der Alarmanlage kann ich nicht noch einmal durchziehen!«, fauchte er. »Der Kerl ist gewarnt. Also streng gefälligst deinen Kopf an und tu etwas für dein Geld, klar?«

Mit einer heftigen Bewegung schmetterte Bardolini den Hörer auf die Gabel. Ein Nerv zuckte unter seinem Auge. Oriana nahm die Haarnadeln aus dem Mund und deponierte sie neben ihrer Handtasche.

»Was ist schief gegangen?«, fragte sie sachlich.

Bardolini hob die kantigen Schultern. »Irgendein alberner Zufall. Gils Babysitter erwischten einen Kerl, der um das Grundstück herumschlich – wahrscheinlich nichts als ein neugieriger Passant, der nichts Besseres zu tun hatte. Gil kam zum Tor, Rizzo wollte die günstige Gelegenheit nutzen, und dabei hat er vermutlich überstürzt gehandelt.«

»Ich habe gedacht, dass Rizzo ein guter Mann ist.«

»Das ist er auch«, sagte Bardolini. »Ein Fehler kann jedem passieren. Und einen zweiten wird er sich nicht erlauben, weil er weiß, dass ihm das schlecht bekommen würde.«

Oriana kniff skeptisch die Augen zusammen.

»Ich weiß nicht recht«, sagte sie gedehnt. »Bist du sicher, dass es nötig ist?«

»Doch. Es ist garantiert nötig.«

»Aber du treibst ihn auf diese Weise doch nur in die Enge, Giuseppe. Wenn du ihn in Ruhe lässt, wird er es aller Wahrscheinlichkeit nach nicht wagen, irgendetwas gegen dich zu unternehmen.«

»Er wird! Hast du nicht bemerkt, dass er sich verändert hat?«

»Verändert? Gil?«

»Ja«, knurrte Bardolini. »Ich weiß nicht, woran es liegt, aber er wirkt – irgendwie gefährlicher. Selbstsicherer! Er lässt sich nicht mehr herumschubsen, und er stürmt auch nicht mehr blindlings los wie damals bei diesem Fabio. Es ist, als ob sich mit seinem Gesicht auch etwas in seinem Innern verändert hätte, verstehst du?«

»Ja«, murmelte Oriana. »Ja, ich glaube, du hast Recht, Giuseppe. Jetzt, wo du es sagst, kommt es mir auch so vor.«

Achselzuckend erhob sie sich, um in ihr Zimmer hinaufzugehen.

Wie genau ihr Bruder tatsächlich den Nagel auf den Kopf getroffen hatte, konnte sie nicht ahnen ...

Carlo Tomo eröffnete das Gespräch mit der Feststellung, dass mein Schwiegervater mir übel mitgespielt habe.

Das war nun wirklich eine tolle Neuigkeit. Ich verzog das Gesicht und schloss die Tür des Arbeitszimmers hinter mir. Und hob überrascht die Brauen, als Tomo mit einem hintergründigen Lächeln ein kleines elektronisches Gerät zum Vorschein brachte – einen so genannten Wanzenmelder.

Allmählich wurde es spannend.

»Besser ist besser«, bemerkte der Mafia-Don weise, während er sich überzeugte, dass wir hier nicht abgehört werden konnten. »Dein Schwiegervater kennt dieses Haus ein wenig zu gut, mein lieber Gilberto. Und wer weiß, wozu er deine Abwesenheit ausgenutzt hat.« Mit einem Ruck fuhr Tomo herum und sah mich scharf an. »Er will dich vernichten, weil er deine Rache fürchtet, Gilberto. Du solltest ihm in deinem eigenen Interesse zuvorkommen.«

Und in deinem Interesse, du verdammter Heuchler, dachte ich.

Was Carlo Tomo wollte, war klar: seinen ehemaligen Schützling als Werkzeug benutzen, um Joseph Bardolini aus dem Weg zu schaffen. Als Caporegime und Schwiegersohn hatte Dicattri alle Chancen, die Nachfolge des Alten anzutreten. Aber dann würde er Tomos Marionette sein. Schlau ausgedacht!

Ich zündete mir eine Zigarette an und blies Rauchringe in die Luft, während es sich mein Gast in einem der schwarzen Büffelledersessel bequem machte.

»Bardolini wird sich absichern«, sagte ich langsam. »Außerdem ist er immer noch der Don. Ich bezweifle, dass sich auch für eine Menge Dollars jemand finden lässt, der ihn ...«

Ich stockte, als wagte ich es nicht, auch nur den Gedanken an einen Anschlag auf Bardolini laut auszusprechen. Carlo Tomo lächelte und legte sein zerfurchtes Gesicht in listige Falten.

»Das sollst du ja auch gar nicht, Gilberto, mein Freund«, sagte er. »Es wäre schon deshalb unklug, weil unsere glorreiche Polizei auf so etwas geradezu lauern dürfte. Oder glaubst du, die G-men lassen sich davon täuschen, dass du Bardolini zu deiner Party eingeladen hast? Unterschätze den FBI nicht, Gilberto!«

Fast hätte ich gelacht.

Auf das dumme Gesicht, das Carlo Tomo machen würde, wenn er die Wahrheit erfuhr, freute ich mich schon. Im Augenblick war ich froh, dass die dunkle Brille meine Augen verbarg und große schauspielerische Leistungen überflüssig machte.

»Und was soll ich Ihrer Meinung nach tun, Don Carlo?«, fragte ich.

Er lächelte böse. »Lass ihn hochgehen, Gilberto! Spiele ihn dem FBI in die Hände!«

Ich atmete tief durch. Etwas Ähnliches hatte ich erwartet. Auf einem so hohen Ross saß Carlo Tomo nämlich auch nicht, dass er sich einen offenen Krieg hätte leisten können.

»Glauben Sie, dass ich daran noch nicht gedacht hätte?«, fragte ich mit einem verbitterten Unterton. »Damals, als mich die Bullen schnappten, war ich so wütend, dass ich notfalls auch meine eigene Sicherheit riskiert hätte, um Bardolini zu vernichten. Aber wie, Don Carlo? Er hat sich nie in die Karten sehen lassen. Ich weiß einfach nicht genug über ihn.«

»Aber ich, Gilberto, mein Freund. Ich weiß sehr wohl genug über ihn.«

Durch die dunkle Brille starrte ich ihn an. Seine Schultern bebten unter einem unhörbaren Gelächter. Ich schloss die Hände um die Sessellehnen.

»Weiter!«, forderte ich.

»Nun, es ist ganz einfach. Ich habe gewisse Informationsquellen, mein lieber Gilberto. Du weißt ja, informiert sein ist alles. Kurz und gut: Mir hat ein Vögelchen gezwitschert, dass Bardolini plant, morgen Abend eine größere Partie Heroin anzulanden. Ich kenne die Zeit, und ich kenne den Ort. Außerdem weiß ich, dass Bardolini persönlich dabei sein wird, weil er den Lieferanten erst kürzlich aufgetan hat und sie sich gegenseitig nicht über den Weg trauen. Was sagst du?«

Ich sagte zunächst einmal gar nichts. Meine Gedanken überschlugen sich. Bardolini bei der Übernahme einer Ladung Heroin zu erwischen – das war natürlich die ideale Lösung. Aber konnte ich Carlo Tomo trauen?

»Sie meinen also, ich soll den Bullen einen Tipp geben, damit sie Bardolini mitsamt dem Stoff hochnehmen?«, fragte ich zweifelnd.

»Richtig, Gilberto, richtig! Der Verlust des Heroins lässt sich verschmerzen. Was du dafür gewinnst, ist ungleich mehr wert. Du wirst die Organisation übernehmen, Gilberto. Und gemeinsam sind wir dann so stark, dass wir alle anderen in die Tasche stecken können.«

Gespannt sah er mich an.

Ich unterdrückte ein sarkastisches Lächeln. Die Sache klang nur auf den ersten Blick bestechend. Der Pferdefuß steckte in der Frage, warum Tomo sie nicht allein durchzog. Wenn er darauf bestand, dass Gil Dicattri persönlich den Tipp an den FBI weitergab, dann bestimmt nicht, um dem Burschen zu seiner Rache zu verhelfen, sondern um notfalls einen Sündenbock zu haben, den er den Geiern zum Fraß vorwerfen konnte.

»Okay«, sagte ich nach einer angemessenen Pause. »Einverstanden. Aber was ist, wenn etwas schief geht? Bardolini würde durchdrehen, mir eine Armee auf den Hals schicken ...«

»Du wirst nicht hier sein. Du besuchst morgen Abend in meiner Gesellschaft einen exklusiven Spielclub. Ich sorge dafür, dass man uns sieht, und ich verbürge mich gegebenenfalls dafür, dass du mit Bardolinis Missgeschick nichts zu tun hast.«

Tomo lächelte ungefähr so freundlich wie der sprichwörtliche Wolf, der das Lamm zum Abendessen einlädt. Kein Zweifel, dass er Gil Dicattris Geistesgaben nicht gerade hoch einschätzte. Aber dazu hatte Dicattris früheres Verhalten ja auch wenig Anlass gegeben. Ich atmete tief durch und nickte.

»Einverstanden, Don Carlo«, sagte ich. »Erzählen Sie mir, wann und wo die Heroinübergabe stattfindet, und ich sorge dafür, dass Bardolini in die Falle des FBI laufen wird ...«

»Bringt ihn rein!«, schnauzte Joseph Bardolini.

Es war früh am Morgen, und der Mafiaboss trug noch seinen gestreiften Bademantel über dem Pyjama.

Oriana pflegte stets erst gegen Mittag herunterzukommen. Nach dem lausigen gestrigen Tag hätte Bardolini auch lieber ausgeschlafen. Aber die Nachricht, dass da ein Neugieriger um sein Grundstück herumschlich, hatte ihn schlagartig alarmiert.

Auch um Dicattris Grundstück war gestern ein Neugieriger herumgeschlichen. Der Grund dafür, dass Rizzo, der Killer, danebengeschossen hatte und dass die Probleme immer noch nicht gelöst waren. Joseph Bardolini glaubte nicht an Zufälle. Zumal das Aussehen des Unbekannten – kleine, hagere Figur, billige Kleidung, kahler Kopf – ziemlich genau mit der Beschreibung übereinstimmte, die Rizzo vergangene Nacht am Telefon gegeben hatte.

Wer war der Glatzkopf? Was hatte er von Dicattri gewollt? Und was wollte er vor allem von ihm, Bardolini? Fragen, die dem Gangsterboss dringlich genug erschienen, um seinen Gorillas genau das zu befehlen, was er noch am Tag zuvor, nach der Party, für pure Idiotie gehalten hatte, nämlich den Burschen zu überrumpeln und einzukassieren.

Nun wurde der Kahle mit einem groben Stoß über die Schwelle des Arbeitszimmers befördert. Er taumelte ein paar Schritte, fing sich wieder und schaute sich um. Eine Kleinigkeit weniger verängstigt, als er hätte sein sollen, wie Bardolini fand.

»Wer sind Sie?«, schnauzte der Mafiaboss.

»Gärtner«, brachte er krächzend heraus.

Bardolini blieb der Mund offen stehen. »Waaas? Sie – Sie wollen mir erzählen, dass Sie hier herumschleichen, weil Sie einen Job …?«

»Ich suche keinen Job«, versicherte der Kahle eilig. »Ich wollte mit Ihnen sprechen, Sir. Ich bin nämlich Gärtner in Professor Chattertons Klinik – ich war es jedenfalls, verstehen Sie?«

Bardolini verstand kein Wort, aber von einer Sekunde zur anderen erfasste ihn die Spannung bis in die Fingerspitzen. »Und?«, schnappte er.

»Mr. Dicattri ist in Professor Chattertons Klinik operiert worden.«

»Verdammt, woher wollen Sie wissen ...«

»Natürlich benutzte er einen anderen Namen.« Der Kahle sprudelte seine Informationen hastig hervor, als fürchte er, jeden Augenblick auf handgreifliche Weise unterbrochen zu werden. »Aber hinterher stand ja in allen Zeitungen, dass es sich um Mr. Dicattri handelte. Mir kam er schon die ganze Zeit über irgendwie merkwürdig vor. Ich – ich halte nämlich gern die Augen auf, müssen Sie wissen.«

»Warum?«

»Weil – nun, weil ...«

»Weil Sie auf die Chance lauern, bei Chattertons reichen Patienten irgendetwas herausschlagen zu können«, knurrte Bardolini. »Ihr Bier! Und jetzt kommen Sie zur Sache, oder es geht Ihnen dreckig.«

»Ja – ja, Sir. Sofort. Ich – also als damals Mr. Dicattri verhaftet wurde, da habe ich kurz vorher in der Nähe von seinem Bungalow die Wege geharkt. Ich sah Mr. Dicattri herauskommen, mit verbundenem Gesicht, ganz normal, als wolle er einen Spaziergang machen. Nach ein paar Minuten kam er schon wieder zurück. Und eine Viertelstunde später stürzte er zum zweiten Mal aus dem Haus.« Der Kahlkopf schluckte und schauerte sichtlich zusammen. »Ohne Verbände! Er sah schrecklich aus.«

»Das ist bekannt, das ...«

»Nein, Sir, Sie verstehen nicht! Er sah viel schrecklicher aus als Mr. Dicattri jetzt. Er ist dann mit einem Elektrowagen zu Professor Chattertons Haus hinaufgefahren. Ich habe ihn verfolgt, weil ich wissen wollte, was geschehen würde. Und ich habe es gesehen.«

Bardolinis Kinnlade ruckte vor. Seine Lider zogen sich auseinander. Die vage Ahnung, die bei den letzten

Worten in ihm erwacht war, wurde jäh zu einem Verdacht, der seinen Atem stocken ließ.

»Was?«, flüsterte er. »Was hast du gesehen?«

»Alles«, sagte der Kahle triumphierend. »Ich habe alles gesehen, was passiert ist. Etwas ganz anderes als das, was hinterher die Zeitungen schrieben. Und der Mann, den ich beobachtet habe, war auch ein ganz anderer als der Bursche, der jetzt als Gilbert Dicattri herumläuft ...«

Wir ahnten nichts von dem Verhängnis, das sich da zusammenbraute.

Die Telefonleitungen in »meinem« Bungalow waren sauber. Am frühen Morgen sollte ich den Tipp für den FBI absetzen. Das tat ich auch. Und ich richtete mich dabei genau nach Carlo Tomos Wünschen, weil es nicht schwer gewesen war festzustellen, dass mein Freund und Gönner seinerseits eine Wanze in Dicattris Arbeitszimmer zurückgelassen hatte.

Meine Kollegen, so hoffte ich, würden aus der anonymen Information über den geplanten Heroindeal auch so die richtigen Schlüsse ziehen.

Wenn Bardolini in die Falle ging, war er erledigt. Wenn! Irgendwie kam mir die Sache zu schön vor, um wahr zu sein. Ich hätte sie gern gründlich mit Phil besprochen. Ich hätte auch gern gewusst, ob unser Überwachungsteam Bardolinis Killer erwischt oder irgendetwas über den Burschen mit dem kahlen Kopf in Erfahrung gebracht hatte. Nur gehörte eine Kontaktaufnahme nun mal zu den heikelsten Punkten des ganzen Einsatzes. Die Sache war zwar, wie gesagt, für meinen Geschmack zu schön, um wahr zu sein, aber auf jeden Fall war sie zu schön, um im letzten Moment durch ein überflüssiges Risiko alles zu gefährden.

Die Untätigkeit zerrte an meinen Nerven.

Das heißt, untätig war ich nicht, weil schließlich Gil

Dicattris Geschäfte weiterliefen. Laut seines Teilberichts würden wir die Bardolini-Organisation wie ein bankrottes Unternehmen liquidieren können, sobald der Einsatz beendet war. Da es Bardolini für taktisch unklug gehalten hatte, sofort einen neuen Mann an die Stelle seines untergetauchten Schwiegersohnes zu setzen, war ohnehin ein gewisser Schlendrian eingerissen. Von mir erwartete man, dass ich den Laden wieder in Schwung brachte, und ich musste wenigstens so tun, als wäre es mein einziges Trachten, mich darum zu kümmern.

Um dreiundzwanzig Uhr war ich mit Carlo Tomo in dem – angeblich privaten – Spielclub mit dem schönen Namen ›Million Dollar Place‹ verabredet.

Wir würden zusammen speisen und uns anschließend zu einer Besprechung zurückziehen – gerade so öffentlich, dass es nicht lange geheim bleiben konnte. Niemand würde daran zweifeln, dass es bei dieser Besprechung um einen möglichen Frontenwechsel Dicattris gegangen war. Also würde – insoweit war Tomos Gedankengang durchaus logisch – auch niemand auf die Idee kommen, dass Dicattri längst vorher viel entscheidendere Schritte gegen seinen Schwiegervater unternommen hatte.

Etwa um die Zeit, als ich mit meinen Gorillas in den metallicblauen Mercedes stieg, war auf einem finsteren Pier der Waterfront von Brooklyn die Falle für Joseph Bardolini bereits aufgebaut.

Bardolini selbst führte zu dieser Zeit gerade ein paar Telefongespräche, um gewisse Aktionen abzublasen, weil er unter den gegebenen Umständen nicht das geringste Risiko eingehen wollte.

Zwei G-men, die Bardolinis Villa überwachten, dachten auf getrennten Beobachtungsposten darüber nach, wer der Kahlköpfige gewesen sein mochte, der von den Bodyguards auf das Grundstück komplimentiert worden war. Die G-men hielten ihn für einen Kurier der Rauschgift-Lieferanten. Dass er auch schon in der Nähe des Dicattri-Hauses aufgetaucht war, konnten sie nicht ahnen, weil sich das dort eingesetzte Team aus Sicherheitsgründen auf eine akustische Überwachung beschränkt hatte.

Der Kahlköpfige selbst hockte gefesselt in Bardolinis Keller und verfluchte seinen Leichtsinn.

Und Giovanni Rizzo, der von Bardolini bezahlte Killer, verfolgte äußerst vorsichtig und äußerst geschickt einen metallicblauen Mercedes – jetzt allerdings nicht mehr mit einem Mordauftrag, sondern einer anderen, in seinen Augen wesentlich einfacheren Aufgabe.

An der Waterfront von South Brooklyn kauerte mein Freund und Kollege Phil Decker auf der Ladefläche des Kastenwagens, der als fahrbare Kommandozentrale diente, und verfolgte die eingehenden Funkmeldungen. Phil hatte die Leitung des Einsatzes. Der Ring um das Piergelände war dicht. Auf welche Weise der Austausch Heroin gegen Dollars genau vonstatten gehen sollte, hatte auch Carlo Tomo nicht gewusst. Aber da zu erwarten stand, dass es sich um eine raffinierte Methode handelte, machten die G-men nicht den Fehler, sich die Sache zu leicht vorzustellen.

Um halb elf kam die Meldung, dass Bardolinis Hauptstreitmacht in zwei Wagen das Grundstück verließ.

»Sollen wir uns anhängen?«, fragte Les Bedell, einer der beiden Kollegen, die die Villa beobachteten.

Phil zögerte. »Bardolini selbst ist nicht dabei?«

»Nein, nur das Fußvolk.«

»Dann lasst sie fahren. Am wichtigsten ist der Boss, und das Ziel kennen wir ja sowieso.« Nachdenklich kniff Phil die Augen zusammen. Er konnte nicht ahnen, dass ein entscheidender Fehler in seiner Überlegung steckte. »Wer ist jetzt überhaupt noch im Haus?«, wollte er wissen.

»Nur Bardolini, seine Schwester, sein Chefleibwächter, und der Kahlköpfige – ein Kurier vermutlich.«

»Okay, dann gib mir schon mal die Beschreibung von dem Glatzkopf. Vielleicht spuckt der Computer etwas über ihn aus. Je eher wir Bardolinis Partner in diesem Geschäft kennen, desto besser.«

Les Bedell gab eine knappe, präzise Beschreibung des Kahlen durch.

Phil leitete sie an die Zentrale weiter.

Im Federal Building begann der Computer zu ticken – aber noch ahnte niemand, dass der gesuchte Mann keine relativ unwichtige Nebenfigur war, sondern eine Schlüsselrolle spielte.

Um fünf Minuten vor elf ließ Zack Martiano den metallicfarbenen Mercedes vor dem verschachtelten Gebäudekomplex des Spielclubs ausrollen.

Meine Kopfhaut kribbelte. Verdammt, ich hatte bemerkt, dass wir verfolgt wurden. In meinem Hinterkopf tickte immer noch der Gedanke an den Gewehrschützen vom vergangenen Abend, deshalb war meine Aufmerksamkeit hellwach gewesen. Aber ich glaubte nicht, dass Bardolinis Killer in dem unauffälligen grauen Fairlane saß, der ein paar Mal im Rückspiegel auftauchte. Ein Opfer verfolgen und die nächstbeste Gelegenheit beim Schopf packen – das ist nicht die Art, in der Berufskiller arbeiten. Viel eher nahm ich an, dass mir Carlo Tomo einen Beobachter auf die Fersen gesetzt hatte. Besonders beruhigend jedoch fand ich diese Vorstellung auch nicht.

Der ›Million Dollar Place‹ entpuppte sich als exklusiver Laden, ein Unternehmen jedenfalls, das garantiert nicht ohne Schutz und Duldung der Mafia existieren konnte. Die Lage auf dem Gelände eines früheren Yachtclubs im Riverside Park verriet nicht, ob der Club zum Einflussbereich von Dicattri, Bardolini, Tomo selbst oder sonst wem gehörte. Vielleicht handelte es ich um eine Art neutrales – und für mich auf jeden Fall um feindliches Terrain.

Carlo Tomo empfing mich ohne seine Babysitter, was mir natürlich keine andere Wahl ließ, als die meinen ebenfalls draußen zu lassen.

Mit ziemlich gemischten Gefühlen folgte ich dem befrackten Kellner in einen der abgetrennten kleinen Speiseräume, wo Tomo und ich die einzigen Gäste waren. Die Einrichtung hatte nichts von einem Separee, sondern wirkte betont männlich, eher wie die Miniaturausgabe eines Konferenzzimmers. Auch eine Art von Service, dachte ich, während ich die aufwändige Speisekarte studierte.

Der Kellner nahm unsere Bestellung entgegen.

Ein paar Minuten später kam er zurück, aber nicht, um die Vorspeisen zu servieren. Diskret beugte er sich zu Carlo Tomo hinunter.

»Telefon, Sir! Der Gentleman sagte, es sei dringend. Wenn Sie mir bitte folgen würden?«

Tomo seufzte, entschuldigte sich und folgte dem Befrackten hinaus.

Ich nippte an meinem Aperitif. Fast halb zwölf, sagte mir ein Blick auf die Uhr. Unruhe nagte an mir. Aber das war schließlich ganz normal. Um Mitternacht würde die Falle für Joseph Bardolini zuschnappen. Dann konnte ich endlich die Zwangsjacke dieser Tarnexistenz abschütteln und …

Carlo Tomos Rückkehr unterbrach meine Gedanken.

Er lächelte. Etwas in diesem Lächeln gefiel mir nicht. Ich wusste nicht wieso, aber von einer Sekunde zur anderen schien zwischen uns die Luft zu knistern.

»Schlechte Nachrichten?«, fragte ich gedehnt.

»Allerdings. Bardolini scheint die Heroinübergabe abgeblasen zu haben. Aber das besprechen wir besser bei einer Zigarre.« Tomo schob die Hand unter sein maßgeschneidertes Dinnerjackett.

Die Bewegung wirkte so selbstverständlich, dass die Alarmklingeln in meinem Kopf verspätet anschlugen. Vielleicht waren es auch die Worte des Gangsters, diese völlig unerwartete Information, die mich für den

Bruchteil einer Sekunde ablenkte. Carlo Tomo zog die Hand wieder unter der Jacke hervor – und zwischen seinen Fingern schimmerte der matte Stahl einer flachen, handlichen Beretta.

»Ganz ruhig«, zischte er. »Eine verdächtige Bewegung, und du bist eine Leiche.«

Gleichzeitig flog schräg hinter ihm erneut die Tür auf.

Vier Mann waren es, die hereindrängten. Vier von Joseph Bardolinis Gorillas, jeder mit einer schweren schallgedämpften Pistole in der Faust. Ich hatte die Muskeln gespannt, um Tomo den Tisch vor die Schienbeine zu kippen – nun begriff ich, dass mir das allenfalls ein paar Unzen Blei eintragen würde.

Langsam legte ich mich zurück und hob die Hände in Schulterhöhe.

Tomo zog die Lippen von den Zähnen. Seine Augen gleißten vor Wut, und seine Stimme klang dunkel und kehlig.

»Okay«, sagte er. »Okay, Dicattri – oder wie immer du in Wirklichkeit heißt …«

»Verstehe ich nicht«, murmelte Steve Dillaggio, der neben Phil auf der Ladefläche der fahrbaren Kommandozentrale kauerte.

Mein Freund biss die Zähne zusammen. »Ich auch nicht, verdammt! Fünf Minuten nach Mitternacht! Klar, dass sich auch bei einem groß angelegten Heroindeal mal jemand verspäten kann. Aber irgendetwas müsste sich inzwischen gerührt haben.«

»Ob das eine Falle ist?«, fragte Steve unbehaglich.

Phil nagte an der Unterlippe. »Kann ich mir eigentlich nicht vorstellen. Halt die Stellung mal für einen Augenblick allein, ja? Ich will mir die Umgebung ansehen.«

Vorsichtig öffnete er die Heckklappe des Kastenwagens und sprang auf das Kopfsteinpflaster.

Zwei Minuten später lag er neben seinem indianischen Kollegen Zeerookah auf dem Dach eines windschiefen Schuppens, hielt ein Nachtglas an die Augen und schwenkte die Umgebung ab. Der Restlichtverstärker verwandelte die Spiegelbilder der Sterne im Hafenwasser in matte Sonnen und die Positionslichter eines träge vorbeiziehenden Schleppers in rote und grüne Explosionsblitze. Von der anderen Seite der Upper Bay stachen einzelne Lichter wie grellweiße Pfeile herüber. Nur von irgendwelchen Gangstern, ihren Wagen, Booten oder was immer sie benutzten, war nichts zu sehen.

»Müssten Bardolinis Leute nicht längst hier sein?«, fragte Zeery gedämpft.

»Was du nicht sagst! Sie müssten seit einer halben Stunde hier sein, wenn sie von Bardolinis Villa aus den direkten Weg genommen hätten.«

»Es wäre besser gewesen …«

»Ich weiß inzwischen selbst, dass es besser gewesen wäre, an den Kerlen dranzubleiben«, fauchte Phil. »Aber von den zwei Mann bei der Villa konnten wir keinen abziehen, und wir waren uns einig darüber, dass eine aufwändigere Überwachung nur zu unnötigen Risiken führen würde.« Er stockte und biss sich auf die Lippen. »Fest steht, dass die Sache faul ist«, fügte er hinzu. »Melde dich, sobald sich etwas tut, okay?«

Zeery nickte und klopfte gegen sein Walkie-Talkie. Phil robbte vorsichtig zurück. Fast lautlos in seinen leichten Turnschuhen landete er auf der Rückseite des Schuppens auf dem Pflaster. Minuten später zog er wieder die Hecktür der fahrbaren Kommandozentrale hinter sich zu.

Steve Dillaggio nahm gerade einen Funkspruch entgegen. Phil erkannte Les Bells Stimme.

»…zusammen mit seinem Chefleibwächter und diesem Burschen mit dem blanken Schädel. Aber der Typ scheint nicht freiwillig mitzufahren. Floyd konnte es nicht genau erkennen, aber er hatte den Eindruck, dass der Kahlkopf gefesselt ist.«

»Verstanden! Bleibt dran und meldet euch wieder!«

»Ärger ...«

Es knackte im Lautsprecher. Steve zog sich den Kopfhörer herunter und fuhr mit der Hand über sein flachsblondes Haar. »Bardolini und Jeff Cartlet sind gerade aufgebrochen«, berichtete er. »Und sie schienen den Glatzkopf als Gefangenen mitzuschleppen.«

Der Glatzkopf ...

Phil rieb sich über die Stirn und schloss sekundenlang die Augen, um seine Gedanken zu ordnen. Wenn der Kahle ein Kurier der Rauschgiftlieferanten und jetzt von Bardolini gefangen gesetzt worden war – ergab das einen Sinn? Konnte es die Erklärung dafür sein, dass sich auf dem Pier einfach nichts abspielte? Phil fiel ein, dass sie die Beschreibung des mutmaßlichen Kuriers an die Zentrale durchgegeben hatten. Er griff zum Funkmikro und war Sekunden später mit seinem Kollegen Fred Nagara verbunden.

»Kleine, hagere Glatzköpfe des entsprechenden Alters haben wir jede Menge im Computer, Phil. Auch solche, die schon mal mit Rauschgift zu tun hatten. Wir brauchen mehr Daten!«

»Wenn ich welche hätte, würde ich sie nicht für mich behalten.« Phil stockte und runzelte die Stirn. »Habt ihr Vergleichsprogramme mit dem Umfeld von Bardolini, Dicattri und Carlo Tomo durchgezogen?«

»Sicher. Ergebnis gleich Null.«

»Mafia? French Connection? Andere Schmuggelringe?«

»Nichts, Phil.«

»Und Professor Chatterton?«

»Wie kommst du denn auf den?«, fragte Fred Nagara verblüfft.

Phil hatte einfach den einzigen Namen genannt, der ihm noch einfiel. Aber während er das Funkmikro wieder einhakte, kam ihm der Gedanke plötzlich gar nicht mehr so abwegig vor. Der Kahlköpfige musste ja nicht unbedingt mit Bardolinis Rauschgiftgeschäften zu tun haben.

Genauso gut konnte es einen ganz anderen Zusammenhang geben, irgendetwas, an das niemand dachte, weil sich der geplante Heroindeal zu sehr in den Vordergrund aller Überlegungen geschoben hatte.

Knapp zehn Minuten später wurde es wieder im Funkgerät lebendig.

»Wir haben ihn, Phil«, berichtete Fred Nagara atemlos.

»Und?« Mein Freund richtete sich kerzengerade auf.

»Die Verbindung zu Chatterton, Phil! Volltreffer! Der Kahlköpfige heißt Vince Lewis und arbeitet als Gärtner in der Klinik. Dort tauchte er allerdings seit dem Abend von Professor Chattertons Tod nicht mehr auf. Und da er mehrfach wegen Erpressung vorbestraft ist und als notorischer Schnüffler gilt, spricht einiges dafür, dass er etwas gesehen hat, was er nicht sehen sollte.«

Phil hielt den Atem an.

Seine Gedanken überschlugen sich. Bardolini, seine Bodyguards, die sonst wo abgeblieben waren, die Heroinübergabe, die nicht stattfand – das alles schien wie die Steinchen eines Kaleidoskops durcheinander zu wirbeln und sich zu einem neuen Muster zu fügen. Einem Muster, das höchste Alarmstufe bedeutete.

»Denkst du, was ich denke?«, fragte Steve Dillaggio tonlos.

»Ja«, sagte Phil hart. »Benachrichtige Les Bedell und Floyd Winter, Steve! Erkläre Ihnen, dass sie Bardolini auf keine Fall aus den Augen verlieren dürfen, wenn sie nicht riskieren wollen, dass Jerry es mit dem Leben bezahlt.«

»Du wirst reden! Spätestens in einer halben Stunde wirst du reden, das schwöre ich dir!«

Carlo Tomos Stimme vibrierte vor Hass. Ich wusste inzwischen, was mir zum Verhängnis geworden war. Oder vielmehr, wer. Der geheimnisvolle Kahlköpfige, Gärtner in der Klinik für plastische Chirurgie, war es gewesen, ein neugieriger alter Mann, der hinter Gil Dicattri hergeschnüffelt und den Mord an Professor Chatterton beobachtet hatte. Irgendwann an jenem Abend musste er mir auf dem Klinikgelände über den Weg gelaufen sein, ohne dass ich ihn bewusst zur Kenntnis genommen hatte. Wie gesagt, er hatte Dicattri gesehen, den echten Gil Dicattri mit seinem entsetzlich zerstörten Gesicht. Der Kahlköpfige wusste, dass der Mann, dessen Foto später in den Zeitungen erschien, auf keinen Fall Dicattri sein konnte, und er hatte versucht, dieses Wissen zu Geld zu machen.

Zuerst war er in der Nähe des Bungalows aufgetaucht – vielleicht, um sich Gewissheit zu verschaffen..

Dann ging er zu Bardolini. Der hatte sofort versucht, Carlo Tomo zu warnen, und von dessen Leuten die Adresse des Spielclubs bekommen. Nun waren die beiden Dons, die sich am Tag zuvor noch gegenseitig hatten vernichten wollen, wieder ein Herz und eine Seele und nur noch darauf bedacht, gemeinsam der unvermuteten Gefahr zu begegnen.

In trauter Einigkeit hatten mich die Gorillas beider Parteien durch die Mangel gedreht.

Transportiert worden war ich mit verbundenen Augen. Ich wusste nicht, wo ich mich befand, aber ich wusste immerhin, dass es sich um ein vergammeltes Landhaus oder eine leer stehende alte Villa handelte. Spinnweben nisteten in sämtlichen Ecken, der Staub lag fingerdick, weiße Laken voller Stockflecken bedeckten die wenigen verbliebenen Möbel. Der Raum, in dem ich mich befand, hatte früher als Arbeitszimmer gedient. Ein reichlich kleines Arbeitszimmer. Aber dafür war es völlig schalldicht, wie mir Carlo Tomo höhnisch versichert hatte. Aus diesem Grund nahmen die Dreckskerle die beengten Verhältnisse in Kauf.

Für zwei Mann, die mich festhielten, und einen, der zuschlug, reichte es allemal.

Carlo Tomo hatte auf dem abgedeckten Schreibtisch sitzend zugesehen. Er wollte wissen, wer ich war, und er wollte es nach Möglichkeit wissen, bevor auch Bardolini eintraf. Eigentlich wäre die Wahrheit nicht schwer zu erraten gewesen. Aber mein Widersacher schien die Geschichte für so wahnwitzig und abenteuerlich zu halten, dass er sie nicht glauben konnte und wollte. Und ich hütete mich wohlweislich, auch nur ein Wort zu verraten.

Sobald meine Gegner wussten, dass sie mit einem G-man zu tun hatten, würden sie mich so sicher umbringen, wie morgens die Sonne aufgeht.

Meine einzige Chance bestand darin, die Burschen im Ungewissen zu lassen und Zeit zu gewinnen. Denn eins stand fest: Bardolini hatte die Heroinübergabe unter den veränderten Umständen mit Sicherheit abgeblasen. Und wenn sich auf dem Pier in South Brooklyn nichts tat, würden meine Kollegen Verdacht schöpfen, sich an die Fersen des Gangsterbosses heften und …

»Einen Strick, Joe!«, unterbrach Carlo Tomos wutbebende Stimme meine Gedanken. »Ich hoffe, du kannst eine Henkersschlinge knüpfen. Beeil dich!«

Mir rann ein gelinder Schauer über den Rücken.

Joe war der stiernackige Kerl, der vorhin auf mich eingeprügelt hatte. Jetzt sah er sich prüfend um, ging dann zu dem Fenster an der Schmalseite des Raums und riss kurzerhand den ganzen brüchigen Vorhang herunter. Dicht schließende Rollläden verhinderten, dass ein Lichtschimmer nach draußen drang. Die altmodische Vorhangstange wirkte noch ziemlich stabil. Genauso stabil wie die Gardinenschnur, die Joe mit ein paar kräftigen Rucken prüfte, bevor er sich daranmachte, eine Schlinge zu knüpfen.

Ich biss die Zähne zusammen.

Meine Hände waren auf den Rücken gefesselt, meine Füße mit den gleichen Hanfstrichen zusammengeschnürt. Verbissen bäumte ich mich auf, als ich gepackt und zum Fenster gezerrt wurde, doch das nützte mir nichts. Die Kerle wussten, was sie zu tun hatten, führten diese Teufelei offenbar nicht zum ersten Mal durch. Zwei Mann hielten mich fest, wie gehabt. Joe streifte mir grinsend die Schlinge über den Kopf, warf das freie Ende der Schnur über die Gardinenleiste und begann zu ziehen.

Die Schlinge straffte sich.

»Na?«, fragte Carlo Tomo mit dunklen Augen. »Willst du nicht lieber freiwillig reden? Gleich kannst du es nämlich nicht mehr. Und dann wirst du uns auf Knien danken, wenn wir dir überhaupt wieder erlauben, den Mund aufzumachen.«

Ich antwortete nicht, weil ich genug damit zu tun hatte, die Halsmuskeln anzuspannen und das Kinn auf die Brust zu pressen.

Tomo lachte verächtlich. Der stiernackige Joe zog erbarmungslos an dem verdammten Strick. Erst als ich mühsam mit den gefesselten Füßen auf den Zehenspitzen stand, hörte er auf und verknotete das freie Ende der Schnur am Fensterrahmen.

Mein Magen krampfte sich zusammen.

Ich wusste verdammt genau, dass kein Mensch längere Zeit auf den Zehenspitzen stehen kann, dass ich mich in dieser Haltung irgendwann unweigerlich selbst erdrosseln würde. Die anderen wussten es auch. Carlo Tomos verzerrtes Gesicht spiegelte grausames Vergnügen.

»Okay«, knurrte er. »Wir lassen dir jetzt ein bisschen Zeit zum Überlegen. Ich denke …«

Das Geräusch der Tür unterbrach ihn. Es war Rizzo, der seinen schmalen Geierschädel hereinsteckte. Giovanni Rizzo, Bardolinis Killer, der mich von Dicattris Bungalow bis zu dem Spielclub verfolgt hatte.

»Don Giuseppe ist im Anmarsch«, meldete er. »Zusammen mit Jeff Cartlet und diesem kahlköpfigen Gärtner.«

»Sehr schön!« Tomo grinste. »Bardolini wird zufrieden sein mit dem, was wir ihm hier zu bieten haben. Aber kümmern wir uns erst einmal um den Gärtner. Der wird nicht mehr gebraucht, also kann er auf die große Reise gehen.«

»Soll ich …?«, begann der stiernackige Joe.

»Nein, nein. Wir wollen unseren Freund ruhig eine Weile allein lassen. Umso gründlicher wird er sich beim nächsten Mal überlegen, ob er weiter auf stur schalten soll.«

Grinsend wandte sich Tomo ab. Die anderen folgten ihm. Mit einem dumpfen Laut fiel die schalldichte Tür hinter ihnen zu und ließ Stimmen und Geräusche aus der Halle verstummen wie abgeschnitten.

Ich schloss die Augen.

Sekundenlang hatte ich alle Mühe, gegen die aufflammende Panik anzukämpfen. Tiefes Durchatmen hilft in solchen Fällen, aber gerade das konnte ich nicht. Mühsam riss ich mich zusammen, entspannte meinen ganzen Körper mit Ausnahme der Beinmuskeln und versuchte, klar und vernünftig zu überlegen.

Ich musste handeln.

Sofort! Bevor die Kerle zurückkamen – und bevor sie Zeit fanden, diesen dreimal verdammten Glatzkopf wie ein lästiges Insekt umzubringen. Über die Frage, wie ich im Falle eines Falles mit der ganzen Bande fertig werden sollte, zerbrach ich mir vorerst nicht den Kopf. Bardolini war im Anmarsch, also befanden sich vermutlich auch meine Kollegen in der Nähe. Aber ob sie eine Chance hatten, rechtzeitig einzugreifen …

Ich hörte auf zu denken.

Dass meine einzige Chance das Fenster in meinem Rücken war, hatte ich vom ersten Moment an gewusst. Jetzt konzentrierte ich mich, versuchte, die gefesselten Hände nach oben zu schieben – und begriff schon nach wenigen Sekunden, dass es keine Möglichkeit gab, die schmale Fensterbank mit den Fingern zu erreichen.

So ging es schon mal nicht.

Aber wie sonst, verdammt? Ich peilte nach oben. Vorhin, als der stiernackige Joe den Vorhang herunterriss, hatte der Stoff nachgegeben, aber nicht die Gardinenstange. Das hieß, dass ich sie auf keinen Fall herunterholen konnte. Es hieß aber auch, dass sie mein Gewicht tragen würde. Wenn es mir gelang, wenigstens eine Sekunde lang durch die Anspannung meiner Halsmuskeln das Zusammenziehen der Schlinge zu verhindern …

Eine Sekunde war möglich.

Ich wusste, ich würde keinen zweiten Versuch bekommen, aber ich musste es riskieren. Vorsichtig drehte ich mich auf den Zehenspitzen, bis ich dem Fenster die rechte Seite zuwandte. Ein paar Herzschläge lang konzentrierte ich mich. Dann ließ ich mich um die Fingerbreite tiefer sacken, die möglich war, spannte alle Muskeln und stieß mich ab.

Wie glühender Draht schien sich die Schlinge in die Haut in meinem Hals zu fressen.

Um eine Kleinigkeit schwang mein Körper zurück. Etwas kräftiger wieder nach vorn, erneut zurück – vor – zurück – vor …

Mit letzter Kraft schwang ich die gefesselten Beine hoch, landete mit beiden Füßen auf der Fensterbank und ließ mich gegen die Scheibe fallen. Klirrend ging sie zu Bruch. Die Rolllade verhinderte, dass ich nach draußen stürzte und mich doch noch erdrosselte. Das Blut rauschte in meinen Ohren, mein Schädel schien bersten zu wollen. Immer noch drückte mir die Schlinge die Kehle zusammen wie ein Ring aus glühendem Eisen. Aber ich konnte atmen – und ich konnte mit den gefesselten Händen ein paar stehen gebliebene Glaszacken im Fensterrahmen erreichen.

Minuten später war ich die Stricke an den Gelenken los.

Meine Finger zitterten, als ich nach der Schnur um meinen Hals tastete. Mühsam zerrte ich mir die Schlinge über den Kopf. Meine Kehle schmerzte, als würde sie von innen mit Sandpapier bearbeitet. Beim Schlucken schien mir ein Messer quer durch den Hals zu fahren. Aber im Augenblick hatte ich keine Zeit, mich um mögliche Verletzungen zu kümmern.

Niemand hätte mir einen Vorwurf machen können, wenn ich durchs Fenster verschwunden wäre und auf Verstärkung gewartet hätte – aber dieser Gedanke kam mir komischerweise erst hinterher.

Ich wusste nicht, wie viele von den Gangstern sich in der Halle aufhielten. Ich wusste nur, dass sie den kleinen kahlköpfigen Mann eiskalt umbringen würden, und im Moment war es mir verdammt egal, dass dieser Mann mich genauso eiskalt ans Messer geliefert hatte.

Binnen einer halben Minute war ich auch die Fesseln an meinen Füßen los.

Ohne besondere Vorsicht sprang ich auf den Boden – ich wusste schließlich, dass ich mich in einem schalldichten Raum befand. Mein Blick glitt in die Runde. Auf einem vergammelten Rollschrank staubte alles mögliche Gerümpel vor sich hin – unter anderem ein beachtlich spitzer Brieföffner und eine kleine Bronzefigur, die mal als Briefbeschwerer gedient haben mochte. Ich schnappte mir beides, huschte zur Tür und bewegte vorsichtig den Drehknauf.

Zwei Sekunden später konnte ich durch einen schmalen Spalt in die Halle sehen.

Da waren sie. Bardolini, Jeff Cartlet und die vier, die mich in dem Spielclub überrumpelt hatten. Giovanni Rizzo, der Berufskiller. Carlo Tomo und seine beiden Babysitter. Nur ›meine‹ beziehungsweise Gil Dicattris Bodyguards vermisste ich. Die hatte man wohl auf dem Parkplatz des Spielclubs sozusagen im Regen stehen lassen, weil man sie nicht erst mühsam überzeugen wollte. Aber es blieben immer noch zehn Mann.

Und alle zehn wandten mir Profile oder Rücken zu und starrten den kleinen kahlköpfigen Gärtner an, der zitternd und mit gefesselten Händen an der Wand neben dem Kamin lehnte.

Keine Chance, ihn herauszuholen.

Ich ballte die Hände zu Fäusten.

Verzweifelt irrte mein Blick hin und her – und sog sich an dem wuchtigen Sideboard nur wenige Schritte rechts von mir fest.

Jemand hatte seine Maschinenpistole dort abgelegt.

Einfach so …

Und unter der erlauchten Versammlung gab es niemanden, der eine Waffe in der Hand hielt, weil das aus der Sicht der Gangster ganz und gar überflüssig gewesen wäre.

Na bitte, dachte ich grimmig.

Behutsam zog ich die Tür noch ein Stück weiter auf und glitt vorsichtig die wenigen Schritte nach rechts. Im nächsten Moment spürte ich kühlen, soliden Waffenstahl unter den Fingern.

»Keine Bewegung, oder es gibt ein Blutbad«, sagte ich laut.

Zur Bekräftigung ließ ich das Schloss der Maschinenpistole klirren – und die Wirkung war so, als wäre mitten in der Halle eine Bombe explodiert.

Wie ein Mann fuhren die Kerle herum. Mein Kiefer schmerzte vor Anspannung. Ich wusste, ich würde abdrücken müssen, wenn auch nur einer meiner Gegner zur Waffe griff. Aber der Anblick einer schussbereiten, auf Dauerfeuer gestellten UZI wirkt ungemein dämpfend.

Eine kleine Ewigkeit schien in gespenstischer Stille zu verstreichen. Vielleicht hätten sich die Burschen doch noch auf ihre Übermacht besonnen – aber in der nächsten Sekunde überstürzten sich die Ereignisse.

Auf drei Seiten der Halle wurden rasselnd Rollläden hochgestemmt.

Fensterscheiben zerklirrten, Türen flogen auf, und

irgendwo draußen begann eine Megafonstimme zu dröhnen.

»Achtung, Achtung! Hier spricht der FBI! Achtung, Achtung ...«

Es war wirklich ein grässlich misstönendes Gekrächze. Aber mir klang es in diesem Augenblick wie Engelsmusik in den Ohren.

Die Gangster in der Halle waren so überrascht, dass sie überwältigt und entwaffnet wurden. Bevor sie überhaupt überlegen konnten, ob sie sich ergeben sollten oder nicht.

In dieser Nacht hörte die ›Familie‹ Joseph Bardolinis auf zu existieren, und gegen die Tomo-Organisation führten wir einen Schlag, der sie für lange Zeit entscheidend schwächte. Joseph Bardolini, Carlo Tomo und die meisten ihrer Leute, einschließlich des Killers Giovanni Rizzo, wurden später wegen Kidnappings und versuchten Mordes zu lebenslangem Zuchthaus verurteilt. Dass auch für Gil Dicattri die Quittung lebenslänglich heißen würde, stand ohnehin fest. Einzig Oriana Bardolini kam mit einer begrenzten Strafe davon, aber sie wird eine alte Frau sein, wenn sie die Freiheit wiedersieht.

Puppa Dicattri lebt immer noch in einem Sanatorium. Die Ärzte hoffen, ihr mit der Zeit vielleicht helfen zu können. Ich finde, dass man es ihr wünschen kann.

ENDE

# Spezialist für Blut und Tränen

## 15. April
## New York City

Sie hatten uns Ralph Meyer vom Büro des Staatsanwalts mitgegeben. Als Wachhund. Meyer war eben über fünf Fuß groß, trug eine randlose Nickelbrille, hatte kurze, stämmige Beine und in der Proportion zu seinem Körper viel zu große Füße. Meyer war eine wandelnde Gesetzesbibliothek und der Garant dafür, dass jede unserer Aktionen auch mit dem Buchstaben des Gesetzes übereinstimmte.

Phils und mein Job war die wohl wichtigste Verhaftung, die es in diesem Jahr in New York gegeben hatte.

Der Mann, um den es ging, hieß Alfred Palmer. Er war sechsundvierzig, Weißer und von Beruf Buchhalter. Arbeitgeber: Bruno Tomaselli alias ›Tommy-Gun‹. Der war der neue Pate in Chinatown, nachdem er alles andere, was ihm vom MOB vor die Nase gesetzt worden war, weggeräumt hatte. Endgültig. Tomaselli machte keine halben Sachen. Darauf beruhte sein Erfolg.

Es ging also um den Buchhalter des Paten. Sieben Jahre hatten Palmer und Tomaselli zusammengearbeitet. Sieben lange Jahre hatte Palmer die Bilanz von Blut und Tränen aufgemacht, hatte Ausgaben und Einnahmen verbucht und auch die Einnahmequellen fein gründlich aufgeschrieben. Wie es sich für einen Buchhalter gehörte. Im Gegensatz zu Tomaselli, der es grob liebte, war Palmer ein penibler Mensch, der in seinen Büchern auch keine halben Sachen machte.

Da gab es also Geschäftsbücher, die explosiver waren als Nitro. Palmer hatte sie, er wusste jedenfalls, wo sie sich befanden. Weil das so war, hatte er vor einem Jahr bei Tomaselli aussteigen können. Abgefunden mit einer beträchtlichen Summe und versichert mit lebenslanger Betreuung durch den MOB, was auch weitere Zuwendungen einschloss. Weil er eben diese Unterlagen besaß.

Seit seinem Ausstieg bei Tomaselli versuchten wir, ihn an den Haken zu bekommen. Aber Palmer war ein scheues Wild. Er lebte zurückgezogen und unauffällig. Alles in seinem Leben hatte seine Ordnung. Er vergaß nichts, drehte keine krummen Dinger. Cops behandelte er höflich, Strafzettel bezahlte er bar. Ein Musterknabe! Glatt wie ein Fisch unterm Bauch. Unerreichbar für uns.

Bislang.

Das Blatt hatte sich gewendet. Eine Legion von Steuer- und Wirtschaftsprüfern war auf Palmers Einkommensteuererklärung angesetzt worden. Vier Monate hatten sie auch die kleinsten Beträge nachgecheckt und die Echtheit von eingereichten Quittungen peinlichst überprüft. Palmer hätte ein Heiliger sein müssen, wenn sie ihn nicht bei irgendwelchen falschen Angaben erwischt hätten. Kleckerbeträge, bei denen man sonst die Augen zudrückte, die man einfach unter den Tisch fallen ließ.

Aber nicht bei Alfred Palmer. Es hörte sich an wie ein schlechter Witz, aber Palmer hing an 2.345 Dollar und 23 Cent. Der Strick war fein und fest geknotet. Palmer konnte sich drehen und wenden, wie er wollte, aus der Schlinge konnte er sich nicht mehr befreien.

Der zuständige Staatsanwalt hatte ein Betrugsverfahren eingeleitet, und vor zwei Stunden hatte der Richter den Haftbefehl unterschrieben. Ob wir ihn nun dazu bewegen konnten, gegen Tomaselli auszusagen und uns Beweismaterial zu liefern, stand auf einem anderen Blatt geschrieben. Aber wir hatten ihn erst einmal auf Nummer Sicher. Und es gibt verdammt viele Betonschädel, die im Gefängnis weich werden. Vielleicht, das war unsere Hoffnung, gehörte Palmer dazu.

Sein Wagen stand in der Tiefgarage. Zeerookah hatte das überprüft. Seit Tagen wurde das Apartmentgebäude am Finn Square vom FBI rund um die Uhr bewacht. Alle Berichte wiesen eindeutig darauf hin, dass Alfred Palmer nicht einen einzigen unbemerkten Schritt hatte machen können. Sein Telefon war angezapft und seine Post wurde geöffnet. Sämtliche Rechte, die er als freier Bürger in einem freien Land hatte, waren durch irgendwelche Instanzen angeknabbert worden.

Aber das alles ging uns nichts an. Wir sollten ihn verhaften, und Ralph Meyer wachte mit Argusaugen darüber, dass wir nicht einen winzigen Formfehler begingen.

Alfred Palmer wohnte im elften Stock. Direkter Blick auf die Hudson Street, seitlicher Ausblick auf die Leonard Street. Bevorzugte Wohnlage für Spitzenverdiener. Palmer konnte es sich leisten. Tomaselli bezahlte.

Ralph Meyer streckte sich, ohne durch diese Bewegung an Größe zu gewinnen. Er warf einen Blick auf seine Timex, zückte den Bleistift und trug die Uhrzeit auf ein vorbereitetes Formular, auf dem all unsere Bewegungen und Vorgehensweisen peinlichst genau festgehalten wurden. Wenn wir Palmer erst einmal hatten, würde ein juristisches Sturmgewitter über uns hereinbrechen. Topanwälte zerpflückten dann jeden unserer Schritte, zogen jede unserer Bewegungen nach. Immer auf der Suche nach einem Fehler, auch dem winzigsten, den wir möglicherweise gemacht hatten.

Ehrlich gesagt, es war ein Scheißjob!

»Vier Uhr und fünfzehn Minuten«, sagte Ralph Meyer. Er nickte Phil und mir zu.

Ich drückte die Klingel. Phil zückte seine Dienstwaffe.

Meyer notierte.

Musik klang durch die geschlossene Tür. Leise Schritte waren zu hören, und die Lautstärke der Musik wurde zurückgenommen.

Ich schellte ein zweites Mal. Diesmal etwas ausdauernder.

Die Musik wurde wieder lauter gedreht.

»Warum macht er nicht auf, wenn er drin ist?«, fragte Phil.

Ich grinste meinen Freund an. »Musst du ihn schon selbst fragen«, antwortete ich.

Meyer, der der Ernst in Person war, verzog zum ersten Mal sein rundliches Gesicht zu einem angedeuteten Grinsen. Es war wirklich nur angedeutet. Die Gefühlsregung dauerte auch nicht länger als eine Sekunde. Dann schauten wir wieder in diese unzerstörbare Westwall-Betonmauer, zu dem sein Gesicht geworden war.

»Er kann uns nicht erwarten und hat uns auf keinen Fall ankommen sehen«, sagte Phil. Er war nervös. »Unsere Leute haben seit Stunden alles abgeschottet, Jerry.«

Das hatten sie. Ich nickte und schaute Meyer an.

»Geben Sie sich als G-men zu erkennen«, sagte Meyer und meinte damit Phil und mich.

»Mr. Palmer! Machen Sie auf! FBI!«

»Ihre Namen«, sagte Meyer, der mir langsam, aber sicher auf den Wecker fiel. Man konnte alles übertreiben, und ich fand, dass er die Grenze zur Lächerlichkeit erreicht hatte.

»G-men Jerry Cotton und Phil Decker, FBI-District New York City!« Ich nannte unsere Namen, was Meyer augenblicklich notierte.

Von drinnen war nur noch die Musik zu hören.

Meyer nickte mir wieder zu.

»Sie haben zehn Sekunden! Wenn Sie dann nicht geöffnet haben, verschaffen wir uns gewaltsam Einlass!«

Die zehn Sekunden verstrichen, und nichts geschah.

»Okay«, sagte ich zu Phil und trat bis auf die andere Gangseite zurück.

Phil nahm den 38er Special in beide Hände und kniete sich dicht neben der Tür auf den blauen Teppich. Alles war hier in Blau gehalten. Angeblich wirkte sich die Farbe beruhigend auf die Psyche des Menschen aus.

Ich hatte davon noch nichts bemerkt.

Meyer trat zwei Schritte zurück. Seine Schultern strafften sich. Automatisch schob er seinen Bauch damit nach vorn. Er war gespannt wie eine Feder. Es war seine erste Verhaftung, die er erlebte. Dass sie gleich dramatische Formen annehmen würde, damit hatte der Kleine nicht gerechnet. Ich rammte die Tür mit der rechten Schulter und sprengte sie aus dem Rahmen. Das Türblatt knallte innen gegen die Seitenwand des Vorraums. Ich stürzte. Phil sprang über mich hinweg in den Vorraum hinein.

Die Musik war infernalisch. An den Lautsprechern einer Greenwich-Village-Disco hatten die Gehörnerven auch nicht mehr zu leiden.

Nachdem Phil mich passiert hatte, kam ich wieder auf die Beine. Phil kniete inzwischen an der Seitenwand.

Er hielt die Waffe wie Crocker in Miami Vice, und sein Gesicht war mindestens genauso ernst.

Ich rannte an ihm vorbei, stieß im Laufen die Luft aus und visierte die Tür an der Frontwand des Ganges an, die einen Spaltweit offen stand. Aus dem sich dahinter befindlichen Raum kam auch die dröhnende Musik.

Ich stieß die Tür mit einem Fußtritt auf und sprang nach vorn.

Im nächsten Moment spürte ich regelrecht, wie das Blut aus meinem Kopf abfloss und mein Gesicht schneeweiß wurde.

Bruno Tomaselli saß auf der breiten Couch unter dem Fenster. Der Pate von Chinatown! Der Mann, den wir über Palmer zu erwischen hofften. Zwischen den Fingern seiner rechten Hand, die dicke Diamantringe zierten, hielt er eine Monte Christo. Rauch kräuselte ihm aus den breiten, etwas geblähten Nasenlöchern, die vom Kokainschnupfen immer leicht entzündet waren. Er hatte die Beine übereinander geschlagen und hob die buschigen, dunklen Brauen irritiert an.

»Welcome in the Club«, sagte er ruhig und gelassen. Er war ein Mann, den so leicht nichts aus der Ruhe bringen konnte. Wir vom FBI beschäftigten uns seit Jahren mit ihm. Wir hatten seinen Aufstieg verfolgt, ohne ihn aufhalten zu können. Noch nie hatte ich gehört, dass er gegenüber einem Polizeibeamten ausfallend geworden war.

Tom Larsky räumte gerade ein Regal mit einer einzigen Handbewegung aus und kippte es schließlich grinsend um. Er war ein blonder, mittelgroßer Mann, der von seinen Ringschlachten, wo er hauptsächlich als Kanonenfutter für angehende Champs gebraucht worden war, ein gebrochenes, schlecht zusammengewachsenes Nasenbein überbehalten hatte.

Walther Highland, ein Halbblut, das beinahe genauso groß und wuchtig war wie sein Chef Tomaselli, kam aus einem Nebenzimmer. Durch die offene Tür konnten Phil und ich einen Blick hineinwerfen. Es war das Schlafzimmer. Das war genauso gründlich ›aufgeräumt‹ wie das Wohnzimmer.

Larsky und Highland waren Tomasellis Leibwächter.

Treue Hunde, die er treten konnte und die ihm dennoch die Füße leckten. Wahrscheinlich würden sie sogar für ihn sterben.

Aber da war ich mir nicht sicher.

Phil rauschte rechts an mir vorbei, auf den Stereoturm zu, der frei im Raum stand. Mit einem einzigen Tritt beförderte er das Ding quer durchs Zimmer. Noch immer blökend segelte es durch den Raum und verstummte erst, als es an die Wand unter dem Fenster krachte, wo seine Transistoren den Geist aufgaben.

»Das ist Sachbeschädigung«, sagte Larsky und rieb sich die mehrmals gebrochene Nase. »Absolut Sachbeschädigung. Ist doch so, Boss?«

Tomaselli nickte.

»Okay«, sagte Phil. »Palmer soll eine Anzeige machen.«

Tomaselli grinste. »Ein G-man mit Humor«, sagte er. »Könnt ihr die Kanonen nicht runternehmen wie gesittete Menschen?«

Ralph Meyer kam herein. Etwas zögernd. Er wurde nicht dafür bezahlt, sich über den Haufen schießen zu lassen. Also hatte er erst einige Zeit draußen im Gang gewartet. Er schaute sich irritiert um. »Wo ist er?«

»Wo ist er?«, gab ich die Frage an Tomaselli weiter.

Der riesige Mann – er war über sechs Fuß groß –, der ein aufgeschwemmtes, ungesundes Gesicht hatte, zuckte mit den Schultern. »Seychellen, Malediven, vielleicht auch auf Hawaii oder in Chicago. Wenn das eine Quizfrage ist, verzichte ich freiwillig auf den Preis, Cotton.«

Ralph Meyer stöhnte abgrundtief. Er schaute Phil und mich vorwurfsvoll an. Irgendwie hatte er auch Recht. Wir hatten Palmer angeblich während der letzten Tage unter Dauerkontrolle gehabt. In diesem Block hielten sich einige G-men auf. Draußen auf der Straße saßen andere G-men in neutralen, unauffälligen Fahrzeugen. Bis heute Morgen, das war sicher, hatte sich Palmer noch hier am Finn Square aufgehalten. Da hatte Zeerookah, mein indianischer Kollege, ihn beschattet. Er hatte ihn zum Bäcker und zum Fleischer begleitet und wieder in den Block zurückgehen sehen. Mit einem Kontrollanruf hatte sich Zeery zudem noch davon überzeugt, dass Palmer auch wirklich in seine Wohnung zurückgegangen war.

Und jetzt war er weg. Jede Beschattung und Bewachung hatte Löcher. Das war unbestritten. Aber dass das gerade uns passieren musste!

Auch den Besuch von Tomaselli und seinen beiden Leibwächtern hatte uns niemand gemeldet.

»Und ihr räumt hier auf?«, fragte Phil.

»Wir schauen nur nach, ob der Hundesohn nichts

mitgenommen hat«, sagte Tomaselli. »Es ist schließlich meine Wohnung, und es sind meine Möbel.«

Ich wusste es nicht, aber wenn er es sagte, dann stimmte es. Tomaselli hatte noch nie eine Ecke gezeigt, an der man ihn packen konnte. Ich glaubte nicht daran, dass er nun damit begann.

»Wann haben Sie ihn zum letzten Mal gesehen?«, fragte Ralph Meyer freundlich. Den gespitzten Bleistift hielt er wie eine Waffe in der Hand. Die Spitze stach in Tomasellis Richtung.

»Wer ist der Zwerg?«, fragte mich Tomaselli.

»Mr. Meyer, vom Büro des Staatsanwalts.«

Tomaselli grinste breit.

»Soll das heißen, ihr wolltet Palmer aus dem Verkehr ziehen?«

»Genau das, Mister«, posaunte Meyer. »Wir haben hier einen ordnungsgemäßen Haftbefehl auf den Namen Alfred Palmer.«

»Den kannst du jetzt für hinterlistige Zwecke benutzen, Meyer«, sagte Walther Highland, das Halbblut. Wegen seiner weit nach vorn stehenden Zähne sprach er so undeutlich, dass es manchmal Mühe bereitete, ihn zu verstehen. »Oder ist der richterliche Scheiß auf Sandpapier geschrieben?«

Meyer wurde rot. Er rang mit der Fassung und suchte nach Worten.

»Falls du scharf bist auf eine Gebisskorrektur, Highland«, sagte ich, »brauchst du nur noch einmal so einen Unsinn vom Stapel zu lassen.«

»Bist du sicher, dass du das ernst meinst, G-man?«

»Er meint es ernst«, mischte sich Tomaselli ein. »Und jetzt verschwindet. Es ist meine Wohnung, Gentlemen. Der Mann, den ihr sucht, ist nicht hier. Es gibt also keinen Grund für euch, euch hier häuslich niederzulassen. Es sei denn, ihr bezahlt Miete.«

Meyer nickte schnell und gab mir einen Wink, bevor ich etwas Passendes antworten konnte. »Er hat uns zum Gehen aufgefordert. Wenn wir bleiben, ist es

Hausfriedensbruch«, erklärte die wandelnde Gesetzbibliothek etwas, was Phil und ich ohnehin wussten.

»Sie gefallen mir, Meyer«, sagte Tomaselli zufrieden. »Falls ich Verwendung für Sie habe, rufe ich im Büro des Staatsanwalts an. Bei mir verdienen Sie das Dreifache.«

»Aber ohne Pensionsberechtigung, Meyer«, sagte Phil und ging als Erster.

Meyer und ich folgten ihm. Draußen im Gang zündete sich Phil eine Zigarette an. »Ich weiß nicht, wie er verschwunden ist«, sagte mein Freund, »aber er hat damit einen verdammten Fehler begangen. Jetzt weiß Tomaselli, dass wir etwas gegen Palmer in der Hand haben und ihn suchen.«

»Ja und?«, fragte Ralph Meyer.

Phil lachte leise. »Tomaselli wird was dagegen haben, dass wir ihn finden und Zeit haben, ihn auszuquetschen, Mr. Meyer.«

»Mit anderen Worten«, verdeutlichte ich es für Meyer, »wir haben die Chance, ihn als Leiche zu finden.«

»Etwas ist durchgesickert, Sir«, sagte Phil zu Mr. High, unserem Chef. »Jemand hat ihm früh genug eine Warnung zukommen lassen, und er ist Hals über Kopf abgehauen.«

»Darauf weist wohl alles hin«, sagte Mr. High.

»Wir haben eine bundesweite Fahndung eingeleitet«, sagte ich. »Seine Bekannten und Freunde werden überwacht, so gut das geht und so weit wir sie kennen. Er hat keinen Flug genommen, und sein Auto steht in der Garage. Wir überprüfen, ob er einen zweiten Wagen auf seinen Namen angemeldet hat.«

Mr. High nickte. »Das halte ich für unwahrscheinlich«, sagte er dann. »Wenn er einen zweiten Wagen hat, ist der nicht auf seinen Namen angemeldet, Jerry. Wie viele Chancen haben wir, Palmer vor Tomaselli zu finden?«

»Eigentlich gar keine«, sagte ich ehrlich.

»Und ohne Palmer haben wir auch keine Chance, Tomasellis Macht in Chinatown zu brechen. Hier beißt sich die Schlange in den eigenen Schwanz. Hätte er geredet?«

»Vielleicht«, sagte ich. »Wäre auf die Umstände angekommen.«

»Wir finden ihn wieder«, versicherte Phil. »Verdammt, wir finden ihn wieder.«

»Er hat bislang nicht mit den Bullen zusammengearbeitet«, sagte Tomaselli ruhig. Scheinbar ruhig. Dass ihn das alles etwas mitnahm, darauf deuteten seine Hände, die unruhig über die Mahagoniplatte des Schreibtisches glitten. Die Diamanten an seinen Fingern zogen noch mehr Schrammen auf das Edelholz. »Sie haben etwas ausgegraben, mit dem sie Palmer festnageln können. Ich weiß nicht, was es ist. Auf jeden Fall müssen wir ihn vor den Bullen erwischen. Wenn die ihn schnappen und er redet, dann bricht hier alles zusammen. Solange das nicht geschehen ist, haben wir nichts zu befürchten. Du kümmerst dich in aller Stille darum, Harry.«

Harry Prince saß Tomaselli gegenüber. Er war groß und hager und hatte ein schmales Gesicht, das immer etwas kränklich aussah. Seine Augen lagen etwas zu tief in den Schädel versetzt. Sie hatten einen leichten Rotstich. Zum Albino fehlte dem blonden Tomaselli-Stellvertreter wirklich nicht viel.

»Wenn er verschwunden ist, ist er wie 'n Mundvoll Spucke im Ozean, Bruno«, sagte Prince. Er hatte eine tiefere Stimme, als man ihm bei seiner Statur eigentlich zugetraut hätte.

»Auch ein U-Boot muss wieder auftauchen, Harry. Ich weiß nicht wie du es machen kannst, aber du suchst und findest ihn! Vor den Bullen! Dann legst du ihn schlafen – für immer!«

Harry Prince nickte. Mit einer fahrigen Handbewegung strich er sich über das dünne, blonde Haar, das hinten so lang war, dass es ihm über den Hemdkragen fiel.

»Was ist mit seinen Unterlagen, Bruno?«, fragte Harry dann. »Er hat doppelte Buchführung gemacht und von jedem Vorgang eine Kopie für sich, für schlechte Tage, weggelegt. Was das angeht, ich halte es nicht für einen Bluff. Die G-men scheinen auch davon zu wissen. Warum, verdammt, sollten sie sonst so lange und so tief gegraben haben, um Palmer in irgendetwas zu verwickeln?«

»Wenn du ihn vor den Bullen erwischst, dann legst du ihn um! Wenn die Bullen ihn vor uns erwischen, muss dir etwas anderes einfallen. Das ist alles, Harry! Verdammt, wofür bezahle ich dich wie einen Manager, wenn ich mich doch um alles selbst kümmern muss?«

»Weil ich mich besser und gründlicher kümmere, Bruno«, sagte Prince. »Und weil ich mit den Leuten besser umgehen kann. Die brauchen eine harte Hand. Die hast du manchmal nicht.«

»Komisch«, sagte Tomaselli. »Die Bullen und alle meine Feinde sind anderer Meinung.«

Prince grinste breit. »Die kennen dich eben nicht so gut wie ich, Bruno.«

Tomaselli nickte nachdenklich. »Möglich«, sagte er. »Aber sie werden mich kennen lernen.«

## 22. April
## Portland, Maine

Alfred Palmer hatte einen Fehler begangen. Aber ein Mann auf der Flucht durfte sich keinen Fehler leisten.

Er hatte die Interstate 95 bei Scarborough verlassen und war Richtung Osten gefahren. Bis Pine waren es fünf Meilen. Dann konnte er nach rechts abbiegen und der Küstenstraße über Oak Hill nach Cape Elizabeth folgen.

Es war eine ruhige, abgelegene Ecke in Maine. Nicht weit von Portland entfernt und dennoch idyllisch. Wenigstens im April, wenn das Wetter noch schlecht war und die See meistens so rau, dass Touristen ausblieben.

Und Alfred Palmer brauchte eine ruhige Ecke, um über alles in Ruhe nachdenken zu können. Der FBI New York hatte zusammen mit den Finanzbehörden seine Steuererklärung aufgerollt und Schwachpunkte gefunden, an denen man ihn aufhängen konnte. Aber darum ging es dem FBI nicht. Die G-men benötigten nur eine Verhandlungsbasis, die sie nun gefunden hatten.

Festnahme wegen Steuervergehen, eine langwierige Verhandlung, während der er in Untersuchungshaft verbleiben würde, dann eine Verurteilung zu drei bis zehn Jahren. Unter drei gaben sie sich nicht zufrieden. Wenn die Bundespolizei etwas Druck ausübte, das würde sie sicher tun, kamen zehn Jahre dabei heraus. Und das war sein Todesurteil!

Das war der normale Weg. In seinem Fall jedoch würde der anders aussehen.

Sie machten ihm ein Angebot: Mit der Bundespolizei zusammenzuarbeiten, durch seine Aussagen Bruno Tomaselli in New York zu Fall bringen! Dann würde es nicht einmal eine Anklage geben. In diesem Fall würden sie ihm Sicherheit garantieren, obgleich sie genau wussten, dass es keine Sicherheit gab, wenn er sich gegen den MOB stellte. Vielleicht dauerte es etwas länger, aber sie würden ihn finden. Dann war er tot, und die Bundespolizei hatte, was sie haben wollte.

Ein schlechter Handel, hatte Alfred Palmer gefunden und sich deshalb der Festnahme entzogen. Er hatte einen Tipp bekommen, hatte sich in seinen zweiten Wagen gesetzt, der auf einen anderen Namen zugelassen war, und war losgefahren.

Vor einer Woche. Eigentlich ziellos. Er hatte Geld genug und suchte nichts anderes als einen ruhigen Platz, um über die Misere nachzudenken.

Die Gegend um Cape Elizabeth war ihm gestern eingefallen. Er hatte dort mal Urlaub gemacht, kannte sich etwas aus, und seine Erinnerungen waren gut. Die Leute hier in Maine stellten nicht viele Fragen, wenn man bezahlte und sich ruhig verhielt.

Nichts anderes hatte Alfred Palmer vor, als es passierte und er die Nerven verlor.

Er folgte dem Chrysler schon eine halbe Stunde. Er hatte keine Eile. Der Wagen vor ihm hielt sich an das Tempolimit, und die Straße war so unübersichtlich, dass Überholen zum Risiko wurde. Eine halbe Stunde lang ging es gut. Palmer hatte das Radio eingeschaltet, ließ sich von Musik berieseln, zündete sich eine Zigarette an und öffnete das Seitenfenster ein Stück. Hin und wieder kam hinter den Wolken die Sonne hervor. Dann war es ein warmer Tag.

Palmer dachte an sein Problem. Er war mit seinen Gedanken mal in der Vergangenheit und mal in der Zukunft. Auf keinen Fall auf der Straße. Deshalb reagierte er spät, als vor ihm die Bremsleuchten des Chrysler aufglühten.

Palmer stemmte sich gegen das Bremspedal und umklammerte das Steuer des Caddys so fest, dass die Knöchel seiner Hand weiß hervortraten. Der Wagen rutschte dennoch mit blockierenden Rädern weiter. Palmer kurbelte wie wild am Steuer. Irgendwie gelang es ihm, den Caddy an dem Chrysler vorbeizubringen.

Kein Blechschaden, keine Schwierigkeiten!

Das dachte Palmer genau eine Sekunde lang. Dann sah er das Fahrrad mitten auf der Straße liegen. Sein Kopf ruckte nach rechts. Dort, am Rand der Böschung, lag das Mädchen. Dass es ein Mädchen war, war nur an den langen, blonden Haaren zu erkennen. Ansonsten war der Körper blutüberströmt. Auch das Gesicht, das etwas nach links, in den Abgrund gerichtet war.

Palmer hielt auf gleicher Höhe mit dem Chrysler. Er sah das strenge Gesicht einer großen, schlanken Frau, das in diesem Moment wie aus Beton gemeißelt wirkte. Absolut regungslos starrte die Frau, die Mitte vierzig war, auf das Mädchen am Böschungsrand.

Palmer sah den schmalen Weg, der aus dem bewaldeten Gebiet links der Straße auf dem grauen Betonband mündete. Auf den ersten Blick war die Sache für ihn klar, obgleich er den Unfallhergang nicht beobachtet hatte: Das Mädchen war mit dem Rad, aus dem schmalen Waldweg kommend, auf die Fahrbahn aufgefahren, ohne sich davon überzeugt zu haben, ob die Straße auch frei war. Die Fahrerin des Chrysler traf keine Schuld. Absolut nicht. Sie hatte sich an die vorgeschriebene Geschwindigkeit gehalten, war sogar noch darunter geblieben. Er, Palmer, konnte das bezeugen …

Bezeugen!

Bezeugen, das hieß Kontakt mit der Polizei, Personalien angeben, Führerschein überprüfen, Aussage machen, Protokoll unterschreiben. Vielleicht war die County Police etwas gemütlicher, vielleicht sahen sie auch nicht in jedem New Yorker gleich einen Verbrecher, aber es war Palmer klar, dass sie seine Daten überprüften. Und wenn das geschah, nagelten sie ihn an die Tür, bis der FBI verständigt worden war und einige G-men aus Portland antanzten. Dann war seine Reise zu Ende, und die Vergangenheit hatte ihn wieder eingeholt.

Binnen einer Sekunde schoss Palmer das alles durch den Kopf. Panik ergriff ihn und ließ ihn genau das Falsche tun.

Er warf den Gang rein und gab Gas. Die Reifen seines Caddys knirschten über das auf der Fahrbahn liegende Rad des schwer verletzten oder toten Mädchens hinweg. Glas splitterte. Palmer zog den Wagen nach links, damit es nur die rechten Reifen waren, die über das Fahrrad hinwegdrehten. Er sah den Meilenstein ›Cap Elizabeth 15 Miles‹ zu spät. Eigentlich wurde er erst darauf aufmerksam, als er ihn mit dem linken Kotflügel schrammte und der Wagen einen schweren Schlag bekam.

Palmer bekam den Caddy auf die Straße zurück und wieder unter Kontrolle. Er beschleunigte, kniff die Augen zusammen und warf einen schnellen Blick in den Rückspiegel.

Der Chrysler stand noch an der gleichen Stelle. Hinter der Windschutzscheibe war der Schatten der hageren Frau auszumachen. So wie es auf den ersten Blick aussah, hatte sie sich noch immer nicht bewegt.

Das Mädchen am Straßenrand bewegte sich auch nicht.

Palmer hasste sich für das, was er tat.

›Sie wird aussteigen‹, redete sich Palmer ein. ›Sie wird aussteigen und dem Mädchen helfen. Vielleicht hat es die Kleine auch gar nicht so schwer erwischt. Auf den ersten Blick sieht alles schlimmer aus, als es ist. Und wenn – dann kann sie zwei Meilen zurückfahren, bis zur Tankstelle. Von dort kann sie den Notarztwagen rufen und die Polizei. Eigentlich bin ich gar nicht nötig. Ich kann doch nicht mehr tun, als die Frau selbst erledigen kann. Die brauchen mich wirklich nicht. Dadurch, dass ich weitergefahren bin, wird sich der Zustand des Mädchens bestimmt nicht verschlechtern!‹

Die Kurve tauchte vor ihm auf. Um ein Haar hätte er sie mit viel zu hoher Geschwindigkeit angefahren. Im letzten Moment nahm er Gas zurück und lenkte den Caddy in die Serpentine. Es war eine scharfe Spitzkehre. Absolut nicht einzusehen. Man musste sich hart rechts halten und mit einem entgegenkommenden Fahrzeug rechnen.

Palmer versuchte, den Wagen rechts zu halten. Seine Hände zitterten. Der Schweiß stand ihm auf der Stirn.

Und irgendwie schaffte er es doch nicht, die ganze rechte Fahrbahnseite zu halten. Ausgangs der scharfen

Kehre, als er schon glaubte, sie geschafft zu haben, kam ihm der Streifenwagen der County Police entgegen.

Palmer wusste nicht, ob es der Anblick des Polizeiwagens gewesen war oder ob der Unfall auf jeden Fall unabwendbar gewesen wäre. Der schwarz-weiße Chevy raste förmlich auf ihn zu. Die Schnauze von Palmers Caddy bohrte sich in die Flanke des Polizeiwagens und schob ihn von der Straße gegen einen Baum.

Palmer konnte keinen klaren Gedanken mehr fassen. Der Motor war abgewürgt. Das Fahrzeug stand still. Seine Hand tastete zur Tür. Sie klemmte. Mit der Schulter warf er sich dagegen und ließ sich aus dem Wagen fallen. Er drehte sich nach rechts, der Böschung entgegen. Er verlor die Orientierung. Er bemerkte gar nicht, wie nahe er der Böschung schon war. Mit dem Schädel krachte er gegen einen Begrenzungsstein.

Eine, vielleicht zwei Sekunden lang blieb er benommen liegen. Bunte Sterne zerplatzten an seinem geistigen Horizont. Dann kam er taumelnd in die Höhe und wollte seine Flucht fortsetzen.

Er kam zwei Schritte weit.

»Stehen bleiben, Hundesohn!«

Palmer wirbelte herum.

Einer der beiden Cops war aus dem zerstörten Streifenwagen gekrochen. Aus einer Platzwunde an der Stirn sickerte Blut über sein Gesicht. Palmer sah eigentlich nur die hellen, starren Augen des Polizisten und den 38er Special, der genau auf seinen Magen zielte.

»Mach eine falsche Bewegung, dann hast du für immer ausgehustet!«

Palmer blieb stehen. Warum eigentlich?, fragte er sich. Du bist doch so oder so erledigt. Etwas früher, etwas später, was macht das schon aus?

Etwas früher, etwas später, das machte ihm plötzlich eine Menge aus. Wenn der Cop ihn niederschoss, war es wirklich das Ende. Wenn er sich in die Tretmühlen der Justiz begab, hatte er vielleicht noch eine kleine Chance. Welche, das wusste Palmer in diesem Moment nicht zu sagen.

Er hob die Hände, schloss die Augen und öffnete sie wieder. Auch der zweite Polizist war aus dem Streifenwagen geklettert. Er sah nicht freundlicher aus.

»Eine Meile zurück hat es einen schweren Unfall gegeben«, sagte Palmer. Er wunderte sich selbst darüber, wie ruhig, beinahe gelassen, seine Stimme klang. »Ein Mädchen wurde überfahren. Ich war auf dem Weg, um Hilfe zu holen.«

Der Ältere der beiden Cops, der zuletzt dem Wrack entstiegen war, kniff die Augen zu schmalen Schlitzen zusammen. »Wenn das ein fauler Trick ist, Mann, dann gnade dir Gott.«

Palmer schüttelte den Kopf. »Es ist ein Chrysler mit einer Frau am Steuer. Versuchen Sie, über Funk einen Rettungswagen nach hier zu bekommen, Officer.«

Der Ältere tauchte wieder in den Wagen. Palmer sah ihn mit dem Funksprechgerät hantieren. Der jüngere Cop kam näher. Die Waffe hielt er noch immer in der Hand. Sie zielte noch immer auf Palmers Magen.

»Papiere«, sagte der Cop ruhig. »Je mehr, umso besser, Hundesohn! Aber schön vorsichtig. Der Wagen da war neu. Den haben wir heute Morgen in Betrieb genommen. Ich habe meiner Frau und meinem Sohn versprochen, eine Runde mit ihnen in diesem Wagen zu drehen. Wenn du auch nur eine Ahnung davon hättest, was ich mir nun alles anhören muss, würdest du Mitleid mit mir haben.«

»Habe ich«, sagte Palmer. Er kramte die Papiere hervor. Der Cop nahm sie ihm ab.

»Der Wagen kommt aus South Portland«, sagte der ältere Cop.

»Der Kerl ist ein New Yorker«, sagte der junge Cop. »Alfred Palmer. Check die Type. Ich kann mir nicht helfen, aber ich kriege Bauchweh, wenn ich ihn sehe.«

Aus!, dachte Palmer, der eben noch Hoffnung gehabt hatte, mit der Zeugengeschichte und seiner Darstellung, er sei unterwegs, um Hilfe zu holen, noch einmal mit einem blauen Auge aus der Sache herauszukommen.

Manche behaupteten, Maine läge am Arsch der Welt und die Menschen hier seien etwas zurückgeblieben. Aber das traf nicht zu. Nicht auf den jungen Cop. Der hatte wirklich einen guten Riecher.

**23. April, 14.15 Uhr**
**Portland, Maine**

Die beiden Kollegen, die mich am International Jetport in Portland erwarteten, gaben sich keine Mühe, nicht wie Polizisten auszusehen. Es waren die G-men Jake Banner und Brian Field. New York hatte sie verständigt und ihnen mein Funkbild geschickt. Ich hatte eine Reisetasche dabei. Auf einen längeren Aufenthalt war ich nicht eingerichtet. Den Regenmantel trug ich über dem Arm.

Im Vergleich mit dem Kennedy International war der Flughafen von Portland tiefste Provinz. Einige mochte das stören, mich nicht. Es war günstig für uns. Die ankommenden Passagiere ließen sich besser überwachen.

Brian Field, ein kleiner, athletischer Mann in teurer Maßkleidung, erinnerte mich an Zeerookah, der auch einen Großteil seines Gehalts in Kleidung investierte. Field streckte mir die Hand entgegen.

»Willkommen in Maine«, sagte er. Er trug einen grauen Zweireiher, ein gelbes Hemd und eine schreiend grüne Krawatte. Signalkleidung. Wenn Field irgendwo verloren ging, fand man ihn schnell wieder. Ich wusste, dass er vor vier Jahren noch als Lieutenant bei den Marines gedient hatte. Genauso bewegte er sich: rationell, darauf getrimmt, Kräfte nicht zu vergeuden, weil man nie wusste, wozu man sie noch brauchte.

»Ihr erster Besuch in Portland?«, fragte Jake Banner, der modern unauffällig gekleidet war. Er war dunkelhaarig und trug eine Goldbrille mit schwarzer Montur.

Ich nickte.

»Wird Ihnen gefallen, Jerry«, sagte der papageienhaft angezogene Field. »Ist nicht New York, aber immerhin.«

»Immerhin«, sagte ich. »Trinken wir einen Kaffee, während wir uns unterhalten?«

Banner ging voran. Das Café befand sich im ersten Stock des Abfertigungsgebäudes. Mit Aussicht auf den Runway und die Casco Bay, von der aber durch den dichten Regenvorhang kaum etwas zu sehen war. Eigentlich musste man wissen, dass die graue Fläche am Horizont, die hin und wieder durch weiße Streifen gebrochen wurde, der Atlantische Ozean war.

Wir setzten uns an einen kleinen Tisch am Fenster. Eine 737 der Eastern Airways donnerte ziemlich tief über das Gebäude hinweg, setzte auf der Nord-Süd-Bahn auf und verschwand dröhnend hinter der aufgewirbelten Gischt.

»Kaffee?«, fragte Field.

Ich nickte. Banner tat es ebenfalls. Field verschwand, um den Kaffee vom Tresen zu holen. Selbstbedienung. Wenigstens über Mittag lohnte es sich hier offenbar nicht, einen Kellner einzustellen. Man landete in Portland und verschwand schnell in die Stadt, oder man kam aus der Stadt und verschwand schnell in einer Maschine, um Portland den Rücken zu kehren.

»Wir haben seit gestern Abend alle Flüge aus New York überwacht«, sagte Banner. Er rückte sich die Brille hoch, die ihm auf die Nasenspitze gerutscht war. »Übertreibt ihr nicht ein bisschen?«

»Was hat man Ihnen gesagt, Jake?«

»Dass es um Palmer geht, der im County Prison einsitzt. Und dass Palmer einen heißen Draht zum New Yorker MOB haben soll. Man hat uns gesagt, wir sollen den reinkommenden Flugverkehr überwachen, eine Passagierliste anlegen und uns verdächtig erscheinende Typen überprüfen. Wir haben die Passagierlisten. Einschließlich des Fluges, mit dem Sie gekommen sind, Jerry. Aber es gab keinen Verdächtigen, den wir überprüfen mussten. Wir sind hier weiß Gott nicht clean, aber es hält sich doch in Grenzen.«

Ich zündete mir eine Zigarette an. »Sind die Namen durch den Computer gegangen?«

Banner schüttelte den Kopf.

»Mann«, sagte Field, der mit dem Kaffee kam und meine letzte Frage mitgehört hatte. »Wer in böser Absicht eine Stadt betritt, wird es hintenrum tun und seinen Namen auf keine Passagierliste setzen. Oder?«

Ich zuckte mit den Schultern. »Ich weiß, dass Sie so denken, Brian«, sagte ich zu Field, der die Tassen auf dem Tisch abstellte. »Und weil ich es weiß, würde ich von vorn in die Stadt kommen. Okay?«

»Okay«, brummte Field. Er schaufelte sich löffelweise Zucker in die Tasse, schüttete viel Milch dazu und hatte schließlich eine weißliche Brühe fabriziert, die auch nicht mehr im Entferntesten etwas mit Kaffee zu tun hatte. Aber ihm schmeckte es, wie seinem Schlürfen zu entnehmen war. »Wen erwarten wir eigentlich?«

»Ich weiß es nicht«, gab ich zu. »Wir fischen im Trüben, spannen ein Netz und hoffen darauf, dass sich jemand darin verirrt.«

»Vom New Yorker MOB?«

»Wahrscheinlich Männer, die Tomaselli nach Portland geschickt hat«, sagte ich. »Aber sie müssen mit der Mafia nicht unbedingt etwas zu tun haben. Es können gekaufte Männer von draußen sein.«

»Na wunderbar«, sagte Banner und rückte wieder an der Brille. »Und die laufen hier in Portland herum, wahrscheinlich in der Nähe des County-Gefängnisses.

Dort warten sie mit angelegter Waffe darauf, dass Palmer unvorsichtigerweise den Kopf aus dem Fenster streckt.«

Ich verstand die beiden Kollegen. An ihrer Stelle wäre ich über meinen Besuch auch nicht begeistert gewesen. Erst recht nicht über die Panikmache, die sie vom Big Apple aus erreicht hatte.

»Palmer wurde noch gestern Abend in den Sicherheitstrakt verlegt, Jerry. Er kommt nicht raus, und keiner kommt an ihn heran. Darauf liefen die Anweisungen aus New York hinaus. So haben wir es auch gehandhabt. Jetzt überprüfen wir noch die Passagierliste im Computer. Und dann?«

»Warten wir.«

»Bis etwas passiert?«, fragte Field.

»Bis sich etwas bewegt. Wer gibt in Portland den Ton an und hat Verbindungen nach New York? Ich meine, ist der irgendeiner anderen Familie aus New York einen Gefallen schuldig?«

»Joseph Clearly. Er drehte an vielen Rädern. Sicher wird er Verbindungen zu anderen Familien haben, aber die hat er in der Öffentlichkeit nicht breitgetreten.« Banner kratzte sich am Haaransatz. »Field kennt ihn, Jerry, und die beiden sind keine Freunde.«

Field grinste schief. »Ich hab ihn dreimal reingebracht. Zweimal hatte er keine Schwierigkeiten, wieder rauszukommen, aber letztes Mal wäre es beinahe ins Auge gegangen. Er musste einen Haufen Dollars für angebliche Zeugen lockermachen.«

»Wir werden ihn besuchen«, sagte ich. »Sie, Jake, können inzwischen die Namen auf den Passagierlisten in den Computer geben. Okay?«

»Kann ich meinen Kaffee noch austrinken?«, fragte Jake Banner sauer.

Sie waren wirklich nicht begeistert, die Kollegen aus Maine. Und noch weniger gefiel es ihnen, dass sie, auf Anordnung aus Washington, nach der New Yorker Pfeife tanzen mussten.

Banner verschwand. Field holte noch einmal Kaffee. Ich schaute in den Regen hinaus und dachte, dass wir vielleicht wirklich etwas zu viel Staub aufwirbelten. Noch war nichts geschehen. Palmer saß im Sicherheitstrakt. Die Gefahr, dass der MOB ihn im Gefängnis durch einen gedungenen Killer ausschalten ließ, war damit nicht mehr gegeben. Und solange Palmer auf Nummer Sicher saß, konnte Tomaselli so viele Killer, wie er wollte, nach Portland einfliegen lassen.

»Glauben Sie, dass er rauskommt, Jerry?«, fragte Field, der seinen Kaffee wieder auf die gleiche Art und Weise wie beim ersten Mal entwürdigte.

»Ich wüsste nicht, wie«, antwortete ich. »Aber bevor wir ihn nicht in New York haben, habe ich keine ruhige Nacht mehr. Wenn er wollte, könnte er uns helfen, eine Menge Verbrechen der letzten sieben Jahre aufzuklären, die noch als unerledigte Akten in irgendeinem Archiv verstauben, Brian.«

»Was habt ihr ihm zu bieten?«

»Einen Haufen Lügen, die er nicht schlucken wird.«

»Das ist nicht viel.«

»Wirklich nicht.«

»Und die Gegenseite?«, fragte Brian Field.

»Vielleicht ein langes Leben«, sagte ich.

»Das ist doch bedeutend mehr«, grinste Field.

»Ja«, sagte ich. »Aber das ist auch eine Lüge, Brian.«

**15.35 Uhr**
**County Prison**

Im Laufe der Nachforschungen, die wir gegen ihn anstellten, sah ich Alfred Palmer heute nicht zum ersten Mal. Aber zum ersten Mal saßen wir uns Auge in Auge gegenüber. Uns trennte ein schmaler Tisch, auf dem ein Aschenbecher stand. Ich hatte eine Packung Camel daneben gelegt und Streichhölzer.

»Ich scheine wichtig zu sein«, sagte Palmer.

»Wie kommen Sie darauf?«

»Na, immerhin sind Sie aus New York gekommen, Mr. Cotton.«

»Sie sind uns lieb und teuer, Mr. Palmer. Ob Sie wirklich wichtig sind, muss sich noch herausstellen.«

»Wovon hängt das ab?«

»Ob wir in New York Erfolg haben oder nicht.«

»Verstehe ich nicht«, sagte Palmer. Er sah abgespannt aus. Seine Wangen waren eingefallen. Tiefe, dunkle Ringe zeichneten sich unter seinen hellen blauen Augen ab. Er war gezeichnet wie ein Mann, der nicht schlafen konnte, weil Albträume ihn plagten. Die Anstaltskleidung, in die man ihn gesteckt hatte, war eine Nummer zu groß. Sie schlotterte ihm um die Glieder.

»Wir suchen Ihre Unterlagen, Palmer. Wenn wir sie gefunden haben, können Sie zum Teufel gehen.«

Er lachte leise. Fröhlich klang es nicht. Dann tastete er nach den Zigaretten und zündete sich ein Stäbchen an. Er sog den Rauch tief in sich hinein und hustete hohl. Es war ein Husten, bei dem ein Arzt sagen würde: Das gefällt mir ganz und gar nicht, Mr. Palmer!

»Geben Sie sich keine Mühe«, sagte er dann. Es war nicht warm in diesem Vernehmungsraum, aber er schwitzte. Seine Stirn schimmerte feucht im grellen Licht einer Neonröhre, die genau über uns hing.

»Wollen Sie damit sagen, dass es die nicht gibt?«

»Das will ich ganz bestimmt nicht sagen«, antwortete er. Beim nächsten Zug hustete er nicht, aber aus dem feinen Schweißfilm hatten sich solide Tropfen gebildet, die langsam an seinem Gesicht hinabrollten.

»Sie wissen, dass die Staatsanwaltschaft in New York Ihnen einen Handel vorschlagen wird.«

»Ich kann es mir denken.«

»Was sagen Sie dazu?«

»Kein Interesse zu den unsicheren Konditionen, Cotton. Absolut kein Interesse.«

Ein Wärter trat ein. »Ihr Anwalt, Palmer«, sagte er.

Palmers Teint wurde noch grauer. In seinen Augen blitzte es auf. Er sah mich an und schüttelte den Kopf. »Ich habe keinen Anwalt beauftragt«, sagte er dann matt.

»Ich würde mir doch trotzdem anhören, was er zu sagen hat«, schlug ich vor.

»Okay«, sagte Palmer. Der Wärter verschwand nach draußen. »Sie können bleiben, Cotton.«

»Der Anwalt wird was dagegen haben.«

»Ich habe ihn nicht bestellt«, wiederholte Palmer. »Man hat mir einen Pflichtverteidiger zugewiesen. Gestern noch. Ich habe ihn rausgeschmissen. Er hat gesagt, dass ich seinetwegen im Knast verfaulen könne. War ein ehrlicher Mann. Vielleicht hätte ich ihm das Mandat übergeben sollen.«

»Vielleicht ist dieser besser, Palmer. Und Sie brauchen einen verdammt schlauen Hund, wenn Sie nicht wirklich im Knast verfaulen wollen.«

Erneut wurde die Tür geöffnet. Der Mann, der hereinkam, trug einen braunen Anzug mit zu kurzen Hosenbeinen. Seine Schuhe waren ungeputzt. Rasiert hatte er sich auch nicht.

Er war klein, etwas untersetzt und hatte eine Halbglatze. Die war zu sehen, weil er sich den Hut weit in den Nacken geschoben hatte. Er hatte eine blau geäderte Gesichtshaut und kleine Augen. Wie Nadelknöpfe, schlangengleich, wenigstens die Pupille.

»Dave Frenchboro«, sagte er, wuchtete eine abgewetzte Aktentasche auf den Tisch, und eigentlich erwartete ich bei seinem Aussehen, dass er Butterbrote aus der Tasche holte und beim Wärter einen Kaffee bestellte. »Sie sind Palmer und Sie Polizist, richtig?«

»Toll«, sagte ich. »Wie sind Sie nur so schnell darauf gekommen? Liegt es daran, dass ich keine Anstaltskleidung trage?«

Dave Frenchboro schüttelte den Kopf. »Ich gehe seit vierzig Jahren mit Bullen aller Schattierungen um«, sagte er. »Die haben einen besonderen Geruch. Ich meine das nicht abwertend oder beleidigend. Es ist so. Jedenfalls für mich. Ich rieche sie wirklich.«

Er setzte sich, holte Papiere aus der Tasche und legte sie auf den Tisch. Dann deutete er auf mich. »Soll er bleiben?«

Palmer nickte.

»Okay.« Frenchboro wühlte in den Unterlagen. »Ich habe einen Klienten, der ungenannt bleiben will, Mr. Palmer. Mein Büro arbeitet mit der Dark Financial Company zusammen. Das ist eine Gruppe, die Kautionen vorschießt. Ich habe mit dem Richter gesprochen, Mr. Palmer. Auch mit dem Staatsanwalt. Letzterer würde Sie zwar gerne behalten und dann nach New York abschieben, wie die G-men es wollen, aber es ist so, dass der Richter eine Kaution festsetzen wird. Mit den üblichen Auflagen, die Stadt nicht zu verlassen, sich regelmäßig beim Sheriff zu melden und sich zur Verfügung des Gerichts zu halten. Eben das ganze Brimborium. Sie verstehen?«

Palmer nickte erneut. »Wie viel bin ich wert?«, fragte er dann.

»Jede Summe, Palmer«, sagte ich.

Frenchboro schaute mich an. Er hatte noch müdere Augen als Palmer.

»Der Mann hat Recht«, sagte er dann. »Jede Summe! Fragen Sie mich nichts, ich weiß nichts. Ich habe hier eine Schulderklärung gegenüber der Dark Financial Company. Reine Formsache. Ich brauche Ihre Unterschrift. Sie gehen keinerlei Verpflichtung ein, weil der Betrag durch meinen Klienten abgedeckt ist. Nur Papierkram, der Ordnung wegen. Geht mir auch gegen den Strich, aber Vorschrift ist Vorschrift. Außerdem werde ich nicht schlecht dafür bezahlt.«

»Wie viel bekommen Sie?«, fragte Palmer.

»Wollen Sie das wirklich wissen?«, fragte Frenchboro. »Ich meine, Sie sind der Erste, der sich dafür interessiert.«

»Vielleicht liegt es daran, dass ich lange Zeit Buchhalter war.«

»Zehn Prozent«, sagte Frenchboro und zuckte mit den Schultern. »Das kann viel sein. Ich kenne die Kautionssumme nicht, die der Richter verlangt. Wollen Sie unterschreiben?«

»Wo?«

»Hier unten rechts«, sagte Frenchboro und schob Palmer das Formular zu.

Palmer unterschrieb, ohne auch nur einen Blick darauf zu werfen. Er und ich wussten, wer der Mann war, der für ihn bezahlte.

»Das war's dann. Mehr kann ich nicht tun.«

Zwei Minuten später war Frenchboro wieder verschwunden.

»Ein altes Sprichwort sagt: Wo der Name steht, steht der Kopf, Palmer. In diesem Fall trifft das den Punkt. Sie wissen doch, was passiert?«

Palmer zündete sich noch eine Zigarette an. »Ich weiß nicht, was passiert, Cotton«, sagte er dann leise. »Ich weiß wohl, was passieren soll. Aber es ist nun einmal so, dass nicht immer alles wunschgemäß läuft.«

Er stand auf. Einen Moment zögerte er, dann streckte er mir die Hand entgegen. Ich wollte nicht unhöflich sein, und einem Mann, der mit einem Bein schon im Grab stand, sollte man nicht den letzten Wunsch abschlagen.

»Vielleicht sehen wir uns wieder, Cotton«, sagte er. »Vielleicht in New York, und vielleicht denke ich dann anders über die Sache. Man kann nie wissen.«

Ich schaute ihn an.

»Das ist russisches Roulette«, sagte ich.

»Fünf zu eins«, sagte er. »Das wären mehr Chancen, als ich mir jetzt ausrechne.«

Eine halbe Stunde später hatte ich eine Verbindung zur Staatsanwaltschaft. Comer, so hieß der Mann, käme in einer halben Stunde ins Gefängnis, teilte man mir mit. Ich wartete.

Tomaselli wollte Palmer draußen haben. Der Pate von Chinatown hatte genauso schnell von Palmers Verhaftung in Portland erfahren wie wir vom FBI. Tomasellis Verbindungen reichten hoch. Das hatte ich gewusst. Er hatte die Sache mit seinen Anwälten durchgesprochen. Die hatten laut und deutlich gesagt, dass es keinen Grund gab, Palmer nicht auf Kaution freizulassen. Über den Haftbefehl aus New York musste in Portland erst noch entschieden werden. Es gab keine Chance, Palmer einfach mitzunehmen. Hier hatte er nichts verbrochen, außer, dass er einen Polizeiwagen zu Schrott gefahren hatte. Und dabei war es noch fraglich, ob ihn überhaupt eine Schuld traf. Schließlich war er – das Gegenteil konnte keiner beweisen – unterwegs gewesen, um Hilfe für ein schwer verletztes Mädchen zu holen.

Ich trank einen Kaffee in der Kantine und aß ein Sandwich, das zäh war wie eine Schuhsohle.

Comer kam. Ein großer, schlanker Hektiker, der kurz vor dem zweiten Infarkt stand. Entweder er mochte keine G-men oder keine New Yorker.

»Ich hab das mit dem Richter durchgekaut«, sagte er. »Die Vorverhandlung ist auf morgen Mittag anberaumt. Palmer hat eine Steuersache aus New York am Hintern, aber in Maine ist er sauber. Noch sauberer als sauber, Mr. Cotton. Wir gehen davon aus, dass er einem Mädchen aus der Stadt das Leben gerettet hat. Es gibt nicht einen verdammten Paragrafen, der es uns erlaubt, Palmer festzuhalten.«

»Sie wissen, was an Palmer dranhängt?«

»Ich hab den Bericht aus Washington gelesen. Wir handeln nach dem Gesetzbuch, Mr. Cotton. Da steht nirgends, dass wir einen Mann gegen seinen Willen festhalten dürfen, nur weil draußen irgendwelche Burschen lauern, die ihm nach dem Leben trachten.«

»Irgendwelche Burschen? Das ist der MOB!«

»Selbst wenn«, sagte Comer.

»Es gibt Mittel und Wege …«

»… die Haft hinauszuzögern?«

»Ja«, sagte ich.

»Gibt es, aber die wenden wir hier in Maine nicht an. Das ist alles. Sie können ja morgen bei der Vorverhandlung dabei sein. Sie können auch versuchen, den Richter zu erpressen. Er heißt Clyderman. Seine Tochter hat es vor zwei Jahren in die große weite Welt gezogen. Sie ist bis nach New York gekommen. Dort hat man ihr Drogen gegeben und inzwischen ist sie irgendwo auf dem Strich gelandet. Ich sage Ihnen das nur, um Ihnen begreiflich zu machen, dass Sie mit Clyderman erst gar nicht zu sprechen brauchen. Das war alles, Mr. Cotton. Hat mich gefreut, Sie kennen zu lernen.«

Ich zündete mir eine Zigarette an und trank den Rest des inzwischen kalt gewordenen Kaffees. Er schmeckte wie eingeschlafene Füße. Die Brühe aus unserem Automaten, die ich bislang für absolut ungenießbar gehalten hatte, war im Vergleich mit diesem Kaffee eine Delikatesse. Ich sah Comer verschwinden und schickte ihm einen Fluch nach. Irgendwie schien mir, als seien alle hier in Portland scharf darauf, dass Palmer ins Gras biss.

## 17.30 Uhr

Rudy Rowland hatte trotz des prasselnden Regens das Fenster des Chevy heruntergekurbelt. Dass die Tropfen ihm nun mitten ins Gesicht schlugen, machte ihm nichts aus. Für viel weniger Geld hatte er schon viel mehr einstecken müssen.

»Halt mal an, Pedro!«

Pedro Delgardo, ein Puertoricaner, hielt den Wagen am Straßenrand.

»Der Bunker dort drüben«, sagte Rowland. Er war zweiundfünfzig Jahre alt. Die beste Zeit seines Lebens lag hinter ihm. Nicht im Traum hatte er damit gerechnet, noch einmal eine solche Chance zu bekommen. Eine Fünfzigtausend-Dollar-Leiche! Das war eine Sache auf die viele, die allermeisten, ein Leben lang vergeblich warteten. Er, Rowland, war früher mal ein guter und viel beschäftigter Mann gewesen. Dann war der MOB dazu übergegangen, eigene Killer auszubilden und die Aufträge viel billiger von den eigenen Leuten erledigen zu lassen. Zuerst waren nur die Preise gesackt, aber schließlich hatte es für die Freischaffenden kaum noch Jobs gegeben.

»Das sind zwölf Stockwerke«, sagte Pedro Delgardo. Er war zwanzig Jahre jünger als Rowland und kannte ihn aus Boston. Vor einigen Jahren hatten sie schon mal zusammen einen Job erfüllen wollen. Damals war es schief gegangen. Der Kerl, auf den sie angesetzt gewesen waren, hatte es vorgezogen, sich selbst eine Kugel durch den Kopf zu schießen. Rowland hatte ihn damals ausbezahlt, und sie hatten sich mehr oder weniger aus den Augen verloren. Bis Rowland ihn heute Morgen angerufen und ihn zum Flughafen in Boston bestellt hatte.

›Fünftausend Dollar auf die Hand, weitere fünftausend nach dem Job in Portland. Hier sind die ersten fünftausend, und hier ist das Ticket nach Portland. Du musst dich sofort entscheiden und darfst keine Fragen stellen!‹

Delgardo hatte das Geld und das Ticket genommen. Vor knapp einer Stunde hatten sie sich am Flughafen von Portland getroffen. Nun befanden sie sich unterwegs, um den Ort des Geschehens zu erkunden.

»Zwölf Stockwerke«, echote Rowland. »Der Bunker rechts daneben hat sechzehn, und der linke hat vierzehn Stockwerke. Jedes Gebäude käme für uns in Frage. Wir nehmen das mittlere, Pedro.«

»Von wo kommt der Mann?«

»Von schräg gegenüber. Aus dem County Prison.«

Pedro Delgardo schluckte trocken.

»Es muss eine absolut saubere Sache werden, Pedro.«
»An mir wird es nicht liegen.«
»Okay. Dann kaufen wir uns jetzt einige Lebensmittel im Supermarkt. Sobald es dunkel ist, gehen wir in Stellung. Vielleicht müssen wir sehr lange warten.«
Delgardo nickte. Zehntausend Dollar waren ein warmer Regen für ihn. Dafür ließ er sich, wenn es denn sein musste, dort drüben für eine Woche einschließen.
»Okay. Fahr weiter!«
Delgardo startete, warf einen Blick über die Schulter und reihte sich wieder in den Verkehr ein.

**18.15 Uhr**

Der Doktor schaute Palmer mit dem typischen ›Wie sage ich dir, dass du bald tot bist‹-Blick an. Er hatte eine Spritze aufgezogen und setzte die Nadel in die Armvene von Palmer.
»Es wird den Schmerz wegnehmen, und Sie können schlafen. Aber das ist auch alles, Mr. Palmer. Wie lange haben Sie diese Beschwerden schon?«
»Seit mehr als einem Jahr«, antwortete Palmer schwach. Er fühlte sich wie ein ausgewrungenes Handtuch. Und das ausgerechnet jetzt, wo er sich wirklich keine Schwäche leisten konnte. »Aber es war nie ein richtiger Infarkt.«
»An Ihrer Stelle würde ich darauf auch nicht warten. Für eine gründliche Diagnose müsste ich Sie von Kopf bis Fuß untersuchen.«
Palmer schüttelte den Kopf.
»Habe ich mir gedacht«, sagte der Doc. »Es sieht verdammt nicht gut aus, Palmer. Aber damit sage ich Ihnen wahrscheinlich nichts Neues, oder?«
Palmer nickte. »Man kann hundert Jahre damit werden.«
»Sagt man. Aber ich habe, ehrlich gesagt, noch keinen gesehen, der damit die Hundert erreicht hat.

Keine Aufregung, keinen Stress, keine Spannung! Wie lange sind Sie noch hier?«

»Noch einen Tag.«

»Gehen Sie dann zu Ihrem Hausarzt, Mr. Palmer. Ich gebe Ihnen einige Tabletten. Nehmen Sie die, wenn Sie wieder einen Anfall bekommen. Aber nur dann, wenn es wirklich nicht mehr auszuhalten ist. Das Zeug kann auch umbringen. Mehr kann ich nicht tun.«

»Danke«, sagte Palmer. »Würden Sie für mich von draußen ein Gespräch führen?«

»Ich weiß nicht ...«

»Eine Bekannte von mir macht sich Sorgen. Sagen Sie ihr, dass alles okay ist und ich bald komme.«

Der Doc nickte. »Okay.«

»Danke.« Palmer gab ihm die Nummer. »Verlangen Sie Arline, Doktor. Ich kann Sie jetzt nicht bezahlen. Wenn ich draußen bin, schicke ich Ihnen einen Scheck.«

»Mein Honorar wird von der Stadt bezahlt. Der Dollar für den Anruf ruiniert mich auch nicht.«

»Verlangen Sie Arline.«

»Okay, okay. Keine Aufregung, keinen Stress!«

»Ich habe verstanden.«

Palmer spürte die Müdigkeit, als der Doc die Zelle verlassen hatte. Das Serum begann zu wirken.

Vielleicht noch ein Jahr, dachte Palmer. Wir werden ein einziges Fest daraus machen, Arline. Und danach, Arline, bist du eine sehr reiche Frau. Du bist noch so verdammt jung und ...

Das schwarze Loch war plötzlich da, und Palmer fiel hinein.

**19.30 Uhr**

G-man Brian Field holte mich aus dem Hotel ab.

Inzwischen hatte ich mit New York telefoniert. Zusammen mit anderen Diensten wie der Narcotic Squad, der Gesundheitsbehörde und Steuerfahndung bereitete der FBI Aktionen gegen Bruno Tomaselli vor.

»Wir wollen seine Geschäfte stören«, sagte Phil. »Er soll nicht mehr zur Ruhe kommen und begreifen, dass er uns den absoluten Krieg erklärt, wenn er etwas gegen Palmer unternimmt.«

Es war vielleicht ein Weg. Aber was, verdammt, blieb Tomaselli denn anderes übrig, als Palmer beseitigen zu lassen? Es gab die Unterlagen. Palmer hatte sich viele Jahre darauf vorbereitet, mal seinen Abschied zu nehmen und in Ruhe zu leben. Er hatte alle wichtigen Geschäftsvorgänge kopiert und gesammelt. Und wenn die über Wasser kamen, konnte sich Tomaselli seinen guten Anzug anziehen und sich schon mal probehalber in den Sarg legen. Dann hatte er keine Chance mehr. Dann war er eine Gefahr auch für die eigene Organisation.

»Keine wichtigen Leute aus New York«, sagte Field. Er sagte es wie ein geübter Schauspieler, der mit diesem ersten Satz das Interesse des Publikums für seine Hauptaussage weckte.

»Aber?«

»Zwei Männer aus Boston«, sagte Field. »Rudy Rowland und Pedro Delgardo. Ein Kollege behauptete, Delgardo sei ein Radrennfahrer. Es gab einen Streit, und wir haben die Personalien in den Computer gegeben. Vielleicht gibt es einen Delgardo, der Radrennfahrer ist, aber unser Delgardo ist Killer.«

Ich zündete mir eine Zigarette an.

»Danach haben wir auch die anderen Flüge aus Boston durchgecheckt. So sind wir auf den zweiten Mann gekommen. Rudy Rowland. Er wird mit vier Exekutionen im Auftrag der Mafia in Verbindung gebracht. Das liegt Jahre zurück, und man hat ihm nie was beweisen können. Er und Delgardo haben mal zusammengearbeitet, Jerry. Jetzt frage ich mich natürlich, warum sind die beiden Killer aus Boston, um die es lange Zeit ruhig war, ausgerechnet gemeinsam in Portland aufgekreuzt, he?«

»Mildes Seeklima«, sagte ich.

Brian Field grinste. Er hatte sich umgezogen, und was er jetzt trug, ließ sich an Geschmacklosigkeit kaum noch übertreffen. Einen weißen Leinenanzug, rosa Hemd und knallgelbe Krawatte. Der Anzug war aus diesem naturkrausen Stoff gefertigt, die Hosen hatten keine Bügelfalten. Wären das Hemd, der Binder und die Schuhe nicht einwandfrei gewesen, hätte man glauben können, Field habe sich aus einer Mülltonne neu eingekleidet.

Aber vielleicht lag es an mir. Vielleicht hatte ich den Einstieg in die neue Mode-Ära verpasst.

»Wir haben die Funkbilder der beiden, die Boston uns geschickt hat, an die Cops weitergegeben. Sie halten die Augen auf. Warum sollen wir nicht auch mal Glück haben?«

Ich nickte und überlegte. Das alles musste natürlich nichts zu bedeuten haben, wenn man die Sache blauäugig betrachtete. Aber das tat ich schon lange nicht mehr.

»Geben Sie an die Zentrale durch, dass die New York verständigen«, sagte ich nach einer Weile. »Die sollen auch die Bilder von Rowland und Delgardo rüberfunken. G-man Phil Decker soll Tomaselli damit konfrontieren.«

Brian Field gab es durch.

»Die Kerle sind mit dem Flugzeug gekommen«, sagte ich. »Also ohne Handwerkszeug. Sie müssen hier ausgerüstet werden, Brian. Ich denke, man hat Joseph Clearly verständigt. Der hat dafür gesorgt, dass die beiden nicht mehr ohne Artillerie herumlaufen.«

»Es gibt andere Leute, die das ebenfalls hätten tun können.«

»Ja sicher. Aber Clearly gehört zum MOB. Eine Organisation wendet sich um Hilfe an die andere. Aus der Ferne funktioniert die Solidarität zwischen den Familien immer noch. Sie dürfen sich nur nicht in die Quere kommen. Können wir etwas schneller fahren?«

## 20.01 Uhr

Unlustig und grüblerisch drehte Sergeant Hiller seine Pflichtrunden durch die Stadt. Er hatte den dritten Krach binnen einer Woche mit seiner Frau gehabt. Und immer ging es nur um ein Thema: um seine frühzeitige Pensionierung. Ethel bestand darauf. Sie hatte mit dem Quacksalber von Hausarzt gesprochen. Der hatte ihr gesagt, es sei wohl besser, wenn er, Hiller, nach achtundzwanzig Dienstjahren endlich die Uniform ausziehe und sich auf seinen Lebensabend vorbereite.

Hiller dachte nicht daran, die Uniform auszuziehen. Er dachte vielmehr daran, den Quacksalber wegen Verletzung der Schweigepflicht zu verklagen und Ethel nach Texas zu schicken, von wo sie stammte. Dort konnte sie dann versuchen, irgendwelchen Longhorns Vorschriften zu machen.

»Gesprächig bist du heute auch nicht besonders«, sagte Officer Lounder. Er kniff die Augen zusammen und versuchte, in der hellen Schneise, die das Licht des Patrolcars in den immer stärker werdenden Regen riss, etwas zu erkennen. Es war beinahe unmöglich. Und es war unverantwortlich, bei diesem Wetter mit dem Wagen unterwegs zu sein. »Ist irgendwas?«

Sergeant Tom Hiller grunzte. »Kennst du irgendeinen Texaner, mit dem man friedlich zusammenleben kann?«, fragte er.

Lounder schüttelte den Kopf. »Will ich auch nicht kennen lernen«, sagte er. »Ethel?«

»Ich soll diese Uniform an den Nagel hängen, verdammt! Nicht mit mir! Nicht, bevor ich zum dreißigjährigen Jubiläum endlich meine goldene Uhr von der Stadtverwaltung bekommen habe. He, Lounder, bin ich vielleicht schon reif dafür, mit 'ner Angel an irgendeinem verfaulten Fluss zu sitzen und einäugig Forellen zu fischen?«

»Eigentlich nicht.«

Hillers Miene klärte sich im Gegensatz zu dem

Wetter auf. »Okay, Pete. Wir halten bei Tommys Snack-Bar. Ausnahmsweise bezahle ich heute für dich.«

»Dann muss dein Ego verdammt schwer angeknackst sein, Serg.«

»Ist es auch«, knurrte Sergeant Hiller. Er fuhr langsam weiter, kreuzte die Pasadena und fuhr rechts in die schmale Oakland Road. Die rote Leuchtreklame der Snack-Bar wirkte wie ein Warnsignal hinter dem dichten Regenvorhang

Zwei Wagen standen auf dem kleinen Parkplatz. Ein Chevy und ein Chrysler. Der Chrysler gehörte Tommy, dem Besitzer.

Hiller drehte den Streifenwagen schräg vor die Tür. So, dass er von seiner Seite aus den Eingang mit drei Schritten erreichen konnte, während Lounder um den Wagen herumgehen musste.

Diese vier, fünf Schritte, die er mehr zurückzulegen hatte, retteten Officer Lounder das Leben.

Lounder hatte gerade die Kühlerhaube erreicht, als Sergeant Hiller die Tür aufstieß und die Snack-Bar betreten wollte. Genau in diesem Sekundenbruchteil sah Lounder die beiden Männer, die sich am Tresen umgedreht hatten. Einen Weißen, so um die fünfzig herum, und einen viel jüngeren Puertoricaner.

Jeder Zweifel war ausgeschlossen. Das waren die Kerle, deren Bilder an alle Polizisten in Portland verteilt worden waren. Die Ausschreibung zur Festnahme war mit dem deutlichen Hinweis versehen, dass die Kerle bewaffnet und brandgefährlich waren.

Wer die Meldung rausgegeben hatte, hatte in der Tat nicht übertrieben.

Sergeant Hiller schaffte nicht einen Schritt in die verdammte Snack-Bar. Die Kerle am Tresen hielten Waffen in den Händen und feuerten augenblicklich.

Hiller taumelte rückwärts aus der Snack-Bar. Sein Körper wurde wie von harten Schlägen durchgeschüttelt. Dann riss es ihm die Beine weg, und er fiel in den Matsch.

Lounder tauchte ab. Im allerletzten Augenblick. Kugeln peitschten in die Kühlerhaube oder zogen ganz knapp darüber hinweg.

»Scheiße!«, schrie der Puertoricaner. »Die sind schon hinter uns her, bevor wir uns in diesem stinkenden Kaff richtig satt essen können!«

Explosionen weiterer Schüsse zerrissen die Worte. Eine Wagentür fiel klatschend ins Schloss. Ein Motor wurde gestartet und drehte jaulend im höchsten Drehzahlbereich.

Der Patrolcar, hinter dem Lounder in Deckung lag, bekam einen harten Schlag, als der Chevy ihn in voller Rückwärtsfahrt rammte.

Lounder presste sich die Dienstwaffe an die Brust, krümmte sich zusammen und drehte sich wieselflink nach rechts vor die Kühlerhaube.

Der Chevy war nur drei Yards entfernt. Die durchdrehenden Reifen schleuderten den Matsch hoch. Dann griff das Profil. Der Wagen machte einen regelrechten Bocksprung nach vorn.

Blitzschnell richtete sich Lounder auf. Das Fenster an der Beifahrerseite war heruntergedreht. Der Puertoricaner hing mit halbem Oberkörper heraus. Er hielt die 45er Automatic in beiden Händen und feuerte.

Rechts und links von Officer Lounder klatschten Kugeln in den Dreck. In der Eingangstür tauchte Tommy, der Besitzer der Snack-Bar auf. Er war so fett, dass er das Rechteck beinahe ausfüllte. Durch das Licht in seinem Rücken bot er die beste Zielscheibe, die man sich nur denken konnte. Selbst aus einem fahrenden, schlingernden und bockenden Wagen heraus konnte man die Masse Mensch nicht verfehlen, wenn man sie erst einmal anvisiert hatte.

»Rein, verdammt!«, brüllte Lounder. Dann riss er die Dienstwaffe hoch, die er in beiden Händen hielt, und feuerte.

Er tat es mit einer Ruhe, über die er selbst erschrak. In sieben Jahren Polizeidienst hatte er die Waffe noch nie auf einen Menschen abfeuern müssen. Jetzt tat er es mit der gleichen Ruhe, mit der er auf dem Schießstand auf Pappkameraden feuerte.

Die Heckscheibe splitterte. Dann traf er den linken Seitenspiegel. Und dann den Puertoricaner, der mit der 45er schon auf den fetten Tommy zielte.

Als der Chevy auf die schmale Oakland Road schlingerte und aus seinem Blickfeld verschwand, wusste Lounder, dass er den Puertoricaner dreimal getroffen hatte.

Mit anderen Worten: Er hatte gerade einen Menschen getötet!

Das drang in sein Bewusstsein durch, aber nichts regte sich in ihm.

»Der Serg ist tot, Lounder!«, brüllte Tommy, der neben dem leblosen Körper von Sergeant Miller im Matsch kniete. »Tot, verstehst du? Die Hunde …«

Lounder tauchte in den Streifenwagen. Weißer Wasserdampf stieg zischend unter der Motorhaube hervor. Er konnte den Wagen nicht mehr fahren und die Verfolgung aufnehmen.

Lounder griff zum Sprechfunkgerät. Mit ruhiger, fester Stimme gab er die Meldung durch. Er überlegte kurz, ob er nichts vergessen hatte. Dann schaltete er sich wieder aus.

Erst jetzt kam das Zittern. Seine Knie waren weich, er konnte sich kaum noch auf den Beinen halten.

»Der Serg ist tot«, wiederholte der fette Tommy klagend.

**20.20 Uhr**

Brian Field wartete das Ende der Meldung erst gar nicht mehr ab. Mit einem harten Ruck riss er das Steuer herum. Der Oldsmobile brach mit dem Heck aus, schlingerte über die Kreuzung Broadway Highland Avenue und beschädigte zwei parkende Autos. Ich wurde gegen die Seitentür geschleudert, dann nach vorn aufs Armaturenbrett. Und schließlich wurde ich in den Sitz gepresst, als Brian Field das Gaspedal bis zum Bodenblech durchtrat. Der Oldsmobile machte einen Riesensatz nach vorn.

Field konnte nicht viel sehen, aber das Wenige schien ausreichend. Er hielt die Hände hart um das Steuer gekrallt. Seine Haltung war stocksteif und gespannt. Seine Zähne knirschten. Die Backenmuskeln traten als harter Strang hervor.

»Die verdammten Hurensöhne«, presste er durch die Zähne. Im Licht uns entgegenkommender Fahrzeuge sah ich Fields starres Gesicht und die Tränen, die ihm über die Wangen liefen. »Die verdammten Hurensöhne! Serg Hiller ist mein Schwiegervater. Warum hat er nicht auf Ethel gehört und die Scheiß-Uniform ausgezogen?«

Es war eine Frage, die er sich selbst stellte. Von mir erwartete er keine Antwort.

Der Puertoricaner war tot. Erschossen vom zweiten Officer des Streifenwagens. Rowland war eingekeilt worden, hatte sich wieder freischießen können und war über die Preble Road zur Frontstreet geflüchtet. Runter zum Fährhafen, der verlassen war wie ein Friedhof. Wegen des schlechten Wetters war der Fährverkehr eingestellt worden. Dort sollte sich Rowland in einem Vorratsbunker verschanzt haben.

Brian Field nahm eine Hand vom Steuer und rieb sich die Tränen aus dem Gesicht. Er sah bleich aus. Sein Atem ging schwer.

»Zigarette?«

»Ja.«

Ich zündete zwei an und gab ihm eine davon. Er hatte das Gas zurückgenommen. »Da kommt Rowland nicht mehr weg«, sagte er. »Wir haben keine Eile. Wir brauchen uns den Hals nicht zu brechen, Jerry.«

»Tut mir Leid wegen dem Serg«, sagte ich und hatte einen Kloß in der Kehle.

Brian Field hatte sich beruhigt. Er nickte. »Achtundzwanzig Jahre«, sagte er. »Der Serg hat die Uniform achtundzwanzig Jahre lang getragen. Der sture Hund wollte die Dreißig voll machen – der sture, verdammte Hund! Ich habe ihn gemocht. Er war noch so, wie Polizisten eigentlich sein sollten …«

Brian Field rauchte drei Züge, dann kurbelte er das Fenster herunter und schnippte die Zigarette in den Regen hinaus. Er ließ das Fenster so weit offen, dass der kühle Luftstrom seinen Kopf traf und die hitzigen Gedanken kühlte.

»Tomaselli hat die Killer von Boston nach Portland geschickt, damit sie hier Palmer umlegen?«, fragte Field.

»So sieht es aus. Sicher ist das nicht, aber …«

»… und sie sind hier ausgerüstet worden«, sagte Field dumpf. »Kann ja auch gar nicht anders sein. Eine Familie hilft der anderen. Das ist richtig, Jerry.«

Er griff zum Funksprechgerät und rief die FBI-Zentrale von Portland. Es dauerte einige Zeit, bis er Banner in die Leitung bekam.

»Es hat Hiller erwischt, Jake«, sagte Field leise. »Du weißt, was sich abgespielt hat. Ich bin mit Cotton zur Ferry Pier unterwegs. Rowland und Delgardo sind in Portland mit Waffen ausgerüstet worden, Jake. Wahrscheinlich von Joseph Clearly. Lasst ihn spüren, dass wir noch da sind. Beihilfe zum Mord …«

»… hör zu, Brian, wir können nicht …«

»Wir schnappen Rowland, Mann. Und wenn wir ihn anbringen, wird er froh sein, mit dem Finger auf denjenigen zeigen zu können, der ihm und Delgardo die Waffen geliefert hat. Und ich will, dass dann auch welche da sind, auf die er mit dem Finger zeigen kann. Ende!« Er schaltete sich nicht nur aus, er riss den Hörer aus dem Funksprechgerät und warf ihn durch das Fenster. »Wir schnappen ihn«, sagte er.

Ich legte dem Kollegen aus Portland die Hand auf die Schulter. »Okay«, sagte ich. »Wir schnappen ihn, Brian. Lebend. Es wird so kommen, wie du gesagt hast: Er wird froh sein, mit dem Finger auf denjenigen weisen zu können, der ihm und Delgardo die Waffen geliefert hat.«

**20.23 Uhr**
**New York City**

Die Tür flog krachend auf. Einer der beiden Türsteher, die Smoking trugen, frisch rasiert waren und saubere Fingernägel hatten, taumelte mit wild rudernden Armen in den eleganten Clubraum, strauchelte über den letzten Treppenabsatz und schlug krachend auf die spiegelnde, runde Tanzfläche. Der zweite hielt die Hände über dem Kopf.

Phil Decker ging einen halben Schritt hinter ihm. Der G-man hielt den 38er Special in der Hand.

»FBI!«, schrie er. »Das ist eine Razzia des FBI, der Narcotic-Squad und der Gesundheitsbehörde. Aufstehen, die Hände hinter den Kopf und an die Wand! Alle! Rang und Namen zählen nicht! Sie halten sich in einer verseuchten, dreckigen Rauschgiftdiele auf!«

Drei andere Türen, die ebenfalls in diesen höchst eleganten Clubraum führten, in dem sich nur die Gesellschaft mit ausreichendem Barvermögen amüsieren konnte, flogen auf die gleiche Art und Weise auf. Abenteuerlich aussehende Agenten der Narcotic-Squad bewegten sich zwischen kreischenden Schönen und Geldadel mit Schmerbäuchen.

»An die Wand! Alle! Etwas schneller! Oder müssen wir nachhelfen?«

»Das gilt auch für dich«, sagte Phil. Der Lauf seines Revolvers stieß nach vorn und richtete sich auf Bruno Tomaselli.

Der riesige, übergewichtige Pate von Chinatown stand von seinem Platz an der Bar auf.

Sein Blick war eine Sekunde lang starr auf Phil gerichtet. Dann schaute er in die Runde. »Übernehmt ihr euch nicht?«

»Was sagst du, Hundesohn?«

Ein Agent der Narcotic-Squad, der Jeans trug, eine Jacke aus dem gleichen Material und darunter ein dreckiges T-Shirt mit dem Aufdruck ›Los Angeles University‹, stand plötzlich neben Tomaselli. Zwei weitere packten den Gangster. Sie rissen seine Arme nach hinten.

Flinke Finger tauchten schnell in die Taschen des Maßsmokings, den der Pate aus Chinatown trug

»Schau an, schau an!« Kleine Plastikbriefchen wurden auf den Tresen gelegt. Der Inhalt bestand aus weißem Pulver. »Was ist das, Hundesohn?«

»Hühnerscheiße«, sagte Tomaselli. »Noch Fragen?«

»Hatte er es in der Tasche?«, fragte Phil, der näher gekommen war.

»Klar«, antwortete einer der Rauschgift-Agenten. »Absolut klar. Typen wie der haben immer irgendwas in den Taschen. Schau dir den Hundesohn an, G-man. Verkokste Nase, aufgeschwemmtes Gesicht. Alle Hundesöhne sehen so aus. Hast du eine Ahnung, wer das ist?«

»Keine Ahnung«, antwortete Phil. »Hat er keine Papiere bei sich?«

»Nur den verdammten Stoff, G-man.«

»Dann ladet ihn zusammen mit den anderen ein. Ab zum Erkennungsdienst!«

»Findest du das lustig, Decker?«, fragte Tomaselli leise.

»Er hat dich einen verdammten Bullenarsch genannt!«, schrie der Agent des Rauschgiftdezernats. »Ich hab's genau gehört. Das ist doch zumindest eine Beleidigung, Mann. Ich hab es genau gehört. Ich kann darauf schwören! Eine glatte Beleidigung.«

Tomaselli zuckte mit keiner Wimper. Die ersten Gäste wurden rausgebracht.

»Bringt die Hunde rein, und lasst sie nach Stoff schnüffeln«, sagte jemand. »Die Ungezieferbekämpfungsbrigade soll sich in der Küche umschauen und überall dort, wo sich Bazillen ansiedeln können. Ich habe noch nie einen größeren Schweinestall als diesen gesehen. Bei uns auf dem Lokus ist es sauberer.«

»Und das will was heißen«, rief jemand anderer. »Bert wohnt in der Bronx.«

»Wenn ihr hier was findet, Bazillen, Kakerlaken, Stoff oder anderen Scheißdreck, dann versiegelt den Laden.«

Joe Gonzales, der Lieutenant der Narcotic-Squad, kam herein. Phil und er hatten schon so manchen Einsatz durchgestanden. Tomaselli kannte ihn auch.

»Sind Sie verantwortlich, Lieutenant?«, fragte Tomaselli.

»Für was? Dafür, dass wir einen eindeutigen Hinweis darauf bekommen haben, dass hier mit Schnee gehandelt wird, Tomaselli? Dafür, dass jemand die Gesundheitsbehörde angerufen und behauptet hat, er habe sich hier eine lebensgefährliche Lebensmittelvergiftung zugezogen?«

Tomaselli zog den Kopf zwischen die Schultern.

»Was ist in den Päckchen?«, fragte Lieutenant Gonzales.

Phil zuckte mit den Schultern. »Jemand will sie aus Tomasellis Tasche gezogen haben, Joe.«

»Mit solchen faulen Sachen reißt ihr doch keinen Staatsanwalt mehr aus dem Bett«, sagte Tomaselli. »Jeder meiner Angestellten wird beschwören, dass eure eigenen Leute es aus ihren Taschen gezogen haben.«

»Möglich«, sagte Phil. »Aber das ist ein endloser Papierkrieg. Vor morgen wird damit nicht begonnen. Vielleicht klärt sich die Sache auf. Aber so lange kommen Sie in Arrest, Tomaselli.«

»Einverstanden. Ich hatte sowieso nichts anderes vor. Und wenn ich ein paar Stunden in Ruhe nachdenken kann, Decker, dann finde ich garantiert etwas, mit dem ich dich ans Kreuz schlagen kann. Ihr steht auf verdammt dünnem Eis!«

»Rudy Rowland und Pedro Delgardo in Portland auch, Tomaselli!«

Phil ließ den Paten von Chinatown nicht für einen Sekundenbruchteil aus den Augen. Tomaselli zuckte zusammen. Ganz kurz nur, dann hatte er sich wieder gefangen.

»Ich verstehe kein Wort.«

»Palmer wird hier wieder auftauchen«, sagte Phil. »Und wenn wir ihn in einem Tresor transportieren ...« Er wandte sich an Lieutenant Gonzales. »Er hatte anscheinend Schnee in der Tasche, Joe. Also ist er dein Mann. Jemand soll ihm seine Rechte vorlesen. Fehlerfrei! Nicht dass er sich nachher beschwert, ein Officer hätte die Hälfte davon verschluckt!«

Joe Gonzales entfernte sich einige Schritte und redete mit einem seiner Männer.

»Ist das ein Privatkrieg, G-man?«, fragte Tomaselli leise.

»Könnte einer werden, Tomaselli. Nämlich dann, wenn Palmer etwas passiert. Das ist nur ein Vorgeschmack. Vielleicht hast du inzwischen vergessen, dass das Gesetz uns einen weiten Spielraum gibt. Erinnere dich wieder dran, Tomaselli!«

Der Mann, mit dem Lieutenant Joe Gonzales gesprochen hatte, kam heran. Er leierte das Miranda-Gesetz herunter und legte Tomaselli Handschellen an. Der Pate von Chinatown ließ es geschehen. Er wusste doch, dass er in einigen Stunden wieder nach Chinatown zurückkam.

»Was ist mit diesem Laden hier?«, fragte Joe Gonzales.

»Falls ihr etwas findet, macht ihn dicht«, antwortete Phil.

»Wenn man lange genug sucht, Phil, findet man immer etwas.«

»Dann sucht lange.«

Joe Gonzales gab Anweisung an seine Leute. Er teilte auch die Beamten des Gesundheitsdienstes ein.

»Warum ist Tomaselli plötzlich so wichtig?«, fragte er dann.

»Weil jemand unterwegs ist, um seinen Thron anzusägen, Joe. Tomaselli will nicht, aber wir wollen, dass der Mann in Ruhe sägen kann. Und dann gibt es hier das ganz große Aufräumen.«

Gonzales nickte nachdenklich. »Zu wünschen wäre es«, sagte er.

**20.34 Uhr**
**Portland, Maine**

Der Pier war ein riesiges T-Stück. Er zog sich quer an der Wasserlinie entlang, und ein weiter, breiter Arm ragte in die See hinaus. An dem Längsstück lagen drei Fährboote vertäut. Am Querstück lagen einige kleinere Boote, weil sie hier besser geschützt waren. Flache Schuppen standen verstreut auf den Piers herum. Wahllos hingestellt, so schien es.

Fünfzehn Yards von der Wasserfront entfernt stand der Schuppen, in den sich Rowland geflüchtet hatte.

Die Feuerwehr hatte zwei Lichtbäume aufgestellt. Im Flutlicht wirkte der heftig fallende Regen wie eine nicht abreißende Wasserflut. Das Licht wurde von den toten Fenstern des Schuppens reflektiert. Es gab nur noch vereinzelte Scheiben, die heil geblieben waren. Die Beamten der City Police hatten sich auf das Gebäude eingeschossen und Rowland inzwischen begreif-lich gemacht, dass er keine Chance hatte, lebend herauszukommen.

Und genau dort lag der Hase im Pfeffer. Im Gegensatz zur City Police, die einen ihrer Sergeanten verloren hatte, waren wir vom FBI brennend daran interessiert, dass Rowland uns lebend in die Hände fiel.

Hinter der Deckung quer gestellter Patrolcars, einige hatten zerschossene Scheiben, befand sich die provisorische Einsatzkommando-Leitstelle. Ein bulliger Captain führte das Kommando an. Unterstützt von mehr als fünfzig Beamten, die rings um das Gebäude herum in Stellung gegangen waren. Der Attorney hatte sich angesagt, bislang aber nicht den Weg nach hier heraus gefunden.

Die Stimmung war explosiv. Ein einziger Funke genügte, und die Katastrophe war perfekt. Alle Beamten sahen so aus, als warteten sie auf nichts Sehnlicheres, als auf den Befehl, den Schuppen zu stürmen.

Brian Field hielt im Schatten zweier Ambulanzen, die man für alle Fälle hatte vorfahren lassen.

»Auf mich würde in einem solchen Moment niemand hören«, sagte ich zu dem Kollegen aus Portland. »Mach du dem Captain dort drüben begreiflich, dass es FBI-Sache ist.«

Brian Field sprang aus dem Wagen. Geduckt hetzte er an den Fahrzeugen vorbei. Wenig später tauchte er neben dem bulligen Captain der City Police auf.

Ich zündete mir eine Zigarette an und schaute mich um, soweit das aus dem Wagen heraus möglich war.

Die Entfernung bis zu dem Schuppen, in dem Rowland steckte, betrug an die dreißig Schritte. Freies Gelände. Hatte Rowland einen günstigen Standort, konnte er aus irgendeinem Fenster heraus die Freifläche bestreichen.

Es gab nur den Weg von vorn. In aller Eile, die Rowland gehabt hatte, um sich vor den nachrückenden Cops in Sicherheit zu bringen, hatte er auch noch Glück gehabt: Er hatte sich genau das Gebäude ausgesucht, das an der Rückfront keine Fenster und keine Türen hatte. Um ihn von dort aus anzugreifen, hätte man ein Loch in die Mauer sprengen müssen.

Field winkte. Ich stieg aus. Sekundenlang duckte ich mich unter dem strömenden Regen, dann hatte ich mich an ihn gewöhnt. Neben Field und dem bulligen Captain blieb ich stehen.

»Captain James Reyder«, stellte Field vor.

»Jerry Cotton. FBI New York.«

James Reyders Brauen hoben sich. New York schien irgendwie ein Reizwort in Portland zu sein. Aber deswegen konnte ich die Stadt, in der ich zu Hause war und mich wohl fühlte, nicht verleugnen.

»Es ist so lange ein Einsatz der City Police, wie ich von meinem direkten Vorgesetzten keine andere Order bekomme«, knurrte James Reyder dann.

»Fein«, sagte ich. »Dann setzen Sie sich mal in Marsch. Holen Sie den Kerl da raus! Wir vom FBI halten uns zurück und sammeln später die Leichen auf, Captain. Sagen Sie mir auch, wie Sie den Killer da rausholen wollen. Ich werde es später der Presse mitteilen. Vielleicht können die Journalisten davon etwas für den Nachruf verwenden. Ich nehme doch an, Sie gehen an der Spitze der Männer, die Sie opfern wollen.«

Er schnaufte verächtlich.

In genau dieser Sekunde zuckte aus einem der toten Fenster des Schuppens das Mündungsfeuer einer Maschinenpistole. Klatschend fuhren die Kugeln in die Karosserie des Wagens, hinter dem wir uns aufhielten.

Captain James Reyder ließ sich auf die Knie fallen und tastete automatisch zur Dienstwaffe.

Eine Sekunde später bellten die Waffen der Cops auf.

Was sich noch an Glas in den Fensterrahmen befand, wurde jetzt weggeblasen. Der Lärm war infernalisch. Er ließ die Anlieger wahrscheinlich glauben, der Stadt nähere sich eine fremde Armee.

Die Cops stoppten das Feuer. Sofort peitschten wieder die Garben aus der automatischen Schnellfeuerwaffe auf, die Rowland hatte. Zum anderen schien er über ausreichend Munition zu verfügen.

Captain James Reyder fluchte.

»Stoppen Sie den Wahnsinn, Captain!«, forderte ich, als sich auch die Cops wieder an dem unnützen Feuerwerk beteiligten.

»Solange ich keine Order von meinem direkten Vorgesetzten habe …«

»Vergiss nicht, mich daran zu erinnern, dass ich Meldung bei seiner übergeordneten Dienststelle mache, Brian«, wandte ich mich an Field. »Er ist mit seinem Job total überfordert und sollte für Verwaltungskram eingesetzt werden.«

Mit einem Satz kam Captain Reyder in die Senkrechte. Ich erwischte sein rechtes Bein und brachte ihn mit einem harten Ruck aus dem Gleichgewicht. Kaum war er neben mir auf dem Kopfsteinpflaster des Piers gelandet, feuerte Rowland aus einem der Fenster heraus sein ganzes Magazin auf den Wagen ab.

James Reyder drehte sich wütend zu mir um.

»Eigentlich wärst du jetzt tot, Mann«, sagte Brian Field. »Ich schätze, zehn Kugeln hätten dich erwischt, wenn Cotton dich nicht von den Beinen geholt hätte. Wie viel kann ein Dummkopf wie du vertragen?«

James Reyder würgte seinen Wutanfall herunter. Vielleicht drang es in diesem Moment in sein Bewusstsein, dass Brian Field Recht hatte. Eines von Rowlands Geschossen hätte ihn mit Sicherheit erwischt. Vielleicht die tödliche Kugel.

Ich richtete mich auf. »Field und ich holen ihn jetzt, Captain«, sagte ich. Ich schaute ihn dabei nicht an. Mein Blick war auf den riesigen Schaufelbagger gerichtet, der vielleicht zwanzig Schritte entfernt stand. »Sie halten Ihre Männer zurück. Kein Schuss, einfach nichts. Veranlassen Sie, dass alles Licht auf die linke Hälfte des Schuppens gegeben wird, solange wir uns unterwegs befinden. Sollte Rowland rauskommen, während Field und ich noch drinnen sind, setzen Sie einen Mann auf ihn an, der mit der Waffe umgehen kann. Wir brauchen Rowland lebend, Captain. Das ist kein Wunsch, das ist ein Befehl!«

James Reyder suchte noch nach Worten, als ich Brian Field einen Wink gab und mich in Richtung des riesigen Schaufelbaggers entfernte. Field holte mich ein, als ich die Tür zur Fahrerkabine öffnete und mich auf den breiten Sitz schwang.

Der Schlüssel, mit dem das Monstrum gestartet werden konnte, lag wie bei den meisten Baufahrzeugen unter der Fußmatte.

»Kannst du damit umgehen?«, fragte Field mit schwer gehendem Atem.

»Auf jeden Fall werde ich es versuchen.«

Der Diesel musste vorgeglüht werden. Es schien mir eine Ewigkeit zu dauern, bis die rote Lampe erlosch. Tuckernd sprang das Ding an. Ich wusste nicht, wie viele Zylinder er hatte. Mir schien, als zünde er jeden einzelnen. Bis der Motor richtig lief, vergingen noch einmal zehn Sekunden.

Wichtige Sekunden. Rowland konnte den Krach des Fahrzeugs hören. Wenn er es sah, davon musste ich ausgehen, konnte er sich darauf einstellen. Und das war nicht gut für Brian Field und mich.

»Okay?«

»Okay«, sagte Field und duckte sich neben mir.

Ich fuhr an, hantierte an den Hebeln und hatte schließlich den erwischt, mit dem sich die Schaufel heben und senken ließ. Ich hob sie an und kippte sie so weit nach vorn, bis sie sich wie ein breiter, stählerner Schutzschild vor der Frontscheibe befand.

»Ich hoffe, die haben den Schuppen nicht für die Ewigkeit gebaut. Ich hoffe, er ist von einem kriminellen Bauunternehmer, der kräftig am Zement gespart hat, dorthin gestellt worden, Brian.«

»Weiter links«, gab Brian Field die Richtung an. Er hatte sich so tief neben meinem Sitz gekauert, dass er unter der Schaufel hindurchschauen konnte. »Gut so, Jerry. Gib mehr Gas! Wenn wir dichter dran sind und Rowland feuert, trifft er nur noch die verdammte Schaufel oder die Reifen. Die sind aus Vollgummi.«

Ich trat das Gaspedal durch und umklammerte das Steuer wie ein Handtaschendieb seine Beute.

»Gut so«, sagte Brian Field. »Noch zwanzig Yards, Jerry. Du erwischst die Eingangstür. Wenn du durch bist, dreh nach links in das lange Stück der Halle hinein. Schalte die Scheinwerfer an. Ich springe auf der anderen Seite ab.«

Dagegen war nichts zu sagen. Und selbst wenn, es wäre keine Zeit mehr dazu gewesen.

Rowland feuerte. Er hatte zu lange gewartet. Wahrscheinlich hatte er den Schaufelbagger, der sich dem Schuppen näherte, für ein Ablenkungsmanöver gehalten. Nun sah er ein, dass er das nicht war. Die Schüsse kamen zu spät. Er konnte uns nicht aufhalten. Er konnte uns mit seinen Kugeln auch nicht mehr gefährlich werden.

Die Geschosse knallten gegen die Schaufel und prallten sirrend wieder ab.

Mit einem knirschenden Geräusch fraß sich die Schaufel durch die Tür und nahm ein Stück der Seitenwand mit. Der Kasten hier war wirklich nicht für die Ewigkeit gebaut. Leichtbetonplatten, durch die das Ungetüm von Räumfahrzeug durchging wie durch Butter.

Ich kurbelte nach links. Field sprang zur rechten Seite hin ab. Mit einem wilden Ruck legte ich den Lichtschalter um.

Ich sah ihn.

Rowland befand sich vielleicht fünfzehn Yards von mir entfernt. Er stand mitten im Lichtteppich, hielt die Maschinenpistole hoch und ließ sie tanzen. Mit dem gleichen Resultat wie eben schon. Die Geschosse prallten von der riesigen Schaufel wirkungslos ab.

Ich drosselte das Tempo und senkte die Schaufel. Die gewaltigen Zacken an der Vorderseite zielten auf Rudy Rowland. Er wich zurück. Schritt für Schritt. Sieben, genau genommen. Dann stand er mit dem Rücken an der Stirnwand. Seine Augen waren weit aufgerissen. Todesangst schlug mir entgegen. Auch ein Killer starb nicht gerne!

Beinahe im Zeitlupentempo fuhr ich den Schaufelbagger an ihn heran. Als er nach unten wegzutauchen versuchte, senkte ich die Schaufel und verbaute ihm den Weg. Er hatte die MPi noch immer erhoben, aber er schoss nicht mehr. Da gab es die Angst in ihm, eines der von der Schaufel abprallenden Geschosse könnte ihn erwischen.

Mit einer panischen Bewegung warf er die Waffe in hohem Bogen weg und hob die Hände.

Die scharfen Zacken am vorderen Schaufelrand berührten ihn und drückten ihn weiter gegen die Wand. Zwei Sekunden später war er dermaßen festgeklemmt zwischen der Schaufel und der Stirnwand, dass er sich nicht mehr bewegen konnte.

Von rechts kam Field heran. Er zielte mit dem 38er auf Rowlands Brust. Seine Hand zitterte. Das Zittern übertrug sich auf seinen ganzen Körper.

»Okay, Brian«, sagte ich, stieß die Tür auf und schwang mich aus der Kabine. »Ich geh jetzt raus und sage dem Captain Bescheid. Es wird einige Minuten dauern. Du kannst ihn inzwischen fragen, woher sie die Waffen bekommen haben.«

Mich fürchtete Rowland nicht. Er fürchtete Brian Field, obgleich er nicht wissen konnte, dass er und sein puertoricanischer Freund Fields Schwiegervater erschossen hatten.

Ein schriller, klagender Schrei verfolgte mich in den Regen hinaus. In den Trümmern der herausgebrochenen Seitenwand blieb ich stehen. Mit Mühe gelang es mir, eine Zigarette in Brand zu stecken. Sie überdauerte nur zwei Züge. Dann war sie vom stürmischen Regen aufgeweicht.

Hinter den Wagen tauchten die Cops auf. Der Mann, der die Lichtmasten bediente, richtete die Spots auf mich. Eine Sekunde lang kniff ich geblendet die Augen zusammen.

Die ersten Cops kamen um die Wagen herum und betraten die freie Fläche zwischen den Einsatzfahrzeugen und dem Schuppen.

»Jeder bleibt auf seinem Platz, bis er andere Befehle bekommt!«, schrie ich. »Reyder!«

»Jeder bleibt auf seinem Platz!«, wiederholte der Captain meinen Befehl. Die Cops blieben stehen.

Ich ging weiter. Direkt auf den Wagen zu, um den Captain Reyder nun herumkam. Er hatte seinen Kopf tief zwischen die Schultern gezogen und dennoch etwas nach vorn gestreckt. So sah er aus wie ein Stier, der fieberhaft überlegte, wie er die verdammte Muleta umgehen und den Torero aufspießen konnte. Ich öffnete die Wagentür, die durchlöchert war, setzte mich auf die Rückbank und ließ die Beine im Regen. Hier zündete ich mir die nächste Zigarette an.

Der Wind wehte landeinwärts, hatte sich inzwischen zu einem mittleren Sturm ausgewachsen und pfiff heulend um die Ecken der Schuppen. Dazwischen trommelte der Regen klatschend auf das holprige Kopfsteinpflaster. Ich ertappte mich dabei, dass ich durch die Geräusche der Natur lauschte und die Schreie von Rowland erwartete.

Es gab sie nicht. Natürlich nicht. Brian Field hatte seinen Schwiegervater verloren, der Schmerz mochte ihm das Herz zusammendrücken, aber im Kopf war er G-man. Er ließ sich nicht von Wut und Schmerz leiten, sondern von seinem kalten Verstand.

Reyder kam heran und stützte sein schweres Gewicht auf die offene Tür. Er schaute mich einige Sekunden durchdringend an, dann grinste er. Nicht vor Freude, sondern weil er erleichtert war. Er streckte mir die Hand entgegen. Ich griff sie und ließ mich von Reyder wieder in den Regen hinausziehen.

»So hätte ich das auch gekonnt, G-man«, sagte er. »Haben Sie überhaupt einen Führerschein für ein schweres Räumfahrzeug?«

»Ich bringe ihn morgen vorbei«, sagte ich und erwiderte sein Grinsen.

**24. April, 14.50 Uhr**
**Kennedy International Airport**

Ein aufmerksamer Beobachter sah ihm auf den ersten Blick an, dass er ein besonderer Mann war. Er sah es an seinem schleichenden Gang, an seiner lauernd gespannten Kopfhaltung, an seinen Augen, die nicht für eine Sekunde stillstanden, sondern sich unauffällig immer auf der Suche befanden. Er war ein Mann, der mit allem rechnete. Selbst damit, dass ihm in einer fremden Stadt, auf einem riesigen Flughafen, ein Passagier auflauern und ihn aus dem Hinterhalt erschießen konnte.

Aber die Mitpassagiere aus Chicago kümmerten sich nicht um Ernest Longfellow. Sie hatten etwas Besseres zu tun. Sie wollten aus dem Hexenkessel der Ankunftshalle heraus.

Auch die vielen geschulten Sicherheitsbeamten, die sich nach den Bombendrohungen der letzten Zeit gegen amerikanische Passagiermaschinen mehr als verdoppelt hatten, erkannten nicht, dass der Tod sich mit federnden, elastischen Schritten einen Weg durch die Menge bahnte.

Nur Harry Prince, Tomasellis Stellvertreter, der in der Cockpit Lounge auf ihn wartete, erkannte Ernest Longfellow auf den ersten Blick. Prince blieb sitzen. Die Bar war gerammelt voll. Er hielt sich seit zwei Stunden im Flughafen auf.

Vor einer Stunde hatte er dem Kellner zwanzig Bucks gegeben, damit der den abgeschirmten Ecktisch am Panoramafenster für ihn festhielt.

Longfellow schaute sich um. Seine Augen waren schmal geworden. Seine lange, schlanke Erscheinung hatte sich gestrafft.

Princes und Longfellows Blicke kreuzten sich. Prince nickte unauffällig. Longfellow zündete sich in aller Ruhe eine Zigarette an. Dann kam er an den Tisch und setzte sich. »Lange nicht gesehen«, sagte er.

Prince zuckte mit den Schultern. »Und doch auf den

ersten Blick wiedererkannt«, sagte er. Er hob den schwarzen Aktenkoffer auf, der neben seinem Platz auf dem Boden stand, und stellte ihn auf den Tisch. »Ist alles drin, Ernest.«

»Bist du sicher?« Ernest Longfellow zog den Koffer an sich heran, legte ihn richtig herum und ließ die Schlösser aufschnappen. Er war bis an den Rand gefüllt mit sauber gestapelten Dollarnoten. Im Seitenfach des Deckels befand sich ein roter Ordner. Ungefähr dreißig Seiten dick.

»Hunderttausend«, sagte Prince. »Im Ordner findest du alles über Palmer, was wir wissen. Schlauer sind auch die Bullen nicht.«

»Für wen arbeite ich? Für Bruno Tomaselli?«

»Für mich«, antwortete Prince scharf.

Longfellow grinste. »Du willst ihn kippen?«

»Er hat zu viele Fehler gemacht. Die Gelegenheit ist günstig.«

Longfellow tippte mit dem Zeigefinger auf den Aktenkoffer. »In diesem Fall ist das Taschengeld«, sagte er. »Was ist er Tomaselli wert?«

»Keine Ahnung. Vielleicht den Gegenwert einer Kugel. Die Organisation muss mich zum anderen auch erst akzeptieren.«

»Werden sie«, sagte Longfellow. »Ich kenne die meisten Männer, die ein Stimmrecht haben, wenn die Stelle eines Paten neu vergeben wird. Sie werden dich mögen, weil du genauso gemein bist wie sie selbst.«

»Bist du Moralist geworden?«

»Ich bin das geblieben, was ich immer war, Prince: Menschenjäger! Tomasellis Position kostet dich eine Million. Palmer und die Unterlagen kriegst du gratis. No cure, no pay.«

»Das letzte Mal hast du für die Regierung einen Mann gesucht.«

»Danach für verschiedene Finanzierungsgesellschaften, für Anwaltskanzleien, für Versicherungsgesellschaften. Ich suche, ich finde und kassiere,

Prince. Es hat sich nichts geändert. Ich werde finden, was du brauchst, aber ich werde Palmer nicht killen. Andere, wenn es sein muss und sie mir Schwierigkeiten machen. Aber dann nur in Notwehr.«

»Der FBI wird dir Schwierigkeiten machen. Sie sind hinter der gleichen Sache her. Natürlich aus anderen Beweggründen.«

»Keine Angst, Prince. Solange sie mir nicht mehr als eine Million Dollar bezahlen, bleibst du Favorit.«

Harry Prince strich sich nachdenklich über das dünne, blonde Haar. Einige Sonnenstrahlen fielen schräg durchs Fenster in sein Gesicht. In diesem Moment war deutlich der Rotstich seiner Augen zu sehen.

»Ich werde zwei absolut verlässliche Männer für die Dreckarbeit brauchen. Mit verlässlich meine ich, Männer, die keine Fragen stellen, wenn ihnen ein Befehl gegeben wird, sondern die ihn augenblicklich ausführen.«

»Larsky und Highland«, sagte Prince. »Tomasellis Leibgarde. Es gibt keine Besseren. Sie sind eingeweiht und stehen auf meiner Seite. Du kannst sie anfordern, wenn du sie brauchst.«

»Schick einen nach Portland, Prince.«

Harry Prince klimperte irritiert mit den Wimpern.

»Palmer wird gegen vier entlassen. Zwei Männer, die Tomaselli geschickt hat, sind dort aufgeflogen. Einer, Rowland, ist den Bullen lebend in die Hände gefallen, nachdem der Idiot einen Sergeant erschossen hat. Sie haben ihn in die Mangel genommen. Er hat gesungen und Joseph Clearly, den dortigen Boss, in eine verdammt schlimme Lage gebracht. Rowland hat behauptet, Clearly habe ihn und seinen Partner mit Waffen ausgestattet.«

»Und? Hat er?«

Prince nickte. »Er wird sich da rausreden können, und er wird auch Tomasellis Namen raushalten. Portland ist heiß wie die Hölle. Warum also soll ich jemanden schicken, wenn wir Palmer dort doch nicht erwischen?«

»Weil ich es sage, Prince. Kennst du einen Besseren als mich?«

»Dann hätte ich den genommen.«

»Ich habe von Chicago aus mit dem County Prison telefoniert. Ich habe nach Palmers Gesundheitszustand gefragt und erfahren, dass er gestern einen Doc in der Zelle hatte.«

Prince zuckte mit den Schultern. »Er kränkelt«, sagte er. »Aber Palmer ist zäh. Der tut mir nicht den Gefallen und stirbt von selbst. Was also …?«

»Es geht nicht um Palmer. Der taucht von selbst auf. Es geht um den Doc. Er hat für Palmer telefoniert. Ich will wissen, mit wem.«

»Mist, dass ich nicht selbst darauf gekommen bin. Ich schicke Larsky, der fällt am wenigsten auf.«

»Schick ihn mit einer Privatmaschine auf den kleinen Flughafen nach Westbrook. Von dort kann er in zwei Stunden in Portland sein. Sie werden den Airport Portland weiterhin überwachen, denke ich. Mach ihm deutlich, dass ich sein Boss bin. Er soll mich anrufen. Alles andere wäre ein Fehler. Ich muss unter allen Umständen wissen, wen der Doc in Palmers Namen angerufen hat. Koste es, was es wolle. Ist Larsky der richtige Mann für diesen Job?«

»Er ist einfach unwiderstehlich, wenn er eine Kanone in der Hand hat.«

»Ich wohne im Sheraton. Unter meinem eigenen Namen. Larsky soll sich aus Portland melden. Das ist alles. Wir sehen uns nicht wieder, bevor es nicht vorbei ist und ich zum Kassieren komme. Absolut keinen Kontakt. Es sei denn, ich nehme ihn zu dir auf.«

Longfellow stand auf. Er nahm den schwarzen Aktenkoffer an sich. Von oben herunter schaute er Prince an. »Ich denke, du machst dich gut auf Tomasellis Thron«, sagte er, bevor er sich umdrehte und grußlos in der Menge verschwand.

## 16.05 Uhr
## Portland, Maine

Eine halbe Stunde lang hatte Alfred Palmer Angst. So lange dauerte es von der Zelle bis zu dem Schalter, an dem man ihm seine persönlichen Sachen aushändigte. Uhr, Notiz- und Adressenbuch, goldener Cross, viertausendfünfhundert Dollar in bar, Kreditkarten und Reiseschecks. Er unterschrieb, steckte alles ein und marschierte los.

Es ging einen langen, schmalen Gang entlang, der in gerader Linie auf den Hof führte. Er endete an einer eisernen Tür in der hohen Mauer, die eine Stacheldrahtkrone trug und elektronisch gesichert war.

Es war die Tür in die Freiheit. Direkt dahinter lag die Labrelle Lane, die am Stadion und am Flughafen vorbei nach South Portland führte.

Zwei Wächter begleiteten ihn. Männer mit stumpfen, ausdruckslosen Gesichtern. Keine Regung zeichnete sich auf den menschlichen Landschaften ab. Sie taten ihren Job. Wen sie rausschafften oder reinbrachten, interessierte sie nicht. Oder nicht mehr. Nach vielen Dienstjahren im Gefängnis schaltete sich das Gehirn für Menschlichkeit und Interesse an einem fremden Schicksal automatisch ab, sobald sie selbst diese Tür durchschritten und ihren Dienst aufnahmen.

Palmer gab sich keine Mühe, mit den Wärtern ins Gespräch zu kommen. Er hatte erfahren, was gestern Abend passiert war. Der Direktor hatte es ihm gesagt. Bei der Vorverhandlung, die am Vormittag stattgefunden hatte, war es ebenfalls kurz angeschnitten worden. Aber wirklich nur kurz. Die Kaution war auf zweihunderttausend Dollar festgesetzt worden. Dave Frenchboro, der Kleine, der ihm im Gefängnis einen Besuch abgestattet hatte, hatte das Geld namens eines ungenannt bleiben wollenden Klienten bezahlt.

Die Tür wurde von einem der Wärter geöffnet. Palmer nickte den beiden zu. Noch drei Schritte, dann stand er auf der Straße. Dann spürte er den Regen nicht mehr, sondern nur noch die innere Spannung, die seine Brust zusammenpresste und den Herzschmerz zurückkehren ließ.

Hätten die G-men die Killer nicht früh genug unschädlich gemacht, wäre er in diesem Moment ein toter Mann gewesen. Palmer war sich dessen bewusst. Aber er wusste auch, dass die Bullen es nicht aus Nächstenliebe taten. Sie waren genauso scharf auf ihn, wie Tomaselli es war. Und sie wollten von ihm auch das Gleiche wie Tomaselli.

Unwillkürlich duckte sich Palmer. Sein Blick schweifte in die Runde. Es gab nur den üblichen Verkehr auf der Straße. Er konnte keinen entdecken, der sich für ihn interessierte. Auch keine Abordnung des FBI, die er eigentlich nach den gestrigen Vorfällen erwartet hatte.

Schräg gegenüber befand sich eine Kneipe. Untergebracht in einem der drei wuchtigen Gebäude. In einem von denen hätten die Killer auf ihn gelauert, wenn nicht …

Palmer wischte die Gedanken mit der gleichen Bewegung beiseite, mit der er sich auch den Regen aus dem Gesicht rieb. Er wartete eine Lücke im Verkehr ab und wechselte die Fahrbahnseite. Als er den Eingang der Kneipe erreichte, war er nass bis auf die Knochen.

Der Wirt, ein kleiner Mann mit spitzem Gesicht, sah ihn an und grinste. Mit einer knappen Kopfbewegung deutete er auf die hohe Gefängnismauer.

»Geschafft, Kumpel?«

Palmer nickte. Der Kleine hatte ihn rauskommen sehen. Warum also sollte er es in Abrede stellen, dort gesessen zu haben.

»Kaffee und Schinkensandwich«, bestellte Palmer. Er hatte vierundzwanzig Stunden lang keinen Bissen gegessen. Er hatte auch keinen Hunger gehabt. Der stellte sich erst jetzt ein, nachdem er sich wieder auf freiem Fuß befand. Freiem Fuß war etwas zu viel gesagt. Es war eine eingegrenzte Freiheit. Er durfte die Stadt nicht verlassen, hatte sich zur Verfügung des Gerichts zu halten und sich jeden Tag einmal beim zuständigen Sheriff zu melden.

Keine dieser Auflagen würde er erfüllen. Das stand schon jetzt fest.

»Auch was Scharfes?«, fragte der spitzgesichtige Wirt. »Ich habe alles, Kumpel. Scharfe Getränke und scharfe Mädchen. Ein einziger Anruf genügt, und du bekommst das geliefert, was dich dort drüben in deinen Träumen verfolgt hat. Okay?«

»Kaffee und Sandwich«, wiederholte Palmer. »Kann ich telefonieren?«

»Stadtgespräch?«

»Long distance«, sagte Palmer.

Der Wirt schob ihm Kleingeld über den Bartresen. Palmer nahm es. Der Kasten hing in der hintersten Ecke des Raumes, in dem er der einzige Gast war.

Palmer wählte New York an.

»Pussy Cat Club«, meldete sich eine müde Männerstimme.

»Ich will Arline sprechen!«

»Ist nicht da. Heute Abend wieder, Bruder. Sonst noch was?«

»Danke.« Palmer legte auf und ging zur Theke zurück. Sein Kaffee stand da. Auch das Schinkensandwich. Er aß einige Bissen, trank den Kaffee mit Appetit und verließ die Kneipe wieder. Er dachte, dass es sinnlos war, sich jetzt verdrücken zu wollen, wo mit Sicherheit einige Augen auf ihn gerichtet waren. Er stoppte ein Taxi, fragte nach dem besten Hotel in Portland und ließ sich hinfahren. Etwas Ruhe in Freiheit konnte ihm nicht schaden. Er musste seine Gedanken ordnen, musste sich alles durch den Kopf gehen lassen.

## 16.30 Uhr

Ich ließ ihn fahren. Als das Taxi die Kreuzung erreichte, scherte ein dunkelblauer Buick aus einer Parklücke. Es war Jake Banner. Er würde Palmer auf Abstand folgen und mir später durchgeben, wo Palmer untergekrochen war. Er würde sich erst einmal ruhig verhalten, mit Schatten rechnen und sich darauf einstellen. Dass er die Auflagen des Gerichts nicht erfüllte und nach New York zurückkehrte, war sicher. Aber auf keinen Fall heute.

Ich betrat die Kneipe, aus der er gekommen war. Der Spitzgesichtige, den ich schon von draußen beobachtet hatte, sah mich misstrauisch an. Palmer hatte er anders angesehen. Aber den hatte er ja auch deutlich aus dem Knast kommen sehen.

»Das Gleiche wie mein Freund«, sagte ich.

»Ich sehe keinen.«

»Der, der gerade gegangen ist«, sagte ich.

Knurrend machte er sich an der Kaffeemaschine zu schaffen, bereitete das Sandwich und stellte alles vor mir auf den Tresen.

»Hat er dein Angebot angenommen?«

»Welches?«

»Ein Mädchen für eine heiße Nacht.«

Der Wirt schüttelte den Kopf. »He, woher weißt du, dass …?«

»Mann«, sagte ich. »Überall auf der Welt, wo sich eine Gefängnistür öffnen kann, gibt es Kneipen wie diese. Nicht weiter als einen Steinwurf entfernt. Und überall wird das Gleiche angeboten. Oder hast du dich und deinen Service für einmalig gehalten?«

»Bulle«, sagte er. Es klang noch nicht besonders unfreundlich. Männer wie er standen für beide Seiten offen und entschieden sich zum Schluss für die, die ihm am meisten bezahlte.

»FBI«, sagte ich und trank einen Schluck Kaffee. Er war gut. Genau wie das Schinkensandwich.

»Ist doch alles ein großer Verein, oder?«

»Kann man so sagen.«

»Wenn du wissen willst, ob er mir gesagt hat, wo er die Beute aus einem Überfall vergraben hat, muss ich dich enttäuschen.«

»Er hat nichts vergraben.«

»Dachte ich mir doch. Sah auch nicht aus wie einer der harten Jungs, die über viele Jahre den Mund halten und kassieren, wenn sie wieder rauskommen.«

Er sah zu viele schlechte Filme. Die harten Jungs, von denen er sprach, existierten kaum. Die meisten redeten im Knast, um sich irgendwelche Erleichterungen zu verschaffen. Wenn die Direktion es darauf anlegte, konnte sie einem Gefangenen seinen Aufenthalt zur Hölle machen.

Ich aß das Sandwich in aller Ruhe, schob den Teller zurück und die Kaffeetasse hinterher. »Noch einen Kaffee.«

Während der spitzgesichtige Wirt ihn bereitete, zündete ich mir eine Zigarette an.

Ich zahlte mit Kleingeld und legte zwei Zwanziger auf die Theke.

»Er hat telefoniert«, sagte ich und schaute ihn an. »Du hast zwar keine großen Ohren, aber wahrscheinlich einen sauberen Gehörgang, weil du dich regelmäßig wäschst. Die vierzig sind für dich, wenn du mir sagst, wohin und mit wem er telefoniert hat.«

Er grinste. Jemand, der sein Gesicht so verzog, hatte gewonnen. Ich legte noch einen Zwanziger neben die beiden anderen Scheine. »Das ist der Zusatzbonus für die richtige Nummer!.«

»Sehe ich aus wie ein Bettler?«, fragte der kleine Wirt beleidigt.

»Nicht viel besser! Du hast eine Glückssträhne und bist im Rennen, Mann!«

»Achtzig Dollar bringen Unglück. Mach 'ne runde Summe daraus.«

Ich legte noch einen Zwanziger dazu.

»Mit runder Summe meine ich einen Riesen! Mann, woher kommst du, dass du die Preise nicht kennst?«

So schnell, wie ich zugriff und ihn am Hemd zu packen bekam, konnte er gar nicht zurückweichen. Mit einem Ruck zog ich ihn heran. Im letzten Moment versuchte er, die Hände und Arme schützend vor seinen Körper zu bringen. Im Ansatz war das gut, aber es kam doch etwas zu spät. Er knallte mit dem Brustkasten gegen die scharfe Thekeninnenkante und stieß einen Schrei aus. Er taumelte zurück, bis er mit dem Rücken am Flaschenregal stand. Aus weit aufgerissenen Augen starrte er mich an.

»Hast du nicht eben FBI gesagt?«, fragte er weinerlich und massierte sich den geprellten Brustkorb.

Ich nickte. »Und du hast mal irgendwo gelesen, dass der FBI seinen Nachwuchs aus den Reihen der Heilsarmee rekrutiert und nur Männer mit einem sanften Gemüt dem Verein beitreten dürfen. Stimmt's?«

Er massierte sich weiter die Brust. Bei jedem Atemholen verzog er das Gesicht. Es tat ihm weh. Das sollte es auch. Nach dem, was gestern passiert war, verspürte ich keine Lust, mich von einem verhinderten Komiker verschaukeln zu lassen. Ich hatte ihm ein faires Angebot gemacht.

»Stimmt aber nicht«, sagte ich. »Ich rufe jetzt einen Streifenwagen und lasse dich abholen.«

»Wegen was?«

»Beihilfe«, sagte ich. »Da wurde telefonisch ein Verbrechen geplant.«

»So ein Scheiß«, sagte er. Er konnte wieder normal atmen. »Ich werde sagen, dass ich die Telefonnummer nicht verstanden habe.«

»Sicher«, sagte ich gemütlich. »Das wirst du jetzt sagen. Aber wenn wir dich eine Stunde in der Mangel gehabt haben, fällt dir sogar das Datum ein, an dem du zum ersten Mal straffällig geworden bist.«

Ich drehte mich um und ging zum Telefon.

»New York!«

Sein Verzweiflungsschrei erreichte mich auf halbem Weg.

»Weiter!«

Er nannte mir die Nummer. »Der Kerl fragte nach einer Arline.«

»Vor ein paar Minuten war das noch eine Hundert-Dollar-Antwort«, sagte ich. »Jetzt darfst du mir noch einen Kaffee machen und für dich einen Whisky, damit du über den Verlust von hundert Dollar hinwegkommst.«

Ich ließ mich mit der Nummer verbinden.

»Pussy Cat Club«, meldete sich eine Männerstimme.

»Gib mir Arline an den Apparat.«

»He, Mann, ich habe dir doch vorhin schon gesagt, dass sie erst am Abend kommt. Hörst du auf dem Ohr schlecht, oder was?«

Ich hängte ein. Der Spitzgesichtige hatte mich nicht angelogen. Hatte ich eigentlich auch nicht erwartet. Seine kleinen grauen Augen trugen Trauer, als er den Whisky hob und auf einen Schluck in sich verschwinden ließ.

## 17.35 Uhr

Er hatte ein Zimmer im Seaside Panorama Hotel. Vierzehnte Etage, Nummer 1423. Ich wohnte zwei Stockwerke höher, auf 1645. Es war das Erste Haus am Platz und eigentlich, so im Nachhinein bedacht, hätte ich Banner gar nicht hinter ihm herzuschicken brauchen. Palmer hatte Stil. Ein Mann wie er stieg nicht in schlechten Häusern ab.

Ich hatte Phil an der Strippe. Ich gab ihm die Namen Pussy Cat und Arline durch.

»Es war die erste Nummer, die er gewählt hat«, sagte ich.

»Also eine wichtige.«

»Das denke ich doch. Sind die Namen Pussy Cat und Arline in dem Material enthalten, das wir über Palmer gesammelt haben?«

»Moment.«

Phil gab die Namen in den Computer ein. Es dauerte nur eine Minute, dann meldete er sich wieder.

»Negativ«, sagte er.

»Kümmere dich drum. Was Neues von Tomaselli?«

»Totenstille. Seine Anwälte protestierten wegen des gestrigen Einfalls in seinen Club. Aber sie tun es leise und gesittet. Der Laden ist dicht. Tomaselli ist nicht übermäßig nervös. Sieht so aus, als hätte er ein Eisen im Feuer, Jerry.«

»Bring ihn etwas aus der Ruhe.«

»Ich tue, was ich kann. Hast du mit Palmer gesprochen?«

»Gestern, im Gefängnis«, antwortete ich. »Ich werde es nochmal tun. Irgendwie werde ich das Gefühl nicht los, dass er uns Tomaselli servieren will. Nicht sofort. Etwas später, wenn er mit ihm fertig ist. Ich kann mich täuschen, aber ich denke, er will ihn abkochen, bevor er ihn auf die Schlachtbank legt.«

»Dazu ist er nicht der Typ, Jerry. Abgesehen davon, dass er als Buchhalter für Tomaselli gearbeitet hat, ist er nie in irgendwelche Straftaten verwickelt gewesen. Er ist nicht clever genug. Der Umstand, dass Tomaselli Feuer frei auf Palmer gegeben hat, deutet darauf hin, dass Palmer sich nicht mal abgesichert hat. Ich meine, außer ihm weiß niemand, wo die Unterlagen versteckt sind. Er hat sie zu seiner eigenen Sicherheit und zwecks Altersversorgung gesammelt und nicht im Traum daran gedacht, dass er sie jemals für eine Erpressung oder etwas Ähnliches einsetzen wird.«

Phil hatte vollkommen Recht. Ich hatte mir eigentlich noch gar keine Gedanken über diesen Punkt gemacht. Aber es war so, wie Phil es sagte. Palmer hatte seinen Job bei Tomaselli gesehen wie jeden anderen Job auch. Er hatte Zahlen verwaltet, nicht mehr. Ein Buchhalter in einem Rüstungsunternehmen machte sich schließlich auch keine Gedanken, ob die schwarzen Zahlen in der Bilanz mit dem Blut irgendwelcher Dritte-Welt-Bürger geschrieben wuden.

»Okay, Phil«, sagte ich. »Wir sehen uns in New York. Falls es noch etwas gibt, melde ich mich bei dir.«

Ich stellte mich unter die Dusche und machte mich frisch. Dann verließ ich das Zimmer und ging in die Bar.

Palmer saß am langen Tresen. Weit nach vorn gebeugt, mit hängenden, schmalen Schultern. In der rechten Hand hielt er ein Whiskyglas. Stumpf starrte er auf den Inhalt. Im Aschenbecher neben ihm verqualmte eine Zigarette.

Erst als ich neben ihm stand, bemerkte er mich. Er starrte mich aus weit aufgerissenen Augen an und stieß eine leise Verwünschung aus.

»Tut mir Leid, Palmer«, sagte ich. »Aber ich wohne hier schon länger. Ich kann schließlich nichts dafür, wenn Sie mir nachlaufen.«

Sein Blick wurde etwas freundlicher, aber nicht klarer. Die Pupillen der hellen, blauen Augen waren mit einem Schleier verhangen. Sie sahen trübe aus. So wie die Augen eines Fisches, der einen aus dem Eis in irgendeiner Vitrine anblinzelt.

»Ich würde mich bedanken, wenn Sie aus anderen Beweggründen auf mich aufgepasst und mir zwei Killer vom Hals geschafft hätten«, sagte er. »Aber Sie haben es in erster Linie für sich getan …«

»… um einen Schweinehund wie Tomaselli auf den Stuhl zu bringen, Palmer«, unterbrach ich ihn korrigierend. »Wenn ich etwas für mich tun würde, würde ich nach Hawaii fliegen und den Bauch in die Sonne legen. Begreifen Sie den kleinen Unterschied?«

Er trank einen Schluck, nahm die Zigarettenkippe auf, quälte sie noch einen Zug lang und zerquetschte sie dann in dem Ascher. Ich beobachtete ihn und dachte, dass er das Gleiche auch gerne mit Tomaselli getan hätte.

»Die Anklage wegen Steuerbetrugs ist eine Farce. Handgemacht. Die ist inzwischen unter den Tisch gekehrt, Palmer.«

»Ich weiß«, sagte er müde und rieb sich die Augen. »Wenn ein Normalbürger so was machen würde, würde man Erpressung schreien.«

Ich zuckte mit den Schultern. »Die Sache hat natürlich einen rechtlichen Untergrund, Palmer. Es ist nun mal bei Strafe verboten, dem Staat Geld vorzuenthalten, das ihm amtlich verbrieft zusteht.«

Er trank das Glas leer und schob es dem Bartender zu. »Nochmal dasselbe«, sagte er. »Einen Doppelten, ohne Eis.«

Einige Gäste kamen in die Bar. Sie setzten sich an zwei verschiedene Tische. Um diese Zeit, so dachten sie vielleicht, saßen nur Trinker am Tresen. »Im Grunde sitzen wir doch in einem Boot, Palmer«, sagte ich.

Er sah mich überrascht an. »Ich wusste nicht, dass Tomaselli auch auf Sie Killer angesetzt hat, Cotton.«

Sein Verstand arbeitete messerscharf, auch wenn er selbst aussah, als würde er jeden Moment zusammenbrechen.

»Ich meine, wir wollen Tomaselli, und Sie können wieder ruhig schlafen, wenn wir ihn aus dem Verkehr gezogen haben. Ist ungefähr dasselbe, oder nicht?«

»Warum sind Sie nicht Priester geworden, Cotton?«

»Keinen Whisky und keine Frauen«, sagte ich.

»Gehen Sie zum Teufel! Wenn ich Sie brauche, wenn ich Sehnsucht nach Ihnen habe, lasse ich Sie rufen.«

»Sie wollen nach New York?«

»Ich habe die Auflage …«

»Ist doch drauf gehustet, Palmer. Geben Sie mir ein Zeichen, und ich mache den Weg glatt. Sagen Sie mir, was Sie wollen. Ich habe Verständnis dafür, wenn am Ende Tomaselli für uns dabei herauskommt.«

»Zwei Millionen«, sagte er. »Auf ein Schweizer Bankkonto. Mit der Garantie, dass es jederzeit abgehoben und woanders deponiert werden kann. Ist das zu viel?«

Ich zündete mir eine Zigarette an und beobachtete ihn, während er den Whisky trank, den der Bartender ihm zugeschoben hatte. Er meinte es ernst. Daran konnte es keinen Zweifel geben. Er saß in der Klemme und brauchte Fluchtkapital. Er wollte es sich von Tomaselli geben lassen. Angeblich im Tausch gegen die belastenden Unterlagen. Aber er hatte vor, Tomaselli zu betrügen. Sobald die Zahlung sichergestellt war, würde er den Paten von Chinatown ans Messer liefern.

»Ich habe das Geld gerade nicht dabei«, sagte ich. »Was ist eigentlich, wenn ein von Tomaselli beauftragter Killer Sie erwischt, Palmer?«

»Dann hat der Pate gewonnen«, antwortete Palmer ruhig. »Ich habe mich nicht abgesichert und werde es auch nicht tun. Ich wüsste auch nicht, wie, und ich habe keine Lust, mir den Kopf darüber zu zerbrechen. Jetzt wissen Sie es, Cotton. Jetzt wissen Sie auch, dass Sie gut auf mich aufpassen müssen. Der eine muss mich umlegen, der andere muss mich am Leben halten. Wie stehen Ihre Chancen?«

»Gut«, sagte ich.

»Gratuliere.«

»Wie denkt Arline darüber?«, fragte ich drauflos.

Palmer wurde unnatürlich bleich. Er griff sich mit beiden Händen an die Brust. Sein Atem kam keuchend und stoßweise. Mit beiden Händen klammerte er sich am Thekenumlauf fest.

»Pille«, keuchte er kaum verstehbar. »In der rechten Tasche.«

Ich griff hinein und fand ein undurchsichtiges, lichtgeschütztes Fläschchen. Ich schüttelte eine Pille heraus und steckte sie ihm in den Mund, weil er die Hände nicht vom Thekenumlauf nahm.

Der Bartender schaute gehetzt. Seine Hand befand sich schon am Telefon. Ich schüttelte den Kopf. Wenn es eine Herzattacke war und er die richtigen Pillen bei sich trug, dann war es bald wieder vorüber, dann hatte er noch einmal Glück gehabt.

Es dauerte wirklich nicht länger als eine Minute, obgleich mir die Zeit wie eine Ewigkeit vorkam.

Farbe kehrte erst später in Palmers Gesicht zurück. Seine Augen bekamen auch wieder Glanz, und seine Lippen wirkten dann nicht mehr so blutleer. Er nahm eine Hand vom Thekenumlauf und rieb sich damit über die schweißglänzende Stirn. Sein Atem ging wieder normal. Er atmete tief und kräftig.

»Finden Sie bitte heraus, wo der Doc wohnt, der im Gefängnis die Gefangenen betreut«, sagte er leise. »Er hat mir die Pillen gegeben. Ich glaube, ich brauche mehr davon, Cotton. Auf jeden Fall will ich mit ihm reden.«

Es dauerte keine fünf Minuten, dann hatte ich die Adresse.

»Sie haben mir vielleicht einen Schrecken eingejagt, Sir«, sagte der Bartender, als ich wieder zu Palmer zurückkehrte. »Alles wieder in Ordnung Sir?«

»Könnte nicht besser sein«, sprach Palmer mit Galgenhumor. »Machen Sie mir einen starken Kaffee, bitte.«

»Ich fahre Sie hin, Palmer«, sagte ich. »Auf jeden Fall werde ich Sie begleiten. Keinen Zirkus, Mann! Sie brauchen einen, der Sie mit Pillen füttert, wenn Sie wieder schlappmachen.«

»Danke«, sagte er.

»Die Unterlagen, die Tomaselli das Genick brechen«, sagte ich.

Er grinste schwach. »Wie kommen Sie auf Arline?«, fragte er dann.

»Durch Sie, Palmer. Sie haben sie doch angerufen oder anzurufen versucht. Aus der Kneipe, gegenüber dem Gefängnis.«

Er nickte. »Und?«

»Nichts und, Palmer. Ich denke, wenn Sie mir etwas zu erzählen haben, tun Sie es von selbst. Trinken Sie den Kaffee, dann fahren wir zum Doc.«

## 18.40 Uhr

Der Rettungswagen parkte mit zuckendem Rotlicht direkt in der Gartenauffahrt des flachen Bungalows. Halb auf dem Gehsteig und halb auf der Straße standen zwei Patrolcars. Die Eingangstür war weit geöffnet. Überall im Haus brannte Licht.

Palmer schaute mich fragend an. Ich zuckte mit den Schultern. Ich wartete, bis einer der Cops zu uns kam.

Das Licht war schlecht. Die Taschenlampe flammte auf. Der Lichtschein zuckte erst über Palmers, dann über mein Gesicht.

»Sir«, sagte der Cop. »Ich war gestern Abend am Pier dabei.«

Ich erkannte ihn nicht. Es waren so viele gewesen, und es war gar keine Zeit geblieben.

»Haben Sie was damit zu tun?«

»Mit was?«

»Der Doc wurde überfallen, Sir. Jemand hat zweimal auf ihn geschossen und ihn für tot liegen gelassen. Aber er ist zäh, verstehen Sie? Er konnte ans Telefon und uns alarmieren.«

»Ich gehe rein.«

»Sicher, Sir.«

Palmer schloss sich mir an. Als Erstes lief ich gegen Captain James Reyder, der mit hängenden Armen dastand. Er hatte den traurigen, beleidigten Blick einer Bulldogge, die man mit Fressen lockte und ihr dann doch jedes Mal, wenn sie beginnen wollte, den vollen Napf unter der Nase wegzog.

»FBI-Sache?«, fragte er.

»Glaube ich nicht. Was ist passiert?«

Er berichtete mir das Gleiche, was der Cop mir schon gesagt hatte.

Wir mussten beiseite treten. Zwei Sanitäter kamen mit der Trage, auf der der Doc lag, durch die Halle. Er war ein großer, kräftiger Mann. Man hatte ihn an zwei Infusionen angeschlossen. Sein Kopf war verbunden.

Der Verband zeigte große Blutflecken, genau wie das Laken, das über seinen Körper gebreitet war.

»Palmer!«

Palmer zuckte herum und trat dichter an die Trage heran. Die Sanitäter wollten weiter.

»Warten Sie einen Moment«, sagte ich.

Die Sanitäter schauten den Doc an. Der nickte. Aus dem Zimmer an der Frontseite kam ein junger Arzt. Sein weißer Kittel war blutverschmiert.

»Was, verdammt …!?«

»Moment«, sagte der verletzte Doc auf der Trage.

Der junge Arzt vom Rettungswagen warf Palmer und mir einen vernichtenden Blick zu.

Ich folgte Palmer.

»Was war das für eine Nummer, die ich für Sie anrufen sollte, Palmer?«, fragte der Schwerverletzte. »Ich habe Arline erreicht. Ich habe gesagt, dass mit Ihnen alles in Ordnung ist, dass Sie bald nach New York zurückkommen.«

»Danke«, sagte Palmer schwach.

Meine Gedanken jagten sich und wurden immer schwärzer.

»Der Kerl wollte die Nummer wissen, Palmer, wollte wissen, was geredet wurde. Ich habe mich gewehrt – verstehen Sie – ich habe – ich habe ihm letztlich doch alles gesagt. Ich bin Arzt, kein Held.«

Palmer knirschte mit den Zähnen. In seinem schmalen Gesicht fiel es besonders auf, wenn die Backenmuskeln hervortraten. Rechts und links über seinem Kieferknochen zeichneten sie sich als harte Stränge ab.

»Haben Sie den Mann gesehen?«, fragte ich leise. »Ich bin FBI-Agent.«

»Ja, deutlich. Er ist mittelgroß, hat kurzes, blondes Haar und muss früher mal geboxt haben.«

»Seine Nase war mehrmals gebrochen und ist nicht wieder richtig zusammengewachsen?«

»Das ist er.«

»Larsky«, sagte Palmer, der Tomasellis Leibwächter noch besser kannte als ich. »Mensch, Larsky, wie konnten die wissen…?«

Der junge Doc aus dem Rettungswagen schob uns beiseite. Palmer wollte sich dagegenstemmen. Ich legte ihm die Hand auf die Schulter. Er beruhigte sich genauso schnell, wie er sich aufgeregt hatte.

»Sorry«, sagte er zu dem Doc auf der Trage. »Tut mir echt Leid. Ich konnte nicht wissen, dass …«

Er hörte ihn nicht mehr, hielt die Augen geschlossen, und es sah aus, als habe er das Bewusstsein verloren.

Captain James Reyder kam heran und blieb neben uns stehen. »Sie kennen den Mann?«, fragte er etwas heiser. Langsam wurde ich ihm unheimlich.

»Tom Larsky, aus New York«, sagte ich. »Der Leibwächter eines New Yorker Bosses.«

Reyder fluchte verhalten. »Von mir aus kann ein Arsch am Himmel erscheinen und das verdammte New York zuscheißen«, sagte er. »Von dort ist noch nie was Gutes nach hier gekommen. Selbst mit den Touristen, die hier ihr Geld ausgeben, haben wir immer wieder Schwierigkeiten. Scheiß-Stadt!«

»An Ihrer Stelle würde ich mir ein Funkbild schicken lassen und die Fahndung nach Larsky herausgeben, Captain.«

Von Anfang an hatte er mir mit seiner überheblichen Art nicht gefallen. Jetzt, wo er der schönen Stadt am Hudson alle Schuld gab, gefiel er mir immer weniger.

Palmer hielt sich zurück. Er hatte sich eine Zigarette angezündet und starrte dumpf vor sich hin. Ich musste ihn hinter mir her aus dem Bungalow ziehen. Wie einen störrischen Esel, der sich immer wieder dagegenstemmte und eine andere Richtung einschlagen wollte.

Auf dem Platz, wo eben noch der Rettungswagen gestanden hatte, blieb Palmer im strömenden Regen stehen.

»Wie konnten sie es erfahren?«, fragte er dumpf. »Wir waren allein in der Zelle, als ich ihn darum bat,

Arline in New York für mich anzurufen. Wir waren allein, Cotton!«

Von der nächsten Telefonzelle aus telefonierte ich mit der Verwaltung des County-Gefängnisses. Es dauerte eine Weile. Dann bekam ich die Nachricht, dass jemand dort angerufen und sich nach Palmers Gesundheitszustand erkundigt hatte.

Eine Angestellte hatte die Auskunft erteilt und gleichzeitig auch gesagt, dass der Doc bei Palmer gewesen sei und in seinem Namen ein wichtiges Telefongespräch nach New York geführt habe. Noch aus dem Verwaltungsbüro heraus.

Tomaselli hatte Glück gehabt. Niemand anderer als er konnte hier angerufen haben.

»Arline«, sagte Palmer, als ich wieder zu ihm in den Wagen stieg. »Sie wollen …«

»Ich habe den Namen Arline und den Namen des Clubs, in dem sie arbeitet, an die New Yorker Kollegen durchgegeben, Palmer. Man wird sich um sie kümmern. Und solange G-men in ihrer Nähe sind, wird ihr wohl nichts passieren, oder?«

»Ich will jetzt zum Hotel zurück, Cotton!«

Etwas anderes blieb auch nicht zu tun. Die Fahndung nach Larsky war raus. Ich glaubte nicht daran, dass man ihn noch hier in Portland erwischte. Er hatte sich in die Stadt geschlichen und würde sie ebenso leise wieder verlassen. Larsky rechnete damit, dass der Doc tot war und seine Beschreibung nicht an die Polizei hatte weitergeben können. Wahrscheinlich hatte ihn sonst niemand gesehen. Das hieß, er fühlte sich sicher und würde, wenn er nach New York zurückkam, kein Versteck spielen.

Eine halbe Stunde später hatte ich Phil in der Leitung und setzte ihn ins Bild.

Palmer saß auf dem Platz an der Bar, auf dem er vor kurzer Zeit beinahe gestorben wäre. Er saß da in der gleichen gebeugten Haltung. Seine Augen waren noch trüber, seine Gesichtshaut noch grauer. Inzwischen hatte er auch dicke, dunkle Ringe unter den Augen. Keine Energie, keine Power, nicht einmal ein Aufbegehren. Palmer war ausgebrannt.

Ich setzte mich neben ihn. Es dauerte einige Sekunden, bis er den Kopf drehte und mich anschaute.

»Ich habe einen Fehler begangen«, sagte er leise. »Einen verdammten Fehler, für den andere büßen müssen. Ich hätte die Unterlagen nicht sammeln dürfen. Aber damals habe ich mir wirklich keine Gedanken darüber gemacht. Ich habe gedacht, es ist gut für meine Sicherheit, wenn ich eines Tages aus dem Geschäft aussteige und in Ruhe leben will. Ich habe nie damit gerechnet, dass pures Dynamit daraus wird. Und ich hätte nicht aus New York verschwinden dürfen. Ich hätte den Handel mit euch schon vor einer Woche abschließen müssen. Dann gäbe es Tomaselli nicht mehr. Alles wäre anders gekommen. Vielleicht.«

»Und jetzt?«

Palmer schüttelte den Kopf. »Sie haben Arlines Adresse, Cotton.«

»Sie wird vom FBI bewacht, sobald sie auftaucht.«

»Sobald sie auftaucht«, sagte Palmer. »Verdammt, ihr erwartet sie im Pussy Cat Club! Tomaselli hat sie vielleicht schon gefunden.«

»Geben Sie mir die Adresse, Palmer.«

Er zögerte nur eine Sekunde, dann schrieb er sie auf einen Zettel. Ich benutzte das Telefon an der Bar und gab die Adresse in Greenwich Village an die Kollegen in New York durch. Der Zeiger meiner Uhr sprang in diesem Moment auf 20.30 Uhr.

### 20.17 Uhr
### New York City

»Sie ist in einer halben Stunde hier«, sagte der Mann aus dem Pussy Cat Club.

»Dann kann es schon zu spät sein«, sagte Ernest

Longfellow ruhig. »Und ich möchte nicht in Ihrer Haut stecken, wenn etwas passiert ist, was abwendbar gewesen wäre, wenn Sie mir die Adresse genannt hätten.«

»Ich fange schon an zu zittern, Mann!«

»Das ist nichts, um sich darüber lustig zu machen, Mister. Es ist verdammt ernst. Ich falle nicht gerne jemandem auf den Wecker, verstehen Sie?«

»Merke ich aber nichts davon, Mann.«

»Ich komme in zwei Stunden vorbei«, sagte Longfellow. »Entweder bringe ich Ihnen für Ihre Hilfe einen Hunderter, oder ich schicke zwei Männer, die sich in meinem Namen bedanken. Fassen Sie das nicht als Drohung auf.« Sekundenlanges Schweigen am anderen Ende der Leitung. Für Longfellow war es das sichere Zeichen, dass er die Adresse bekam. Wenn jemand überlegte, war er nicht sicher.

»Okay, von mir aus. 121 West 4th Street, das ist Ecke Jones. Telefon hat sie keins.«

Longfellow hängte ein. Er stand vor der Kreuzung Seventh und Greenwich Avenue, in Höhe des St. Vincents Hospital. Bis zur West 4th Street brauchte er nicht länger als fünf Minuten. Nichts deutete drauf hin, dass er sich beeilen musste. Doch er ahnte, dass es auf Messers Schneide stand. Ein komisches, grummelndes Gefühl im Magen. Und bislang hatte er sich noch immer darauf verlassen können. Er setzte sich in seinen dunkelgrünen Caddy und fuhr schneller, als es erlaubt war.

Er fand einen Parkplatz, ein kleines Wunder, auf der gegenüberliegenden Straßenseite von 121, stieg aus und ging mit langen, geschmeidigen Schritten zum Eingang.

Das Haus war siebengeschossig und vor nicht langer Zeit gründlich renoviert worden. Es gab eine helle weiße Halle vor den vier Liften. Rechts, hinter der gläsernen Eingangstür, befanden sich die Briefkästen und das Klingelbrett.

›Arline Clyton‹ stand auf einem der genormten Schilder, die von der Hausverwaltung angefertigt und angebracht worden waren. Es war die einzige Arline. Es gab auch keinen anderen Mieter, dessen Vorname mit einem A begann. 4. Stock, Apartment 49.

Longfellow fuhr nach oben. Es war 20.30 Uhr, als er die Apartmenttür erreichte und schellte.

»Ja?«, fragte eine helle Frauenstimme über den Lautsprecher.

»Ich komme von Albert«, sagte Longfellow. »Es ist wichtig.«

Stille.

»Hören Sie, ich habe keine Lust, wie ein lästiger Vertreter vor der Tür abgewiesen zu werden. Ich tue Alfred nur einen Gefallen, Lady. Er hat mich aus Portland angerufen und …«

»Moment.«

Longfellow grinste zufrieden. Schritte klangen auf, eine Sicherheitskette wurde ausgeklinkt, und das Schloss schnappte auf.

Longfellow starrte Arline Clyton an. Er wusste selbst nicht, was er erwartet hatte, aber das nicht.

Sie war um die zwanzig herum. Groß, schlank und gebaut wie eine Göttin. Ihre Kurven waren in ein eng anliegendes Kleid gepackt. Sie hatte ein schönes, etwas bleiches Gesicht, war aufregend geschminkt und trug die langen, blonden Haare hochgesteckt. Sie trug hochhackige Schuhe, die ihre wohl geformten Beine unendlich lang aussehen ließen.

»Alfred hat sie gestern durch den Doc anrufen lassen«, sagte Longfellow. Er wollte sichergehen, auch die richtige Person vor sich zu haben.

Arline Clyton nickte. Sie kannte den hoch gewachsenen Mann nicht. Irgendwie kam er ihr auf den ersten Blick gefährlich vor. Nicht direkt gefährlich für sich, sondern mehr für andere, die sich mit ihm anlegten.

»Was ist mit ihm?«, fragte sie. »Ich wollte gerade zur Arbeit gehen.«

»Ich weiß«, sagte Longfellow. »Gehen wir zusammen. Ich erzähle es Ihnen unterwegs. Okay?«

»Mein Wagen steht in der Tiefgarage.«

»Das ist okay. Ich fahre mit Ihnen runter, Miss Clyton. Albert geht es übrigens gut. Er kommt nach New York zurück. Da gibt es einige Dinge, die Sie für ihn regeln sollen. Ich könnte es auch tun, aber er wollte, dass Sie es tun.«

Arline Clyton holte sich den hellen Wintermantel von der Garderobe, warf ihn sich lose über und verließ das Apartment. Longfellow war vorausgegangen. Er wartete am Lift auf sie. Die Kabine kam nach oben, die Tür wich zur Seite. Longfellow ließ sie zuerst einsteigen.

Der Fahrstuhl rauschte runter in die Tiefgarage.

»Alfred hat mir nicht viel von Ihnen erzählt«, sagte Longfellow. Er musste sich vortasten. Er musste wissen, wer sie war. Es war absolut sinnlos, sich eine Person zu schnappen, die Palmer nicht genug bedeutete. »Ein verdammter Narr. Schließlich sind Sie verteufelt hübsch, und er brauchte Sie doch nicht zu verstecken.«

Arline Clyton lächelte. Sie schaute Longfellow von der Seite an. Er war ein Mann, der ihr gefiel. Groß, schlank, athletisch. Durch das straff zurückgekämmte, schwarze Haar wirkte sein Gesicht etwas scharf, hatte einen leicht brutalen Zug. Aber den machte seine sanfte Stimme wieder wett. Er sprach ruhig und überlegt. Und er strahlte jene Sicherheit und Überlegenheit aus, die eine Frau sich wünschte.

»Ich bin noch nicht lange in der Stadt. Vielleicht liegt es daran, dass wir uns noch nicht kennen gelernt haben. Wenngleich, Daddy hat …«

Sie kniff die Lippen zusammen.

Daddy hat – für Longfellow hatten diese beiden Worte die Wirkung eines Hammerschlags. Palmers Tochter! Niemand hatte ihm gesagt, dass der Hurensohn eine Tochter hatte, die sich in der Stadt aufhielt.

»Ich weiß«, sagte Longfellow beherrscht. »Er hat Sie ein bisschen aus allem herausgehalten, und damit hat er Recht gehabt, Arline. Aber das wird sich ändern.«

»Er hat Schwierigkeiten.«

»Nicht mehr lange«, sagte Longfellow, und das meinte er auch. Ein toter Mann hat keine Schwierigkeiten mehr. Abgesehen von denen vielleicht, sich Eintritt in den Himmel zu verschaffen. »Sie und ich werden dafür sorgen, Arline.«

Sie erreichten die Tiefgarage. Ihr Wagen war ein roter Dodge. Er stand neben der nach oben führenden Ausfahrt. Von hier unten war die Straße zu sehen, die von einem rot-weißen Schlagbaum von der Abfahrt getrennt wurde. Und genau in dem Moment, als Longfellow nach oben schaute, sah er das zuckende Licht eines Streifenwagens, der scharf abgebremst wurde.

Wieder hatte er dieses komische, grummelnde Gefühl im Magen.

In Portland war etwas schief gelaufen. Er ahnte es nicht nur, er wusste es. Die Cops kamen wegen Arline. Jetzt die Bullen von der City Police, die G-men würden nach denen eintreffen.

»Wir müssen uns beeilen«, sagte Longfellow. »Alfred hat Schwierigkeiten mit der Polizei. Die wollen ihn zu etwas zwingen, was er nicht will. Um ihn auf ihre Seite zu ziehen, ist denen jedes Mittel recht, Arline. Die da oben suchen Sie.«

Arline Clyton zuckte zusammen. Sie wusste, dass ihr Vater Schwierigkeiten mit der Polizei hatte. Angeblich wegen irgendeiner Steuersache. Deswegen hatte er die Stadt auch verlassen. Zu einem späteren Zeitpunkt, so hatte er versprochen, würde er ihr alles erzählen. Und bis dahin sollte und durfte niemand wissen, dass sie seine Tochter war.

Longfellow legte ihr den Arm um die Schultern. Arline zitterte und drängte sich unwillkürlich an ihn. Fragend schaute sie ihn an.

»Wir müssen hier raus, und zwar schnell, Arline.«

»Ja.«

»Tut mir Leid, aber Sie müssen sich in den Kofferraum legen. Es darf Sie niemand sehen. Vielleicht kennt man Sie nicht persönlich, aber wir dürfen es nicht riskieren. Für Alfred hängt zu viel davon ab. Schnell!«

Arline Clyton handelte wie in Trance. Longfellow hob den Deckel des Kofferraums. Sie kroch hinein. Klatschend fiel der Deckel wieder zu. Lomgfellow stieg in den roten Dodge, startete, setzte zurück und rollte schließlich die Ausfahrt hinauf.

»Wo ist die Codekarte für die Schranke, Arline?«, fragte er nach hinten.

»Hinter dem Spiegel der Sonnenblende.«

»Okay, bleiben Sie ruhig. Es wird alles gut werden.«

Sie schwieg. Wenn sie ihm vertraute, und darauf wies einiges hin, war es für ihn ein leichtes Spiel und für Arline angenehmer.

Longfellow fand die Karte und schob sie in den Kasten neben der Schranke. Langsam ließ er den roten Dodge auf die West 4th Street rollen. In diesem Moment hielt neben dem Patrolcar ein Buick. Zwei Männer sprangen heraus. Einer war groß und hatte blondes Haar. Der andere sah aus wie ein waschechter Indianer. Obgleich Longfellow noch nichts davon gehört hatte, dass Indianer für die Bundespolizei arbeiteten, war er sicher, dass es G-men waren.

Er bog nach rechts zur Jones Street, nahm die Einmündung und war wenig später verschwunden.

»Wir fahren zu einer Wohnung, die ich gemietet habe«, sagte Longfellow. »Sieht so aus, als müssten wir zusammenbleiben, bis Alfred sich meldet, Arline. Auf keinen Fall darf man Sie sehen. Verstehen Sie?«

Sie antwortete mit »ja«, aber Longfellow war sicher dass sie es nicht verstand.

## 22.15 Uhr
## Portland, Maine

»Sie ist verschwunden.« Phils Stimme klang dumpf. Sie ist verschwunden. Mit diesen Worten läutete er den Untergang ein. »Jemand rief im Pussy Cat Club an. Ein Bartender hat die Adresse des Mädchens durchgegeben.«

Ich zündete mir eine Zigarette an. »Mädchen?«

»Sie ist zweiundzwanzig« sagte Phil. »Sie kommt aus einem Nest in South Dakota und hält sich erst seit einigen Wochen in der Stadt auf. Sie ist Palmers Tochter, Jerry. Aus erster Ehe.«

»Tomaselli?«

»Keine Ahnung. Wir haben Tomaselli und auch Prince unter Kontrolle. Aber wir können nicht den ganzen Verein überwachen! Was willst du tun?«

»Mit offenen Karten spielen«, antwortete ich fest. Alles andere wäre Wahnsinn gewesen. Palmer hatte es zwar in der Hand, uns Tomaselli zu liefern. Aber Tomaselli war kein Menschenleben wert. Ich war nicht bereit, das Leben eines zweiundzwanzigjährigen Mädchens aufs Spiel zu setzen, um den Paten von Chinatown zu bekommen. »Setz dich mit dem Chef auseinander, Phil. Ich komme zusammen mit Palmer nach New York zurück.«

»Wann?«

»Morgen früh«, sagte ich. »Nein, besser noch heute Nacht. Wir nehmen eine Privatmaschine. Ich will, dass Palmer in New York ist. Er muss sich zeigen, damit man sich mit ihm in Verbindung setzen kann. Verstehst du?«

»Ja.«

»Okay, dann rede ich jetzt mit Palmer! Ich melde mich später wieder.«

Er saß in der Lobby wie jemand, den die Gesellschaft ausgestoßen hatte. So wie er aussah, fühlte er sich auch nicht mehr als Mitglied der Gesellschaft. Er hatte sein Gesicht hinter einer Zeitung versteckt, aber er las die Zeitung nicht. Stumpf starrte er auf die Buchstaben. Die Augen halb geschlossen. Neben ihm auf dem kleinen Tisch standen einige leere Tassen. Im Aschenbecher qualmte eine Zigarette. Er hatte sie sich angezündet, einen Zug geraucht, sie in den Ascher gelegt und dann vergessen. Er ließ die Zeitung sinken und schaute zu mir auf. Seine Augen blitzten einmal ganz kurz. Wahrscheinlich ungewollt brachte er damit zum Ausdruck, dass er noch nicht so leer war, wie es auf den ersten Blick den Anschein hatte.

»Ihre Leute haben sie nicht gefunden«, sagte er.

»Die Wohnung war leer«, sagte ich. »Jemand hat im Club angerufen und so ihre Adresse erfahren, Palmer. Arline Clyton aus South Dakota. Wer wusste davon, dass Ihre Tochter nach New York gekommen war?«

»Keiner«, antwortete er fest. »Sie kam vor vier Wochen. Der Pussy Cat Club gehört einem Mann aus Las Vegas. Arline sollte sich einarbeiten, ihn einige Zeit führen und schließlich größere Aufgaben in Las Vegas übernehmen. Ich hatte sie jahrelang nicht mehr gesehen, und wir hatten kaum Kontakt zueinander. Plötzlich war sie da, Cotton. Plötzlich wusste ich, dass ich viel nachzuholen hatte und viel gutmachen musste. Ich habe mich damals, als meine erste Ehe geschieden wurde, nicht um Arline gekümmert. Warum, weiß ich eigentlich gar nicht mehr. Andere Dinge erschienen mir wichtiger. Meine Frau heiratete wieder, und der neue Mann gab Arline auch seinen Namen. Ich dachte, sie habe es gut, und es würde sie nur durcheinander bringen, wenn es zwei Parteien gebe, zwischen denen sie ihre Gefühle aufteilen müsse. Dann war sie in New York, und da wusste ich, dass es ein Fehler gewesen war, so zu denken. Sie hat darunter gelitten, zu ihrem Vater keinen Kontakt zu haben.«

Ich nickte.

Palmer griff nach der heruntergebrannten Zigarette. »Ich weiß nicht, was Sie erwarten«, sagte er dann.

»Ich erwarte, dass wir sie finden und in Sicherheit bringen, Palmer«, sagte ich. »Ich erwarte, dass Sie mithelfen und alles tun. Ich erwarte, dass Sie es so drehen, dass Tomaselli zum Schluss doch von seinem Thron fällt. Ich habe noch keine Ahnung, auf welche Art und Weise wir es anpacken können, Palmer, aber ich will von Ihnen hören, dass Sie genauso darüber denken. Sie haben kein Strafblatt. Sie waren Buchhalter und haben einen Job gemacht wie andere auch. Jetzt, nachdem Arline wieder aufgetaucht ist, wäre es doch schade, wenn Sie in die Kriminalität abrutschten, oder?«

»Wann verschwinden wir von hier?«

»Ich versuche, eine Privatmaschine zu bekommen, Palmer.«

Palmer nickte.

»Wir werden sie finden«, sagte er dann, »und Tomaselli wird es erwischen.«

**25. April, 14.32 Uhr**
**New York City**

Larsky war nach Auburn ausgewichen und hatte von dort einen Flug nach New York genommen. Eine Stunde bevor die Maschine auf dem Kennedy International landete, wussten wir von seiner Ankunft.

Ich fuhr zusammen mit Phil raus.

Zeerookah und Joe Brandenburg wechselten sich mit der Beschattung von Palmer ab, der ins Sunken Plaza Hotel gezogen war. Eingekeilt zwischen dem RCA Building, dem British Empire Building und der La Maison Francaise fühlte er sich irgendwie sicher und abgeschirmt. Er wartete. Erst am Nachmittag sollte er Kontakt mit Tomaselli aufnehmen.

Larsky kam durch die Abfertigung wie jeder andere. Er musste davon ausgehen, dass er in Portland einen Mann umgebracht hatte, aber das schien ihm nichts auszumachen. Jedenfalls sah es nicht danach aus, als habe er seelischen Schaden genommen, der Schweinehund!

Phil und ich hatten uns so postiert, dass wir Tomasellis Leibwächter zu jeder Zeit kontrollieren konnten. Hier im Flughafengebäude wollten wir kein Risiko eingehen. Vor allem nicht, nachdem er an den Schließfächern im Abflugbereich gewesen war und etwas herausgeholt hatte. Möglicherweise eine Waffe, die er dort für alle Fälle hatte deponieren lassen. Ein Mann wie Larsky lief nicht gerne nackt durch die Gegend. Erst recht nicht, wenn die Zeichen auf Sturm standen.

Er telefonierte von der Halle aus. Das dauerte nicht länger als zwei Minuten. Dann nahm er die Rolltreppe zur Galerie und betrat die Cocktail Bar.

Phil schaute mich fragend an. Er hatte Recht. Es war eine günstige Gelegenheit, ihn festzunehmen. Ich wäre ebenfalls dafür gewesen, hätte es den Anruf nicht gegeben. »Vielleicht wird er abgeholt«, sagte ich. »Ich will wissen, wer ihn erwartet.«

## 15.35 Uhr

Niemand beachtete ihn, als er durch die langen Gänge des Bürogebäudes ging, in dem sich Frachtgesellschaften etabliert hatten. Dazu einige Agenten und Import-Export-Firmen, die ihre Geschäfte am besten an Ort und Stelle auf dem Kennedy International abwickeln konnten.

Longfellow nahm den Lift bis in den siebten Stock. Die letzten beiden Stockwerke legte er über das Treppenhaus zurück. Von dort aus führte auch die Tür in den Maschinenraum. Von hier oben wurden die Fahrstühle gesteuert. Hier befand sich ein riesiges Notstromaggregat. Und vom Maschinenraum aus ging es auf das flache Dach des Bürokomplexes.

Longfellow bewegte sich mit der Sicherheit eines Mannes, der genau wusste, dass gar nichts schief gehen konnte. Er handelte niemals impulsiv. Er überlegte sich jeden seiner Schritte oftmals. Gründlichkeit war die Voraussetzung, um in diesem Beruf Erfolg zu haben.

Den hatte er. Den größten Erfolg wollte er hier in New York verbuchen. Ein Millionenhonorar wartete auf ihn. Danach wollte er sich für einige Jahre aus dem Geschäft zurückziehen.

Longfellow war nicht müde. Aber er arbeitete seit Jahren ohne nennenswerte Pause. Seine Erfolge verleiteten ihn manchmal dazu, etwas auf die leichte Schulter zu nehmen. Immer wieder ertappte er sich dabei. Und etwas auf die leichte Schulter nehmen, das konnte tödlich sein. Er brauchte Abstand, um dann später wieder mit der gleichen Sorgfältigkeit an seine Aufträge heranzugehen, wie er es immer getan hatte.

Die Aufgangstür zum Dach war geschlossen. Longfellow brauchte keine Minute, um sie gewaltsam zu öffnen. Dann huschte er auf das Flachdach, das eine brusthohe Begrenzungsmauer nach Norden hatte. Genau zu der Stelle, wo sich das C-Deck des Nordparkplatzes vom Kennedy International befand. Longfellow stellte die Reisetasche ab. Er zündete sich eine Zigarette an, warf einen Blick durch das Glas und ging die Reihen der dort unten geparkten Fahrzeuge ab. Es war ruhig. Kaum jemand erschien, um seinen Wagen abzuholen. Es war das Terrain für Langzeitparker.

Longfellow warf einen Blick zur Uhr. 15.45 Uhr. Er konnte sich Zeit lassen.

Arline Clyton, Palmers Tochter, schlief fest und lange. Was er ihr nach dem Mittagessen in den Drink gegeben hatte, warf einen Elefanten um und stellte ihn für viele Stunden ruhig. Mit viel Geld hatte er für einen Monat ein Penthouse am Bryant Park, mit Aussicht über den Park und den Times Square, gemietet. Der Besitzer war für zwei Monate in Europa. Er hatte die Wohnung nicht leer zurücklassen wollen. Zwanzigtausend Dollar Kaution hatten den Mann schließlich davon überzeugt, dass er, Longfellow, der richtige Mieter war. Alles war vorgestern, binnen einer Stunde, über die Bühne gegangen. Es war genau die Wohnung, die er brauchte. Feinste Gegend. In den unteren Stockwerken wachte die Hauspolizei. Kein Unbefugter kam herein. Das Penthouse war wie eine Insel in der Hektik. Niemand kam rauf, wenn er es nicht wollte. Für den Privatlift gab es nur einen Schlüssel. Und den hatte er.

In diesem Penthouse lag Arline Clyton und schlief friedlich vor sich hin, während Longfellow in aller Ruhe seiner Arbeit nachgehen konnte.

## 15.45 Uhr

Larsky verließ die Cocktail Bar, fuhr mit dem Lift nach unten und kaufte sich am Kiosk die ›SUN‹. Er blätterte sie zwei, drei Minuten lang durch. Dann knüllte er sie zusammen und warf sie in den Papierkorb. Er war nervös. Das konnten Phil und ich deutlich feststellen.

»Sieht wirklich so aus, als würde er jemanden erwarten«, sagte Phil.

Ich nickte. »Er ist nach Portland geschickt worden, nun hat er Bericht zu erstatten«, sagte ich. »Tomaselli rechnet damit, dass seine Anschlüsse überwacht werden. Wo kann man sich besser treffen als auf dem Kennedy?«

Larsky massierte sich die mehrfach gebrochene und schlecht zusammengewachsene Nase. Dann warf er einen Blick zur Uhr und marschierte los. Sehr schnell und zielstrebig. Phil und ich hatten alle Mühe, Tomasellis Leibwächter zu folgen.

Wenige Minuten später stand sein Ziel fest. Das C-Deck des Nordparkplatzes, der für Langzeitparker reserviert war.

Für einen Moment verloren wir ihn auf dem riesigen Platz aus den Augen. Dann leuchtete sein blondes Haar schließlich doch wieder zwischen einem Lincoln und einem Buick auf. Er bewegte sich ans nördliche Ende des Parkplatzes heran. Die Reihen der geparkten Wagen wurden lichter.

Neben einem Ford-Eintonner blieb er stehen. Dort zündete er sich wieder eine Zigarette an und warf erneut einen Blick zur Uhr.

Es war zwei Minuten vor vier.

Larsky drehte den Kopf. Er schaute sich aufmerksam um. Aus südlicher Richtung näherte sich ein Wagen. Er fuhr langsam auf den breiten, asphaltierten Weg, der den Parkplatz schnurgerade durchschnitt.

Phil und ich duckten uns hinter einem VW-Bus. Von Larsky trennten uns zehn Schritte. Und Larsky starrte wie gebannt auf den näher kommenden Wagen.

Es war ein weißer Caddy mit besonders viel Chrom.

»Achtung«, raunte Phil.

Larsky trat unruhig von einem Bein auf das andere. Er hatte das Jackett etwas zurückgeschlagen. Wir sahen die 45er Automatic, die er lose im Hosenbund trug. Seine Hand tastete nach der Waffe. Die Augen hatte er zu schmalen Schlitzen zusammengezogen. Nicht eine Sekunde lang ließ er den chromblitzenden weißen Caddy aus den Augen.

Als der Wagen noch zwanzig Yards von Larsky entfernt war, bog er nach rechts in eine der Parktaschen ab. Die Tür öffnete sich. Eine dunkelhäutige Schönheit trat auf hohen Hacken ins Freie.

Ich stieß die angehaltene Luft aus. Phil schaute der dunkelhäutigen Sexbombe nach, die sich nach links wandte und der Tür entgegenstöckelte, die vom Parkplatz herunter in ein Nebengebäude führte.

Auch Larsky hatte sich entspannt. Er nahm die Hand vom Griff der 45er Automatic. Er wartete auf jemanden. Das war sehr deutlich. Sicher hatte er selbst hier keinen Wagen abgestellt.

Zwei Minuten verstrichen.

Es war 16.04 Uhr, als sich Larsky vorsichtig um den Ford herumschob und vor die Kühlerhaube trat. Er legte den Kopf in den Nacken. Sein Gesicht wirkte sehr gespannt. Er hatte die Augen zu Schlitzen zusammengekniffen. Unruhig strich sein Blick über die Bürogebäude, die den Parkplatz zur Nordseite hin einkeilten.

Automatisch folgte ich seinem Blick. Die Sonne war hinter der dichten Wolkendecke hervorgetreten und blendete mich.

»Ich weiß nicht«, sagte Phil. »Wir sollten ...«

»Moment!«

Ich kniff die Augen noch enger zusammen, als Larsky es tat. Es war schwer, gegen das grelle Sonnenlicht anzusehen. Noch schwerer war es, bei den Häusern etwas zu entdecken. Es waren vier halbhohe Gebäude. Der Raum zwischen den einzelnen Bürotempeln betrug nicht mehr als vier Yards. Das war der Grund, warum sie wie eine Einheit wirkten.

Ich begann plötzlich zu schwitzen. Ich dachte, dass Larsky für Tomaselli eine Gefahr geworden war. Plötzlich zweifelte ich auch an Larskys Solidarität seinem Boss gegenüber. Wenn Larsky in die Klemme geriet, wenn wir ihn schnappten und ihn mit dem Verbrechen in Portland konfrontierten, würde er alles tun, um seinen Kopf aus der Schlinge zu ziehen.

Tomaselli konnte nicht nur ähnlich denken, ich war davon überzeugt, dass er genauso dachte. Der Pate hatte mit Palmer alle Hände voll zu tun und hatte zudem den FBI auf den Hacken. Er konnte sich keinen Fehler leisten. Und er konnte erst recht keinen gebrauchen, der mit dem ausgestreckten Finger in seine Richtung deutete.

Das schoss mir wie ein Blitz durch den Kopf. Meine Muskeln spannten sich augenblicklich an. Es war keine Zeit mehr, Phil ins Bild zu setzen. Ich schoss regelrecht aus der Deckung des VW-Busses hervor und rannte in Larskys Richtung

Er wirbelte herum, erkannte mich und starrte mich mit weit aufgerissenen Augen an.

»Wegtauchen, Mann!«, brüllte ich. »Das ist eine Falle, Larsky ...!«

Er griff zur Waffe und verlor wichtige Sekunden.

Ich warf mich nach links, drehte mich über den noch regennassen Asphalt und stieß mit dem Rücken gegen die Stoßstange eines blauen Caddy, auf dem die Rostflecken wie Pockennarben aussahen.

»Eine Falle, Larsky! Weg!«

Weiter kam ich nicht.

Larsky hob die 45er Automatic, als er plötzlich nach vorn taumelte. Seine Augen wurden noch weiter, und sein Gesicht verzog sich zu einer kaum noch menschlichen Fratze.

Ich hatte keinen Schuss gehört, aber ich hegte keinen Zweifel daran, dass Larsky von einer Kugel getroffen worden war. Abgefeuert aus irgendeinem Fenster oder von einem Dach der gegenüberliegenden Bürohäuser.

Ein zweiter harter Schlag traf Larsky. Die Beine wurden ihm weggerissen. Er stürzte wie ein gefällter Baum, drückte während des Sturzes die schwere Waffe ab und hatte sie verloren, bevor sein Körper auf den Asphalt fiel.

Ich sprang auf und schlug einen Haken nach rechts.

Dort, wo ich gerade noch gelegen hatte, schlug eine Kugel gegen den Beton, hob ab und jaulte als Querschläger weiter.

»Auf dem Dach des mittleren Gebäudes!«, schrie Phil. »Jemand mit einem Gewehr!«

Ich machte die nächste Körperdrehung. Das Gebäude befand sich viel zu weit entfernt, als dass Phil mir Feuerschutz hätte geben können.

Die Kugeln aus einem 38er Special reichen nicht so weit.

Ich stieß gegen Larsky, der röchelnd atmete. Blutschaum stand vor den Lippen. Er wollte etwas sagen, brachte aber keinen Ton hervor.

»Tomaselli?«, brüllte ich ihn an.

Larsky schüttelte den Kopf. Er versuchte, sich auf die Seite zu drehen. Es gelang ihm nicht.

»Prince?«

Larskys Augen schauten mich flehend an.

»Prince?«, wiederholte ich meine Frage.

Larsky nickte schwach.

Die Kugel traf Larsky. Er wurde herumgewirbelt. Dann lag er still. Seine Augen waren gebrochen. Anklagend starrte er in die Richtung, aus der geschossen worden war.

Vielleicht drohte mir keine Gefahr mehr, aber darauf durfte ich mich nicht verlassen. Vielleicht, das hatte schon so manchen Polizisten das Leben gekostet.

Wahnsinnig schnell drehte ich mich wieder nach links, bis ich endlich die Lücke zwischen zwei geparkten Fahrzeugen erreichte. Mein Atem ging schwer. Ich richtete mich auf, rieb mir den Schweiß von der Stirn und schaute hinüber zu den Bürogebäuden.

Der Schütze war längst verschwunden. Wir hatten nicht den Hauch einer Chance, das Gebäude schnell genug zu erreichen. Und selbst wenn, wie sollten wir unter den vielen Menschen, die sich dort drüben bewegten, einen Killer erkennen?

Phil kam heran. Er steckte den 38er ins Holster zurück, blieb neben Larsky stehen und teilte mir mit einem schwachen Kopfschütteln mit, was ich ohnehin wusste: Larsky war tot.

Es war mein Fehler gewesen. Wir hätten ihn gleich nach seiner Ankunft in New York verhaften müssen. Dann hätten wir auch eine reelle Chance gehabt, etwas aus ihm herauszubekommen.

Im Nachhinein sah man die Dinge immer anders – vor allem sah man sie richtig. So, wie sie hätten geschehen müssen, und nicht, wie sie geschehen waren.

## 17.45 Uhr

»Wo ist dein Bruder, Walther?«, fragte ich.

Walther Highland, das große, wuchtige Halbblut, schaute mich verständnislos an.

»Steht in der Bibel«, sagte Phil. »Wo ist dein Bruder, Kain?«

»Verarschen könnt ihr euch selbst«, knurrte Highland. »Rauf kommt da auch keiner.«

Er meinte Tomasellis Büro.

»Wenn du damit meinst, nur über deine Leiche, dann hast du jetzt einen Anruf frei, Highland. Ruf einen Beerdigungsunternehmer an!«

Seine dunklen, runden Augen begannen zu flackern. Unruhig strich sein Blick zwischen Phil und mir hin und her. Er hatte seine Anweisungen. Ich konnte gut verstehen, dass Tomaselli keine Lust darauf verspürte, Phil und mich zu sehen.

Aber das war wirklich das Letzte, auf das wir Rücksicht nehmen konnten.

»Habt ihr wenigstens irgendwas Amtliches?«, fragte Highland.

Phil schlug das Jackett zurück und tippte auf den 38er Special, den er in einem Schulterholster trug

»Ich habe den Gleichen«, sagte ich. »Jetzt kannst du voraustraben und Tomaselli unseren Besuch ankündigen.«

Er rannte vor und die Treppe hinauf. In dem hohen, beinahe kahlen Gang, dessen Parkett nicht mit einem schallschluckenden Teppich ausgelegt war, hallten seine Schritt laut wider.

Als Phil und ich das Treppenende erreichten, sahen wir Highland wieder. Er stand an der letzten Tür auf der rechten Seite, hatte sie geöffnet und sagte etwas, das Phil und ich nicht verstanden. Dann drehte er sich um. Er zog seine Waffe. Seine Augen flehten uns an, ihm das zu vergeben, weil er nur auf ausdrücklichen Befehl hin handelte.

Ich war sofort bereit, ihm zu vergeben, aber nicht, mich von ihm aufhalten zu lassen.

»Wenn du abdrückst, tust du uns einen Gefallen«, sagte ich.

Seine Augen wurden größer und runder. »Mann, dann bist du tot, G-man«, keuchte er.

»Du auch«, sagte Phil. »Und was dich angeht, Tomaselli, dann bist du dran, weil du ihm den Befehl gegeben hast!«

Phil sprach so laut, dass Bruno Tomaselli gar nicht darüber hinweghören konnte. Zwei Sekunden verstrichen. Dann erschallte ein wüster Fluch. Tomaselli stieß ihn aus.

Highland zuckte zusammen. Erleichtert steckte er die Kanone wieder ein.

»Du bist wirklich ein braver Junge«, sagte ich. Im Vorbeigehen trat ich ihm gegen das Schienbein. Er stieß einen markerschütternden Schrei aus und kreierte einen neuen Modetanz.

»Oh, verdammte Scheiße!«, schrie er.

»Das ist nur, damit du so schnell nicht vergisst, dass man anständige G-men nicht mit einer Waffe bedroht. Erst recht nicht, wenn es ein Arsch wie Tomaselli anordnet, Mann«, sagte Phil.

Ich schüttelte tadelnd den Kopf. »Eine Ausdrucksweise hast du, Phil. Man könnte meinen, du seist in der Bronx aufgewachsen!«

»Ist doch wahr«, sagte Phil. Er folgte mir in Tomasellis Büro.

Tommy-Gun Tomaselli, der Pate von Chinatown, saß wie ein wuchtiger Fels hinter dem wuchtigen Mahagonischreibtisch. Er sah unausgeschlafen aus. Seitlich des Schreibtischs stand Prince, sein langer, hagerer Stellvertreter.

»Wenn du das durchgehen lässt, Bruno«, sagte Prince, »dann pinkelt uns bald jeder Streifenpolizist ans Bein!«

»Schmeiß ihn raus, Tomaselli«, sagte ich, bevor der

Pate von Chinatown näher auf Princes Beschwerde eingehen konnte. »Das hier ist privat. Für Bosse, nicht für Handlanger!«

Prince erbleichte. Er atmete so heftig, dass es den Anschein hatte, als öffne und schließe das Krokodil auf seinem Hemd unaufhörlich die Schnauze.

»Ihr benehmt euch wirklich nicht wie anständige G-men«, sagte Tomaselli.

»Nein«, sagte Phil. »Wenn man mit den Wölfen heult, muss man es auf ihre eigene Art tun. Verdammt, schmeiß ihn raus, Tomaselli.«

»Warte draußen, Harry«, wandte sich Tomaselli an seinen Stellvertreter. Prince knurrte zwar, aber er ging. Phil schloss die Tür hinter ihm.

Ich trat dicht an Tomasellis Schreibtisch. »Traust du ihm?«, fragte ich. »Ich meine damit Prince.«

»Ich verstehe nicht ...«

»Er hat Larsky nach Portland geschickt, um einen Mann umzubringen. Vor einer Stunde ungefähr, als Larsky aus Portland zurückkam, hat jemand deinen Leibwächter umgebracht, Tomaselli. Einer, der ausgezeichnet mit einem Gewehr umgehen kann.«

Wenn man so lange wie Phil und ich diesen Job tut, sieht man einem Menschen an, wenn er sich verstellt und schauspielert. Tomaselli tat es nicht. Die Kinnlade klappte ihm herunter, und von einer Sekunde auf die andere arbeiteten seine Schweißdrüsen und gaben literweise Feuchtigkeit ab.

»Larsky?«, fragte er tonlos.

Ich nickte.

»Prince!«

Prince kam einen Schritt ins Büro herein. Die Tür ließ er hinter sich offen.

»Wo ist Larsky, Prince?«

»Brauchte zwei freie, Tage, um irgendwelche Familienangelegenheiten in Ordnung zu bringen«, antwortete Prince. »Ich habe sie ihm gegeben.«

Ich hatte den großen, hageren Tomaselli-Stellvertreter nicht für eine Sekunde aus den Augen gelassen. Er gab die Antwort schnell, und es klang überzeugend. Fast so, als hätte er eine solche Frage erwartet und die Antwort lange Zeit vor dem Spiegel geübt.

»Ich wusste nicht, dass Larsky Familie in Portland hat«, sagte Phil.

Harry Prince zuckte mit den Schultern. »Ich auch nicht«, sagte er dann. Das war nicht einstudiert und kam aus diesem Grund auch nicht so sicher.

»Okay, du kannst wieder verschwinden, Harry.«

Prince tat, wie ihm befohlen. Krachend schlug die Tür hinter ihm ins Schloss.

»Er mag dich nicht, Tomaselli. Ich sehe schon, wie er eines Tages mit der gezogenen Kanone hier auftaucht und dich enthauptet. In der Stadt werden schon Wetten darauf abgeschlossen, wie lange du noch auf deinem Posten bleibst. In anderen Städten stecken verschiedene Familienoberhäupter die Köpfe zusammen und knobeln deinen Nachfolger aus. Du schadest dem MOB, Tomaselli.«

»Was ist mit Larsky?«

»Es hat ihn erwischt. Er kam aus Portland, und jemand hat ihn auf das C-Deck des Nordparkplatzes auf dem Kennedy bestellt. Wegen des freien Schussfelds, Tomaselli.«

»Unser Beileid«, sagte Phil. »Larsky war wirklich ein hübscher, artiger Junge. Mit seinem letzten Atemzug hat er uns noch gesagt, dass du ganz sicher nichts mit seinem Ableben zu tun hast. Er wird im Angesicht des Todes doch wohl nicht gelogen haben?«

Tomasellis Finger zitterten, als er sich eine Zigarette anzündete.

»Wann hast du Palmers Tochter zum letzten Mal gesehen?«, fragte ich.

Tomaselli verschluckte sich am Rauch und hustete. Sein ungesund aufgeschwemmtes Gesicht bekam einen Stich ins Violette.

»Palmers Tochter?«, fragte er keuchend.

»Ja.«

»Bis jetzt habe ich nicht einmal gewusst, dass er eine Tochter hat!«

»Ist doch kein Grund zum Fluchen, wenn der alte Buchhalter an ein Kind gekommen ist«, sagte Phil. »Palmer ist wieder in der Stadt. Scheint so, als sei die Staatsanwaltschaft nicht mehr daran interessiert, ihn wegen einer Steuersache hopszunehmen. Wir haben einfach nicht genug Männer, um ihn vierundzwanzig Stunden am Tag beschatten zu können.«

Tomasellis Schweißabsonderung war krankhaft. Mit den Diamanten, die er an den Fingern seiner rechten Hand trug, trommelte er auf der blanken Mahagoniplatte des Schreibtischs herum.

»Und wenn du weitere Leute ausschickst, damit sie Palmer erledigen, dann nicht wieder solche Pflaumen wie Rowland und Delgardo. Das war wirklich dritte Garnitur.«

Bei den beiden Namen zuckte er zusammen. Er hatte sie ausgesucht und auch geschickt. Keine Frage. Aber das war in diesem Moment nicht wichtig.

Viel wichtiger, und deswegen hatten Phil und ich uns auch auf den Weg gemacht, war die Erkenntnis, dass Tomaselli nichts von Larskys Tod gewusst hatte und auch nicht, dass Palmer eine Tochter hatte.

Jemand arbeitete an Tomaselli vorbei. Prince? Auf eigene Rechnung oder im Auftrag anderer Familien, die Tomaselli für nicht mehr tragbar hielten? Dass der Pate von Chinatown die Fäden nicht mehr in der Hand hielt, machte uns die Sache auch nicht leichter.

»Noch was?«, fragte Tomaselli. Er hatte sich wieder gefangen.

Phil und ich schüttelten gleichzeitig den Kopf.

»Habt ihr Kontakt zu Palmer?«

»Absolut«, sagte ich. »Aber solange nichts gegen ihn vorliegt, können wir ihn auch nicht halten.«

»Was ist mit Palmers Tochter?«

»Jemand hat sie geschnappt, Tomaselli. Und das

muss dich doch nachdenklich stimmen, wenn du nicht selbst die Hände im Spiel hast. Das bedeutet nämlich: Es gibt neben dem FBI noch jemanden, der an dem belastenden Material interessiert ist. Und dieser Jemand ist einer deiner Freunde, die dich aus dem Sattel heben wollen.«

Tomaselli quetschte die Zigarette in den Ascher, als Phil und ich sein Büro verließen.

**18.15 Uhr**

Wütend sprang Tomaselli auf und lief einige Runden durch das riesige Büro. Irgendwie war der Pate von Chinatown überzeugt davon, dass die G-men nicht geblufft hatten. Aber natürlich hatten sie ihm alles nur erzählt, damit er Amok lief und einen Fehler beging. Die Bullen suchten ganz einfach einen Weg, um ihn auch ohne Palmers Unterlagen festnageln zu können.

Prince!

Tomaselli dachte an seinen Freund und Stellvertreter. Prince war seit mehr als zehn Jahren bei ihm. Es hatte nie einen Grund gegeben, an seiner Loyalität zu zweifeln. Und wenn sein Imperium in die Luft flog, dann verpuffte auch Prince.

Tomaselli zündete sich eine frische Zigarette an und nahm sich einen Drink. Sein Blick fiel auf das Ungetüm von einem Tresor, der in der linken Ecke des großen Büros stand. Über eine Million Dollar waren drin. Geld für eine zu erwartende Lieferung. Er hatte auch einige Auslandskonten. Nicht berauschend viel, aber immerhin. Wenn er das Geld aus dem Tresor nahm und der Stadt, vielleicht auch dem Land, den Rücken kehrte, dann …

Der schrille Ton des Telefons riss ihn aus seinen Gedanken. Ärgerlich hob Tomaselli ab.

»Ja?«, fragte er ungehalten.

»Ruhig Blut, Bruno. Ich habe dir noch keinen Grund

geliefert, sauer auf mich zu sein.«

Tomaselli lauschte dem Klang der Stimme. Er erkannte sie nicht.

»Wer bist du, und was willst du?«

Der Anrufer lachte. »Ein Freund«, sagte er dann. »Ich will dich vor dem Absturz bewahren. Wird der Apparat abgehört?«

»Nein«, sagte Tomaselli. Er setzte sich wieder. »Ganz sicher nicht. Für alles bekommen die Bundesbullen nun wirklich keine Genehmigung.«

»Ich komme an Palmer ran, also auch an die doppelte Buchführung. Morgen könntest du alle Sorgen los sein.«

»Ach ja?«

»Wie ich es dir sage.«

»Und was muss ich dafür tun?«

»Zwei Dinge, Tomaselli: Wenn Palmer anruft, und das wird er sicher, dann bestellst du ihn für einundzwanzig Uhr in den Jockey Club. Dort soll er auf einen Anruf warten. Des Weiteren hältst du eine Million Dollar bereit. Soviel kosten die Unterlagen.«

Tomaselli lachte hektisch.

»Das finde ich auch lustig«, sagte der Anrufer. »Hättest du Palmer besser auf die Finger geschaut und ihm nicht blind vertraut, brauchtest du nun nicht eine Million Dollar für den Fortbestand deiner Familie in Chinatown zu bezahlen, Tomaselli. Ich will dir fairerweise sagen, dass ich auch einen anderen Interessenten für die Unterlagen habe. Er zahlt die gleiche Summe. Aber wenn ich es mir richtig überlege, arbeite ich lieber mit dir zusammen.«

Tomaselli tastete nach dem Drink, den er auf den Schreibtisch gestellt hatte, und trank einen Schluck.

»Das hört sich irgendwie fantastisch an«, sagte er dann.

»Larsky ist tot«, sagte der Anrufer. »Er war in Portland und hat dort für mich herausbekommen, wo Palmers Tochter ist.«

Tomaselli schluckte trocken.

»Ich habe das Mädchen, Tomaselli, und ich habe Larsky zum Teufel geschickt. Wenn du willst, kannst du dir beides durch die Bullen bestätigen lassen. Falls sie das Gegenteil behaupten, lügen sie.«

Tomaselli brauchte es sich nicht bestätigen zu lassen, er wusste es.

Er trank noch einen Schluck. »Palmer läuft frei rum und ist vielleicht schon unterwegs zu mir.«

»Möglich«, dehnte der Anrufer. »Er wird erfahren, dass du seine Tochter nicht hast, und dann ganz schnell die Richtung ändern, Tomaselli. Bringen wir es auf einen Nenner: Du hast gar keine andere Wahl, als mir zu vertrauen, wenn du überleben willst. Ich komme an die Unterlagen heran und kann sie auch an andere weitergeben, die dich vom Thron stoßen wollen. Ich hatte es eigentlich auch vor, Tomaselli. Aber ich habe darüber nachgedacht und meine Meinung geändert. Du bist der beste Mann für Chinatown. Das geht schon daraus hervor, dass die Bullen dich seit vielen Jahren vergeblich jagen.«

»Wer sind die anderen?«, fragte Tomaselli dumpf.

»Prince«, sagte der Anrufer. »Aber du wirst nichts gegen ihn unternehmen, Mann. Ich habe ihn heiß gemacht. Es war nicht schwer, ihn für das Geschäft zu interessieren. Jetzt habe ich es mir anders überlegt, und ich sorge auch dafür, dass er aus dem Weg geräumt wird. Du kennst mich.«

»Wirklich?«

»Ernest Longfellow«, sagte der Anrufer.

Tomaselli erbleichte. »Der Menschenjäger«, sagte er.

»Das ist ein unhübsches Wort, aber irgendwie zutreffend. Diesmal jage ich Palmer, erwische ihn und kassiere eine Million. Ich habe dir gesagt, was es zu sagen gibt. Kein Wort zu Prince, keinen Schritt in seine Richtung. Und pass auch auf Highland auf. Er hat, genau wie Larsky, die Seiten gewechselt und hört auf Prince. Du brauchst jetzt nichts zu sagen. Du schickst

Palmer, wenn er dich anruft, in den Jockey Club. Sehe ich ihn dort um neun, heißt das, wir beide sind im Geschäft. Dann hältst du das Geld bereit. Es dauert nicht lange, dann bekommst du die Papiere.«

Tomaselli wollte noch etwas sagen. Es klickte, und die Leitung war tot. Tomaselli legte auf. Mit zitternden Fingern zündete er sich eine Zigarette an und schenkte sich einen frischen Drink ein.

Ernest Longfellow, der Menschenjäger! Ein Mann, der für alle Seiten gearbeitet hatte.

Tomaselli kannte die Geschichten, die man sich über Longfellow berichtete. Wenn nur die Hälfte davon stimmte, dann gab es keinen gefährlicheren Mann. Aber auch keinen, der einen Job so schnell und sicher erledigen konnte.

Für eine Million arbeitete Longfellow für ihn. Eine unvorstellbare Summe für einen Job. Aber wenn Longfellow dafür die Schwierigkeiten aus dem Weg räumte, dann war es mehr als eine Million wert.

Prince, die Ratte!

Tomaselli kochte vor Wut. Prince reinrufen, ihm die Kanone an den Kopf setzen, ihn beichten lassen und aus dem Weg räumen! Normalerweise wäre es darauf hinausgelaufen. Aber Longfellow wollte es anders.

Und Tomaselli war sicher, dass Longfellow aus dem Geschäft ausstieg, wenn gegen seine Anweisungen gehandelt wurde.

Prince hatte Schonzeit.

Tomaselli setzte sich wieder. Er würde mit Longfellow in See stechen. Aber er würde die Bedingung stellen, dass dieser Prince und Highland erledigte.

## 19.05 Uhr

Palmer hatte gewartet. Ich sah ihm an, dass es ihm schwer gefallen war, nicht auf eigene Faust zu handeln. Ich hatte ihn gewarnt. Normalerweise reichte das nicht aus. In diesem Fall jedoch hatte Palmer an seine Tochter gedacht. Irgendwie war ihm ins Bewusstsein gedrungen, dass er es alleine nicht schaffen konnte. Auch dann nicht, wenn er zu liefern bereit war. Die Gegenseite war ihm mehr als einen Schritt voraus. Die diktierte die Gangart, und sie würde versuchen, ihn aufs Kreuz zu legen.

Palmer war bedingungslos auf unserer Seite. Aber er schwieg sich über die Papiere aus. Er hatte es nicht ausgesprochen, aber seine Bedingung war: die Papiere im Tausch gegen das Leben seiner Tochter.

Irgendwie wirkte er ruhig und gelassen, als er zum Telefon griff und Tomasellis Nummer in den Apparat eintippte. Das Band lief mit.

Mr. High stand am Fenster der Suite. Seine Haltung war gespannt. Er hatte Palmer sprechen wollen, und Phil und ich hatten ihn mit ins Sunken Plaza genommen. Schließlich war Mr. High der Mann, der unseren Einsatz und die Art und Weise, wie wir ihn führten, vor der Öffentlichkeit zu verantworten hatte.

Es klickte einige Male, dann stand die Leitung.

»Tomaselli!« Die Stimme des Gangsterbosses, den man den Paten von Chinatown nannte, kratzte leicht.

»Palmer hier, Bruno.«

Tomaselli fluchte. »Fein ausgedacht«, sagte er dann. »Was kosten die Unterlagen, Palmer?«

»Keine Zeit für Witze, Bruno!« Palmer schwitzte. Mit dem Hemdsärmel wischte er sich über die feuchte Stirn.

»Richtig«, sagte Tomaselli rau. »Du bist heute Abend um neun im Jockey Club. Du wirst angerufen. Das ist alles. Keinen weiteren Anruf, ich hänge doch sofort wieder ein.«

Das war alles.

Palmer hielt den Hörer noch einige Sekunden lang in der Hand. Dann legte er ihn beinahe behutsam auf die Gabel zurück. Er trat vom Tisch zurück. Sein Gesicht war bleich. Er schwankte leicht.

Ich befand mich schon auf dem Sprung, um ihn abzufangen, falls er stürzte. Aber er hielt sich auf den Beinen. Steifbeinig ging er zur Sitzgruppe und ließ sich schwer in einen der tiefen Sessel sinken. Er schlug die Beine übereinander und zündete sich eine Zigarette an.

»Was hat das zu bedeuten?«, fragte er dann dumpf.

Mr. High löste sich vom Fenster und setzte sich in einen anderen Sessel. »Um neun Uhr im Jockey Club«, sagte er.

»Dann laufe ich rum wie auf dem Präsentierteller!«, stieß Palmer hervor.

Phil nickte. »Da hat er Recht«, sagte mein Freund.

»Niemand wird auf ihn schießen«, sagte ich. »Inzwischen wissen die sehr genau, dass er mit uns zusammenarbeitet. Sie müssen nun auch damit rechnen, dass sich Palmer für den Fall seines gewaltsamen Todes abgesichert hat. Keiner wird das Feuer auf ihn eröffnen. Jetzt noch nicht. Später, wenn er ihnen die Unterlagen ausgehändigt hat, wird das sehr wohl geschehen.«

Palmer schaute mich an. »Sie können einem geradezu Mut machen, Jerry«, sagte er.

»Sie sagten, Sie seien davon überzeugt, dass Tomaselli nichts wisse«, wandte sich Mr. High an Phil und mich. Phil nickte. Sekundenlang schaute er die Flaschen in der Minibar an, dann schenkte er sich einen Whisky ein.

»Inzwischen weiß er alles«, sagte ich. »Wir haben es ihm gesagt. Wahrscheinlich hat er es auch von anderer Seite erfahren. Tomaselli spielt in diesem Stadium nur noch eine Handlangerrolle. Jemand anderer wird für ihn die Kastanien aus dem Feuer holen.«

»Der Mann, der Arline hat?«, fragte Palmer.

»Möglich«, sagte ich.

»Ich bin nicht geübt in solchen Unternehmen«, sagte Palmer. »Ich würde alles tun, was man von mir verlangt. Ich weiß, das wäre ein Fehler, aber ich habe keine Ahnung, wie ich mich anders verhalten sollte. Ich will, dass Arline es überlebt. Das ist alles. Wenn sie überhaupt noch lebt.«

»Keine Sorge«, sagte Mr. High. Er saß so dicht neben Palmer, dass er dem ehemaligen Buchhalter des Paten von Chinatown die Hand auf die Schulter legen konnte. »Die Gegenseite weiß sehr genau, dass Sie ein Lebenszeichen verlangen werden.«

»Glauben Sie, man wird mich mit Arline sprechen lassen?«

»Möglich«, antwortete Mr. High. »Auf jeden Fall müssen Sie etwas erwähnen, was nur Arline und Sie wissen, Mr. Palmer.«

»Das Restaurant, in dem wir zuletzt gegessen haben«, sagte Palmer sofort.

»Welches Restaurant war das?«

»La Arena«, sagte Palmer. »Eine Pizzeria. Versteckt in Greenwich. Kein Publikumsverkehr. Ein Laden für Insider.«

Ich schaute Phil an. Mein Freund zuckte mit den Schultern. »Sind Sie sicher, dass niemand Sie gesehen hat?«

Palmer nickte überzeugt. »Absolut«, antwortete er.

»Okay. Sie stellen die Frage nicht sofort, sondern erst dann, wenn es zum Austausch kommen soll. So wissen wir bis zum letzten Moment, dass Arline lebt. Sie werden eine Frage stellen, die nur Arline beantworten kann, Alfred, das macht die Gegenseite unsicher. Falls sie vorgehabt haben, Arline vor der Übergabe zu töten, werden sie dann davon Abstand nehmen.«

Palmer nickte.

»Ich habe kein gutes Gefühl bei der Sache«, sagte Mr. High.

»Ich auch nicht, Sir«, sagte ich. »Aber wir haben keine anderen Möglichkeiten. Selbst wenn Tomaselli inzwischen mehr weiß, wird er sich in Schweigen hüllen. Es geht um seine Existenz und sein Leben. Da gibt es einen Mann im Hintergrund, von dem wir wissen, dass er einen messerscharfen Verstand hat und kaltblütig ist. Er hat als Einziger den Weg gefunden, um an Arlines Adresse heranzukommen, und er hat kaltblütig Larsky unter unseren Augen ausgeschaltet, der ihn vielleicht belasten konnte.«

»Keine Spuren? Nichts?«

»Absolut nichts«, antwortete Phil.

Nach den Schüssen war die Spurensicherung auf dem Dach gewesen. Die Kollegen hatten gründlich gearbeitet aber nicht den geringsten Hinweis auf den Mordschützen gefunden.

Palmer stand auf. Er ging zur Bar, neben der Phil stand, und nahm sich auch einen Whisky. Er trank ihn in kleinen Schlucken.

»Fühlen Sie sich okay?«, fragte Mr. High. Er wusste von der Herzattacke, die Palmer gehabt hatte.

»Nicht okay«, antwortete Palmer, »aber auch nicht krank. Ich habe den Hotelarzt kommen lassen und einen Kardiologen. Ich habe Medikamente bekommen, die mein Herz vor der bösen Umwelt abschirmen. Was das angeht, habe ich keine Befürchtungen. Ich denke nur immer daran, dass ein kleiner Fehler Arline töten wird. Ich würde es mir nie verzeihen, Sir.«

Mr. High nickte. »Wir uns auch nicht, Mr. Palmer. Mit Cotton und Decker haben Sie mit das Beste, was der FBI zu bieten hat.«

»Das habe ich mir auch schon eingeredet. Aber ehrlich gesagt, es hat mich nicht ruhiger gemacht.«

**20.05 Uhr**

Ernest Longfellow sang unter der Dusche. Im Wohnzimmer plärrte die Stereoanlage. Dazwischen der Kommentar des Berichterstatters, der ein Footballspiel im Fernsehen übertrug. Longfellow liebte den Lärm.

Musik, politische Diskussion, Sportkommentar, alles auf einmal. Daran konnte man die Sinne schärfen. Man musste allen drei Dingen gleichzeitig lauschen können, sich auf alles gleich gut konzentrieren. Longfellow konnte es. Er konnte nebenbei noch singen.

Er stieg aus der Duschkabine, warf sich ein Handtuch um die Hüften und ging ins Schlafzimmer.

Arline Clyton lag auf dem breiten Bett. Bevor sie von dem Drink umgefallen war, hatte sie ein Bad genommen und sich einen seidenen, viel zu großen Morgenmantel angezogen. Darunter trug die Blondine nur noch einen knappen schwarzen Tanga-Slip. Sie lag auf der Seite. Der Morgenmantel hatte sich geöffnet.

Longfellow blieb neben dem Bett stehen. Er starrte sie an.

Sie war eine der schönsten Frauen, die er jemals gesehen hatte. Und eine der wenigen, mit denen er nichts angefangen hatte. Sicher wäre es geschehen, wenn sie mehr Zeit gehabt hätten. Er kannte seine Ausstrahlung auf Frauen und die auf Männer. Frauen konnten nach kurzer Zeit nicht widerstehen, und Männer wichen aus, wenn sie lange genug seine Gegenwart genossen hatten, ohne seine Freunde zu sein.

Longfellow beugte sich über sie.

Arline atmete gleichmäßig. Ihr Schlaf war tief und fest. Er hob ihre Augenlider und schaute in die Pupillen. Sie war noch weit weg, so schien es. Um sie brauchte er sich erst einmal keine Gedanken zu machen.

Als er sich wieder aufrichtete und sich eine Zigarette anzündete, bewegte sie sich auf dem breiten Bett. Sie drehte sich auf den Rücken. Der Morgenmantel klaffte weit auseinander. Ihre festen Brüste hoben und senkten sich im Rhythmus des Atems. Ihr Leib war flach. Der Schamhügel wölbte sich aufregend unter dem Fetzen schwarzen Stoffes.

Sie murmelte etwas, das er nicht verstand. Er trat wieder dichter an das Bett heran und setzte sich neben sie. Er rauchte und starrte sie an. Er hatte nichts mit ihr gehabt, und sie würde sterben. Trauer kam in ihm auf.

Longfellow streckte die Hand aus und ließ sie tastend über den herrlich gewachsenen Körper gleiten. Langsam und sinnlich.

Seine Finger berührten ihre Haut kaum. Sie bewegte sich unter den Berührungen. Es sah aus, als würde sie lächeln. Sie zog die Beine an und rollte sich auf die Seite wie ein müdes Tier.

Longfellow riss den Blick gewaltsam von ihr los, stieß einen Fluch aus und stand wieder auf. Er war kein Träumer. Er hatte noch nie auf einer Wolke geschwebt, hatte noch nie aus dem tiefen Grund seines Herzens geliebt. Immer wenn solche Gefühle in ihm aufgekommen waren, hatte er sie brutal abgewürgt. Ein Mann mit seinem Job hatte keine Zeit, sich um das Seelenleben zu kümmern. Keine Zeit, sich an jemand anderen zu binden.

Longfellow ließ die Zigarettenkippe auf den herrlichen Teppich fallen. Zwanzigtausend Dollar Kaution hatte er bezahlt. Es war sein gutes Recht, in gleicher Höhe Schaden anzurichten.

Brandgeruch stieg ihm unangenehm in die Nase. Mit dem nackten Fuß trat er die Glut der Zigarette aus. Der Schmerz, den er dabei empfand, rief ihn auf einen Schlag wieder in die Realität zurück.

Longfellow ging ins Wohnzimmer. Aus der Bar holte er sich eine Flasche Bourbon. Er nahm kein Glas. Er trank einen großen Schluck aus der Flasche und stellte sie wieder aus der Hand.

In Gedanken ging er jeden geplanten Schritt noch einmal durch. Von nun an durfte er keinen Fehler mehr begehen. Die Sache musste schnell über die Bühne gehen. Je schneller, desto besser und ungefährlicher für ihn. Alles, was Zeit kostete, maximierte das Risiko. Zeit bedeutete, den Bullen eine Chance geben.

Longfellow lachte leise. Für eine Million Dollar hatte er sich auf einen krummen Weg begeben. Er hatte einen Mann getötet. Einen kleinen, miesen Gangster. Aber er hatte ihn kaltblütig niedergeschossen und beinahe auch noch einen G-man erwischt. Bislang war er der Jäger gewesen. Bislang hatten andere versucht, sich vor ihm zu verstecken. Das Blatt hatte sich gewendet. Fortan würde er es sein, der sich verstecken und auf der Hut sein musste. Dabei würde ihm seine Erfahrung helfen. Er wusste, wie der Apparat funktionierte, welche Mittel und Wege die Polizei hatte, jemanden zu finden. Er kannte die starken und auch die schwachen Punkte. Er befand sich im Vorteil!

Longfellow nahm noch einen Schluck, ging ans Telefon und rief Tomaselli an. Das Gespräch dauerte nur zehn Sekunden.

»Alles geregelt?«, fragte er.

»Ja.«

Danach legte Longfellow auf. Palmer würde kommen. Er musste Vorbereitungen treffen. Nicht nur für Palmer, um ihn in eine Falle zu locken, auch für die Zeit danach, wenn er von Tomaselli kassiert hatte.

Neben der Tür stand der Koffer. Etwas größer als ein Bordcase. Longfellow öffnete ihn. Der Inhalt bestand aus zwei metallenen Behältern, aus denen Drähte herausragten. Nur zwei davon waren wichtig. Zwei von mehr als zwanzig. Das bedeutete, dass selbst ein erfahrener Feuerwerker und Sprengstoffexperte darüber ins Schwitzen geriet, wenn er die zwei Drähte finden musste, mit denen man die Ladung entschärfen konnte. Und ein Experte wusste auch, dass solche Bomben wie die in diesen metallenen Kästen mit Raffinesse ausgestattet waren. Das hieß, sie konnten schon hochgehen, wenn man sie nur schief anschaute, wenn man sie berührte, sie verrückte. Solche Bomben brachte man zur Explosion. Man beschäftigte sich nicht damit.

Longfellow nahm die metallenen Kästen und trug sie ins Schlafzimmer. Er rückte den Nachttisch unter das Fenster und stellte die Kästen darauf. Dann ging er ins Wohnzimmer zurück, um die restlichen Utensilien zu holen.

Eine halbe Stunde lang bastelte er mit ruhiger Hand an den metallenen Kästen herum. Dann richtete er sich auf und streckte sich. Noch einmal überprüfte er alles. Anschließend verdrahtete er die Kästen mit einem Reisewecker und einem flachen Transistorradio.

Noch eine Variante, die einen Sprengstoffexperten zur Verzweiflung trieb. Die Zeitzündung konnte auf Transistorradio, auf eine bestimmte Zeit oder einen Funkimpuls eingestellt sein, oder auf Zeit und war mit dem Wecker gekoppelt.

Longfellow starrte die harmlos aussehenden Kästen an und grinste böse. Wenn der Besitzer des Penthouse aus Europa zurückkam, würde er sich eine neue Bleibe suchen müssen. Dann stand hier kein Stein mehr auf dem anderen.

Longfellow war zufrieden.

Er ging zum Bett und zog Arline aus. Wieder stöhnte Palmers Tochter in ihrer Bewusstlosigkeit. Longfellow band ihre Füße zusammen. Dann rückte er sie höher im Bett herauf und band ihre Hände an dem stabilen Eisengitter der Bettrückwand fest. Mit weit gestreckten und abgespreizten Armen konnte Arline Clyton gerade noch im Bett liegen.

Longfellow ging erneut ins Wohnzimmer. Diesmal kam er mit einer Polaroidkamera zurück. Das Blitzlicht zuckte und dann transportierte die Kamera ein Bild heraus.

## 20.00 Uhr

Der Jockey Club in Little Italy befand sich, von der Spring Street zurückversetzt, in einem geschlossenen Hof. Nach allen Seiten hin wurde er von hohen Gebäuden umgeben. Alte, riesige Bausubstanz. Rostige Feuerleitern warfen ihre gezackten Schatten gegen die Fassaden. Es regnete wieder. Der Himmel weinte sich über New York aus. Einige Kollegen hatten die Gegend und die umliegenden Häuser inspiziert. Es war unmöglich, alles abzusichern oder zu überprüfen.

Das hieß, wenn man Palmer wirklich in den Tod locken wollte, ging der Plan auf. Sobald Palmer den Innenhof betreten hatte und sich auf den Weg zum Eingang des Jockey Club machte, befand er sich in der Tat wie auf dem Präsentierteller.

Der Jockey Club selbst war unverfänglich. Frei zugänglich für jedermann. Man brauchte kein Mitglied zu werden, wurde aber abgewiesen, wenn man dem Türsteher nicht gefiel. Um einundzwanzig Uhr, das hatten wir leicht herausbekommen, war im Club noch nichts los. Vielleicht vereinzelte Gäste, ja, aber erst gegen Mitternacht lief der Laden voll. Und dann dauerte der Betrieb bis in die frühen Morgenstunden.

Für eine Fangschaltung hatten wir keine Genehmigung bekommen. Wahrscheinlich brachte die auch nichts. Ich konnte mir nicht vorstellen, dass sich der Anrufer längere Zeit mit Palmer unterhielt.

Zeerookah, Joe Brandenburg und Steve Dillaggio hielten sich in der Nähe auf. Die Kollegen drehten Runden. Möglicherweise fiel ihnen jemand auf. Aber auch was das anging, hatte ich nicht viel Hoffnung.

Tomaselli war aus dem Rennen, wenigstens aus der vordersten Front. Wir hatten es mit jemand anderem zu tun. Einem Mann wahrscheinlich, der sich mit Tomaselli gar nicht in Verbindung bringen ließ.

Unsere Aussichten waren also alles andere als gut.

### 20.15 Uhr

Palmer stand vor dem Spiegel in seiner Hotelsuite. Ein stählerner Ring hatte sich um seine Brust gelegt. Noch nie hatte er so deutlich gespürt, dass er ein Herz besaß. Er hatte Tabletten genommen. Zwei für das Herz, um es gegen Stresseinwirkungen von außen abzuschirmen, und zwei, um seine aufgescheuchten Nerven zu beruhigen. Sie halfen nicht. Wenigstens nicht die, die ruhiger machen sollten. Mit zitternden Fingern zündete er sich eine Zigarette an.

Der Stress kam aus seinem Kopf heraus. Immer wieder stellte er sich die Frage, ob es der richtige Weg war, mit den Bundespolizisten zusammenzuarbeiten.

»Ich weiß, was Sie denken«, sagte Mr. High, der bei Palmer im Sunken Plaza geblieben war. »Es ist der richtige Weg, Mr. Palmer. Selbst ein erfahrener Mann hätte allein keine Chance.«

Das redete sich Palmer auch immer wieder ein. Er litt darunter, dass er alles falsch angefangen hatte. Dass auch nur der Gedanke in ihm aufgekommen war, mit den Unterlagen Geld zu machen. Und sei es auch nur, um Arline ein sorgenfreies Leben zu sichern.

Palmer rauchte schweigend. Irgendwie tat ihm die Nähe von Mr. High gut, aber er sagte es nicht.

»Ich verschwinde in zwanzig Minuten, Sir.«

Mr. High nickte. Das war abgesprochen.

»Bin ich allein?«

»Ja. Es wäre leicht, Ihnen einen Schatten mitzugeben, Mr. Palmer, aber es wäre ein Risiko. Auch Schatten können sich nicht unsichtbar machen.«

Palmer nickte. Sie ließen ihn allein. Sie vertrauten ihm. »Wie sieht es um den Jockey Club herum aus?«

»Genau die richtige Gegend, um jemanden aus dem Hinterhalt auszuschalten«, sagte Mr. High.

Palmer lachte abgehackt. »Aber das schließen Sie aus, nicht wahr?«

»Ja.« Mr. High nickte. »Durch Ihren Tod könnte keiner mehr gewinnen. Wäre man darauf aus, hätte man Arline nicht kidnappen müssen. Jetzt will man die Papiere. Ich weiß nicht, woher Sie die holen müssen, aber um unseren Männern eine reelle Chance einzuräumen, sollten Sie behaupten, dass Sie mehr als zwei Stunden benötigen.«

»Brauche ich auch«, sagte Palmer. »Ich muss nach Coney Island ...« Er machte eine Kunstpause, ging zur Bar und schenkte sich einen Whisky ein. Er trank, kam dann zur Sitzgruppe zurück und ließ sich schwer in einen Sessel fallen.

»Sie müssen es nicht sagen«, meinte Mr. High. Er konnte sich in Palmer hineinversetzen. Er wusste, was in dem Mann vorging, was er dachte.

»Wenn ich es nicht sage und mir etwas passiert, dann ist auch Arline tot, und die Gangster sind aus dem Schneider. Das ist doch so?«

»Was Tomaselli betrifft, sicherlich«, antwortete Mr. High. »Ihre Aufzeichnungen sind momentan die einzige Chance, ihm etwas nachzuweisen.«

Palmer stand wieder auf. »Okay«, sagte er. »Ich weiß nicht, ob es üblich ist, mit der Bundespolizei einen Handel abzuschließen und ob die sich auf jeden Fall daran hält ...«

»Es ist absolut unüblich, Mr. Palmer«, unterbrach Mr. High ihn. »Aber wenn ich etwas mit Ihnen abspreche, dann halte ich mich daran. Ich würde auch nichts versprechen, hinter dem ich nicht voll stehe.«

»Alles, was ich will, ist, dass Sie die Belange der Polizei nicht über das Leben meiner Tochter stellen, Sir«, sagte Palmer.

»Das wissen Sie!«

»Orient Boulevard, Nummer 1465, am Manhattan Beach Park, Coney Island. Es ist ein kleiner Bungalow. Ich habe ihn gegen Leibrente von einem alten Ehepaar, das nach Florida gezogen ist. Ich habe die Unterlagen dort versteckt. In einer feuersicheren Kassette, im Kaminschacht.«

**20.35 Uhr**

Ernest Longfellow hatte alles erledigt. Jetzt wartete er auf dem Parkplatz des Hauses, in dem er das Penthouse gemietet hatte.

Harry Prince kam mit Verspätung. 20.30 Uhr war abgesprochen gewesen.

Ärgerlich trat Longfellow an den Buick, mit dem Harry Prince kam. Er tippte auf seine Armbanduhr.

Prince stieg aus und streckte sich. »Ich habe, verdammt, nicht damit gerechnet, dass ich mitarbeiten muss«, sagte er. »Du verlangst eine Million und lässt andere die Arbeit tun.«

Longfellow lächelte. Kein Muskel regte sich in seinem Gesicht und wies verräterisch auf eine Aktion hin. Auch die Bewegung war kaum zu sehen. Prince schaute plötzlich in den Lauf einer 45er Automatic. Er hörte das knackende Geräusch, mit dem der Sicherungsbügel herumgelegt wurde.

»Es kostet dich keinen Cent«, sagte Longfellow ruhig. »Du wirst Tomaselli nicht nur vom Thron und damit in die Ewigkeit stoßen, du wirst ihn vorher auch noch um eine Million bestehlen, Prince. Ich habe dir gesagt, du bist mein Favorit, solange ich glaube, dass ich mich auf dich verlassen kann. Ich bin mir nicht mehr so sicher, dass ich mich auf dich verlassen kann, Prince. Das ist nicht gut für dich.«

Der große, hagere Tomaselli-Stellvertreter zuckte zusammen.

Er spürte den Waffenlauf in seinem Bauch und hielt die Luft an.

»Was ist, Prince?«, fragte Longfellow.

»Okay«, keuchte Prince, nachdem er die angehaltene Luft mit einem zischenden Geräusch ausgestoßen hatte.

»Ist doch richtig, was ich gesagt habe, oder?«

»Richtig«, keuchte Prince.

»Er hat die Million einfach so rumliegen?«

Prince schüttelte den Kopf. »Er hat sie in einem Tresor in seinem Büro. Es ist in der Hauptsache Fremdgeld für eine Lieferung, die wir jeden Moment erwarten, Ernest.«

Longfellow nickte. Die Nachricht heiterte ihn auf,

aber er ließ es sich nicht anmerken. Für ihn hieß das: Tomaselli hatte keine Mühe, an das Geld heranzukommen. Der Pate von Chinatown konnte zu jeder Stunde zahlen. Besser konnte es gar nicht laufen.

»Kannst du die Kanone nicht wegnehmen, Mann?«

Longfellow nahm die Waffe weg, sicherte sie und steckte sie wieder ein.

»Was habe ich zu tun?«, fragte Prince.

Longfellow deutete an der hellen Fassade des Hauses hinauf. »Palmers Tochter ist oben«, sagte er. »Gefesselt auf dem Bett. Aber nicht allein. In metallenen Kästen befinden sich drei Bomben, Prince. Sie sind präpariert und angeschlossen. Auf einem der Kästen steht ein Wecker. Später, wenn ich dich anrufe, das heißt, wenn alles gelaufen ist, stellst du den großen Zeiger auf zehn nach zwölf. Von dem Moment an hast du genau zehn Minuten, um zu verschwinden. Denkst du, dass dir die Zeit nicht ausreicht, kannst du mit dem großen Zeiger auch eine andere Zeit einstellen. Jede Minute über zwölf bedeutet eine Minute bis zur Explosion. Wenn es geknallt hat, hat das Haus kein Penthouse mehr.«

Prince starrte ihn an.

»Man muss eine Sache ganz und konsequent machen, Prince«, sagte Longfellow. »Nur dann hat man Erfolg. Nur dann hinterlässt du keine Spuren, an denen die Bullen dich aufhängen können. Verschwinde nach oben, sorg dafür, dass die Kleine wieder aufwacht. Im Bad steht ein Glas Wasser, in dem ein Pulver aufgelöst worden ist. Wenn du es ihr eintrichterst, kommt sie binnen fünfzehn Minuten wieder zu sich. Sie ist dann nicht voll an Deck. Gerade in einem Zustand, in dem sie sich leicht fühlt und Fragen willig beantwortet. Ich denke, Palmer wird Fragen stellen, die nur seine Tochter beantworten kann. Es ist also wichtig.«

Prince nickte.

»Bestell Highland«, fuhr Longfellow fort. »Halt ihn

aus der Wohnung raus. Zur Sicherheit soll er draußen auf der Terrasse des Penthouse Wache halten.«

»Warum, wenn doch alles glatt läuft?«

Prince wurde nervös. Er schaute unwillkürlich nach oben. Im Penthouse brannte Licht.

»Er bleibt auch oben, wenn du den Zeiger des Weckers eingestellt hast und verschwindest, Prince. Keine Zeugen! Darum! Es ist eine Sache zwischen uns beiden, und wir können uns aufeinander verlassen. Jeder weitere Mann ist einer zu viel. Jetzt verstanden?«

»Hast du deswegen Larsky ausgeschaltet?«

»Genau deswegen. Und du wirst das Gleiche mit Highland tun, Partner.«

»Okay«, sagte Prince. Er brauchte nicht einmal zehn Sekunden darüber nachzudenken, Highlands Todesurteil abzusegnen.

## 20.55 Uhr

Palmer war zu früh. Trotz des strömenden Regens war er schnell gefahren. Im Hotel herumzusitzen und zu warten, das erschien ihm noch viel schlimmer als das, was ihn eventuell hier erwartete. Er parkte den Wagen auf der Spring Street und bewegte sich langsam auf das schlecht beleuchtete Viereck zwischen den Häusern zu. Im Hintergrund war die Reklame zu sehen. Rote Neonschrift: Jockey Club.

Es war ein beklemmendes Gefühl, als er die ersten Schritte in das Viereck hineinsetzte. Mr. High hatte ihm die Lage des Clubs zwar beschrieben und auch die Meinung vertreten, dass man keinen Anschlag auf sein Leben plante. Aber dennoch wurde Palmer das Gefühl nicht los, dass ihn etwas Schreckliches erwartete.

Von den G-men, die sich irgendwo in der Nähe aufhielten, war nichts zu sehen. Man beschattete ihn nicht, und man vermied es, sich in seiner unmittelbaren Nähe aufzuhalten.

Palmer hob den Kopf. Sein Blick huschte über die mit Feuerleitern verunstalteten Fassaden der alten Häuser. Irgendwie gewann er den Eindruck, dass die Gebäude nur noch standen, weil sie von den Leitern gehalten wurden. Hinter einigen Fenstern brannte Licht. Hin und wieder war ein Schatten zu sehen. Aber wirklich nichts, was auf Gefahr für sein Leben hindeutete.

Dennoch war Palmer froh, als er den Eingang des Clubs erreichte.

Er war der einzige Gast. Hinter der Theke war ein Keeper noch damit beschäftigt, Gläser zu spülen und die Schnapsflaschen so aufzubauen, dass er sie in Griffweite hatte, wenn gegen Mitternacht der Betrieb einsetzte. Der Mann war klein. Er trug eine schwarze Hose, ein weißes Hemd, und seine Krawatte hing auf Halbmast.

Palmer setzte sich. Er wusste nicht, was er trinken sollte. Also bestellte er einen Kaffee.

»Die Maschine hat noch keinen Dampf, Sir«, schüttelte der Keeper freundlich den Kopf, obgleich er Palmer im Grunde seines Herzens verfluchte. Kaffee trinken sollten die Leute zu Hause. An scharfen Sachen war mehr zu verdienen. Er arbeitete auf Prozente.

»Geben Sie mir einen Whisky. Nehmen Sie sich auch etwas, wenn Sie wollen.«

Die Miene des Keepers hellte sich auf.

Palmer warf einen Blick zur Uhr. Es war zwei Minuten vor neun. Der Keeper stellte die Gläser auf die Theke und schenkte aus der freien Hand ein.

Im Laufe der Jahre hatte er so viel Übung im freihändigen Einschenken, dass die Gäste automatisch weniger bekamen, als wenn der Automat das tat. In einer Woche läpperte sich das, und der Keeper verdiente daran.

»Zum ersten Mal hier, Sir?«

Palmer nickte.

»Sie sind zu früh.«

Palmer zuckte zusammen. »Wie meinen Sie das?«, fragte er heftig.

»Ich meine, wenn Sie gegen Mitternacht kommen, ist hier die Hölle los. Um diese Zeit ...« Der Keeper zuckte mit den Schultern und prostete Palmer zu.

Palmer trank einen Schluck. Als das Telefon anschlug, ließ er beinahe das Glas fallen. Er streckte sich und redete sich selbst ein, keinen Grund zur Aufregung zu haben. Es war wie beim Spiel: Die Kugel rollte, niemand konnte sie aufhalten, ohne das Spiel ungültig zu machen.

»Sind Sie Palmer?«, fragte der Keeper.

Palmer nickte.

»Anruf für Sie, Sir. Ich habe auch einen Umschlag, den ich Ihnen geben soll. Hat irgendein Junge am Abend vorbeigebracht.«

Palmer nahm den Hörer. Zuerst hörte er nur ein leises Lachen. Das schwoll an, bis es Palmer in den Ohren dröhnte.

»Fein ausgedacht«, sagte der Anrufer dann. »Hast du die Bilder gesehen?«

Der Keeper legte den Umschlag auf die Theke. Palmer riss ihn auf und hielt ihn so weit auseinander, dass er das erste Bild anschauen konnte, ohne es aus dem Umschlag herausholen zu müssen.

Von einer Sekunde auf die andere wurde er weiß wie die Wand in seinem Rücken. Er spürte seine Knie weich werden und konnte sich im letzten Moment auf einen Hocker setzen. Arline nackt und gefesselt auf einem Bett! Daneben drei Metallbehälter. Der Verdrahtung nach zu urteilen, handelte es sich um Bomben.

»Ja?«, fragte Palmer leise.

»Es ist ernst«, sagte der Anrufer.

»Ich will ein Lebenszeichen«, sagte Palmer. »Fragen Sie Arline, in welchem Restaurant wir zuletzt gegessen haben.«

»Ich rufe in einigen Minuten wieder an.«

Der Keeper war näher gekommen.

Er starrte Palmer an. »Habe ich das eben richtig gehört?«, fragte er etwas außer Atem. »Sie wollen ein Lebenszeichen? Mann, kann ich Ihnen vielleicht helfen?«

»Ja.« Palmer nickte. »Geben Sie uns beiden noch einen Drink, stellen Sie aber keine Fragen. Und halten Sie das Telefon frei. Es ist ernst.«

»Sicher, Sir. Verdammt, wollen Sie nicht doch lieber die Bullen ...?«

Palmer schüttelte den Kopf.

»Wie Sie wollen, Sir.«

**21.05 Uhr**

Longfellow grinste. Er hatte damit gerechnet, dass Palmer ein Lebenszeichen verlangen würde. Das war normal. Genau darauf war er vorbereitet. Das war einer der Gründe, warum er Prince zu Arline Clyton ins Penthouse gesetzt hatte. Inzwischen würde der das Mädchen geweckt haben.

Aber Longfellow brauchte Princes Hilfe nicht. Die Frage, die Palmer ihm gestellt hatte, hätte er aus dem Stegreif beantworten können. Gestern hatte Arline ihm freundlicherweise ihre Zeit in New York geschildert. Und sie hatte auch die Pizzeria La Arena in Greenwich Village erwähnt, in der sie zuletzt mit ihrem Vater gegessen hatte.

Longfellow verließ die Kabine, huschte durch den Regen, stieg in seinen Wagen und drehte eine Runde um den Block. Er hielt sich weit vom Schuss am Madison Square North auf. Die G-men und Palmer formten ein Team. Longfellow gab sich keinen Illusionen hin. Die Gegend um den Jockey Club herum war verseucht.

Er suchte sich eine andere Telefonzelle. Zehn Minuten waren verstrichen. Er betrat die Kabine und wählte die Nummer des Jockey Club. Der Hörer wurde sofort abgehoben. Palmer war gleich am Apparat.

»Pizzeria La Arena in Greenwich Village«, sagte Longfellow. »Den Straßennamen hat sie vergessen, Palmer.«

Am anderen Ende der Leitung stöhnte Palmer. Für Longfellow ein sicheres Zeichen dafür, dass Arline ihm alles erzählt hatte.

»Und jetzt hör mir gut zu, Palmer. Ich sage es nur einmal. Ich beantworte keine Fragen und gebe keinen Kommentar. Du holst die Unterlagen, wo immer sie auch sein mögen. Dann fährst du nach Queens. Von dort über den Howard Beach. Von dort aus den Cross Bay Boulevard runter, über Big Egg Marsh auf die Cross Bay Veterans Memorial Bridge. Mitten auf der Brücke hältst du an. Fünfzig Yards hinter dem Mittelpfeiler und dem Telefon. Hinter der Markierung *Mile 1,5* gibt es einen Hinweis darauf, wo du Arline findest. Du wirst die Unterlagen in eine Ölhaut einpacken und sie mit einer eingeschalteten Taschenlampe, eine von der wasserdichten, flachen Sorte, versehen. Danach kannst du drehen und wieder zurückfahren. Wir beobachten dich, Palmer. Es kann sein, dass du unterwegs von einem meiner Männer angehalten wirst. Der kontrolliert dann deinen Wagen auf Wanzen. Kann auch sein, dass du unterwegs einen anderen Wagen bekommst. Kein Wort zu den Bullen, Palmer! Arline müsste es ausbaden. Hast du alles verstanden?«

»Ja«, sagte Palmer nach einigen Sekunden. Wahrscheinlich machte er sich Aufzeichnungen, um alles zu behalten. »Aber ich will, dass Arline …«

»Du machst es genau so, wie ich es angeordnet habe, oder du lässt es bleiben, Palmer. Was dann geschieht, hast du selbst zu verantworten. Das alles geht um Mitternacht über die Bühne. Exakt um Mitternacht, Palmer. Ende!«

Longfellow legte auf. Er zündete sich eine Zigarette an, schaute aus der Zelle in den Regen hinaus und blies den Rauch gegen die Scheibe, die sofort beschlug.

Dann wählte er die Nummer des Penthouse. Prince meldete sich.

»Stell den Wecker auf vier Uhr morgens ein, Prince. Fünfzehn Minuten vorher verlässt du das Penthouse. Die Kleine und Highland bleiben dort. Dann habe ich die Unterlagen. Ich erwarte dich um Punkt sechs Uhr auf der Grand Central Station. Mit dem Geld. Und keine Sorge, ich werde dich finden. Du hältst dich exakt an die von mir gegebenen Zeiten. Langweile dich nicht zu sehr.«

»Keine Schwierigkeiten?«

»Nicht bei mir. Ich hoffe, du wickelst alles genauso gut ab.«

»Worauf du dich verlassen kannst!«

Longfellow legte auf. Sein nächster Anruf galt Tomaselli, der sehnsüchtig darauf wartete.

»Okay«, sagte Longfellow. »Morgen früh um sechs Uhr. Grand Central Station. Von dem Moment hast du kein Problem mehr, Freund. Auch nicht mit untreuen Gesellen. Du verstehst, was ich meine?«

»Sehr gut.«

»Mach das alleine«, sagte Longfellow. »Besser, du verschwindest einige Stunden vorher und drehst einige Runden, damit du sicher bist. Okay?«

»Ich werde dort sein.«

»Daran hege ich keinen Zweifel.«

Longfellow ließ die Zigarette fallen und öffnete die Kabinentür, damit der Rauch abziehen konnte. Er blieb in der Kabine stehen und ließ sich alles noch einmal durch den Kopf gehen.

So, wie er es vorbereitet hatte, gab es keine Schwachstelle.

## 22.15 Uhr

Palmer war wie aufgeladen. Er hatte es hinter sich gebracht. Niemand war ihm nach Coney Island gefolgt. Natürlich befand sich die feuersichere Kassette noch am alten Fleck. Unterwegs hatte er eine Ölhaut besorgt und eine von den platten, wasserdichten Taschenlampen, wie es der Unbekannte am Telefon von ihm verlangt hatte.

Bis ins kleinste Detail hatte er den Inhalt des Gesprächs an die G-men weitergegeben und ihnen, als sie es verlangt hatten, auch die Bilder von Arline gegeben. Vielleicht, hatte Cotton ihm gesagt, konnte man etwas aus den Fotografien herausholen. Irgendeine Kleinigkeit, die ein Anhaltspunkt für Arlines Aufenthaltsort sein konnte.

Palmer verließ sich nicht darauf, er war kein Träumer, aber die Hoffnung blieb. Er würde die Papiere auf die verlangte Art und Weise übergeben. Warum sollte sich der Unbekannte nicht an die Abmachung halten? Schließlich handelte es sich nicht um Tomaselli.

Palmer setzte sich vor den kalten Kamin, nahm die Aufzeichnungen aus der Kassette und verpackte sie sorgfältig in die Ölhaut. Er klebte sie so dicht, dass auch wirklich kein Wasser die Aufzeichnungen vernichten konnte. Die Taschenlampe befestigte er oben auf dem Päckchen. Mit Schnüren, die er durch eine Lasche ziehen konnte. Zusätzlich verklebte er die Lampe mit einem breiten Band.

Dann zündete er sich eine Zigarette an und schloss die Augen. Neben der quälenden Ungewissheit, der Sorge um Arline, war das Schlimmste das Warten.

**22.30 Uhr**

Detailkarten waren auf dem Tisch ausgebreitet. Rockaway Inlet, Grass Hassock Channel, Broad Hassock Creek. Karten von Big Egg Marsh, Little Marsh und Silver Hole Marsh. Mr. High hatte einen Lieutenant von der Coast Guard kommen lassen, der sich in dem Gewässer besonders gut auskannte.

Im Labor wurden die Fotografien untersucht. Wer immer sie auch aufgenommen hatte, er hatte einen kleinen Fehler begangen. Er hatte aus einem Winkel heraus fotografiert, der automatisch das Fenster mit aufs Bild gebannt hatte. Bei der schlechten Bildqualität war es nur als dunkler Schatten auszumachen. Aber im Labor hatten sie die Möglichkeit, eine ganze Menge aus diesem Schatten herauszuholen. Die brachten da hoffentlich so viel Licht drauf, dass aus der Dunkelheit heller Tag wurde.

Auf der großen, in mehrere Abschnitte gegliederten Karte der Cross Bay Veterans Memorial Bridge war die Markierung *Mile 1,5* besonders hervorgehoben. Dort sollte Palmer halten. Von dort aus sollte er das Päckchen über das Geländer werfen, und dort sollte sich ein Hinweis auf Arlines Verbleib befinden.

Palmer hoffte auf Letzteres. Ich nicht, Phil genauso wenig. Auch Mr. High war mehr als skeptisch. Aber niemand hatte Palmer etwas gesagt. Der war auch so völlig mit den Nerven am Ende. Palmer brauchte wenigstens einen Funken Hoffnung, um sich gegen Mitternacht auf den Weg machen zu können.

Lieutenant Pool von der Coast Guard zündete sich eine Zigarette an. »Er kommt mit einem Boot«, sagte der Lieutenant. »Oder hat jemand Zweifel daran?«

Den hatte wirklich keiner mehr.

»Wenn wir ihm nicht den Weg abschneiden und ihn stoppen, wird er im Kreis Jamaica Bay, Grassy Bay, Grass Hassock Channel und Rockaway Inlet unweigerlich verschwinden, Gentlemen.«

Ich hatte auch schon daran gedacht. Aber die ganze Sache barg ein Risiko für Arline. Der Kerl machte ein Polizeiboot früh genug aus. Wenn er in Funkkontakt zu anderen stand, die ihn bei diesem Job unterstützten, konnte er es durchgeben. Das falsche Spiel war durchschaut, und Arlines Leben war keinen rostigen Cent mehr wert.

»Es ist unwahrscheinlich«, sagte Mr. High, nachdem

ich es gesagt hatte, »aber wir müssen damit rechnen.«

Lieutenant Pool zuckte mit den Schultern. »Dann«, sagte er, »müssen Sie auch damit rechnen, dass die Gegend beobachtet wird. Und das würde heißen, Sie können nicht einmal einen Mann ins Zielgebiet bringen.«

Ich nickte. »Damit rechnen wir ebenfalls.«

»Warum lassen Sie ihn nicht einfach ziehen und hoffen auf ein Wunder?«

»Das wäre uns am liebsten, aber das ist absolut gegen unsere Prinzipien, Lieutenant«, lächelte Phil. »Von wo würden Sie kommen, welche Sorte Schiff würden Sie benutzen, an welcher Stelle würden Sie exakt auf den Boten warten?«

»Von hier«, sagte der Lieutenant spontan und tippte auf den Rockaway Beach Park. »Dort gibt es ein paar Bootsschuppen. Ich würde ein Speedboot benutzen und genau unter dem Mittelpfeiler warten. Wenn ihr Mann von der Marke *Mile 1,5* ein Päckchen hinabwirft, dürfte es ungefähr dort ins Wasser fallen.«

Ich ließ die Stelle auf der Karte markieren.

Das Telefon läutete. Mr. High hob ab. »Soll hochkommen«, sagte er und legte wieder auf. »Das Labor. Sie haben etwas gefunden.«

Ich schenkte mir eine Tasse Kaffee aus der großen Kanne ein. Es war der Vorteil, wenn eine Konferenz in Mr. Highs Heiligtum stattfand. Dann brauchten wir keinen Automatenkaffee zu konsumieren…

Phil tigerte unruhig herum, zog Kreise und stellte sich ans Fenster. »Es gibt nur eine einzige Möglichkeit«, sagte er, als er sich wieder vom Fenster herumdrehte. Er machte Trockenschwimmübungen.

»Genau«, sagte ich. »Wie bist du so schnell darauf gekommen?«

»Köpfchen«, sagte Phil.

Bevor Mr. High oder der Lieutenant Fragen stellen konnten, kam Miller aus dem Labor. Er breitete einen Haufen Bilder über die Detailkarten aus.

»Hier«, sagte er und tippte auf ein Bild, das seitlich des Bettes hing.

»Was ist das?«

»Picasso. Frau am Fenster.«

»Doch nicht echt, oder?«

Miller lachte. »Das kann ich auf einer schlechten Fotografie sicher nicht feststellen«, antwortete er. »Ich denke, es handelt sich um einen Druck. Nummerierte Auflage.«

Er kramte in dem Haufen von Ausschnittvergrößerungen und schob ein anderes Bild neben das erste.

»Links in der Ecke«, sagte er. »Nehmen Sie eine Lupe.«

Ich nahm die Lupe vom Tisch und beugte mich dicht über Picassos Kunstwerk. Einige Zahlen befanden sich in der linken unteren Ecke.

»Und?«, fragte ich, als ich mich wieder aufrichtete und die Lupe an Mr. High weiterreichte.

»Ich habe es auch nicht gewusst«, holte Miller weit aus. »Aber Claussen, ein Kollege von mir, ist ein alter Kunstfreak. Die Zahlen weisen aus, dass es sich um eine limitierte Druckauflage von zweihundert Blättern handelt und dass der Druck da im Schlafzimmer die Nr. 54 trägt.«

Ich stieß die angehaltene Luft aus. »Um das zu wissen, muss man wohl nicht unbedingt ein Kunstfreak sein, oder?«

Er grinste wie ein kleiner Junge, dem ein besonders listiger Streich gelungen war.

»Daneben gibt es noch einige Zahlen«, sagte er. »Das ist eine Erkennungsnummer der Kunsthandlung, in der das Blatt gekauft worden ist.«

»Und?«

»Galerie 7th Art, Fifth Avenue.«

»Verdammt ausgezeichnete Arbeit, Miller«, lobte der Chef.

»Der Besitzer wohnt über der Galerie«, fuhr Miller

fort. »Henry Jones. Er wird wissen, an wen er das Blatt verkauft hat, dessen Wert auf mehr als zehntausend Dollar geschätzt wird. Kunden, die so was kaufen, kommen unweigerlich in die Kartei. Vorausgesetzt, der Besitzer hat es nicht irgendwann an einen Unbekannten weiterverkauft, dürfte es doch wohl nicht besonders schwer fallen, die Wohnung zu finden, in der das Blatt hängt, oder?«

»Und so was arbeitet im Labor«, stöhnte Phil. »Mann, wenn du dich heute Morgen rasiert hättest, würde ich dich küssen. Ich kümmere mich darum, dass einige Kollegen ausschwärmen und Mr. Jones auf der Fifth Avenue einen Besuch abstatten.«

Ich setzte mich. Phil verschwand zusammen mit Miller.

»Wir schnappen ihn, Sir«, sagte ich, als Mr. High mich fragend anschaute. »Verdammt, Sir, wir schnappen den Kerl, und wir finden Arline! Alles was wir brauchen, ist etwas Glück. Und warum sollte das nicht wenigstens einmal auf unserer Seite sein?«

## 23.32 Uhr

Die dicken Taucheranzüge beschirmten Phil und mich vor der Kälte des Wassers im Rockaway Inlet. Über die Mole am Beach Drive waren wir ins Wasser gestiegen. Bis zur Brücke war es mehr als fünfhundert Yards. Wie ein schwarzer Schatten hob sie sich gegen den diesigen Hintergrund ab. Über dem Wasser hing Nebel. Nicht so dick, dass man sich nicht mehr hätte orientieren können, aber gerade über die Wasseroberfläche geschaut, reichte der Blick kaum weiter als dreißig Yards.

Es dauerte einige Zeit, bis ich mich an die Sauerstoffflaschen, die großen Flossen und die Taucherbrille gewöhnt hatte. Wir waren G-men und keine Amphibien. In den Straßen der Bronx fühlte ich mich bedeutend wohler. Aber wenn es verlangt wird, stehen wir auch im Wasser unseren Mann.

Der Wind war mäßig. Das bewahrte Phil und mich wenigstens davor, das sicherlich nicht saubere Wasser schlucken oder die Strecke tauchend zurücklegen zu müssen.

Palmer würde ebenfalls unterwegs sein. Irgendwo da oben in Queens. Der Blick reichte nicht bis dorthin. Kein Licht blinkte herüber. Nur die Maschinen, die den Kennedy International über diesen Kurs anflogen, und das waren verdammt nicht wenige, erfassten mit ihren aufgeblendeten Landescheinwerfern das dunkle Wasser. Palmer würde unterwegs sein, mit Hoffnung im Herzen. Er würde das Gefühl über den Verstand stellen. Das Einzige, was man in seiner Situation machen konnte. Wenn man daran dachte, was alles schief gehen konnte, welche Versprechen gebrochen werden konnten, dann wurde man verrückt. Palmer würde mit solchen Gedanken nicht existieren können. Der Mann befand sich am Ende seiner Kraft. Wenn Arline etwas passierte, würde er sie nicht lange überleben.

Von Joe Brandenburg hatten Phil und ich kurz vor unserer Wasserung eine weniger gute Nachricht bekommen. Prince war verschwunden. Mit ihm Highland, das Halbblut.

Zeerookah war in Sachen Picasso unterwegs. Es war abgesprochen, dass die Kollegen selbst dann nichts unternahmen, wenn sie wirklich herausfanden, wo das Picasso-Blatt hing. Wir mussten einfach davon ausgehen, dass der Unbekannte, der Palmers Päckchen auffischen würde, mit einigen anderen, zum Beispiel Prince und Highland, in Funkkontakt stand. Auch wenn es noch so sehr unwahrscheinlich erschien, wir mussten es in alle Überlegungen einbeziehen.

Phil schwamm dicht neben mir. Der Sack mit einigen Utensilien hing schwer an meinem Gürtel. Auch daran musste ich mich erst gewöhnen. Hin und wieder hob ich das Glas an die Augen und suchte durch die milchige Suppe hindurch die Stützen der Brücke. Wir waren noch zu weit entfernt. Zum anderen wurde ich das Gefühl nicht los, dass das Wetter schlechter und die Sicht immer weniger wurde.

Aber das behinderte Gott sei Dank nicht nur Phil und mich. Irgendwo in der Suppe zwischen den Inseln musste jemand mit einem Speedboot herumkurven. Ich konnte mir einfach nicht vorstellen, dass der Kerl bis zum letzten Moment wartete. Wäre ich an seiner Stelle gewesen, hätte ich mich auch früher auf den Weg gemacht.

Ich warf einen Blick zur Uhr. Es war 23.40 Uhr.

Die Sicht war in den letzten Minuten wirklich bedeutend schlechter geworden. Aber inzwischen waren wir der Brücke doch so nahe gekommen, dass wir die Schatten der schweren, wuchtigen Stützen ausmachen konnten. Es waren vielleicht noch hundert Yards.

Wir hielten die Gesichter dicht über dem Wasser. Solange wie wir nicht höher herausragten, war es beinahe unmöglich, uns auf mehr als zwanzig Yards auszumachen. Die Anzüge waren schwarz. An den Brillen gab es keine Teilchen, die Licht reflektierten. Unsere Gesichter waren ebenfalls geschwärzt. Die Schwimmbewegungen waren nicht zu hören. Das Plätschern der Wellen hätte sie ohnehin übertönt.

»Phil!«

Mein Freund hatte ihn schon gesehen und auch gehört.

Das Speedboot näherte sich mit leise tuckerndem Motor, von Rockaway Beach Park kommend, wie der Lieutenant der Coast Guard es vorausgesagt hatte. Der Kerl hatte es bei einem der Bootsschuppen, die sich drüben an der Landzunge befanden, zu Wasser gelassen. Gemietet zuvor oder einfach gestohlen. Bootsschuppen und Liegeplätze waren nicht ausreichend gesichert.

Wir traten Wasser auf der Stelle. Gebannt starrten wir auf den schlanken Schatten des Bootes, das gut und gerne seine vierzig Meilen schnell fahren konnte. Und das würde es spätestens dann, wenn der Kerl das Päckchen aus dem Wasser gefischt hatte.

Auch was diesen Punkt anging, hatte der Lieutenant der Coast Guard vollkommen Recht. Wenn man das Boot dann nicht mit Gewalt stoppte, verschwand es irgendwo zwischen den Inseln und war nicht mehr zu finden. Jedenfalls nicht in einer schwarzen Nacht wie dieser, die allein durch den Dunst etwas heller wurde.

Die Fahrt des Bootes war leicht zu verfolgen. Es huschte auf den mittleren Brückenpfeiler zu. Genau unterhalb der Brückenmarkierung *Mile 1,5*. Dort wurde der Motor gedrosselt und schließlich ganz abgeschaltet.

Zu diesem Zeitpunkt waren wir kaum mehr als fünfzig Yards von dem Speedboot entfernt. Eine Boeing 747 der PAN AM flog eine sanfte Kurve über dem Rockaway Inlet. Es sah beinahe so aus, als würde sie über den rechten Flügel abkippen und im Wasser landen.

Das tat sie natürlich nicht. Sie nahm Kurs über Silver Hole Marsh, erreichte Sekunden später Jo Co's Marsh und senkte sich der Runway entgegen. Dann war sie verschwunden. Nicht einmal mehr die zuckenden Positionslichter waren zu sehen.

Ich nickte Phil zu und streckte drei Finger in die Luft. Das bedeutete, dass in genau drei Minuten der Einsatz abgeschlossen werden musste. Wir drückten die Stoppuhren, stopften uns die Sauerstoffzufuhr in den Mund und tauchten weg.

Unter Wasser war es so dunkel, dass jede Orientierung einfach unmöglich war. Ich fand mich trotzdem zurecht. Unter Wasser geradeaus schwimmen, war nicht die leichteste Sache von der Welt, aber wenn man über Wasser richtig Maß genommen hatte, konnte man auf dreißig Yards schon Kurs halten. Vor allem, wenn man wie Phil und ich mit Schwimmflossen ausgerüstet war.

Vielleicht zwanzig Sekunden verstrichen, vielleicht auch etwas mehr, dann sah ich über mir den Schatten des Bootes. Die beiden Propeller standen still. Von den Wellen wurde der Schatten auf und nieder getragen.

Ich wartete auf Phil, der sich dem Boot vom Bug aus nähern sollte. Weitere Sekunden verstrichen. Ich fürchtete schon, dass etwas passiert war, als Phil endlich auftauchte. Er hob die Hand und deutete damit an, dass alles in Ordnung war.

Wie auf Kommando griffen wir in die Taschen, die wir am Gürtel trugen. Es waren handtellergroße, längliche Kästen. Nicht dicker als zwei Fingerbreit, die an einer Seite mit Saugnäpfen versehen waren und auf der anderen Seite mit einer flachen, einstellbaren Uhr.

Phil hob zwei Finger.

Ich stellte die Uhr auf zwei Minuten.

Dann kam der schwierige Teil der Übung.

Wir mussten hoch. Wir mussten die Schaukelbewegung des Bootes ausloten und genau im richtigen Moment, nämlich wenn sich der Bootsrumpf wieder senkte, die Saugnäpfe an den Boden drücken.

Zuerst Phil. Er brauchte zwei Versuche. Das hieß, mehr als eine halbe Minute war verstrichen. Dann endlich tauchte er weg.

Ich lag beinahe waagerecht unter dem Boot. Es tauchte vorn, hob sich hinten und klatschte wieder auf das Wasser. Das schwere Heck mit den Schrauben tauchte wieder ein, darum hatte ich es auch leichter als Phil.

Gleich mit dem ersten Versuch klebte mein Kasten unschuldig hinter den beiden Propellern am Heck.

Genau wie Phil, so tauchte ich tief weg, schwamm einige Sekunden und kam vorsichtig hoch.

Die Entfernung betrug zwanzig Yards, auf keinen Fall mehr. Dennoch konnte ich Phil nicht sehen. Und in diesem Moment faszinierte mich auch der Anblick des

Bootes viel mehr als der meines Freundes. Ich wusste, Phil befand sich ganz in der Nähe. Er schaute auf die Stoppuhr.

Wie die Ladung zusammengesetzt war, wusste ich nicht. Was das anging, musste ich mich einfach auf den technischen Stab verlassen. Angeblich hatte man die Dinger gründlich ausprobiert. Sie sollten jedes Mal funktioniert haben. Und warum sollten sie sich diesmal anders verhalten?

Die Explosionen erfolgten kurz hintereinander. Sie waren nur als dumpfer Schlag zu hören. Das Wasser brodelte. Vor dem Boot hob sich eine Fontäne aus dem Dunst heraus. Dann war der Schatten des Bootes verschwunden.

Die beiden Ladungen hatten es regelrecht auseinander gerissen. Benzin lief aus und entzündete sich.

Das war nicht geplant gewesen.

Binnen zwei Sekunden stand das Wasser unter der Brücke in Flammen, dort, wo sich eben noch das Boot befunden hatte. In einem Radius von vielleicht fünfzehn Yards. Mittendrin war deutlich der Mann zu sehen, der verzweifelt die Arme hochwarf und schrille Schreie ausstieß.

Ich tauchte. Durch die Flammen war es unter Wasser heller. Ich sah den Mann. Er tauchte unter und wieder auf. Allem Anschein hatte er sich verletzt, oder er hatte ganz einfach die Nerven verloren. Normalerweise hätte er sich selbst aus den Flammen retten können. Dazu hätte er nur zu tauchen und vielleicht zwanzig Yards unter Wasser schwimmen müssen.

Was ihn daran hinderte, so zu handeln, wusste ich nicht.

Ich pflügte das Wasser. Die strampelnden Beine tauchten vor mir auf. Ich packte sie und zog den Mann mit einem Ruck unter Wasser. Er schlug mit den Händen um sich und versuchte sich an mir festzuhalten.

Mit dem Knauf des Tauchermessers traf ich seinen

Kopf. Augenblicklich wurde er ruhig. Ich konnte ihn packen und hinter mir herziehen. Bis ich aus dem Flammenbereich raus war, vergingen gerade zehn Sekunden. In dieser Zeit konnte auch ein Bewusstloser unter Wasser nicht ertrinken.

Ich tauchte auf.

Phil dümpelte nicht weit von mir entfernt im Wasser. Er hatte das Walkie-Talkie aus der wasserdichten Hülle genommen, hielt es sich noch gegen die Lippen und rief die Coast Guard.

Das Boot lag an der Mole am Beach Drive, wo Phil und ich auch ins Wasser gestiegen waren. Von dem Moment an, wo es sich in Bewegung setzte, zerschnitten superstarke Scheinwerfer die Dunkelheit. Fünfhundert Yards war keine Entfernung. Es war Minutensache, dann legte der Lieutenant das Boot quer, Hände streckten sich uns entgegen.

»Zuerst den Kerl hier«, schrie ich gegen den Motorenlärm an. »Er ist bewusstlos und braucht einen Arzt.« Der Unbekannte, bislang hatte ich ihn mir nicht einmal richtig anschauen können, wurde an Deck gezogen. Phil und ich folgten.

Es war 23.55 Uhr.

Links und rechts der Cross Bay Veterans Memorial Bridge parkte jeweils ein neutraler Streifenwagen der Queens City Police. Vom Boot der Coast Guard aus nahmen wir Kontakt zu den Fahrzeugen auf. Sie wussten, mit welchem Wagen Palmer unterwegs war. Es würde keine Schwierigkeiten bereiten, ihn abzufangen, bevor er auf der Brückenmitte hielt und das Päckchen ins Wasser warf.

Die Feuerlöschkanonen legten einen Schaumteppich über das brennende Benzin. Zwei Minuten später war das Feuer gelöscht. Dann drehte das Boot bei und fuhr wieder zur Mole am Beach Drive. Phil und ich quälten uns aus den Taucheranzügen. Unsere normalen Sachen befanden sich an Bord. Wir zogen sie an.

Erst dann, das Boot der Coast Guard machte gerade

an der Mole fest, fanden wir Zeit, uns um den Kerl zu kümmern, den wir aus dem Wasser gefischt hatten.

Im hellen Scheinwerferstrahl sahen wir sein Gesicht, das uns nicht unbekannt war.

Ernest Longfellow. Ein Mann, der sich als Menschenjäger einen Namen gemacht hatte. Es machte die Runde, dass Longfellow jeden Mann, auf dessen Spur er sich einmal geheftet hatte, auch zurückbrachte. Er hatte schon für alle möglichen Instanzen, auch staatliche, gearbeitet. Dieses Mal jedoch hatte er sich von der falschen Seite kaufen lassen. Oder er hatte sie selbst gewählt, weil er das Geschäft seines Lebens gewittert hatte.

Ein Arzt kümmerte sich um ihn.

Von den Streifenwagen der Queens City Police kam die Meldung, dass sie Palmer vor der Brücke abgefangen hatten. Sie waren unterwegs. In wenigen Minuten erreichten sie die Mole am Beach Drive.

Longfellow öffnete die Augen. Die Wimpern waren abgeschmort. Auch von seinen langen schwarzen Haaren stand nur noch ein erbärmlicher Rest.

»Willkommen an Bord, Jäger«, sagte ich bissig. Ich starrte ihn an. Ich hasste ihn so sehr, dass ich einige Sekunden lang bereute, ihn gerettet zu haben. »Die Jagd ist aus, Longfellow! Für immer!«

Er richtete sich auf. Sein Blick brannte mir beinahe Löcher in die Haut.

»Und die Kleine?«, fragte er bösartig.

In diesem Moment passierten zwei Dinge. Palmer kam an Bord und der Lieutenant der Coast Guard tauchte im Niedergang des Ruderhauses auf.

»Nachricht von der Zentrale, Mr. Cotton«, schrie er. »Sie haben das Haus gefunden. Ein Penthouse an der 42nd Street, Bryant Park!«

Palmer zuckte zusammen. Er verschluckte, was er mich fragen wollte. Longfellows Gesicht wurde zu einer unansehnlichen Fratze. »Da seid ihr noch nicht drin«, sagte er bissig. »Prince und Highland sind dort.

Zusammen mit dem Mädchen und einer Ladung, von der niemand weiß, wann sie hochgeht!«

Ich konnte Palmer nicht zurückhalten. Er sprang nach vorn. Ein wilder Fußtritt traf Longfellow mitten ins verzerrte Gesicht. Der Menschenjäger kippte um, rollte sich auf die Seite und wischte sich mit dem Handrücken das Blut aus dem Gesicht.

Ich legte Palmer die Hand auf die Schulter. »Keiner hat was gesehen«, sagte ich. »Und ich dachte, Sie seien es satt, sich Schwierigkeiten mit der Staatsanwaltschaft einzuhandeln.«

Palmer atmete schnell und heftig. Phil zündete eine Zigarette an und gab sie Palmer. Nach dem zweiten Zug hatte er sich wieder beruhigt. Dann streckte er mir das in Ölhaut verschnürte Päckchen entgegen.

»Das ist es, hinter dem Sie her gewesen sind, Jerry«, sagte er. »Arline ist noch nicht frei. Aber so, wie ich es verstehe, kann ich sie durch die Unterlagen gar nicht freikaufen.«

»Das hast du vollkommen richtig verstanden, Palmer«, keuchte Longfellow. »Sie wäre mit dem verdammten Penthouse, mit Prince und Highland auch dann in die Luft geflogen, wenn die G-men mich nicht geschnappt hätten. Keine Chance, Palmer!«

Meine Hand blieb auf Palmers Schulter liegen.

»Wir holen sie da raus, Alfred«, sagte Phil.

Longfellow lachte schallend. »Dafür, dass ihr euch die Köpfe blutig rennt, verrate ich euch, dass ihr Tomaselli morgen früh um sechs Uhr auf der Grand Central Station erwarten dürft. Mit einer Million Dollar. Mein Honorar. Ich stifte es für Witwen und Waisen.«

»Schafft ihn weg«, wandte ich mich an die Polizisten aus Queens.

Sie gingen nicht behutsam mit ihm um. Einige Schreie und Flüche erklangen, bevor sie ihn im Wagen verfrachtet hatten und mit ihm losfuhren.

Palmer stieg zu uns in den Wagen. Wir machten uns wieder auf den Weg nach Manhattan.

## 26. April, 1.24 Uhr

Auch um diese Zeit war die Gegend um den Times Square eine Ecke, in der das Leben pulste. Von der 42nd Street und von der Avenue of Americas brandete der Verkehrslärm über den Bryant Park hinweg. Aber da oben, in dem Penthouse, hörte man von dem Lärm garantiert nichts. Da war es still. Da oben hockte der Tod und wartete sehnsüchtig darauf, zuschlagen zu können.

Was mich und meine Kollegen anging, sollte der Tod vergeblich warten.

Wir hatten den Hausmeister aus dem Bett geworfen und saßen in seinem Büro. Phil, Zeerookah und ich. Wir vertraten den FBI. Palmer war auch dabei. Nervös, zittrig, um das Leben seiner Tochter bangend. Nachdem er sich so fantastisch benommen hatte, hatten wir ihn mitgenommen. Nicht ohne ihm vorher das heilige Versprechen abgenommen zu haben, sich absolut ruhig zu verhalten.

Die Situation war auch so schon schwierig genug.

»Ich habe gar nichts davon mitbekommen, dass das Penthouse einen neuen Mieter bekommen hat«, sagte Jeffrey Ulman, ein kleiner, dicklicher Mann, der auf den ersten Blick gemütlich wirkte. Er knetete seine Fleischfinger, dass es knackte. »Ich kann mich immer nur darum kümmern, wenn irgendwas nicht in Ordnung ist. Ist doch wahr!«

Ich ließ ihn reden. Er musste sich erst einmal beruhigen, um uns eine Hilfe sein zu können.

Der Grundriss des Hauses lag auf dem Schreibtisch. Jede Etage war gleich gebaut. Für das Penthouse gab es einen Extragrundriss. Phil und ich standen darüber gebeugt, schauten uns an und schüttelten die Köpfe.

»Nur der eine Fahrstuhl«, sagte Jeffrey Ulman, der dem Namen nach schwedische Vorfahren gehabt haben musste.

Nur der eine Fahrstuhl. Das hieß, es war für uns

unmöglich, da hinaufzukommen. Rauf vielleicht, aber nicht raus aus dem Fahrstuhl. Prince und Highland hielten sich dort oben auf. Wie ich Prince kannte, hatte er Highland draußen auf der Terrasse postiert. Von dort aus konnte Highland den Lift überwachen. Er sah ihn nach oben kommen, konnte sich auf den Besuch einstellen und bereitete uns einen heißen Empfang. Genauso schätzte ich Highland ein. Er würde erst schießen und sich viel später Gedanken darüber machen, wie er selbst aus der schwindelnden Höhe herunterkam.

»Keine andere Chance, da ungesehen raufzukommen?«, wandte ich mich an den Hausmeister.

»Sicher«, sagte er. »Sie können senkrecht an der Außenfassade raufmarschieren.« Er war der Einzige, der in dieser Nacht noch Humor besaß.

Phil fluchte leise.

»Gib mir mal den Grundriss vom Stockwerk darunter«, sagte ich.

Phil suchte es aus dem Stapel und strich das Pauspapier glatt. »Ich weiß wirklich nicht, was du …« Er starrte mich an und schüttelte den Kopf. »Das kannst du doch nicht wirklich meinen, oder?«

»Doch«, sagte ich. »Unser Witzbold hat gar nicht so Unrecht. Senkrecht an der glatten Fassade rauf. Glaubst du vielleicht daran, dass Prince oder Highland von dort eine Gefahr erwarten?«

Zeery, der sich um Palmer gekümmert hatte, kam näher. Er warf ebenfalls einen Blick auf die Blaupause und nickte. »Die einzige Möglichkeit«, sagte er überzeugt. »Ich kümmere mich darum, dass man uns Nylonseile und Enterhaken bringt.«

»Die Haken müssen mit Gummi oder Kunststoff ummantelt sein, Zeery. Es ist ziemlich still da oben. Metall auf Stein, das würde viel zu viel Krach machen.«

Zeery ging in den Nebenraum, in dem sich das Telefon befand.

»Das ist ein Vabanquespiel«, sagte Phil.

»Es ist wirklich Wahnsinn, Jerry«, meldete sich nun auch Palmer. In der letzten Stunde, so schien es mir, war er immer weniger geworden. Die Haut spannte sich so straff über seinem Gesicht, dass die Adern bläulich durchschimmerten. Von einem Zusammenbruch trennte Palmer nicht einmal mehr ein Schritt. Er zeigte es nicht, aber die Sorge um seine Tochter fraß ihn bei lebendigem Leib auf.

»Es gibt keine andere Möglichkeit, Alfred.«

»Die müssen doch irgendwann runterkommen«, sagte er müde. »Ich meine, selbst wenn die vorhaben, die Bombe zu zünden und Arline damit in die Luft zu jagen, müssen sie herunterkommen. Und das doch zumindest einige Minuten vor der Katastrophe.«

Alfred Palmer hatte vollkommen Recht. Aber er hatte Longfellow vergessen, auch vergessen, dass die Umstände andere geworden waren. Longfellow machte das Geschäft mit Tomaselli und nicht mit Prince. Der Menschenjäger hatte also kein gesteigertes Interesse daran, dass Prince und Highland lebend von oben herunterkamen.

Ich konnte mich regelrecht in den Schweinehund hineinversetzen. Der hatte den Zündmechanismus der Bomben so eingestellt, dass die Ladung vor der mit Prince abgesprochenen Zeit krepierte. Das würde irgendwann zwischen drei und fünf geschehen. Um sechs hatte sich Longfellow mit Tomaselli in der Grand Central Station verabredet. Bis dahin hatte er reinen Tisch machen wollen.

Ich erklärte es Palmer. Er musste wissen, wie es stand.

Palmer schwieg betroffen. Auch Phil kniff die Lippen zusammen. Ich klopfte Zigaretten aus der Schachtel und bot sie an. Wir rauchten schweigend.

Palmer dachte an Arline. Phil daran, dass er wahrscheinlich Abschied von mir und dem Indianer nehmen konnte. Ich überlegte, was ich tun konnte, wenn es wirklich gelang, die Terrasse des Penthouse zu entern.

Eine Antwort fand ich nicht. Es kam auf die Umstände an. Darauf, ob wir Highland überraschen konnten oder ob der zu schnell auf uns aufmerksam wurde.

Wir mussten ihn ablenken, mussten ihn in eine bestimmte Ecke der Terrasse locken. Weit weg von der Stelle, an der Zeery und ich unsere bergsteigerischen Qualitäten unter Beweis stellen wollten.

Das war das eigentliche Problem.

Zeery kam zurück. »In einer halben Stunde«, sagte er. »Sie bereiten das Werkzeug vor.«

Zeery nahm sich ebenfalls eine Zigarette.

Ich schaute mir den Grundriss der Terrasse noch einmal an. Der Fahrstuhl befand sich an der Ostseite. Also war es das Günstigste, wenn es gelang, Highland an den Fahrstuhl zu locken, während Zeery und ich über die Westseite den Versuch starteten.

»Ruf noch einmal an, Zeery«, sagte ich. »Die sollen auch Rauchbomben mitbringen.«

Als Phil dicht an meine Seite kam, tippte ich mit dem Finger auf den eingezeichneten Fahrstuhlschacht.

»Ja«, sagte Phil leise. »Das wäre eine Möglichkeit.«

Ich wandte mich an Jeffrey Ulman. »Können Sie den Aufzug von unten bewegen?«

»Sicher«, nickte der rundliche Hausmeister. »Ich kann Sie damit sogar bis nach oben schicken. Nur haben Sie keine Chance, den Lift oben zu verlassen. Die Türen sind doppelt gesichert. Die lassen sich nur durch einen einzigen Schlüssel öffnen. Und den hat der Mieter. Was glauben Sie denn, warum das da oben so teuer ist? Da lebt man völlig sicher. Da kommt keiner rauf, den sie nicht selbst raufla ssen, Mister.«

»Und Gasmasken!«, schrie ich in den Nebenraum, aus dem Zeery telefonierte.

»Sonst noch was?«

»Glück«, sagte ich. »Einen ganzen Sack voll.«

## 2.10 Uhr

Die Mauer, die die Terrasse des Penthouse umgab, mitgerechnet, waren es nicht mehr als sieben Yards hinauf. Ich hatte zwei Fehlversuche im Hakenschlagen. Entweder ich war nicht hoch genug gekommen, oder die Dinger waren an der Mauerkrone abgerutscht.

Zeerookah schleuderte beide Haken nach oben.

»Du hast es gut«, sagte ich.

Die Rothaut schaute mich fragend an. »Wie soll ich das verstehen?«

»Indianer sind schwindelfrei, habe ich gehört.«

»Möglich«, sagte Zeerookah. »Aber wenn sie runterfallen, haben sie auch nur ein Leben und sind genauso tot wie du, Jerry.«

Phil war unten in der Halle geblieben, wo der Fahrstuhl zum Penthouse stand. Beladen mit drei Rauchbomben. Wenn die alle drei gezündet wurden, und das würde Phil tun, gab es eine Rauchentwicklung, die auch einem Mann mit eisernen Nerven in die Knochen fahren konnte. Und irgendwie glaubte ich nicht daran, dass Prince und Highland ausgesprochen eiserne Nerven hatten. Denen würde es hoffentlich in erster Linie darauf ankommen, ihr eigenes Leben zu retten.

Ich schaute Zeery an, der neben mir auf der Fensterbank kniete und das dicke Nylontau in beiden Händen hielt.

Zeery nickte.

»Okay, Phil«, gab ich über das Walkie-Talkie durch. »In genau zwei Minuten ruft der Hausmeister oben an und meldet den Brand. Dann fährst du mit dem rauchenden Lift nach oben. Die Zeit beginnt jetzt!«

Mit dem Wort *jetzt* ließ sich Zeery aus dem Fenster gleiten. Ich folgte ihm, das Nylonseil fest umklammert.

Hier oben war es windig. Man konnte nicht ruhig hängen. Ich stemmte mich mit den Füßen gegen die glatte Fassade, nahm eine Hand vom Seil, setzte sie eine Handbreit höher und zog mich ein Stück hinauf. Ich schaute gegen die tief hängende Wolkendecke. Unter mir brandete der Verkehr der 42nd Street. Ich durfte nicht nach unten schauen, auch nicht daran denken, wie tief es hinabging.

Obgleich es lausig kalt war, brach mir der Schweiß aus. Zeery war bedeutend schneller. Vielleicht hatten Indianer einen angeborenen Klettersinn. Vielleicht hatte er aber auch nur weniger Nerven als ich, oder er war noch nicht so ausgebrannt.

Mein Körper war schwer wie Blei. In manchen Sekunden glaubte ich, mich nicht am Seil festhalten oder kein Stück mehr höher zu können.

Ich schaffte es dennoch.

Nach Zeery. Der hatte sich schon über den Mauersims gleiten lassen und lag flach auf dem mit Marmor geplätteten Terrassenboden.

Mein Atem ging schwer, als ich mich neben Zeery streckte. Es gab Buschgruppen und kleine Bäume. Genug Grün, um uns Deckung zu bieten. Von Highland war nichts zu sehen. Er hielt sich auf der anderen Seite der Terrasse auf.

Im Haus brannte Licht. In allen Zimmern, hatte es den Anschein. Vor die meisten Fenster waren Gardinen gezogen.

Ich schaute auf die Uhr. Es blieben uns noch dreißig Sekunden.

»Warte«, raunte ich Zeery zu, als er sich vorsichtig erheben wollte.

Irgendwie hatte ich es geahnt. Kaum dass ich es ausgesprochen hatte, warf Highland einen Schatten auf den weißen Marmorboden. Er blieb an der Hausecke stehen und schaute in unsere Richtung. Und damit schaute er genau gegen die Büsche, hinter denen Zeery und ich mich versteckten.

Dann der schrille Ton des Telefons, das besonders laut gestellt war.

Highlands Schatten verschwand um die Hausecke.

Ich richtete mich auf. Mein Atem hatte sich wieder beruhigt. Der 38er lag sicher in meiner Hand.

»Du gehst links herum, Zeery. Kümmere dich nicht um mich. Ich versuche, ins Haus zu kommen, sobald Prince es verlassen hat. Seht zu, dass ihr die beiden im Kreuzfeuer habt. Und wenn eben möglich, will ich sie lebend. Los jetzt!«

Zeery drehte sich nach links. Wenig später war er aus meinem Blickfeld verschwunden.

Geduckt schlich ich an der Fassade entlang. Deutlich hob ich mich gegen das Licht der Fenster ab. Wenn Highland erneut um die Hausecke herumkam, sah er mich sofort.

Er kam nicht.

Eine Tür flog auf. »Wir müssen verschwinden!«, schrie Prince. »Brand! Der Hausmeister hat es gerade durchgegeben.«

»Scheiße. Was ist mit der Kleinen?«

»Ich habe die Sprengladung auf zehn Minuten eingestellt«, keuchte Prince.

Ich lief weiter und erreichte die Hausecke. Die beiden standen mehr als zehn Yards von mir entfernt. Prince hielt eine Waffe in der Hand. Wusste der Teufel, warum. Schließlich sollten sie doch vor dem Feuer fliehen!

Ich zögerte noch eine Sekunde. Dann nahm ich zwei Schritte Anlauf und katapultierte mich durch eine geschlossene Scheibe in das Haus hinein.

Ich landete im Hausgang und konnte durch die geöffnete Tür direkt nach draußen schauen.

Jemand tauchte in der Tür auf. Es war Highland. Das war auf den ersten Blick an dem breiten, wuchtigen Schatten zu erkennen.

»Verdammt, Prince, da …«

Ein Schuss bellte auf. Vielleicht hatte Prince in seiner Aufregung das Klirren der Scheibe gar nicht gehört.

»Prince!«, schrie Highland. »Mann …«

»Du bist zu viel an Bord, Highland. Larsky hat es erwischt. Ihr wart doch Freunde. Also kannst du ihm in die Hölle folgen!«

Der zweite Schuss brüllte auf. Highland wurde herumgewirbelt. Als er still dalag, schaute er mit starren, weit aufgerissenen Augen in meine Richtung.

Der Fahrstuhl kam. Aus den Türritzen quoll fetter Rauch. Es sah wirklich schlimm aus.

Aber das war nicht mein Job, das war nicht meine Sorge. Ich musste mich um Arline kümmern. Phil und Zeery hatten es nur noch mit Prince zu tun.

»Arline!«

Ich rannte durch die Wohnung.

»Arline!«

Ein unterdrückter Schrei wies mir den Weg.

»Wenn du auch nur eine falsche Bewegung machst, nehme ich dir den Skalp!«, schrie Zeery draußen.

Phils Fluch schloss sich an. Ein Schuss fiel. Dann herrschte Ruhe.

Ich stand im Schlafzimmer. Es bot sich mir das gleiche Bild, das ich von den Fotos her kannte.

Arline lag nackt auf dem Bett. Noch immer so gefesselt wie vor Stunden. Ihre Pupillen schwammen. Sie konnte die Augen kaum aufhalten. Immer wieder klappten die Lider nach unten. Sie stand unter der Wirkung eines Narkotikums. Wahrscheinlich würde sie sich, wenn sie später wieder bei Bewusstsein war, gar nicht mehr daran erinnern, was mit ihr geschehen war. Das war zu wünschen. Auf jeden Fall hatte sie die tödliche Bedrohung durch die von Longfellow gebastelten Bomben nicht wahrgenommen.

Ich schnitt sie los, dann nahm ich den Telefonhörer auf und rief die Hausverwaltung an.

Jeffrey Ulman, der Hausmeister, meldete sich.

»Palmer!«, verlangte ich.

»Ja?«

»Wir sind drin, es geht ihr gut«, sagte ich. »Wir kommen gleich runter!«

Phil stürmte ins Schlafzimmer. Er hatte sich die Gasmaske nur nach oben gestreift und sah aus wie ein Wesen von einem anderen Stern. Er starrte Arline an, dann die drei Metallbehälter.

Ich wickelte Arline in das Bettlaken, hob sie auf den Arm und ging nach draußen. Drinnen hörte ich Phil, der mit den Feuerwerkern telefonierte.

Zeery erwartete mich am Fahrstuhl. Zusammen mit Prince, der aus einer Schulterwunde blutete und das Gesicht verzog, als würde er jeden Moment den Heldentod sterben.

Phil kam aus dem Haus, riss sich die Gasmaske ganz herunter und schleuderte sie von sich. »Wir sollen verschwinden, sagen die Feuerwerker. Und wir sollen keinen Krach machen. Solche Dinger seien unberechenbar.«

»Das sagen die uns ziemlich spät, verdammt«, knurrte Zeery. Er schubste den jaulenden Prince in die Kabine.

Phil kam als Letzter. Fauchend schloss sich die Tür. Ich hielt Arline fest und zählte die Stockwerke. Als wir die zehnte Etage erreichten, atmete ich auf.

»Was ist?«, fragte Phil.

»Wenn es jetzt dort oben knallt, sind wir wenigstens in Sicherheit.«

Palmer stand am Lift. Seine Schultern hingen nach vorn. Seine Gesichtshaut war noch durchsichtiger geworden. Kraftlos hingen die Arme herab. Über das eingefallene Gesicht rannen Tränen.

Er konnte nichts sagen. Das brauchte er auch nicht. Jeder sah ihm an, dass es in New York keinen glücklicheren Menschen gab als ihn.

### 5.56 Uhr

Um diese Zeit sahen wir auch den unglücklichsten Menschen New Yorks.

Tommy-Gun Bruno Tomaselli, der Pate von Chinatown, betrat vier Minuten zu früh die Grand Central Station durch den Westeingang. Er schleppte zwei Koffer. Der Schweiß rann ihm in Strömen über das Gesicht.

Unruhig zuckte sein Kopf von links nach rechts. Tomaselli war auf der Suche nach dem Retter.

Er ging langsam. Noch zehn Schritte, dann hatte er den Durchgang zu den Schließfächern erreicht. Dort wartete Phil.

Ich ging hinter Tomaselli. Vielleicht hörte er meine Schritte. Aber er schenkte ihnen keine Beachtung. Wie sollte er auch wissen, dass sein Schicksal um Mitternacht, mit Longfellows Bad im Rockaway Inlet, besiegelt gewesen war?

Ich hörte seinen keuchenden Atem.

Eine Million war schwer.

Phil tauchte zwischen den Schließfächern auf. »Willst du vielleicht verreisen, Tomaselli?«, fragte er.

Der Pate von Chinatown ließ die Koffer fallen. Er wich einen Schritt zurück. Dann drehte er sich um.

Auf diesen Augenblick hatte ich mich gefreut. In dieses verzerrte, von Panik gezeichnete Gesicht zu sehen, das hatte mich nach den Strapazen der letzten Tage wach und munter gehalten.

Tomaselli rollte mit den Augen. Speichel rann aus seinen Mundwinkeln hinab. Stocksteif stand er da. Dann lief ein Zittern durch seinen Körper. Er fiel auf die Knie, schlug die Hände vor das Gesicht und begann, laut zu heulen.

Das war der Pate von Chinatown, den wir jahrelang vergeblich gejagt hatten! Eine miese, heulende Kreatur, die an der Niederlage zerbrach!

Zeerookah tauchte auf. In seinem Schlepptau einige Cops. Sie kreisten Tomaselli ein wie ein gefährliches Tier. Aber das war er jetzt nicht mehr. Wenn schon Tier, dann ein winselnder Coyote.

»Gehen wir einen Kaffee trinken«, sagte ich zu Phil.

»Cotton!«

Tomasellis Schrei verfolgte mich.

»Ich lege dich um, Cotton!«

Welch ein Wahnsinn!

»Ich lege dich um, Cotton!«

Vielleicht glaubte er daran, dass er wiederkam, nachdem man ihn auf dem elektrischen Stuhl hingerichtet hatte. Wenn Kerle wie er nichts mehr hatten, an das sie sich klammern konnten, glaubten sie an Wunder. Ich hätte ihm sagen können, dass dieses Wunder nicht geschah.

Er war es nicht wert! Ich sagte nichts. Ich ging neben Phil und trat in einen regnerischen Morgen hinaus.

Die Stadt zeigte sich von ihrer schlechtesten Seite. Aber die Dunkelheit verschwand. Am Horizont zeichnete sich ein Silberstreif ab. Vielleicht ein Omen.

ENDE

**Die mörderischen Zwei**

Ihr Ziel ist es, ein ebenso berühmtes und berüchtigtes Gansterpaar zu werden wie Bonnie & Clyde: sie, ein verwöhntes, sexbesessenes Girl aus gutem Hause, aufgewachsen in Reichtum und Luxus – er, ein kleiner Gauner, dessen Vater ein Knastbruder und die Mutter eine Hure war.

Doch was als kleine Ganoven-Karriere geplant ist, wird zu einer Orgie aus Brutalität und Gewalt. Die Blutspur der mörderischen Zwei zieht sich durch New York – bis sie sich mit dem Falschen anlegen, mit dem Verbrecherkönig Tom Langella. Und der schlägt gnadenlos zurück …

ISBN 3–404–31490–5

BASTEI LÜBBE

Jerry Cotton ist die erfolgreichste Kriminalromanserie der Welt. Die Gesamtauflage der Serie liegt bei über 800 Millionen Exemplaren und wird in über fünfzig Ländern der Erde gelesen
BASTEI-LÜBBE präsentiert für alle Freunde des Kriminalromans drei lange vergriffene Ausgaben der Jerry-Cotton-Taschenbücher in einer Sonderausgabe.

Dieser Band enthält die Romane:

**Mörder-Gipfel**
**Als mich die G-men jagten**
**Tunnel-Terror**

ISBN 3-404-31937–0

BASTEI
LÜBBE